UM LUGAR CHAMADO LIBERDADE

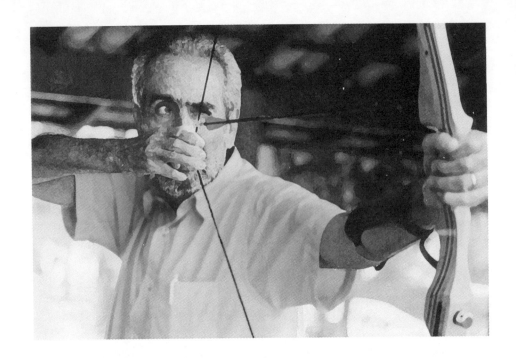

O ARQUEIRO

GERALDO JORDÃO PEREIRA (1938-2008) começou sua carreira aos 17 anos, quando foi trabalhar com seu pai, o célebre editor José Olympio, publicando obras marcantes como *O menino do dedo verde*, de Maurice Druon, e *Minha vida*, de Charles Chaplin.

Em 1976, fundou a Editora Salamandra com o propósito de formar uma nova geração de leitores e acabou criando um dos catálogos infantis mais premiados do Brasil. Em 1992, fugindo de sua linha editorial, lançou *Muitas vidas, muitos mestres*, de Brian Weiss, livro que deu origem à Editora Sextante.

Fã de histórias de suspense, Geraldo descobriu *O Código Da Vinci* antes mesmo de ele ser lançado nos Estados Unidos. A aposta em ficção, que não era o foco da Sextante, foi certeira: o título se transformou em um dos maiores fenômenos editoriais de todos os tempos.

Mas não foi só aos livros que se dedicou. Com seu desejo de ajudar o próximo, Geraldo desenvolveu diversos projetos sociais que se tornaram sua grande paixão.

Com a missão de publicar histórias empolgantes, tornar os livros cada vez mais acessíveis e despertar o amor pela leitura, a Editora Arqueiro é uma homenagem a esta figura extraordinária, capaz de enxergar mais além, mirar nas coisas verdadeiramente importantes e não perder o idealismo e a esperança diante dos desafios e contratempos da vida.

KEN FOLLETT

UM LUGAR CHAMADO LIBERDADE

Título original: *A place called freedom*

Copyright © 1995 por Ken Follett
Copyright da tradução © 2014 por Editora Arqueiro Ltda.

Todos os direitos reservados. Nenhuma parte deste livro
pode ser utilizada ou reproduzida sob quaisquer meios existentes
sem autorização por escrito dos editores.

tradução: Fabiano Morais
preparo de originais: Gabriel Machado
revisão: Flávia Midori e Flora Pinheiro
projeto gráfico e diagramação: Valéria Teixeira
capa: Backsheep
imagem de capa: barco e doca: SuperStock;
mapa: The Probert Encyclopaedia (cortesia)
adaptação de capa: Ana Paula Daudt Brandão
impressão e acabamento: Cromosete Gráfica e Editora Ltda.

CIP-BRASIL. CATALOGAÇÃO NA PUBLICAÇÃO
SINDICATO NACIONAL DOS EDITORES DE LIVROS, RJ

F724l	Follett, Ken, 1949- Um lugar chamado liberdade; [tradução de Fabiano Morais]. São Paulo: Arqueiro, 2014. 400 p.; 16x23 cm. Tradução de: A place called freedom ISBN 978-85-8041-330-4 1. Romance inglês. I. Morais, Fabiano. II. Título.

CDD 823
14-15314 CDU 821.111-3

Todos os direitos reservados, no Brasil, por
Editora Arqueiro Ltda.
Rua Funchal, 538 – conjuntos 52 e 54 – Vila Olímpia
04551-060 – São Paulo – SP
Tel.: (11) 3868-4492 – Fax: (11) 3862-5818
E-mail: atendimento@editoraarqueiro.com.br
www.editoraarqueiro.com.br

Em memória de
John Smith

Q UANDO ME MUDEI para a High Glen House, tive que trabalhar bastante para dar um jeito nos jardins abandonados, e foi assim que encontrei o colar de ferro.

A casa estava caindo aos pedaços e a velha louca que tinha vivido ali durante vinte anos nunca lhe dera sequer uma demão de tinta. Ela morreu e eu adquiri a propriedade de seu filho, dono de uma concessionária na cidade mais próxima, Kirkburn, a 80 quilômetros de distância.

Talvez você esteja se perguntando que tipo de pessoa compraria uma residência dilapidada no meio do nada. Mas a questão é que eu adoro este vale. Cervos tímidos vagam pela floresta e há um ninho de águia bem no topo da cadeia de montanhas. Enquanto cuidava do jardim, eu acabava passando metade do tempo debruçado na pá, olhando as encostas azul-esverdeadas.

Decidi plantar alguns arbustos em volta do banheiro externo. Ele não era nada bonito, com suas paredes de tábuas sem janelas, e pensei em escondê-lo atrás de um pouco de vegetação. Ao escavar o terreno, encontrei uma caixa.

Não era muito grande, tinha mais ou menos o tamanho daqueles engradados de vinho. Tampouco era sofisticada: simples ripas de madeira crua unidas por pregos enferrujados. Quebrou-se com um só golpe da lâmina da pá.

Havia duas coisas lá dentro.

Uma era um livro grande e velho. Fiquei entusiasmado ao ver aquilo: talvez fosse uma Bíblia de família, com uma história intrigante registrada na folha de guarda – nascimentos, casamentos e óbitos das pessoas que tinham morado na casa cem anos atrás. Mas acabei me decepcionando. Quando o abri, notei que as páginas haviam se deteriorado; não dava para ler uma palavra sequer.

A outra era um saco de tecido impermeável. Ele também estava podre e desintegrou-se no momento em que o toquei com minha luva de jardinagem. Dentro havia um aro de ferro com cerca de 15 centímetros de diâmetro. Estava manchado e só não fora corroído pela ferrugem porque o saco o protegera.

Parecia tosco, provavelmente tinha sido feito por um ferreiro de aldeia, e a princípio achei que fizesse parte de um carrinho de mão ou arado. Mas por que alguém se daria o trabalho de protegê-lo com o saco? Havia uma fenda no aro e ele estava vergado. Passei a achar que era um colar que um prisioneiro fora obrigado a usar em volta do pescoço. Ao escapar, ele teria partido o aro com uma ferramenta pesada de ferreiro e o entortado até conseguir arrancá-lo.

Levei-o para casa e comecei a limpá-lo. Seria um trabalho demorado, então o deixei mergulhado em removedor de ferrugem até o dia seguinte e voltei a tentar pela manhã. Enquanto o lustrava com um trapo, uma inscrição surgiu diante dos meus olhos.

Ela fora gravada em uma caligrafia antiga, rebuscada, e demorei um pouco para decifrar as palavras, mas por fim entendi:

ESTE HOMEM É PROPRIEDADE DE SIR GEORGE JAMISSON,
CONDADO DE FIFE, AD 1767.

Está aqui sobre a minha mesa, ao lado do computador. Eu o uso como peso de papel. Às vezes o pego, ponho-me a girá-lo nas mãos e releio a inscrição. Se o aro de ferro falasse, penso comigo mesmo, que história me contaria?

PARTE I
Escócia

CAPÍTULO UM

A NEVE COROAVA as montanhas ao redor do vale de High Glen e cobria as encostas de florestas com um tom perolado, como joias sobre o peitilho de um vestido de seda verde. No fundo do vale, um córrego veloz serpeava por entre pedras congeladas. O vento cruel que uivava pelo litoral adentro desde o mar do Norte impulsionava rajadas de chuva, neve e granizo.

Naquela manhã, os gêmeos Malachi e Esther McAsh seguiam a pé para a igreja por uma trilha sinuosa ao longo da encosta ocidental do vale. Malachi, conhecido como Mack, usava uma capa de lã axadrezada e calças curtas de tweed, que deixavam expostas suas canelas; os pés, sem meias, congelavam nos tamancos de madeira. Mas ele era jovem, com sangue quente, e mal sentia o frio.

Aquele não era o caminho mais curto para a igreja, mas o High Glen sempre o emocionava. As encostas escarpadas, o silêncio dos bosques misteriosos e a água que parecia gargalhar formavam uma paisagem familiar para sua alma. Ele vira um casal de águias criar três ninhadas de filhotes ali. Como elas, havia roubado salmões da dona daquelas terras, fisgando-os do córrego repleto de peixes. E, como os cervos, se escondera entre as árvores, em silêncio e imóvel, ao ver os guarda-caças chegarem.

A dona das terras era lady Hallim, uma viúva que tinha uma filha. A propriedade do outro lado das montanhas pertencia a Sir George Jamisson e era um mundo bem diferente. Engenheiros haviam aberto buracos enormes nas encostas; montes de escória produzidas pelo homem desfiguravam o vale; carroças gigantescas carregadas de carvão sulcavam a estrada lamacenta; e o pó enegrecia o córrego. Era ali que viviam os gêmeos, numa aldeia chamada Heugh, uma longa fileira de casas baixas de pedra que se estendiam colina acima como uma escadaria.

Ambos tinham cabelos alourados escurecidos pelo pó de carvão, assim como olhos verde-claros arrebatadores, e eram baixos e de costas largas, com braços e pernas musculosos. Ambos emitiam opiniões firmes e gostavam de debates.

Discussões eram uma tradição familiar. O pai deles costumava ser um perfeito inconformista, sempre disposto a discordar do governo, da Igreja e de qualquer outra autoridade. A mãe havia trabalhado para lady Hallim antes de se casar e, como muitas criadas, identificara-se com a classe alta. Em um inverno especialmente rigoroso, em que a mina passara um mês fechada após uma explosão, o pai morrera de cuspe negro, a tosse que ceifara um grande número de mineradores; a mãe, por sua vez, contraíra pneumonia e o seguira poucas semanas depois. Mas as discussões continuaram, em geral nas noites de sábado no salão da Sra. Wheighel, o estabelecimento que mais se assemelhava a uma taberna na aldeia de Heugh.

Os trabalhadores e os arrendatários de terras eram da mesma opinião da mãe dos dois: o rei fora escolhido por Deus e, portanto, o povo deveria obedecer a ele. Os mineradores, no entanto, tinham ouvido falar de ideias novas. John Locke e outros filósofos afirmavam que a autoridade de um governo só poderia vir do consentimento do povo. Essa teoria agradava a Mack.

Poucos eram os mineradores de Heugh que sabiam ler, mas a mãe de Mack sabia e ele a havia infernizado para que o ensinasse. Por fim, ela ensinara os dois filhos, ignorando as zombarias do marido, que dizia que as ideias da esposa estavam acima da sua posição social. No salão da Sra. Wheighel, Mack era chamado para ler em voz alta publicações como o *The Times* e o *Edinburgh Advertiser*, além de jornais políticos, como o radical *North Briton*. Os periódicos sempre chegavam com semanas de atraso, às vezes meses, mas os homens e mulheres da aldeia ouviam com entusiasmo os longos discursos reproduzidos palavra por palavra, as críticas sarcásticas e os relatos de greves, protestos e manifestações.

Foi após um debate no salão da Sra. Wheighel que Mack escreveu a carta.

Nenhum dos mineradores jamais havia redigido uma correspondência antes e cada palavra foi alvo de longas considerações. Ela era endereçada a Caspar Gordonson, um advogado londrino que escrevia artigos nos jornais ridicularizando o governo. A carta tinha sido confiada a Davey Tapa-Olho, o vendedor ambulante caolho, que deveria postá-la. Mack se perguntava se ela de fato alcançaria o seu destino.

A resposta chegara no dia anterior e foi o acontecimento mais empolgante da vida de Mack, que a mudaria completamente, pensou. Ela o libertaria.

Suas mais remotas lembranças envolviam sua ânsia por ser livre. Na infância, invejava Davey Tapa-Olho, que ia de aldeia em aldeia vendendo facas, linhas de costura e baladas escritas. O pequeno Mack admirava o fato de Davey poder se levantar ao raiar do dia e ir dormir quando se sentisse cansado. Mack, desde os 7 anos, precisava ser sacudido pela mãe a poucos minutos das duas da manhã e sair para trabalhar nas profundezas da mina durante quinze horas, largando às cinco da tarde; então se arrastava de volta para casa, muitas vezes para desmaiar de sono enquanto jantava mingau.

Mack já não queria ser um vendedor ambulante, mas ainda ansiava por uma vida diferente. Sonhava em construir uma casa própria, em um vale como o High Glen, num terreno que pudesse chamar de seu; em trabalhar apenas do raiar do dia ao cair da noite, podendo descansar por todas as horas de escuridão; em ter a liberdade de sair para pescar em um dia de sol, em algum lugar onde o salmão não pertencesse ao proprietário das terras, mas a quem quer que o apanhasse. E a carta em sua mão significava que seus sonhos poderiam se tornar realidade.

– Ainda não sei se você deve lê-la em voz alta na igreja – opinou Esther, atravessando a pé a encosta congelada ao lado dele.

Mack tampouco estava seguro, mas ainda assim indagou:

– Por que não?

– Isso vai criar problemas. Ratchett vai ficar furioso. – Harry Ratchett era o capataz, o homem que supervisionava a mina. – Ele pode acabar contando para Sir George, e aí o que eles vão fazer com você?

Ele sabia que a irmã tinha razão e seu coração estava cheio de temor. Mas isso não o impediu de argumentar:

– Se eu não mostrar a carta a ninguém, de que adianta?

– Bem, você poderia mostrá-la para Ratchett em particular. Pode ser que ele o deixe ir embora discretamente, sem alarde.

Mack olhou para a irmã gêmea com o canto do olho. Podia ver que ela não tinha tanta certeza daquilo, parecendo aflita em vez de combativa. Sentiu uma onda de afeto por ela. Acontecesse o que acontecesse, Esther estaria do seu lado.

Mesmo assim, ele sacudiu a cabeça com teimosia.

– Não sou o único afetado por esta carta. Há pelo menos outros cinco rapazes que sairiam daqui se soubessem que podem. E quanto às gerações futuras?

Ela o fitou com um olhar perspicaz.

– Você até pode ter razão... mas este não é o verdadeiro motivo. Você quer se levantar no meio da igreja e provar que o dono da mina está errado.

– Não é nada disso! – protestou Mack, então pensou por alguns instantes e sorriu. – Bem, talvez haja um pouco de verdade no que você diz. Já ouvimos tantos sermões sobre obedecer às leis e respeitar nossos superiores... Agora descobrimos que eles vêm mentindo para nós durante todo esse tempo, e justamente sobre a lei que mais nos afeta. É claro que quero me levantar e gritar aos quatro ventos.

– Não lhes dê motivo para puni-lo – ralhou ela, preocupada.

– Vou ser o mais educado e humilde possível – disse Mack, tentando tranquilizá-la. – Você mal vai me reconhecer.

– Humilde! – exclamou ela, cética. – Essa eu quero ver.

– Só vou mencionar a lei, o que pode haver de errado nisso?

– É arriscado.

– Sim, é. Mas vou fazer assim mesmo.

Eles atravessaram um cume e desceram a encosta, retornando ao Coalpit Glen, o vale da mina. Enquanto desciam, o ar ficou um pouco menos frio. Em questão de instantes, já era possível ver a igreja de pedra, ao lado de uma ponte que cruzava um rio poluído.

Alguns barracos dos arrendatários amontoavam-se ao redor da igreja. Não passavam de casebres redondos com uma fogueira no meio do chão de terra e um buraco no teto para que a fumaça saísse, um único cômodo dividido por gado e pessoas durante todo o inverno. As casas dos mineradores, localizadas mais acima no vale e próximas das minas, eram melhores: embora também houvesse piso terroso e telhados de palha, todas tinham lareira e chaminé, assim como uma pequena janela de vidro ao lado da porta. Além disso, os mineradores não eram obrigados a compartilhar seu espaço com vacas. Ainda assim, os arrendatários se consideravam livres e independentes e desprezavam os mineiros.

Contudo, não foram os casebres que fizeram Mack e Esther interromper a caminhada. Uma carruagem fechada com um belo par de cavalos pardos arreados estava parada diante do pórtico da igreja. Auxiliadas pelo pastor, várias senhoras de saias rodadas e casacos de pele saíam do veículo, segurando seus chapéus de renda elegantes.

Esther cutucou o braço de Mack e apontou para a ponte. Atravessando-a em um grande cavalo de caça castanho, sua cabeça inclinada contra o vento frio, vinha o dono da mina e de todo o vale, Sir George Jamisson.

Havia cinco anos o homem não era visto por aquelas bandas. Ele vivia em Londres, que ficava a uma semana de distância por navio e a duas semanas por carruagem. Dizia-se que Jamisson costumava ser um comerciante avarento em Edimburgo, que vendia velas e gim em uma loja de conveniências e não era mais honesto do que o estritamente necessário. Então um parente seu havia morrido jovem e sem filhos, deixando-lhe o castelo e as minas. Com a herança, ele construiu um império comercial que se estendia a lugares tão inimaginavelmente distantes quanto Barbados e Virgínia. Agora, colecionava títulos respeitáveis: era baronete, magistrado e membro da assembleia administrativa do distrito de Wapping, responsável pela manutenção da lei e da ordem ao longo da zona portuária de Londres.

Jamisson estava fazendo uma visita à sua propriedade escocesa, acompanhado de familiares e convidados.

– Bem, assunto resolvido – falou Esther, aliviada.

– Como assim? – perguntou Mack, embora pudesse adivinhar a resposta.

– Você já não vai poder ler sua carta.

– Por que não?

– Malachi McAsh, não banque o idiota! Não na frente do próprio dono destas terras!

– Pelo contrário – retrucou ele, teimoso. – Agora vai ser melhor ainda.

CAPÍTULO DOIS

L IZZIE HALLIM se recusava a ir à igreja na carruagem, pois achava uma ideia idiota. A estrada que saía do Castelo Jamisson era uma trilha sulcada e cheia de buracos, suas subidas lamacentas congeladas e duras feito pedra. A viagem seria assustadoramente sacolejante, o veículo teria que seguir a ritmo de passeio e os passageiros chegariam com frio, doloridos e provavelmente atrasados. Ela insistia em ir a cavalo.

Comportamentos desse tipo, tão impróprios para uma dama, levavam sua mãe ao desespero.

– Como você vai arranjar um marido se está sempre agindo como um homem?

– Posso arranjar um marido quando bem entender – retrucou Lizzie. Era verdade: os homens se apaixonavam por ela a todo o momento. – Meu único problema é arranjar um que eu ature por mais de meia hora.

– O seu problema é encontrar um que não se assuste com facilidade – murmurou a mãe.

Lizzie riu. Ambas tinham razão: os homens se apaixonavam por ela à primeira vista, mas, depois de conhecê-la melhor, fugiam correndo. Havia anos seus comentários escandalizavam a sociedade de Edimburgo. Em seu primeiro baile, enquanto conversava com três viúvas da alta sociedade, ela comentou que o xerife do condado tinha um traseiro enorme, e sua reputação nunca mais foi a mesma. No ano anterior, lady Hallim a levara a Londres durante a primavera para "apresentá-la" à sociedade inglesa. Foi um desastre. Lizzie falou alto, riu mais do que devia e zombou abertamente dos modos pomposos e das roupas apertadas dos jovens dândis que tentaram cortejá-la.

– Isso é porque você cresceu sem um homem na casa: acabou se tornando independente demais – acrescentou a mãe, entrando na carruagem.

Lizzie atravessou a fachada de pedra do Castelo Jamisson em direção à estrebaria na ala oeste. Seu pai morrera quando ela tinha apenas 3 anos, por isso ela mal se lembrava dele. Perguntara à mãe do que ele havia morrido, mas a resposta fora vaga: "Fígado." Ele as deixara sem um tostão. Durante anos, lady Hallim se virou como pôde, hipotecando cada vez mais partes da propriedade da família, à espera de que Lizzie crescesse para se casar com um homem rico que resolveria todos os problemas financeiros. Agora, Lizzie tinha 20 anos e era hora de cumprir o seu destino.

Essa era claramente a razão para os Jamissons visitarem sua propriedade escocesa após tantos anos e para os convidados principais serem seus vizinhos, Lizzie e a mãe, que viviam a pouco mais de 15 quilômetros. O pretexto dado para a festa era o vigésimo primeiro aniversário do caçula, Jay, mas o verdadeiro motivo era o desejo da família de que Lizzie se casasse com o primogênito, Robert.

Lady Hallim apoiava a ideia, uma vez que Robert era herdeiro de uma grande fortuna. Sir George pensava o mesmo, pois queria acrescentar a propriedade dos Hallims às suas posses. Robert também parecia ser da mesma opinião, a julgar pela maneira como vinha prestando atenção em Lizzie desde que elas haviam chegado; por outro lado, era sempre difícil saber o que se passava no coração de Robert.

Ela o viu na estrebaria, aguardando seus cavalos serem selados. Ele se parecia com o retrato da própria mãe pendurado no hall do castelo: sisudo e de traços comuns, com cabelos finos, olhos claros e algo em sua boca e maxilar que indicava uma pessoa determinada. Não havia nada de errado com ele: não chegava a ser feio, não era magro nem gordo e tampouco cheirava mal, bebia muito ou se vestia de maneira efeminada. Era um excelente partido, disse Lizzie para si mesma, e ela provavelmente aceitaria se ele a pedisse em casamento. Não se apaixonara, mas tinha plena noção do seu dever.

Decidiu conversar um pouco com ele:

– É muita falta de consideração de vocês viverem em Londres.

– Falta de consideração? – Ele franziu a testa. – Por quê?

– Assim não temos vizinhos. – Ele continuava com uma expressão intrigada; não parecia ter muito senso de humor. Lizzie explicou: – Como vocês moram lá, não há uma só alma entre este lugar e Edimburgo.

– Isso se você não levar em conta uma centena de famílias de mineradores e várias aldeias de arrendatários – falou alguém atrás dela.

– O senhor sabe do que estou falando – retrucou ela, virando-se. Não conhecia o homem que lhe dirigira a palavra e, como de costume, lhe perguntou sem rodeios: – Afinal, quem é o senhor?

– Jay Jamisson – apresentou-se ele com uma mesura. – O irmão mais inteligente de Robert. Como pôde esquecer?

– Ah! – exclamou ela, surpresa.

Lizzie ouvira dizer que ele havia chegado tarde na noite anterior, mas não o reconhecera. Cinco anos atrás, ele era bem mais baixo, com espinhas na testa e uma penugem loira no queixo. Agora, estava muito mais bonito. Mas, na época, não era muito inteligente e Lizzie duvidava que houvesse mudado neste aspecto.

– Eu me lembro do senhor – acrescentou ela. – Estou reconhecendo a presunção.

Ele deu um sorriso malicioso.

– Quem dera eu tivesse sua humildade e discrição como exemplo a seguir, Srta. Hallim.

– Olá, Jay – atalhou Robert. – Bem-vindo ao Castelo Jamisson.

Jay pareceu subitamente mal-humorado.

– Não me venha com este tom possessivo, Robert. Você pode ser o primogênito, mas ainda não herdou a propriedade.

– Parabéns pelos seus 21 anos – interveio Lizzie.

– Obrigado.

– É hoje mesmo o aniversário?

– Sim.

– Vai de cavalo à igreja conosco? – indagou Robert, impaciente.

Lizzie notou o rancor no olhar de Jay, mas sua resposta soou neutra:

– Vou. Mandei que selassem um cavalo para mim.

– É melhor irmos andando. – Robert voltou-se para a estrebaria e acrescentou, erguendo a voz: – Vamos logo com isso!

– Tudo pronto, senhor! – gritou um cavalariço.

No instante seguinte, três cavalos foram conduzidos para fora da cocheira: um pônei negro robusto, uma égua castanho-clara e um capão pardo.

– Suponho que estes animais tenham sido alugados de algum comerciante de cavalos de Edimburgo – comentou Jay.

Seu tom era de crítica, mas ele se aproximou do capão e lhe afagou o pescoço, deixando-o esfregar o focinho em seu paletó de montaria azul. Lizzie notou que ele se sentia à vontade perto de cavalos e gostava deles.

Ela montou no pônei, sentando-se de lado, e afastou-se trotando do pátio. Os irmãos a seguiram, Jay no capão e Robert na égua. O vento soprava uma mistura de chuva e neve nos olhos de Lizzie. A neve que cobria o chão tornava a estrada traiçoeira, pois escondia buracos de 30 centímetros ou mais de profundidade que poderiam fazer os cavalos tropeçarem.

– Vamos pelo bosque – disse Lizzie. – Ficaremos protegidos e o solo não é tão irregular.

Sem aguardar o consentimento dos dois, ela saiu da estrada e adentrou a antiga floresta.

Sob os pinheiros altos, o solo era livre de arbustos. Córregos e áreas pantanosas estavam totalmente congelados e o chão se achava salpicado de branco. Lizzie fez sua montaria andar a meio-galope. Após alguns instantes, o cavalo pardo a ultrapassou. Ela ergueu os olhos e viu um sorriso desafiador no rosto de Jay: ele queria disputar uma corrida. Lizzie soltou um grito e chutou o flanco do pônei, que se lançou adiante com entusiasmo.

Eles dispararam por entre as árvores, agachando-se para evitar os galhos baixos, saltando por sobre troncos caídos e chapinhando despreocupadamente pelos riachos. O cavalo de Jay era maior e teria sido mais rápido a galope, mas as pernas curtas e o porte leve do pônei adaptavam-se melhor àquele terreno. Logo, aos poucos, Lizzie abriu vantagem. Quando já não conseguia ouvir o cavalo de Jay, desacelerou e parou em uma clareira.

Jay logo a alcançou, mas não havia sinal de Robert. Lizzie supôs que ele fosse sensato demais para arriscar seu pescoço em uma corrida sem sentido. Ela e Jay seguiram em frente, lado a lado, recuperando o fôlego. O calor emanava das montarias, mantendo os cavaleiros aquecidos.

– Gostaria de apostar corrida com a senhorita em uma pista nivelada – disse Jay, ofegante.

– Se eu não montasse de lado, ganharia.

Ele pareceu um pouco chocado. Todas as mulheres de boa criação sentavam-se de lado. Qualquer uma que de fato montasse sobre o cavalo seria considerada vulgar. Lizzie achava isso uma tolice e, sempre que estava sozinha, cavalgava como um homem.

Ela avaliou Jay com o canto do olho. Sua mãe, Alicia, a segunda esposa de Sir George, era uma coquete de cabelos loiros e Jay herdara seus olhos azuis e seu sorriso cativante.

– O que o senhor faz em Londres? – perguntou Lizzie.

– Estou no Terceiro Regimento de Infantaria da Guarda. – Ele acrescentou com um quê de orgulho: – Acabo de ser promovido a capitão.

– Ora, ora, capitão Jamisson, o que vocês bravos soldados têm para fazer? – indagou ela, em tom de zombaria. – Por acaso Londres está em guerra no momento? Há algum inimigo que o senhor possa matar?

– Manter a ralé sob controle já nos dá trabalho o suficiente.

Lizzie lembrou-se de repente de como Jay era cruel e malvado quando criança e imaginou se ele gostava do emprego.

– E como o senhor faz para controlá-los?

– Garantindo, por exemplo, que os comparsas de criminosos que escoltamos até o cadafalso não venham resgatá-los antes de o carrasco fazer o serviço.

– Então o senhor passa o tempo matando ingleses, como um verdadeiro herói escocês.

Jay não parecia se importar com aquelas provocações.

– Um dia, gostaria de pedir exoneração do meu posto e viajar para o estrangeiro – revelou ele.

– Sério? Por quê?

– Ninguém dá a mínima importância para o caçula de uma família em seu país de origem. Até os criados hesitam quando você lhes dá uma ordem.

– E o senhor acredita que será diferente em outro lugar?

– Tudo é diferente nas colônias. Já li a respeito nos livros. As pessoas são mais livres e sossegadas. Você é aceito pelo que é.

– E o que faria no estrangeiro?

– Minha família tem uma fazenda de cana-de-açúcar em Barbados. Espero que meu pai a dê para mim de presente pelos 21 anos, como minha parcela dos bens, por assim dizer.

– Sorte a sua – falou ela, sentindo uma profunda inveja. – Não há nada que eu deseje mais do que ir para outro país. Deve ser tão emocionante...

– A vida é dura por lá. A senhorita talvez sentisse falta dos confortos que temos, como as lojas, as óperas, a moda francesa e assim por diante.

– Não ligo para nada disso. Odeio estas roupas – retrucou ela com desdém, referindo-se à saia rodada e ao espartilho apertado na cintura. – Queria muito poder me vestir como um homem, com calções, camisas e botas de montaria.

Jay riu.

– Isso talvez fosse demais, até mesmo em Barbados.

Ora, se Robert me levasse para Barbados, eu me casaria com ele sem pestanejar, pensou Lizzie.

– E você ainda tem escravos para fazer todo o trabalho – acrescentou Jay.

Eles saíram da floresta poucos metros à frente da ponte. Do outro lado do rio, os mineradores enfileiravam-se para entrar na igreja.

Lizzie ainda pensava sobre Barbados.

– Estranho ser dono de escravos e poder fazer o que quiser com eles, como se fossem animais – comentou ela. – Não lhe parece estranho?

– Nem um pouco – replicou Jay com um sorriso.

CAPÍTULO TRÊS

A PEQUENA IGREJA estava lotada. Os Jamissons e seus convidados ocupavam grande parte do espaço, as mulheres com saias largas e os homens com espadas e chapéus de três pontas. Os mineradores e arrendatários que formavam a habitual congregação dominical mantinham certa distância dos recém-chegados, como se temessem tocar suas roupas elegantes e sujá-los de pó de carvão e bosta de vaca.

Mack falara com Esther de modo desafiador, mas na verdade estava bastante apreensivo. Donos de minas tinham o direito de açoitar mineradores e, além do mais, Sir George era um magistrado, o que significava que poderia mandar qualquer um para a forca sem qualquer objeção. Seria mesmo imprudente por parte de Mack arriscar-se à ira de um homem tão poderoso.

Porém, era uma questão de justiça. Mack e os outros mineradores vinham sendo tratados de forma injusta e ilegal e, sempre que pensava nisso, sentia tanta raiva que sua vontade era falar com todo mundo do assunto. Não podia espalhar aquela notícia às escondidas, como se não fosse bem verdade. Precisava ser corajoso ou desistir.

Por um instante, cogitou a segunda opção. Para que criar problemas? O hino começou e os mineradores se puseram a cantá-lo em harmonia, enchendo a igreja com suas vozes emocionantes. Mack ouviu o tenor sublime de Jimmy Lee, o melhor cantor da aldeia. A cantoria o fez pensar no vale de High Glen e em seu sonho de liberdade, então ele controlou seus nervos e decidiu seguir em frente conforme o planejado.

O pastor, reverendo John York, era um quarentão pacato de cabelos ralos. Inseguro diante de visitantes tão nobres, ele titubeava ao falar. Seu sermão era sobre a Verdade. Como reagiria quando Mack lesse a carta? Seu primeiro impulso seria ficar do lado do proprietário da mina. Ele provavelmente jantaria no castelo após a missa. Mas era um clérigo: seria obrigado a defender a justiça, independentemente do que Sir George viesse a dizer, não?

As simples paredes de pedra da igreja eram nuas. Não havia fogo, é claro, e o hálito de Mack se condensava no ar frio. Ele analisou as pessoas que vinham do castelo. Reconheceu a maior parte da família Jamisson. Na infância de Mack, eles costumavam passar muito tempo por lá. Sir George era inconfundível, com o rosto vermelho e a barriga grande. A esposa se encontrava ao lado, em um vestido rosa cheio de babados que talvez ficasse bonito em uma mulher mais jovem. Havia também Robert, o filho mais velho, de 26 anos, com seu olhar severo e desprovido de humor, apenas começando a desenvolver a barriga arredondada do pai. Ao seu lado, estava um rapaz loiro e bonito mais ou menos da idade de Mack: só podia ser Jay, o caçula. No verão em que Mack tinha 6 anos, ele brincara com Jay todos os dias na floresta que cercava o Castelo Jamisson e ambos pensavam que seriam amigos pelo resto da vida. Mas naquele inverno Mack começara a trabalhar na mina, e então já não havia tempo para brincadeiras.

Ele reconheceu alguns dos convidados dos Jamissons. Lady Hallim e sua filha Lizzie lhe eram familiares. Havia anos a garota provocava comoção e escândalos no vale. As pessoas diziam que ela se vestia como um homem e andava com uma arma apoiada no ombro. Que era capaz de dar suas botas para uma criança descalça e repreender a mãe por não limpar a entrada de casa. Fazia muito tempo que Mack não a via. As terras dos Hallims tinham sua própria igreja, logo eles não iam até ali todos os domingos, mas chegavam à paróquia sempre no mesmo período em que os Jamissons vinham para casa. Mack se lembrava de tê-la visto pela última vez quando Lizzie tinha uns 15 anos; vestida como uma donzela, mas atirando pedras nos esquilos como um menino.

A mãe de Mack fora, durante um tempo, dama de companhia na High Glen House, a mansão dos Hallims, e, depois que se casou, chegara a visitar a propriedade algumas vezes nas tardes de domingo, para rever velhas amigas e mostrar seus bebês gêmeos. Mack e Esther costumavam brincar com Lizzie, provavelmente sem o conhecimento de lady Hallim. A filha era uma fedelha: mandona, egoísta e mimada. Mack a beijara certa vez e ela o puxara pelos cabelos e o fizera chorar. Não parecia ter mudado muito. Lizzie tinha um rosto pequeno e travesso, cabelos castanho-escuros encaracolados e olhos muito negros que sugeriam malícia. Sua boca era como um laço cor-de-rosa. Ao olhar para ela, Mack pensou: "Bem que eu gostaria de beijá-la agora." Assim que essa ideia lhe passou pela cabeça, Lizzie voltou os olhos em sua direção. Ele afastou o olhar, constrangido, como se a garota tivesse lido sua mente.

O sermão chegou ao fim. Além do habitual culto presbiteriano, haveria um batizado naquele dia: Jen, prima de Mack, havia dado à luz o quarto filho. O primogênito, Wullie, já trabalhava na mina. Mack decidira que o melhor momento para fazer o anúncio seria durante o batizado. À medida que a hora se aproximava, ele começou a sentir um frio na barriga. Então, disse a si mesmo para não ser tolo: arriscava a vida todos os dias nas profundezas da mina... por que deveria ter medo de enfrentar um comerciante gordo?

Jen estava de pé diante da congregação, com um ar cansado. Tinha apenas 30 anos, mas havia engravidado muitas vezes e trabalhado na mina durante 23 anos, portanto já estava exaurida. O Sr. York aspergiu água sobre a cabeça do bebê e o pai, Saul, repetiu as palavras que transformavam em escravo todo filho homem de um minerador escocês.

– Prometo que esta criança trabalhará nas minas de Sir George Jamisson até o limite de sua capacidade ou até a morte.

Aquele era o momento.

Ele se levantou.

Naquele instante da cerimônia, o capataz, Harry Ratchett, normalmente se aproximaria da fonte batismal e entregaria a Saul o "abono" – o tradicional prêmio dado ao pai por ele ter prometido seu filho – no valor de 10 libras. Contudo, para surpresa de Mack, o próprio Sir George se ergueu para cumprir o ritual.

Ele cruzou olhares com Mack. Por um breve momento, os dois ficaram parados, se encarando.

Então, Sir George se encaminhou para a fonte batismal.

Mack foi em direção ao corredor central da pequena igreja e falou em voz alta:

– O pagamento do abono não significa nada.

Sir George estacou e todas as cabeças se voltaram para Mack. Houve um instante de silêncio chocado. Mack conseguia ouvir os batimentos do próprio coração.

– A cerimônia não tem efeito nenhum – declarou Mack. – O bebê não pode ser prometido à mina. Nenhuma criança pode ser escravizada.

– Sente-se, jovenzinho idiota, e cale-se – retrucou Sir George.

O tom desdenhoso e condescendente irritou Mack de tal forma que todas as suas dúvidas se dissiparam.

– O *senhor* é quem deveria se sentar – replicou ele por impulso, e a congregação arquejou de espanto diante de tamanha insolência. Mack apontou um dedo para o Sr. York. – O senhor falou sobre a Verdade em seu sermão, pastor... Irá defendê-la agora?

O pastor fitou Mack com um olhar aflito.

– Do que está falando, McAsh?

– De escravidão!

– Ora essa, você conhece a lei da Escócia – falou York em um tom conciliador. – Os mineradores são propriedade do dono da mina. Depois que um homem trabalha nela por um ano e um dia, ele perde a liberdade.

– Sim. É cruel, mas é a lei. O que estou dizendo é que a lei *não* escraviza crianças e posso provar isso.

– Nós precisamos do dinheiro, Mack! – protestou Saul.

– Pode pegá-lo. Seu filho irá trabalhar para Sir George até completar 21 anos, e isso vale 10 libras. Mas... – acrescentou Mack, erguendo a voz – ... quando chegar à maioridade, *ele será livre!*

– Aconselho que controle sua língua – falou Sir George, em tom de ameaça. – Esse é um discurso perigoso.

– Mas é a verdade – insistiu Mack.

Sir George ficou roxo: não estava habituado a ser desafiado com tanta determinação.

– Vou lidar com você depois da missa – garantiu, possesso. Ele entregou o prêmio a Saul e voltou-se para o pastor. – Tenha a gentileza de prosseguir, reverendo.

Mack ficou desconcertado; eles iriam simplesmente continuar a cerimônia como se nada tivesse acontecido?

– Vamos cantar o hino de encerramento – anunciou o pastor.

Sir George voltou ao seu lugar. Mack continuou de pé, sem conseguir acreditar que aquele era o fim.

– Diz o segundo salmo: "Por que se amotinam as nações, e os povos tramam em vão?" – prosseguiu o pastor.

– Não, ainda não – falou alguém atrás de Mack.

Virou-se para olhar: era Jimmy Lee. Ele já havia tentado fugir uma vez e, como punição, usava em volta do pescoço um colar de ferro com as seguintes palavras gravadas: *Este homem é propriedade de Sir George Jamisson, condado de Fife, AD 1767*. Graças a Deus, pensou Mack.

– Você tem que terminar de falar – disse Jimmy. – Farei 21 na semana que vem. Se vou ser livre, quero saber mais a respeito.

– Assim como todos nós – acrescentou Ma Lee, a mãe do garoto.

Ela era uma robusta senhora de idade, sem dentes, muito respeitada e influente na aldeia. Vários outros homens e mulheres expressaram sua concordância.

– Vocês não serão livres – afirmou Sir George com rispidez, tornando a se levantar.

Esther puxou a manga de Mack.

– A carta! – sibilou ela em tom de urgência. – Mostre a carta a ele!

No meio de toda aquela comoção, Mack havia se esquecido dela.

– Não é o que diz a lei, Sir George! – exclamou, brandindo a carta no ar.

– Que papel é esse, McAsh? – perguntou York.

– É a carta de um advogado londrino que consultei.

Sir George ficou tão indignado que parecia prestes a explodir. Mack sentiu-se grato por eles estarem separados por algumas fileiras de bancos, caso contrário o dono das terras talvez o tivesse esganado.

– *Você* consultou um *advogado*?! – questionou Sir George, cuspindo as palavras. Isso parecia ofendê-lo mais do que qualquer outra coisa.

– O que diz a carta? – perguntou o reverendo York.

– Vou lê-la – respondeu Mack. – "A cerimônia do abono não tem fundamento nas leis inglesas ou escocesas." – Um burburinho de comentários surpresos se espalhou pela congregação: aquilo contradizia tudo o que eles haviam sido levados a acreditar. – "Os pais não podem vender aquilo que não possuem, a saber, a liberdade de um homem adulto. Podem obrigar seus filhos a trabalharem na mina até que eles completem 21 anos, mas..." – Mack fez uma pausa dramática e leu o trecho seguinte bem devagar – "... então ele será livre para ir embora"!

Houve uma comoção, uma centena de pessoas falando, gritando, exclamando. Cerca da metade dos homens naquela igreja fora prometida à mina quando crianças e eles sempre haviam se considerado escravos. Agora recebiam a notícia de que tinham sido enganados e queriam saber a verdade.

Mack ergueu a mão para pedir silêncio e quase imediatamente todos se calaram. Por um instante, ficou admirado com seu poder.

– Deixem-me ler apenas mais uma linha: "Assim que um homem atinge a maioridade, as leis que se aplicam a ele são as mesmas que se aplicam a qualquer outro cidadão escocês: depois que tiver trabalhado por um ano e um dia *como adulto*, ele perde a liberdade."

Houve alguns resmungos de raiva e decepção. Aquilo não era nenhuma revolução, perceberam os homens; a maioria deles não se tornara nem um pouco mais livre do que antes. Mas seus filhos talvez pudessem escapar daquele destino.

– Deixe-me ver esta carta, McAsh – pediu York.

Mack foi até o púlpito e a entregou ao pastor.

Sir George, ainda vermelho de raiva, perguntou:

– Quem é esse tal advogado?

– O nome dele é Caspar Gordonson – respondeu Mack.

– Ah, sim, já ouvi falar dele – comentou York.

– Eu também – disse Sir George em tom de zombaria. – Ele é um radical! Está associado a John Wilkes. – Todos sabiam quem era: o célebre líder liberal que vivia exilado em Paris, mas sempre ameaçava voltar para solapar o governo. – Se depender de mim, Gordonson será levado à forca por isso. Esta carta é uma traição à pátria.

O pastor ficou chocado.

– Não me parece haver nada que configure traição nesta...

– É melhor o senhor se ater ao reino dos céus – interrompeu Sir George com rispidez. – Deixe que os homens deste mundo decidam o que é traição e o que não é. – Ele arrancou a carta das mãos de York.

A congregação ficou chocada com a repreensão grosseira contra o pastor. Todos permaneceram calados, aguardando a reação dele. York continuou a encarar Jamisson com firmeza e Mack teve certeza de que o reverendo desafiaria o dono das terras. Porém, por fim, York baixou o olhar e Jamisson assumiu um ar triunfante. Ele tornou a se sentar, como se estivesse tudo acabado.

Mack ficou indignado com a covardia de York: a Igreja deveria ser a autoridade moral ali. Um pastor que recebesse ordens do baronete era totalmente inútil. Mack fitou o homem com um olhar de puro desprezo e falou com sarcasmo:

– Quer dizer que não devemos respeitar a lei?

Robert Jamisson se levantou, furioso como o pai.

– Vocês respeitarão a lei informada pelo dono das suas terras.

– É o mesmo que não ter lei – retrucou Mack.

– O que não faz a menor diferença no seu caso. Você é um minerador; desde quando leis lhe dizem respeito? Quanto a escrever para advogados... – Ele tomou a carta do pai. – Eis o que penso do seu advogado. – Ele rasgou o papel no meio.

Os mineradores arquejaram. O futuro deles estava escrito naquela folha e o homem a rasgara.

Robert fez a carta em pedacinhos, e os lançou no ar. Eles caíram sobre Saul e Jen como confetes em um dia de casamento.

Mack sentiu uma angústia profunda, como se alguém tivesse morrido. A carta era a coisa mais importante que lhe havia acontecido na vida. Ele planejava mostrá-la para todos do lugar. Imaginara-se levando-a até outras minas em outras aldeias, até toda a Escócia ter conhecimento dela. Robert, no entanto, a destruíra em um piscar de olhos.

A derrota devia ser evidente em seu rosto, pois Robert parecia exultante. Isso enfureceu Mack; ele não seria esmagado com tanta facilidade. A raiva lhe deu coragem. Não vai acabar assim, pensou. A carta não existia mais, porém a lei sim.

– Vejo que ficou assustado o suficiente para destruir a carta – falou ele, surpreso ao ouvir o tom intimidador, de escárnio, em sua própria voz. – Mas não pode fazer o mesmo com a lei. Ela está escrita em um papel bem mais difícil de rasgar.

Robert ficou pasmo. Hesitou, sem saber bem como reagir a tamanha eloquência.

– Saia daqui – ordenou com irritação alguns instantes depois.

Mack olhou para o reverendo York e os Jamissons fizeram o mesmo. Nenhum leigo tinha o direito de expulsar um membro da congregação da igreja. O pastor baixaria a cabeça e deixaria o filho do proprietário das terras enxotar um membro de seu rebanho?

– Esta é a casa de Deus ou de Sir George Jamisson? – exigiu saber Mack.

Era um momento decisivo e York não estava à altura dele. Aparentemente constrangido, respondeu enfim:

– É melhor você ir embora, Mack.

McAsh não pôde deixar de retrucar, embora soubesse estar sendo imprudente:

– Obrigado por seu sermão sobre a Verdade, pastor. Nunca me esquecerei dele.

Mack se virou para ir embora. Esther também se levantou. Quando começaram a andar pelo corredor, Jimmy se pôs de pé e os acompanhou. Mais um ou outro membro da congregação se ergueu, depois Ma Lee e, de repente, o êxodo se tornou geral. Ouviu-se um rumor alto de botas e farfalhar de vestidos à medida que os mineradores abandonavam seus lugares, levando as famílias consigo. Ao chegar à porta, Mack percebeu que todos os mineiros presentes estavam saindo com ele da igreja e foi invadido por uma sensação de companheirismo e triunfo que levou lágrimas aos seus olhos.

Todos se reuniram ao redor dele no pátio. O vento havia diminuído mas estava nevando, grandes flocos caindo preguiçosamente sobre as lápides.

– Aquilo não foi certo, rasgar a carta daquele jeito – disse Jimmy, furioso. Muitos outros concordaram.

– Vamos escrever para ele de novo – opinou outro minerador.

– Talvez não seja tão fácil enviar a carta uma segunda vez – replicou Mack.

Sua mente, no entanto, não estava concentrada naqueles detalhes. Ele ofegava e sentia-se exausto e eufórico, como se tivesse subido correndo a encosta do High Glen.

– A lei é a lei! – exclamou um minerador.

– Sim, mas o dono das terras é o dono das terras – acrescentou um terceiro, mais cauteloso.

À medida que se acalmava, Mack começou a se perguntar o que obtivera de fato. Exaltara os ânimos de todos, é claro, mas isso não mudaria nada. Os Jamissons tinham se recusado terminantemente a reconhecer a lei. Se não arredassem pé, o que os mineradores poderiam fazer? Havia sentido em lutar por justiça? Não seria melhor ser subserviente ao proprietário das terras e torcer para um dia ocupar o posto de Harry Ratchett como supervisor?

Uma pequena figura vestindo um casaco de pele negro saiu correndo da igreja como um cão de caça libertado da coleira. Era Lizzie Hallim. Ela foi direto para cima de Mack. Os mineradores apressaram-se a sair do caminho.

Mack a encarou. Tranquila, ela já era bonita, mas agora, com o rosto inflamado de indignação, estava encantadora. Com os olhos negros em chamas, questionou:

– Quem você pensa que é?

– Sou Malachi McAsh...

– Eu sei o seu nome – atalhou ela. – Como ousa falar com o dono destas terras e com o filho dele daquela maneira?

– Como eles ousam nos escravizar se a lei os proíbe?

Os mineradores murmuraram em concordância.

Lizzie correu os olhos por eles, com flocos de neve prendendo-se ao seu casaco. Um deles caiu sobre o seu nariz e ela o afastou com um gesto impaciente.

– Vocês têm sorte de receberem para trabalhar. Deveriam todos ser gratos a Sir George por ele ter desenvolvido estas minas e fornecido às suas famílias um meio de subsistência.

– Se temos tanta sorte, por que eles precisam de leis que nos proíbam de ir embora da aldeia e buscar trabalho em outros lugares?

– Porque vocês são tolos demais para perceberem o quanto são afortunados!

Mack percebeu que estava gostando daquela discussão, não só porque, assim, encarava uma mulher bonita da classe alta. Como oponente, ela era muito mais sutil do que Sir George ou Robert.

Ele baixou a voz e assumiu um tom intrigado:

– Srta. Hallim, já esteve nas profundezas de uma mina de carvão?

Ma Lee soltou uma risada.

– Não seja ridículo – rebateu Lizzie.

– Se algum dia fizer isso, garanto que nunca mais nos chamará de afortunados.

– Já ouvi demais a sua insolência. Você deveria ser açoitado.

– E provavelmente serei – falou ele.

Mas não acreditava nisso: nenhum minerador tinha sido açoitado ali desde que ele nascera, embora seu pai tivesse visto isso acontecer.

Lizzie arfava, o busto subindo e descendo. Mack teve que se esforçar para não olhar para os seus seios.

– Você tem uma resposta para tudo, sempre teve – comentou ela.

– É verdade, mas a senhorita nunca deu ouvidos a nenhuma delas.

Ele sentiu uma cotovelada dolorosa na lateral do corpo: era Esther, dizendo-lhe para tomar cuidado, lembrando-lhe de que nunca valia a pena tentar ser mais esperto do que os nobres.

– Vamos pensar nisso, Srta. Hallim – garantiu ela –, e obrigada pelo seu conselho.

Lizzie assentiu de forma condescendente.

– Você é Esther, não?

– Sim, senhorita.

Ela se voltou para Mack.

– Deveria ouvir à sua irmã, ela tem mais bom senso do que você.

– Esta é a primeira verdade que a senhorita me disse hoje.

– Mack, *fecha essa matraca* – sibilou Esther.

Lizzie sorriu e, de repente, toda a sua arrogância se esvaiu. O sorriso iluminou seu rosto e ela parecia outra pessoa, amigável e alegre.

– Há muito tempo eu não ouvia essa expressão – comentou aos risos.

Mack não pôde deixar de rir com ela.

Ela se virou para ir embora, ainda soltando risadinhas.

Mack a observou voltar para o pórtico da igreja e se juntar aos Jamissons, que acabavam de sair.

– Meu Deus – disse ele, balançando a cabeça. – Que mulher.

CAPÍTULO QUATRO

JAY ESTAVA FURIOSO por conta da discussão na igreja. Se havia algo que o tirava do sério era as pessoas não saberem o seu devido lugar. Segundo a vontade de Deus e a lei, Malachi McAsh deveria passar a vida extraindo carvão debaixo da terra enquanto Jay Jamisson gozava de uma existência superior. Revoltar-se contra a ordem natural das coisas era pecaminoso. E McAsh tinha uma maneira irritante de falar, como se estivesse no mesmo nível que qualquer outra pessoa, por mais bem-nascida que ela fosse.

Agora mesmo, nas colônias, um escravo era um escravo e não havia aquela tolice de trabalhar durante um ano e um dia ou receber salários. Era assim que deveria ser, na opinião de Jay. Ninguém trabalharia sem ser obrigado e o melhor era que essa imposição fosse implacável – assim era mais eficiente.

Quando ele saiu da igreja, alguns arrendatários lhe deram parabéns pelos seus 21 anos, mas nenhum dos mineiros lhe dirigiu a palavra. Eles se reuniram em um canto do cemitério, discutindo entre si em vozes baixas e raivosas. Jay estava indignado por eles terem arruinado seu dia de comemoração.

Ele atravessou às pressas a neve até onde um cavalariço segurava suas montarias. Robert já estava lá, mas Lizzie, não. Jay pôs-se a procurá-la; ansiava por voltar para casa a cavalo com ela.

– Onde está a Srta. Elizabeth? – perguntou ao cavalariço.

– No pórtico da igreja, Sr. Jay.

Jay viu que ela conversava animadamente com o pastor.

Robert cutucou o irmão no peito com violência.

– Ouça bem, Jay: deixe Elizabeth Hallim em paz, entendeu?

Os traços de Robert exibiam uma expressão beligerante; era perigoso contrariá-lo quando ele se achava naquele estado de espírito. Mas a raiva e a decepção deram coragem a Jay.

– De que diabos você está falando?

– *Eu* é que vou me casar com ela.

– Não quero me casar com a Srta. Hallim.

– Então pare de flertar com ela.

Jay sabia que Lizzie o achava atraente, e gostava de jogar conversa fora com ela, mas não pretendia conquistar seu coração. Quando tinha 14 anos e ela, 13, costumava achá-la a garota mais bonita do mundo e ficara magoado ao ver que ela não se interessava por ele – ou por qualquer outro rapaz, na verdade. Mas isso tinha sido muito tempo atrás. O plano de seu pai era que Robert desposasse Lizzie e nem Jay ou qualquer outro parente se oporia aos desejos de Sir George. Portanto, Jay ficou surpreso que Robert estivesse incomodado a ponto de reclamar. Isso mostrava que o irmão estava inseguro, o que era raro: como o pai, ele dificilmente perdia a autoconfiança.

Jay saboreou o prazer de ver seu irmão angustiado.

– Qual é o seu medo?

– Você sabe muito bem do que estou falando. Você rouba o que é meu desde pequeno: meus brinquedos, minhas roupas, tudo.

Um velho ressentimento induziu Jay a retrucar:

– Isso é porque você sempre conseguia tudo o que queria, mas a mim não davam nada.

– Não seja ridículo.

– Seja como for, a Srta. Hallim é nossa convidada – prosseguiu Jay em um tom de voz mais moderado. – Não posso ignorá-la, certo?

Robert pressionou os lábios com teimosia.

– Quer que eu conte para papai?

Essas eram as palavras mágicas que haviam terminado inúmeras brigas na infância. Os dois irmãos sabiam que o pai sempre ficaria a favor de Robert. Um rancor que Jay conhecia muito bem o tomou de assalto.

– Está bem, Robert – capitulou ele. – Tentarei não interferir no seu cortejo.

Ele montou em seu cavalo e se afastou trotando, deixando Robert acompanhar Lizzie até o castelo.

O Castelo Jamisson era uma fortaleza de pedra cinza-escura, com torrinhas e ameias sobre as muralhas, e tinha o aspecto altivo e imponente de muitas casas de campo escocesas. Fora construído setenta anos atrás, quando a primeira mina de carvão do vale começou a trazer riqueza para o dono das terras.

Sir George herdara a propriedade de um primo da primeira esposa. Durante a infância de Jay, seu pai se mostrara obcecado pelo carvão. Gastava todo o seu tempo e dinheiro escavando novas minas, de modo que nenhuma melhoria fora feita no castelo.

Embora tivesse sido o lar de Jay na infância, ele não gostava dali. Os recintos enormes, cheios de correntes de ar, do primeiro piso – saguão de entrada, sala de jantar, sala de estar, cozinha e hall dos criados – ficavam ao redor de um pátio central com uma fonte que permanecia congelada de outubro a maio. Era impossível aquecer a casa. Lareiras acesas em cada cômodo, consumindo o carvão abundante das minas dos Jamissons, mal afetavam a atmosfera gelada dos grandes aposentos com pisos de lajotas e os corredores eram tão frios que se fazia necessário vestir um capote para ir de um quarto a outro.

Dez anos atrás, a família se mudara para Londres, deixando uma equipe mínima de funcionários com a responsabilidade de cuidar da casa e proteger os animais de caça. Durante algum tempo, eles voltaram todos os anos, trazendo convidados e criados, alugando cavalos e uma carruagem de Edimburgo, contratando as esposas dos arrendatários para limpar os chãos de pedra, manter as lareiras acesas e esvaziar os penicos. Mas o pai foi se mostrando cada vez menos disposto a abandonar seus negócios, logo as visitas diminuíram gradativamente. A retomada do velho costume naquele ano não agradava Jay. No entanto, Lizzie Hallim em sua versão adulta tinha sido uma bela surpresa, e não só porque ela lhe dava motivo para atormentar o privilegiado irmão mais velho.

Ele contornou a propriedade até os estábulos e desmontou. Afagou o pescoço do seu capão.

– Não é nenhum cavalo de corrida, mas é uma montaria bem-comportada – disse ele ao cavalariço, entregando-lhe os arreios. – Seria um belo acréscimo ao meu regimento.

– Obrigado, senhor – agradeceu o homem, parecendo orgulhoso.

Jay seguiu para o grande hall. Era uma câmara enorme, soturna, com cantos escuros que a luz das velas mal alcançava. Um cão de caça emburrado encontrava-se deitado em um velho tapete de pele diante da lareira a carvão. Jay o cutucou com o bico da bota para que o animal saísse do caminho e ele pudesse aquecer as mãos.

Sobre a lareira, havia um retrato da primeira esposa do pai, Olive, mãe de Robert. Jay odiava aquela pintura. Lá estava ela, solene e virtuosa, olhando com desprezo por cima do seu narigão para todos os que vieram depois dela. Quando a mulher foi acometida por uma febre e morreu de repente aos 29 anos, Sir George se casara novamente, mas jamais se esquecera do primeiro amor. Tratava a mãe de Jay como uma amante, um brinquedo destituído de status ou direitos; fazia Jay se sentir quase como um bastardo.

Robert era o primogênito, o herdeiro, o especial. Jay às vezes tinha vontade de perguntar se havia sido uma concepção imaculada, se o irmão por acaso nascera de uma virgem.

Ele deu as costas para o quadro. Um criado lhe trouxe um cálice de vinho quente condimentado, que ele bebericou, deleitando-se. Talvez ajudasse a acalmar seu estômago. Naquele dia, o pai anunciaria qual seria sua parte na herança.

Jay sabia que não ficaria com metade ou mesmo um décimo da fortuna. Robert herdaria aquela propriedade, com suas valiosas minas, e a frota de navios que já administrava. A mãe o aconselhara a não fazer caso: sabia o quanto o pai dele era inflexível.

Além de primogênito, Robert era idêntico ao pai. Jay era diferente, por isso fora rejeitado. Assim como Sir George, Robert era inteligente, sem coração e avarento. Jay era sossegado e perdulário. O pai odiava pessoas descuidadas com dinheiro, especialmente quando o dinheiro era dele. Mais de uma vez gritara com Jay: "Eu suo sangue para ganhar o dinheiro que você torra!"

Poucos meses atrás, Jay piorou ainda mais a situação ao contrair uma enorme dívida de jogo, no valor de 9 mil libras. Ele conseguira convencer a mãe a pedir que o pai a pagasse. Era uma pequena fortuna, suficiente para comprar o Castelo Jamisson, mas Sir George podia arcar com ela sem problemas. Mesmo assim, agiu como se lhe custasse uma perna. Desde então, Jay havia perdido mais dinheiro, embora seu pai não soubesse.

Não enfrente seu pai, aconselhou-o a mãe, peça algo simples. Filhos mais novos geralmente iam para as colônias: era bem provável que o pai lhe desse a fazenda de cana-de-açúcar em Barbados, com sua casa-grande e escravos africanos. Tanto ele quanto a mãe tinham falado com Sir George a respeito. O pai não dissera que sim nem que não, o que enchia Jay de esperança.

Sir George chegou poucos minutos depois, batendo as botas de montaria no chão para se livrar da neve. Um criado o ajudou a tirar o capote.

– Envie uma mensagem para Ratchett – ordenou ao homem. – Quero dois homens vigiando a ponte 24 horas por dia. Se McAsh tentar fugir do vale, eles devem capturá-lo.

Apenas uma ponte cruzava o rio, mas ela não era a única maneira de sair do vale.

– E se McAsh atravessar a montanha?

– Com este tempo? Ele pode tentar. Assim que descobrirmos que ele foi embora, podemos mandar um grupo dar a volta pela estrada e o xerife e um esquadrão da tropa estariam à sua espera do outro lado. Mas duvido que consiga chegar tão longe.

Jay tinha suas dúvidas – os mineradores eram duros como aço e aquele desgraçado do McAsh era obstinado –, mas não quis discutir com o pai.

Lady Hallim chegou em seguida. Tinha cabelos e olhos negros como a filha, mas nada da vivacidade e energia de Lizzie. Era um tanto corpulenta, o rosto carnudo vincado com marcas de expressão severas.

– Deixe-me tirar o casaco da senhora – falou Jay, ajudando-a a se livrar do pesado agasalho de pele. – Venha para junto do fogo, suas mãos estão geladas. Gostaria de uma dose de vinho condimentado?

– Que rapaz gentil você é, Jay. Eu adoraria.

Os demais convidados chegaram da igreja, esfregando as mãos para se aquecerem e fazendo a neve derretida pingar no chão de pedra. Robert esforçava-se para conversar amenidades com Lizzie, passando de um assunto trivial a outro como se tivesse um roteiro a seguir. Sir George começou a discutir negócios com Henry Drome, um comerciante de Glasgow que era parente de sua primeira esposa, e a mãe de Jay pôs-se a falar com lady Hallim. O pastor e a esposa não tinham vindo: talvez estivessem aborrecidos com a confusão na igreja. Havia mais alguns convidados, em sua maioria parentes: a irmã de Sir George e seu marido, o irmão mais novo de Alicia com sua esposa, e um ou outro vizinho. A maioria das conversas era sobre Malachi McAsh e sua carta despropositada.

Passado algum tempo, ouviu-se Lizzie, a voz elevada acima do burburinho, e um a um os presentes se voltaram na direção dela.

– Mas por que não? – dizia ela. – Quero ver com meus próprios olhos.

– Uma mina de carvão não é lugar para uma dama, acredite em mim – replicou Robert com gravidade.

– O que está havendo? – questionou Sir George. – A Srta. Hallim quer visitar uma mina?

– Creio que deveria saber como elas são por dentro – explicou Lizzie.

– Além de todos os demais empecilhos – interveio Robert –, as roupas femininas tornariam a tarefa quase impossível.

– Então posso me disfarçar de homem – retrucou ela.

Sir George deu uma risadinha.

– Conheço algumas garotas que conseguiriam fazer isso. Mas você, minha querida, é bonita demais para convencer quem quer que seja.

Ele obviamente achava que esse tinha sido um elogio inteligente e olhou ao redor em busca de aprovação. Os presentes riram, servis.

Alicia cutucou o marido e disse algo em voz baixa.

– Ah, sim – falou Sir George. – Estão todos com seus cálices cheios? – Sem esperar por uma resposta, prosseguiu: – Um brinde ao meu filho mais novo, James Jamisson, que todos conhecemos como Jay, por seus 21 anos. A Jay!

Todos beberam e as mulheres se retiraram a fim de se prepararem para o jantar. A conversa entre os homens passou apenas para os negócios.

– As notícias que vêm da América não me agradam nem um pouco, podemos perder muito dinheiro – comentou Henry Drome.

Jay sabia que o comerciante estava falando sobre o fato de o governo britânico exigir impostos sobre várias mercadorias importadas das colônias americanas – chá, papel, vidro, chumbo e tinturas –, o que havia despertado a ira dos colonos.

– Eles exigem que o Exército os proteja dos franceses e dos peles-vermelhas, mas não querem pagar por isso! – vociferou Sir George, indignado.

– E não pagarão, se puderem evitar – acrescentou Drome. – O conselho municipal de Boston anunciou um boicote a todas as importações britânicas. Estão abrindo mão do chá e, inclusive, concordaram em economizar tecidos pretos, reduzindo o uso de roupas de luto!

– Se as outras colônias seguirem o exemplo de Massachusetts – disse Robert –, metade de nossa frota de navios não terá mercadorias para transportar.

– Os colonos são um maldito bando de criminosos, isso sim – reclamou Sir George –, e os destiladores de rum de Boston são os piores. – Jay ficou surpreso ao ver o quanto seu pai estava irritado: o problema devia lhe custar bastante dinheiro para transtorná-lo daquela forma. – A lei os obriga a comprar melaço das fazendas britânicas, mas eles contrabandeiam melaço francês e forçam uma redução de preço.

– Os da Virgínia são piores – opinou Drome. – Os produtores de tabaco nunca pagam suas dívidas.

– Nem me fale. Acabo de levar calote de um deles e terminei com uma fazenda falida nas mãos. Um lugar chamado Mockjack Hall.

– Graças a Deus não há taxas de exportação sobre condenados – falou Robert.

Um murmúrio de concordância se espalhou pelo recinto. A parte mais lucrativa do negócio de transporte marítimo dos Jamissons consistia em enviar criminosos condenados para a América. Todos os anos, as cortes britânicas sentenciavam centenas de pessoas à deportação – uma alternativa ao enforcamento, como punição a crimes como roubo – e o governo dava 5 libras por cabeça ao transportador. Nove entre dez condenados cruzavam o Atlântico em uma embarcação dos Jamissons. Mas o pagamento do governo não era a única maneira de ganhar dinheiro com isso. Ao chegarem do outro lado, os criminosos eram forçados a trabalhar sete anos, o que significava que poderiam ser vendidos como escravos durante esse período. Homens rendiam de 10 a 15 libras; mulheres, de 8 a 9; crianças, menos. Com 130 ou 140 condenados amontoados no porão de carga como peixes em um cesto, Robert poderia obter um lucro de 2 mil libras – o preço de compra do navio – em uma só viagem. Era um excelente negócio.

– Sim – disse Sir George, terminando de beber. – Mas até isso vai acabar se depender dos colonos.

Os colonos reclamavam sobre o assunto com frequência. Embora continuassem a comprar os condenados – tamanha a escassez de mão de obra barata –, ressentiam-se do fato de a pátria-mãe usá-los como depósito para sua escumalha e culpavam os criminosos pelo aumento da violência.

– Pelo menos as minas de carvão são um investimento garantido – comentou Sir George. – É a única coisa com que posso contar hoje em dia. É por isso que McAsh deve ser esmagado.

Todos tinham sua própria opinião sobre McAsh e diversas conversas surgiram ao mesmo tempo. Sir George, no entanto, já parecia estar farto daquela questão e voltou-se para Robert. Assumindo um tom jocoso, perguntou:

– E quanto à menina Hallim, hein? Uma joia rara, se me permite dizer.

– Elizabeth é bastante geniosa – respondeu Robert, ambíguo.

– Isso é verdade – concordou o pai com uma risada. – Lembro-me de quando matamos o último lobo desta região da Escócia, oito ou dez anos atrás, e ela insistiu em criar os filhotes por conta própria. Costumava andar por aí com dois lobinhos na coleira. Ninguém nunca vira coisa parecida! Os guarda-caças ficaram indignados, alegando que os filhotes escapariam e se tornariam uma ameaça... mas eles acabaram morrendo, felizmente.

– Ela vai se tornar uma esposa problemática.

– Nada como uma potranca rebelde. Além do mais, o marido tem sempre a palavra final, aconteça o que acontecer. Você poderia acabar muito pior. – Ele acrescentou, a voz mais baixa: – Lady Hallim detém os direitos sobre a propriedade até Elizabeth se casar. Como os bens de uma mulher pertencem ao marido, todo o lugar passará a ser do noivo no dia do casamento.

– Eu sei disso – falou Robert.

Jay não sabia, mas não ficou surpreso: poucos homens deixariam como herança uma propriedade daquele tamanho para uma mulher.

Sir George prosseguiu:

– Deve haver um milhão de toneladas de carvão debaixo do High Glen: todos os veios correm naquela direção. A garota está sentada em cima de uma fortuna, com o perdão da vulgaridade. – Ele deu uma gargalhada.

Robert manteve-se sério, como sempre.

– Não tenho certeza se ela gosta de mim.

– O que há para não gostar? Você é jovem, vai ficar rico e, quando eu morrer, se tornará baronete: o que mais uma garota pode querer?

– Romance? – questionou Robert, pronunciando a palavra com desgosto, como se fosse uma moeda desconhecida oferecida por um mercador estrangeiro.

– Romance é um luxo ao qual a Srta. Hallim não pode se dar.

– Não sei... Lady Hallim vive endividada desde que me entendo por gente. O que a impediria de continuar vivendo assim para sempre?

– Vou lhe contar um segredo. – Sir George olhou por sobre o ombro para se certificar de que não havia ninguém ouvindo. – Você sabia que ela hipotecou toda a propriedade?

– Todo mundo sabe disso.

– Mas eu tenho o privilégio de saber que o credor dela não está interessado em renovar a hipoteca.

– Mas ela poderia conseguir outro empréstimo para pagá-lo.

– Talvez sim. Mas ela não tem conhecimento disso. E já garanti que seu consultor financeiro não a aconselhe.

Jay se perguntou que tipo de suborno ou ameaça seu pai teria utilizado para persuadir o homem.

Sir George tornou a rir.

– Então, como pode ver, Robert, a jovem Elizabeth não pode se dar ao luxo de rejeitá-lo.

Neste momento, Henry Drome se libertou da conversa em que estava entretido e foi em direção aos Jamissons.

– Antes de entrarmos para almoçar, George, gostaria de lhe fazer uma pergunta. Estou certo de que posso falar abertamente na frente dos seus filhos.

– É claro.

– Os problemas com a América foram um golpe duro para mim, produtores não podendo pagar suas dívidas e assim por diante... Temo que não serei capaz de cumprir minhas obrigações com o senhor neste trimestre.

Sir George, como era óbvio, havia emprestado dinheiro para Henry. Normalmente, o pai era de uma praticidade brutal com seus devedores: ou pagavam ou iam para a cadeia. Daquela vez, no entanto, respondeu:

– Eu entendo, Henry. São tempos difíceis. Pague-me quando puder.

Jay ficou de queixo caído, mas após alguns instantes percebeu o porquê da tolerância: Drome era parente da mãe de Robert e Sir George estava sendo leniente com Henry por causa dela. Jay sentiu uma repulsa tão grande que se afastou dali.

As mulheres voltaram. A mãe de Jay exibia um sorriso contido, como se guardasse algum segredo divertido. Antes que ele pudesse lhe perguntar o que era, outro convidado chegou, um estranho com vestes clericais cinzentas. Alicia foi falar com o homem e o levou até Sir George.

– Este é o Sr. Cheshire. Ele veio no lugar do pastor.

O recém-chegado era um jovem com marcas de varíola que usava óculos e uma peruca encaracolada antiquada. Embora Sir George e os homens mais velhos ainda utilizassem perucas, os mais jovens raramente o faziam; para Jay, era algo inédito.

– O reverendo York pediu-me que eu transmitisse suas desculpas – avisou o Sr. Cheshire.

– Sem problemas, sem problemas – replicou Sir George, virando-se na direção oposta: não estava interessado no jovem clérigo desconhecido.

Eles entraram para almoçar. O aroma de comida se misturava ao cheiro de umidade que emanava das velhas cortinas pesadas. Uma grande variedade de pratos estava disposta sobre a mesa: postas de pernil e carnes de veado e vaca, um salmão assado inteiro e vários tipos de torta. Jay, no entanto, mal conseguia comer. Será que o pai lhe daria mesmo a propriedade de Barbados? Senão, o que receberia? Era difícil ficar parado e comer quando todo o seu futuro estava prestes a ser decidido.

De certa forma, ele mal conhecia o pai. Embora morassem juntos, na casa da família em Grosvenor Square, Sir George estava sempre no armazém com Robert, no centro de Londres. Jay passava o dia inteiro com seu regimento. Os dois às vezes se encontravam por alguns instantes durante o café da manhã e às vezes na ceia, mas era comum que Sir George ceasse no escritório, trabalhando. Jay era incapaz de imaginar o que o pai iria fazer, portanto limitou-se a brincar com a comida enquanto esperava.

O Sr. Cheshire se mostrou um pouco constrangedor: arrotou alto duas ou três vezes, derramou seu clarete e Jay o pegou olhando descaradamente para o decote da mulher ao seu lado.

Eles haviam se sentado às três e, quando as mulheres se retiraram, a tarde de inverno já dava lugar à escuridão da noite. Assim que elas foram embora, Sir George se remexeu na cadeira e soltou um peido vulcânico.

– Assim está melhor – comentou.

Um criado lhes trouxe uma garrafa de vinho do Porto, um maço de tabaco e uma caixa de cachimbos de argila. O jovem clérigo encheu um deles e elogiou:

– Lady Jamisson é uma mulher extraordinária, Sir George, se me permite dizê-lo. Extraordinária.

Ele parecia bêbado, mas ainda assim não se podia permitir que um comentário desse gênero passasse incólume. Jay saiu em defesa da mãe:

– Ficaria grato se o senhor mantivesse seus comentários sobre lady Jamisson para si – falou ele, gélido.

O clérigo encaixou uma piteira no cachimbo, tragou e começou a tossir. Obviamente, nunca tinha fumado antes. Seus olhos se encheram de lágrimas e ele arfou, cuspiu e voltou a tossir, sacudindo-se de tal forma que a peruca e os óculos caíram – e Jay notou na mesma hora que ele não era nenhum clérigo.

Começou a rir. Os demais o encararam com expressões intrigadas.

– Olhem! Não veem quem é?

Robert foi o primeiro a perceber:

– Bom Deus, é a Srta. Hallim disfarçada!

Houve um momento de silêncio estupefato. Então, Sir George começou a rir. Os outros homens, vendo que ele estava disposto a ver aquilo como uma brincadeira, fizeram o mesmo.

Lizzie bebeu um gole d'água e tossiu mais um pouco. Enquanto se recuperava, Jay admirou seu disfarce. Os óculos haviam ocultado os olhos negros faiscantes, e os caracóis de ambos os lados da peruca tinham escondido em parte seu belo perfil. Uma gravata alta de linho branco engrossava-lhe o pescoço e tapava sua pele lisa e feminina. Ela usara carvão ou algo parecido para dar às bochechas seu aspecto bexiguento e desenhara alguns pelos ralos no queixo, como um jovem com a barba por fazer. Nos aposentos sombrios do castelo, em uma tarde de inverno escura na Escócia, ninguém teria desvendado seu disfarce.

– Bem, a senhorita provou que consegue se passar por um homem – admitiu Sir George quando ela parou de tossir. – Mas ainda não pode descer até a mina. Vá buscar as outras mulheres para que possamos dar o presente de aniversário de Jay.

Jay deixara a ansiedade de lado por alguns minutos, mas então ela voltou com força total.

Eles se juntaram às mulheres no hall. A mãe de Jay e Lizzie acabavam-se de rir: obviamente Alicia participara da trama, o que explicava seu sorriso misterioso de antes do jantar. A mãe de Lizzie não ficara sabendo de nada e carregava uma expressão fria como gelo.

Sir George conduziu o grupo através das portas principais. Anoitecia. A neve havia parado de cair.

– Aqui está – anunciou Sir George. – Este é o seu presente de aniversário.

Diante da casa, um cavalariço segurava o mais belo cavalo que Jay já vira. Era um garanhão branco de cerca de 2 anos de idade, com o porte esguio de um árabe. O aglomerado de pessoas o deixou nervoso e ele saltitou para o lado, forçando o cavalariço a puxar suas rédeas para mantê-lo no lugar. Havia uma expressão selvagem em seus olhos e Jay soube no mesmo instante que ele iria correr como o vento.

Jay estava imerso em sua própria admiração, mas a voz da mãe cortou seus pensamentos como uma faca:

– Isso é tudo?!

– Ora, Alicia, não me venha cometer a indelicadeza de...

– Isso é tudo? – repetiu ela, e Jay viu que seu rosto estava contorcido em uma máscara de ódio.

– Sim.

Não havia ocorrido a Jay que pudesse ter recebido aquele presente no lugar da propriedade de Barbados. Ele ficou olhando para os pais à medida que tomava consciência disso. Sentia-se tão amargurado que nem conseguia falar.

– Este é o seu filho! – vociferou a mãe, sua voz histérica de fúria como nunca Jay vira. – Ele completou 21 anos, tem direito à sua parcela de bens em vida... e você lhe dá um *cavalo*?

Os convidados assistiam à cena, fascinados, mas também horrorizados.

O rosto de Sir George ficou vermelho.

– Ninguém me deu nada quando eu fiz 21 anos! Nunca herdei nem um par de sapatos...

– Ah, pelo amor de Deus – interrompeu ela com desprezo. – Todos já ouvimos as histórias de como seu pai morreu quando você tinha 14 anos e como você teve que trabalhar em um moinho para sustentar suas irmãs... Isso por acaso é motivo para condenar o próprio filho à pobreza?

– Pobreza? – Ele espalmou as mãos para indicar o castelo, a propriedade e a vida que tudo aquilo representava. – Que pobreza?

– Ele precisa ser independente. Pelo amor de Deus, dê a ele a propriedade de Barbados.

– Ela é minha! – protestou Robert.

A mandíbula de Jay destravou e ele enfim conseguiu falar:

– A fazenda nunca foi administrada de forma adequada. Minha ideia é geri-la mais como um regimento, fazer com que os negros trabalhem mais duro, tornando-a mais lucrativa no processo.

– Acha mesmo que consegue fazer isso? – indagou Sir George.

O coração de Jay saltou no peito: talvez o pai pudesse mudar de ideia.

– Sim! – exclamou ele com entusiasmo.

– Bem, mas eu não – rebateu o pai, ríspido.

Jay sentiu como se tivesse levado um murro no estômago.

– Não acredito que você saiba como administrar uma fazenda ou qualquer outro negócio – prosseguiu Sir George. – Creio que seu lugar seja no Exército, onde outros possam lhe dizer o que fazer.

Jay estava pasmo. Ele olhou para o belo garanhão branco.

– Jamais montarei neste cavalo. Leve-o embora.

Alicia se dirigiu a Sir George:

– Robert ficará com o castelo, as minas de carvão, os navios e todo o resto. Ele precisa mesmo ficar com a fazenda?

– Ele é o primogênito.

– Jay é o caçula, mas isso não o torna um *nada*. Por que Robert deve ficar com *tudo*?

– Em consideração à mãe dele.

Alicia fitou o marido e Jay pôde ver que ela o odiava. Eu também o odeio, pensou. Odeio meu pai.

– Vá para o inferno, então – praguejou ela, arrancando arquejos de espanto dos convidados. – Vá para o quinto dos infernos.

Ela lhe deu as costas e entrou na casa.

CAPÍTULO CINCO

OS GÊMEOS MCASH viviam em uma casa de um só cômodo de 1,40 metro quadrado, com uma lareira de um lado e, do outro, duas alcovas cortinadas para as camas. A porta de entrada dava para uma trilha lamacenta que descia colina abaixo, até a mina no fundo do vale, onde encontrava a estrada que conduzia à igreja, ao castelo e ao mundo exterior. O fornecimento de água vinha de um córrego que atravessava a montanha atrás das fileiras de casas.

Mack passara todo o trajeto até sua casa remoendo o que havia acontecido na igreja, porém manteve-se calado. Esther, por sua vez, teve a delicadeza de não lhe fazer perguntas. Mais cedo naquela manhã, antes de irem à igreja, eles tinham colocado um pedaço de bacon no fogo para ferver e, ao voltarem, o cheiro da carne enchia a casa. Mack ficou com água na boca e um pouco mais animado. Esther picou um repolho e jogou-o na panela enquanto o irmão atravessava a estrada até o salão da Sra. Wheighel para apanhar um jarro de cerveja. Os dois comeram com o apetite colossal dos trabalhadores braçais. Quando a comida e a cerveja acabaram, Esther arrotou e indagou:

– Bem, o que você vai fazer?

Mack suspirou. Agora que a questão fora colocada diretamente, ele sabia haver apenas uma resposta:

– Tenho que ir embora. Não posso ficar aqui, não depois de tudo o que aconteceu. Meu orgulho não vai permitir. Eu serei um lembrete constante para todos os jovens do vale de que os Jamissons não podem ser desafiados. Preciso sair daqui.

Embora tentasse manter a calma, sua voz tremia de emoção.

– Imaginei mesmo que fosse dizer isso. – Os olhos de Esther se encheram de lágrimas. – Você está desafiando algumas das pessoas mais poderosas da região.

– Mas estou certo.

– Sim, está. Mas certo e errado não contam para muita coisa neste mundo... só no céu.

– Se eu não fizer isto agora, nunca vou fazer. E me arrependerei pelo resto da vida.

Ela assentiu com tristeza.

– Disso não tenho dúvidas. Mas e se eles tentarem impedi-lo?

– Como?

– Podem colocar um guarda na ponte.

A única alternativa para sair do vale era atravessar as montanhas, o que levaria tempo demais, e os Jamissons estariam à sua espera do outro lado.

– Se eles bloquearem a ponte, atravesso o rio a nado.

– A água é fria o suficiente para matar uma pessoa nesta época do ano.

– O rio tem apenas 30 metros de largura. Imagino que consiga atravessá--lo nadando em cerca de um minuto.

– Se eles o apanharem, irão trazê-lo de volta com um colar de ferro em volta do pescoço, como Jimmy Lee.

Mack se retraiu: usar uma coleira era a humilhação mais temida pelos mineradores.

– Sou mais esperto do que Jimmy – garantiu. – Ele ficou sem dinheiro e tentou arranjar trabalho numa mina em Clackmannan. Acabou sendo denunciado pelo dono.

– Mas esse é o problema. Você precisa comer, como vai se sustentar? Só sabe trabalhar com carvão.

Mack guardara um pouco de dinheiro, que não duraria muito. Contudo, tinha um plano.

– Eu vou para Edimburgo. – Poderia pegar carona em uma daquelas carroças pesadas puxadas por cavalos que transportavam o carvão desde o poço da mina, mas seria mais seguro se deslocar a pé. – De lá, embarcarei em um navio. Dizem que eles sempre precisam de jovens fortes para trabalhar nos navios carvoeiros. Em três dias, estarei longe da Escócia. E ninguém pode trazer você de fora do país. As leis deles não valem no resto do mundo.

– Um navio – repetiu Esther, fascinada. Nenhum dos dois tinham estado diante de um antes, embora já tivessem visto gravuras em livros. – Para onde você vai?

– Para Londres, espero. – A maioria dos navios carvoeiros que saía de Edimburgo tinha Londres como destino. Alguns, no entanto, iam para Amsterdã, até onde Mack sabia. – Quem sabe para Holanda. Ou até Massachusetts.

– Esses lugares não passam de nomes para nós. Não conhecemos ninguém que tenha ido a Massachusetts.

– Imagino que as pessoas de lá comam pão, vivam em casas e durmam à noite, como em qualquer outro lugar.

– Imagino que sim – respondeu ela, não muito segura.

– Seja como for, não importa: vou para qualquer lugar que não seja a Escócia, para qualquer lugar em que um homem possa ser livre. Imagine só, poder viver como quiser, não como lhe dizem. Poder escolher onde trabalhar, ser livre para largar o emprego e arranjar outro que pague melhor ou seja mais seguro ou limpo. Ser dono do próprio nariz, e não escravo de alguém... Não seria maravilhoso?

Lágrimas quentes escorriam pelo rosto de Esther.

– Quando pretende partir?

– Ficarei mais um ou dois dias e espero que os Jamissons relaxem um pouco a vigilância. Mas terça-feira é meu aniversário de 21 anos. Se estiver na mina na quarta e tiver completado um ano e um dia de trabalho, voltarei a ser escravo.

– Na realidade, você é escravo de qualquer forma, independentemente do que diga a carta.

– Mas gosto de pensar que tenho a lei do meu lado. Não sei por que isso deveria importar, mas importa. Os Jamissons são criminosos, quer eles reconheçam ou não. Então, partirei na noite de terça.

– E eu? – indagou ela em voz baixa.

– O melhor que você pode fazer é trabalhar para Jimmy Lee. Ele é um bom escavador e está precisando desesperadamente de outro carregador. E Annie...

– Eu quero ir com você.

– Você nunca falou nada sobre isso!

– Por que você acha que eu nunca me casei? – questionou ela, erguendo a voz. – Se me casasse e tivesse um filho, nunca mais iria sair daqui.

Apesar de ela ser a mulher solteira mais velha de Heugh, Mack havia suposto que o motivo era a ausência de um homem bom o suficiente para ela. Nunca lhe ocorrera que a irmã tivesse passado todos aqueles anos desejando, em segredo, fugir.

– Eu nunca soube!

– Eu tinha medo. Ainda tenho. Mas, se você for embora, eu vou também.

Mack notou o desespero nos olhos dela e muito lhe doía ter que dizer não para a irmã, mas era o que precisava fazer.

– Marinheiros não aceitam mulheres entre eles. Não temos dinheiro para a sua passagem e eles não a deixariam trabalhar. Eu precisaria deixá-la em Edimburgo.

– Não ficarei aqui se você for embora!

Mack amava a irmã. Eles sempre se mantiveram unidos em qualquer conflito, desde brigas infantis, passando por discussões com os pais, até disputas com os administradores da mina. Mesmo com dúvidas quanto à sensatez do irmão gêmeo, Esther saía em sua defesa com a ferocidade de uma leoa. Ele desejava levá-la consigo, mas seria muito mais difícil duas pessoas fugirem juntas.

– Fique mais um pouco, Esther – aconselhou ele. – Depois que chegar ao meu destino, escreverei para lhe dar notícias. Assim que arranjar trabalho, vou guardar dinheiro e o enviarei para você.

– Vai mesmo?

– Sim, é claro!

– Cuspa e jure.

– Cuspir e jurar? – Era algo que eles faziam na infância, para selar uma promessa.

– Quero que faça isso por mim!

Mack notou que ela estava falando sério. Ele cuspiu na palma da mão, estendeu-a sobre a mesa de ripas de madeira e tomou a mão áspera da irmã na sua.

– Juro que vou mandar dinheiro para você.

– Obrigada.

CAPÍTULO SEIS

UMA CAÇADA de cervos fora planejada para a manhã seguinte e Jay decidiu participar dela. Sentia vontade de matar algo.

Não tomou café da manhã, mas encheu os bolsos de bolinhas de farinha de aveia embebidas em uísque e saiu para dar uma olhada no clima. O tempo começava a melhorar. O céu continuava nublado, mas as nuvens estavam altas e não chovia: seria possível enxergar seus alvos antes de atirar.

Sentou-se nos degraus de entrada do castelo e encaixou uma nova pederneira em formato de cunha no mecanismo de disparo da arma, prendendo-o firme com um chumaço de couro mole. Talvez abater alguns veados ajudasse a extravasar a raiva, mas ele preferiria matar o irmão.

Jay se orgulhava de sua arma. Uma espingarda com fecharia de pederneira carregada pela boca, fora feita pela Griffin, uma loja na Bond Street, e tinha um cano espanhol revestido de prata. Era muito superior à grosseira carabina "Brown Bess" oferecida aos seus homens. Ele armou a espingarda e mirou uma árvore do outro lado do gramado. Olhando ao longo do cano, imaginou estar vendo um grande veado. Mirou bem no peito do animal, logo abaixo do ombro, onde o coração batia. Então fez a imagem mudar e viu Robert: o rígido e obstinado Robert, ambicioso e incansável, com seus cabelos negros e rosto rechonchudo. Jay apertou o gatilho. A pederneira raspou o aço e produziu uma satisfatória chuva de faíscas, mas não havia pólvora na caçoleta nem bala no cano.

Ele carregou a espingarda com mãos firmes. Usando o medidor no bocal de seu frasco de pólvora, despejou exatos 2,5 dracmas de pó negro cano adentro. Retirou uma bala do bolso, embrulhou-a em uma tira de linho e também a enfiou no cano. Em seguida, desprendeu a vareta do suporte sob o cano da arma e a usou para empurrar a bala o mais fundo possível. O projétil tinha meia polegada de diâmetro. Poderia matar um veado adulto a uma distância de 100 metros. Estilhaçaria as costelas de Robert, atravessaria seu pulmão e rasgaria o coração, tirando a vida dele em questão de segundos.

– Olá, Jay – ouviu sua mãe dizer.

Ele se levantou e lhe deu um beijo de bom-dia. Não a via desde a noite anterior, quando ela mandara seu pai para o inferno e se retirara, possessa. Agora, parecia cansada e triste.

– Dormiu mal, não foi? – perguntou ele, solidário.

Ela assentiu.

– Já tive noites melhores.

– Pobre mamãe.

– Eu não deveria ter falado com seu pai daquela maneira.

– A senhora deve tê-lo amado... algum dia – falou ele, hesitante.

Ela suspirou.

– Não sei bem. Ele era bonito, rico e baronete, e eu queria ser sua esposa.

– Mas agora o odeia.

– Desde que ele começou a favorecer seu irmão.

Jay sentiu-se irado.

– Era de se esperar que Robert visse o quanto é injusto.

– Estou certa de que, no fundo, ele vê. Mas temo que Robert seja um jovem muito ambicioso. Quer tudo para si.

– Sempre foi assim. – Jay lembrava-se de Robert pequeno: sua maior felicidade era roubar os soldados de brinquedo do caçula ou sua fatia de pudim de ameixas. – A senhora se lembra do pônei dele, Rob Roy?

– Sim, por quê?

– Robert tinha 13 anos, eu tinha 8, quando ele ganhou aquele pônei. Eu era capaz de cavalgá-lo melhor do que ele, mesmo naquela época. Mas Robert nunca me deixava montar. Se não queria cavalgá-lo, mandava que um cavalariço exercitasse Rob Roy enquanto eu ficava olhando, em vez de me deixar dar uma volta.

– Mas você montava em outros cavalos.

– Aos 10 anos, eu já tinha cavalgado tudo o que havia na estrebaria, inclusive os cavalos de caça do papai. Mas não Rob Roy.

– Vamos andar um pouco pela trilha.

Alicia usava um casaco forrado de pele com um capuz e Jay trajava um capote de lã xadrez. Eles atravessaram o gramado, seus pés esmagando a grama congelada.

– O que deixou meu pai assim? – indagou Jay. – Por que ele me odeia?

Ela afagou o rosto do filho.

– Ele não o odeia, embora ninguém possa culpá-lo por pensar que sim.

– Mas por que ele me trata tão mal?

– Seu pai era um homem pobre quando se casou com Olive Drome. Não tinha nada além de uma loja de conveniências em um distrito de classe baixa em Edimburgo. Este lugar, que agora se chama Castelo Jamisson, era propriedade de William Drome, um primo distante de Olive. William era um solteirão que vivia sozinho e, depois de adoecer, foi ela quem veio até aqui para cuidar dele. O homem ficou tão grato que modificou seu testamento, deixando tudo para a mãe de Robert. Então, apesar de todos os cuidados, ele morreu.

Jay aquiesceu.

– Já ouvi essa história mais de uma vez.

– A questão é que seu pai acredita que Olive é a verdadeira dona desta propriedade, a base sobre a qual todo o seu império foi construído. E, como se não bastasse, a mineração ainda é o mais lucrativo de todos os seus negócios.

– É seguro, como ele diz – atalhou Jay, lembrando-se da conversa do dia anterior. – O transporte marítimo é volátil e arriscado, mas o carvão é inesgotável.

– Seja como for, o seu pai sente que deve tudo a Olive e que seria uma espécie de insulto à memória dela se deixasse qualquer coisa para você.

Jay balançou a cabeça.

– Deve haver algo além disso. Tenho a sensação de que não sabemos a história toda.

– Talvez você tenha razão. Eu lhe contei tudo o que sei.

Eles chegaram ao fim do caminho e voltaram em silêncio. Jay se perguntava se os pais alguma vez passavam as noites juntos. Seu palpite era que sim. O pai deveria achar que, quer ela o amasse ou não, ainda era sua esposa, portanto tinha o direito de usá-la para se aliviar. Era uma ideia desagradável.

Ao chegarem à entrada do castelo, ela revelou:

– Passei a noite inteira tentando encontrar uma forma de tornar as coisas mais justas para você, mas até agora nada. Só não se desespere. Acharemos uma solução.

Jay sempre pudera contar com a determinação da mãe. Alicia era capaz de enfrentar seu pai e obrigá-lo a fazer o que ela queria. Convencera-o inclusive a pagar as dívidas de jogo de Jay. Mas, dessa vez, Jay temia que ela fracassasse.

– Meu pai já decidiu que eu não vou receber nada. Ele já devia saber como isso me afetaria. Mas tomou a decisão assim mesmo. Não faz sentido suplicar que mude de ideia.

– Não pensei em suplicar – retrucou ela com frieza.

– O quê, então?

– Não sei, mas ainda não desisti. Bom dia, Srta. Hallim.

Lizzie estava descendo a escada da entrada do castelo, vestida para caçar, parecendo uma bela fada travessa com seu chapéu de pele preto e pequenas botas de couro. Ela sorriu e pareceu feliz em ver Jay.

– Bom dia!

Ao vê-la, Jay se animou.

– A senhorita vem conosco?

– Eu não perderia isso por nada deste mundo.

Era incomum, porém perfeitamente aceitável, que mulheres fossem caçar. E Jay, conhecendo Lizzie como conhecia, não ficou surpreso que ela planejasse sair com os homens.

– Esplêndido! A senhorita dará um raro toque de requinte e estilo ao que de outra forma seria uma expedição grosseiramente masculina.

– Não aposte nisso.

– Vou entrar – avisou Alicia. – Boa caçada para vocês dois.

Quando ela foi embora, Lizzie lamentou:

– Sinto muito que seu aniversário tenha sido arruinado. – Ela apertou o braço dele, solidária. – Talvez consiga esquecer seus problemas por algumas horas esta manhã.

Ele não pôde deixar de sorrir.

– Farei o meu melhor.

Lizzie farejou o ar como uma raposa.

– Um bom e forte vento sudoeste. Exatamente o que precisamos.

Havia cinco anos Jay não caçava cervos, mas lembrava-se das crenças. Os caçadores não gostavam de dias em que o ar estava parado, nos quais uma brisa caprichosa e repentina poderia soprar o odor dos homens pela encosta da montanha e afugentar a caça.

Um guarda-caça surgiu na esquina do castelo com dois cachorros na correia e Lizzie se aproximou para acariciá-los. Jay a seguiu, sentindo-se animado. Olhando de relance para trás, ele viu a mãe na porta do edifício, fitando Lizzie com uma expressão estranha, pensativa.

Os animais eram de uma raça de pernas longas e pelos cinzentos às vezes chamada de cão veadeiro escocês, outras de galgo inglês de pelo duro. Lizzie se agachou e falou com um de cada vez.

– Este é Bran? – perguntou ao guarda-caça.

– Ele é filho de Bran, Srta. Elizabeth. Bran morreu um ano atrás. Este se chama Busker.

Os cães seriam mantidos bem afastados da caçada e soltos apenas depois que os tiros tivessem sido disparados. A função deles era perseguir e abater qualquer cervo ferido mas não derrubado.

O restante do grupo saiu do castelo: Robert, Sir George e Henry. Jay encarou o irmão, que desviou o olhar. O pai meneou a cabeça de leve, quase como se tivesse se esquecido do ocorrido na noite anterior.

Na ala leste do castelo, os guarda-caças haviam montado um alvo, um cervo tosco feito de madeira e lona. A ideia era que cada um dos caçadores disparasse alguns tiros contra ele para treinar a mira. Jay se perguntou se Lizzie sabia atirar. Muitos homens diziam que mulheres não eram capazes de fazê-lo porque seus braços eram fracos demais para segurar uma arma pesada ou por não terem o instinto assassino necessário ou por outro motivo qualquer. Seria interessante ver se isso era verdade.

Primeiro, todos dispararam a uma distância de 50 metros. Lizzie foi a primeira e acertou em cheio: a bala atingiu o alvo no ponto fatal, logo atrás do ombro. Jay e Sir George fizeram o mesmo. Robert e Henry acertaram mais atrás no corpo, ferimentos não letais que talvez permitissem ao animal fugir e ter uma morte lenta e agonizante.

Então, dispararam a uma distância de 70 metros. Supreendentemente, Lizzie acertou na mosca outra vez. Jay também. Sir George atingiu a cabeça, e Henry, a anca. Robert errou o alvo – o projétil arrancou faíscas do muro de pedra da horta.

Por fim, experimentaram a 100 metros, o alcance máximo de suas armas. Para espanto geral, Lizzie tornou a realizar um disparo perfeito. Robert, Sir George e Henry nem acertaram o alvo. Jay, que atirou por último, estava determinado a não ser derrotado por uma garota. Não teve pressa: controlou a respiração e mirou com cuidado, prendeu o fôlego, pressionou o gatilho devagar... e quebrou a perna traseira do alvo.

Estava desmentida a incompetência das mulheres com armas de fogo: Lizzie havia superado todos os presentes. Jay ficou admirado.

– Por acaso a senhorita estaria interessada em se juntar ao meu regimento? – brincou ele. – Poucos dos meus homens sabem atirar tão bem.

Os pôneis foram trazidos pelos cavalariços. Pôneis das montanhas eram mais confiáveis do que cavalos em terrenos acidentados. Eles montaram e saíram cavalgando do pátio.

Enquanto trotavam vale abaixo, Henry Drome pôs-se a conversar com Lizzie. Sem uma distração, Jay se viu remoendo a rejeição do pai novamente.

Ela queimava em seu estômago como uma úlcera. Dizia a si mesmo que deveria ter esperado aquilo, uma vez que Sir George sempre favorecia Robert. Mas alimentara seu tolo otimismo ao lembrar a si mesmo que não era um bastardo, que sua mãe era lady Jamisson, e se convencera de que daquela vez o pai seria justo. O que nunca acontecia.

Ele desejou ser o único filho. Desejou que Robert estivesse morto. Se houvesse algum acidente naquele dia e o irmão morresse, seus problemas estariam resolvidos.

Jay desejou ter coragem para matá-lo. Tocou o cano da arma pendurada em seu ombro. Poderia fazer parecer um acidente. Com todos atirando ao mesmo tempo, seria difícil determinar quem haveria disparado a bala fatal. E, mesmo que desconfiassem da verdade, a família abafaria o caso: ninguém queria um escândalo.

Ele sentiu um arrepio de pavor por estar cogitando matar Robert. Eu nunca teria uma ideia dessas se papai tivesse me tratado de forma justa, pensou ele.

O terreno dos Jamissons era como a maioria das pequenas propriedades escocesas. Havia uma modesta área cultivável no fundo dos vales, na qual os arrendatários trabalhavam em regime comunal, utilizando o sistema medieval de cultura em faixas e pagando o aluguel em espécie ao dono das terras. A maior parte do terreno consistia em montanhas florestadas, que não serviam para nada além de caça e pesca. Alguns poucos proprietários haviam derrubado as árvores e agora experimentavam criar ovelhas. Era difícil ficar rico com terras escocesas – a não ser que você encontrasse carvão, é claro.

Depois de cavalgarem cerca de 5 quilômetros, os guarda-caças divisaram uma manada de vinte ou trinta corças a 800 metros, acima da linha das árvores em uma encosta que dava para o sul. O grupo parou e Jay sacou sua luneta. As corças estavam a barlavento em relação aos caçadores e, como sempre pastavam a favor do vento, encontravam-se viradas de costas para eles, revelando lampejos de suas traseiras brancas à luneta de Jay.

Corças davam uma ótima carne para comer, porém era mais comum os caçadores abaterem grandes veados com suas extraordinárias galhadas. Jay examinou a encosta acima das corças. Viu o que esperava e apontou naquela direção.

– Olhem: dois veados... não, três... acima das fêmeas na colina.

– Eu os estou vendo, logo atrás do primeiro cume – disse Lizzie. – E há mais um, com apenas os cornos visíveis.

O rosto dela estava corado de entusiasmo, o que a deixava ainda mais bonita. Aquele era bem o tipo de coisa que ela adorava, é claro: estar ao ar livre, com cavalos, cães e armas, fazendo algo violentamente enérgico e um pouco arriscado. Jay não pôde deixar de sorrir ao fitá-la. Remexeu-se em sua sela, desconfortável. A visão de Lizzie fazia o sangue de um homem ferver.

Ele olhou para o irmão. Robert parecia pouco à vontade, montado em um pônei ao ar livre naquele frio. Preferiria estar em um escritório de contabilidade, pensou Jay, calculando os lucros trimestrais de 89 guinés a uma taxa de 3,5 por cento ao ano. Que desperdício seria uma mulher como Lizzie casar-se com Robert.

Desviou o olhar dos dois e tentou se concentrar nos cervos. Analisou a encosta com a luneta, buscando uma rota pela qual pudessem se aproximar dos veados. Os caçadores precisariam se manter a barlavento, para que os animais não sentissem o cheiro dos homens. O melhor seria atacá-los de um ponto mais alto da encosta. Como a prática de tiro ao alvo anterior provara, era quase impossível alvejar um veado a uma distância acima dos 100 metros – 50 metros era o ideal. Assim, toda a tática para emboscar cervos consistia em aproximar-se sorrateiramente deles até se estar perto o suficiente para disparar um bom tiro.

Lizzie já havia esboçado um plano.

– Se subirmos o vale de volta, há uma cavidade circular no flanco da montanha, a cerca de 400 metros daqui – lembrou ela com animação. Depressões daquele tipo eram formadas no terreno por córregos que fluíam encosta abaixo e aquela esconderia os caçadores enquanto eles subissem. – Podemos segui-la até o topo e nos aproximarmos a partir de lá.

Sir George concordou. Não costumava deixar que ninguém lhe dissesse o que fazer, mas abria exceções para garotas bonitas.

Eles voltaram até a cavidade, desmontando dos pôneis e subindo a encosta a pé. O caminho era íngreme e ao mesmo tempo pedregoso e pantanoso, de modo que tropeçavam nas pedras ou seus pés afundavam no lodo. Passados alguns minutos, Henry e Robert bufavam e arfavam, mas os guarda-caças e Lizzie, acostumados àquele tipo de terreno, não mostravam sinais de cansaço. Sir George estava com o rosto vermelho e respirava com sofreguidão, porém, para surpresa de Jay, mostrou-se resistente e não diminuiu o ritmo. Jay estava em boa forma por conta do serviço na Guarda, mas nem por isso deixou de ficar ofegante.

Eles atravessaram o cume. A sotavento, fora do campo de visão dos cervos, puseram-se a cruzar a encosta. O vento era gelado e cruel, com rajadas de granizo e redemoinhos de névoa. Sem o calor de um cavalo debaixo de si, Jay começou a sentir o frio. Suas luvas de pele de cabrito estavam encharcadas e a umidade penetrava nas botas de montaria e nas meias de lã caras de Shetland.

Os guarda-caças lideravam o grupo, pois conheciam o terreno. Quando julgaram estar próximos dos animais, começaram a descer a colina. De repente, ajoelharam-se e todos os demais fizeram o mesmo. Jay esqueceu-se do frio e da umidade, sentindo-se eufórico: era a emoção da caçada e a perspectiva de matar algo.

Decidiu arriscar uma olhadela. Ainda engatinhando, subiu um pouco a encosta e espiou por cima de um pedregulho. Quando seus olhos se habituaram à distância, viu os cervos, quatro manchas amarronzadas na colina verde, espalhados ao longo da encosta em uma linha irregular. Era incomum ver quatro deles juntos: deviam ter encontrado uma boa pastagem. Olhou pela luneta. O mais afastado tinha a melhor cabeça: não era possível ver a galhada com clareza, mas era grande o suficiente para ter doze pontas. Jay ouviu o grasnar de um corvo e, ao olhar para cima, avistou um par deles voando em círculo sobre os caçadores. Pareciam saber que logo haveria uma carniça da qual poderiam se alimentar.

Mais adiante, alguém soltou um grito e xingou: era Robert, que havia escorregado em uma poça lamacenta.

– Idiota – falou Jay em voz baixa.

Um dos cães emitiu um rosnado grave. Um guarda-caça ergueu a mão em sinal de alerta e todos pararam, atentos ao possível som de cascos em fuga. Mas os cervos não saíram correndo e, após alguns instantes, o grupo voltou a engatinhar.

Logo tiveram que rastejar pelo chão. Um dos guarda-caças fez os cães se deitarem e cobriu seus olhos com lenços para que ficassem calados. Sir George e o chefe dos guarda-caças deslizaram colina abaixo até uma elevação no terreno, ergueram as cabeças com cautela e espiaram por cima dela. Ao voltar para junto do grupo principal, Sir George deu as ordens.

– São quatro cervos e temos cinco armas, portanto não atirarei desta vez, a não ser que algum de vocês erre – avisou em voz baixa. Ele sabia ser o anfitrião perfeito quando queria. – Henry, você abaterá o animal à direita. Robert, você ficará com o seguinte: é o mais próximo e o tiro mais fácil. Jay, você matará o próximo. Srta. Hallim, o seu é o mais afastado, mas tem a melhor cabeça e sua pontaria é certeira. Todos prontos? Então vamos para nossas posições. Deixemos a Srta. Hallim ser a primeira a disparar, sim?

Os caçadores se espalharam, arrastando-se ao longo da encosta íngreme, cada qual buscando o melhor lugar de onde mirar seus respectivos alvos. Jay seguiu Lizzie. Ela trajava um casaco de montaria curto e uma saia solta sem laço, e ele sorriu ao ver seu traseiro rebolar com atrevimento diante dos seus olhos. Poucas garotas engatinhariam daquela forma na frente de um homem – mas Lizzie não era como as outras.

Ele seguiu colina acima até um ponto em que um arbusto mirrado ia até acima do horizonte, dando-lhe uma cobertura extra. Erguendo a cabeça, olhou para baixo. Conseguia ver seu veado, um animal mais jovem, com uma galhada pequena, a cerca de 70 metros; os outros três se espalhavam ao longo da encosta. Também via os demais caçadores: Lizzie à sua esquerda, ainda rastejando pelo caminho; Henry mais afastado à direita; Sir George e os guarda-caças com os cães; e Robert, abaixo e à direita de Jay, a 25 metros de onde ele estava, um alvo fácil.

Seu coração pareceu parar de bater por alguns instantes à medida que ele era invadido pela ideia de matar o próprio irmão. A história de Caim e Abel lhe veio à mente. Caim dissera: *Minha punição é maior do que eu posso suportar.* Mas eu já me sinto assim, pensou Jay. Não consigo suportar ser o segundo filho, sempre ignorado, vagando pela vida sem receber a parte que me compete, o filho pobre de um homem rico, um joão-ninguém... não consigo suportar.

Tentou afastar aqueles pensamentos malignos. Preparou a arma, despejando um pouco de pólvora na caçoleta, perto do buraco do cartucho, e fechando em seguida a tampa do recipiente. Por fim, armou o mecanismo de disparo. Quando puxasse o gatilho, a tampa da caçoleta se levantaria automaticamente, ao mesmo tempo que a pederneira rasparia o ferro, soltando faíscas. A pólvora no interior da caçoleta se incendiaria e as chamas atravessariam o buraco do cartucho para queimar a quantidade maior de pólvora atrás da bala.

Jay rolou para o lado e olhou ao longo da encosta. Os cervos pastavam em sua pacata ignorância. Todos os caçadores estavam posicionados, exceto Lizzie, que ainda se movimentava. Jay mirou seu veado. Então, girou lentamente o cano até apontar para as costas de Robert.

Ele poderia dizer que seu cotovelo escorregara em um pedaço de gelo no momento do disparo, fazendo a arma se virar para o lado sem querer e, por um trágico acaso do destino, alvejar as costas do irmão. O pai talvez desconfiasse da verdade, mas nunca teria certeza e, com apenas um filho restante, sem dúvida enterraria suas suspeitas e daria a Jay tudo o que havia reservado anteriormente para Robert, certo?

O disparo de Lizzie seria o sinal para todos atirarem. Cervos reagiam de forma surpreendentemente lenta, pelo que se lembrava Jay. Após o primeiro tiro, todos ergueriam os olhos e ficariam petrificados, em geral por quatro ou cinco segundos. Um deles se moveria e, no instante seguinte, o grupo se viraria em uníssono – como um bando de pássaros ou um cardume de peixes – e fugiria, seus graciosos cascos batendo contra o solo duro, deixando os mortos caídos e os feridos mancando atrás de si.

Devagar, Jay girou sua espingarda até ela estar apontada de novo para o veado. É claro que ele não mataria o irmão. Isso seria de uma perversidade impensável. A culpa provavelmente o assombraria pelo resto da vida.

Porém, se deixasse de fazê-lo, não se arrependeria para sempre? Da próxima vez que seu pai o humilhasse ao demonstrar sua preferência por Robert, ele não rilharia os dentes e desejaria de todo o coração ter resolvido o problema quando se apresentara a oportunidade, e varrido o irmão asqueroso da face da Terra?

Ele voltou a espingarda mais uma vez para Robert.

Sir George respeitava a força, a determinação e a impiedade. Mesmo que suspeitasse que o tiro fatal tivesse sido premeditado, ele seria forçado a admitir que Jay era um homem, que não poderia ser ignorado ou desprezado sem consequências nefastas.

Esse pensamento o encheu de confiança. No fundo de seu coração, disse a si mesmo, o pai aprovaria sua atitude. Sir George nunca permitia que ninguém o destratasse: sua reação frente à injustiça era brutal e implacável. Como magistrado em Londres, enviara dezenas de homens, mulheres e crianças ao tribunal de Old Bailey. Se uma criança podia ser enforcada por roubar pão, o que havia de errado em matar Robert por ele ter roubado o patrimônio de Jay?

Lizzie estava demorando muito. Jay tentou controlar a respiração, mas o coração batia acelerado e ele arquejava. Sentiu-se tentado a olhar para ela e ver o que diabos a atrasava tanto, mas temia que a garota escolhesse aquele exato momento para disparar e ele acabasse perdendo sua chance. Então, manteve os olhos e o cano da arma fixados nas costas de Robert. Todo o seu corpo estava tenso como a corda de uma harpa e os músculos já começavam a doer, mas ele não ousava se mexer.

Não, pensou, isto não pode estar acontecendo. Não estou prestes a matar o meu irmão. Mas, por Deus, é o que irei fazer, eu juro.

Rápido, Lizzie, por favor.

Com o canto do olho, viu algo se mover perto dele. Antes que pudesse erguer os olhos, ouviu o estampido da arma de Lizzie. Os cervos ficaram petrificados. Ele manteve a mira na espinha de Robert, bem entre as omoplatas. Jay pressionou o gatilho devagar. Um vulto corpulento se agigantou acima dele. Ouviu o pai gritar. Escutou mais dois estampidos quando Robert e Henry atiraram. No momento em que a arma de Jay disparou, uma bota chutou o cano. Ele foi jogado para o alto e a bala zuniu de forma inofensiva em direção ao céu. Medo e culpa tomaram conta de Jay e ele olhou para cima, deparando com o rosto enfurecido de Sir George.

– Seu merdinha assassino – xingou o pai.

CAPÍTULO SETE

O DIA AO AR livre deixou Lizzie sonolenta e, logo após o jantar, ela anunciou que iria para a cama. Por acaso, Robert não estava presente, portanto Jay educadamente iluminou o caminho com uma vela até o andar de cima. Enquanto subiam a escada de pedra, ele falou em voz baixa:

– Posso levá-la a uma mina, se quiser.

A sonolência de Lizzie desapareceu na mesma hora.

– Está falando sério?

– É claro. Sou um homem de palavra. – Ele sorriu. – A senhorita se atreve a ir?

– Sim! – Ali estava um homem com o mesmo temperamento que o dela! – Quando podemos ir? – perguntou, ansiosa.

– Hoje à noite. Os escavadores começam a trabalhar à meia-noite, os carregadores uma ou duas horas mais tarde.

– É mesmo? – Lizzie ficou perplexa. – Por que eles trabalham à noite?

– Eles trabalham o dia inteiro também. Os carregadores vão embora ao final da tarde.

– Mas eles mal têm tempo para dormir!

– Isso impede que se envolvam em confusões.

Ela se sentiu tola.

– Passei a maior parte da minha vida no vale ao lado e não fazia ideia de que eles trabalhavam tanto.

Lizzie se perguntou se não acabaria descobrindo que McAsh tinha razão e se a visita à mina não causaria uma reviravolta na maneira como via o trabalho dos mineiros.

– Esteja pronta à meia-noite. A senhorita terá que se vestir como homem outra vez. Ainda tem aquelas roupas?

– Tenho.

– Saia pela porta da cozinha, vou providenciar para que ela esteja aberta. Eu a esperarei na estrebaria. Irei selar um par de cavalos.

– Que empolgante!

Ele lhe entregou sua vela.

– Até a meia-noite – sussurrou.

Lizzie entrou no quarto. Jay estava feliz novamente, notou ela. Mais cedo, ele tivera outra discussão com o pai, na montanha. Ninguém vira o que aconteceu exatamente – estavam todos concentrados nos cervos –, mas Jay errou o alvo e Sir George ficou lívido de raiva. A desavença, seja lá qual tivesse sido, foi aplacada com facilidade em meio à agitação do momento. Lizzie havia matado seu animal de forma limpa e precisa. Tanto Robert quanto Henry tinham apenas ferido os cervos. O de Robert correu alguns metros e caiu e ele o abateu com um tiro de misericórdia; o de Henry fugiu, mas os cães o perseguiram e acabaram por derrubá-lo mais à frente. Contudo, todos sabiam que algo ocorrera e Jay passara o resto do dia calado – até aquele momento, quando ficou animado e charmoso outra vez.

Ela tirou o vestido, as roupas de baixo e os sapatos, embrulhou-se em uma manta e sentou-se diante do fogo. Jay era muito divertido, pensou. Ele também parecia buscar aventuras. E era bonito: alto, bem-vestido e atlético, com fartos cabelos loiros ondulados. Mal podia esperar até a meia-noite.

Ouviu-se uma batida à porta e lady Hallim entrou. Lizzie sentiu uma pontada de culpa. Espero que mamãe não queira conversar muito, pensou, ansiosa. Mas ainda não eram nem onze horas: havia tempo de sobra.

Sua mãe usava uma capa, como todos faziam para atravessar os corredores frios do Castelo Jamisson de um cômodo para outro. Uma vez lá dentro, ela tirou-a. Por baixo, trajava um roupão sobre as roupas de dormir. Desprendeu os cabelos da filha e pôs-se a escová-los.

Lizzie fechou os olhos e relaxou; aquilo sempre a levava de volta à infância.

– Você deve me prometer que nunca mais voltará a se vestir como homem.

Lizzie levou um susto. Era quase como se a mãe tivesse entreouvido a conversa dela com Jay. Teria que ser cuidadosa: lady Hallim possuía uma extraordinária habilidade de adivinhar quando a filha estava aprontando algo.

– Já está muito velha para esse tipo de brincadeira – acrescentou.

– Sir George achou muito divertido! – protestou Lizzie.

– Talvez, mas não é assim que conseguirá arranjar um marido.

– Robert parece me querer.

– Sim, mas você precisa lhe dar uma chance de cortejá-la! Quando se dirigia à igreja ontem, saiu cavalgando com Jay e deixou Robert para trás. Não satisfeita, hoje à noite decidiu se retirar num momento em que Robert estava fora da sala, o que o fez perder a oportunidade de acompanhá-la até aqui.

Lizzie analisou a mãe no espelho. Os traços familiares do seu rosto revelavam determinação. Ela a amava e gostaria de agradá-la. Mas não podia ser a filha que ela queria: era contra a sua natureza.

– Sinto muito, mamãe. É que eu não penso nessas coisas.

– Você... gosta de Robert?

– Eu diria sim para ele se estivesse desesperada.

Lady Hallim largou a escova e sentou-se de frente para Lizzie.

– Minha querida, nós estamos desesperadas.

– Mas, desde que me entendo por gente, dinheiro sempre nos faltou.

– Isso é verdade. E consegui nos sustentar contraindo empréstimos, hipotecando nossa propriedade e vivendo durante a maior parte do tempo em lugares onde podíamos comer nossa própria carne de caça e vestir nossas roupas até elas ficarem cheias de buracos.

Lizzie tornou a sentir uma pontada de culpa. Quando sua mãe gastava dinheiro, era quase sempre com a filha, e não consigo mesma.

– Por que simplesmente não seguimos da mesma maneira? Não me importo que o cozinheiro sirva à mesa ou que dividamos a mesma criada. Gosto de viver aqui: preferiria passar meus dias andando pelo High Glen a fazer compras na Bond Street.

– Não se pode pedir dinheiro emprestado para sempre, sabia? Eles não nos emprestarão nem mais 1 penny.

– Então viveremos do dinheiro que os arrendatários nos pagam. Temos que parar de viajar para Londres. Podemos até deixar de ir aos bailes em Edimburgo. Ninguém virá jantar conosco além do pastor. Viveremos como freiras, sem a companhia de ninguém durante todo o ano.

– Infelizmente, nem isso podemos fazer. Eles estão ameaçando tomar Hallim House e o restante da propriedade.

Lizzie ficou chocada.

– Não podem fazer isso!

– Claro que eles podem: é consequência da hipoteca.

– Quem são *eles*?

A mãe assumiu uma expressão vaga.

– Bem, o advogado do seu pai foi quem conseguiu os empréstimos para mim, mas não sei quem exatamente entrou com o dinheiro. Mas não importa. A questão é que o credor quer o dinheiro de volta... ou irá executar a hipoteca.

– Mamãe... a senhora está me dizendo que vamos perder nossa casa?

– Não, querida. Não se você se casar com Robert.

– Entendo – falou Lizzie, solene.

O relógio do pátio da estrebaria bateu as onze horas. Lady Hallim se levantou e lhe deu um beijo.

– Boa noite, meu anjo. Durma bem.

– Boa noite, mamãe.

Lizzie fitou as chamas da lareira, pensativa. Havia anos ela sabia que seu destino era casar-se com um homem rico para recuperar a fortuna da família, e Robert parecia tão bom quanto qualquer outro. Não pensara a sério no assunto até aquele momento: no geral, não pensava em nada com antecedência e preferia deixar tudo para o último momento, um hábito que levava a mãe à loucura. Mas, de repente, a perspectiva de se casar com Robert a enchia de horror. Ela sentiu uma espécie de repulsa física, como se tivesse comido algo podre.

Mas o que poderia fazer? Não podia deixar que os credores as expulsassem de sua própria casa! Para onde iriam? Como conseguiriam se sustentar? Ela sentiu um arrepio de medo ao visualizar as duas passando frio em quartos alugados em algum cortiço de Edimburgo, escrevendo cartas de súplica a parentes distantes e costurando por ninharias. Melhor seria se casar com o chato do Robert. Mas conseguiria se obrigar a tanto? Sempre que prometia fazer algo desagradável, porém necessário, como abater a tiros um cão velho e doente ou comprar tecidos para costurar anáguas, ela acabava por mudar de ideia e se desvencilhar do compromisso.

Lizzie prendeu o cabelo rebelde e vestiu o disfarce que havia usado no dia anterior: calças curtas, botas de montaria, uma camisa de linho, um sobretudo e um chapéu de três pontas masculino que prendeu com um alfinete. Escureceu o rosto com fuligem da chaminé, mas decidiu não usar a peruca encaracolada. Para se aquecer, acrescentou luvas de pele, que também ocultavam as mãos delicadas, e uma manta xadrez que fazia os ombros parecem mais largos.

O relógio bateu a meia-noite, então pegou uma vela e desceu.

Perguntava-se, aflita, se Jay iria de fato cumprir a promessa. Algo poderia tê-lo impedido ou talvez ele tivesse simplesmente adormecido enquanto aguardava. Seria uma decepção! Mas a porta da cozinha estava destrancada, como ele havia prometido, e, ao adentrar o pátio da estrebaria, viu-o à espera, segurando dois pôneis, murmurando com os animais para mantê-los quietos. Sentiu um arroubo de prazer quando Jay sorriu para ela sob o luar. Em silêncio, ele lhe entregou as rédeas da montaria menor, adiantou-se e saiu do pátio pela trilha dos fundos, evitando o caminho da frente, que poderia ser visto dos quartos principais.

Ao chegarem à estrada, Jay desvelou uma lamparina. Eles montaram nos pôneis e saíram trotando.

– Temia que a senhorita não viesse – comentou Jay.

– E eu temia que o senhor tivesse adormecido – replicou ela, e os dois riram.

Eles cavalgaram pelo vale acima rumo às minas de carvão.

– O senhor teve outra discussão com seu pai hoje à tarde? – perguntou Lizzie, sem rodeios.

– Sim, tive.

Ele não ofereceu mais detalhes, mas a curiosidade de Lizzie não precisava de grandes incentivos.

– Por quê? – insistiu.

Ela não conseguia ver seu rosto, mas pôde notar que ele não estava gostando de ser questionado. De todo modo, Jay respondeu com certa brandura:

– O mesmo de sempre, receio eu: meu irmão, Robert.

– Acho que o senhor foi tratado de forma muito injusta, se isso serve de algum consolo.

– Sim, serve... Obrigado. – Ele pareceu relaxar um pouco.

À medida que eles se aproximavam dos poços, a ansiedade e a curiosidade de Lizzie aumentavam e ela começou a especular sobre como seria dentro da mina e por que McAsh insinuara que ela era uma espécie de fossa infernal. Será que fazia um calor insuportável lá no fundo ou um frio de rachar? Os homens rosnavam uns para os outros e brigavam, como gatos selvagens enjaulados? Seria a mina fedorenta, infestada de ratos ou silenciosa e fantasmagórica? Lizzie começou a se sentir apreensiva. Mas, aconteça o que acontecer, pensou ela, eu saberei como é lá dentro e McAsh nunca mais poderá me provocar por causa de minha ignorância.

Cerca de meia hora depois, eles passaram por um pequeno monte de carvão à venda.

– Quem vem lá? – soou uma voz ríspida, e um guarda-caça com um cão preso a uma coleira surgiu ao alcance do brilho da lamparina.

Os guarda-caças normalmente cuidavam dos cervos e tentavam apanhar caçadores ilegais, mas agora muitos também impunham disciplina nas áreas de mineração e as protegiam contra ladrões de carvão.

Jay ergueu a lanterna para revelar o rosto.

– Perdão, Sr. Jamisson – disse o guarda-caça.

Eles seguiram em frente. O poço da mina era marcado apenas por um cavalo trotando em círculos, girando um tambor. Quando chegaram mais perto, Lizzie notou que o tambor acionava uma corda que puxava baldes de água do fundo da mina.

– A mina está sempre cheia de água – explicou Jay. – Ela brota da terra.

Os velhos baldes de madeira vazavam, tornando o solo em volta do poço uma traiçoeira mistura de lama e gelo.

Eles amarraram as montarias e foram até a beirada. Era um buraco de cerca de meio metro quadrado com uma escadaria de madeira íngreme que descia pelas laterais em zigue-zague. Lizzie não conseguia ver o fundo.

Não havia corrimão.

Lizzie sentiu-se em pânico por um momento.

– Qual é a profundidade? – perguntou ela com uma voz trêmula.

– Se bem me lembro, este poço tem 64 metros de profundidade.

Lizzie engoliu em seco. Se desistisse agora, Sir George e Robert provavelmente ficariam sabendo, então falariam: "Eu disse que aquilo não era lugar para uma dama." Ela não suportaria; preferia descer uma escada grande sem corrimão.

Cerrando os dentes, ela questionou:

– O que estamos esperando?

Mesmo que Jay tivesse notado seu medo, não fez nenhum comentário a respeito. Ele foi na frente, iluminando os degraus para Lizzie, e ela o seguiu com o coração na boca. Porém, após alguns degraus, ele perguntou:

– Por que não coloca as mãos nos meus ombros para se apoiar?

Ela aceitou a oferta de bom grado.

Enquanto desciam, os baldes de madeira cheios d'água subiam pelo meio do poço, chocando-se contra os vazios que desciam, muitas vezes derramando água gelada em cima de Lizzie. Ela teve uma visão apavorante de si mesma escorregando nos degraus e caindo desesperadamente pelo buraco, batendo nos baldes e emborcando dezenas deles antes de atingir o fundo da mina e morrer.

Depois de um tempo, Jay parou para que ela descansasse por alguns instantes. Embora Lizzie se considerasse em forma e cheia de energia, suas pernas doíam e ela estava ofegante. Porém, não queria demonstrar cansaço, então pôs-se a conversar com Jay.

– O senhor parece saber bastante sobre as minas: de onde vem a água, qual a profundidade do poço, coisas do tipo.

– O carvão é um assunto constante nas conversas familiares, pois é de onde vem a maior parte do nosso dinheiro. Mas passei um verão com

Harry Ratchett, o supervisor da mina, uns seis anos atrás. Mamãe havia decidido que eu devia aprender tudo sobre o negócio, na esperança de que um dia meu pai fosse querer que eu o administrasse. Uma ambição tola.

Lizzie se compadeceu dele.

Eles continuaram descendo. Após alguns minutos, chegaram a um patamar que dava acesso a dois túneis. Abaixo do nível deles, o poço estava cheio d'água, sendo esvaziado aos poucos pelos baldes, mas constantemente alagado pelas valas que drenavam os túneis. Lizzie olhou para a escuridão adiante, morrendo de curiosidade e medo ao mesmo tempo.

Jay desceu do patamar para um túnel, voltou-se para trás e ofereceu a mão a Lizzie. Seu punho estava firme e sua palma, seca. Quando ela adentrou o túnel, Jay levou sua mão aos lábios e a beijou; Lizzie gostou daquele pequeno galanteio.

Mesmo ao se virar para conduzi-la, ele não largou sua mão. Ela não sabia bem como interpretar aquilo, mas não tinha tempo para pensar no assunto: precisava se concentrar em manter o equilíbrio. Avançou com dificuldade pelo pó de carvão espesso no chão, cujo gosto podia sentir no ar. O teto era baixo em algumas partes e ela precisava ficar encurvada quase o tempo todo. Percebeu que teria uma noite muito desagradável pela frente.

Tentou ignorar o desconforto. De ambos os lados, luzes de velas tremulavam nos vãos entre colunas largas e lhe veio à mente a imagem de uma missa à meia-noite em uma grande catedral.

– Cada minerador trabalha em uma seção de 3,5 metros da frente de carvão, chamada de "baia" – explicou Jay. – Entre uma baia e outra, eles deixam um pilar de carvão, de 1,5 metro quadrado de diâmetro, para sustentar o teto.

De repente, Lizzie se deu conta de que acima da sua cabeça havia 64 metros de terra e rocha que poderiam desmoronar em cima dela se os mineradores não tivessem feito seu trabalho com cuidado; teve que conter o pânico. Involuntariamente, apertou a mão de Jay, que retribuiu o gesto. Daquele momento em diante, Lizzie ficou consciente de que eles estavam de mãos dadas. E descobriu que gostava daquilo.

As primeiras baias pelas quais passaram se achavam vazias, supostamente já exploradas por completo, mas logo em seguida Jay parou ao lado de uma em que um homem escavava. Para a surpresa de Lizzie, o minerador não estava de pé e, sim, deitado de lado, atacando o carvão ao nível do solo. Uma vela em um suporte de madeira próximo da sua cabeça lançava uma luz bruxuleante sobre a área em que ele trabalhava. Apesar da posição desconfortável, ele brandia a picareta com força. A cada golpe, a ponta se enterrava no carvão e arrancava grandes pedaços, abrindo um entalhe de algo em torno de 60 a 90 centímetros de profundidade ao longo de toda a baia. Lizzie ficou chocada ao ver que o homem estava sobre água corrente, que brotava do carvão e escorria até a vala que atravessava o túnel. Lizzie mergulhou os dedos nela e sentiu o líquido congelante, estremecendo. O minerador, no entanto, havia tirado o casaco e a camisa, ficando apenas de calção e descalço. Lizzie podia ver o brilho do suor em seus ombros enegrecidos.

O túnel subia e descia, irregular – ao sabor do veio de carvão, imaginou Lizzie. A partir dali, a elevação se tornou mais íngreme. Jay parou e apontou à frente, onde um minerador fazia algo com uma vela.

– Ele está testando o ar em busca de grisu.

Lizzie soltou sua mão e sentou-se em uma pedra para descansar as costas depois de tanto tempo encurvada.

– A senhorita está bem?

– Estou. O que é grisu?

– Um gás inflamável.

– Inflamável?

– Sim. É o que causa a maioria das explosões em minas de carvão.

Aquilo não fazia o menor sentido.

– Se é explosivo, por que ele está usando aquela vela?

– É a única maneira de detectar o gás: ele é invisível e inodoro.

O mineiro erguia a vela devagar em direção ao teto e parecia analisar a chama com atenção.

– O gás é mais leve do que o ar, então ele se concentra ao nível do teto. Uma pequena quantidade dará uma tonalidade azul à chama da vela.

– E o que uma grande quantidade faria?

– Mandaria todos nós desta para a melhor.

Aquela foi a gota d'água para a Lizzie. Ela estava imunda e exausta, com a boca cheia de pó de carvão, e agora corria risco de ir pelos ares. Disse a si mesma para se manter muito calma. Já sabia, desde antes de descer até ali, que a mineração de carvão era um trabalho arriscado, por isso devia se controlar. Os mineiros iam para debaixo da terra todas as noites; sem dúvida ela teria coragem de fazer aquilo *uma vez*, não teria? Mas seria a última, ela não tinha a menor dúvida.

Os dois observaram o homem por algum tempo. Ele seguia pelo túnel alguns poucos passos por vez, repetindo o teste. Lizzie estava determinada a não demonstrar medo. Obrigando sua voz a soar normal, ela perguntou:

– E se ele encontrar o tal grisu... o que deve ser feito? Como você se livra dele?

– Colocando fogo.

Lizzie engoliu em seco: aquilo só piorava.

– Um dos mineiros tem a função de bombeiro – prosseguiu Jay. – O desta mina, se não me engano, é McAsh, o jovem encrenqueiro. O cargo é geralmente passado de pai para filho. O bombeiro é o especialista em gases da mina; ele sabe o que fazer.

Lizzie queria voltar correndo pelo túnel e subir a escada até o mundo lá fora. A única coisa que a impedia de fazer isso era a humilhação que sentiria se Jay a visse em pânico. Para se safar daquele teste insanamente perigoso, ela apontou para um túnel lateral e perguntou:

– O que tem por ali?

Jay tornou a pegar sua mão.

– Vamos ver.

Um estranho silêncio pairava por toda a mina, pensou Lizzie enquanto eles seguiam andando. Ninguém falava muito: alguns homens tinham rapazes como auxiliares, mas a maioria trabalhava sozinha, e os carregadores ainda não tinham chegado. O retinir de picaretas contra a frente de carvão e o barulho dos pedaços se soltando eram abafados pelas paredes e pela grossa camada de pó sob os seus pés. De vez em quando, os dois atravessavam portas que eram fechadas atrás deles por um menininho: elas controlavam a circulação de ar no túnel, explicou Jay.

Eles se viram em uma seção deserta. Jay parou.

– Esta parte já parece ter sido totalmente explorada – comentou ele, descrevendo um arco no ar com a lamparina.

A luz fraca se refletiu nos olhos de ratos nos limites do círculo iluminado. Sem dúvida viviam dos restos de comida deixados pelos mineradores.

Lizzie notou o rosto de Jay manchado de preto, como os dos mineiros: o pó de carvão sujava tudo. Ele estava engraçado e ela sorriu.

– O que foi? – perguntou Jay.

– Seu rosto está preto!

Ele deu um sorriso torto e tocou a bochecha de Lizzie com a ponta do dedo.

– E como acha que o seu está?

Ela se deu conta de que devia estar igualzinha a ele.

– Ah, não! – exclamou com uma risada.

– Mas continua linda – elogiou ele, e a beijou.

Ela ficou surpresa, mas não recuou, pois gostara do beijo. Os lábios dele eram firmes e secos e Lizzie não sentiu a aspereza de um bigode, pois Jay estava barbeado. Quando ele se afastou, ela disse a primeira coisa que lhe veio à cabeça:

– Foi para isso que o senhor me trouxe aqui?

– Está ofendida?

Era contra as leis da sociedade bem-educada que um jovem cavalheiro beijasse uma dama que não fosse sua noiva. Ela deveria estar indignada, mas tinha apreciado aquele momento. Começou a ficar constrangida.

– Talvez devêssemos voltar.

– Posso continuar segurando a sua mão?

– Pode.

Ele pareceu ficar satisfeito e a conduziu de volta. Após um tempo, Lizzie viu a pedra em que se sentara antes e pararam para observar um minerador trabalhar. Ela pensou naquele beijo e sentiu-se excitada.

O mineiro havia extraído o carvão ao longo de toda a extensão da baia ao nível do solo e agora escavava a parede mais acima com sua picareta. Como a maioria dos seus colegas, estava seminu, e os músculos poderosos de suas costas se contraíam e se distendiam à medida que ele brandia a ferramenta. O carvão, sem um suporte abaixo, acabava por desmoronar sob o próprio peso e caía no chão aos pedaços. O homem recuava rapidamente quando a frente de carvão recém-exposta rachava e cuspia pequenos fragmentos do mineral, se ajustando à alteração da superfície.

Àquela altura, os carregadores já haviam começado a chegar, trazendo suas velas e pás de madeira, e Lizzie sofreu o choque mais aterrador.

O grupo era quase todo composto de mulheres e meninas.

Lizzie nunca se perguntara como as esposas e filhas dos mineradores ocupavam seu tempo. Nunca lhe ocorrera que elas poderiam passar os dias e metade das noites trabalhando debaixo da terra.

Os túneis ficaram ruidosos com o som de vozes e o ar se aqueceu rapidamente, fazendo Lizzie desabotoar o casaco. Graças à escuridão, a maioria das mulheres não havia notado os visitantes, de modo que conversavam sem pudores. Bem diante deles, um homem mais velho trombou com uma mulher que parecia grávida.

– Sai da frente, Sal, que diabo – disse ele com rispidez.

– Vá para o inferno, seu caralho cego! – retrucou ela.

Outra mulher interveio:

– O caralho não é cego, é só caolho!

Então todos riram grosseiramente.

Lizzie ficou chocada. Em seu mundo, mulheres nunca praguejavam daquela forma – e, quanto a "caralho", ela podia apenas imaginar o que significava. Também se impressionou com o fato de aquelas mulheres rirem do que quer que fosse, tendo se levantado da cama às duas da manhã para trabalharem durante quinze horas debaixo da terra.

Sentiu-se estranha. Tudo ali era físico e sensorial: a escuridão, o aperto da mão de Jay, os mineiros seminus extraindo carvão, o beijo, as risadas vulgares das mulheres... Era perturbador, mas ao mesmo tempo excitante. Sua pulsação estava acelerada; a pele, corada; o coração, disparado.

A conversa parou à medida que as carregadoras punham-se a trabalhar, enchendo grandes cestos de carvão com as pás.

– Por que as mulheres fazem isso? – indagou Lizzie a Jay, incrédula.

– Os mineradores são pagos de acordo com o peso do carvão que entregam ao chefe da mina. Se tivessem que pagar um carregador, o dinheiro iria para alguém de fora da família. Quando a esposa e as filhas fazem o trabalho, eles podem ficar com tudo.

Os cestos grandes logo estavam cheios. Lizzie observou duas mulheres se juntarem para erguer um, depositando-o sobre as costas vergadas de uma terceira, que gemeu ao suportar o peso. Com o recipiente preso por uma faixa ao redor da sua testa, ela se pôs a descer lentamente o túnel, encurvada. Lizzie se perguntou como ela poderia conseguir carregar aquilo por 64 metros escada acima.

– O cesto é tão pesado quanto parece?

Um dos mineiros ouviu a pergunta e respondeu:

– Nós chamamos de balaio. Ele comporta 68 quilos de carvão. O jovem mestre gostaria de experimentar o peso?

– Certamente não – interveio Jay em tom protetor, antes que Lizzie pudesse falar.

– Ou talvez meio balaio – insistiu o homem –, como a que esta pequenina aqui está carregando.

Uma menina de 10 ou 11 anos se aproximava deles, usando um vestido de lã disforme e um lenço na cabeça. Estava descalça e levava nas costas um balaio de carvão até a metade.

Lizzie viu Jay abrir a boca para recusar a oferta, mas se antecipou:

– Sim. Deixe-me tentar.

O mineiro parou a menina e uma das mulheres que o acompanhavam ergueu o balaio. A criança permaneceu calada, mas ofegante, e parecia feliz por poder descansar.

– Encurve-se, mestre – pediu o mineiro.

Lizzie obedeceu. A mulher depositou o balaio sobre as costas dela.

O peso era muito maior do que Lizzie havia imaginado e ela não conseguiu suportá-lo nem por um segundo. Suas pernas cederam e ela caiu para frente. O mineiro, pelo jeito já esperando aquilo, a segurou e Lizzie sentiu suas costas se livrarem do peso.

As mulheres ao redor soltaram risadas estridentes diante do vexame do que pensavam ser um jovem cavalheiro. O mineiro que havia apanhado Lizzie a sustentava com facilidade com seu braço forte. A mão calejada e dura como um casco de cavalo apertou-lhe o seio através da camisa de linho. Ela ouviu o homem grunhir de surpresa. Ele a apalpou de novo, como se quisesse ter certeza, mas os seios dela eram grandes – constrangedoramente grandes, pensava ela com frequência – e, no instante seguinte, ele recolheu a mão. O mineiro a colocou de pé, segurando-a pelos ombros, os olhos arregalados em meio ao rosto escurecido pelo carvão.

– Srta. Hallim! – sussurrou ele.

Foi então que ela percebeu que o mineiro era Malachi McAsh.

Os dois se encararam por um instante de perplexidade enquanto as risadas das mulheres enchiam seus ouvidos. Lizzie achou aquela intimidade repentina profundamente excitante, depois de tudo pelo que havia passado antes, e notou que ele sentia o mesmo. Por alguns segundos, ela se viu mais perto dele do que de Jay, por mais que o Sr. Jamisson a houvesse beijado e segurado sua mão. Então, uma voz se sobrepôs ao barulho:

– Mack, olhe só isto!

Uma mulher de rosto enegrecido segurava uma vela perto do teto. McAsh olhou para ela, tornou a fitar Lizzie e, como se lamentasse deixar algo inacabado, largou-a e foi em direção à carregadora.

– Tem razão, Esther – comentou, contemplando a chama. Ele se virou para trás e dirigiu-se aos demais, ignorando Lizzie e Jay: – Há um pouco de grisu na mina. – Lizzie sentiu vontade de sair correndo dali, mas McAsh parecia calmo. – Não é o suficiente para soar o alarme, pelo menos não por enquanto. Nós vamos conferir outros locais e ver até onde ele se alastra.

Lizzie mal podia crer na tranquilidade de McAsh. Que tipo de pessoas eram aqueles mineradores? Por mais dura que fossem suas vidas, os espíritos dele pareciam inquebrantáveis. Em comparação, ela própria parecia mimada e inútil.

Jay pegou o braço de Lizzie e murmurou:

– Acho que já vimos o suficiente, a senhorita não concorda?

Lizzie não discutiu: sua curiosidade já fora saciada muito antes. Com as costas doloridas de tanto se agachar, ela estava cansada, suja, assustada e queria voltar à superfície e sentir o vento no rosto.

Eles voltaram às pressas pelo túnel em direção ao poço. A mina fervilhava naquele momento e havia carregadores por todo lado. As mulheres seguravam as saias acima dos joelhos para se movimentarem com mais desenvoltura e levavam as velas nos dentes, mas seguiam lentamente sob o peso dos enormes fardos. Lizzie viu um homem se aliviar na vala diante de todo mundo. Será que não poderia arranjar um lugar mais reservado para fazer aquilo?, pensou ela, porém, ao refletir melhor, percebeu que ali embaixo não havia nenhum tipo de privacidade.

Os dois chegaram ao poço e começaram a subir a escada. As carregadoras galgavam os degraus engatinhando, como bebês; curvadas como estavam, era o melhor a fazer. Já não havia conversa ou brincadeira: mulheres e meninas bufavam e gemiam sob o peso imenso. Depois de algum tempo, Lizzie precisou descansar, mas as carregadoras nunca paravam. Ela sentiu-se humilhada e cheia de culpa ao ver garotinhas passarem por ela, algumas chorando de dor e cansaço. Às vezes, uma criança desacelerava ou parava por alguns instantes e logo era apressada por um xingamento ou um golpe brutal de sua mãe. Lizzie queria confortá-las. Todas as emoções da noite se mesclaram em uma só, transformando-se em raiva.

– Eu juro – afirmou ela com veemência – que, enquanto viver, não permitirei que seja extraído carvão das minhas terras.

Antes que Jay pudesse responder, um sino começou a tocar.

– O alarme – avisou ele. – Devem ter encontrado mais grisu.

Lizzie gemeu e se pôs de pé. Parecia que alguém enfiara facas em suas panturrilhas. Nunca mais, pensou ela.

– Deixe que eu carrego você – falou Jay e, sem mais delongas, a colocou sobre o ombro e voltou a subir a escada.

CAPÍTULO OITO

O GRISU HAVIA se alastrado a uma velocidade aterrorizante.
A princípio, a tonalidade azul só ficara visível quando a vela era erguida ao nível do teto, mas poucos minutos depois começou a surgir 30 centímetros mais abaixo e Mack teve que interromper os testes por medo de queimar o gás antes de a mina ser evacuada.

Ele respirava em arquejos curtos e apavorados. Tentou se acalmar e pensar com clareza.

Normalmente o gás se espalhava aos poucos, mas aquela situação era diferente. Algo de incomum devia ter acontecido. O mais provável era que o grisu tivesse se acumulado em uma área isolada na qual os mineiros já não estivessem trabalhando, então alguma parede velha se rachou e o temido gás começou a vazar em direção aos túneis ocupados.

E todos os homens, mulheres e crianças ali carregavam uma vela acesa.

Uma pequena quantidade de grisu queimaria sem causar danos; se fosse moderada, entraria em combustão, chamuscando quem quer que estivesse por perto; e um grande montante causaria uma explosão, matando todos que estivessem lá embaixo e destruindo os túneis.

Mack respirou fundo. Sua prioridade era evacuar a mina o mais rápido possível. Ele balançou o sino de mão com força, contando até doze. Quando parou, os mineiros e as carregadoras já corriam ao longo do túnel em direção ao poço, as mães mandando os filhos andarem mais depressa.

Enquanto todos fugiam da mina, suas duas carregadoras continuaram ali – a irmã, Esther, calma e eficiente, e a prima, Annie, que era forte e veloz, mas também impulsiva e desastrada. Usando pás, as duas começaram a cavar freneticamente uma trincheira rasa, da largura e comprimento de Mack, no chão do túnel. Nesse meio-tempo, Mack apanhou uma trouxa de oleado do teto da sua baia e saiu correndo para a boca do túnel.

Após a morte de seus pais, houve certa controvérsia entre os homens sobre se Mack era velho o bastante para herdar o cargo. Além da responsabilidade da função, o bombeiro era visto como um líder na comunidade. Na verdade, o próprio Mack tinha suas dúvidas. Mas ninguém queria o trabalho – não era pago, além de ser perigoso. De todo modo, depois que ele lidou de forma eficiente com a primeira crise, as discussões cessaram.

Agora, Mack se orgulhava da confiança que os homens mais velhos depositavam nele, mas o orgulho também o obrigava a parecer calmo e confiante mesmo quando estava apavorado.

Ele chegou à boca do túnel. Os últimos retardatários começavam a subir a escada. Era hora de Mack se livrar do gás e a única maneira era queimá-lo. Ele precisava fazê-lo entrar em combustão.

Que azar aquilo ter acontecido justamente naquele dia: era o seu aniversário e ele estava prestes a ir embora. Agora, desejava ter mandado a cautela às favas e partido do vale na noite de domingo. Havia se convencido a esperar um ou dois dias para que os Jamissons pensassem que ele fosse ficar, dando-lhes assim uma falsa sensação de segurança. Sentiu um peso no coração ao ver que, em suas últimas horas como mineiro, precisaria arriscar a vida para salvar a mina que logo abandonaria para sempre.

Se o grisu não fosse totalmente queimado, a mina precisaria ser fechada. E o encerramento de uma mina em uma aldeia de mineradores era como uma colheita perdida em uma comunidade de agricultores: as pessoas passariam fome. Mack nunca se esqueceria da última vez em que a mina fora fechada, quatro invernos antes. Durante as angustiantes semanas que se seguiram, os mais jovens e os mais velhos morreram, incluindo seus pais. Um dia depois do falecimento da mãe, Mack desencavara uma toca de coelhos que hibernavam e quebrara seus pescoços enquanto ainda estavam grogues; a carne dos animais foi o que o salvou, assim como Esther.

Ele saiu do túnel e subiu no patamar, rasgando o tecido impermeável da trouxa. Dentro, havia uma tocha grande feita de gravetos secos e trapos, um rolo de barbante e uma versão maior do castiçal hemisférico que os mineradores usavam, fixado sobre uma base de madeira para não cair. Mack prendeu a tocha com firmeza no castiçal, amarrando o barbante à base, e acendeu-a com sua vela. Ela se incendiou imediatamente. Ali, queimaria sem riscos, pois o gás mais leve do que o ar não se acumulava no fundo do poço. Sua próxima tarefa, no entanto, era levar a tocha acesa até o túnel.

Mack reservou alguns instantes para se agachar dentro da vala de drenagem no fundo do poço, encharcando as roupas e os cabelos com a água gelada para ficar um pouco mais protegido contra queimaduras. Então, voltou correndo pelo corredor, desfazendo o rolo de barbante ao mesmo tempo que analisava o chão, removendo do caminho pedras grandes e outros objetos que pudessem atravancar o movimento da tocha incandescente quando ela fosse arrastada ao longo do túnel.

Ao alcançar Esther e Annie, viu pela luz de uma vela no chão que estava tudo pronto. A trincheira tinha sido cavada. Esther molhava um cobertor na vala de drenagem e depois o usou para envolver Mack. Tremendo, ele se deitou na trincheira, ainda segurando a ponta do barbante. Annie se ajoelhou ao seu lado e, para surpresa dele, o beijou em cheio na boca. Em seguida, cobriu a trincheira com uma tábua pesada, fechando-o lá dentro.

Ouviu-se um barulho de líquido sendo derramado, indicando que elas despejavam mais água sobre a tábua, numa tentativa de protegê-lo melhor das chamas que ele estava prestes a provocar. Uma das duas bateu três vezes na madeira: era o sinal da partida delas.

Ele contou até cem para lhes dar tempo de sair do túnel.

Então, tomado pelo pavor, começou a puxar o barbante, arrastando a tocha acesa para o interior da mina, em direção ao local em que ele estava deitado, em um túnel cheio de gás explosivo.

~

Jay carregou Lizzie até o topo da escada e a largou sobre a lama congelada à beira do poço.

– A senhorita está bem?

– Estou feliz em voltar à superfície – respondeu ela com gratidão. – Jamais conseguiria lhe agradecer o suficiente por ter me carregado. Deve estar exausto.

– A senhorita pesa bem menos do que um cesto cheio de carvão – afirmou ele com um sorriso.

Ele falava como se Lizzie não pesasse nada, mas suas pernas pareciam um pouco bambas enquanto os dois se afastavam do poço. No entanto, ele não havia fraquejado uma só vez durante a subida.

Ainda faltavam horas para o raiar do dia e havia começado a nevar, não na forma de flocos que caíam suavemente do céu, mas de pedaços de gelo que eram soprados contra os olhos de Lizzie. Os últimos mineradores e carregadoras saíam do poço e ela avistou Jen, a jovem cujo bebê fora batizado no domingo. Embora a criança tivesse apenas cerca de uma semana, a pobre mulher carregava um balaio. Ela não deveria estar de resguardo depois de dar à luz? A mulher esvaziou o cesto no depósito e entregou ao responsável pela contagem um marcador de madeira: Lizzie imaginava que aquela peça fosse utilizada para calcular os recebimentos ao final da semana. Talvez Jen precisasse demais do dinheiro para tirar aqueles dias de folga.

Lizzie continuou a observá-la, pois ela parecia aflita. Com a vela erguida sobre a cabeça, a mulher disparou pela multidão de setenta ou oitenta mineradores, tentando enxergar através da neve e gritando:

– Wullie! Wullie!

Ela parecia estar à procura de uma criança. Encontrou o marido e teve uma rápida e apavorada conversa com ele. Então, berrou "Não!", correu em direção à entrada do poço e desceu a escada.

O marido foi até a beirada do poço, se afastou e tornou a correr os olhos pela multidão, claramente transtornado e perplexo.

– O que aconteceu? – perguntou Lizzie a ele.

– Não estamos encontrando nosso filho pequeno e minha esposa acha que ele ainda está lá embaixo na mina – respondeu o homem com a voz trêmula.

– Oh, não!

Lizzie olhou para dentro do poço e divisou uma espécie de tocha brilhando no fundo da escadaria. A luz se moveu e sumiu no interior do túnel.

~

Mack havia feito o procedimento em três outras ocasiões, mas aquela era muito mais assustadora. Antes, a concentração de grisu fora muito menor, um processo lento em vez daquele acúmulo repentino. Seu pai tinha lidado com grandes vazamentos de gases, é claro – quando ele se lavava diante do fogo nas noites de sábado, dava para ver o corpo repleto de velhas queimaduras.

Mack tremia debaixo do cobertor encharcado de água gelada. Enrolando o barbante em ritmo constante, puxando a tocha acesa para cada vez mais perto de si e do gás, ele tentava controlar o medo ao pensar em Annie. Os dois tinham crescido juntos e sempre haviam se gostado. Annie tinha um espírito selvagem e um corpo musculoso. Nunca o beijara em público antes, mas o fizera várias vezes em segredo. Eles haviam explorado os corpos um do outro e aprendido a se dar prazer. Experimentaram várias coisas juntos, parando apenas à beira do que Annie chamava de "fazer neném". E quase fizeram exatamente isso...

Não estava adiantando: ele continuava apavorado. Para se acalmar, tentou pensar de forma distanciada como o gás se deslocava e se acumulava. Sua trincheira estava em um ponto baixo do túnel, logo a concentração ali deveria ser menor, mas não havia maneira precisa de estimar aquilo antes de inflamar o gás. Mack temia a dor e sabia que queimaduras eram angustiantes. Não receava morrer, pelo menos não muito. Tampouco costumava pensar em religião, mas acreditava que Deus era misericordioso. Mas não queria morrer agora: não tinha feito nada, visto nada, estado em lugar nenhum. Passara toda a vida como um escravo. Se eu sobreviver a esta noite, jurou ele, irei embora do vale hoje mesmo. Beijarei Annie, me despedirei de Esther e irei desafiar os Jamissons e fugir daqui, que Deus me ajude.

A quantidade de barbante que ele já havia enrolado lhe dizia que a tocha estava mais ou menos na metade do caminho. Poderia queimar o grisu a qualquer momento. Talvez, no entanto, ele nem entrasse em combustão: às vezes, dissera-lhe o pai, o gás parecia desaparecer, ninguém sabia para onde ia.

Ele sentiu certa resistência enquanto puxava e deduziu que a tocha estivesse raspando a parede na altura em que o túnel fazia a curva. Se olhasse para fora, conseguiria vê-la. O gás certamente irá explodir, pensou.

De repente, ouviu uma voz.

Ficou tão chocado que achou que fosse uma experiência sobrenatural, um encontro com um fantasma ou um demônio.

Depois, se deu conta de que não era nenhum dos dois: o que ouvia era a voz de uma criança pequena aterrorizada, chorando e perguntando:

– Cadê todo mundo?

O coração de Mack parou.

No mesmo instante, ele entendeu o que havia acontecido. Quando era criança e trabalhava na mina, muitas vezes adormecia durante a jornada de quinze horas de trabalho. Aquela criança tinha feito o mesmo e, por estar dormindo, não ouvira o alarme. Então havia acordado, encontrando a mina deserta, e entrara em pânico.

Mack levou apenas uma fração de segundo para perceber o que precisava ser feito.

Ele empurrou a tábua para o lado e saltou de dentro da sua trincheira. O recinto estava iluminado pela tocha acesa e ele pôde ver o menino saindo de um túnel lateral, esfregando os olhos e chorando. Era Wullie, o filho de sua prima.

– Tio Mack! – exclamou ele com alegria.

Mack correu em direção ao garoto, se desenrolando do cobertor encharcado no caminho. Não havia espaço para os dois na trincheira rasa: eles teriam que alcançar o poço antes de o gás explodir. Mack envolveu o menino no cobertor, dizendo: "A mina está cheia de grisu, Wullie, temos que sair daqui!" Ele o colocou debaixo de um braço e saiu em disparada.

Enquanto se aproximava da tocha acesa, torcendo para que ela não inflamasse o gás, Mack ouviu-se gritando:

– Ainda não! Ainda não!

Eles a ultrapassaram. O menino era leve, mas Mack encontrava dificuldade para correr encurvado e o terreno piorava ainda mais a situação: lamacento em certas partes, coberto de uma camada grossa de pó em outras e acidentado do início ao fim, com pedras que fariam os mais apressados tropeçarem. Apesar disso, Mack corria a toda velocidade, cambaleando às vezes, mas conseguindo se manter de pé, esperando ouvir o estrondo que talvez fosse o último som que escutaria na vida.

Quando dobrou a curva do túnel, a luz da tocha se apagou. Continuou correndo na escuridão, mas em questão de segundos topou com uma parede e se estatelou de cara no chão, deixando Wullie cair. Praguejou e colocou-se de pé.

O menino começou a chorar. Mack se guiou pelo som e o apanhou de volta. Foi forçado a ir mais devagar, tateando a parede do túnel com a mão livre, amaldiçoando a escuridão. Então, misericordiosamente, a chama de uma vela surgiu adiante, à boca do túnel, e Mack ouviu Jen:

– Wullie! Wullie!

– Estou com ele aqui, Jen! – berrou Mack, pondo-se a correr. – Volte e suba a escada!

Ela ignorou a instrução e foi na direção dele.

Mack estava a poucos metros do fim do túnel e da zona de segurança.

– Volte! – tornou a gritar, mas ela continuou vindo.

Ele trombou com a prima e a ergueu do chão com seu braço livre.

Então o gás explodiu.

Por uma fração de segundo, ouviu-se um sibilo penetrante, seguido por um estrondo ensurdecedor que abalou a terra. Uma força que pareceu um punho gigante golpeou as costas de Mack e ele foi lançado para longe, soltando Wullie e Jen. Sentiu uma onda de calor causticante e teve certeza de que iria morrer, mas mergulhou de cabeça na água gelada e percebeu que fora atirado na vala de drenagem ao fundo do poço da mina.

Veio à tona e limpou a água dos olhos.

Algumas partes do patamar e da escada de madeira estavam em chamas e as labaredas iluminavam a cena com um brilho tremeluzente. Mack localizou Jen, debatendo-se na água e afogando-se. Ele a agarrou e tirou-a de dentro d'água.

– Onde está Wullie? – gritou, engasgando.

O menino talvez tivesse desmaiado, pensou Mack. Ele se impulsionou de um lado a outro do pequeno lago, topando com a corrente dos baldes, que tinham parado de funcionar. Finalmente, encontrou um objeto flutuante que descobriu ser Wullie. Alçou o menino até o patamar e largou-o ao lado da mãe, escalando em seguida a estrutura de madeira e saindo ele próprio da vala.

Wullie sentou-se e cuspiu água.

– Graças a Deus. – Jen soluçou. – Ele está vivo.

Mack olhou em direção ao túnel. Filetes de gás incendiavam-se esporadicamente como espíritos flamejantes.

– Vamos logo subir a escada. Pode haver uma segunda explosão.

Ele pôs Jen e Wullie de pé e os empurrou degraus acima na sua frente. Jen apanhou Wullie e o colocou sobre o ombro: seu peso era irrisório para uma mulher acostumada a carregar um cesto cheio de carvão nas costas vinte vezes por dia ao longo de quinze horas.

Mack hesitou, olhando para as pequenas chamas que ardiam no chão. Se toda a escada queimasse, a mina ficaria inativa por semanas durante a reconstrução do acesso. Demorou-se mais alguns segundos ali embaixo para jogar água da vala nas labaredas e apagá-las. Então, seguiu Jen.

Ao chegar ao topo, sentia-se exausto, ferido e tonto. Foi imediatamente cercado por uma multidão que apertou sua mão, deu-lhe tapinhas nas costas e o parabenizou. O grupo se abriu para dar passagem a Jay Jamisson e seu companheiro, que Mack já havia reconhecido ser Lizzie Hallim disfarçada de homem.

– Muito bem, McAsh – elogiou Jay. – Minha família agradece sua coragem.

Seu esnobe desgraçado, pensou Mack.

– Não há nenhuma outra maneira de lidar com esse gás? – perguntou Lizzie.

– Não! – exclamou Jay.

– É claro que há – retrucou Mack, ofegante.

– Sério? – indagou Lizzie. – Como?

Mack recuperou o fôlego.

– Se forem instalados dutos de ventilação, eles deixariam o gás escapar antes de ele poder se acumular. – Mack tornou a respirar fundo. – Já dissemos isso milhares de vezes aos Jamissons.

Um burburinho de concordância se espalhou entre os mineradores que os cercavam.

Lizzie se voltou para Jay.

– Então por que não fazem isso?

– Você não entende de negócios, afinal, por que deveria entender? Nenhum investidor pode pagar por um procedimento caro quando outro mais barato obterá o mesmo resultado. Os concorrentes praticariam um preço mais baixo. É uma questão de economia política.

– Pode dar o nome chique que quiser – rebateu Mack. – Gente comum chama de ganância perversa.

– Isso mesmo! Tem razão! – berraram alguns mineiros.

– Olhe lá, McAsh – disse Jay, em tom de reprimenda. – Não estrague tudo por não saber o seu lugar outra vez. Você vai arranjar graves problemas.

– Não vou arranjar problema algum. Hoje é meu aniversário de 22 anos. – Ele não pretendia dizer isto, mas já não podia se conter. – Ainda não trabalhei aqui durante um ano e um dia, não exatamente, e não vou fazer isso. – A multidão ficou calada de repente e Mack foi invadido por uma sensação eufórica de liberdade. – Estou indo embora daqui, Sr. Jamisson. Eu me demito. Adeus.

Ele deu as costas para Jay e, em total silêncio, partiu.

CAPÍTULO NOVE

QUANDO JAY e Lizzie chegaram ao castelo, oito ou dez criados já estavam de pé, acendendo lareiras e varrendo o chão de vários aposentos à luz de velas. Lizzie, enegrecida de carvão e quase desmaiando de cansaço, agradeceu a Jay com um sussurro e subiu cambaleando as escadas. Jay ordenou que uma banheira com água quente fosse trazida ao seu quarto e tomou um banho, tirando o pó da pele com uma pedra-pomes.

Durante as últimas 48 horas, acontecimentos impactantes haviam se desenrolado em sua vida: seu pai lhe deixara um patrimônio irrisório, sua mãe amaldiçoara o marido e ele tentara matar o próprio irmão – mas nada daquilo ocupava sua mente. Deitado ali, tinha Lizzie em seus pensamentos. Seu rosto travesso surgia diante dele em meio ao vapor do banho, com um sorriso cheio de malícia, os olhos enrugando-se nos cantos, zombando dele, provocando-o, desafiando-o. Ele se lembrou da sensação de tê-la nos braços enquanto a carregava pela escada: ela era macia e leve e Jay pressionara o corpo pequeno dela contra o seu. Perguntava-se se ela também estaria pensando nele. Lizzie também devia ter pedido água quente: dificilmente iria suja como estava para a cama. Jay a visualizou nua diante da lareira do seu quarto, ensaboando o corpo. Desejava poder estar com ela, tirar a esponja de sua mão e limpar com carinho o pó de carvão das curvas dos seus seios. O pensamento o excitou, ele saltou de dentro da banheira e começou a se secar, esfregando-se com uma toalha áspera.

Não sentia sono. Queria conversar com alguém sobre a aventura daquela noite, mas Lizzie provavelmente dormiria por horas a fio. Pensou em sua mãe: podia confiar nela. Alicia às vezes o obrigava a fazer coisas que ele não queria, mas estava sempre do seu lado.

Jay vestiu roupas limpas, então se encaminhou para o quarto da mãe. Como esperava, ela já estava de pé, bebericando um chocolate quente à penteadeira enquanto a criada lhe penteava o cabelo. Ela sorriu para o filho. Ele a beijou e deixou-se sentar em uma cadeira. A mãe era bonita, mesmo àquela hora da manhã, mas sua alma era de aço.

Alicia dispensou a criada.

– Por que está de pé tão cedo?

– Não fui dormir. Estive na mina.

– Com Lizzie Hallim.

Sua mãe era muito inteligente, pensou ele com carinho. Sempre sabia o que o filho estava tramando. Mas Jay não se importava, pois ela nunca o condenava.

– Como adivinhou?

– Não foi muito difícil: ela estava louca para ir e é o tipo de garota que não aceita um "não" como resposta.

– Escolhemos um mau dia. Houve uma explosão.

– Bom Deus, você está bem?

– Sim...

– Mandarei chamar o Dr. Stevenson de qualquer maneira...

– Mamãe, pare de se preocupar! Eu estava fora da mina no momento da explosão. Lizzie também. Só estou com os joelhos um pouco fracos depois de carregá-la do fundo do poço até o lado de fora.

– O que Lizzie achou da experiência?

– Ela jurou que jamais permitirá que seja extraído carvão da propriedade dos Hallims.

Alicia gargalhou.

– E o seu pai cobiça o carvão dela. Bem, mal posso esperar para testemunhar essa batalha. Quando Robert for marido de Lizzie, ele terá o poder de ir contra os desejos dela... em tese. Veremos. Mas como acha que a corte está progredindo?

– Flertar não é exatamente o ponto forte de Robert, para dizer o mínimo – respondeu Jay com sarcasmo.

– Mas é o seu, não é? – indagou ela, indulgente.

Jay deu de ombros.

– Ele está fazendo o melhor que pode.

– Talvez ela não se case com ele, no fim das contas.

– Creio que será obrigada.

Sua mãe o fitou com um olhar astucioso.

– Você sabe de algo, não sabe?

– Papai se assegurou que lady Hallim tivesse dificuldades em renovar a hipoteca.

– Ele fez isso? Como é dissimulado o seu pai.

Jay suspirou.

– Ela é uma garota maravilhosa. Será um desperdício se ela se casar com Robert.

Alicia pousou a mão no joelho dele.

– Jay, meu doce menino, ela ainda não é de Robert.

– Suponho que ela vá se casar com outra pessoa, então.

– Talvez se case com você.

– Deus do céu, mamãe!

Embora tivesse beijado Lizzie, ele não chegara a pensar em casamento.

– Você está apaixonado por ela, isso é óbvio.

– Apaixonado? Então é amor o que estou sentindo?

– Claro, seus olhos brilham quando você ouve o nome dela e, se ela está por perto, você não tem olhos para mais ninguém.

A mãe havia descrito os sentimentos de Jay com exatidão; ele não conseguia guardar segredos.

– Mas me casar com ela?

– Se está apaixonado por Lizzie, peça a mão dela em casamento! O High Glen seria seu!

– Isso bem serviria de lição para Robert – disse Jay com um sorriso. Seu coração acelerou devido à ideia de ter Lizzie como esposa, mas ele tentou se concentrar nas questões práticas. – Eu não teria um tostão.

– Você não tem um tostão agora. Mas administrará a propriedade melhor do que lady Hallim: ela não é uma mulher de negócios. O terreno é enorme, o High Glen deve ter mais de 15 quilômetros de comprimento e ela também é dona de Craigie e Crook Glen. Você poderia desbastar esses terrenos para criar pastos, vender mais carne de caça, construir um moinho... Poderia render bons dividendos, mesmo sem extrair carvão.

– E quanto às hipotecas?

– Você é um mutuário muito mais atraente do que ela: é jovem, vigoroso e vem de uma família rica. Não terá grandes dificuldades em renovar os empréstimos. E, então, com o passar do tempo...

– O quê?

– Bem, Lizzie é uma menina impulsiva. Hoje, ela jura que jamais permitirá a exploração de carvão na propriedade dos Hallims. Amanhã, sabe lá Deus, pode decidir que os cervos têm sentimentos e proibir a caça. Nada garante que na semana seguinte já não tenha se esquecido das duas determinações. Se um dia você permitir que haja mineração no vale, será capaz de pagar todas as dívidas.

Jay fez uma careta.

– Não gosto da perspectiva de ir contra os desejos de Lizzie.

Ele também estava pensando que queria ser um produtor de açúcar em Barbados, não um dono de mina na Escócia. Mas ele também desejava Lizzie.

De forma desconcertantemente repentina, sua mãe mudou de assunto:

– O que aconteceu ontem, quando vocês estavam caçando?

Jay foi pego de surpresa e se viu incapaz de contar uma mentira tranquilizadora. Ficou vermelho, gaguejou e disse por fim:

– Tive outra discussão com papai.

– Disso eu já sei, pude notar pela cara de vocês. Mas não foi um simples desentendimento. O que houve?

Jay nunca fora capaz de enganá-la.

– Tentei atirar em Robert – confessou ele, angustiado.

– Oh, Jay, que horror.

Ele baixou a cabeça. O pior de tudo era que havia falhado. Se tivesse matado o irmão, a culpa seria terrível, mas pelo menos haveria alguma sensação selvagem de triunfo. Agora lhe restava apenas a culpa.

Alicia se postou ao lado da cadeira de Jay e apoiou a cabeça do filho no próprio colo.

– Meu pobre menino... Não havia necessidade disso. Nós vamos encontrar outra saída, não se preocupe. – Ela se pôs a balançar, acariciando os cabelos do filho e dizendo: – Já passou, já passou.

~

– Como pôde fazer uma coisa dessas? – esbravejou lady Hallim, esfregando as costas da filha.

– Eu tinha que ver com meus próprios olhos – respondeu Lizzie. – Não esfregue tão forte!

– Tenho que esfregar forte ou o pó de carvão não vai sair.

– Fui ridicularizada por Mack McAsh: ele disse que eu não sabia do que estava falando – prosseguiu Lizzie.

– E por que deveria saber? Posso saber desde quando uma jovem dama precisa entender de mineração?

– Odeio que as pessoas me ignorem sob o argumento de que mulheres não entendem de política, agricultura, mineração ou comércio... é assim que conseguem defender todo tipo de absurdos.

Lady Hallim resmungou.

– Espero que Robert não se importe que você seja tão masculina.

– Ele vai me aceitar como eu sou ou então pode desistir.

Sua mãe soltou um suspiro exasperado.

– Minha querida, não pode ser assim. Você precisa lhe dar mais incentivos. É claro que uma garota não quer parecer *desesperada*, mas você está no outro extremo. Agora, prometa para mim que será simpática com Robert hoje.

– Mamãe, o que a senhora acha de Jay?

Lady Hallim sorriu.

– Ele é um rapaz charmoso, é claro... – Ela se interrompeu de repente e olhou firme para Lizzie. – Por que a pergunta?

– Ele me beijou na mina de carvão.

– Não! – Lady Hallim se levantou ereta e jogou longe a pedra-pomes. – Não, Elizabeth, eu não irei tolerar uma coisa dessas! – Lizzie ficou assustada com a ira repentina da mãe. – Eu não vivi vinte anos na penúria para ver você se casar com um galã pobretão!

– Ele não é um pobretão...

– Ah, é, sim. Você viu aquela cena terrível com o pai dele. Todo o seu patrimônio se resume a um cavalo. Lizzie, você não pode fazer isso!

Sua mãe estava possuída pela fúria. Lizzie nunca a vira daquela forma e não conseguia compreender a situação.

– Mamãe, acalme-se, por favor – implorou ela, saindo da banheira. – Pode me passar a toalha?

Para seu espanto, a mãe levou as mãos ao rosto e começou a chorar. Lizzie a envolveu em seus braços e questionou:

– Mãezinha querida, o que houve?

– Cubra-se, sua criança cruel – replicou ela entre soluços.

Lizzie enrolou o corpo molhado em um cobertor.

– Sente-se, mamãe – pediu ela, conduzindo lady Hallim a uma cadeira.

– Seu pai era como Jay, igualzinho a ele – revelou a mãe após um tempo, e havia amargura na maneira como sua boca se retorcia. – Alto, bonito, charmoso e muito disposto a beijar em lugares escuros... e fraco, muito fraco. Eu cedi aos meus impulsos mais baixos e me casei contra o meu próprio bom senso, mesmo sabendo que ele não valia nada. Em três anos, seu pai já tinha gastado toda a minha fortuna e, no ano seguinte, caiu do cavalo quando estava bêbado, quebrou sua bela cabeça e morreu.

– Ah, mamãe...

Lizzie estava chocada com o ódio da mãe. Em geral, ela falava sobre o marido com neutralidade: sempre dissera a Lizzie que ele não tivera sorte nos negócios, que morrera tragicamente jovem e que os advogados haviam feito uma bagunça com as finanças da propriedade. A própria Lizzie mal se lembrava do pai, pois tinha apenas 3 anos quando ele morrera.

– E ele me desprezava por não ter lhe dado um filho homem – prosseguiu a mãe. – Um filho que teria sido como ele, infiel e irresponsável, e que teria partido o coração de alguma menina. Mas eu sabia como evitar isso.

Lizzie tornou a se surpreender. Seria então verdade que as mulheres poderiam evitar a gravidez? Será que a própria mãe havia feito tal coisa contra a vontade do marido?

Lady Hallim pegou a mão da filha.

– Prometa-me que não irá se casar com ele, Lizzie! Prometa para mim!

Lizzie puxou a mão; sentia que era uma traição, mas precisava dizer a verdade:

– Não posso. Eu o amo.

~

Quando Jay saiu do quarto da mãe, seus sentimentos de culpa e vergonha pareciam ter se dissipado e ele se viu repentinamente faminto. Desceu até a sala de jantar. Seu pai e Robert estavam ali, comendo fatias grossas de pernil grelhado com maçãs cozidas e açúcar, conversando com Harry Ratchett. O administrador das minas fora relatar a explosão causada pelo grisu. Sir George lançou um olhar austero para Jay e disse:

– Fui informado de que você desceu a mina de Heugh ontem à noite.

Jay começou a perder o apetite.

– É verdade. Houve uma explosão.

Ele apanhou um jarro e se serviu de um copo de cerveja.

– Já sei tudo sobre a explosão. Quem estava com você?

Jay deu um gole em sua bebida.

– Lizzie Hallim – confessou.

Robert ficou vermelho.

– Maldito seja. Você sabe que papai não queria que ela fosse levada à mina.

Ele sentiu-se provocado a dar uma resposta insolente.

– Bem, papai, como vai me punir? Vai me deixar sem um tostão? Isso o senhor já fez.

O pai brandiu um dedo ameaçador para ele.

– Estou avisando, não desrespeite minhas ordens.

– O senhor deveria estar preocupado com McAsh, não comigo – retrucou Jay, tentando desviar a ira do pai para outro assunto. – Ele disse a todos que iria embora hoje.

– Maldito moleque insolente. – Não ficou claro se ele se referia a McAsh ou a Jay.

Ratchett pigarreou.

– Talvez seja melhor deixar McAsh ir embora, Sir George. O rapaz trabalha bem, mas é um encrenqueiro e seria bom para nós nos livrarmos dele.

– Não posso fazer isso. McAsh me enfrentou publicamente. Se conseguir se safar, todos os jovens mineiros pensarão que podem ir embora também.

– E isso tampouco diz respeito apenas a nós – atalhou Robert. – Esse advogado, Gordonson, poderia escrever para cada mina na Escócia. Se jovens mineiros puderem abandonar seus postos de trabalho aos 21 anos, toda a indústria entrará em colapso.

– Exatamente – concordou o pai. – E como a nação britânica obteria o carvão? Ouçam o que digo: se um dia eu conseguir acusar Caspar Gordonson por traição à pátria, eu o enforcarei antes que qualquer um possa dizer "inconstitucional", juro por Deus.

– Na verdade, é nosso dever patriótico fazer algo a respeito de McAsh – acrescentou Robert.

Para alívio de Jay, todos haviam se esquecido da sua transgressão. Mantendo a conversa concentrada em McAsh, ele perguntou:

– Mas o que pode ser feito?

– Eu poderia prendê-lo – respondeu Sir George.

– Não – retrucou Robert. – Quando saísse da cadeia, ele continuaria afirmando ser um homem livre.

Fez-se um silêncio enquanto todos pensavam.

– Ele pode ser açoitado – sugeriu Robert.

– Talvez seja uma boa solução – falou Sir George. – Tenho o direito de açoitá-lo, por lei.

Ratchett parecia inseguro.

– Há muitos anos que nenhum dono de mina exerce esse direito, Sir George. E quem aplicaria as chibatadas?

– Bem, o que nós *fazemos*, então, com encrenqueiros? – questionou Robert, perdendo a paciência.

– Nós os colocamos para fazer o circuito. – respondeu Sir George, sorrindo.

CAPÍTULO DEZ

M ACK TERIA preferido sair andando em direção a Edimburgo imediatamente, mas sabia que isso seria uma tolice. Embora não tivesse trabalhado uma jornada completa, estava exausto e a explosão lhe deixara um pouco atordoado. Ele precisava de tempo para pensar no que os Jamissons poderiam fazer e descobrir como despistá-los.

Seguiu para casa, tirou as roupas molhadas, acendeu o fogo e foi para a cama. O mergulho na vala de drenagem o deixara mais sujo do que o normal, pois a água lá era cheia de pó de carvão, mas os cobertores já estavam tão pretos que um pouco mais de sujeira não faria diferença. Como a maioria dos homens, ele se banhava uma vez por semana, no sábado à noite.

Os outros mineradores tinham voltado ao trabalho depois da explosão. Esther continuara na mina com Annie, para recolher o carvão que Mack havia extraído: não iria deixar que todo aquele trabalho fosse em vão.

Enquanto adormecia, ele se perguntou por que os homens se cansavam mais rápido do que as mulheres. Os escavadores, todos homens, tinham uma jornada de dez horas, da meia-noite às dez da manhã; os carregadores, a maioria mulheres, trabalhavam das duas da madrugada às cinco da tarde, ou seja, quinze horas no total. A labuta das mulheres era maior, pois subiam a escada sem parar com enormes balaios, porém elas continuavam nas minas muito depois de os maridos terem voltado cambaleando para casa e desabado na cama. Mulheres às vezes se tornavam escavadoras, mas era algo raro: a maioria delas não conseguia brandir a picareta ou a marreta com força o suficiente e demoravam muito para extrair carvão.

Os homens sempre tiravam um cochilo ao chegarem em casa. Mais ou menos uma hora depois, estavam de pé novamente e a maior parte preparava o jantar para a família. Alguns passavam a tarde bebendo no salão da Sra. Wheighel e as pessoas se compadeciam de suas esposas, pois era duro para elas voltarem para casa, após quinze horas carregando carvão, e depararem com o fogo apagado, a comida por fazer e um marido bêbado. A vida era difícil para os mineiros, mas pior ainda para suas mulheres.

Quando Mack acordou, ele tinha consciência de que aquele era um dia importante, mas não conseguia lembrar por quê. Então, veio-lhe à cabeça que ele estava indo embora do vale.

Não chegaria longe se parecesse o fugitivo de uma mina, logo a primeira coisa que fez foi se lavar. Acendeu o fogo e fez várias viagens ao riacho com o barril de água. Aqueceu a água na lareira e trouxe para dentro de casa a tina de latão que ficava pendurada atrás da porta dos fundos. O pequeno recinto se encheu de vapor. Ele encheu a tina, entrou nela com um pedaço de sabão e uma bucha áspera e começou a se esfregar.

Voltou a sentir-se bem. Aquela era a última vez que limparia pó de carvão da pele: nunca mais precisaria voltar a descer uma mina. Para ele, a escravidão ficara para trás. À sua frente, estendia-se Edimburgo, Londres, o mundo. Conheceria pessoas que nunca tinham ouvido falar da mina de Heugh. Seu destino era uma folha de papel em branco na qual ele poderia escrever o que bem entendesse.

Enquanto estava no banho, Annie entrou.

Ela hesitou diante da porta, parecendo aflita e indecisa.

Mack sorriu, ofereceu-lhe a bucha e perguntou:

– Pode esfregar minhas costas?

Ela se aproximou e a tirou de sua mão, mas ficou olhando para ele com a mesma expressão triste.

– O que está esperando?

Ela começou a esfregar.

– Dizem que um mineiro não deve lavar as costas – falou ela. – Supostamente, o enfraquece.

– Já não sou mais um mineiro.

Ela parou de esfregar.

– Não vá, Mack – implorou ela. – Não me deixe aqui sozinha.

Ele já vinha temendo algo parecido: aquele beijo tinha sido premonitório. Sentiu-se culpado. Mack gostava da prima e havia adorado os momentos que passaram juntos no verão anterior, rolando na grama nas tardes quentes de domingo, mas não queria passar o resto da vida com ela, especialmente se isso significasse ficar em Heugh. Como poderia se explicar sem fazê-la sofrer? Os olhos de Annie estavam marejados e Mack pôde ver o quanto ela queria que ele ficasse. Mas ele estava determinado a partir: desejava isso mais do que qualquer coisa que houvesse desejado antes.

– Preciso ir embora – replicou ele. – Sentirei sua falta, Annie, mas tenho que partir.

– Você se acha melhor do que os outros, não acha? – questionou ela, ressentida. – Sua mãe tinha ideias acima da classe dela e você é igualzinho.

Você é bom demais para mim, não é isso que você quer dizer? Vai para Londres se casar com alguma dama refinada, imagino!

Sua mãe certamente tinha ideias acima da sua classe, mas ele não iria a Londres para se casar com uma dama refinada. Seria Mack melhor do que os outros? Será que ele se achava mesmo bom demais para Annie? Havia um pouco de verdade no que ela dizia e ele ficou constrangido.

– Somos todos bons demais para sermos escravos – falou por fim.

Ela se ajoelhou ao lado da banheira e pousou a mão no seu joelho, que estava à tona.

– Você me ama, Mack?

Mack se envergonhou por começar a ficar excitado. Seu desejo era abraçá-la e fazê-la se sentir bem outra vez, mas ele endureceu o coração.

– Gosto de você, Annie, mas nunca dissemos "eu te amo" um para o outro.

Ela enfiou a mão entre as pernas dele e sorriu ao sentir o tesão dele.

– Onde está Esther? – perguntou Mack.

– Brincando com o bebê de Jen. Não vai voltar tão cedo.

Annie pedira que ela não voltasse para casa, deduziu Mack, senão Esther teria vindo correndo para conversar sobre os planos dele.

– Fique aqui e vamos nos casar – disse Annie, acariciando-o.

A sensação era deliciosa. Mack a ensinara como fazer aquilo no verão passado e lhe pedira para mostrar como ela dava prazer a si mesma. Ao se lembrar disso, ficou ainda mais excitado.

– Poderíamos fazer tudo o que quiséssemos, o tempo todo – continuou ela.

– Se eu me casar, ficarei preso aqui pelo resto da vida – retrucou Mack, mas sentia que sua resistência fraquejava.

Annie se levantou e tirou o vestido. Não usava nada por baixo: roupas íntimas eram reservadas para os domingos. Seu corpo era musculoso e rígido, com seios pequenos e achatados e um punhado espesso de pelos negros na região da virilha. A pele estava toda cinzenta, coberta de pó de carvão, como a de Mack. Para seu espanto, ela entrou na banheira, ajoelhando-se com as pernas abertas ao redor das suas.

– É a sua vez de me lavar – avisou ela, entregando-lhe o sabão.

Mack esfregou o sabão nas mãos devagar, fazendo espuma, então as pousou sobre os seios de Annie. Os mamilos dela eram pequenos e rijos. Annie soltou um gemido gutural, agarrou os punhos de Mack e puxou as mãos dele para baixo, fazendo-as descer pela sua barriga dura e lisa até a virilha.

Os dedos ensaboados dele deslizaram para o meio das suas coxas e Mack sentiu os cachos ásperos dos pelos púbicos grossos e a carne firme, porém macia, debaixo deles.

– Fique – suplicou ela. – Vamos fazer. Quero sentir você dentro de mim.

Mack sabia que, se cedesse, seu destino estaria selado. Havia algo de onírico, de irreal naquilo tudo.

– Não – respondeu ele, mas sua voz mal passava de um sussurro.

Annie chegou mais perto, puxando o rosto dele contra os seus seios. Abaixou-se até estar empoleirada em cima de Mack, os lábios inferiores roçando a ponta intumescida do sexo dele, que despontava da superfície da água.

– Diga que sim – pediu ela.

Mack gemeu e desistiu de resistir.

– Sim. Por favor. Rápido.

Ouviu-se um estrondo terrível e a porta foi escancarada.

Annie gritou.

Quatro homens invadiram a casa, enchendo o pequeno recinto: Robert Jamisson, Harry Ratchett e dois dos guarda-caças dos Jamissons. Robert portava uma espada e duas pistolas e um dos homens trazia consigo um mosquete.

Annie saiu de dentro da tina. Atordoado e assustado, Mack se levantou tremendo.

O guarda-caças com o mosquete olhou para Annie.

– Isso é que é amor entre primos – disse ele com malícia.

Mack o conhecia: seu nome era McAlistair. Identificou também o outro, um grandalhão chamado Tanner.

Robert deu uma risada cruel.

– Ela é prima dele? Imagino que incesto seja normal entre mineiros.

O medo e o espanto de Mack deram lugar à fúria diante da invasão de sua casa. Ele conteve a raiva e lutou para manter o controle. Estava correndo grande perigo e havia uma chance de que Annie também sofresse por isso. Precisava manter a cabeça no lugar, não ceder à indignação.

– Sou um homem livre e não quebrei nenhuma lei – afirmou, encarando Robert. – O que estão fazendo na minha casa?

McAlistair continuava olhando para o corpo molhado e fumegante de Annie.

– Que belezinha – falou ele com a voz pastosa.

Mack se voltou para ele e o ameaçou, com uma voz baixa e controlada:

– Se encostar um só dedo nela, eu irei arrancar a sua cabeça com minhas próprias mãos.

McAlistair olhou para os ombros nus de Mack e percebeu que ele poderia cumprir suas palavras. Empalideceu e recuou um passo, embora estivesse armado.

No entanto, Tanner, maior e mais atrevido, estendeu a mão e apertou o seio molhado de Annie.

Mack agiu sem pensar. Em um piscar de olhos, estava fora da tina, agarrando Tanner pelo punho. Antes que qualquer um dos presentes pudesse se mexer, ele segurou a mão do homem contra o carvão incandescente.

Tanner gritou e se contorceu, mas não conseguia se desvencilhar de Mack.

– Me solte! – esgoelou-se. – Por favor, por favor!

– Corra, Annie!

Annie apanhou o vestido e saiu em disparada pela porta dos fundos.

Mack levou uma coronhada na nuca, mas o golpe o enfureceu. Como Annie já tinha partido, ele abandonou qualquer cautela. Soltou Tanner, agarrou McAlistair pelo casaco e lhe deu uma cabeçada no rosto, quebrando o nariz do homem. Sangue jorrou da ferida e o guarda-caça urrou de dor. Mack girou o corpo e chutou Ratchett na virilha com um pé descalço duro como pedra. O capataz se dobrou para a frente, gemendo.

Todas as brigas que Mack tivera na vida haviam transcorrido nas profundezas da mina, portanto ele estava acostumado a lutar em espaços reduzidos. Mas quatro oponentes era demais. McAlistair tornou a atingi-lo com a coronha do mosquete e, por um instante, Mack cambaleou, desnorteado. Foi então que Ratchett o agarrou por trás, prendendo-lhe os braços e, antes que ele pudesse se libertar, sentiu a ponta da espada de Robert contra o pescoço.

– Amarrem-no – ordenou Robert.

~

Eles o jogaram sobre as costas de um cavalo e cobriram seu corpo nu com uma manta, então o levaram para o Castelo Jamisson e o prenderam na despensa. Ele ficou deitado no chão de pedra, tremendo, cercado pelas carcaças sangrentas de veados, vacas e porcos. Tentou se aquecer mexendo-se o máximo possível, mas com as mãos e os pés atados não era capaz de gerar muito calor. Acabou por conseguir sentar-se com as costas apoiadas contra o couro peludo de um cervo morto. Durante algum tempo, cantou para não perder o ânimo: primeiro, baladas que eles entoavam no salão da Sra. Wheighel nas noites de sábado, depois alguns hinos e, por fim, velhas canções de protesto jacobitas. Porém, quando as músicas que conhecia acabaram, sentiu-se pior do que antes.

Sua cabeça latejava por causa dos golpes de mosquete, mas o que mais lhe doía era a facilidade com que os Jamissons o haviam capturado. Quanta tolice sua ter adiado a partida. Mack lhes dera tempo para agir. Enquanto planejavam sua derrocada, ele apalpava os seios da prima.

Imaginar o que o aguardava só lhe provocava mais angústia. Se não morresse congelado ali naquela despensa, eles provavelmente o mandariam para Edimburgo, onde seria julgado por agressão contra os guarda-caças. Como a maioria dos crimes, a pena era o enforcamento.

A luz que penetrava pelas frestas ao redor da porta foi diminuindo à medida que a noite caía. Eles vieram buscá-lo assim que o relógio do pátio da estrebaria bateu as onze horas.

Havia seis homens daquela vez e Mack não tentou lutar contra eles.

Davy Taggart, o ferreiro que produzia as ferramentas dos mineradores, encaixou um colar de ferro como o de Jimmy Lee em volta do pescoço de Mack. Era a maior de todas as humilhações: um sinal evidente para todo o mundo de que ele era propriedade de outro homem. Tornava-se menos do que um homem, sub-humano; era gado.

Os homens o desamarraram e lhe jogaram algumas roupas: um par de calças curtas, uma blusa de flanela puída e um colete rasgado. Ele as vestiu depressa e continuou sentindo frio. Os guarda-caças tornaram a atar suas mãos e o colocaram em cima de pônei.

Assim, eles seguiram em direção ao poço da mina.

O turno de quarta-feira começaria dali a alguns minutos, à meia-noite. O cavalariço estava arreando um novo animal para puxar a corrente dos baldes. Mack percebeu que precisaria fazer o circuito.

Ele gemeu alto. Aquela era uma tortura esmagadora, humilhante. Mack daria a própria vida em troca de uma tigela de mingau quente e alguns minutos diante de uma lareira. Em vez disso, estava fadado a passar a noite ao relento. Sua vontade era cair de joelhos e implorar por misericórdia, mas a ideia do quanto isso agradaria aos Jamissons atiçou seu orgulho e ele esbravejou:

– Vocês não têm nenhum direito de fazer isso! Nenhum direito!

Os guarda-caças riram da sua cara.

Eles o puseram de pé na pista circular lamacenta pela qual os cavalos do poço da mina trotavam dia e noite. Mack empertigou os ombros e ergueu a cabeça, embora se sentisse à beira das lágrimas. Amarraram-no ao arnês, de frente para o cavalo, para que ele não pudesse sair do seu caminho. Então, o cavalariço açoitou o animal, fazendo-o trotar.

Mack começou a correr para trás.

Tropeçou quase imediatamente e o cavalo estacou. O cavalariço tornou a açoitá-lo e Mack colocou-se de pé no último instante. Começou a pegar o jeito de correr para trás. Porém, ficou confiante demais e acabou por escorregar na lama congelada. O cavalo seguiu em frente, Mack rolou para um lado, contorcendo-se e debatendo-se para escapar dos cascos, e foi arrastado ao lado do animal por alguns instantes, então perdeu o controle e foi parar embaixo das patas do animal. O cavalo pisoteou sua barriga, deu-lhe um coice na coxa e se imobilizou.

Eles fizeram Mack se levantar e voltaram a açoitar o animal. A pisada na barriga o deixara sem fôlego e sua perna esquerda parecia fraca, mas ele foi forçado a correr para trás, mancando.

Rilhou os dentes e tentou manter um ritmo constante. Já tinha visto outros sofrerem aquela punição e eles haviam sobrevivido, embora ainda trouxessem as marcas: Jimmy Lee possuía uma cicatriz sobre o olho esquerdo, onde o cavalo o escoiceara, e o rancor que ardia dentro dele era alimentado pela lembrança daquela humilhação. Mack também sobreviveria. Com a mente entorpecida pela dor, pelo frio e pela derrota, ele só pensava em manter-se de pé e evitar os cascos mortais.

Com o passar do tempo, ele entrou em sintonia com o cavalo. Ambos estavam arreados e eram obrigados a andar em círculos. Quando o cavalariço o açoitava, Mack acelerava um pouco o passo; quando Mack tropeçava, o animal parecia diminuir o ritmo por alguns instantes para que ele pudesse se recuperar.

Ele notou que os escavadores chegavam para dar início ao turno da meia-noite. Os homens subiam a colina conversando e gritando, zombando-se e contando piadas como sempre, então caíam em silêncio ao verem Mack. Os guarda-caças empunhavam seus mosquetes de forma ameaçadora sempre que um escavador parecia disposto a parar. Mack ouviu a voz de Jimmy Lee se erguer em indignação e viu, com o canto do olho, três ou quatro mineiros cercarem o homem, agarrá-lo pelos braços e empurrá-lo e puxá-lo em direção ao poço para que ele não se metesse em encrenca.

Aos poucos, Mack foi perdendo a noção do tempo. Os carregadores chegaram, mulheres e crianças tagarelando colina acima até avistar Mack. Ele ouviu Annie exclamar:

– Oh, meu Deus, Mack está fazendo o circuito!

Os empregados dos Jamissons a impediram de se aproximar, mas ela gritou:

– Esther está procurando você, vou buscá-la.

Esther apareceu algum tempo depois e, antes que os guarda-caças pudessem barrá-la, ela parou o cavalo e levou um jarro de leite quente adoçado aos lábios de Mack. Era como o elixir da vida e ele o bebeu sofregamente, quase engasgando. Conseguiu tomar todo o conteúdo antes de eles puxarem Esther para longe.

A noite passou devagar, parecendo durar um ano inteiro. Os guarda-caças largaram os mosquetes e sentaram-se ao redor da fogueira do cavalariço. Os carregadores saíam da mina, esvaziavam os cestos no depósito e desciam novamente em sua interminável jornada. Quando o cavalariço trocou o cavalo, Mack teve alguns minutos de descanso, mas o novo trotava mais rápido.

Em dado momento, ele percebeu que era dia. Deviam faltar apenas uma ou duas horas para o término do trabalho dos escavadores, mas sessenta minutos era uma eternidade.

Um pônei veio subindo a colina. Com sua visão periférica, Mack viu o cavaleiro desmontar e ficar parado, fitando-o. Lançando um breve olhar naquela direção, ele reconheceu Lizzie Hallim, trajando o mesmo casaco de pele preto usado na igreja. Estaria ali para zombar dele?, perguntou-se Mack. Ele se sentia humilhado e desejava que ela fosse embora. Mas, quando tornou a encarar o seu rosto delicado, notou que não havia escárnio algum ali. Em vez disso, viu compaixão, raiva e algo mais que não conseguia interpretar.

Outro cavalo despontou na colina e Robert desmontou dele. Falou com Lizzie em um tom de voz colérico. A resposta de Lizzie pôde ser ouvida com clareza:

– Isso é uma barbaridade!

Em seu suplício, Mack sentiu-se profundamente grato a ela. Sua indignação o confortava. Era um pequeno consolo saber que havia ao menos uma pessoa em toda a aristocracia que sentia que seres humanos não deveriam ser tratados daquela forma.

Robert respondeu com indignação, mas Mack não conseguiu discernir suas palavras. Enquanto eles discutiam, os homens começaram a sair do poço. Todavia, não voltaram para suas casas e se postaram ao redor da pista, observando em silêncio. As mulheres também se aproximaram: depois de esvaziarem os balaios, não desceram de volta à mina, mas juntaram-se ao aglomerado silencioso.

Robert ordenou que o cavalariço parasse o cavalo.

Mack enfim parou de correr. Tentou manter-se orgulhosamente de pé, mas as pernas se recusaram a sustentá-lo e ele caiu de joelhos. O cavalariço veio desamarrá-lo, mas Robert o interrompeu com um gesto.

Robert falou alto o suficiente para que todos o ouvissem.

– Bem, McAsh, você disse ontem que lhe faltava apenas um dia para se tornar um escravo. Agora, já trabalhou um dia a mais. Mesmo dentro de suas regras tolas, você agora é propriedade do meu pai.

Ele virou para dirigir-se à multidão, porém, antes que pudesse retomar a palavra, Jimmy Lee pôs-se a cantar.

Jimmy tinha uma voz de tenor límpida e as notas de um hino famoso espalharam-se pelo vale afora:

Eis um homem pela angústia vergado
Marcado pela dor e pela derrota
Subindo aquele monte de pedras crivado
Com uma cruz em seus ombros posta

Robert ficou vermelho e gritou:

– Cale-se!

Jimmy o ignorou e iniciou a segunda estrofe. Os outros se juntaram a ele, alguns entoando a letra, e uma centena de vozes dando corpo à melodia:

Agora trespassado pela agonia
E aos olhos dos homens exibido
Mas amanhã ao raiar do dia
Novamente ele estará erguido

Robert deu as costas à multidão, impotente. Atravessou a passos firmes o lamaçal até seu cavalo, deixando Lizzie sozinha, uma pequena figura desafiadora. Ele montou e foi descendo a colina, furioso, enquanto as vozes emocionantes dos mineradores agitavam o ar da montanha como uma tempestade:

Não o olhem mais com ar compadecido
Vejam, nossa luta não foi em vão
Quando o lar celestial for por nós construído
Todos os homens livres serão!

CAPÍTULO ONZE

J AY ACORDOU sabendo que iria pedir Lizzie em casamento.
Sua mãe lhe plantara a ideia na cabeça no dia anterior, mas ela havia se enraizado depressa. Parecia natural, inevitável até.

Agora, estava preocupado se ela iria ou não aceitar o pedido.

Lizzie gostava o suficiente dele, pensava Jay – como a maioria das garotas. Mas precisava de dinheiro e ele não tinha nenhum. Sua mãe dizia que esses problemas poderiam ser resolvidos, mas Lizzie talvez preferisse a segurança do futuro com Robert. A ideia de ela se casar com seu irmão, no entanto, causava-lhe repulsa.

Para sua decepção, Jay descobriu que ela saíra cedo. Ele estava tenso demais para esperar o seu retorno dentro de casa. Dirigiu-se à estrebaria e ficou olhando o garanhão branco que o pai lhe dera de aniversário, batizado de Nevasca. Jay havia jurado que nunca iria montá-lo, mas não conseguiu resistir à tentação. Levou o cavalo pelo vale de High Glen acima e galopou com ele ao longo do gramado primaveril às margens do córrego. Valeu a pena quebrar sua promessa. Jay parecia estar montado em uma águia, cortando o ar, carregado pelo vento.

Nevasca avançava melhor quando estava a galope. Andando ou trotando, parecia arisco, inseguro quanto ao terreno, descontente e irascível. Mas era fácil perdoar um cavalo por ser um mau trotador se ele podia disparar como uma bala.

Durante a volta para casa, Jay entregou-se a pensamentos sobre Lizzie. Ela sempre havia sido excepcional, desde menina: bonita, rebelde e sedutora. Agora, era única. Sabia atirar melhor do que qualquer outro conhecido dele, o vencera em uma corrida de cavalos, não tinha medo de descer até uma mina de carvão, era capaz de se disfarçar e enganar todos os presentes em uma mesa de jantar – Jay nunca conhecera uma mulher como ela.

Era difícil lidar com Lizzie, é claro: teimosa, caprichosa e autocentrada. Estava mais disposta do que a maioria das mulheres a contestar o que os homens diziam. Mas Jay e todos os demais a desculpavam por ela ser tão encantadora, inclinando seu rostinho travesso para lá e para cá, sorrindo e franzindo a testa enquanto contradizia cada palavra sua.

Ele chegou à estrebaria na mesma hora que o irmão. Robert estava de péssimo humor. Irritado, ele ficava ainda mais parecido com o pai, seu rosto vermelho e arrogante.

– O que diabo há de errado com você? – questionou Jay, mas Robert jogou as rédeas para um cavalariço e seguiu a passos firmes para dentro de casa.

No momento em que Jay acomodava Nevasca no estábulo, Lizzie chegou em sua montaria. Ela também estava transtornada, mas o aspecto corado que a raiva emprestava às suas faces e o brilho em seus olhos a deixavam ainda mais bonita. Jay ficou olhando para ela, fascinado. Eu quero essa garota, pensou, eu a quero só para mim. Ele estava pronto para pedi-la em casamento ali mesmo. Porém, antes que Jay pudesse falar, ela apeou e perguntou:

– Eu sei que os que perturbam a ordem devem ser punidos, mas não acredito em tortura, o senhor acredita?

Ele não via nada de errado em torturar criminosos, mas não iria dizer isso a Lizzie, não quando ela estava naquele humor.

– É claro que não. A senhorita está vindo do poço da mina?

– Foi horrível. Eu pedi que Robert deixasse aquele homem ir embora, mas ele se recusou a me ouvir.

Então ela havia brigado com Robert. Jay conteve a alegria.

– A senhorita nunca tinha visto um homem fazer o circuito antes? Não é tão raro assim.

– Não, nunca tinha visto. Não sei como consegui me manter tão lamentavelmente ignorante quanto à vida dos mineradores. Imagino que as pessoas me protejam da cruel verdade por eu ser mulher.

– Robert parecia irritado por algum motivo – sondou Jay.

– Todos os mineradores se puseram a cantar um hino e recusaram-se a parar mesmo depois que ele ordenou.

Jay ficou feliz em ouvir aquilo. Parecia que Lizzie vira o pior lado de Robert. Minhas chances de sucesso aumentam a cada minuto, pensou, exultante.

Um cavalariço encarregou-se da montaria de Lizzie e eles atravessaram o pátio a pé, adentrando o castelo. Robert estava conversando com Sir George no hall.

– Foi um gesto desaforado de insubordinação – opinou Robert. – Aconteça o que acontecer, devemos nos certificar de que McAsh não saia impune.

Lizzie bufou, exasperada, e Jay viu que aquela era sua chance de marcar pontos com ela.

– Acho que deveríamos cogitar a hipótese de deixar McAsh partir – disse ele para o pai.

– Não seja ridículo – falou Robert.

Jay lembrou-se do argumento de Harry Ratchett.

– O homem é um arruaceiro, ficaríamos melhor sem ele.

– Ele nos desafiou abertamente! – protestou Robert. – Não podemos deixar que saia impune.

– Ele não saiu impune! – interveio Lizzie. – Sofreu a punição mais brutal possível!

– Aquela não é uma punição brutal, Elizabeth – retrucou Sir George. – A senhorita deve entender que eles não sentem dor como nós. – Antes que ela pudesse discordar, ele se voltou para Robert. – Mas é verdade que ele não saiu impune. Os mineradores agora sabem que não podem partir ao completarem 21 anos: nós já mostramos que tínhamos razão. Pergunto-me se não deveríamos deixá-lo sumir discretamente.

Robert não se deu por satisfeito.

– Jimmy Lee é um arruaceiro, mas nós o trouxemos de volta.

– É um caso diferente. Lee é todo coração, sem cérebro; nunca será um líder, não temos nada a temer dele. McAsh é feito de um material mais refinado.

– Não tenho medo de McAsh.

– Ele pode ser perigoso – prosseguiu Sir George. – Sabe ler e escrever. É o bombeiro da mina, o que significa que os homens o respeitam. E a julgar pela cena que acabou de descrever para mim, já está a ponto de se tornar um herói. Se o obrigarmos a ficar aqui, ele causará problemas por toda a sua maldita vida.

Robert assentiu com relutância e comentou:

– Ainda não me parece uma boa ideia.

– Então faça parecer. Mantenha os guardas na ponte. McAsh irá pela montanha, provavelmente; nós apenas não iremos persegui-lo. Não me importo que eles pensem que McAsh escapou, desde que saibam que ele não tinha o direito de ir embora.

– Muito bem – disse Robert.

Lizzie lançou um olhar triunfante para Jay. Pelas costas de Robert, articulou a palavra "Excelente", animada.

– Preciso lavar as mãos antes do jantar – avisou Robert, e desapareceu atrás da casa, ainda rabugento.

Sir George foi para o próprio escritório. Lizzie enlaçou o pescoço de Jay.

– Você conseguiu! Libertou aquele rapaz! – exclamou e o beijou escancaradamente.

Foi de uma ousadia escandalosa e Jay ficou chocado, mas logo se recobrou do susto. Passou os braços em volta da sua cintura e a puxou para si. Ele se inclinou para baixo e os dois tornaram a se beijar: foi um beijo diferente, lento, sensual e explorador. Jay fechou os olhos para se concentrar nas sensações. Esqueceu que estavam no ambiente menos reservado do castelo, pelo qual parentes e convidados, vizinhos e criados passavam constantemente. Por sorte, ninguém apareceu e o beijo não foi interrompido. Quando se separaram, ofegantes, eles continuavam sozinhos.

Sentindo um arrepio de ansiedade, Jay percebeu que aquele era o momento de pedi-la em casamento.

– Lizzie... – Por algum motivo, não sabia como abordar o assunto.

– O que foi?

– O que quero dizer é que... você não pode se casar com Robert agora.

– Posso fazer o que bem quiser – rebateu ela de imediato.

Obviamente, aquela era a tática errada a se usar com Lizzie: não se devia dizer o que ela podia ou não fazer.

– Não foi minha intenção...

– Robert talvez beije ainda melhor do que você – interrompeu ela, abrindo um sorriso travesso.

Jay riu e Lizzie pousou a cabeça no peito dele.

– É claro que não posso me casar com ele, não agora.

– Porque...

Ela o encarou.

– Porque vou me casar com você, não vou?

Jay mal conseguia acreditar.

– Bem... sim!

– Não era isso que queria me perguntar?

– Para dizer a verdade, sim, era.

– Então está resolvido. Agora pode me beijar outra vez.

Sentindo-se um pouco atordoado, ele baixou a cabeça em direção à dela. Assim que os lábios se uniram, Lizzie abriu a boca e Jay ficou espantado e maravilhado ao sentir a ponta da língua dela tentando encontrar, hesitante, a sua. Isso o fez imaginar quantos outros rapazes ela já havia beijado, mas aquela não era a hora para perguntar. Ele reagiu da mesma maneira.

Sentiu-se enrijecer dentro das calças e ficou constrangido diante da possibilidade de ela notar. Lizzie colou seu corpo ao dele e Jay não teve mais dúvidas de que ela podia senti-lo. Ela se deteve por um instante, como se não soubesse o que fazer, então tornou a chocá-lo ao pressionar-se ainda mais contra ele, como se estivesse ávida por sentir aquilo. Jay já conhecera garotas experientes, nas tabernas e cafeterias de Londres, que beijavam e se roçavam em um homem daquela forma sem a menor cerimônia, mas com Lizzie parecia diferente, como se ela agisse assim pela primeira vez.

Jay não ouviu a porta se abrir. De repente, Robert estava gritando em seu ouvido:

– O que diabo significa isto?

Os amantes se separaram.

– Acalme-se, Robert – pediu Jay.

– Que droga é esta? O que pensam que estão fazendo? – perguntou, furioso, cuspindo as palavras.

– Não se preocupe, meu irmão: estamos noivos.

– Seu verme! – esbravejou Robert, desferindo-lhe um soco.

Foi um golpe desesperado e Jay se esquivou com facilidade, mas Robert saltou para cima dele brandindo os punhos no ar. Jay não brigava com o irmão desde a infância, mas lembrava que Robert era forte, porém lento. Depois de se desviar de uma série de golpes, Jay se lançou contra o irmão e engalfinhou-se com ele. Para seu espanto, Lizzie pulou nas costas de Robert, estapeando sua cabeça e gritando:

– Deixe-o em paz! Deixe-o em paz!

A cena fez Jay rir; ele não conseguiu continuar lutando e soltou o irmão. Robert o socou, acertando-o bem ao lado do olho. Jay cambaleou para trás e caiu no chão. Com o olho ileso, viu Robert debater-se para tirar Lizzie das costas. Apesar da dor que sentia no rosto, não pôde deixar de gargalhar outra vez.

Então a mãe de Lizzie chegou, seguida rapidamente por Alicia e Sir George. Após alguns instantes de choque, lady Hallim mandou:

– Elizabeth Hallim, saia de cima desse homem agora mesmo!

Jay levantou-se e Lizzie se desenroscou de Robert. Os três pais estavam perplexos demais para falar. Com uma das mãos sobre o olho ferido, Jay fez uma mesura para lady Hallim e disse:

– Permita-me ter a honra de pedir a mão de sua filha em casamento.

– Seu idiota, você não tem um tostão para se manter – vociferou Sir George alguns minutos depois.

As famílias tinham se separado para debater em particular a notícia chocante. Lady Hallim e Lizzie haviam ido para o andar de cima. Sir George, Jay e Alicia estavam no escritório. Robert, furioso, fora sozinho para algum lugar.

Jay conteve uma réplica mordaz. Lembrando o que a mãe havia sugerido, falou:

– Estou certo de que posso administrar o High Glen melhor do que lady Hallim. O terreno tem mil acres ou mais, é perfeitamente capaz de gerar dividendos suficientes para nos sustentar.

– Moleque imbecil, o High Glen não pode ser seu: ele está hipotecado.

Jay sentiu-se humilhado pelo desprezo sarcástico do pai e seu rosto ruborizou-se. Alicia entrou na conversa:

– Jay pode conseguir novos empréstimos.

Seu pai pareceu espantado.

– Quer dizer que você está do lado do garoto nessa questão?

– Você se recusa a lhe dar algo. Quer que ele lute por tudo, como você lutou. Bem, ele está lutando e a primeira coisa que conquistou foi Lizzie Hallim. Você não pode reclamar.

– Ele a conquistou ou foi você quem a conquistou para ele? – indagou Sir George com astúcia.

– Não fui eu quem a levei à mina de carvão.

– Ou quem a beijou no hall – completou Sir George, seu tom de voz resignado. – Fazer o quê? Ele tem mais de 21, então imagino que não possamos impedi-lo. – Seu rosto assumiu uma expressão ardilosa. – Seja como for, o carvão do High Glen virá para a nossa família.

– Ah, não virá, não – retrucou Alicia.

Tanto Jay quanto Sir George a encararam.

– Que história é essa? – questionou Sir George.

– Você não irá cavar poços de mineração nas terras do Jay. Por que deveria?

– Não seja tola, Alicia: há uma fortuna em carvão debaixo daquele vale. Seria um pecado deixá-lo onde está.

– Jay pode conceder os direitos de mineração a terceiros. Há várias sociedades anônimas dispostas a abrir novos poços: você mesmo disse isso.

– Você não ousaria fazer negócio com meus rivais! – exclamou Sir George.

Sua mãe era muito forte, notou Jay, repleto de admiração. Mas ela parecia ter esquecido as objeções de Lizzie quanto à exploração de carvão.

– Mas, mamãe, lembre-se de que Lizzie...

Ela lançou um olhar para Jay que o fez se calar e dirigiu-se ao marido:

– Jay talvez prefira fazer negócio com os seus rivais. Depois de ser insultado em seu aniversário de 21 anos, ele por acaso lhe deve alguma coisa?

– Eu sou o pai dele, ora essa!

– Então comece a agir como tal. Dê-lhe os parabéns pelo noivado. Receba a noiva dele como uma filha. Planeje uma luxuosa cerimônia de casamento.

Ele a fitou por alguns instantes.

– É o que você quer?

– Isso não é tudo.

– Eu deveria ter adivinhado. O que mais?

– Um presente de casamento para ele.

– O que você tem em mente, Alicia?

– Barbados.

Jay quase saltou da cadeira; por essa ele não esperava. Como sua mãe era sagaz!

– Fora de cogitação! – esbravejou Sir George.

Alicia se levantou.

– Pense um pouco – disse ela, quase como se não se importasse com o que ele pensava ou deixava de pensar. – O açúcar é um problema, como você sempre fala. Os lucros são altos, mas há sempre dificuldades: as chuvas rareiam, os escravos adoecem e morrem, os franceses vendem mais barato, navios perdidos no mar. O carvão, por outro lado, é simples, pois basta escavá-lo e vendê-lo. É como encontrar dinheiro enterrado no quintal dos fundos, como você me disse certa vez.

Jay estava eufórico: ali se encontrava a chance de conseguir o que queria, no fim das contas. Mas e quanto a Lizzie?

– Barbados está prometido a Robert – rebateu o pai.

– Tire dele. Deus sabe o quanto já tirou de Jay.

– A fazenda de cana-de-açúcar é patrimônio de Robert.

Alicia se encaminhou para a porta e Jay a seguiu.

– Já tivemos essa conversa antes, George, e eu sei todas as suas respostas. Mas agora a situação mudou. Se quiser o carvão de Jay, terá que lhe dar algo em troca. E o que ele quer é a fazenda de Barbados. Se não lhe der isso, não terá o carvão. É uma escolha simples e você tem tempo de sobra para pensar nela.

Sua mãe saiu do escritório, acompanhada por Jay. Uma vez no hall, ele sussurrou:

– A senhora foi incrível! Mas Lizzie não permitirá que se extraia carvão no High Glen.

– Eu sei, eu sei – falou a mãe, impaciente. – Isso é o que ela diz agora; pode muito bem mudar de ideia.

– E se não mudar? – perguntou Jay, preocupado.

– Atravessaremos esta ponte quanto chegarmos a ela – disse Alicia.

CAPÍTULO DOZE

L IZZIE DESCEU as escadas trajando uma capa de pele tão grande que a envolvia em duas camadas e se arrastava pelo chão. Ela precisava sair um pouco.

A casa estava carregada de tensão: Robert e Jay se odiavam mais do que nunca, sua mãe estava zangada com ela, Sir George estava furioso com o caçula e o clima também era de hostilidade entre Alicia e o marido. O jantar tinha sido de roer as unhas.

Enquanto Lizzie atravessava o hall, Robert surgiu das sombras. Ela se deteve e o encarou.

– Sua cadela – xingou ele.

Era um insulto grosseiro para uma dama, mas Lizzie não se ofendia com meras palavras e, de todo modo, Robert tinha motivo para estar com raiva.

– O senhor deve ser como um irmão para mim agora – falou ela em um tom conciliatório.

Ele agarrou seu braço, apertando-o com força.

– Como pôde preferir aquele bastardinho bajulador a mim?

– Eu me apaixonei por ele. Largue o meu braço.

Ele a segurou com mais força, o rosto desfigurado pela ira.

– Ouça bem o que vou lhe dizer: mesmo que eu não possa tê-la, High Glen ainda será meu.

– Não, não será. Quando eu me casar, o vale passará a ser propriedade do meu marido.

– Espere e verá – retrucou Robert, o aperto já machucando-a.

– Solte o meu braço ou eu vou gritar – ameaçou Lizzie, e ele a soltou.

– Vai se arrepender disso pelo resto da sua vida – prometeu Robert, indo embora.

Lizzie saiu do castelo e fechou mais sua capa de pele ao redor de si. As nuvens haviam se dissipado um pouco e era uma noite enluarada: ela conseguia enxergar o suficiente para atravessar o passeio e descer o gramado em direção ao rio.

Não sentia remorsos por ter rejeitado Robert. Ele nunca a amara. Caso contrário, estaria triste, mas, em vez de se sentir arrasado por tê-la perdido, se enfurecera porque o irmão se dera bem.

Ainda assim, o encontro com Robert a abalara. Ele tinha a mesma determinação implacável do pai. É claro que não poderia tomar High Glen dela, mas do que seria capaz?

Lizzie o afastou dos pensamentos. Tinha conseguido o que queria: Jay. Agora, estava ansiosa por planejar o casamento e montar sua casa. Mal podia esperar para morar com ele e acordar todas as manhãs ao seu lado.

Sentia-se entusiasmada e temerosa. Conhecia Jay desde criança, mas havia passado apenas alguns dias em sua companhia depois que ele se tornara um homem. Era um salto no escuro. Mas, por outro lado, pensou ela, um casamento é sempre um salto no escuro: você só conhece outra pessoa de verdade quando vai morar com ela.

Sua mãe estava transtornada, pois seu sonho era que a filha se casasse com um homem rico para pôr um fim aos seus anos de pobreza. Porém, precisava aceitar que Lizzie tinha os próprios sonhos.

Ela não estava preocupada com dinheiro. Sir George provavelmente daria algo a Jay no fim das contas e, mesmo que não desse, eles poderiam viver na High Glen House. Alguns proprietários de terras escoceses desbastavam suas florestas e arrendavam o terreno para criadores de ovelhas: Jay e Lizzie poderiam experimentar isso no começo, para ganharem um dinheiro a mais.

Independentemente do que acontecesse, seria divertido. O que ela admirava em Jay era o seu gosto por aventuras. Ele estava disposto a galopar pelo bosque, mostrar-lhe o interior de uma mina e viver nas colônias.

Ela se perguntou se isso poderia ocorrer algum dia. Jay ainda esperava conseguir a propriedade de Barbados. A ideia de morar no estrangeiro deixava Lizzie quase tão eufórica quanto a perspectiva de se casar. Dizia-se que a vida nas colônias era livre e sossegada, sem as formalidades rígidas tão irritantes da sociedade britânica. Imaginou-se jogando fora anáguas e saias rodadas, cortando seu cabelo curto e passando o dia inteiro cavalgando com um mosquete jogado sobre o ombro.

Jay teria algum defeito? Sua mãe dizia que ele era vaidoso e só pensava em si mesmo, mas Lizzie nunca havia conhecido um homem que não fosse assim. A princípio, achava que ele fosse fraco, por não enfrentar o irmão e o pai, mas agora imaginava que tivesse se enganado, pois, ao pedi-la em casamento, Jay desafiara os dois.

Ela chegou à margem do rio. Aquele não era nenhum córrego das montanhas, descendo em filetes pela encosta do vale. Com 30 metros de largura, tratava-se de uma torrente profunda e veloz. O luar se refletia na superfície agitada em lascas prateadas, como um mosaico estilhaçado.

O ar estava tão frio que respirar doía, mas a capa de pele mantinha seu corpo aquecido. Lizzie recostou-se no tronco largo de um velho pinheiro e ficou observando as águas revoltas. Ao olhar para a margem oposta, ela notou um movimento.

Não era bem à sua frente, mas um pouco adiante rio acima. A princípio, achou que fosse um cervo: eles costumavam vagar à noite. A criatura não parecia uma pessoa, pois tinha uma cabeça grande demais. Então, viu que era um homem com uma trouxa amarrada à cabeça. Ele se aproximou da margem do rio, com gelo rachando sob os pés, e entrou na água.

A trouxa devia conter suas roupas. Mas quem nadaria no rio àquela hora da noite em pleno inverno? Só podia ser McAsh, tentando despistar os guardas que vigiavam a ponte. Lizzie estremeceu debaixo da capa de pele ao pensar na temperatura da água. Era difícil imaginar como um homem poderia nadar nela e sobreviver.

Ela sabia que devia ir embora dali; assistir a um homem nu nadar no rio só poderia lhe causar problemas. Mas sua curiosidade foi mais forte e acabou permanecendo onde estava, imóvel, observando-o atravessar o rio caudaloso só com a cabeça de fora. A correnteza o obrigava a fazer um trajeto diagonal, mas ele parecia forte, já que seu ritmo não era prejudicado. Chegaria à margem cerca de 20 ou 30 metros adiante de onde ela estava.

Porém, na metade do caminho, sua sorte o abandonou. Lizzie notou uma forma escura vindo na direção dele na superfície da água e então percebeu ser uma árvore caída. Ele não pareceu enxergá-la até ela estar perto demais. Um galho pesado o atingiu na cabeça e seus braços ficaram emaranhados na folhagem. Lizzie arquejou ao vê-lo submergir. Correu os olhos pelos galhos, tentando encontrar o homem – ainda não sabia ao certo se era McAsh. A árvore se aproximou dela, mas ele não reapareceu.

– Por favor, não se afogue – sussurrou Lizzie.

O tronco passou por ela, mas ainda não havia sinal do homem. Lizzie cogitou buscar ajuda, mas estava a 400 metros ou mais do castelo; quando voltasse, a correnteza já o teria levado para longe, vivo ou morto. Porém, talvez devesse tentar, pensou Lizzie. Ela permaneceu imóvel, angustiada, sem saber o que fazer, quando ele veio à tona um metro atrás da árvore caída.

Por milagre, a trouxa continuava amarrada à sua cabeça. No entanto, ele já não conseguia nadar a braçadas constantes: debatia-se na água, balançando os braços e chutando, sorvendo o ar em golfadas desesperadas, cuspindo e tossindo. Lizzie desceu até a beira do rio. Água gelada encharcava seus sapatos de seda e congelava seus pés.

– Aqui! – chamou ela. – Eu vou puxá-lo para fora!

Ele não pareceu ouvir e continuou a se debater como se, após quase se afogar, não conseguisse pensar em mais nada além de respirar. Então, pareceu acalmar-se com grande esforço e olhou à sua volta para se localizar.

– Aqui! – tornou a gritar Lizzie. – Deixe-me ajudá-lo!

O homem tossiu e arfou novamente e sua cabeça afundou, mas veio à tona outra vez logo em seguida e ele nadou chapinhando e cuspindo, mas indo no rumo certo, na direção dela.

Lizzie se ajoelhou na lama congelada, sem dar importância ao vestido de seda e à capa de pele. Sentia o coração na boca. Quando o homem chegou mais perto, Lizzie tentou alcançá-lo. Ele brandia as mãos no ar descontrolada, mas ela conseguiu agarrá-lo pelo punho e arrastá-lo em sua direção. Segurando-lhe o braço com as duas mãos, puxou. O homem chegou à margem e se deixou cair, metade em terra firme, metade na água. Lizzie trocou de posição, segurando-o por debaixo dos braços, enterrou os sapatos delicados na lama e começou a puxá-lo outra vez. Ele se impulsionou para trás com as mãos e os pés e, finalmente, saiu da água e ficou estirado na margem.

Lizzie olhou para ele, nu, encharcado e quase morto, como um monstro marinho apanhado por um pescador gigante. Como imaginara, o homem era Malachi McAsh.

Ela balançou a cabeça, intrigada. Que tipo de homem era aquele? Nos últimos dois dias, ele sobrevivera a uma explosão de gás e fora submetido a uma tortura devastadora e, mesmo assim, tinha a resistência e a coragem para atravessar a nado um rio congelante e fugir. Simplesmente não desistia.

Mack ficou deitado de costas, arfando e tremendo de maneira incontrolável. O colar de ferro havia sumido e ela se perguntou como ele teria conseguido arrancá-lo. Sua pele molhada emitia um brilho prateado sob o luar. Era a primeira vez que ela via um homem nu e, embora temesse pela vida dele, Lizzie ficou fascinada ao ver o seu pênis, aninhado em uma floresta de pelos negros encaracolados no ponto em que suas coxas musculosas se encontravam.

Se ficasse deitado ali por muito tempo, Mack poderia morrer de frio. Lizzie se ajoelhou ao lado dele e desamarrou a trouxa encharcada da sua cabeça. Então, pousou a mão em seu ombro: ele estava gélido.

– Levante-se! – exclamou ela com urgência.

Mack não se moveu. Lizzie o sacudiu, sentindo seus músculos maciços.

– Levante-se ou vai morrer! – Ela o agarrou com ambas as mãos, mas, sem a ajuda dele, não conseguiria tirá-lo dali: ele parecia feito de pedra. – Mack, por favor, não morra – disse Lizzie, quase soluçando.

Enfim, ele se mexeu. Devagar, colocou-se de quatro e apanhou a mão dela.

– Graças a Deus – murmurou Lizzie.

Mack se apoiou pesadamente contra ela, que mal conseguia sustentá-lo sem cair.

Precisava aquecê-lo de alguma forma. Ela abriu sua capa e pressionou o corpo dele contra o seu. Sentiu nos seios a frieza terrível da pele dele através da seda. Mack se agarrou a ela, o corpo largo e rijo sugando o calor de Lizzie. Era a segunda vez que os dois se abraçavam e, mais uma vez, ela experimentou uma forte sensação de intimidade, quase como se fossem amantes.

Mack não conseguiria se aquecer se continuasse molhado. Lizzie precisava achar um jeito de secá-lo. Ela precisava de um pano, qualquer coisa que pudesse usar como toalha... Poderia lhe dar uma das anáguas.

– Já consegue ficar de pé sozinho? – perguntou Lizzie.

Ele conseguiu assentir entre acessos de tosse. Ela o soltou e levantou a saia. Enquanto retirava às pressas uma de suas roupas de baixo, sentiu que ele observava, apesar do estado lamentável. Então, usou-a para esfregá-lo de cima a baixo.

Ela secou seu rosto e cabelos, esfregou suas costas largas e o traseiro duro e compacto. Ajoelhou-se para fazer o mesmo em suas pernas. Ao se levantar, girou-o para secar seu peito e se espantou ao ver que o pênis apontava para a frente, ereto.

Lizzie deveria ter ficado enojada e horrorizada, mas não foi essa sua reação. Estava fascinada e intrigada – sentia-se tolamente orgulhosa por ser capaz de ter aquele efeito sobre um homem –, mas também teve um anseio profundo que a fez engolir em seco. Não era a excitação alegre experimentada ao beijar Jay: aquilo não tinha nada a ver com provocações e carícias inocentes. De repente, ela teve medo de que McAsh a jogasse no chão, rasgasse suas roupas e a violentasse, e o mais assustador de tudo é que uma pequena parte sua desejava que ele fizesse isso.

Seu temor era infundado.

– Me desculpe – balbuciou ele.

Mack lhe deu as costas, agachou-se para apanhar a trouxa e tirou de dentro dela um par encharcado de calças curtas de tweed. Torceu a maior parte da água dela e vestiu-as; assim, os batimentos cardíacos de Lizzie começaram a voltar ao normal.

Enquanto ele torcia uma camisa, Lizzie se deu conta de que, se ele vestisse roupas molhadas, provavelmente morreria de pneumonia ao raiar do dia. Mas também não poderia ficar nu.

– Deixe-me pegar roupas secas para você no castelo.

– Não – recusou Mack. – Eles irão perguntar o que está fazendo.

– Posso entrar e sair às escondidas e ainda tenho as roupas masculinas que usei para descer a mina.

Ele balançou a cabeça.

– Não vou me demorar aqui. Assim que começar a andar, irei me aquecer.

Ele torceu uma manta xadrez.

Por impulso, Lizzie despiu sua pele, tão grande que serviria a Mack. Também era cara e ela talvez nunca mais fosse ter outra, mas salvaria a vida dele. Não queria nem pensar em como explicaria à mãe seu desaparecimento.

– Use isto e carregue sua manta até poder secá-la em algum lugar.

Sem esperar que ele aceitasse, colocou a capa nos ombros dele. Mack hesitou, mas por fim se envolveu com ela, agradecido; era grande o suficiente para cobri-lo dos pés à cabeça.

Lizzie apanhou a trouxa e tirou as botas dele lá de dentro. Mack lhe entregou a manta molhada e ela a guardou dentro do saco. Foi então que sentiu o colar de ferro e o retirou. A peça tinha sido quebrada e entortada.

– Como fez isso?

Mack calçou as botas.

– Invadi a oficina de Taggart, o ferreiro da mina, e usei as ferramentas dele.

Ele não poderia ter feito aquilo sozinho, pensou Lizzie. Devia ter sido ajudado pela irmã.

– Por que o está levando?

Mack parou de tremer e os seus olhos lampejaram de raiva.

– Para nunca me esquecer – esclareceu ele com amargura. – Nunca.

Lizzie voltou a guardá-lo e sentiu que havia um volume grande no fundo do saco.

– Que livro é este?

– *Robinson Crusoé*.

– Minha história favorita!

Mack tomou o saco das mãos dela: estava pronto para partir.

Então, ela lembrou que Jay havia convencido Sir George a deixar McAsh fugir.

– Os guarda-caças não irão persegui-lo – revelou ela.

Ele a encarou firme, a expressão em seu rosto uma mistura de esperança e ceticismo.

– Como sabe disso?

– Sir George decidiu que você causa tantos problemas que ficará feliz em vê-lo longe daqui. Não retirou os guardas da ponte porque não quer que os mineradores pensem que ele o está deixando partir. Mas espera que você os despiste e não tentará trazê-lo de volta.

Uma expressão de alívio surgiu no rosto cansado de Mack.

– Então não preciso me preocupar com os homens do xerife. Graças a Deus.

Lizzie tremia sem a capa, mas sentiu-se aquecida por dentro.

– Ande rápido, sem descanso – aconselhou ela. – Se parar antes do raiar do dia, irá morrer.

Lizzie se perguntou para onde ele iria e o que faria pelo resto da vida.

Mack assentiu e estendeu a mão. Ela a apertou, mas, para sua surpresa, ele a levou aos seus lábios pálidos e a beijou. Em seguida, foi embora.

– Boa sorte – disse ela baixinho.

~

As botas de Mack esmagavam o gelo nas poças da estrada enquanto ele descia o vale sob o brilho do luar, mas seu corpo se aqueceu depressa debaixo da pele de Lizzie Hallim. Além do som dos seus passos, o único barulho que se ouvia era o da água do rio que corria ao lado da trilha. Mas seu espírito entoava a canção da liberdade.

À medida que se afastava do castelo, ele começou a apreciar o lado curioso e até engraçado do seu encontro com a Srta. Hallim. Lá estava ela, com um vestido bordado e um par de sapatos de seda e os cabelos penteados de tal forma que duas criadas teriam precisado de meia hora para arranjar. E ele lhe apareceu atravessando o rio a nado nu como veio ao mundo. Que susto ela devia ter levado!

Durante a missa no domingo anterior, Lizzie agira como uma típica aristocrata escocesa arrogante, obtusa e convencida. Mas tivera coragem de aceitar o desafio de Mack e descer a mina. E, naquela noite, tinha salvado sua vida duas vezes: primeiro ao tirá-lo da água, depois ao lhe dar sua capa. Era uma mulher extraordinária. Havia pressionado seu corpo no dele para aquecê-lo, se ajoelhara e o secara com sua anágua: que outra dama na Escócia teria feito coisa parecida por um mineiro? Lembrou-se de quando ela caíra em seus braços na mina e ele sentira os seios dela, pesados e macios, em suas mãos. Entristecia-o pensar que provavelmente nunca mais voltaria a vê-la. Esperava que ela também encontrasse uma forma de escapar daquele fim de mundo; sua sede por aventuras merecia horizontes mais amplos.

Um grupo de corças que pastava à beira da estrada sob um manto de escuridão fugiu quando ele se aproximou, como um bando de fantasmas. Então, ele se viu totalmente sozinho. Estava exaurido. "Fazer o circuito" havia lhe custado mais do que ele imaginara. Parecia que o corpo humano não era capaz de se recuperar daquilo em dois dias. Atravessar o rio a nado deveria ter sido fácil, mas o incidente com a árvore caída o deixara exausto outra vez. Sua cabeça ainda doía onde o galho o atingira.

Felizmente, não precisava chegar longe naquela noite. Andaria apenas até Craigie, uma aldeia de mineiros a cerca de 10 quilômetros vale abaixo. Lá, ele se refugiaria na casa do irmão de sua mãe, tio Eb, e descansaria até o dia seguinte. Dormiria tranquilo, sabendo que os Jamissons não tinham intenção de persegui-lo.

Pela manhã, encheria a barriga de mingau e pernil e partiria para Edimburgo. Uma vez lá, embarcaria no primeiro navio que aceitasse contratá-lo, não importava o destino – qualquer lugar, de Newcastle a Pequim, serviria para ele.

Mack sorriu diante da própria ousadia. Nunca havia se aventurado para além da cidade-mercado de Coats, que ficava a pouco mais de 30 quilômetros dali – nunca tinha ido sequer a Edimburgo –, e agora estava disposto a ir para destinos exóticos; até parecia que tinha alguma ideia de como eram esses lugares.

Enquanto seguia pela trilha de lama sulcada, ele começou a pensar com gravidade sobre sua jornada. Estava abandonando seu único lar, o lugar em que tinha nascido e onde seus pais haviam morrido. Estava deixando para trás Esther, sua amiga e aliada, embora tivesse esperanças de resgatá-la de Heugh em breve. Estava deixando também Annie, a prima que o ensinara a beijar e a tocar seu corpo como um instrumento musical.

Mas sempre soube que isso aconteceria mais cedo ou mais tarde. Desde pequeno, sonhava em fugir dali. Costumava invejar Davey Tapa-Olho, o vendedor ambulante, e desejar ter o mesmo tipo de liberdade que ele. Agora, Mack a conquistara.

Foi tomado pela euforia ao pensar no que havia feito: *ele fugira*.

Não sabia o que lhe reservava o futuro. Poderia ter que enfrentar pobreza, sofrimento e perigo. Mas não seria outro dia nas profundezas da mina, outro dia de escravidão, outro dia como propriedade de Sir George Jamisson. Ele seria dono do próprio destino.

Mack chegou a uma curva na estrada e olhou para trás. Ainda conseguia ver o Castelo Jamisson, a fileira de ameias que recortava seu topo iluminada pelo luar. Nunca mais verei esta imagem novamente, pensou. Isso o deixou tão feliz que ele começou a dançar ali mesmo, no meio da estrada lamacenta, assobiando uma canção tradicional e gingando em círculos.

Então parou, riu baixinho para si mesmo e continuou a seguir pelo vale afora.

PARTE II
Londres

CAPÍTULO TREZE

SHYLOCK USAVA pantalonas, uma longa beca preta e um chapéu de três pontas. A feiura do ator era de gelar o sangue, com seu nariz enorme, um queixo duplo comprido e uma boca permanentemente entortada para um lado em uma careta. Ele adentrou o palco a passos lentos e calculados, a personificação do mal. Com um rugido voluptuoso, disse:

– Três mil ducados.

Um calafrio se espalhou pela plateia.

Mack estava fascinado. Mesmo no poço da orquestra, ao lado de Dermot Riley, a plateia se achava imóvel e silenciosa. Shylock dizia cada palavra em uma voz roufenha, entre um grunhido e um latido, com os olhos brilhantes e as sobrancelhas desgrenhadas:

– Três mil ducados por três meses e Antonio como fiador...

Dermot sussurrou ao pé do ouvido de Mack:

– Aquele é Charles Macklin, ele é irlandês. Matou um homem e foi julgado por assassinato, mas alegou legítima defesa e foi libertado.

Mack mal lhe deu ouvidos. Já sabia da existência de teatros e peças, é claro, mas nunca havia imaginado que seria assim: o calor, as lamparinas a óleo fumegantes, as roupas fantásticas, os rostos pintados e, acima de tudo, toda aquela emoção: fúria, paixão, inveja e ódio, sentimentos representados de forma tão intensa que seu coração se acelerava, como se fossem reais.

Quando Shylock descobriu que a filha havia fugido, ele se moveu de um lado para o outro como um louco, sem chapéu, com os cabelos em pé, os punhos cerrados, em uma perfeita explosão de agonia, gritando "Tu sabias!", como um homem padecendo os tormentos do inferno. Ao falar "Já que sou um cão, cuidado com minhas *presas!*", se lançou para a frente, como se fosse saltar sobre as luzes da ribalta, e toda a plateia recuou apavorada.

Ao sair do teatro, Mack perguntou a Dermot:

– É assim que são os judeus?

Que ele soubesse, nunca havia conhecido um judeu, mas a maioria das pessoas na Bíblia eram judias, mas não retratadas daquela forma.

– Já conheci judeus, mas nenhum como Shylock, graças a Deus! – respondeu Dermot. – Mas todos odeiam agiotas. São ótimos quando você precisa de um empréstimo, mas pagar a eles é que é o problema.

Londres não tinha muitos judeus, mas estava cheia de estrangeiros. Havia marujos morenos da Índia Oriental; huguenotes, da França; milhares de africanos negros e com cabelos encarapinhados; e incontáveis irlandeses como Dermot. Para Mack, aquilo era parte do que tornava a cidade tão empolgante. Na Escócia, todos eram parecidos.

Ele adorava Londres. Sentia um arrepio de emoção todas as manhãs ao acordar e lembrar onde estava. A cidade era cheia de atrações e surpresas, pessoas estranhas e novas experiências. Ele adorava o aroma sedutor do café das inúmeras lojas, embora não tivesse dinheiro para bebê-lo. Observava, fascinado, as cores deslumbrantes das roupas usadas por homens e mulheres: amarelo-canário, púrpura, verde-esmeralda, escarlate, azul-anil. Ouvia os mugidos aterrorizados do gado conduzido pelas ruas estreitas em direção aos abatedouros da cidade e esquivava-se das hordas de crianças seminuas, que mendigavam e roubavam. Ele via prostitutas e bispos, frequentava rinhas de touros e leilões, provou banana, gengibre e vinho tinto. Tudo era empolgante. E o melhor: ele era livre para ir aonde quisesse e fazer o que bem entendesse.

Mas precisava ganhar seu sustento, é claro, o que não era fácil. Londres estava infestada de famílias miseráveis que tinham fugido de distritos rurais arrasados pela fome, após dois anos consecutivos de más colheitas. Havia também milhares de operadores de teares de seda manuais, despedidos pelas novas fábricas do Norte, segundo Dermot. Para cada emprego, concorriam cinco candidatos desesperados. Os mais desafortunados eram obrigados a mendigar, roubar, prostituir-se ou passar fome.

Dermot era um tecelão. Ele tinha uma esposa e cinco filhos que viviam em dois cômodos em Spitalfields. Para sobreviver, precisavam sublocar o quarto em que Dermot trabalhava, e era lá que Mack dormia, no chão, ao lado do grande tear silencioso que ficava ali como um monumento às dificuldades da vida urbana.

Mack e Dermot buscavam trabalho juntos. Às vezes eram admitidos como garçons em cafeterias, mas permaneciam apenas um dia ou outro: Mack era muito grandalhão e desajeitado para carregar bandejas e servir bebidas em copos pequenos e Dermot, orgulhoso e melindroso, sempre acabava por insultar algum freguês mais cedo ou mais tarde. Certa vez, contrataram Mack como criado em uma mansão em Clerkenwell, mas ele se demitiu na manhã seguinte quando seus patrões o chamaram para a cama com eles. Naquele dia, haviam carregado cestos enormes de peixe no mercado na zona portuária de Billingsgate. Ao fim do serviço, Mack se mostrara relutante em gastar dinheiro em um ingresso de teatro, mas Dermot jurou que ele não iria se arrepender. E estava certo: Mack teria pagado o dobro do preço para ver algo tão maravilhoso. Ao mesmo tempo, se preocupava ao pensar em quanto tempo demoraria para economizar o suficiente para enviar a Esther.

Seguindo a leste do teatro, com destino a Spitalfields, eles passaram por Covent Garden, onde prostitutas os assediavam nos umbrais dos prédios. Mack chegara a Londres havia quase um mês e estava se habituando a que lhe oferecessem sexo em cada esquina. Havia mulheres de todos os tipos: jovens e velhas, feias e bonitas, algumas vestidas como damas refinadas, outras em farrapos. Mack não se sentia tentado por nenhuma delas, mas muitas eram as noites em que pensava com sofreguidão em sua libidinosa prima Annie.

Na Strand, a grande avenida que cortava o centro da cidade, havia uma ampla taberna de paredes caiadas chamada Bear, com um salão de café e vários bares ao redor de um pátio. O calor do teatro os deixara com sede e eles entraram para uma bebida. A atmosfera era calorosa e esfumaçada. Cada um pediu uma caneca de cerveja.

– Vamos dar uma olhada nos fundos – falou Dermot.

A Bear era uma espécie de arena esportiva. Mack já estivera ali antes e sabia que o local oferecia, no pátio dos fundos, rinhas de cães contra ursos e entre cachorros, lutas de espadas entre "gladiadoras" e toda sorte de atrações do gênero. Quando não havia nenhuma atividade organizada, o dono atirava um gato no lago dos patos e soltava quatro cães para caçá-lo, um jogo que arrancava gargalhadas estrondosas dos beberrões.

Naquela noite, fora montado um ringue de luta, iluminado por várias lamparinas a óleo. Um anão de terno de seda e sapatos afivelados se dirigia a um grupo de clientes.

– Uma libra para quem conseguir nocautear o Colosso de Bermondsey! Vamos, meus rapazes, algum de vocês é valente o bastante? – perguntou o anão, dando três cambalhotas em seguida.

Dermot voltou-se para Mack e sugeriu:

– Você devia nocauteá-lo, pelo menos é o que eu acho.

O lutador era um homem coberto de cicatrizes que trajava apenas calças curtas e coturnos. Sua cabeça era raspada e, assim como o rosto, trazia as marcas de várias lutas. Era alto e pesado, mas parecia burro e lento.

114

– Imagino que conseguiria fazer isso – falou Mack.

Dermot ficou eufórico. Agarrou o anão pelo braço e avisou:

– Ei, baixote, tenho um cliente para você.

– Um desafiante! – esgoelou-se o anão, fazendo o grupo ali reunido vibrar e aplaudir.

Uma libra era bastante dinheiro; para muitos, uma semana inteira de salário. Mack sentiu-se tentado.

– Está bem – cedeu.

Os fregueses tornaram a vibrar.

– Cuidado com os pés dele – orientou Dermot. – Ele deve ter placas de aço no bico das botas.

Mack assentiu, tirando o paletó.

– Esteja preparado para ele atacá-lo assim que você entrar no ringue. Não espere nenhum sinal para a luta começar, entendeu?

Esse era um truque comum nas brigas das profundezas da mina. A maneira mais rápida de vencer era começar a disputa antes de o oponente estar preparado. Um dos homens dizia "Saia daí e vamos lutar no túnel, onde há mais espaço", então dava o primeiro golpe assim que o adversário atravessava a vala de drenagem.

O ringue era um círculo rudimentar delimitado por uma corda mais ou menos à altura da cintura, sustentada por velhas estacas de madeira marteladas na lama. Mack se aproximou, com o alerta de Dermot em mente. Quando ergueu o pé para passar por cima da corda, o Colosso de Bermondsey veio correndo em sua direção.

Mack estava preparado e recuou para se esquivar, levando um golpe de raspão na testa. A plateia arquejou.

Ele agiu de forma automática: entrou rapidamente no ringue e chutou a canela do Colosso por debaixo da corda, fazendo-o cambalear. Os espectadores vibraram e Mack ouviu Dermot gritar:

– Acabe com ele, Mack!

Antes que o homem pudesse recuperar o equilíbrio, Mack o golpeou uma vez em cada lado da cabeça, atingindo-o em seguida na ponta do queixo com um gancho o mais forte possível. As pernas do homem bambearam, seus olhos se reviraram, ele cambaleou dois passos para trás e se estatelou de costas no chão.

A plateia rugiu de entusiasmo.

A luta havia acabado.

Mack olhou para o Colosso e viu um gigante arruinado, que não servia mais para nada. Desejou que não o tivesse enfrentado. Deprimido, virou-se para ir embora.

Dermot tinha o anão preso em uma chave de braço.

– Este diabinho aqui tentou fugir – explicou ele. – Queria lhe dar um calote. Pode ir pagando, gigante. Uma libra.

Com a mão livre, o anão sacou uma moeda de ouro do bolso interno da camisa. Entregou-a para Mack fazendo cara feia.

Mack a pegou, sentindo-se um ladrão.

Dermot soltou o anão.

Um homem de rosto abrutalhado vestindo roupas caras surgiu do lado de Mack.

– Bela atuação. Já lutou muito antes?

– Às vezes, quando trabalhava na mina.

– Achei mesmo que fosse mineiro. Ouça bem, estou organizando uma luta no Pelican em Shadwell no sábado que vem. Se quiser tentar ganhar 20 libras em poucos minutos, posso colocá-lo para lutar contra Rees Preece, a Montanha Galesa.

– Vinte libras! – exclamou Dermot.

– Você não vai derrubá-lo tão rápido quanto este idiota, mas terá boas chances.

Mack olhou para o Colosso, estirado no chão como um monte inútil.

– Não.

– Que diabo, por que não? – questionou Dermot.

O promotor deu de ombros.

– Se não precisa do dinheiro...

Mack pensou na irmã gêmea, Esther, que ainda carregava carvão pela escada da mina de Heugh quinze horas por dia, esperando pela carta que a libertaria de uma vida inteira de escravidão. Vinte libras pagariam sua passagem para Londres e ele poderia ter o dinheiro nas mãos no sábado à noite.

– Pensando melhor, sim.

Dermot lhe deu um tapa nas costas.

– Este é o meu garoto.

CAPÍTULO CATORZE

L IZZIE HALLIM e a mãe sacolejavam em direção ao norte, atravessando a cidade de Londres em uma carruagem alugada. Lizzie estava entusiasmada: elas iriam encontrar Jay para ver a casa nova.

– Sir George mudou de comportamento – comentou lady Hallim. – Além de providenciar nossa ida a Londres, planejou um casamento luxuoso e agora ainda se ofereceu para pagar o aluguel de uma casa na cidade para que vocês dois tenham onde morar.

– Acredito que lady Jamisson o tenha feito mudar de ideia – opinou Lizzie. – Mas apenas em questões de menor importância. Ele ainda se recusa a dar a Jay a propriedade de Barbados.

– Alicia é uma mulher inteligente – refletiu lady Hallim. – De todo modo, estou surpresa que ela ainda consiga persuadir o marido, depois daquela briga terrível no aniversário de Jay.

– Talvez Sir George seja do tipo que prefere esquecer as desavenças.

– Pois não costumava ser, exceto se tivesse algo a ganhar. Pergunto-me quais serão seus verdadeiros motivos. Você não teria algo que ele queira, teria?

– O que eu poderia ter para lhe dar? – indagou Lizzie, rindo. –Talvez Sir George deseje apenas que eu faça seu filho feliz.

– Não tenho dúvidas de que você fará. Aqui estamos.

A carruagem parou na Chapel Street, uma sossegada e elegante rua residencial em Holborn; não tão elegante quanto Mayfair ou Westminster, porém mais barata. Lizzie desceu da carruagem e olhou para o número 12. Gostou imediatamente do que viu. A casa tinha quatro andares e um sótão, com janelas altas e graciosas. Entretanto, duas delas estavam quebradas e haviam pintado "45" de forma grosseira na porta da frente preta e lustrosa. Lizzie estava prestes a tecer um comentário quando outra carruagem chegou e Jay saltou.

Ele trajava um terno azul-claro com botões dourados e um laço azul prendia os cabelos loiros para trás: parecia apetitoso. Beijou-a nos lábios. Foi um gesto bem contido, pois eles estavam no meio da rua, mas ela gostou e esperava receber mais depois. Jay ajudou lady Hallim a descer da carruagem e bateu à porta da casa.

– O proprietário é um importador de conhaque que foi passar um ano na França – explicou ele.

Um zelador idoso abriu a porta ao lado de Alicia.

– Quem quebrou as janelas? – perguntou Jay sem rodeios.

– Foram os chapeleiros – respondeu o homem enquanto eles entravam.

Lizzie tinha lido no jornal que os fabricantes de chapéu estavam em greve, assim como os alfaiates e amoladores.

– Não sei o que esses tolos desgraçados pensam que vão conseguir quebrando as janelas de pessoas respeitáveis.

– Por que eles estão em greve? – indagou Lizzie.

– Eles pleiteiam melhores salários, senhorita – esclareceu o zelador –, e quem pode culpá-los, com o preço do pão subindo de 4 pence para 8 pence e 1 *farthing*? Como um homem pode alimentar sua família assim?

– Não vai ser pintando o número "45" em cada porta de Londres – retrucou Jay, ríspido. – Mostre-nos a casa, homem.

Lizzie se perguntava qual seria o significado do número 45, porém estava mais interessada na casa em si. Andou de uma ponta a outra da propriedade com empolgação, abrindo cortinas e escancarando janelas. A mobília era nova e cara; a sala de estar, um recinto amplo e bem iluminado, tinha grandes janelas nas duas extremidades. O cheiro de mofo de uma casa inabitada pairava no ar, mas bastaria uma faxina, uma pintura e um conjunto de artigos de linho para torná-la maravilhosamente habitável.

Ela e Jay saíram correndo na frente das mães e do velho zelador e chegaram sozinhos ao sótão. Entraram em um dos vários pequenos quartos destinados aos criados. Lizzie passou os braços em volta de Jay e o beijou com voracidade. Eles tinham apenas um ou dois minutos. Ela tomou as mãos dele e as colocou sobre os seios. Jay os acariciou delicadamente.

– Aperte mais forte – sussurrou ela entre beijos.

Queria continuar sentindo a pressão das mãos dele depois que os dois se separassem. Os mamilos de Lizzie enrijeceram e as pontas dos dedos de Jay os encontraram através do tecido do vestido.

– Belisque-os – pediu ela.

Quando ele obedeceu, a mistura de dor e prazer que sentiu a fez arquejar. Então, Lizzie ouviu passos no patamar da escada e eles se soltaram, ofegantes.

Ela se virou e olhou através de uma pequena água-furtada, recuperando o fôlego. Havia um longo jardim nos fundos e o zelador mostrava às mulheres todos os pequenos quartos.

– O que significa o número 45? – perguntou ela.

– Está relacionado àquele traidor do John Wilkes. Ele costumava editar um jornal chamado *North Briton* e o governo o acusou de publicar um libelo subversivo na edição 45, na qual praticamente chamou o rei de mentiroso. Ele fugiu para Paris, mas agora voltou para criar mais problemas junto à ralé ignorante.

– É verdade que o povo não tem dinheiro para comprar pão?

– Há uma escassez de grãos em toda a Europa, então é inevitável que o preço do pão suba. E o desemprego é causado pelo boicote americano aos produtos britânicos.

Ela se voltou para Jay.

– Imagino que isso não sirva de consolo para os chapeleiros e alfaiates.

Jay ficou carrancudo: ele não gostava que Lizzie simpatizasse com os descontentes.

– Temo que você não perceba o perigo por trás de todos esses argumentos libertários.

– Também temo que não.

– Por exemplo, os destiladores de rum de Boston gostariam de ter a liberdade de comprar o melaço onde bem quisessem. A lei, no entanto, afirma que eles devem comprá-lo de fazendas britânicas, como a nossa. Se lhes déssemos essa liberdade, eles comprariam mais barato, dos franceses, e nós não poderíamos arcar com uma casa como esta.

– Entendo.

Nem por isso era justo, pensou Lizzie, mas decidiu ficar calada.

– Todo tipo de gentalha pode querer ser livre, desde os mineiros na Escócia até os negros em Barbados. Mas Deus deu a pessoas como eu autoridade sobre os homens comuns.

Isso era verdade, naturalmente.

– Mas você nunca se pergunta por quê?

– Como assim?

– Por que Deus deveria lhe dar autoridade sobre mineiros e negros?

Ele balançou a cabeça, irritado, e Lizzie percebeu que passara dos limites outra vez.

– Não me parece que mulheres consigam entender esse tipo de assunto.

Ela tomou seu braço.

– Adoro esta casa, Jay – comentou Lizzie, tentando amolecê-lo. Ainda conseguia sentir seus mamilos sensíveis onde ele os beliscara. Ela acrescentou, baixando a voz: – Mal posso esperar para nos mudarmos e podermos dormir juntos todas as noites.

Ele sorriu.

– Eu também não.

As mulheres entraram no recinto. A mãe de Lizzie baixou os olhos para os seios da filha, que então notou os mamilos visíveis através do vestido. Obviamente, lady Hallim adivinhou o que acontecera ali e franziu a testa, censurando-a. Lizzie não se importou: em breve estaria casada.

– Bem, Lizzie, gostou da casa? – perguntou Alicia.

– É encantadora!

– Então ela será sua.

Lizzie ficou radiante e Jay apertou-lhe o braço.

– Sir George é muito generoso, não sei como agradecê-lo – disse lady Hallim.

– Agradeça à minha mãe – replicou Jay. – Foi ela quem o fez agir com decência.

Alicia o repreendeu com o olhar, mas Lizzie notou que, no fundo, ela não se incomodava. Jay e a mãe se gostavam muito, era evidente. Lizzie sentiu uma pontada de ciúmes, mas então disse a si mesma que estava sendo tola: quem não gostaria de Jay?

Eles saíram dali e encontraram o zelador à espera do lado de fora.

– Amanhã terei uma reunião com o advogado do proprietário para redigirmos a minuta do contrato de aluguel – avisou Jay a ele.

– Muito bem, senhor.

Enquanto o grupo descia a escada, Lizzie lembrou-se de algo.

– Ah, preciso lhe mostrar isto! – exclamou para Jay.

Ela apanhara um panfleto na rua e o guardara para ele. Tirou-o do bolso e lhe entregou. O papel dizia:

A TABERNA PELICAN

NOS ARREDORES DE SHADWELL

TEM O ORGULHO DE APRESENTAR

AOS SENHORES APOSTADORES E ENTUSIASTAS

UM DIA DE DIVERSAS ATRAÇÕES ESPORTIVAS

UM TOURO ENFURECIDO SERÁ SOLTO COM FOGOS DE ARTIFÍCIO

PRESOS AO CORPO, PERSEGUIDO POR CÃES

UMA RINHA ENTRE DOIS GALOS DE WESTMINSTER E DOIS DE

EAST CHEAP, VALENDO CINCO LIBRAS

UMA LUTA LIVRE COM PORRETES ENTRE SETE MULHERES

E

UMA LUTA DE PUNHOS – VALENDO VINTE LIBRAS!

REES PREECE, A MONTANHA GALESA

VERSUS

MACK MCASH, O MINEIRO MATADOR

NO PRÓXIMO SÁBADO

INÍCIO ÀS TRÊS DA TARDE

– O que lhe parece? – perguntou ela, ansiosa. – Deve ser Malachi McAsh, de Heugh, não acha?

– Então este foi o fim que ele levou... Tornou-se um pugilista. Antes tivesse continuado a trabalhar na mina de carvão de papai.

– Nunca vi uma luta de boxe – comentou Lizzie, desejosa.

Jay riu.

– Esperava mesmo que não! Não é lugar para uma dama.

– Uma mina de carvão tampouco, mas você me levou mesmo assim.

– É verdade, e você quase morreu em uma explosão.

– Achei que iria me levar para outra aventura na primeira oportunidade.

A mãe de Lizzie entreouviu a conversa e indagou:

– Do que estão falando? Que aventura?

– Quero que Jay me leve a uma luta de boxe – respondeu Lizzie.

– Não seja ridícula.

Lizzie ficou desapontada; Jay parecia ter perdido temporariamente sua ousadia. No entanto, ela não deixaria que isso a impedisse. Se ele se recusasse a levá-la, iria sozinha.

～

Lizzie ajeitou a peruca e o chapéu e se olhou no espelho. O reflexo à sua frente era o de um rapaz. O segredo estava em escurecer um pouco as bochechas, o pescoço, o queixo e a pele em cima dos lábios com fuligem de chaminé, o que lhe dava a aparência de um homem que tivesse acabado de se barbear.

O corpo era fácil. Um colete pesado achatava o peito, a cauda do paletó ocultava as curvas arredondadas do traseiro feminino e botas até o joelho cobriam-lhe as panturrilhas. O chapéu e a peruca masculinos completavam o disfarce.

Lizzie abriu a porta do banheiro. Ela e a mãe estavam hospedadas na pequena casa que havia no terreno da mansão de Sir George na Grosvenor Square. Lady Hallim estava tirando sua soneca vespertina. Lizzie aguçou os ouvidos em busca de passos de um dos criados, mas não ouviu nada. Desceu correndo a escada a passos leves e saiu pela porta, dirigindo-se ao caminho nos fundos da propriedade.

Era um dia frio e ensolarado de fim de inverno. Quando chegou à rua, ela lembrou que deveria andar como um homem, ocupando o máximo de espaço possível, balançando os braços e pavoneando-se, como se fosse o dono da calçada e estivesse pronto para peitar qualquer um que tentasse dizer o contrário.

Porém, não podia ir andando daquele jeito até Shadwell, que ficava do outro lado da cidade, na zona leste de Londres. Ela chamou uma liteira, lembrando-se de manter o braço erguido em um gesto autoritário em vez de balançar a mão de forma suplicante como uma mulher. Quando os carregadores pararam e baixaram o veículo, ela pigarreou, cuspiu na sarjeta e disse com uma voz grave:

– Levem-me à taberna Pelican e andem logo com isso.

Eles a levaram mais para o leste do que ela jamais havia estado em Londres, através de ruas ladeadas por casas cada vez menores e mais pobres, até um bairro de vielas molhadas e lamaçais, píeres instáveis e casas de barcos caindo aos pedaços, depósitos de madeiras protegidos por cercas altas e armazéns precários com portas fechadas por correntes. Deixaram-na em frente a uma enorme taberna de frente para um rio com uma pintura grosseira de um pelicano em sua placa de madeira. O pátio estava cheio de pessoas barulhentas e entusiasmadas: trabalhadores que usavam botas pesadas e lenços de pescoço, cavalheiros de coletes, mulheres pobres trajando xales e tamancos e outras com rostos pintados e seios à mostra, que Lizzie supôs serem prostitutas. Não eram mulheres que a mãe teria considerado "decentes".

Ela pagou o preço da entrada e abriu caminho às cotoveladas pela multidão que gritava e ria. O fedor de corpos suados e sem banho era forte. Sentiu-se empolgada e atrevida. As gladiadoras estavam no meio do combate. Algumas mulheres já haviam se retirado da luta: uma estava sentada em um banco segurando a própria cabeça, outra tentava estancar o sangue que escorria de uma ferida na perna, enquanto uma terceira permanecia estirada de costas no chão, inconsciente, apesar dos esforços das amigas para reanimá-la. As quatro restantes andavam de um lado a outro em um ringue delimitado por uma corda, atacando-se com porretes de madeira toscos de 90 centímetros de comprimento. Estavam nuas até a cintura e descalças, usando apenas saias rasgadas, os rostos e corpos cobertos de hematomas e cortes. A plateia de cerca de cem espectadores torcia por suas favoritas e vários homens faziam apostas. As mulheres brandiam os porretes com toda a força, desferindo golpes capazes de esmagar ossos. Cada vez que uma era atingida em cheio, os homens soltavam rugidos de aprovação. Lizzie observava o espetáculo com uma fascinação horrorizada. Em questão de instantes, uma mulher levou uma pancada forte na cabeça e caiu inconsciente. A visão de seu corpo seminu desacordado no chão lamacento embrulhou o estômago de Lizzie, que desviou o olhar na mesma hora.

Ela entrou na taberna, esmurrou o balcão e ordenou ao barman:

– Uma caneca da sua cerveja mais forte, Jack.

Era maravilhoso poder se dirigir ao mundo em um tom tão arrogante. Se fizesse tudo aquilo vestida de mulher, os homens com quem havia falado se sentiriam no direito de repreendê-la, mesmo sendo taberneiros e liteireiros. Mas um par de calças dava-lhe carta branca para distribuir ordens.

O bar cheirava a cinza de tabaco e cerveja derramada. Ela sentou-se em um canto e deu um gole na bebida, perguntando-se por que tinha ido até lá. Aquele era um lugar violento e cruel e o jogo a que ela se propusera era perigoso. O que aqueles brutos fariam se descobrissem que o suposto homem era uma dama da alta sociedade?

Ela estava ali em parte porque sua curiosidade era uma paixão irresistível. Sempre havia sido fascinada por tudo o que fosse proibido, desde criança. A frase "este não é lugar para uma dama" era como um pano vermelho diante de um touro. Não conseguia deixar de abrir qualquer porta que dissesse "Proibida a entrada". Sua curiosidade era tão incontrolável quanto a sua sexualidade e reprimi-la era tão difícil quanto parar de beijar Jay.

Mas o principal motivo era McAsh. Ela sempre o achara interessante. Mesmo na infância, ele era diferente: tinha suas próprias ideias, era desobediente e sempre questionava o que lhe diziam. Depois de adulto, tinha cumprido sua promessa: desafiara os Jamissons, fugira da Escócia – algo que poucos mineiros conseguiam – e chegara a Londres. Agora, era um pugilista. O que faria em seguida?

Sir George fora esperto ao deixá-lo partir, pensou ela. Como falara Jay, Deus tinha feito alguns homens para serem senhores de outros, mas McAsh jamais aceitaria isso e, se tivesse permanecido na aldeia, continuaria causando problemas por anos a fio. Havia um magnetismo em McAsh que fazia as pessoas seguirem o seu comando: a maneira orgulhosa com que se movia, a confiança com que mantinha a cabeça erguida, seus olhos verdes arrebatadores. A própria Lizzie fora até ali atraída por ele.

Uma das mulheres maquiadas sentou-se ao lado dela e abriu um sorriso provocante. Apesar do ruge em suas faces, ela parecia velha e cansada. Se uma prostituta lhe oferecesse seus serviços, pensou Lizzie, seu disfarce teria sido aprovado com louvor. Mas a mulher não se deixaria enganar tão facilmente:

– Eu sei o que você é.

As mulheres tinham um olhar mais aguçado do que os homens, refletiu Lizzie.

– Não conte a ninguém.

– Por 1 xelim, deixo você brincar de homem comigo. – Lizzie não sabia do que ela estava falando. – Já fiz isso antes com outras como você. Garotas ricas que gostam de se fazer de homens. Tenho uma vela grossa em casa que cabe direitinho, se é que você me entende.

Lizzie percebeu aonde ela queria chegar.

– Não, obrigada – recusou ela com um sorriso. – Não é para isso que estou aqui. – Ela pescou uma moeda do bolso. – Mas tome 1 xelim para guardar meu segredo.

– Deus abençoe sua senhoria – agradeceu a prostituta, indo embora.

Poderia aprender muito andando disfarçada, pensou Lizzie. Ela jamais teria imaginado que prostitutas tinham velas especiais para mulheres que gostavam de se fazer de homens. Era o tipo de coisa que uma dama talvez nunca descobrisse se não escapasse da sociedade respeitável e fosse explorar o mundo por trás das cortinas de casa.

Uma grande vibração irrompeu no pátio e Lizzie imaginou que a luta de porretes tivesse uma vencedora – a última mulher de pé, supunha-se. Ela saiu da taberna, carregando a cerveja como um homem: o braço paralelo ao corpo e o polegar enganchado sobre a borda da caneca.

As gladiadoras mancavam ou eram carregadas para fora e a atração principal iria começar. Lizzie identificou McAsh imediatamente. Não teve dúvidas de que era ele: reconheceu seus olhos verdes arrebatadores. Já não estava preto de pó de carvão e, para surpresa dela, seus cabelos eram bem claros. Ele parou perto do ringue, conversando com outro homem. Olhou de relance na direção de Lizzie várias vezes, mas não a reconheceu por trás do disfarce. Parecia terrivelmente determinado.

Seu oponente, Rees Preece, merecia o apelido de "Montanha Galesa"; Lizzie nunca tinha visto um homem tão grande. Ele era pelo menos 30 centímetros mais alto do que Mack, pesado e de rosto vermelho, com um nariz torto que já fora quebrado mais de uma vez. Havia uma expressão cruel em seu rosto e Lizzie ficou impressionada com a coragem – ou tolice – de qualquer um disposto a entrar no ringue com um animal de aparência tão perversa. Ela temia por McAsh. Ele poderia acabar mutilado, ou até morto, percebeu Lizzie com um arrepio de pavor. Não queria ver aquilo. Sentiu-se tentada a ir embora, mas algo a prendia ali.

Já estava quase na hora da luta, mas o amigo de Mack entrou em uma discussão irada com os assistentes de Preece. Os ânimos se exaltaram e, pelo que Lizzie pôde entender, o motivo tinha algo a ver com as botas de Preece. O assistente de Mack insistia, com um sotaque irlandês, que eles lutassem descalços. A plateia começou a bater palmas devagar para expressar impaciência. Lizzie torceu para que a disputa fosse cancelada. Mas decepcionou-se: após um longo e veemente bate-boca, Preece tirou as botas.

Então, de repente, a luta começou, apesar de Lizzie não ter ouvido sinal algum. Os dois homens se engalfinhavam como gatos, trocando sopapos, chutes e encontrões alucinadamente, movendo-se tão rápido que ela mal via quem estava fazendo o quê. A plateia vibrava e Lizzie se deu conta de que estava gritando; tapou a boca na mesma hora.

A pancadaria inicial durou apenas alguns segundos: era frenética demais para durar mais do que isso. Os homens se separaram e começaram a andar em círculos um ao redor do outro, com os punhos erguidos diante dos rostos. O lábio de Mack estava inchado e o nariz de Preece sangrava. Lizzie roía as unhas, aflita.

Preece lançou-se para cima de Mack mais uma vez, mas então o escocês saltou para trás, esquivando-se. Depois avançou de repente e acertou um golpe no galês, com muita força, no lado da sua cabeça. Lizzie encolheu-se ao ouvir o baque, que parecia uma marreta atingindo uma rocha. Os espectadores vibraram, extasiados. Preece pareceu hesitar, talvez espantado pelo golpe, e Lizzie supôs que ele estivesse admirado com a força de Mack. Começou a ter esperanças; McAsh poderia mesmo derrotar aquele brutamontes.

Mack voltou a sair do alcance do adversário. Preece sacudiu-se como um cachorro, baixou a cabeça e lançou-se para a frente, desferindo murros como um louco. O escocês agachou-se e desviou-se para o lado, chutando as pernas de Preece com um pé descalço firme, mas o galês conseguiu encurralá-lo e acertou vários socos vigorosos. Mack o atingiu com força no lado da cabeça novamente e mais uma vez Preece precisou parar por alguns instantes, bem atordoado.

A mesma dança se repetiu e Lizzie ouviu o irlandês gritar:

– Caia matando, Mack, não lhe dê tempo para se recuperar!

Ela percebeu que, depois de acertar um golpe atordoante, Mack sempre recuava e o deixava se recobrar. Preece, por outro lado, encadeava um soco no outro até o adversário conseguir afastá-lo.

Após dez terríveis minutos, alguém soou um gongo e os lutadores puderam descansar. Lizzie sentiu-se tão grata quanto se estivesse ela própria no ringue. Cerveja foi trazida para os dois boxeadores, que estavam sentados em bancos toscos em cantos opostos do ringue. Um dos assistentes pegou linha e uma agulha de costura ordinária e começou a costurar um corte na orelha de Preece. Lizzie retraiu-se e desviou o olhar.

Ela tentou esquecer os danos que o corpo esplêndido de Mack vinha sofrendo e se concentrar na luta como uma mera competição. Ele era mais ágil e seus socos, mais potentes, mas não possuía a selvageria irracional, o instinto assassino que fazia um homem querer aniquilar o outro. Precisava desse tipo de fúria.

Quando voltaram à luta, ambos se moviam mais devagar, porém o combate seguiu o mesmo padrão de antes: Preece perseguia um Mack esquivo, encurralava-o, desferia dois ou três golpes certeiros, então era interrompido pela direita formidável de Mack.

Logo Preece tinha um olho fechado e mancava por conta dos repetidos chutes de Mack, que sangrava pela boca e por um corte no supercílio. À medida que o combate desacelerava, ele ficava mais brutal. Sem energia para se desviar com agilidade, os homens pareciam aceitar os golpes que recebiam em uma agonia muda. Por quanto tempo aguentariam ficar ali, esmurrando-se até se dilacerarem? Lizzie se perguntou por que se importava tanto com o corpo de Mack e tentou se convencer de que sentiria o mesmo por qualquer outra pessoa.

Houve outro intervalo. O irlandês se ajoelhou ao lado do banco de Mack e falou com ele em um tom de voz urgente, enfatizando as palavras com gestos vigorosos de seu punho cerrado. Lizzie supôs que ele estivesse orientando-o a atacar com tudo. Até ela conseguia ver que, em um teste de força e resistência, Preece venceria, simplesmente por ser maior e mais endurecido para suportar o castigo. Como o próprio Mack não enxergava aquilo?

A luta recomeçou. Enquanto observava os dois homens se massacrarem, Lizzie recordou-se de Malachi McAsh como um menino de 6 anos, brincando no gramado da High Glen House. Na época, pelo que se lembrava, ela havia sido seu oponente, puxando-lhe os cabelos e fazendo-o chorar. A lembrança trouxe lágrimas aos seus olhos. Como era triste que o garotinho tivesse chegado àquele ponto.

A briga se intensificou: Mack atingiu Preece uma, duas, três vezes, e chutou sua coxa, fazendo-o cambalear. Lizzie foi invadida pela esperança de que Preece fosse à lona e a luta terminasse. Mas então Mack recuou, esperando o oponente cair. Os gritos dos assistentes e os brados sedentos de sangue da plateia pediam-lhe que desferisse o golpe de misericórdia, mas Mack não lhes deu ouvidos.

Para desalento de Lizzie, Preece se recuperou de novo, de forma bastante repentina, e encaixou um soco baixo na boca do estômago de Mack, que se dobrou involuntariamente para a frente e arquejou. Então, sem qualquer aviso, o galês lhe deu uma cabeçada, colocando toda a força no golpe. O choque provocou um estalo pavoroso. Todos na plateia prenderam a respiração.

Mack cambaleou, começando a cair, e Preece o chutou no lado da cabeça. As pernas de Mack cederam e ele foi ao chão. O galês tornou a dar um pontapé no escocês caído de bruços. Mack não se movia. Lizzie ouviu-se gritar:

– Deixe-o em paz!

Preece chutava Mack sem parar, até que os assistentes de ambos os lados saltaram para dentro do ringue e o puxaram dali.

O galês parecia confuso, como se não conseguisse entender por que as pessoas que antes o instigavam agora lhe pediam para interromper os golpes. Então, voltou a si e ergueu as mãos para o alto em um gesto de vitória, como um cão ansioso por agradar o seu mestre.

Lizzie temia que Mack pudesse estar morto. Abriu caminho pela multidão e entrou no ringue. O assistente de Mack ajoelhou-se ao lado do amigo. Ela se inclinou sobre Mack, com o coração na boca. Seus olhos estavam fechados, mas ela notou que ele respirava.

– Graças a Deus ele está vivo.

O irlandês lançou um breve olhar para ela, mas não falou nada. Lizzie rezou para que Mack não ficasse com sequelas. Durante a última meia hora, ele havia levado mais golpes pesados contra a cabeça do que a maioria das pessoas sofria durante uma vida inteira. Receava que, quando recobrasse a consciência, ele não passasse de um idiota babão.

Mack abriu os olhos.

– Como se sente? – perguntou Lizzie, ansiosa.

Ele tornou a fechar os olhos, sem responder.

O assistente olhou para ela e perguntou:

– Quem é você, garoto soprano?

Ela percebeu que tinha se esquecido de fazer voz de homem.

– Um amigo. Vamos carregá-lo para dentro, ele não deve ficar deitado neste chão lamacento.

Após um instante de hesitação, o irlandês disse:

– Está bem.

Ele agarrou Mack por debaixo dos braços. Dois espectadores apanharam-no pelas pernas e o levantaram.

Lizzie seguiu na frente, abrindo caminho até o interior da taberna. Com sua voz masculina mais arrogante, ela gritou:

– Estalajadeiro, mostre-me seu melhor quarto o mais rápido possível!

Uma mulher saiu de trás do balcão do bar.

– Quem vai pagar? – questionou ela, desconfiada.

Lizzie lhe deu uma moeda de ouro.

– Por aqui – orientou a mulher.

Ela os conduziu escada acima até um quarto que dava vista para o pátio. O aposento estava limpo, e a cama de quatro colunas, bem arrumada com um cobertor grosso e liso. Os homens deitaram Mack e Lizzie falou à mulher:

– Acenda o fogo e nos traga um pouco de conhaque francês. Conhece algum médico nas redondezas que possa tratar dos ferimentos deste homem?

– Mandarei chamar o Dr. Samuels.

Lizzie sentou-se à beirada da cama. O rosto de Mack estava desfigurado, inchado e sujo de sangue. Ela abriu sua camisa e viu que o peito dele estava coberto de hematomas e escoriações.

Os homens que haviam ajudado a carregá-lo foram embora e o irlandês se apresentou:

– Sou Dermot Riley; Mack aluga um quarto em minha casa.

– Meu nome é Elizabeth Hallim. Eu o conheço desde criança.

Lizzie decidiu não explicar por que estava vestida de homem: Riley que pensasse o que bem entendesse.

– Não me parece que ele esteja gravemente ferido – opinou Riley.

– Deveríamos limpar as feridas. Peça para alguém trazer uma bacia de água quente, sim?

– Está bem.

Ele saiu do quarto, deixando-a sozinha com um Mack inconsciente.

Lizzie olhou para seu corpo inerte. Ele mal respirava. Hesitante, pousou a mão sobre o peito dele; a pele era quente e os músculos, rijos. Ao fazer pressão, ela sentiu o ritmo constante do seu coração, que batia forte.

Gostava de tocá-lo. Pousou a mão livre sobre o próprio peito, sentindo a diferença entre os seios macios e os músculos duros de Mack. Tocou o mamilo dele, pequeno e amolecido, e então o seu próprio, maior e protuberante.

Ele abriu os olhos.

Lizzie recolheu a mão, sentindo-se culpada. O que estou fazendo, meu Deus?, pensou ela.

Mack a encarou com uma expressão confusa.

– Onde estou? Quem é você?

– Você estava em uma luta de boxe. Foi derrotado.

Ele a analisou por alguns segundos; por fim, abriu um sorriso.

– Lizzie Hallim, vestida de homem outra vez – falou ele com a voz normal.

– Graças a Deus você está vivo!

Mack a fitou com um olhar estranho.

– É muito... gentil da sua parte se importar.

Ela ficou constrangida.

– Não sei por que me importo – retrucou, a voz falhando. – Você não passa de um mineiro que não sabe o seu lugar. – Para seu horror, Lizzie sentiu que lágrimas lhe escorriam pelo rosto. – É muito duro ver um amigo ser brutalmente espancado – completou ela com uma voz embargada, sem conseguir se controlar.

Ele a observou chorar, intrigado.

– Lizzie Hallim, será que um dia conseguirei entendê-la?

CAPÍTULO QUINZE

O CONHAQUE ALIVIOU a dor dos ferimentos de Mack naquela noite, mas na manhã seguinte ele acordou agonizando. Todas as partes do corpo que conseguia identificar doíam, desde os dedos do pé feridos – ele os machucara ao chutar Rees Preece com toda a força – até o topo do crânio, dominado por uma dor de cabeça que parecia nunca passar. Ao se olhar num pedaço de espelho, viu que o rosto estava repleto de cortes e hematomas e sensível demais para ser tocado, quanto mais barbeado.

Mesmo assim, ele se sentia animado. Lizzie nunca deixava de estimulá--lo; sua ousadia irreprimível fazia tudo parecer possível. O que ela faria em seguida? Quando Mack a reconhecera, sentada à beira da cama, havia sentido um impulso quase incontrolável de tomá-la em seus braços. Resistira à tentação ao lembrar a si mesmo que, se fizesse isso, a amizade peculiar dos dois teria um fim. Que ela quebrasse as regras era uma coisa: ela era uma dama. Podia rolar no chão com um filhote de cachorro o quanto quisesse, mas, se ele a mordesse, acabaria de castigo no quintal dos fundos.

Lizzie lhe contara que iria se casar com Jay Jamisson e ele se contivera para não dizer que ela estava cometendo uma grande tolice. Aquilo não era da sua conta e Mack não queria ofendê-la.

A esposa de Dermot, Bridget, preparou um café da manhã de mingau salgado e Mack o comeu com as crianças. Bridget era uma mulher na casa dos 30 que já havia sido bonita, mas agora parecia apenas cansada. Quando a comida acabou, Mack e Dermot saíram para procurar trabalho.

– Tragam algum dinheiro para casa! – exclamou Bridget enquanto eles se afastavam.

Não tiveram sorte. Vagaram pelas feiras de alimentos de Londres, ofere-cendo-se para carregar cestos de peixe, barris de vinho e postas sangren-tas de carne de que a cidade faminta necessitava diariamente, mas havia homens de mais e trabalho de menos. Ao meio-dia, desistiram e seguiram rumo ao West End, para as cafeterias. No fim da tarde, estavam tão cansados quanto se tivessem trabalhado o dia inteiro, mas sem rendimento algum.

Quando dobraram uma esquina em direção à Strand, um vulto diminuto saiu correndo de um beco, parecendo um coelho em disparada, e trombou com Dermot. Era uma garota de uns 13 anos, maltrapilha, magra e assustada. Ele chiou como uma bexiga furada. A menina gritou de susto e tropeçou, mas conseguiu recuperar o equilíbrio.

Atrás dela, veio um rapaz musculoso trajando roupas caras, porém desalinhadas, que quase a apanhou. A garota se agachou, esquivou-se e continuou correndo. Então, escorregou e caiu e o perseguidor a alcançou.

Ela gritou, apavorada. Possuído pela ira, o homem ergueu o corpo franzino da menina no ar, socou o lado da sua cabeça, derrubando-a no chão, e chutou o peito estreito dela com sua bota.

Mack já se tornara insensível à violência nas ruas de Londres. Homens, mulheres e crianças brigavam constantemente, socando-se e arranhando uns aos outros, em geral tendo como combustível o gim barato vendido em qualquer loja. Mas nunca tinha visto um homem forte surrar uma criança pequena de forma tão impiedosa. Era como se ele quisesse matá-la. Mack ainda estava dolorido por conta do embate com a Montanha Galesa e a última coisa que queria era outra briga, mas não podia assistir àquilo de braços cruzados. Quando o homem estava prestes a lhe dar outro pontapé, Mack o agarrou com violência e puxou-o para trás.

O homem, bem mais alto do que Mack, se virou, colocou a mão no meio do peito dele e o empurrou com força para longe. Mack cambaleou para trás. O homem tornou a se voltar para a criança. Ela estava se levantando, cambaleante, quando foi atingida por um tapa vigoroso na cara que a fez sair voando.

Mack ficou possesso: agarrou o homem pelo colarinho e pelos fundilhos da calça e o levantou. O desconhecido rosnou de surpresa e raiva e começou a se debater furiosamente, mas Mack continuou a erguê-lo até sustentá-lo sobre a própria cabeça. Dermot se espantou com a facilidade do amigo.

– Meu Deus, você é forte mesmo, Mack.

– Tire suas patas imundas de mim! – gritou o homem.

Mack colocou-o no chão, mas manteve apertado um de seus punhos.

– É só deixar a criança em paz.

Dermot ajudou a garota a se levantar e a segurou com cuidado, mas firme.

– Ela é uma ladra! – esbravejou o homem, mas notou o rosto castigado de Mack e decidiu não arranjar briga.

– Isso é tudo? – questionou Mack. – Pela maneira como você a estava chutando, achei que ela tivesse assassinado o rei ou coisa parecida.

– O que lhe interessa o que ela estava fazendo? – perguntou o homem, já mais calmo, recuperando o fôlego.

Mack o largou.

– Seja o que for, acho que ela já recebeu punição suficiente.

– Você obviamente acabou de chegar aqui – disse ele, encarando Mack. – É um rapaz forte, mas, ainda assim, não vai durar muito em Londres se depositar sua confiança em gente como ela. – Com essas palavras, ele se afastou.

– Obrigada, Jock, você salvou minha vida – disse a garota.

Os londrinos sabiam de onde Mack vinha assim que ele abria a boca, por isso o chamavam de Jock, uma gíria para "escocês". Ele só descobriu que tinha um sotaque depois de chegar a Londres. Em Heugh, todos falavam do mesmo jeito: até os Jamissons tinham uma versão menos carregada do dialeto escocês. Em Londres, era como um crachá.

Mack olhou para a garota. Ela tinha cabelos pretos curtos e um rosto bonito que já começava a inchar por conta da surra. Seu corpo era o de uma criança, mas havia uma expressão adulta, experiente, em seus olhos. Fitava-o com um ar desconfiado, claramente se perguntando o que Mack queria dela.

– Você está bem? – perguntou ele.

– Estou dolorida – respondeu ela, segurando o lado do corpo. – Quem me dera você tivesse matado aquele filho da mãe.

– O que você fez a ele?

– Tentei roubá-lo enquanto ele comia a Cora, mas o desgraçado percebeu.

Mack assentiu. Já ouvira falar que prostitutas às vezes tinham cúmplices que roubavam seus clientes.

– Não quer beber algo?

– Eu beijaria o cu do papa por um copo de gim.

Mack nunca ouvira ninguém falar daquele jeito, quanto mais uma garotinha. Não sabia se deveria ficar chocado ou rir.

Do outro lado da rua ficava a taberna em que Mack nocauteara o Colosso de Bermondsey e ganhara 1 libra de um anão. Eles atravessaram a rua e entraram no estabelecimento. Mack pediu três canecos de cerveja e eles se sentaram em um canto para bebê-la.

A garota engoliu a sua quase inteira em um par de goladas e comentou:

– Você é um bom homem, Jock.

– Meu nome é Mack. Este aqui é Dermot.

– Eu sou Peggy. Me chamam de Peg Ligeira.

– Por conta da maneira como bebe, imagino.

Ela sorriu.

– Nesta cidade, se você não bebe rápido, aparece alguém para roubar sua bebida. De onde você vem, Jock?

– De uma aldeia chamada Heugh, a uns 80 quilômetros de Edimburgo.

– Onde fica Edimburgo?

– Na Escócia.

– E isso é longe?

– Levei uma semana para chegar aqui de navio, descendo o litoral.

Tinha sido uma longa semana; o mar angustiava Mack. Depois de quinze anos trabalhando nas profundezas de uma mina, o oceano sem fim o deixava atordoado. Mas ele fora forçado a escalar os mastros para amarrar cordas independentemente do clima. Jamais poderia ser marinheiro.

– Se não me engano, de carruagem são treze dias – acrescentou ele.

– E por que você saiu de lá?

– Para ser livre. Eu fugi. Na Escócia, os mineiros são escravos.

– Como os pretos na Jamaica, você quer dizer?

– Você parece saber mais sobre a Jamaica do que sobre a Escócia.

Ela se ressentiu da crítica velada.

– E qual é o problema?

– Nenhum, é só que a Escócia é mais perto.

– Eu sei.

Ela estava mentindo, dava para perceber. Apesar de suas bravatas, era apenas uma garotinha e isso o comoveu.

– Peg, você está bem? – perguntou uma mulher, sem fôlego.

Mack levantou a cabeça e viu uma jovem de vestido laranja.

– Olá, Cora – disse Peg. – Fui salva por um príncipe encantado. Este é Scotch Jock McKnock.

Cora sorriu para Mack.

– Obrigada por ajudar Peg. Espero que não tenha sido assim que se machucou.

Mack balançou a cabeça.

– Isso foi culpa de outro brutamontes.

– Deixe-me pagar uma dose de gim.

Mack estava prestes a recusar, pois preferia cerveja, mas Dermot o interrompeu:

– A senhorita é muito gentil. Nós agradecemos.

Mack observou-a ir em direção ao bar. Devia ter 20 anos, com um rosto angelical e uma cabeleira ruiva flamejante. Era chocante pensar que alguém tão jovem e bonita pudesse ser uma prostituta.

– Então ela foi para a cama com aquele sujeito que estava perseguindo você, certo? – perguntou ele a Peg.

– Ela não precisa ir sempre até o fim com os homens – disse a menina, com ar de sabichona. – Geralmente deixa eles em algum beco com o pau pra fora e as calças nos tornozelos.

– Enquanto você sai correndo com a carteira deles – completou Dermot.

– Eu? Como ousa? Sou dama de companhia da rainha Charlotte.

Cora sentou-se ao lado de Mack. Ela usava um perfume forte e apimentado, que recendia a sândalo e canela.

– O que está fazendo em Londres, Jock?

Ele a encarou. Ela era uma mulher muito atraente.

– Procurando trabalho.

– Já encontrou algum?

– Não muito.

Cora balançou a cabeça.

– O inverno tem sido uma madrasta, frio como uma tumba, e o preço do pão está um absurdo. Homens como você é o que não falta.

Peg se intrometeu:

– Foi por isso que dois anos atrás meu pai passou a roubar, só que ele não tinha jeito pra coisa.

Mack afastou o olhar de Cora com relutância e voltou-se para Peg.

– O que aconteceu com ele?

– Acabou dançando com o colar do xerife no pescoço.

– Ahn?

– Ela quer dizer que ele foi enforcado – explicou Dermot.

– Ah, sinto muito, minha querida – lamentou Mack.

– Não tenha pena de mim, seu escocês sujo, não suporto isso.

Peg era osso duro de roer.

– Está bem, está bem, não está mais aqui quem falou – replicou Mack com brandura.

– Conheço uma pessoa que precisa de homens para descarregar navios carvoeiros. É um trabalho tão pesado que só jovens podem se candidatar e eles preferem forasteiros, que são menos reclamões.

– Eu faço de tudo – garantiu Mack, pensando em Esther.

– Os grupos de carregadores de carvão são todos controlados pelos donos de taberna da zona de Wapping. Conheço um deles, Sidney Lennox, da Sun.

– Ele é um bom homem?

Cora e Peg riram.

– Ele é um porco bêbado mentiroso, trapaceador, medonho, fedorento e corrupto – respondeu Cora –, mas eles são todos iguais, então o que você pode fazer?

– Você nos levaria à taberna dele?

– Por sua própria conta e risco.

~

Uma névoa morna de suor e pó de carvão pairava no porão de carga abafado do navio de madeira. Mack estava de pé sobre uma montanha de carvão, brandindo uma pá de lâmina larga, trabalhando em ritmo constante. O serviço era brutal; seus braços doíam e ele estava encharcado de suor, mas sentia-se bem. Era jovem e forte, ganhava um bom dinheiro e não era escravo de ninguém.

Ele fazia parte de um grupo de dezesseis carregadores, debruçados sobre suas pás, grunhindo, xingando e fazendo piadas. Os outros, em sua maioria, eram rapazes irlandeses musculosos, criados em fazendas: o trabalho era duro demais para homens mirrados nascidos na cidade. Dermot era o mais velho do grupo, com 30 anos.

Parecia que Mack não conseguia fugir do carvão; era ele que fazia o mundo girar. Pensou no destino daquele combustível: em todas as salas de estar londrinas que iria aquecer, em todos os fogões, em todos os fornos de padarias e cervejarias que iria alimentar. O apetite da cidade por carvão era insaciável.

Era sábado à tarde e os carregadores já haviam quase esvaziado o segundo navio naquela semana, o *Cisne Negro*, que vinha de Newcastle. Mack se deliciava calculando quanto ele ganharia naquela noite. O grupo ganhava 16 pence, 1 penny por homem, a cada lote, ou vinte sacas de carvão. Um homem forte com uma pá grande poderia encher uma saca em dois minutos. Ele estimava que cada homem teria ganhado um salário bruto de 6 libras.

No entanto, havia deduções. Sidney Lennox, o intermediário ou "empreiteiro", enviava grandes quantidades de cerveja e gim a bordo para os homens. Eles precisavam beber muito para repor os litros de líquido que perdiam ao suar, mas Lennox lhes oferecia mais do que o necessário e a maioria dos carregadores consumia tudo o que chegava, inclusive o gim. Consequentemente, costumava haver pelo menos um acidente antes do fim do expediente. E a bebida não saía de graça. Então, Mack não sabia ao certo quanto receberia quando fosse recolher seu ordenado na Sun naquela noite. Contudo, mesmo que metade do dinheiro fosse perdido graças às deduções – uma estimativa certamente pessimista –, ainda sobraria o dobro do que um mineiro ganhava em uma semana de seis dias.

Naquele ritmo, ele poderia enviar dinheiro para Esther em poucas semanas. Assim, ele e a irmã estariam livres da escravidão. Seu coração saltava de alegria diante daquela perspectiva.

Logo que se viu instalado na casa de Dermot, ele havia escrito a Esther, que lhe respondera. Segundo ela, sua fuga era o assunto mais falado do vale. Alguns dos jovens escavadores tentavam enviar uma petição ao parlamento britânico em protesto contra a escravidão nas minas. E Annie se casara com Jimmy Lee. Mack sentiu uma pontada de remorso por Annie; nunca mais rolaria na grama com ela. Mas Jimmy era um bom homem. Talvez a petição marcasse o início de uma mudança e os filhos dos dois viessem a ser livres.

O resto do carvão foi colocado em sacas e empilhado em uma barcaça, para ser levado a remo até o litoral e armazenado em um depósito. Mack alongou as costas doloridas e apoiou a pá no ombro. Quando subiu ao convés, foi fustigado por uma rajada de ar frio e vestiu a camisa, além da capa de pele de Lizzie Hallim. Os carregadores foram com as últimas sacas até a margem e, de lá, seguiram andando até a Sun para receber os salários.

A taberna Sun era um lugar rústico frequentado por marinheiros e estivadores. Seu chão de terra era lamacento, os bancos e mesas eram surrados e manchados, e o fogo gerava mais fumaça do que calor. O dono, Sidney Lennox, adorava disputas, portanto sempre havia carteado, dados ou um jogo complexo envolvendo um tabuleiro marcado e fichas. A única coisa boa dali era Black Mary, a cozinheira africana, que usava mariscos e cortes de carne baratos para fazer cozidos picantes e fartos que os clientes adoravam.

Mack e Dermot foram os primeiros a chegar. Encontraram Peg sentada ao balcão com as pernas cruzadas debaixo de si, fumando tabaco da Virgínia em um cachimbo de argila. Ela morava na taberna e dormia no chão em um canto do bar. Além de empreiteiro, Lennox era um atravessador e Peg vendia-lhe as coisas que roubava. Quando viu Mack, cuspiu no fogo e perguntou alegremente:

– Ora, viva, Jock, salvou mais alguma dama em apuros hoje?

– Hoje não – disse ele com um sorriso.

Black Mary colocou seu rosto sorridente para fora da cozinha.

– Vão querer rabada, rapazes? – Ela falava com um sotaque dos Países Baixos: dizia-se que fora escrava do capitão de um navio holandês.

– Só uns dois barris cheios para mim, por favor – respondeu Mack.

– Faminto, hein? Trabalhando duro?

– Só nos exercitamos um pouco para abrir o apetite – falou Dermot.

Mack não tinha dinheiro para pagar pelo jantar, mas Lennox dava crédito a todos os carregadores de carvão, a ser descontado de seus salários. Daquela noite em diante, decidiu Mack, ele pagaria por tudo em dinheiro vivo: não queria se endividar.

Ele se sentou ao lado de Peg.

– Como andam os negócios? – indagou ele de brincadeira, mas ela levou a pergunta a sério.

– Eu e Cora limpamos um velho ricaço hoje à tarde, então decidimos tirar a noite de folga.

Mack achava um pouco estranho ser amigo de uma ladra. Por outro lado, sabia o que a levava a fazer aquilo: não tinha alternativa senão passar fome. Ao mesmo tempo, algo nele, algum resíduo da moral de sua mãe, o fazia desaprovar aquele tipo de atitude.

Peg era pequena e frágil, com um corpo ossudo e belos olhos azuis, mas tinha o ar calejado de um criminoso experiente e era assim que as pessoas a tratavam. Mack suspeitava que sua carapaça durona não passava de um disfarce para protegê-la: por baixo da superfície, provavelmente havia apenas uma garotinha assustada que não tinha ninguém no mundo para cuidar dela.

Black Mary lhe trouxe a rabada com ostras flutuando no caldo, uma fatia de pão e um caneco de cerveja preta e Mack atacou a refeição como um lobo faminto.

Os demais carregadores também chegavam à taberna. Não havia sinal de Lennox, o que era estranho: àquela hora, ele normalmente estaria jogando cartas ou dados com os clientes. Mack queria que ele chegasse logo; estava ansioso para descobrir quanto dinheiro tinha obtido naquela semana. Suspeitava que Lennox estivesse mantendo os homens ali, à espera dos salários, para que pudessem gastar mais no bar.

Cora chegou mais ou menos uma hora depois. Estava estonteante como sempre, trajando um vestido mostarda com babados pretos. Todos os homens a cumprimentaram, mas, para a surpresa de Mack, ela se sentou ao seu lado.

– Ouvi dizer que você teve uma tarde lucrativa – comentou ele.

– Dinheiro fácil. Um homem velho demais para ter juízo.

– É melhor me contar como faz, para eu não acabar vítima de alguém como você.

Ela o fitou com um olhar paquerador.

– Você nunca vai precisar pagar para ter garotas, Mack, isso eu garanto.

– Me conte assim mesmo, estou curioso.

– O jeito mais simples é pegar um bêbado rico, fazer com que ele fique caidinho por você, levá-lo para um beco escuro e então sair correndo com o dinheiro dele.

– Foi isso que fez hoje?

– Não, hoje foi melhor. Encontramos uma casa vazia e subornamos o zelador. Fiz o papel de dona de casa entediada e Peg era minha criada. Levamos o velho para a casa, fingindo que eu vivia ali. Arranquei as roupas dele e o levei para a cama, mas Peg chegou correndo para avisar que meu marido tinha voltado de repente.

Peg riu.

– Pobre velhinho, você devia ter visto a cara dele, ficou apavorado. Ele se escondeu no armário!

– E nós fomos embora com a carteira, o relógio e todas as roupas dele.

– Ele deve estar naquele armário até agora! – exclamou Peg e as duas caíram na gargalhada.

As mulheres dos carregadores começaram a aparecer, muitas com bebês nos braços e crianças agarradas às barras das saias. Algumas tinham o vigor e a beleza da juventude, mas outras pareciam cansadas e subnutridas, as esposas castigadas de homens violentos e bêbados. Mack supôs que estivessem todas ali na esperança de conseguirem pôr as mãos em parte do salário dos maridos antes que tudo fosse desperdiçado em bebidas e jogos ou roubado por prostitutas. Bridget surgiu com os cinco filhos e sentou-se com Dermot e Mack.

Lennox enfim apareceu à meia-noite.

Ele trazia um saco de couro cheio de moedas e duas pistolas, supostamente para que ninguém o roubasse. Os carregadores de carvão, quase todos bêbados àquela altura, vibraram quando ele chegou, recebendo-o como a um herói. Mack sentiu um desprezo momentâneo pelos colegas de trabalho: por que se mostravam tão gratos por algo que era apenas direito deles?

Lennox era um homem grosseiro de cerca de 30 anos, que usava botas até os joelhos e um colete de flanela sem camisa por baixo. Estava em forma de tanto carregar barris pesados de cerveja e destilados. Sua boca se mantinha constantemente retorcida em uma expressão cruel e seu cheiro era característico, um aroma adocicado como o de frutas podres. Quando ele passou, Mack notou que Peg se encolheu involuntariamente, temerosa.

Lennox puxou uma mesa para um canto e largou o saco e as pistolas sobre ela. Os homens e mulheres se aglomeraram à sua volta, empurrando e puxando uns aos outros, como se temessem que Lennox ficasse sem dinheiro antes que a vez deles chegasse. Mack permaneceu atrás, pois achava um insulto à sua dignidade acotovelar-se para receber um salário que merecia.

A voz ríspida de Lennox se ergueu acima do burburinho:

– Cada homem ganhou 1 libra e 11 pence, sem contar os gastos no bar.

Mack achou que não tivesse ouvido direito. Eles tinham descarregado dois navios, cerca de 1.500 lotes, equivalentes a 30 mil sacas de carvão, o que dava a cada homem um valor bruto de cerca de 6 libras. Como isso poderia ter sido reduzido a pouco mais de 1 libra para cada?

Resmungos de insatisfação se espalharam entre os homens, mas nenhum deles questionou o valor. Quando Lennox começou a contabilizar os pagamentos individuais, Mack falou:

– Espere um instante... Como é calculado esse valor?

Lennox ergueu o olhar com uma expressão irritada.

– Vocês descarregaram 1.445 lotes de carvão, o que dá a cada homem 6 libras e 5 pence brutos. Deduzindo 15 xelins por dia de bebida...

– O quê? – interrompeu Mack. – Quinze xelins por dia? – Se 1 xelim era a vigésima parte de 1 libra, aquilo significaria 75 por cento de seus recebimentos!

Dermot murmurou sua concordância.

– Estamos sendo roubados.

Ele não falou muito alto, mas um burburinho de aprovação se espalhou entre alguns carregadores.

– Minha comissão é de 16 pence por homem por navio – prosseguiu Lennox. – Some a isso mais 16 pence para o capitão, 6 pence por dia pelo aluguel da pá...

– Aluguel da pá?! – explodiu Mack.

– Você é novo aqui e não conhece as regras, McAsh – respondeu Lennox, rilhando os dentes. – Por que não cala a droga da sua boca e me deixa continuar? Ou então ninguém vai receber.

Mack estava indignado, mas o bom senso lhe dizia que Lennox não tinha inventado tal sistema naquela noite; era algo obviamente bem estabelecido e os homens deviam tê-lo aceitado. Peg puxou sua manga e aconselhou baixinho:

– Não arranje confusão, Jock, senão Lennox vai dar um jeito de piorar as coisas para você.

Mack deu de ombros e ficou calado. No entanto, seu protesto havia surtido efeito entre os demais e foi a vez de Dermot erguer a voz:

– Eu não bebi 15 xelins por dia.

– Não mesmo – acrescentou Bridget.

– Eu também não – acrescentou outro homem. – Como conseguiria? Um homem explodiria se tomasse tanta cerveja!

– Foi esta quantidade que enviei a bordo para vocês – retrucou Lennox com irritação. – Por acaso acham que eu posso contabilizar o que cada homem bebe por dia?

– Se não pode, então é o único estalajadeiro de Londres incapaz de fazer isso! – replicou Mack, arrancando risadas dos homens.

Lennox ficou furioso e, com uma expressão carregada, disse:

– O sistema é o seguinte: você deve pagar 15 xelins pela bebida, quer beba ou não.

Mack se aproximou da mesa.

– Bem, eu também tenho um sistema: não pago por bebida que não pedi e que não bebi. Você pode não ter feito as contas, mas eu, sim, e posso dizer exatamente quanto lhe devo.

– Eu também – completou Charlie Smith, um negro nascido na Inglaterra com um sotaque de Newcastle. – Bebi 83 canecos da cerveja rala que você vende aqui por 4 pence o caneco. Isso dá 27 xelins e 8 pence pela semana inteira, não 15 xelins por dia.

– Você tem sorte de receber pelo trabalho, seu preto miserável. Você deveria ser um escravo acorrentado.

A expressão no rosto de Charlie se tornou sombria.

– Sou inglês e cristão, e um homem melhor do que você, porque sou honesto – replicou ele, controlando a fúria.

– Também posso dizer exatamente o quanto bebi – disse Dermot.

– Se não tratarem de ficar quietos não vão receber nada, nenhum de vocês – ameaçou Lennox, ficando furioso.

Mack chegou a pensar que deveria esfriar um pouco os ânimos. Tentou encontrar algo conciliatório para dizer. Então viu Bridget Riley e seus filhos famintos e a indignação foi mais forte do que ele.

– Você não sai desta mesa até nos pagar o que deve – afirmou ele a Lennox.

O empreiteiro baixou os olhos para suas pistolas. Com um movimento ágil, Mack jogou as armas no chão, para longe dele.

– Também não vai se safar atirando em mim, seu ladrão desgraçado – prosseguiu ele com raiva.

Lennox parecia um cão de caça acuado. Mack se perguntou se não teria ido longe demais; talvez devesse ter deixado espaço para um acordo que preservasse a dignidade de Lennox. Mas agora era tarde demais e o homem precisava recuar: havia embebedado os carregadores, que o matariam se não os pagasse.

O empreiteiro se recostou na cadeira, estreitou os olhos, fitando Mack com uma expressão de puro ódio.

– Você vai sofrer por isso, McAsh, juro por Deus que vai.

– Ora essa, Lennox – disse Mack em tom pacífico –, os homens só estão pedindo que você pague o que lhes deve.

Isso não amoleceu Lennox, mas ele cedeu. Com uma carranca, começou a contar o dinheiro. Pagou primeiro Charlie Smith, depois Dermot e Mack, aceitando o quanto diziam ter bebido.

Mack se afastou da mesa, sentindo-se extasiado. Trazia 3 libras e 9 xelins na mão e, mesmo que guardasse metade para Esther, ainda lhe sobraria bastante dinheiro.

Outros carregadores deram suas estimativas de consumo, mas Lennox não discutiu com eles, exceto no caso de Sam Potter, um rapaz enorme de gordo de Cork, que afirmou ter bebido apenas 30 canecas, o que arrancou gargalhadas retumbantes dos demais. Ele acabou concordando que tinha sido o triplo.

Um clima de júbilo se espalhou pelos homens e suas esposas à medida que eles embolsavam os ganhos. Vários foram até Mack para lhe dar tapinhas nas costas e Bridget o beijou. Ele percebeu que havia feito algo extraordinário, mas temia que aquilo não acabasse ali. Lennox desistira fácil demais.

Enquanto o último homem era pago, Mack apanhou as armas de Lennox do chão. Soprou a pólvora das fecharias para que elas não disparassem e pousou-as sobre a mesa.

Lennox apanhou suas pistolas desarmadas e o saco de dinheiro quase vazio e se levantou. O salão caiu em silêncio. Ele foi em direção à porta que conduzia aos seus aposentos particulares. Todos o observavam com atenção, como se temessem que ele ainda encontrasse uma maneira de pegar o dinheiro de volta. Lennox se virou ao chegar à soleira.

– Vão para casa, todos vocês – ordenou, com maldade. – E não voltem na segunda. Não haverá trabalho para vocês. Estão todos dispensados.

~

Mack mal conseguiu pregar os olhos à noite, preocupado. Alguns carregadores haviam dito que Lennox já teria se esquecido de tudo na segunda de manhã, mas Mack duvidava disso. O empreiteiro não parecia o tipo de homem que engolia derrotas e não teria dificuldade alguma em encontrar dezesseis jovens fortes para substituí-los.

A culpa era de Mack. Os carregadores eram como gado, fortes, burros e fáceis de conduzir, e não teriam se rebelado contra Lennox se ele não os tivesse encorajado. Agora, Mack sentia que era sua responsabilidade consertar o estrago.

Levantou-se cedo na manhã de domingo e foi ao quarto ao lado. Dermot e Bridget estavam deitados em um colchão enquanto as cinco crianças dormiam juntas no canto oposto. Mack sacudiu o amigo para acordá-lo.

– Precisamos arranjar trabalho para o nosso grupo ainda hoje.

Dermot se levantou e Bridget balbuciou, sem se levantar:

– Vistam algo decente, se quiserem impressionar o empregador.

Dermot colocou um velho colete vermelho e emprestou a Mack a gravata azul de seda que comprara para o seu casamento. Chamaram Charlie Smith no caminho. Havia cinco anos Charlie trabalhava como carregador de carvão, logo conhecia todo mundo. Ele trajou seu melhor paletó azul e os três foram para Wapping.

As ruas lamacentas da zona portuária estavam quase desertas. Os sinos das centenas de igrejas londrinas conclamavam os devotos para suas orações, mas a maioria dos marinheiros, estivadores e funcionários dos depósitos aproveitava o dia de descanso para ficar em casa. A água marrom do Tâmisa lambia preguiçosamente os cais desertos e ratos passeavam sem medo pela faixa litorânea.

Os três foram primeiro à taberna Frying Pan, que ficava a poucos metros da Sun e encontraram o dono cozinhando um pernil no pátio. O cheiro deu água na boca de Mack.

– Ora viva, Harry – disse Charlie, cumprimentando-o alegremente.

O homem o encarou com uma expressão azeda.

– O que querem, se não é cerveja?

– Trabalho – respondeu Charlie. – Tem algum navio de carvão para descarregar amanhã?

– Tenho, sim, assim como um grupo para cuidar disso. Mas obrigado.

Eles foram embora.

– Qual o problema dele? – perguntou Dermot. – Ele nos olhou como se fôssemos leprosos.

– Deve ter abusado do gim ontem à noite – especulou Charlie.

Mack temia que o motivo fosse mais preocupante, porém, por ora, decidiu manter os pensamentos apenas para si.

– Vamos à King's Head.

Vários carregadores estavam bebendo cerveja no bar e cumprimentaram Charlie pelo nome.

– Têm algum trabalho em vista, camaradas? Estamos atrás de um navio.

O dono da taberna os ouviu.

– Eram vocês que estavam trabalhando para Sidney Lennox na Sun?

– Isso mesmo, mas ele não precisa de nós para a semana que vem – respondeu Charlie.

– Nem eu.

Enquanto saíam, Charlie falou:

– Vamos tentar Buck Delaney na Swan. Ele administra dois ou três grupos de carregadores por vez.

A Swan era uma taberna agitada com estábulos, uma sala de café, um depósito de carvão e vários bares. Encontraram o dono irlandês em sua sala privativa, que dava vista para o pátio. Delaney tinha sido ele próprio carregador na juventude, embora agora usasse peruca e plastrão de renda para tomar seu desjejum de café e rosbife.

– Vou lhes dar uma dica, rapazes: todos os empreiteiros de Londres já ficaram sabendo o que aconteceu na Sun na noite passada. Ninguém vai dar trabalho para vocês; Sidney Lennox se certificou disso.

Mack sentiu o estômago embrulhar: já vinha temendo algo parecido.

– Se eu fosse vocês – prosseguiu Delaney –, pegaria um navio e sairia da cidade por um ou dois anos. Quando voltarem, estará tudo esquecido.

– Quer dizer que os carregadores estão fadados a serem roubados pelo empregadores? – questionou Dermot, irritado.

Se Delaney se sentiu ofendido por essas palavras, não demonstrou.

– Olhe à sua volta, rapaz – disse ele com brandura, indicando com um gesto vago o jogo de café de prata, a sala acarpetada e o negócio a pleno vapor que pagava por tudo aquilo. – Não consegui nada disso sendo justo com as pessoas.

– O que nos impede de irmos aos capitães e nos oferecermos para descarregar os navios? – perguntou Mack.

– Tudo. De vez em quando, aparece um carregador como você, McAsh, um pouco mais esperto do que os outros, que quer ter o próprio grupo, se livrar do empreiteiro, das taxas pela bebida, etc. Mas há gente demais fazendo bastante dinheiro. – Ele balançou a cabeça. – Você não é o primeiro a se rebelar contra o sistema, McAsh, e não será o último.

Mack sentiu repulsa do cinismo de Delaney, mas sabia que o homem estava falando a verdade. Não conseguia pensar em mais nada para dizer ou fazer. Sentindo-se derrotado, encaminhou-se para a porta, seguido por Dermot e Charlie.

– Siga o meu conselho, McAsh – acrescentou Delaney. – Seja como eu. Arranje uma pequena taberna e venda bebida para os carregadores. Pare de tentar ajudá-los e ajude a si mesmo. Você pode se dar bem. Tem o que é preciso, consigo ver isso.

– Ser como você? Você ficou rico enganando seus companheiros. Por Deus, eu não seria como você nem morto.

Enquanto saía, ficou satisfeito ao ver o rosto de Delaney ser finalmente tomado pela raiva.

Mas seu contentamento passou no instante em que fechou a porta. Ele ganhara uma discussão e perdido todo o resto. Se tivesse engolido o orgulho e aceitado o sistema dos empreiteiros, pelo menos teria trabalho para o dia seguinte. Agora, não havia nada – e colocara quinze homens e suas famílias em uma situação de desamparo. A perspectiva de trazer Esther para

Londres parecia-lhe mais remota do que nunca. Ele fizera tudo errado; era um perfeito idiota.

Os três sentaram-se em um dos bares e pediram cerveja e pão para o café da manhã. Mack refletiu que tinha sido arrogância sua olhar com desprezo para os carregadores de carvão que aceitavam calados sua sina. Em sua mente, os taxara de gado; mas se eles eram gado, ele era um burro.

Ele pensou em Caspar Gordonson, o advogado radical que havia começado tudo aquilo ao revelar a Mack seus direitos. Se conseguisse entrar em contato com Gordonson, pensou Mack, o homem poderia lhe dizer o quanto esses direitos valiam.

Ao que parecia, a lei só era útil para aqueles com poder suficiente para impô-la. Mineiros e carregadores de carvão não tinham ninguém para defendê-los perante a justiça. Entre eles, só mesmo um tolo falaria em direitos. Os mais espertos ignoravam o que era certo ou errado e cuidavam de si, como Cora, Peg e Buck Delaney.

Ele começou a erguer a caneca, mas parou a meio caminho da boca. Gordonson vivia em Londres, é claro. Mack *poderia* entrar em contato com o homem. Ele poderia lhe dizer o quanto valiam os seus direitos – mas talvez pudesse fazer mais do que isso. Talvez pudesse ser o defensor dos carregadores. Ele era advogado e escrevia com frequência sobre a liberdade na Inglaterra: devia ser capaz de ajudá-los.

Não custava nada tentar.

~

A carta fatídica que Mack recebera de Caspar Gordonson tinha vindo de um endereço na Fleet Street. O Fleet era um rio imundo que desembocava no Tâmisa ao pé da colina sobre a qual se erguia a catedral de Saint Paul. O advogado vivia em uma casa geminada de três andares ao lado de uma grande taberna.

– Ele deve ser solteiro – comentou Dermot.

– Como sabe? – perguntou Charlie Smith.

– Janelas sujas, soleira não encerada... Não há mulheres nesta casa.

Foram recebidos por um criado, que não demonstrou nenhuma surpresa quando eles pediram para ver o Sr. Gordonson. Dois homens bem-vestidos estavam saindo, ainda entretidos em uma discussão acalorada sobre William Pitt, Lorde do Selo Privado, e o visconde de Weymouth, um secretário de Estado. Não pararam de conversar, mas um deles meneou a cabeça para Mack, cumprimentando-o de forma educada e distraída, o que o surpreendeu bastante, uma vez que cavalheiros como aquele geralmente ignoravam pessoas de classes mais baixas.

Mack imaginava que a casa de um advogado fosse ser um lugar de documentos empoeirados e segredos sussurrados, onde o barulho mais alto era o raspar de canetas contra papéis. A residência de Gordonson, no entanto, mais parecia uma gráfica. Panfletos e jornais em feixes amarrados com barbantes empilhavam-se no hall, o ar cheirava a papel cortado e tinta de impressão, e o som mecânico que vinha do andar de baixo sugeria que havia uma prensa em atividade no porão.

O criado entrou na sala que dava para o hall. Mack se perguntou se estaria perdendo seu tempo ali. As pessoas que escreviam artigos inteligentes nos jornais talvez não sujassem as mãos envolvendo-se com trabalhadores. O interesse de Gordonson na liberdade poderia ser estritamente teórico. Porém, Mack precisava tentar de tudo. Encorajara seu grupo a se rebelar e agora estavam todos sem trabalho, logo era sua obrigação fazer algo a respeito.

Uma voz alta e estridente veio lá de dentro:

– McAsh? Nunca ouvi falar dele! Quem é esse homem? Você não sabe? Então pergunte! Ah, esqueça...

No instante seguinte, um homem calvo sem peruca surgiu à porta e olhou para os três carregadores através de seus óculos.

– Não me parece que eu conheço nenhum de vocês. O que querem comigo?

Era uma apresentação pouco encorajadora, mas Mack não se deixava abater tão fácil, portanto falou com animação:

– O senhor me deu conselhos muito ruins recentemente; apesar disso, eu voltei em busca de mais.

Houve um instante de silêncio e Mack se perguntou se não teria ofendido o advogado. Porém, Gordonson soltou uma risada gostosa.

– Quem é você, afinal? – perguntou com uma voz amigável.

– Malachi McAsh, mas todos me chamam de Mack. Eu era mineiro em Heugh, nos arredores de Edimburgo, até o senhor me escrever dizendo-me que eu era um homem livre.

A compreensão iluminou o rosto de Gordonson.

– Você é o mineiro amante da liberdade! Deixe-me apertar sua mão, homem.

Mack apresentou Dermot e Charlie ao advogado.

– Entrem, todos vocês. Aceitam uma taça de vinho?

Eles o acompanharam até uma sala desarrumada mobiliada com uma escrivaninha e estantes que cobriam as paredes. Havia mais publicações empilhadas no chão, provas tipográficas se espalhavam sobre a mesa e um cachorro velho e gordo estava deitado no tapete manchado diante da lareira. Pairava no ar um cheiro podre, que poderia vir do tapete, do cão ou de ambos. Mack tirou um livro de direito de uma cadeira e sentou-se.

– Não quero vinho, obrigado – recusou ele, desejando estar totalmente lúcido.

– Uma xícara de café, então? Vinho coloca você para dormir, mas café é bom para acordar. – Sem esperar por uma resposta, ele ordenou ao criado: – Café para todos. – Ele se voltou para Mack e acrescentou: – Agora me diga, McAsh, por que meu conselho foi tão ruim?

Mack lhe contou a história de como fora embora de Heugh. Dermot e Charlie ouviram com atenção, pois o amigo nunca a contara. Gordonson acendeu um cachimbo e soprou baforadas de fumaça de tabaco, às vezes balançando a cabeça, desgostoso. O café chegou quando Mack estava terminando.

– Conheço os Jamissons há tempos; são uma família gananciosa, desalmada e brutal – falou Gordonson, exacerbado. – O que você fez ao chegar a Londres?

– Tornei-me carregador de carvão. – Mack relatou o que acontecera na taberna Sun.

– As taxas por bebida cobradas aos carregadores são um escândalo de longa data.

Mack assentiu.

– Disseram que não fui o primeiro a protestar.

– Sem dúvida que não. Dez anos atrás, o Parlamento chegou a aprovar uma lei proibindo a prática.

– Então como eles continuam fazendo isso? – questionou Mack, pasmo.

– A lei nunca foi aplicada.

– Por que não?

– O governo tem medo de prejudicar o fornecimento. Londres depende do carvão, nada acontece aqui sem ele: pão não é assado, cerveja não é fermentada, vidro não é soprado, ferro não é fundido, cavalos não são calçados, pregos não são produzidos...

– Já entendi – interrompeu-o Mack, perdendo a paciência. – Eu não deveria ficar surpreso com o fato de que a lei não faz nada por homens como nós.

– Aí é que você se engana – replicou Gordonson em um tom pedante. – A lei não toma decisões. Não tem vontade própria. Ela é como uma arma ou uma ferramenta: funciona para aqueles que a pegam nas mãos e a usam.

– Os ricos.

– Geralmente. Mas ela também pode funcionar a seu favor.

– Como? – perguntou Mack, ansioso.

– Imaginemos que você idealize um sistema alternativo destinado a reunir trabalhadores para descarregar navios.

Era essa a resposta esperada por Mack.

– Não seria difícil – falou ele. – Os homens poderiam escolher um membro do grupo para ser o empreiteiro e lidar com os capitães. O dinheiro seria dividido no ato do pagamento.

– Suponho que os carregadores fossem preferir trabalhar sob esse novo sistema, no qual teriam a liberdade de gastar o salário como bem entendessem.

– Claro – concordou Mack, contendo seu entusiasmo crescente. – Eles poderiam pagar pela cerveja à medida que a bebessem, como todo mundo.

Mas estaria Gordonson disposto a apoiar os carregadores naquela luta? Se assim fosse, tudo poderia mudar.

– Isso já foi tentado antes. Não dá certo – retrucou Charlie, desanimado.

Mack lembrou que Charlie tinha muitos anos de experiência como carregador.

– Por que não?

– O que acontece é que os empreiteiros subornam os capitães dos navios para que eles não empreguem os novos grupos. Isso gera tumulto e confrontos entre os grupos de carregadores. E os novos grupos é que são punidos pelas brigas, pois os magistrados são eles próprios empreiteiros ou amigos de alguns... e no fim das contas todos os carregadores voltam a trabalhar como antes.

– Idiotas – xingou Mack.

– Imagino que se fossem inteligentes não seriam carregadores de carvão – rebateu Charlie, parecendo ofendido.

Mack notou que estava sendo arrogante, mas ficava enfurecido quando os homens eram seus piores inimigos.

– Eles só precisam de um pouco de determinação e solidariedade.

– É um pouco mais complicado do que isso – atalhou Gordonson. – É uma questão de política. Lembro a última controvérsia envolvendo carregadores. Os empreiteiros estavam contra eles e não havia ninguém a seu favor.

– Por que desta vez seria diferente? – questionou Mack.

– Por causa de John Wilkes.

Wilkes era um defensor da liberdade, mas estava exilado.

– Ele não pode fazer muito por nós.

– Ele não está em Paris. Wilkes voltou.

Aquilo os surpreendeu.

– O que ele vai fazer?

– Concorrer ao Parlamento.

Mack conseguia imaginar o rebuliço que isso causaria nos círculos políticos de Londres.

– Ainda não vejo como isso pode nos ajudar.

– Wilkes ficará do lado dos carregadores de carvão, enquanto o governo tomará o partido dos empreiteiros. Uma disputa como essa, em que os trabalhadores obviamente têm razão, além da lei ao seu lado, só faria bem para sua candidatura.

– Como sabe o que Wilkes irá fazer?

Gordonson sorriu.

– Sou cabo eleitoral dele.

Gordonson era mais poderoso do que Mack imaginava; havia tirado a sorte grande.

Charlie, ainda desconfiado, comentou:

– Então vocês estão planejando usar os carregadores de carvão em prol dos seus próprios interesses políticos.

– Bem colocado – falou Gordonson com brandura. Ele largou o cachimbo. – Mas por que eu apoio Wilkes? Bem, deixem-me explicar. Vocês vieram até aqui hoje para protestar contra uma injustiça. Esse tipo de coisa acontece com muita frequência: homens e mulheres sofrem abusos cruéis em benefício de algum patife ganancioso, como George Jamisson ou Sidney Lennox. É ruim para os negócios, pois as más organizações acabam por solapar as boas. E, mesmo que fosse bom, ainda seria perverso. Amo meu país e odeio a corja que quer destruir o povo e arruinar a prosperidade. Então, dedico minha vida a lutar por justiça. – Ele sorriu e colocou o cachimbo de novo na boca. – Espero que isso não soe muito pomposo.

– Nem um pouco – garantiu Mack. – Fico feliz por tê-lo do nosso lado.

CAPÍTULO DEZESSEIS

O DIA DO CASAMENTO de Jay Jamisson foi frio e chuvoso. Do seu quarto na Grosvenor Square, ele podia ver o Hyde Park, onde seu regimento estava acampado. Uma névoa baixa cobria o solo e as tendas dos soldados pareciam velas de barcos em um mar cinzento revolto. Fogueiras baças fumegavam aqui e ali, o que deixava o ar ainda mais abafado. Os homens deviam estar insatisfeitos, mas soldados sempre estavam.

Ele deu as costas à janela. Chip Marlborough, seu padrinho, segurava o novo paletó de Jay, que o vestiu, balbuciando um agradecimento. Como ele, Chip era capitão do Terceiro Regimento de Infantaria da Guarda. Seu pai era o lorde Arebury, que tinha negócios com Sir George. Jay sentia-se lisonjeado por um filho da aristocracia ter aceitado estar ao seu lado no dia do seu casamento.

– Já tratou dos cavalos? – perguntou Jay, ansioso.

– Claro.

Embora seu regimento fosse de infantaria, os oficiais sempre andavam a cavalo e Jay era responsável por supervisionar os homens que cuidavam das montarias. Ele era bom com cavalos, compreendia-os instintivamente. Havia recebido uma licença de dois dias para o casamento, mas ainda assim queria ter certeza de que os animais estavam sendo bem tratados.

Sua licença era curta porque o regimento se encontrava na ativa. Não havia nenhum conflito: o último em que o Exército britânico lutara fora a Guerra dos Sete Anos, contra a França, na América, e acabara quando Jay e Chip ainda eram crianças. Mas o povo de Londres estava tão inquieto e revoltado que as tropas mantinham-se a postos para conter manifestações. Quase todos os dias um grupo raivoso de operários iniciava uma greve, marchava em direção ao Parlamento ou tomava as ruas quebrando vidraças. Naquela semana, os tecelões, indignados por conta de uma redução de salário, haviam destruído três dos novos teares mecânicos em Spitalfields.

– Espero que o regimento não seja convocado enquanto eu estiver de licença – falou Jay. – Com a sorte que tenho, é bem capaz de eu perder toda a ação.

– Pare de se preocupar! – Chip serviu conhaque de um decantador em duas taças; adorava aquela bebida. – Ao amor!

– Ao amor – repetiu Jay.

Ele não sabia muito sobre o amor, refletiu Jay. Tinha perdido a virgindade cinco anos antes com Arabella, uma das criadas do pai. Na época, achou que a seduzira, mas, pensando bem, percebeu que havia sido o contrário. Depois de ter ido para a cama com ele três vezes, Arabella lhe contou que estava grávida. Ele lhe pagara 30 libras – que pegara emprestado de um agiota – para ela desaparecer. Agora, suspeitava que a mulher nunca estivera grávida e que tudo não passara de um golpe.

Desde então, havia flertado com dezenas de garotas, beijado muitas delas e levado algumas para a cama. Achava fácil seduzi-las: era só fingir interesse em tudo o que diziam, embora ser bonito e ter boas maneiras ajudasse. Não precisava se esforçar muito para tê-las na palma da mão. Mas, pela primeira vez, o feitiço se voltara contra o feiticeiro. Quando estava com Lizzie, ele se sentia um pouco sem fôlego e sabia que olhava para ela como se não tivesse olhos para mais ninguém ao redor, como as garotas costumavam fazer com ele. Isso que era amor? Ele supunha que sim.

Seu pai já não era tão contrário o casamento, devido à possibilidade de obter o carvão de Lizzie. Era por isso que convidara a futura nora e lady Hallim a ficarem em sua casa de hóspedes, além de ter concordado em pagar o aluguel da residência na Chapel Street onde Jay e Lizzie morariam depois de casados. Eles não haviam feito nenhuma promessa concreta a Sir George, mas tampouco lhe disseram que Lizzie estava determinada a não permitir mineração no High Glen. Jay esperava apenas que tudo se resolvesse no fim.

A porta se abriu e um criado perguntou:

– O senhor pode receber um tal de Sr. Lennox?

Jay teve um calafrio. Ele devia dinheiro a Sidney Lennox, que havia perdido no jogo. Normalmente, mandaria o homem embora – ele não passava de um dono de taberna –, mas Lennox poderia tomar medidas drásticas quanto à dívida.

– Mande-o entrar – disse Jay, e acrescentou a Chip: – Desculpe-me por isso.

– Conheço Lennox. Também perdi dinheiro para ele.

Lennox entrou e Jay notou seu cheiro agridoce característico, como de algo fermentando.

– Como vai, seu patife desgraçado? – cumprimentou-o Chip.

Lennox o encarou com um olhar frio.

– Se bem me lembro, o senhor não me chama de patife desgraçado quando ganha.

Jay o fitou com uma expressão aflita. Lennox usava um terno amarelo e meias de seda com sapatos afivelados, mas parecia um chacal disfarçado de homem: roupas sofisticadas não conseguiam ocultar seu tom ameaçador. Todavia, Jay não conseguia romper laços com Lennox. Ele era um contato muito útil, pois sempre sabia onde havia uma rinha de galos, um combate de "gladiadores" ou um corrida de cavalos. E, se todo o resto falhasse, ele próprio organizava um torneio de carteado ou um jogo de dados.

Também estava disposto a dar crédito a jovens oficiais que ficavam sem dinheiro mas queriam continuar jogando. E era aí que morava o problema. Jay devia 150 libras a Lennox e seria constrangedor se o empreiteiro exigisse a quitação da dívida naquele momento.

– Você sabe que hoje é o dia do meu casamento, Lennox.

– Sim, eu sei. Vim brindar à sua saúde.

– Sem dúvida, sem dúvida. Chip, uma bebida para o nosso amigo.

Chip serviu uma generosa dose tripla de conhaque para Lennox.

– Ao senhor e à sua esposa – falou o taberneiro.

– Obrigado – agradeceu Jay, e os três homens beberam.

Lennox dirigiu-se a Chip:

– Vai haver um grande torneio de carteado amanhã à noite, na cafeteria Lord Archer, capitão Marlborough.

– Isso me soa muito bem – comentou Chip.

– Espero vê-lo por lá. Sem dúvida o senhor estará muito ocupado para ir, capitão Jamisson.

– Espero que sim – falou Jay. Além disso, não tenho dinheiro, pensou com seus botões.

Lennox largou o copo.

– Desejo um bom dia aos dois e torço para que a névoa se disperse.

Assim, ele foi embora.

Jay disfarçou seu alívio: nada fora dito sobre o dinheiro. Lennox sabia que Sir George havia pagado sua última dívida e talvez achasse que isso aconteceria de novo. Jay perguntou-se por que Lennox aparecera; certamente não só para filar uma taça de conhaque. Tinha a sensação desagradável de que aquela visita significava alguma coisa. Era como se houvesse uma ameaça velada no ar. Mas, no fim das contas, o que um dono de taberna poderia fazer contra o filho de um abastado homem de negócios?

Jay ouviu o som de carruagens parando em frente à casa e afastou Lennox dos pensamentos.

– Vamos descer.

A sala de estar era um espaço majestoso com móveis caros desenhados por Thomas Chippendale. O ambiente cheirava a cera de polimento. A mãe, o pai e o irmão de Jay estavam ali, todos vestidos para irem à igreja. Alicia beijou o filho. Sir George e Robert o cumprimentaram com certo constrangimento; nunca tinham sido uma família afetuosa e a lembrança da briga sobre o presente de 21 anos de Jay continuava fresca em suas mentes.

Um criado servia café e Jay e Chip pegaram uma xícara cada um. Antes que pudessem bebê-lo, a porta se abriu de supetão e Lizzie entrou como um furacão.

– Como ousa? – questionou ela, transtornada. – Como ousa?

O coração de Jay parou de bater por um instante. Qual era o problema agora? Lizzie estava arfante e corada de indignação, os olhos faiscando. Ela trajava seu vestido de noiva, branco e simples com uma grinalda da mesma cor, e estava linda.

– O que eu fiz? – perguntou Jay em tom de lamúria.

– O casamento está cancelado! – respondeu ela.

– Não! – exclamou Jay.

Não era possível que Lizzie fosse ser roubada dele no último momento. A simples ideia era insuportável.

Lady Hallim entrou correndo atrás dela, parecendo apavorada.

– Lizzie, por favor, pare com isso.

Alicia assumiu o controle da situação.

– Lizzie, querida, o que houve? Diga-nos por que está tão angustiada.

– Por causa disto! – gritou ela, brandindo no ar um maço de papéis.

Lady Hallim retorcia as mãos.

– É uma carta do chefe dos meus guarda-caças – explicou ela.

– Ela diz que analistas contratados pelos Jamissons andam abrindo buracos de sondagem no terreno dos Hallims – completou Lizzie.

– Buracos de sondagem? – indagou Jay, estupefato. Ele olhou para Robert e notou uma expressão furtiva em seu rosto.

– Eles estão buscando carvão, é óbvio – disse Lizzie com irritação.

– Ah, não! – protestou Jay.

Ele logo entendeu o que havia acontecido. Seu pai, impaciente, tinha se precipitado. Estava tão ansioso por ter o carvão de Lizzie nas mãos que não conseguira sequer esperar até depois do casamento.

Mas a impaciência de Sir George talvez fizesse com que Jay perdesse a noiva. A ideia o deixou tão furioso que ele gritou com o pai:

– Seu idiota! Olhe só o que fez!

Além de ser chocante um filho se dirigir daquela forma ao pai, Sir George não estava habituado a ser contrariado por ninguém. Ele ficou vermelho e seus olhos se esbugalharam.

– Cancelem o raio do casamento, então! – rugiu ele. – Pouco me importa!

– Acalme-se, Jay, e você também, Lizzie – interveio Alicia. Ela também queria apaziguar o marido, embora houvesse tido a precaução de não dizer isso explicitamente. – É claro que houve um engano. Estou certa de que os analistas de Sir George entenderam mal suas instruções. Lady Hallim, por favor, leve Lizzie de volta à casa de hóspedes e nos permita descobrir o que aconteceu. Sem dúvida não precisamos fazer nada tão drástico quanto cancelar o casamento.

Chip pigarreou. Jay tinha se esquecido de que ele estava ali.

– Se me dão licença... – falou Chip, e se encaminhou para a porta.

– Não vá embora – pediu Jay. – Espere no andar de cima.

– Certo – concordou Chip, embora sua expressão deixasse claro que ele preferia estar em qualquer outra parte do mundo.

Alicia conduziu delicadamente Lizzie e lady Hallim em direção à porta.

– Por favor, nos deem apenas alguns minutos que eu já irei falar com vocês e tudo estará resolvido.

Enquanto saía, Lizzie parecia mais confusa do que irada e Jay esperava que ela tivesse percebido que ele não sabia a respeito das escavações. Alicia fechou a porta e se virou. Jay rezava para que ela pudesse salvar o casamento. Será que tinha algum plano? Ela era tão inteligente... A mãe era sua única esperança.

Em vez de repreender o marido, ela afirmou:

– Se não houver casamento, você não obterá o carvão.

– A propriedade de High Glen está falida! – retrucou Sir George.

– Mas lady Hallim poderia conseguir empréstimos em outra parte para renovar as hipotecas.

– Ela não sabe disso.

– Alguém pode lhe dizer.

Fez-se silêncio e todos absorveram a ameaça contida naquelas palavras. Jay temia que o pai fosse explodir. Mas sua mãe sabia muito bem até que ponto poderia forçá-lo e, no fim das contas, Sir George indagou, resignado:

– O que você quer, Alicia?

Jay suspirou, aliviado. Talvez seu casamento pudesse ser salvo, afinal.

– Antes de tudo, Jay deve falar com Lizzie e convencê-la de que não sabia sobre os analistas.

– Exatamente! – exclamou Jay.

– Cale a boca e ouça! – vociferou o pai.

– Se ele conseguir fazer isso, os dois poderão se casar conforme o planejado – prosseguiu Alicia.

– E depois?

– Tenha paciência. Com o tempo, Jay e eu podemos convencer Lizzie. Ela é contra a mineração agora, mas irá mudar de ideia ou será menos intransigente sobre a questão. Especialmente depois que tiver uma casa, um bebê e começar a entender a importância do dinheiro.

Sir George balançou a cabeça.

– Isso não me basta, Alicia. Não posso esperar.

– Posso saber por quê?

Ele fez uma pausa, então olhou para Robert, que deu de ombros.

– Talvez seja melhor contar logo: estou endividado. Você sabe que sempre dependemos de empréstimos, em grande parte de lorde Arebury. No passado, conseguimos obter lucros para nós mesmos e para ele. Agora, nossos negócios com a América estão em franca decadência desde que começamos a ter problemas com as colônias. E é quase impossível receber pelos poucos negócios que fazemos: nosso maior credor foi à falência, deixando-me com uma fazenda de tabaco na Virgínia que não posso vender.

Jay estava pasmo. Nunca lhe ocorrera que os negócios da família fossem arriscados e que a riqueza que o cercava desde que nascera poderia não durar para sempre. Começava a entender por que o pai havia ficado tão furioso por ter que pagar por suas dívidas de jogo.

– Temos conseguido nos manter por causa do carvão, mas não é o bastante. Lorde Arebury quer o dinheiro. Portanto, a propriedade dos Hallims precisa ser minha. Caso contrário, eu posso perder tudo o que tenho.

Todos ficaram calados; tanto Jay quanto a mãe estavam chocados demais para falar.

Após alguns instantes, Alicia disse:

– Então só nos resta uma solução: o carvão deve ser explorado no High Glen sem o conhecimento de Lizzie.

Jay franziu a testa, aflito; aquela proposta o assustava. Mas ele decidiu ficar em silêncio por ora.

– Como poderíamos fazer isso? – indagou Sir George.

– Mande-a com Jay para fora do país.

Jay ficou estupefato. Que ideia brilhante!

– Mas lady Hallim saberia. E certamente contaria a Lizzie.

Alicia balançou a cabeça.

– Não, não contaria. Ela fará de tudo para que esse casamento se concretize. Ficará calada se nós mandarmos.

– Mas para onde iríamos? Para que país? – perguntou Jay.

– Barbados – respondeu a mãe.

– Não! – exclamou Robert. – Jay não pode ficar com a fazenda de cana-de-açúcar.

– Creio que seu pai abriria mão dela se a sobrevivência dos negócios da família dependesse disso – replicou Alicia calmamente.

– Papai não poderia fazer isto, mesmo que quisesse – revelou Robert, a expressão triunfante. – A fazenda já é minha.

Alicia lançou um olhar intrigado a Sir George.

– Isso é verdade? A fazenda é dele?

O marido assentiu.

– Eu a transferi para Robert.

– Quando?

– Três anos atrás.

Foi mais um choque para Jay, que se sentiu apunhalado pelas costas.

– Foi por isso que você não quis dá-la para mim de aniversário – falou ele com tristeza. – Já a dera a Robert.

– Mas, Robert, você não a devolveria para que possamos salvar os demais negócios da família?

– Não! – exclamou Robert, destemperado. – Isso é só o começo: você vai começar roubando a fazenda e, no final, ficará com tudo! Eu sei que você sempre quis tirar os negócios da família das minhas mãos e dá-los ao bastardinho.

– Tudo o que quero é que Jay receba o que é justo – garantiu ela.

– Robert, se você se recusar, iremos à falência.

– Eu não irei – rebateu ele, triunfante. – Ainda terei uma fazenda.

– Mas poderia ter muito mais – falou Sir George.

Robert assumiu uma expressão ardilosa.

– Está bem, farei isso, com uma condição: o senhor deve transferir todos os demais negócios para mim. E então se aposentar.

– Não! – gritou Sir George. – Não vou me aposentar. Ainda não tenho nem 50 anos!

Os dois se fuzilaram com os olhos e Jay viu como os dois eram parecidos. Ambos jamais cederiam, sabia, sentindo um aperto no coração.

Haviam chegado a um impasse. Os dois homens teimosos seriam irredutíveis e juntos poderiam pôr tudo a perder: o casamento, os negócios e o futuro da família.

Mas Alicia não estava disposta a desistir:

– Que propriedade na Virgínia é essa, George?

– Mockjack Hall. É uma fazenda de tabaco, com cerca de mil acres e cinquenta escravos... O que você tem em mente?

– Você poderia dá-la para Jay.

O coração de Jay saltou dentro do peito. Virgínia! Seria o recomeço que ele tanto desejava, longe do pai e do irmão, com uma propriedade só sua para administrar e cultivar. E Lizzie agarraria na mesma hora uma oportunidade daquelas.

Sir George estreitou os olhos.

– Não poderia lhe dar dinheiro nenhum. Ele teria que pedir emprestado o que precisasse para tocar a propriedade.

– Não me importo – apressou-se a dizer Jay.

– Mas você teria que pagar os juros dos empréstimos de lady Hallim ou ela pode vir a perder High Glen – lembrou Alicia.

– Posso fazer isso com a renda que obtiver do carvão – garantiu Sir George, refletindo sobre os pormenores. – Eles terão que partir para a Virgínia imediatamente, dentro de poucas semanas.

– Eles não podem fazer isso – protestou Alicia. – Precisam de tempo para os preparativos. Dê a eles pelo menos três meses.

Ele balançou a cabeça.

– Preciso do carvão antes disso.

– Não há problema. Lizzie não vai querer voltar para a Escócia; ela estará ocupada demais preparando-se para sua nova vida.

Toda aquela conversa sobre enganar Lizzie deixava Jay apreensivo. Se ela descobrisse tudo, ele é que iria sofrer sua ira.

– E se alguém escrever para ela? – perguntou Jay.

Alicia ficou pensativa.

– Precisamos saber quais dos criados em High Glen poderiam fazer isso. Você consegue descobrir, Jay.

– Como iremos impedi-los?

– Mandaremos alguém até lá para demiti-los.

– Isso deve funcionar – comentou Sir George. – Muito bem, vamos em frente.

Alicia voltou-se para Jay com um sorriso triunfante. Enfim ela obtivera êxito: ele receberia seu patrimônio. Abraçou o filho e o beijou.

– Deus o abençoe, meu filho querido. Agora vá até ela e lhe diga que você e sua família estão terrivelmente consternados por este mal-entendido e que seu pai lhe deu a propriedade de Mockjack Hall como presente de casamento.

– A senhora foi incrível, mamãe. Obrigado – sussurrou ele.

Jay saiu da casa. Enquanto atravessava o jardim, sentia-se ao mesmo tempo eufórico e apreensivo. Tinha conseguido o que sempre desejara. Preferiria que isso tivesse acontecido sem que precisasse enganar a esposa, mas não havia alternativa. Caso houvesse recusado, teria perdido não só a propriedade, como provavelmente Lizzie também.

Ele foi em direção à pequena casa de hóspedes contígua à estrebaria. Lady Hallim e Lizzie se encontravam na sala de estar modesta, sentadas diante de uma lareira a carvão fumegante. Estava claro que ambas haviam chorado.

Jay sentiu um perigoso impulso de contar a verdade para Lizzie. Se revelasse a trama urdida pelos pais e lhe pedisse para se casar com ele assim mesmo e viver na pobreza, ela talvez aceitasse.

Mas o risco lhe dava medo. Além disso, seria o fim do sonho que ambos nutriam de ir para um novo país. Às vezes, convenceu-se Jay, mentir era o mais benéfico.

Será que ela acreditaria?

Ele se ajoelhou diante de Lizzie. Seu vestido de noiva cheirava a lavanda.

– Meu pai sente muito pelo que aconteceu. Ele enviou os analistas como uma surpresa para mim; achou que eu gostaria de saber se existe carvão em suas terras. Não sabia o quanto você se opunha à mineração.

Ela fez cara de desconfiada.

– Por que não contou para ele?

Jay espalmou as mãos em um gesto de desamparo.

– Ele nunca me perguntou. – Lizzie ainda parecia resistente, mas Jay tinha outra carta na manga. – E tem outra coisa: o nosso presente de casamento.

Ela franziu a testa.

– O que é?

– Mockjack Hall, uma fazenda de tabaco na Virgínia. Podemos ir para lá assim que quisermos.

Lizzie o encarou, surpresa.

– Não é isso que nós sempre desejamos? – perguntou ele. – Um novo começo em um novo país, uma aventura!

Aos poucos, um sorriso se abriu no rosto dela.

– É sério? Virgínia? Será mesmo verdade?

Jay mal conseguia crer que ela estava prestes a consentir.

– Você aceita, então? – indagou ele, temeroso.

Lizzie tornou a sorrir. Lágrimas vieram-lhe aos olhos e ela não conseguiu mais falar, mas apenas fez que sim com a cabeça.

Jay percebeu que tinha vencido; conseguira tudo o que queria. A sensação era como a de ter uma mão de cartas imbatível à sua frente. Estava na hora de recolher os lucros.

Ele se levantou. Puxou-a da poltrona em que ela estava sentada e lhe ofereceu o braço.

– Venha comigo, então. Vamos nos casar.

CAPÍTULO DEZESSETE

N A METADE do terceiro dia, o porão de carga do *Prímula de Durham* já não tinha mais carvão. Mack olhou à sua volta, mal conseguindo acreditar que aquilo de fato acontecera. Havia feito tudo sem a participação de um empreiteiro.

Eles tinham ficado a postos à beira do rio e escolhido um navio que chegou ao meio-dia, quando os outros grupos já estavam trabalhando. Mack e Charlie foram de bote até a embarcação enquanto ela ancorava e ofereceram seus serviços, a começar naquele mesmo instante. O capitão sabia que, se esperasse por um grupo de carregadores formal, o trabalho só se iniciaria no dia seguinte e tempo era dinheiro, portanto eles foram contratados.

Os homens pareciam trabalhar mais rápido sabendo que seriam pagos integralmente. Ainda bebiam cerveja o dia inteiro, mas pagando por jarro, que buscavam apenas se sentiam necessidade. Assim, descarregaram o navio em 48 horas.

Mack pousou a pá no ombro e foi em direção ao convés. O clima estava frio e nevoento, mas McAsh sentia calor por ter vindo do porão. Quando o último saco de carvão foi atirado na barcaça do navio, os carregadores soltaram um grande viva.

Mack se reuniu com o imediato. A barcaça levara quinhentas sacas e ambos haviam contado o número de viagens de ida e volta que ela fizera. Eles contabilizaram as sacas restantes para a última viagem e concordaram em um total. Então, foram à cabine do capitão.

Mack esperava que não houvesse problemas de última hora. Eles tinham feito o trabalho e deviam ser pagos agora, certo?

O capitão era um homem magro de meia-idade com um nariz grande e vermelho que cheirava a rum.

– Acabaram? Vocês são mais rápidos do que os carregadores que costumo contratar. Quanto deu?

– Seiscentos lotes, menos 93 – respondeu o imediato, ao que Mack assentiu.

Eles contavam as sacas por lotes, que equivaliam a grupos de vinte e valiam 1 penny para cada homem.

O capitão os chamou para dentro da cabine e sentou-se com um ábaco.

– Seiscentos lotes menos 93, a 16 pence por lote...

Era uma soma complexa, mas Mack estava habituado a ser pago pelo peso do carvão que extraía, logo era capaz de fazer contas de cabeça quando seu pagamento estava em jogo.

O capitão pegou uma chave presa a uma corrente no cinto e abriu um baú que havia em um canto. Mack ficou observando enquanto ele retirava dali uma caixa menor e pousava-a sobre a mesa.

– Se contarmos as sete sacas restantes como meio lote, eu lhe devo exatamente 39 libras e 14 xelins.

O capitão pôs-se a contar o dinheiro e lhe deu um saco de linho para carregá-lo, incluindo várias moedas, para que ele pudesse dividir o valor com exatidão entre os homens. Mack sentiu-se triunfante: cada homem havia ganhado quase 2 libras e 10 xelins – mais em dois dias do que receberiam em duas semanas com Lennox. O mais importante, no entanto, era que eles tinham provado serem capazes de lutar pelos direitos e pela justiça.

Ele sentou-se de pernas cruzadas no convés para pagar aos homens. O primeiro da fila, Amos Tipe, disse:

– Obrigado, Mack, e Deus o abençoe, meu rapaz.

– Não me agradeça, isto é fruto do seu trabalho.

Apesar do seu protesto, o homem seguinte também lhe agradeceu, como se ele fosse um príncipe dispensando favores.

– Não é só pelo dinheiro – retrucou Mack quando Slash Harley deu um passo à frente. – Nós conquistamos nossa dignidade também.

– Pode ficar com a dignidade, Mack; só me dê o dinheiro. – Os demais riram.

Mack irritou-se um pouco com eles enquanto contava as moedas. Como não conseguiam entender que aquilo era mais importante do que o pagamento do dia? Às vezes Mack achava que aqueles homens eram tão estúpidos que mereciam ser explorados.

Contudo, nada poderia macular sua vitória. Durante a travessia para a margem, os outros começaram a entoar uma canção muito obscena chamada "O prefeito de Bayswater" e Mack se juntou ao coro a plenos pulmões.

A névoa da manhã começava a se dispersar enquanto ele e Dermot andavam até Spitalfields. Mack trazia uma música nos lábios e andava saltitante. Entrando em seu quarto, teve uma surpresa agradável: sentada em um banco de três pernas, estava Cora, trajando um casaco castanho e um chapéu elegante.

Ela havia pego sua capa, que normalmente ficava esticada no colchão de palha que lhe servia de cama, e acariciava a pele.

– Onde arranjou isto? – perguntou Cora.

– Foi presente de uma dama refinada – respondeu ele com um sorriso. – O que está fazendo aqui?

– Vim vê-lo. Se lavar o rosto, pode sair comigo, quer dizer, se não for tomar chá com nenhuma dama refinada.

Ele devia ter transparecido dúvida, pois Cora acrescentou:

– Não faça essa cara de espanto. Você deve achar que eu sou uma prostituta, mas não sou, exceto em momentos de desespero.

Mack pegou uma barra de sabão e desceu até o cano que servia de chuveiro no quintal. Cora o seguiu e ficou olhando enquanto ele se despia até a cintura e tirava o pó de carvão da pele e dos cabelos. Pegou emprestada uma camisa limpa de Dermot, vestiu seu casaco e chapéu e tomou o braço de Cora no seu.

Os dois seguiram para a região oeste, atravessando a pé o coração da cidade. Em Londres, Mack notara, as pessoas andavam pelas ruas por lazer, assim como se caminhava pelas colinas na Escócia. Ele adorava ficar de braço dado com Cora. Gostava da maneira como ela rebolava, tocando os quadris nele de vez em quando. Devido à maquiagem arrebatadora e às roupas elegantes, Cora chamava muita atenção e Mack recebia olhares invejosos dos outros homens.

Eles entraram em uma taberna e pediram ostras, pão e um tipo de cerveja preta bem forte. Cora comeu com prazer, engolindo as ostras inteiras e empurrando-as com goladas de cerveja escura.

Quando saíram dali, o tempo havia mudado; continuava frio, mas um sol fraco surgira no céu. Andaram até o distrito residencial nobre chamado Mayfair.

Em seus primeiros 22 anos de vida, Mack tinha visto apenas duas residências com ares de palácio: o Castelo Jamisson e a High Glen House. Naquela região, havia duas casas daquele tipo por rua e outras cinquenta apenas um pouco menos suntuosas. A riqueza londrina nunca deixava de espantá-lo.

Uma série de carruagens parava diante de uma das mais luxuosas residências, trazendo convidados que pareciam estar ali para uma festa. Nas calçadas dos dois lados da rua, uma pequena multidão de transeuntes e criados dos vizinhos se reunia e mais pessoas assistiam à cena das portas e janelas ao redor. A casa encontrava-se toda iluminada, embora fosse o meio da tarde, e a entrada estava decorada de flores.

– Deve ser um casamento – falou Cora.

Outra carruagem se aproximou e uma figura familiar saiu de dentro dela. Mack levou um susto ao reconhecer Jay Jamisson, que ajudou sua noiva a descer, fazendo os curiosos vibrarem e aplaudirem.

– Ela é bonita – comentou Cora.

Lizzie sorriu e olhou à sua volta, agradecendo os aplausos. Ela cruzou olhares com Mack e, por um momento, ficou petrificada. Ele sorriu e acenou. Ela desviou o olhar no mesmo instante e apressou-se a entrar na casa.

Tudo aquilo aconteceu em uma fração de segundo, mas os olhos aguçados de Cora não deixaram de notar.

– Você a conhece?

– Foi ela quem me deu a capa de pele.

– Espero que o marido dela não saiba que ela costuma dar presentes para carregadores de carvão.

– Ela está jogando sua vida fora ao se casar com Jay Jamisson. Ele é um frouxo de rostinho bonito.

– Imagino que ela estaria melhor se casando com você – disse Cora, sarcástica.

– Pois estaria, sim – falou Mack, sério. – O que acha de irmos ao teatro?

~

Mais tarde naquela noite, Lizzie e Jay sentaram-se na cama do aposento matrimonial, usando suas roupas de dormir, cercados por parentes e amigos às risadinhas, todos mais ou menos bêbados. A geração mais velha já deixara o recinto havia um bom tempo, mas a tradição rezava que os convidados do casamento deveriam ficar por ali, atormentando o casal, até os dois supostamente estarem desesperados para consumarem a união.

O dia passara em um turbilhão. Lizzie mal tinha conseguido pensar sobre a traição de Jay, o pedido de desculpas, o perdão que ela lhe dera e o futuro dos dois na Virgínia. Não houve tempo sequer para perguntar a si mesma se havia tomado a decisão certa.

Chip Marlborough chegou trazendo uma jarra de *posset*. Presa ao seu chapéu estava uma cinta-liga de Lizzie. Ele se pôs a encher as taças de todos os presentes.

– Um brinde!

– O último brinde! – completou Jay, mas todos riram e zombaram dele.

Lizzie tomou um gole da bebida, uma mistura de vinho, leite e gema de ovo com açúcar e canela. Estava exausta. Tinha sido um longo dia, desde a terrível discussão da manhã e seu surpreendente final feliz, passando pela cerimônia na igreja, o jantar de casamento, o baile e as danças, até aquele último ritual cômico.

Katie Drome, uma parente dos Jamissons, sentou-se à beira da cama com uma das meias de seda branca de Jay na mão e a atirou para trás por cima da cabeça. Se a peça atingisse Jay, dizia a superstição, ela se casaria em breve. Katie a jogou desajeitadamente, mas Jay, bem-humorado, esticou a mão e apanhou-a, colocando-a sobre a cabeça como se ela tivesse aterrissado ali, e todos bateram palmas.

Um homem bêbado chamado Peter McKay sentou-se na cama ao lado de Lizzie.

– Virgínia... Hamish Drome foi para a Virgínia, sabia, depois que a mãe de Robert roubou a herança dele.

Lizzie ficou pasma. A história contada pela família era a de que um primo solteiro doente de Olive estava à beira da morte e, em gratidão pelos cuidados dela, mudara o testamento para beneficiá-la.

– Roubou? – questionou Jay.

– Olive forjou aquele testamento, é óbvio – respondeu McKay. – Mas Hamish nunca conseguiu provar isso, então teve que aceitá-lo. Ele foi para a Virgínia e nunca mais se ouviu falar nele.

Jay gargalhou.

– Rá! A santa Olive, uma vigarista!

– Fale baixo! – pediu McKay. – Sir George seria capaz de nos matar se ouvisse isso!

Lizzie ficou intrigada, mas já estava farta da família Jamisson por aquele dia.

– Expulse essas pessoas daqui! – sibilou ela.

Todas as exigências tradicionais já haviam sido cumpridas, com exceção de uma.

– Está bem. Se não vão sair por bem... – Ele jogou as cobertas para o lado e saiu da cama. Enquanto partia para cima do grupo ali reunido, levantou seu camisão para mostrar os joelhos. Todas as mulheres gritaram como se estivessem apavoradas – era papel delas fingirem que aquela visão era demais para uma dama – e saíram todas correndo do quarto ao mesmo tempo, seguidas pelos homens.

Jay fechou a porta e a trancou, bloqueando-a com uma cômoda pesada para garantir que ninguém os incomodasse mais.

De repente, Lizzie sentiu a boca seca. Aquele era o momento pelo qual ela vinha esperando desde que Jay a beijara no hall do Castelo Jamisson e a pedira em casamento. Desde então, os poucos momentos em que eram deixados sozinhos juntos vinham se tornando cada vez mais ardentes. Não mais satisfeitos apenas com beijos de língua, eles haviam partido para carícias ainda mais íntimas. Tinham feito tudo o que duas pessoas podiam fazer em um quarto com as portas destrancadas, no qual alguém pudesse entrar a qualquer momento. Agora, finalmente, podiam passar a chave na porta.

Jay deu a volta pelo quarto, soprando as velas. Quando chegou à última, Lizzie pediu:

– Deixe uma acesa.

– Por quê? – perguntou, surpreso.

– Quero olhar para você. – Ao ver que Jay parecia titubeante, ela acrescentou: – Você se importa?

– Não, acho que não – respondeu ele, subindo na cama.

Ele começou a beijá-la e acariciá-la e Lizzie desejou que estivessem nus, mas decidiu não sugerir aquilo. Deixaria que, daquela vez, ele fizesse do seu jeito.

À medida que as mãos dele percorriam seu corpo, um formigamento se espalhou pelos membros de Lizzie, provocado pela habitual excitação. Em questão de instantes, Jay abriu-lhe as pernas e colocou-se em cima dela. Lizzie ergueu o rosto para beijá-lo enquanto ele a penetrava, mas Jay estava concentrado demais e não percebeu. Ela sentiu uma dor acentuada e repentina, que quase a fez gritar, mas de súbito passou.

Ele começou a se mover dentro de Lizzie, que seguiu no ritmo. Não tinha certeza se era a coisa certa a fazer, mas parecia que sim. Quando ela começava a aproveitar, Jay parou, ofegante, deu mais uma estocada e caiu em cima dela, com a respiração pesada.

– Você está bem? – perguntou, franzindo a testa.

– Estou – rosnou ele.

Isso é tudo?, pensou Lizzie.

Jay rolou de cima dela e ficou deitado de lado, observando-a.

– Foi bom para você?

– Foi um pouco rápido. Será que podemos repetir amanhã de manhã?

~

Cora deitou-se de costas sobre a capa de pele, puxando Mack para junto de si. Os dois se deram um beijo de língua e ela sentiu o gosto de gim. Mack levantou seu vestido e não havia nada por baixo, apenas os pelos finos e ruivos que não ocultavam seu sexo. Ele a acariciou ali, do mesmo jeito que costumava fazer com Annie. Cora arquejou e perguntou:

– Quem ensinou você a fazer isto, meu rapazinho virgem?

Mack baixou as calças. Cora apanhou sua bolsa e retirou lá de dentro uma pequena caixa, onde havia um tubo feito de algo que parecia pergaminho, com uma fita rosa amarrada na ponta aberta.

– O que é isso? – indagou Mack.

– Chama-se camisinha.

– E pra que diabos serve?

Cora colocou-a sobre o pênis ereto dele e amarrou a fita com firmeza.

– Bem, eu sei que meu pau não é muito bonito – falou ele, perplexo –, mas nunca pensei que uma garota iria querer cobri-lo desse jeito.

Ela começou a rir.

– Seu camponês ignorante, não é por decoração, mas para que eu não fique grávida!

Ele rolou para cima dela e a penetrou, e Cora parou de rir. Desde os 14 anos Mack se perguntava como seria a sensação, mas, mesmo naquele momento, ainda não conseguia definir muito bem o que sentia. Ele parou e baixou os olhos para o rosto angelical de Cora.

– Não pare – pediu ela.

– Depois disso, ainda vou ser virgem?

– Se você ainda for virgem, então eu serei uma freira. Agora pare de falar: você vai precisar de todo o seu fôlego.

E ele precisou.

CAPÍTULO DEZOITO

JAY E LIZZIE mudaram-se para a casa da Chapel Street no dia seguinte ao casamento. Pela primeira vez, puderam jantar sozinhos, sem ninguém presente além dos criados. Pela primeira vez, subiram ao andar de cima de mãos dadas, despiram-se juntos e foram para sua própria cama. Pela primeira vez, acordaram um ao lado do outro em sua própria casa.

Eles estavam nus, pois, na noite anterior, Lizzie havia convencido Jay a passar a tirar o camisão. Agora, ela estava colada a ele e acariciava seu corpo, atiçando-o. Então, rolou para cima dele, surpreendendo-o.

– Isso incomoda você?

Em vez de responder, Jay começou a se mover dentro dela.

Quando acabaram, ela perguntou:

– Eu espanto você, não espanto?

– Bem, sim – respondeu ele após certa hesitação.

– Por quê?

– Não é... normal que uma mulher fique por cima.

– Não faço ideia do que as pessoas acham normal, já que nunca estive na cama com um homem antes.

– Era de se esperar.

– Mas como *você* sabe o que é normal?

– Não se preocupe com isso.

Jay provavelmente seduzira algumas costureiras e atendentes de lojas que se sentiam intimidadas por ele e o deixavam assumir o comando. Lizzie não tinha experiência, mas sabia o que queria e acreditava que conseguiria o que desejava. Não iria mudar o seu jeito de ser. Estava gostando demais daquilo e, por maior que fosse seu choque, Jay também parecia apreciar; era o que indicavam seus movimentos vigorosos e sua expressão de prazer.

Lizzie se levantou e foi nua até a janela. O tempo estava frio, mas ensolarado. Os sinos da igreja repicavam abafados porque era dia de enforcamento: os criminosos seriam executados naquela manhã. Metade dos trabalhadores da cidade tiraria um dia de folga extraoficial e muitos iriam em grupo até Tyburn, a encruzilhada no extremo noroeste de Londres em que o cadafalso ficava, para assistir ao que era tido como um espetáculo. Era o tipo de ocasião em que tumultos tendiam a acontecer, então o regimento de Jay ficaria em alerta durante todo o dia. Jay, no entanto, tinha mais um dia de licença.

Ela se virou para o marido e pediu:

– Me leve para ver o enforcamento.

Ele a fitou com um olhar de censura.

– Que pedido mais macabro.

– Não me diga que não é lugar para uma dama.

Ele sorriu.

– Eu jamais ousaria fazer isso.

– Sei que mulheres e homens, ricos ou pobres, vão lá para assistir.

– Mas por que você quer ir?

Boa pergunta. Lizzie tinha sentimentos conflitantes sobre a questão. Era vergonhoso transformar a morte em uma forma de entretenimento e ela sabia que sentiria repulsa de si mesma depois da execução. Mas estava tomada pela curiosidade.

– Quero saber como é. Como se comportam os condenados? Eles choram, rezam, gaguejam de pavor? E quanto aos espectadores? Como será assistir a uma vida humana chegar ao fim?

Ela sempre havia sido assim. Aos 9 ou 10 anos, vira pela primeira vez um cervo ser alvejado e ficou assistindo, maravilhada, o guarda-caças o estripar, arrancando-lhe as entranhas. Fascinada com o estômago duplo do animal, ainda insistira em tocar a carne para saber como era a sensação – ela era quente e pegajosa. O animal estava prenhe de dois ou três meses e o guarda-caças mostrara a Lizzie os fetos pequeninos no útero transparente. Nada daquilo a abalara; pelo contrário, achara tudo muito interessante.

Lizzie entendia perfeitamente por que as pessoas acorriam para eventos como aquele. Também dava razão a quem se indignava com aquilo. Mas ela fazia parte do grupo dos curiosos.

– Talvez pudéssemos alugar um quarto com vista para o cadafalso – sugeriu Jay. – É o que muitas pessoas fazem.

Lizzie achava que aquilo amenizaria a experiência.

– Ah, não, eu quero estar no meio da multidão!

– Mulheres da sua classe não fazem isso.

– Então eu vou me vestir como homem. – Vendo a expressão do marido, acrescentou: – Jay, não me olhe com essa cara! Você não viu nenhum problema em me levar para uma mina de carvão vestida de homem.

– É um pouco diferente agora, você é casada.

– Se está me dizendo que não podemos ter mais nenhuma aventura só porque estamos casados, então eu vou me jogar no mar.

– Não seja ridícula.

Ela sorriu para Jay e pulou em cima da cama.

– Não banque o velho ranzinza – pediu ela, quicando no colchão de brincadeira. – Vamos ao enforcamento.

– Está bem – concordou, rindo.

– Bravo!

Lizzie cuidou rapidamente das obrigações do dia: orientou a cozinheira em relação às compras para o almoço; decidiu quais quartos as criadas deveriam limpar; comunicou ao cavalariço que não iria cavalgar naquele dia; aceitou um convite para jantar ao lado de Jay com o capitão Marlborough e sua esposa na quarta-feira seguinte; adiou um encontro marcado com um chapeleiro e recebeu doze baús revestidos de cobre para a viagem à Virgínia.

Então, vestiu o disfarce.

~

Espectadores apinhavam a rua conhecida como Tyburn Street, ou Oxford Street, onde estava montado o cadafalso, em frente ao Hyde Park. Os ricaços enchiam os quartos alugados nas casas que davam vista para a forca e mais pessoas se amontoavam no muro de pedra do parque. Ambulantes zanzavam pela multidão vendendo salsichões, copos de gim e papéis com o que diziam ser as últimas palavras dos condenados.

Mack abria caminho pela turba, conduzindo Cora. Não tinha o menor desejo de ver pessoas sendo assassinadas, mas ela insistira em ir. A única coisa que ele queria era passar todo o seu tempo livre com Cora. Gostava de segurar sua mão, beijar-lhe os lábios sempre que tinha vontade e tocar seu corpo quando ela menos esperava. Gostava simplesmente de olhar para ela. Gostava do seu jeito despreocupado, do seu linguajar grosseiro e da expressão maliciosa em seus olhos. Por isso foi com ela ao enforcamento.

Uma amiga dela iria ser enforcada. Seu nome era Dolly Macaroni e ela era dona de um bordel, mas fora condenada por falsificação.

– O que ela falsificou, afinal? – perguntou Mack enquanto eles se aproximavam do cadafalso.

– Uma letra de câmbio. Mudou o valor de 11 para 80 libras.

– Onde ela conseguiu uma letra de câmbio no valor de 11 libras?

– Foi lorde Massey quem lhe deu. Segundo ela, ele lhe devia mais do que isso.

– Ela deveria ser deportada, não enforcada.

– Eles quase sempre enforcam falsificadores.

Os dois estavam o mais perto possível, a cerca de 20 metros de distância. O cadafalso era uma estrutura de madeira tosca, composta de apenas três postes com vigas transversais, das quais pendiam cinco cordas, as pontas amarradas em laços, prontas para receberem os condenados. Um capelão estava parado ali, com um punhado de homens de aspecto oficial que supostamente eram agentes da lei. Soldados com mosquetes mantinham a multidão a distância.

Aos poucos, Mack notou que um som retumbante vinha de mais adiante na Tyburn Street.

– Que barulho é esse?

Primeiro, surgiu um esquadrão de oficiais de justiça a cavalo, conduzidos por uma figura que devia ser o chefe. Em seguida, vieram os agentes de polícia, a pé e armados com cassetetes. Por último chegou a carroça alta, de quatro rodas, puxada por dois cavalos. Um grupo de lanceiros cuidava da retaguarda, com as lanças pontiagudas apontando para cima.

Na carroça, sentadas no que pareciam ser caixões, havia cinco pessoas com as mãos e os braços amarrados: três homens, um rapaz de cerca de 15 anos e uma mulher.

– Lá está Dolly – avisou Cora, começando a chorar.

Mack olhava com um fascínio horrorizado os condenados. Um dos homens estava bêbado. Os outros dois mantinham uma postura desafiadora. Dolly rezava em voz alta e o rapaz chorava.

A carroça foi conduzida até debaixo do cadafalso. O bêbado acenou para alguns amigos, uns tipos de aparência suspeita, que estavam bem à frente da multidão. Eles gritavam piadas e comentários sarcásticos: "Muita gentileza do xerife convidar vocês!", "Espero que tenha aprendido a dançar!", "Experimente esse colar para ver se serve!". Dolly pedia perdão a Deus em alto e bom som. O rapaz berrava: "Socorro! Socorro, mamãe, por favor!"

Os dois homens sóbrios foram cumprimentados por um grupo também perto do cadafalso. Após alguns instantes, Mack percebeu que o sotaque deles era irlandês. Um dos condenados gritou:

– Não deixem os cirurgiões me pegarem, rapazes!

Seus amigos soltaram um rugido de aprovação.

– Do que eles estão falando? – perguntou Mack.

– Ele deve ser um assassino. Os corpos dos assassinos tornam-se propriedade da Companhia de Cirurgiões, que os abre para ver o que tem dentro.

Mack sentiu um calafrio.

O carrasco subiu à carroça. Um a um, colocou os laços em volta dos pescoços dos condenados e os prendeu firme. Nenhum deles ofereceu resistência, protestou ou tentou fugir. Seria inútil, cercados como estavam de guardas, mas Mack pensou que ele teria tentando mesmo assim.

O padre, um homem careca que vestia um hábito manchado, falou com cada um dos condenados: apenas por alguns instantes com o bêbado, durante quatro ou cinco minutos com os outros dois homens, e por mais tempo com Dolly e o rapaz.

Mack tinha ouvido falar que às vezes as execuções davam errado, e começou a torcer para aquilo acontecer. Cordas podiam se partir; já houvera ocasiões em que o público invadira o cadafalso e libertara os prisioneiros; o carrasco podia cortar a corda antes de eles estarem mortos. Era terrível pensar que aqueles seres humanos morreriam em questão de minutos.

O padre encerrou as conversas. O carrasco vendou os cinco com tiras de pano e desceu, deixando apenas os condenados na carroça. O bêbado não conseguiu manter o equilíbrio, tropeçou e caiu, o laço já começando a estrangulá-lo. Dolly continuava a rezar em voz alta.

O carrasco açoitou os cavalos.

~

Lizzie se pegou gritando em desespero.

O carrasco tornou a brandir o chicote e os cavalos se puseram a trotar com alguma dificuldade. A carroça saiu de baixo dos condenados e, um a um, eles caíram, esticando as cordas: primeiro o bêbado, já quase morto, depois os dois irlandeses, o rapaz aos prantos e, por fim, a mulher, cuja oração foi interrompida no meio de uma frase.

Lizzie ficou olhando os cinco corpos que oscilavam e foi invadida por uma sensação de repulsa por si mesma e pela plateia ao redor.

Eles não estavam todos mortos. O rapaz, misericordiosamente, parecia ter quebrado logo o pescoço, assim como os dois irlandeses, mas o bêbado ainda se movia e a mulher, cuja venda havia se soltado, olhava para a frente com olhos arregalados, cheios de pavor, enquanto sufocava devagar.

Lizzie enterrou o rosto no ombro de Jay.

Ela teria ficado feliz em ir embora, mas forçou-se a permanecer. Fizera questão de assistir àquilo e agora deveria aguentar até o fim.

Voltou a olhar para o cadafalso.

O bêbado tinha morrido, mas o rosto da mulher ainda se retorcia em agonia. Os espectadores desordeiros haviam caído em silêncio, paralisados pelo horror diante deles. Vários minutos se passaram.

Por fim, os olhos da mulher se fecharam.

O xerife subiu para cortar as cordas e baixar os corpos, e foi então que a confusão começou.

O grupo de irlandeses se atirou para a frente, tentando passar pelos guardas e chegar ao cadafalso. Os policiais revidaram e os lanceiros se juntaram a eles, perfurando os irlandeses com as lanças, e o sangue começou a correr.

– Era isso que eu temia – falou Jay. – Eles querem evitar que os corpos dos amigos caiam nas mãos dos cirurgiões. Vamos sair daqui o mais rápido possível.

Muitos ao redor deles tiveram a mesma ideia, mas os que se encontravam atrás tentavam se aproximar para ver o que estava acontecendo. No meio da confusão, alguns homens começaram a trocar sopapos. Jay tentou abrir caminho à força e Lizzie manteve-se colada a ele. Os dois se viram diante de uma multidão que gritava e vinha na direção contrária, e Jay e Lizzie foram empurrados de volta para onde estavam. Àquela altura, os irlandeses apinhavam a estrutura de madeira; alguns esmurravam os guardas e esquivavam-se dos ataques dos lanceiros enquanto outros tentavam cortar as cordas que suspendiam os corpos dos amigos.

Sem explicação aparente, a pressão em volta de Lizzie e Jay diminuiu de repente. Ela se virou e avistou uma brecha entre dois homens grandes de aparência hostil.

– Jay, venha! – gritou ela, correndo em seguida por entre os dois.

Ao voltar-se para se certificar de que Jay estava atrás dela, percebeu que a brecha se fechara. Jay deu um passo à frente para abrir caminho, mas um dos homens ergueu a mão em um gesto ameaçador. Jay se retraiu e recuou, momentaneamente amedrontado. A hesitação foi fatal e ele separou-se de Lizzie. Ela viu sua cabeça loira por cima da multidão e debateu-se a fim de voltar para junto do marido, mas foi impedida por uma muralha de pessoas.

– Jay! Jay!

Ele gritou de volta, mas a multidão os afastou ainda mais. Ele foi empurrado na direção da Tyburn Street; ela foi levada na direção oposta, rumo ao parque. No instante seguinte, Jay a perdeu de vista.

Lizzie estava sozinha. Ela trincou os dentes e deu as costas ao cadafalso, vendo-se diante de um aglomerado maciço. Tentou abrir caminho entre um homem pequeno e uma matrona de seios grandes.

– Olha onde põe as mãos, rapazinho – avisou a mulher.

Lizzie continuou a se espremer e conseguiu passar pelos dois. Repetiu o processo, mas acabou pisando nos dedos de um homem com uma expressão azeda, que lhe deu um murro nas costelas. Ela arquejou de dor e seguiu em frente.

Em meio à multidão, reconheceu Mack McAsh, que também lutava para passar pelas pessoas.

– Mack! – chamou ela, agradecida. Ele estava com a mulher ruiva que Lizzie vira ao seu lado na Grosvenor Square. – Aqui! Socorro!

Ele avistou-a, mas, no momento seguinte, Lizzie levou uma cotovelada no olho e, por um tempo, mal conseguiu enxergar. Quando sua visão voltou ao normal, Mack e a mulher haviam desaparecido.

A duras penas, ela seguiu adiante. Centímetro a centímetro, ela se afastava do tumulto junto ao cadafalso. A cada passo, parecia-lhe um pouco mais fácil se mover. Em cinco minutos, já não estava espremida em um aglomerado compacto de pessoas, mas atravessando brechas cada vez maiores. Algum tempo depois, chegou ao muro da fachada de uma casa, dobrou uma esquina e adentrou um beco de 60 a 90 centímetros de largura, imundo e cheirando a excrementos humanos.

Recostou-se contra o muro, recuperando o fôlego. Suas costelas doíam e, ao tocar o rosto com cuidado, descobriu que a região em volta do olho tinha começado a inchar.

Esperava que Jay estivesse bem. Virou-se para procurá-lo e levou um susto ao deparar com dois homens olhando-a.

Um era um barrigudo de meia-idade com a barba por fazer; o outro era um jovem de cerca de 18 anos. Algo na maneira como eles a encaravam a assustou, mas, antes que ela pudesse fugir, os dois a atacaram. Agarram-na pelos braços e a atiraram no chão. Arrancaram-lhe o chapéu e a peruca masculina,

tiraram seus sapatos de fivela de prata e reviraram seus bolsos a uma velocidade alucinante, roubando-lhe a carteira, o relógio de bolso e o lenço.

O homem mais velho enfiou os itens em um saco, fitou-a por um instante e comentou:

– Belo paletó, está quase novo.

Os dois tornaram a se agachar e puseram-se a despir Lizzie do paletó e
do colete. Ela tentou resistir, mas tudo o que conseguiu foi rasgar a própria
camisa. Os homens enfiaram as roupas em um saco e ela notou que seus
seios estavam à mostra. Tentou cobrir-se às pressas com os trapos que lhe
restavam, mas era tarde demais.

– Ei, é uma garota! – gritou o rapaz.

Ela se levantou atabalhoadamente, mas o garoto a agarrou, segurando-a
firme.

– E bonita ainda por cima, meu Deus – falou o gordo, lambendo os beiços. – Vou comê-la agora mesmo.

Tomada pelo terror, Lizzie se debateu com violência, mas em vão. O jovem deu uma olhada na multidão.

– Ahn, aqui?!

– Ninguém está olhando para cá, seu idiota. – Ele se acariciou no meio
das pernas. – Tire essas calças dela e vamos dar uma olhada.

O rapaz a atirou no chão, sentou-se nela com força e começou a arrancar
suas calças enquanto o outro homem observava. Lizzie foi invadida pelo
medo e gritou a plenos pulmões, mas havia barulho demais na rua e ela
duvidava que alguém fosse ouvi-la.

De repente, Mack McAsh apareceu.

Ela viu de relance seu rosto e um punho erguido, então ele golpeou o
homem mais velho na lateral da cabeça. O ladrão pendeu para um lado e
cambaleou. Mack o atingiu novamente e os olhos do gordo se reviraram.
Com um terceiro soco, o sujeito desmoronou e ficou imóvel.

O rapaz saiu de cima de Lizzie e tentou fugir, mas ela o agarrou pelo
tornozelo e o fez tropeçar e se estatelar no chão. Mack o ergueu, atirou-o
contra o muro da casa e o acertou no queixo com um gancho usando o máximo de força. O jovem caiu inconsciente em cima do comparsa.

Lizzie se levantou e exclamou com fervor:

– Graças a Deus você estava aqui! – Lágrimas de alívio encheram-lhe os
olhos e ela jogou os braços em volta de Mack. – Você me salvou! Obrigada,
obrigada!

Ele a abraçou, puxando-a para junto de si.

– Você também já me salvou, quando me tirou daquele rio.

Lizzie o apertou com força e tentou parar de tremer. Ela sentiu a mão de Mack atrás da sua cabeça, acariciando-lhe os cabelos. De calça e camisa, sem anáguas para atrapalhar, ela podia sentir todo o corpo de Mack pressionado contra o seu, totalmente diferente de Jay: o marido era alto e macio, já Mack era baixo e robusto.

Mack se remexeu para encará-la. Os olhos verdes dele eram hipnotizantes e pareciam ofuscar o restante do rosto.

– Você me salvou e eu a salvei – falou ele com um sorriso maroto. – Sou seu anjo da guarda e você, o meu.

Ela começou a se acalmar e, então, lembrou que sua camisa estava rasgada e os seios, expostos.

– Se eu fosse um anjo, não estaria nos seus braços – disse Lizzie, desvencilhando-se do abraço.

Mack olhou dentro dos seus olhos por um instante, sorriu como antes e meneou a cabeça, como se concordasse com ela. Por fim, deu-lhe as costas.

Agachou-se e pegou o saco da mão sem vida do ladrão mais velho. Resgatou o colete, abotoando-o às pressas para cobrir sua nudez. Assim que se sentiu segura novamente, começou a preocupar-se com Jay.

– Preciso encontrar meu marido – avisou ela enquanto Mack a ajudava a vestir o paletó. – Você me ajudaria?

– Claro. – Ele lhe entregou o resto dos seus pertences.

– Onde está sua amiga ruiva?

– O nome dela é Cora. Certifiquei-me de que ela estava em segurança antes de vir atrás de você.

– Ah, é? – Lizzie sentiu uma raiva irracional. – Você e Cora são amantes? – perguntou ela, grosseiramente.

Mack sorriu.

– Somos. Desde anteontem.

– O dia do meu casamento.

– Estou me divertindo à beça. E você?

Uma resposta malcriada lhe veio aos lábios, mas então ela riu a contragosto.

– Obrigada por me salvar – agradeceu, inclinando-se para a frente e beijando-o de leve nos lábios.

– Eu faria tudo de novo por um beijo desses.

Ela sorriu e virou-se em direção à rua.

E lá estava Jay.

Lizzie sentiu-se terrivelmente culpada. Será que ele a vira beijar McAsh? A julgar por sua expressão furiosa, imaginava que sim.

– Oh, Jay! Graças a Deus você está bem!

– O que aconteceu aqui?

– Aqueles dois homens tentaram me roubar.

– Eu sabia que não deveríamos ter vindo. – Ele a tomou pelo braço para tirá-la do beco.

– McAsh os nocauteou e me salvou.

– Isso não é motivo para beijá-lo – retrucou o marido.

CAPÍTULO DEZENOVE

O REGIMENTO DE Jay estava em serviço no Pátio do Palácio no dia do julgamento de John Wilkes.

O herói liberal tinha sido condenado pelo crime de libelo sedicioso anos atrás e fugira para Paris. Ao voltar ao país no início daquele ano, foi acusado de ser um foragido. Contudo, enquanto o processo criminal contra ele se arrastava, Wilkes ganhou com grande margem de votos a eleição parlamentar complementar em Middlesex. Ainda não havia, entretanto, assumido sua vaga no Parlamento e o governo esperava impedi-lo por meio de uma condenação no tribunal.

Jay acalmou o cavalo e olhou com nervosismo para as centenas de partidários do jornalista que circulavam em frente ao Westminster Hall, onde o julgamento estava sendo conduzido. Muitos traziam alfinetadas aos chapéus a roseta azul que os identificava como pró-Wilkes. Conservadores como o pai de Jay queriam calar o político, mas todos temiam a reação dos seus defensores.

Se a violência explodisse, esperava-se que o regimento de Jay mantivesse a ordem. Havia um pequeno destacamento de guardas – pequeno demais, na opinião de Jay: apenas quarenta homens e alguns poucos oficiais sob o comando do coronel Cranbrough, seu superior imediato. Eles formavam uma fina linha vermelha e branca entre o edifício do tribunal e a multidão ali reunida.

Cranbrough recebia ordens dos magistrados de Westminster, representados por Sir John Fielding, que era cego, mas não parecia prejudicado em seu trabalho. Ele era um famoso reformista, embora Jay o considerasse tolerante demais: já havia dito que o crime era causado pela pobreza. Isso era o mesmo que dizer que o adultério era provocado pelo matrimônio.

Os jovens oficiais tinham sempre esperança de entrar em ação e Jay diria sentir o mesmo, mas também estava assustado. Nunca tinha usado sua espada ou pistola em um conflito real.

Seria um longo dia e os capitães se revezavam para deixar a patrulha e beber uma taça de vinho. Mais para o fim da tarde, enquanto Jay dava uma maçã ao seu cavalo, ele foi abordado por Sidney Lennox.

Seu coração se acelerou: Lennox queria dinheiro. Sem dúvida já intencionava pedi-lo durante a visita à Grosvenor Square, mas adiara a cobrança por conta do casamento.

Jay não tinha o dinheiro e morria de medo de que Lennox recorresse a Sir George. Decidiu fingir-se corajoso.

– O que está fazendo aqui, Lennox? Não sabia que era pró-Wilkes.

– John Wilkes que vá para o inferno. Vim buscar as 150 libras que o senhor perdeu jogando cartas na Lord Archer.

Jay empalideceu ao ser lembrado da quantia. Seu pai lhe dava 30 libras por mês, mas nunca era o bastante e ele não sabia quando seria capaz de pôr as mãos num valor tão alto. A ideia de que Sir George pudesse descobrir que ele havia perdido mais dinheiro no jogo fez suas pernas bambearem. Faria de tudo para evitar isso.

– Preciso que o senhor espere mais um pouco – falou ele, numa tentativa vã de assumir um ar de indiferença e superioridade.

Lennox não respondeu de forma direta:

– Se não me engano, o senhor conhece um homem chamado Mack McAsh.

– Infelizmente, sim.

– Ele reuniu seu próprio grupo de carregadores de carvão, com a ajuda de Caspar Gordonson. Os dois estão causando bastante problema.

– Isso não me surpreende. Ele era um maldito estorvo na mina de carvão do meu pai.

– O problema não é só McAsh – prosseguiu Lennox. – Seus dois comparsas, Dermot Riley e Charlie Smith, têm os próprios grupos agora e haverá mais deles no final da semana.

– Isso vai custar uma fortuna a vocês, empreiteiros.

– Se não fizermos nada, acabará com o nosso negócio.

– Seja como for, não é problema meu.

– Mas o senhor poderia me ajudar.

– Não vejo como. – Jay não queria se envolver com as atividades de Lennox.

– Valeria muito dinheiro para mim.

– Quanto? – perguntou Jay, desconfiado.

– Cento e cinquenta libras.

Jay ficou exultante; a possibilidade de quitar sua dívida era um presente dos céus. Mas Lennox não seria tão generoso a troco de nada e devia querer um grande favor.

– O que preciso fazer? – indagou Jay.

– Quero que os proprietários dos navios se recusem a contratar os grupos de McAsh. Alguns capitães irão cooperar, pois são eles próprios empreiteiros. Mas a maioria é independente. O maior dono de navios de Londres é o seu pai. Se ele der o exemplo, os outros o seguirão.

– Mas por que ele deveria fazer isso? Papai não se importa com empreiteiros e carregadores.

– Seu pai é membro do conselho administrativo de Wapping e os empreiteiros representam muitos votos. Ele deveria defender os nossos interesses. Além do mais, os carregadores adoram causar problemas e nós os manteríamos sob controle.

Jay franziu a testa, pensando que seria uma tarefa árdua. Ele não tinha influência alguma sobre o pai. Aliás, poucos tinham: a intransigência de Sir George beirava o ridículo. Mas Jay precisava tentar.

Um clamor vindo da multidão sinalizava que Wilkes estava saindo. Jay montou no cavalo às pressas.

– Verei o que posso fazer! – gritou para Lennox enquanto se afastava trotando.

Jay encontrou Chip Marlborough e perguntou:

– O que está havendo?

– Wilkes teve a fiança recusada e foi condenado à penitenciária de King's Bench.

O coronel reunia seus oficiais e lhe ordenou:

– Repasse a seguinte informação: ninguém deve disparar a não ser que Sir John dê a ordem.

Ansioso, Jay conteve um protesto. Como os soldados poderiam controlar a turba se estivessem de mãos atadas? De todo modo, saiu cavalgando para transmitir a instrução.

Uma carruagem atravessou o portão do tribunal. A multidão soltou um rugido de gelar o sangue e Jay sentiu uma pontada de medo. Os soldados abriram caminho para o veículo golpeando os manifestantes com mosquetes. Os partidários de Wilkes atravessaram correndo a ponte de Westminster e Jay se deu conta de que a carruagem teria de atravessar o rio em direção a Surrey para chegar à prisão. Esporeou o cavalo em direção à ponte, mas o coronel Cranbrough gesticulou a fim de que ele parasse.

– Não atravesse a ponte. Nossas ordens são para manter a ordem aqui, em frente ao tribunal.

Jay puxou as rédeas de sua montaria. Surrey era outro distrito e os magistrados de lá não haviam solicitado apoio do Exército. Aquilo era ridículo. Ele ficou observando, impotente, a carruagem atravessar o Tâmisa. Antes que ela pudesse chegar a Surrey, a multidão a deteve e desarreou os cavalos.

Sir John estava no coração da turba, seguindo o veículo acompanhado de dois assistentes. Uma dezena de homens fortes enfiou-se entre os arreios e começou a puxar a carruagem por conta própria. Eles a fizeram dar meia-volta e começaram a seguir de volta a Westminster, arrancando gritos de entusiasmo da multidão.

O coração de Jay começou a bater forte. O que aconteceria se as pessoas chegassem ao Pátio do Palácio? Cranbrough mantinha a mão erguida, pedindo cautela, indicando que eles não deveriam fazer nada.

– Você não acha que deveríamos resgatar a carruagem? – perguntou Jay a Chip.

– Os magistrados não querem derramamento de sangue.

Um dos assistentes de Sir John veio correndo e pôs-se a falar com o coronel.

Saindo da ponte, a multidão virou a carruagem na direção leste. Cranbrough gritou para os seus homens:

– Sigam-nos de longe e não intervenham.

O destacamento de guardas pôs-se a seguir os manifestantes. Jay rilhou os dentes; aquilo era humilhante. Bastariam alguns disparos dos mosquetes para dispersar a multidão em instantes. Era óbvio que Wilkes transformaria em capital político o fato de as tropas terem aberto fogo, mas e daí?

A carruagem foi conduzida ao longo da Strand até o coração da cidade. As pessoas cantavam, dançavam e gritavam "Wilkes e liberdade" e "Número 45". Pararam só ao chegarem a Spitalfields, em frente a uma igreja. Wilkes saiu e entrou na taberna Three Tuns, seguido às pressas por Sir John.

Alguns partidários entraram atrás deles, mas não havia como todos o seguirem. Os manifestantes ficaram zanzando pela rua por algum tempo e, quando Wilkes surgiu em uma janela no andar de cima, vibraram ruidosamente. Ele começou a falar, mas Jay estava longe demais para ouvir tudo. De qualquer forma, foi possível entender o básico: Wilkes pedia ordem.

Durante o discurso, o assistente de Fielding saiu do meio da multidão e veio falar com Cranbrough mais uma vez. O coronel sussurrou a notícia aos capitães: um acordo fora feito e Wilkes sairia às escondidas pela porta dos fundos, onde iria se render para ser levado à penitenciária de King's Beach naquela noite.

Wilkes concluiu o pronunciamento, acenou, fez uma mesura e sumiu de vista. Como ficou claro que ele não iria voltar, a multidão se entediou e começou a se dispersar. Sir John saiu da Three Tuns e apertou a mão de Cranbrough.

– Excelente trabalho, coronel, transmita meus agradecimentos aos seus homens. Evitou-se um derramamento de sangue e a lei foi cumprida.

Ele estava tentando dar à situação um quê de bravura, pensou Jay, mas a verdade era que a lei tinha sido ridicularizada por um bando de vândalos.

Enquanto a guarda marchava de volta para o Hyde Park, Jay sentia-se deprimido. Passara o dia inteiro ansioso por um conflito e aquela decepção era dura de suportar. Mas o governo não poderia continuar satisfazendo os manifestantes para sempre. Cedo ou tarde, tentaria reprimi-los. Então haveria ação de sobra.

~

Após dispensar seus homens e averiguar que os cavalos estavam sendo cuidados, Jay lembrou-se da proposta de Lennox. Relutava em apresentar o plano de Lennox ao pai, porém seria mais fácil do que lhe pedir 150 libras para pagar outra dívida de jogo. Então, decidiu fazer uma visita à Grosvenor Square antes de voltar para casa.

Era tarde. A família já havia jantado, informou o criado, e Sir George estava no pequeno escritório nos fundos da casa. Jay hesitou no hall frio com chão de mármore. Detestava pedir o que quer que fosse ao pai. Ele seria ou desdenhado por querer a coisa errada ou repreendido por exigir mais do que merecia. Contudo, precisava fazer aquilo. Bateu à porta e entrou.

Sir George bebia vinho e bocejava, debruçado sobre uma lista de preços de melado. Jay sentou-se e falou:

– Wilkes teve a fiança recusada.

– Foi o que ouvi dizer.

Talvez o pai fosse gostar de ouvir como o regimento de Jay tinha mantido a ordem.

– A turba conduziu a carruagem que o transportava até Spitalfields. Nós o seguimos até lá, mas ele prometeu se entregar ainda esta noite.

– Ótimo. O que o traz aqui a esta hora?

Jay desistiu de tentar fazer Sir George se interessar pelo que ele havia feito durante o dia.

– O senhor sabia que Malachi McAsh reapareceu aqui em Londres?

Seu pai balançou a cabeça.

– Pouco me importa.

– Ele anda criando problemas junto aos carregadores de carvão.

– Não é preciso muito para fazer isso: eles são um bando de arruaceiros.

– Pediram-me para falar com o senhor em nome dos empreiteiros.

Sir George arqueou as sobrancelhas.

– Por que você? – questionou em um tom que sugeria que ninguém com o mínimo de bom senso escolheria Jay como representante diplomático.

Jay deu de ombros.

– Conheço um empreiteiro em particular e ele me pediu para vir falar com o senhor.

– Os donos de taberna são um poderoso grupo votante – refletiu Sir George. – Qual é a proposta?

– McAsh e seus amigos criaram grupos de carregadores independentes. Os empreiteiros estão pedindo que os proprietários de navios se mantenham fiéis a eles e se recusem a empregar os novos grupos. Acreditam que, se o senhor der o exemplo, os outros farão o mesmo.

– Não estou convencido de que deva me intrometer. Não é uma luta nossa.

Jay ficou desapontado, pois achava que havia apresentado bem a proposta.

– Para mim tanto faz – fingiu-se indiferente –, mas estou surpreso: o senhor sempre diz que precisamos ser firmes com trabalhadores insubordinados que nutrem ideias acima da sua classe.

Naquele instante, ouviu-se alguém esmurrar a porta da frente. Sir George franziu as sobrancelhas e Jay foi em direção ao hall para ver o que estava acontecendo. Um criado passou correndo por ele e abriu a porta. Parado ali, havia um operário corpulento com tamancos nos pés e uma roseta azul no chapéu imundo.

– Acenda a chama! – ordenou ele ao criado. – Ilumine por Wilkes!

Sir George saiu do escritório e parou ao lado de Jay, assistindo à cena.

– Eles obrigam as pessoas a colocarem velas em todas as janelas em apoio a Wilkes – explicou Jay.

– O que é aquilo na porta? – indagou Sir George.

Eles se aproximaram da entrada e viram um número 45 escrito a giz. Do lado de fora, no pátio, um pequeno grupo de pessoas ia de porta em porta.

Sir George confrontou o homem parado na soleira da sua casa.

– Você sabe o que acabou de fazer? Este número é um código. Ele significa "o rei é um mentiroso". Seu precioso Wilkes foi para a cadeia por ele e o mesmo pode acontecer a você.

– O senhor vai ou não iluminar sua casa por Wilkes? – perguntou o manifestante, ignorando o sermão.

Sir George se enfureceu, como sempre fazia quando a ralé não o tratava com deferência.

– Vá para o inferno! – exclamou, batendo a porta na cara do homem.

Voltou para o estúdio, acompanhado por Jay. Enquanto se sentavam, ouviram o barulho de vidro se quebrando. Os dois se levantaram com um salto e foram correndo até a sala de jantar na parte da frente da casa. O painel de uma das duas janelas fora estilhaçado e havia uma pedra no chão de madeira encerado.

– Isso é vidro da melhor qualidade! – vociferou Sir George, ensandecido. – Dois xelins por pé quadrado!

Naquele momento, uma segunda pedra despedaçou a outra janela.

Sir George dirigiu-se ao hall e falou para o criado:

– Mande todos irem para os fundos da casa, onde é mais seguro.

– Não seria melhor simplesmente colocar velas nas janelas como eles mandaram, senhor? – questionou o criado, parecendo assustado.

– Cale a boca e faça o que eu mandei.

Ouviu-se mais um barulho de vidro vindo de algum lugar no andar de cima e Alicia gritou apavorada. Jay subiu correndo as escadas, com o coração acelerado, e a encontrou saindo da sala de estar.

– A senhora está bem, mamãe?

Ela estava lívida, porém calma.

– Estou. O que está havendo?

– Não há nada a temer – garantiu Sir George com uma ira contida, subindo as escadas –, é apenas uma maldita corja pró-Wilkes. Vamos ficar fora do caminho até eles irem embora.

Enquanto mais janelas eram estilhaçadas, todos correram para a pequena área de convívio nos fundos da casa. Jay notou que o pai estava furioso: forçá-lo a recuar era uma forma certa de irritá-lo. Jogando a cautela pelos ares, Jay comentou:

– Sabe, papai, está na hora de começarmos a lidar de forma mais decisiva com esses arruaceiros.

– Do que diabo você está falando?

– Estou pensando em McAsh e nos carregadores de carvão. Se permitirmos uma vez que eles desafiem a autoridade, isso se repetirá. – Não era do seu feitio falar daquela maneira e Alicia o fitou com um olhar intrigado. – O melhor a fazer é cortar o mal pela raiz. Ensiná-los a se manterem em seu devido lugar.

Sir George pareceu prestes a dar outra resposta irritada, porém acabou por hesitar e franziu a testa.

– Você tem toda razão. Faremos isso amanhã mesmo.

Jay sorriu.

CAPÍTULO VINTE

ENQUANTO DESCIA a via lamacenta conhecida como Wapping High Street, Mack sentiu-se como um rei. Das portas de cada taberna, de janelas, quintais e telhados, homens acenavam para ele, chamavam-no e o apontavam para os amigos. Todos queriam apertar sua mão. Mas o apreço dos homens não era nada se comparado ao de suas esposas. Não só os maridos estavam trazendo para dentro de casa três ou quatro vezes mais dinheiro como chegavam ao fim do dia muito mais sóbrios. As mulheres o abraçavam no meio da rua, beijavam-lhe as mãos e gritavam para as vizinhas: "É Mack McAsh, o homem que desafiou os empreiteiros, venham ver, rápido!"

Ele chegou à margem e contemplou o vasto rio cinzento. A maré estava alta e havia vários novos navios ancorados; procurava um barqueiro que pudesse transportá-lo para algum deles. Os empreiteiros tradicionais ficavam esperando em suas tabernas até os capitães virem e solicitarem um grupo de carregadores. Já Mack e seus grupos iam aos capitães, o que lhes poupava tempo e garantia que conseguissem trabalho.

Ele foi até o *Príncipe da Dinamarca* e subiu a bordo. A tripulação já havia desembarcado, deixando para trás um velho marinheiro que fumava cachimbo no convés e que conduziu Mack à cabine do capitão. O comandante estava sentado à mesa, escrevendo arduamente no diário de bordo com uma pena.

– Bom dia para o senhor, capitão – cumprimentou Mack com um sorriso amigável. – Sou Mack McAsh.

– O que quer? – questionou o homem, ríspido. Ele não pediu que Mack se sentasse.

Mack ignorou a grosseria, pois capitães nunca eram muito educados.

– O senhor gostaria que seu navio fosse descarregado com rapidez e eficiência amanhã mesmo? – perguntou com simpatia.

– Não.

Mack ficou surpreso. Será que alguém já havia estado ali antes dele?

– Quem vai fazer o serviço para o senhor?

– Não é problema seu.

– É problema meu, sim. Mas se o senhor não quiser me dizer, não importa: outra pessoa dirá.

– Então tenha um bom dia.

Mack franziu a testa. Não queria ir embora sem descobrir o que havia de errado.

– Qual é o problema com o senhor, capitão? Fiz algo para ofendê-lo?

– Não tenho mais nada a lhe dizer, meu jovem, portanto faça-me o favor de ir embora.

Mack tinha um mau pressentimento, mas não conseguia pensar em mais nada para falar, logo foi embora. Capitães de navio costumavam ter mau gênio, talvez por ficarem tanto tempo longe das esposas.

Ele tornou a olhar para o rio. Outro navio, o *Whitehaven Jack*, estava ancorado ao lado do *Príncipe*. Sua tripulação ainda colhia as velas e enrolava as cordas em espirais perfeitas no convés. Mack decidiu procurar trabalho ali e pediu a seu barqueiro para levá-lo.

Encontrou o capitão no convés da popa com um jovem cavalheiro que portava uma espada e usava uma peruca. Ele os cumprimentou com a cortesia bonachona que, conforme sua experiência, descobriu ser a maneira mais rápida de conquistar a confiança de terceiros.

– Capitão, senhor, bom dia para os dois.

– Bom dia – respondeu o capitão, educado. – Este é o Sr. Tallow, filho do proprietário desta embarcação. Em que posso ajudá-lo?

– O senhor gostaria que seu navio fosse descarregado amanhã mesmo por uma equipe rápida e sóbria?

Ao mesmo tempo, o capitão aceitou e o cavalheiro recusou.

O capitão foi surpreendido e lançou um olhar intrigado para Tallow.

– Você é o tal McAsh, correto? – indagou o jovem.

– Exato. Creio que os donos de navios já estejam começando a tomar meu nome como garantia de um bom trabalho...

– Não queremos você.

– Por que não? – perguntou ele, em tom desafiador. A segunda rejeição o havia tirado do sério.

– Há anos fazemos negócio com Harry Nipper, da taberna Frying Pan, e nunca tivemos problemas.

– Eu não diria exatamente que nunca tivemos problemas – intrometeu-se o capitão.

Tallow o fulminou com os olhos.

– Por acaso é justo que os homens devam ser obrigados a beber seus salários? – questionou Mack.

– Não vou discutir com alguém da sua laia: não há trabalho para você aqui, agora desapareça – retrucou Tallow, indignado.

– Por que o senhor iria querer que seu navio fosse descarregado em três dias por um bando de bêbados arruaceiros quando o serviço poderia ser feito mais depressa pelos meus homens?

O capitão, que claramente não se sentia intimidado pelo filho do proprietário, acrescentou:

– Pois bem, eu também gostaria de saber.

– Não ousem me questionar, nenhum de vocês dois – replicou Tallow, tentando manter a dignidade, mas era um pouco jovem demais para ter sucesso.

Uma suspeita passou pela cabeça de Mack.

– Alguém lhe disse para não contratar minha equipe?

A expressão no rosto de Tallow indicava que Mack havia desvendado o mistério.

– Você não encontrará ninguém neste rio disposto a contratar os seus homens, tampouco os de Riley ou Charlie Smith – explicou o jovem com petulância. – Já é do conhecimento de todos que você é um encrenqueiro.

Mack percebeu que aquilo era muito sério e sentiu um frio na espinha. Sabia que Lennox e os empreiteiros iriam contra-atacar mais cedo ou mais tarde, mas não esperava que fossem ter o apoio dos donos dos navios.

Aquilo era um tanto intrigante. O velho sistema não era nada bom para eles, porém, como vinham trabalhando com os empreiteiros havia anos, talvez o puro conservadorismo os levava a ficar do lado de pessoas que conheciam, quer fosse justo ou não.

Não adiantaria nada demonstrar raiva, portanto Mack falou calmamente com Tallow:

– Lamento que o senhor tenha tomado essa decisão. É ruim para os homens e ruim para os proprietários. Espero que repense sua escolha e desejo-lhes um bom dia.

Tallow permaneceu calado e Mack pediu ao barqueiro que o levasse de volta à terra firme, sentindo-se frustrado. Apoiou o queixo nas mãos e olhou para a água marrom e suja do Tâmisa. Como podia ter pensado que seria capaz de derrotar um grupo de homens tão poderosos e implacáveis quanto os empreiteiros? Eles tinham contatos e apoio externo. E ele, quem era? Mack McAsh, da aldeia de Heugh.

Deveria ter previsto aquela reação.

Assim que chegou à margem, seguiu para a cafeteria Saint Luke, que se tornara seu quartel-general não oficial. Havia pelo menos cinco grupos de carregadores trabalhando dentro do novo sistema. Na noite de sábado, quando os grupos que ainda trabalhavam à moda antiga recebessem os salários dizimados pela ganância dos taberneiros, a maioria passaria para o lado deles. Mas o boicote dos donos dos navios arruinaria aquela perspectiva.

A cafeteria ficava ao lado da igreja de Saint Luke. Além de café, servia cerveja e destilados, além de refeições, mas todos se sentavam para comer e beber, ao passo que em uma taberna os fregueses permaneciam de pé.

Cora estava lá, comendo um pão com manteiga. Embora já estivessem no meio da tarde, aquele era ainda seu café da manhã, pois geralmente passava metade da noite acordada. Mack pediu um prato de picadinho de carneiro e um caneco de cerveja e sentou-se com ela.

– Qual é o problema? – perguntou Cora na mesma hora.

Ele lhe contou, observando seu rosto inocente. Ela estava arrumada para trabalhar, com o perfume de aroma apimentado e o mesmo vestido laranja de quando a vira pela primeira vez. Parecia uma pintura da Virgem Maria, mas recendia ao harém de um sultão. Não era de espantar que os bêbados com dinheiro no bolso não titubeassem em segui-la até becos escuros, pensou ele.

Mack havia passado três das últimas seis noites com ela. Cora queria lhe comprar um novo paletó e ele desejava que a amante abandonasse a vida que levava.

Quando ele estava terminando de fazer seu relato, Dermot e Charlie chegaram. Mack vinha nutrindo a vã esperança de que os amigos houvessem tido mais sorte do que ele, mas suas expressões lhe diziam o contrário – o semblante de Charlie era o mais perfeito retrato do desalento.

– Os proprietários conspiraram contra nós – informou Dermot. – Não há um só capitão disposto a nos oferecer trabalho.

– Malditos sejam – praguejou Mack.

O boicote estava dando certo, deixando-os em apuros.

Permitiu-se um momento de justa indignação. Tudo o que queria era trabalhar duro e ganhar o suficiente para comprar a liberdade da irmã, mas era constantemente tolhido por pessoas que tinham dinheiro de sobra.

– É o nosso fim, Mack – lamentou Dermot.

Mack ficou mais enfurecido com a desistência fácil do amigo do que com o boicote em si.

– Nosso fim? – repetiu ele com desdém. – Você é um homem ou um rato?

– Mas o que podemos fazer? Se os donos dos navios se recusarem a contratar nossas equipes, os homens voltarão ao sistema antigo. Eles precisam sobreviver.

– Podemos fazer uma greve.

Os outros homens caíram em silêncio.

– Greve? – indagou Cora.

Mack tinha feito a sugestão sem pensar duas vezes, mas, refletindo, parecia mesmo a única saída.

– Todos os carregadores de carvão querem uma mudança de sistema. Poderíamos convencê-los a parar de trabalhar para os antigos empreiteiros. Então os proprietários teriam que contratar as novas equipes.

– E se eles continuarem se recusando a nos contratar? – perguntou Dermot, cético.

Aquele pessimismo revoltava Mack: por que os homens sempre esperavam o pior?

– Se fizerem isso, nenhum carvão chegará à terra firme.

– E do que os homens irão viver?

– Eles podem ficar alguns dias sem trabalhar. Não seria a primeira vez: quando não há navios carvoeiros atracados, nenhum de nós tem serviço.

– Isso é verdade. Mas não podemos ficar parados para sempre.

– E nem os donos dos navios! Londres precisa de carvão! – exclamou Mack, frustrado.

Dermot ainda parecia em dúvida.

– O que mais há para fazer, Dermot? – questionou Cora.

Ele franziu as sobrancelhas e pensou por alguns instantes, então sua expressão se abrandou.

– Eu detestaria voltar ao velho sistema. Ora essa, não custa tentar.

– Ótimo! – disse Mack, aliviado.

– Eu já participei de uma greve – revelou Charlie, de maneira lúgubre. – Quem sofrem são as mulheres dos trabalhadores.

– Quando você participou de uma greve? – quis saber Mack. Ele não tinha experiência alguma no assunto, mas lera a respeito nos jornais.

– Três anos atrás, em Tyneside. Eu era mineiro.

– Não sabia que você tinha sido mineiro. – Nunca passara pela cabeça de Mack, ou de qualquer um em Heugh, que mineiros pudessem fazer greve. – Como ela terminou?

– Os donos da mina cederam – admitiu Charlie.

– Estão vendo? – exclamou Mack, triunfante.

– Vocês não se oporão a donos de terra do Norte, Mack – rebateu Cora, temerosa. – Estamos falando dos taberneiros de Londres, a pior corja da humanidade. Eles são capazes de mandar alguém cortar sua garganta enquanto você dorme.

Mack encarou-a e viu que Cora realmente temia pela sua segurança.

– Terei cuidado – garantiu ele.

Ela o fitou com um olhar desconfiado, mas ficou calada.

– Precisaremos convencer os homens – lembrou Dermot.

– Exatamente – concordou Mack, confiante. – Não faz sentido ficarmos discutindo entre nós quatro como se tivéssemos poder de decisão. Vamos convocar uma assembleia. Que horas são?

Todos olharam para fora. A noite começava a cair.

– Devem ser seis – falou Cora.

– Os grupos que estão trabalhando hoje vão terminar o serviço assim que escurecer – prosseguiu Mack. – Vocês dois podem ir de taberna em taberna ao longo da avenida principal para espalhar a notícia.

Os outros carregadores assentiram.

– A assembleia não pode ser aqui, não há espaço – comentou Charlie. – São cerca de cinquenta grupos ao todo.

– A Jolly Sailor tem um pátio grande – lembrou Dermot. – E o dono não é empreiteiro.

– Ótimo – elogiou Mack. – Diga-lhes para estarem lá uma hora depois do anoitecer.

– Nem todos conseguirão chegar – opinou Charlie.

– Mas a maioria, sim.

– Vamos reunir o máximo de pessoas possível – disse Dermot.

Ele e Charlie saíram.

Mack olhou para Cora.

– Você vai tirar a noite de folga? – perguntou ele, esperançoso.

Ela balançou a cabeça.

– Estou só esperando minha cúmplice.

O fato de Peg ser uma ladra e Cora, sua comparsa, angustiava Mack.

– Preferiria que encontrássemos uma maneira de aquela criança ganhar a vida sem roubar.

– Por quê?

A pergunta o desconcertou.

– Ora, obviamente...

– Obviamente o quê?

– Seria melhor que ela crescesse como uma pessoa honesta.

– E como isso seria melhor para ela?

Mack notou um quê de irritação nos questionamentos de Cora, mas já era tarde demais para recuar.

– O que ela faz é perigoso. Ela poderia acabar enforcada em Tyburn.

– Então seria melhor ela esfregar o chão da cozinha na casa de algum ricaço, onde seria espancada pelo cozinheiro e estuprada pelo patrão?

– Duvido que toda criada de cozinha seja estuprada...

– As bonitas, sim, todas. E como eu ganharia meu pão sem ela?

– Você pode fazer qualquer coisa, é esperta e bonita...

– Eu não quero fazer *qualquer coisa*, Mack, quero continuar a fazer o que já faço.

– Por quê?

– Porque eu gosto. Gosto de estar bem-vestida, de beber gim e de flertar. Eu roubo de homens idiotas que têm mais dinheiro do que merecem. É excitante, fácil e ganho dez vezes mais do que ganharia costurando vestidos, administrando uma pequena loja ou servindo os clientes em uma cafeteria.

Ele ficou chocado, pois pensava que ela roubasse por necessidade. Não esperava que Cora gostasse daquela vida.

– Acho que não sei quem você é de verdade.

– Você é inteligente, Mack, mas não sabe de nada.

Peg chegou, parecendo pálida, magra e cansada como sempre.

– Você tomou café da manhã?

– Não. – Ela sentou-se à mesa. – Mas adoraria um copo de gim.

Mack chamou um garçom.

– Uma tigela de mingau com creme, por favor.

Peg fez uma careta, mas, quando a comida chegou, ela a atacou com prazer.

Foi nesse instante que chegou Caspar Gordonson. Mack ficou feliz em vê-lo, já que estava mesmo pensando em fazer uma visita à casa da Fleet Street para debater o boicote e a ideia de uma greve. Então, apresentou um resumo dos acontecimentos do dia enquanto o advogado desalinhado bebericava um conhaque.

À medida que Mack falava, Gordonson parecia cada vez mais preocupado. Ao término do relato, o advogado começou a falar em seu tom de voz estridente:

– Você precisa entender que os nossos governantes estão assustados. Não só o Supremo Tribunal e o governo, mas toda a aristocracia do país: duques e condes, vereadores, juízes, mercadores e donos de terras. Eles estão aflitos com toda essa conversa de liberdade, e as manifestações contra a escassez de alimentos do ano passado e retrasado lhes mostraram do que o povo é capaz quando se revolta.

– Ótimo! Então eles deveriam nos dar o que queremos.

– Não necessariamente. Eles temem que, se fizerem isso, vocês pedirão ainda mais. O que querem de fato é uma desculpa para convocar as tropas do Exército e abrir fogo contra a população.

Mack pôde notar que, por trás da análise fria de Gordonson, havia um medo real.

– Eles precisam de uma desculpa?

– Ah, sim. Por causa de John Wilkes. Ele é uma verdadeira pedra no sapato deles. Wilkes acusa o governo de despotismo. E, no momento em que as tropas do Exército forem usadas contra os cidadãos, milhares de pessoas da camada média da sociedade irão dizer: "Estão vendo, Wilkes tinha razão, o governo é tirânico." E todos esses comerciantes, ferreiros e padeiros têm poder de voto.

– Então de que tipo de desculpa o governo precisa?

– Eles querem que vocês assustem essas pessoas da camada média com violência e baderna. Isso fará com que elas comecem a se preocupar com a manutenção da ordem e parem de pensar na liberdade de expressão. Assim, quando o Exército marchar pelas ruas, haverá um suspiro de alívio coletivo em vez de um rugido de indignação.

Mack estava fascinado e aflito. Nunca pensara em política daquela forma. Ele já havia discutido teorias bombásticas de livros que lera e tinha sido vítima de leis injustas, mas aquilo era uma espécie de meio-termo, uma zona em que forças antagônicas se digladiavam e disputavam o poder e as táticas escolhidas poderiam alterar o resultado final. Aquele, percebia, era o mundo real – e era perigoso.

Gordonson não estava nada encantado, mas apenas apreensivo.

– Eu envolvi você nisto, Mack, e vai ser na minha consciência que sua morte vai pesar.

O medo dele começou a contagiar Mack. *Quatro meses atrás eu era apenas um mineiro*, pensou ele, *agora, sou um inimigo do governo, um homem que eles querem ver morto. Eu pedi por isso?* Mas ele havia assumido uma grande obrigação. Assim como Gordonson se sentia responsável por ele, Mack era responsável pelos carregadores de carvão. Não poderia fugir e se esconder. Seria vergonhoso e covarde. Tinha criado um problema para aqueles homens, agora precisava saná-lo.

– O que acha que devemos fazer? – perguntou a Gordonson.

– Se os homens concordarem com a greve, sua função será mantê-los sob controle. Você precisará evitar que eles incendeiem navios, assassinem fura-greves e sitiem as tabernas dos empreiteiros. Esses homens não são santos, como você bem sabe: são jovens, fortes e revoltados e, se ficarem à solta, Londres irá arder em chamas.

– Acho que posso fazer isso; eles ouvem o que eu digo. Parecem me respeitar.

– Eles o veneram. E isso o coloca em maior risco ainda. Você é o líder e o governo pode dar fim à greve se conseguir levá-lo à forca. Depois que os homens aceitarem a proposta, você estará correndo perigo.

Mack começava a desejar nunca ter dito a palavra "greve".

– O que devo fazer?

– Deixar o local em que está morando. Mantenha seu endereço em segredo para todos, exceto algumas poucas pessoas de confiança.

– Venha morar comigo – pediu Cora.

Apesar de tudo, Mack sorriu: aquela parte não seria difícil.

– Não vá à rua durante o dia – prosseguiu Gordonson. – Compareça às assembleias e suma logo depois. Torne-se um fantasma.

Isso já lhe parecia um pouco ridículo, mas o medo fez Mack aceitar os conselhos assim mesmo.

– Está bem.

Cora se levantou para ir embora. Para a surpresa de Mack, Peg envolveu sua cintura com os braços.

– Tome cuidado, Scotch Jock. Não seja esfaqueado.

Mack ficou pasmo e comovido ao ver o quanto todas aquelas pessoas se importavam com ele. Três meses atrás, nem conhecia Peg, Cora e Gordonson.

Cora o beijou nos lábios e se afastou, já balançando os quadris com um gingado sedutor. Peg a acompanhou.

Logo em seguida, Mack e Gordonson partiram para a Jolly Sailor. Já era noite, mas a Wapping High Street estava agitada e as velas irradiavam luz das entradas das tabernas, das janelas das casas e das lamparinas de mão. A maré estava baixa e um forte cheiro de podridão vinha do litoral.

Mack se surpreendeu ao ver o pátio da taberna cheio de homens. Havia cerca de oitocentos carregadores de carvão em Londres e pelo menos metade deles se encontrava ali. Alguém erguera às pressas uma plataforma improvisada e colocara quatro tochas acesas em volta dela. Mack abriu caminho pela multidão. Todos os homens dirigiam-lhe uma palavra ou lhe davam tapinhas nas costas. A notícia da sua chegada se espalhou depressa e eles começaram a vibrar. Quando Mack alcançou a plataforma, a plateia rugia. Ele subiu ao palanque e olhou para todos; centenas de rostos sujos de carvão o encaravam sob a luz das tochas. Mack conteve lágrimas de gratidão pela confiança que haviam depositado nele, mas não conseguia se fazer ouvir, porque os homens gritavam alto demais. Ele ergueu a mão para silenciá-los, porém não adiantou. Alguns bradavam seu nome, outros exclamavam "Wilkes e liberdade!" e diversas palavras de ordem. Aos poucos, um clamor foi surgindo e dominando os demais, até todos gritarem o mesmo:

– Greve! Greve! Greve!

Mack ficou ali parado, fitando a multidão e pensando: "O que foi que eu fiz?"

CAPÍTULO VINTE E UM

DURANTE O CAFÉ da manhã, Jay Jamisson recebeu um recado do pai, caracteristicamente curto e grosso:

Grosvenor Square
8h
Encontre-me no meu local de trabalho ao meio-dia.
– G. J.

Seu primeiro pensamento foi que o pai tinha descoberto sobre o acordo com Lennox.

Tudo correra às mil maravilhas: os donos dos navios tinham boicotado os novos grupos de trabalhadores e Lennox lhe devolvera seu título de dívida. Mas agora os carregadores estavam em greve e havia uma semana não se descarregava carvão em Londres. Será que Sir George soubera que tudo aquilo poderia ter sido evitado se não fosse por Jay? Ele se enchia de pavor só de pensar na possibilidade.

Jay foi ao acampamento no Hyde Park, como sempre, e pediu permissão ao coronel Cranbrough para se ausentar no meio do dia. Passou a manhã inteira preocupado e seu mau humor deixou os homens taciturnos e os cavalos, agitados.

Os sinos das igrejas batiam as doze horas no momento em que ele entrou no depósito dos Jamissons às margens do rio. O ar empoeirado estava carregado de cheiros fortes – café e canela, rum e vinho do Porto, pimenta e laranjas. Aquilo sempre fazia Jay se lembrar de quando era menino e barris e baús de chá costumavam parecer muito maiores. Agora, sentia-se novamente na infância, após fazer alguma travessura e estar prestes a ser castigado. Ele atravessou o galpão, retribuindo os cumprimentos respeitosos dos homens, e subiu uma escada de madeira precária até o setor de contabilidade. Depois de passar por um saguão repleto de funcionários, entrou no escritório do pai, uma sala de canto repleta de mapas, contas e gravuras de embarcações.

– Bom dia, pai. Onde está Robert? – O irmão mais velho estava quase sempre ao lado de Sir George.

– Ele teve que ir a Rochester. Mas isto aqui tem mais a ver com você do que com ele. Sir Philip Armstrong quer se encontrar comigo.

Armstrong era o braço direito do visconde de Weymouth, secretário de Estado. Jay ficou ainda mais apreensivo. Será que tinha criado problemas também com o governo?

– O que Armstrong quer?

– Que a greve dos carregadores acabe, pois ele sabe que fomos nós quem a começamos.

Aquilo não tinha nada a ver com dívidas de jogo, percebeu Jay, mas continuou nervoso.

– Ele chegará a qualquer momento.

– Por que ele está vindo aqui? – Uma pessoa tão importante normalmente convocaria quem quer que fosse à sua sala no Palácio de Whitehall.

– Por discrição, imagino.

Antes que Jay pudesse fazer mais perguntas, a porta se abriu e Sir Philip entrou no recinto. Os Jamissons se levantaram. Armstrong era um homem de meia-idade que se vestia de maneira formal, com peruca e espada. Andava agora com o nariz um tanto arrebitado, como se quisesse mostrar que não costumava descer ao lodaçal das reles atividades comerciais. Sir George não gostava dele, notou Jay pela expressão no rosto do pai ao apertar a mão de Armstrong e pedir que ele se sentasse.

Armstrong recusou uma taça de vinho.

– Esta greve precisa acabar – começou ele. – Os carregadores de carvão paralisaram metade da atividade industrial londrina.

– Nós tentamos fazer com que os marinheiros descarregassem os navios – replicou Sir George. – Deu certo por um ou dois dias.

– Qual foi o problema?

– Eles foram convencidos ou intimidados e agora também estão em greve.

– Assim como os barqueiros – completou Armstrong, exasperado. – E antes mesmo desse conflito com os carregadores começar, já vínhamos tendo problemas com alfaiates, tecelões, chapeleiros, serradores... Isso não pode continuar assim.

– Por que o senhor veio até mim, Sir Philip?

– Porque fui informado de que o senhor teve influência no boicote que provocou os carregadores.

– É verdade.

– Posso saber por quê?

Sir George encarou Jay, que engoliu em seco e respondeu:

– Fui abordado pelos empreiteiros que organizam os grupos de carregadores. Meu pai e eu não desejávamos que a ordem estabelecida na zona portuária fosse perturbada.

– Com toda razão, tenho certeza – falou Armstrong, e Jay pensou: "Vá direto ao ponto." – O senhor sabe quem são os líderes?

– Sem sombra de dúvida. O mais importante deles é um homem chamado Malachi McAsh, mais conhecido como Mack. Por acaso, ele extraía carvão nas minas do meu pai.

– Eu gostaria de ver esse McAsh preso e acusado de delito capital de acordo com a lei antiprotesto. Mas teria que ser algo plausível; nada de acusações fraudulentas ou testemunhas subornadas. Deve haver um protesto de verdade, indiscutivelmente liderado por trabalhadores em greve, em que armas de fogo sejam usadas contra oficiais da Coroa e várias pessoas acabem mortas e feridas.

Jay estava confuso: Armstrong pedia aos Jamissons que organizassem um levante?

Seu pai não se mostrou nem um pouco intrigado.

– O senhor foi bem claro, Sir Philip. – Ele olhou para Jay. – Sabe onde McAsh pode ser encontrado?

– Não. – Vendo a expressão de desprezo no rosto do pai, apressou-se a acrescentar: – Mas estou certo de que consigo descobrir.

~

Ao raiar do dia, Mack acordou Cora e eles fizeram amor. Ela tinha vindo para a cama de madrugada, cheirando a fumaça de tabaco, e Mack a beijara e voltara a dormir. Agora, era ele quem estava alerta e ela, sonolenta. Seu corpo estava quente e relaxado; sua pele, macia; seus cabelos ruivos, desgrenhados. Cora envolveu-o com os braços de maneira frouxa e pôs-se a gemer baixinho, soltando no fim um pequeno grito de prazer. Então, voltou a adormecer.

Mack ficou observando-a por alguns instantes: seu rosto era perfeito, pequeno, rosado e simétrico. Seu estilo de vida, no entanto, o incomodava cada vez mais. Parecia cruel usar uma criança como cúmplice. Quando Mack tentava conversar sobre o assunto, Cora se irritava e lhe dizia que ele não era inocente, pois vivia ali sem pagar aluguel e ingeria a comida comprada com o dinheiro que ela ganhava desonestamente.

Ele suspirou e saiu da cama.

A casa de Cora ficava no segundo andar de um prédio caindo aos pedaços em um depósito de carvão. O dono do local costumava viver ali, mas, assim que seu negócio prosperou, mudou-se. Agora, usava o andar de baixo como escritório e alugava o de cima para Cora.

Havia dois quartos, com uma cama grande em um deles e mesa e cadeiras no outro. O primeiro estava cheio daquilo com que Cora gastava todo o seu dinheiro: roupas. Tanto Esther quanto Annie costumavam ter dois vestidos, um para o trabalho e outro para os domingos, mas Cora possuía oito ou dez roupas diferentes, todas em cores chamativas: amarelo, vermelho, verde e marrom. Também tinha sapatos para combinar com cada uma das peças, e tantas meias-calças, luvas e lenços quanto uma dama da alta sociedade.

Ele lavou o rosto, vestiu-se às pressas e saiu. Alguns minutos depois, chegou à casa de Dermot. A família estava comendo o mingau do café da manhã. Mack sorriu para as crianças. Todas as vezes que usava a "camisinha" de Cora, perguntava a si mesmo se um dia teria os próprios filhos. Às vezes, gostava da ideia de que Cora tivesse um bebê, então se lembrava de como ela vivia e mudava de ideia.

Mack recusou uma tigela de mingau, pois sabia que ela faria falta para a família. Dermot também estava vivendo às custas de uma mulher, no caso sua esposa, que lavava panelas em uma cafeteria à noite enquanto ele cuidava das crianças.

– Você recebeu uma carta – avisou Dermot, entregando a Mack um papel selado.

Mack reconheceu a caligrafia, quase idêntica à sua. A carta era de Esther. Ele sentiu uma pontada de culpa. Deveria estar juntando dinheiro para ela, mas apenas se envolvera com uma greve, sem nenhum tostão.

– Onde vai ser hoje? – perguntou Dermot. Todos os dias, Mack encontrava seus companheiros de liderança em um local diferente.

– No bar dos fundos da taberna Queen's Head.

– Vou espalhar a notícia.

Mack abriu a carta e começou a lê-la.

Estava repleta de novidades. Annie engravidara e, se o bebê fosse menino, eles iriam chamá-lo de Mack. Por algum motivo, isso encheu seus olhos de lágrimas. Os Jamissons estavam abrindo uma nova mina de carvão no High Glen; eles haviam cavado depressa e Esther iria trabalhar lá como carregadora dali a poucos dias. A notícia era surpreendente, pois, segundo lembrava, Lizzie dissera que jamais permitiria que se explorasse carvão na propriedade dos Hallims. A esposa do reverendo York fora acometida por uma febre e morrera, o que não era de se espantar, uma vez que ela sempre tivera saúde frágil. E Esther continuava decidida a ir embora de Heugh assim que Mack conseguisse acumular o dinheiro necessário.

Dobrou a carta e guardou-a no bolso. Mack não deixaria nada abalar sua determinação. Ele sairia vitorioso daquela greve, então conseguiria economizar.

Beijou os filhos de Dermot e seguiu para a Queen's Head.

Seus homens já estavam chegando e ele partiu logo para o que interessava.

Wilson Caolho, um carregador enviado para conferir se novas embarcações haviam ancorado no rio, relatou que dois navios carvoeiros tinham chegado pela manhã.

– Vindos de Sunderland, os dois. Conversei com um marinheiro que havia desembarcado para comprar pão.

Mack voltou-se para Charlie Smith.

– Vá até esses navios e fale com os capitães. Explique por que estamos em greve e peça-lhes para terem paciência. Diga que esperamos que os donos dos navios desistam em breve e permitam que as novas equipes descarreguem as embarcações.

– Por que mandar um preto? – protestou Caolho. – Eles vão dar mais ouvidos a um inglês.

– Eu sou inglês – retrucou Charlie, indignado.

– A maioria desses capitães nasceu nas regiões carboníferas do Nordeste e Charlie tem o sotaque deles. Além disso, ele já fez esse tipo de coisa antes e provou ser um bom representante.

– Não falei por mal, Charlie – disse Caolho.

Charlie deu de ombros e saiu para cumprir a missão. Uma mulher entrou correndo, empurrou-o do caminho e aproximou-se da mesa de Mack, ofegante e agitada. Ele a reconheceu: era Sairey, esposa de um carregador encrenqueiro chamado Buster McBride.

– Mack, eles pegaram um marinheiro trazendo um saco de carvão para terra firme e estou com medo de que Buster vá matá-lo.

– Onde estão eles?

– Eles o levaram para um anexo da Swan e o prenderam lá dentro, mas Buster está bebendo e quer pendurá-lo de cabeça para baixo na torre do relógio, e alguns dos outros o estão encorajando.

Era o tipo de coisa que acontecia o tempo todo; os carregadores estavam sempre a um passo da violência. Até o momento, Mack vinha sendo capaz de controlá-los. Ele escolheu um rapaz grande e dócil chamado Pollard Pele de Porco.

– Vá até lá e acalme os homens. A última coisa de que precisamos é um assassinato.

– Agora mesmo – respondeu ele.

Caspar Gordonson chegou com uma mancha de gema de ovo na camisa e um papel na mão.

– Uma frota de barcaças está trazendo carvão para Londres pelo rio Lea. Ela deve chegar a Enfield Lock esta tarde.

– Enfield... A que distância fica isso?

– A uns 20 quilômetros daqui. Podemos chegar lá ao meio-dia, mesmo se formos andando.

– Ótimo. Precisamos assumir o controle da eclusa e evitar que as barcaças passem. Prefiro ir eu mesmo. Levarei uma dúzia de homens de confiança.

Outro carregador de carvão chegou e avisou:

– Sam Barrows, o Gordo, dono da taberna Green Man, está tentando recrutar uma equipe para descarregar o *Espírito de Jarrow*.

– Ele vai precisar de sorte – comentou Mack. – Ninguém gosta de Sam Gordo: ele nunca pagou um salário honesto na vida. Ainda assim, é melhor ficarmos de olho na taberna dele, por via das dúvidas. Will Trimble, vá até lá e investigue. Me avise se houver algum risco de Sam conseguir reunir dezesseis homens.

~

– Ele sumiu – disse Lennox. – Saiu de onde estava alojado e ninguém sabe onde se meteu.

Jay sentiu-se péssimo. Fizera uma promessa ao pai, na frente de Sir Philip Armstrong, de que localizaria McAsh. Antes não tivesse falado nada. Se não conseguisse cumpri-la, a ira de Sir George seria implacável.

Tinha contado com que Lennox soubesse do paradeiro de McAsh.

– Mas se ele está escondido, como consegue coordenar uma greve?

– Ele aparece cada manhã em um local diferente. De alguma forma, seus comparsas sabem onde encontrá-lo. Ele dá as ordens e fica desaparecido até o dia seguinte.

– Mas alguém deve saber onde ele dorme – insistiu Jay, em tom de lamúria. – Se conseguirmos encontrá-lo, podemos acabar com essa greve.

Lennox assentiu; mais do que ninguém, ele queria ver os carregadores derrotados.

– Bem, Caspar Gordonson deve saber.

Jay balançou a cabeça.

– Isso não adianta nada. McAsh tem alguma mulher?

– Sim, Cora. Mas ela é osso duro de roer. Não vai contar.

– Deve haver mais alguém.

– Tem a garotinha – lembrou Lennox, pensativo.

– Que garotinha?

– Peg Ligeira. Ela sai para roubar com Cora. Será que...

~

À meia-noite, oficiais, cavalheiros e prostitutas lotavam a cafeteria Lord Archer. O ar estava repleto de fumaça de tabaco e do cheiro de vinho derramado. Um rabequista tocava em um canto, mas mal era possível ouvi-lo em meio à balbúrdia das conversas aos berros.

Várias partidas de carteado estavam em andamento, mas Jay não jogava, apenas bebia. A ideia era que ele fingisse estar bêbado e, logo de cara, derramou a maior parte do conhaque na frente do colete. Mas, à medida que a noite avançava, foi bebendo mais e agora não precisava se esforçar muito para trocar as pernas. Chip Marlborough vinha bebendo bastante desde o começo da noite e nunca parecia ficar embriagado.

Jay estava preocupado demais para conseguir se divertir, pois o pai nunca aceitaria desculpas. Precisava lhe fornecer o endereço onde Mack pudesse ser encontrado. Havia cogitado a ideia de inventar um, para depois afirmar que Mack se mudara novamente, mas tinha a sensação de que Sir George identificaria a mentira.

Estava bebendo na Archer na esperança de encontrar Cora. Ao longo da noite, diversas garotas haviam se aproximado dele, mas nenhuma se encaixava na descrição que tinha: rosto bonito, cabelo vermelho como fogo, com 19, 20 anos. Ele e Chip flertavam por algum tempo, até as prostitutas perceberem que os dois não queriam nada e desistirem. Lennox era uma presença vigilante no lado oposto do salão, fumando um cachimbo e jogando cartas por apostas baixas.

Jay começava a achar que aquela não era a noite de sorte deles. Havia uma centena de garotas como Cora em Covent Garden; talvez tivesse que repetir aquela encenação nas noites seguintes antes de topar com ela. Além disso, Jay tinha uma esposa à espera que não entendia por que ele precisava passar a noite em um lugar em que damas respeitáveis não podiam ser vistas.

Justo quando ele estava pensando lascivamente em voltar para sua cama quente e encontrar Lizzie ali, ansiosa, Cora chegou.

Jay não teve dúvidas de que era ela. Cora era de longe a garota mais bonita no recinto e seus cabelos eram de fato da cor das chamas na lareira. Estava vestida como uma prostituta, com um vestido de seda vermelho bem decotado e sapatos vermelhos com laços. Ela correu os olhos pelo salão com um olhar treinado.

Jay encarou Lennox e o viu assentir devagar duas vezes.

Graças a Deus, pensou.

Ele cruzou olhares com Cora e sorriu.

Viu um breve lampejo de reconhecimento no rosto dela, como se Cora o conhecesse de algum lugar, mas então ela sorriu e veio em sua direção.

Jay ficou apreensivo, mas disse a si mesmo que a única coisa que precisava fazer era ser charmoso; ele já havia seduzido uma centena de mulheres. Beijou a mão de Cora e sentiu seu perfume inebriante, à base de sândalo.

– Achei que conhecesse todas as mulheres bonitas de Londres, mas vejo que estava enganado – disse ele, galanteador. – Sou o capitão Jonathan e este é o capitão Chip.

Jay decidiu não usar o nome verdadeiro para o caso de Mack tê-lo mencionado a Cora. Se ela descobrisse quem ele era, sem dúvida farejaria um delator.

– Eu sou Cora – apresentou-se ela, olhando-os dos pés à cabeça. – Que belo par. Não consigo decidir qual capitão me agrada mais.

– Minha família é mais nobre do que a de Jonathan – falou Chip.

– Mas a minha é mais rica – retrucou Jay e, por algum motivo, isso os fez rir.

– Se é tão rico, por que não me paga uma dose de conhaque?

Jay acenou para o garçom e abriu espaço para Cora se sentar.

Ela se espremeu entre os dois no banco e Jay sentiu o cheiro de gim no hálito dela. Baixou os olhos para os seus ombros e para as curvas dos seus seios. Não pôde deixar de compará-la à esposa: Lizzie era baixa, mas voluptuosa, com ancas largas e busto grande; Cora era mais alta e magra e os seios lhe pareciam duas maçãs dispostas lado a lado em uma tigela.

Fitando-o com um olhar intrigado, ela perguntou:

– Eu conheço o senhor?

Ele sentiu uma pontada de aflição. Seria possível que tivessem se encontrado antes?

– Não me parece.

Se Cora o reconhecesse, a farsa seria desvendada.

– O senhor me parece familiar. Sei que nunca conversamos, mas já o vi antes.

– Agora é a nossa chance de nos conhecermos melhor – disse ele com um sorriso desesperado.

Jay passou o braço por trás das costas do banco e acariciou seu pescoço. Ela fechou os olhos como se estivesse gostando e Jay começou a relaxar.

Cora era tão convincente que Jay quase esqueceu que tudo se tratava de encenação. Ela pousou a mão em sua coxa, perto da virilha, e ele disse a si mesmo que não podia se deixar levar pela situação. Jay desejou não ter bebido tanto; talvez precisasse se esforçar para manter a lucidez.

O conhaque de Cora chegou e ela o bebeu de um gole só.

– Vamos, garotão, é melhor pegarmos um pouco de ar fresco antes de você acabar rasgando as calças.

Jay percebeu que ostentava uma visível ereção e ficou vermelho.

Cora se levantou e foi em direção à porta, seguida por ele.

Ao chegarem do lado de fora, ela passou um braço em volta da cintura dele e o conduziu ao longo da calçada coberta por colunatas da praça de Covent Garden. Jay jogou um braço por sobre o ombro dela, enfiou a mão no decote do seu vestido e brincou com seu mamilo. Ela soltou uma risadinha e entrou em um beco.

Eles se abraçaram e se beijaram e Jay apertou seus dois seios. Esqueceu-se completamente de Lennox e da trama que eles haviam bolado: Cora era quente, desinibida, e ele a desejava. As mãos dela corriam por todo o seu corpo, abrindo seu colete, acariciando-lhe o peito e mergulhando dentro das suas calças. Ele forçou a língua para dentro da boca da mulher e tentou levantar sua saia ao mesmo tempo. Sentia o ar frio contra a própria barriga.

De repente, um grito infantil veio de trás dele. Cora deu um pulo e empurrou Jay para longe. Olhou por sobre o ombro e então se virou como se pretendesse sair correndo, mas Chip apareceu e a agarrou antes que ela pudesse dar o primeiro passo.

Jay se voltou e viu Lennox se debatendo para segurar uma menina que gritava, o arranhava e se contorcia. Durante a briga, a criança deixou cair vários objetos. À luz das estrelas, Jay reconheceu seus próprios pertences: carteira, relógio de bolso, lenço de seda e sinete de prata. Ela vinha roubando de seus bolsos enquanto ele beijava Cora. Embora já tivesse esperado por isso, não havia sentido nada. Por outro lado, tinha entrado de corpo e alma no papel que estava desempenhando.

A criança parou de resistir e Lennox avisou:

– Vamos levar vocês duas a um magistrado; bater carteiras é um crime passível de enforcamento.

Jay olhou ao redor, meio esperando que os amigos de Cora viessem correndo para defendê-la, mas ninguém tinha visto a confusão no beco.

Chip olhou para Jay e disse:

– Pode guardar sua arma, capitão Jamisson, a batalha acabou.

~

A maioria dos homens ricos e poderosos eram magistrados e Sir George Jamisson não era exceção. Embora nunca tivesse conduzido um julgamento em tribunal, ele tinha o direito de deliberar casos em domicílio. Podia ordenar que infratores fossem açoitados, marcados com ferro quente ou encarcerados e detinha o poder de enviar criminosos mais perigosos ao tribunal de Old Bailey.

Estava à espera de Jay, mas sentia-se irritado por ter sido obrigado a ficar acordado até tão tarde.

– Esperava que já estivesse de volta às dez da noite – reclamou ele, rabugento, quando todos marcharam em direção à sala de estar da casa de Grosvenor Square.

Arrastada para dentro do recinto por Chip com as mãos atadas, Cora exclamou:

– Então estava nos esperando! Isso tudo foi planejado, seus porcos malditos!

– Cale a boca – ordenou Sir George – ou mandarei que seja açoitada em praça pública antes mesmo de começarmos.

Cora pareceu acreditar nele, pois ficou em silêncio.

Ele puxou uma folha de papel para si e mergulhou a caneta no tinteiro.

– O Ilustríssimo Sr. Jay Jamisson é o querelante. Apresenta queixa-crime de que o conteúdo dos bolsos foi roubado por...

– Ela se chama Peg Ligeira, senhor – apresentou Lennox.

– Não posso colocar isso no papel! – explodiu Sir George. – Qual é o seu verdadeiro nome, criança?

– Peggy Knapp, senhor.

– E o da mulher?

– Cora Higgins – respondeu ela mesma.

– Roubado por Peggy Knapp, cúmplice de Cora Higgins. O crime foi testemunhado por...

– Sidney Lennox, dono da taberna Sun, em Wapping.

– E o capitão Marlborough?

Chip ergueu as mãos em um gesto defensivo.

– Prefiro não me envolver, se o testemunho do Sr. Lennox for suficiente.

– Ele certamente é, capitão – disse Sir George, sempre educado com Chip, pois devia dinheiro ao pai dele. – Foi muita bondade sua ter auxiliado na detenção dessas ladras. Agora, a acusada tem algo a declarar?

– Ela não é minha cúmplice – alegou Cora –, nunca vi essa criança na vida.

Peg arquejou de espanto e olhou para Cora, sem acreditar nos próprios ouvidos, mas a mulher prosseguiu:

– Tudo o que fiz foi sair para dar um passeio com um rapaz bonito. Não sabia que ela o estava roubando.

– Todos sabem que as duas são sócias, Sir George – interveio Lennox. – Eu mesmo já as vi juntas diversas vezes.

– Já ouvi o suficiente – afirmou Sir George. – Você duas estão condenadas ao presídio de Newgate por roubo.

Peg começou a chorar e Cora ficou lívida de medo.

– Por que estão fazendo isto? – questionou ela, apontando um dedo acusador para Jay. – O senhor estava à minha espera na Archer. – Ela apontou em seguida para Lennox. – O senhor nos seguiu na hora que saímos para a rua. E o senhor, Sir George Jamisson, ficou acordado até tarde, quando deveria estar na cama, para nos condenar. Qual o sentido disto tudo? O que Peg e eu fizemos contra os senhores?

Sir George a ignorou:

– Capitão Marlborough, faça-me a gentileza de tirar essa mulher daqui e vigiá-la por alguns instantes. – Todos esperaram enquanto Chip conduzia Cora para fora e fechava a porta. Então, Sir George voltou-se para Peg. – Agora, criança, qual é a punição para batedores de carteiras, você sabe?

Ela estava pálida e trêmula.

– O colar do xerife – sussurrou.

– Se quer dizer a forca, está correta. Mas você sabia que algumas pessoas não são enforcadas, mas enviadas para a América?

Peg assentiu.

– Essas pessoas têm amigos influentes para defendê-las e imploram misericórdia ao juiz. Você tem algum amigo influente?

Ela balançou a cabeça.

– Bem, agora preste atenção: e se eu lhe dissesse que eu estou disposto a ser seu amigo influente e interceder em seu favor?

Peg ergueu os olhos para ele e a esperança iluminou seu pequeno rosto.

– Mas você precisa fazer uma coisa por mim.

– O quê?

– Eu a salvarei da forca se me disser onde Mack McAsh está escondido.

Um silêncio se instalou no recinto durante um bom tempo.

– Ele está no andar de cima de uma casa no depósito de carvão na Wapping High Street – revelou ela, desatando a chorar.

CAPÍTULO VINTE E DOIS

M ACK FICOU SURPRESO ao acordar sozinho.
Cora nunca tinha ficado na rua até o raiar do dia. Havia apenas duas semanas morava com ela, logo não conhecia todos os seus hábitos, mas isso não o impediu de ficar preocupado.

Ele se levantou e seguiu a rotina habitual. Passou a manhã na cafeteria Saint Luke, enviando mensagens e recebendo relatórios. Perguntou a todos se tinham visto ou tido notícias de Cora, mas ninguém sabia de nada. Mandou uma pessoa até a Sun para falar com Peggy, mas a menina também passara a noite inteira fora e não havia voltado.

À tarde, Mack foi andando até Covent Garden e circulou pelas tabernas e cafeterias, interrogando prostitutas e serventes. Várias pessoas tinham visto Cora na noite anterior. Um garçom da Lord Archer lembrava-se de tê-la visto sair com um jovem rico e bêbado. Depois disso, havia desaparecido.

Ele foi à casa de Dermot em Spitalfields, na esperança de ter mais notícias. O amigo estava dando às crianças um caldo feito de ossos para jantar. Passara o dia inteiro perguntando por Cora, sem sucesso.

Ao voltar para casa, já era noite. Torcia para que, quando chegasse ao apartamento de Cora, ela estivesse lá, deitada na cama apenas com as roupas de baixo, à espera. Mas o apartamento estava frio e vazio, com as luzes apagadas.

Mack acendeu uma vela e sentou-se ali, remoendo pensamentos. Lá fora, na Wapping High Street, as tabernas enchiam-se de fregueses. Embora os carregadores estivessem em greve, ainda conseguiam arranjar dinheiro para a cerveja. Mack gostaria de poder se juntar a eles, mas, por questão de segurança, não aparecia em público à noite.

Ele comeu um pouco de pão com queijo e pôs-se a ler um livro que Gordonson lhe emprestara, um romance chamado *Tristram Shandy*, mas não conseguiu se concentrar. Mais tarde, quando começava a se perguntar se Cora não estaria morta, uma comoção surgiu na rua.

Ouviu homens gritarem e barulho de correria, assim como o que pareciam ser cavalos e carroças. Temendo que os carregadores pudessem dar início a algum tipo de tumulto, foi à janela.

Uma meia-lua brilhava no céu, permitindo que Mack enxergasse toda a extensão da via principal. Dez ou doze carroças puxadas a cavalo sacolejavam sob o luar pela rua de terra acidentada, claramente vindo em direção ao depósito de carvão. Uma multidão seguia os veículos, fazendo arruaça e berrando, e mais homens saíam das tabernas e se juntavam ao grupo a cada esquina.

A cena tinha todos os ingredientes de um protesto.

Mack praguejou; era a última coisa que ele queria que acontecesse.

Deu as costas à janela e desceu correndo a escada. Se conseguisse falar com os homens que conduziam as carroças – pelo menos cinco em cada uma delas – e os convencesse a não descarregá-las, talvez pudesse evitar um surto de violência.

Quando chegou à rua, o primeiro veículo já virava para entrar no depósito. Enquanto Mack corria, os homens saltaram e, sem aviso algum, começaram a atirar pedaços de carvão contra a multidão. Alguns carregadores foram atingidos, outros apanharam os fragmentos e os atiraram de volta. Mack ouviu uma mulher gritar e viu crianças sendo conduzidas para dentro das casas.

– Parem! – berrou ele, se colocando entre os carregadores e as carroças com as mãos erguidas. – Parem! – Os homens o reconheceram e, por alguns instantes, houve silêncio. Mack ficou grato ao ver o rosto de Charlie Smith na multidão. – Tente manter a ordem aqui, Charlie, pelo amor de Deus. Vou falar com estas pessoas.

– Acalmem-se, todos vocês! – gritou Charlie. – Deixem Mack resolver isso.

Mack deu as costas aos carregadores. Dos dois lados da rua estreita, as pessoas estavam paradas nas soleiras das casas, curiosas para verem o que se passava, mas prontas para entrarem às pressas. Em meio ao silêncio, Mack se aproximou do veículo que liderava o comboio.

– Quem está no comando aqui?

Um vulto surgiu sob o luar.

– Eu.

Era Sidney Lennox.

Ele ficou chocado e confuso. O que ele estava fazendo ali? Por que Lennox tentava levar carvão a um depósito? Mack sentiu um frio na espinha, prevendo uma tragédia.

Notou a presença do dono do depósito, John Cooper, conhecido como Black Jack, porque estava sempre coberto de pó negro, como um mineiro.

208

– Jack, feche os portões do depósito, pelo amor de Deus – suplicou ele. – Haverá mortes se você deixar que isso prossiga.

Cooper parecia irritado.

– Preciso do meu ganha-pão.

– E você o terá assim que a greve terminar. Por acaso quer ver um banho de sangue na Wapping Street?

– Já pensei bem e não vou voltar atrás agora.

Mack o encarou firme.

– Quem lhe pediu para fazer isso, Jack? Tem mais alguém envolvido?

– Sou dono do meu próprio nariz, não recebo ordens de ninguém.

Mack começou a entender o que estava acontecendo e ficou furioso. Ele se voltou para Lennox.

– Você pagou a ele para fazer isso. Por quê?

Eles foram interrompidos pelo som de uma sineta. Mack se virou e viu três pessoas paradas na janela do segundo piso da taberna Frying Pan. Uma delas tocava a sineta com vontade, outra segurava uma lamparina. O terceiro homem, no meio dos outros dois, usava uma peruca e portava uma espada, indicando ser alguém importante.

Quando a sineta parou de soar, o terceiro se anunciou:

– Sou Roland MacPherson, um juiz de paz da zona de Wapping e, pelo presente, declaro a ocorrência de um protesto neste local. – Ele leu a cláusula principal da Lei Antiprotesto.

Assim que era declarada a ocorrência de um protesto, todos os envolvidos deviam se dispersar dentro de uma hora, caso contrário seriam punidos com pena de morte.

O magistrado tinha chegado ali depressa, pensou Mack. Claramente estava à espera daquilo, aguardando por sua deixa na taberna; todo o episódio fora planejado nos mínimos detalhes.

Mas com que finalidade? Pelo visto, queriam provocar um tumulto que pudesse desacreditar os carregadores e lhes dar um pretexto para enforcar os líderes. No caso, o próprio Mack.

Seu primeiro impulso foi reagir com hostilidade. Sua vontade era gritar: *Se eles querem um tumulto, por Deus, vamos lhe dar um tumulto que jamais irão esquecer – Londres estará em chamas quando terminarmos!* Ele queria estrangular Lennox. Mas forçou-se a se acalmar e pensar com clareza. Como poderia frustrar o plano dele?

Sua única esperança era ceder e deixar o carvão ser entregue.

Mack se voltou para os carregadores, reunidos em volta dos portões abertos do depósito, furiosos.

– Ouçam-me. Isto é uma armação para nos provocar. Eles querem que comecemos um protesto. Se formos todos para casa pacificamente, seremos mais espertos do que nossos inimigos. Se ficarmos e resistirmos, nós vamos perder.

Ouviu-se um burburinho de descontentamento.

Deus do céu, pensou Mack, como esses homens são burros.

– Será que não entendem? Eles estão atrás de uma desculpa para enforcar alguns de nós. Por que lhes dar o que querem? Vamos para casa hoje à noite e continuamos nossa luta amanhã!

– Ele tem razão! – atalhou Charlie. – Olhem quem está aqui: Sidney Lennox. Ele está tramando algo, disso podemos ter certeza.

Alguns dos carregadores começavam a assentir e Mack achou que conseguiria convencê-los, porém Lennox gritou:

– Peguem ele!

Vários homens vieram para cima de Mack de uma só vez. Ele se virou para correr, mas levou um encontrão de um deles e caiu no chão lamacento. Debatendo-se, ouviu os carregadores se enfurecerem e soube que estava prestes a começar o que ele temia: uma batalha campal.

Os capangas de Lennox o cobriam de socos e pontapés, mas ele mal sentia os golpes enquanto lutava para se levantar. Os carregadores empurraram para longe os homens que o atacavam e Mack se colocou de pé.

Apressou-se a olhar ao redor: Lennox tinha desaparecido. Os grupos rivais enchiam a rua estreita. Homens trocavam sopapos furiosamente por todo lado. Os cavalos se empinavam e se contorciam, relinchando de pavor. Os instintos de Mack o faziam querer entrar na briga e começar a derrubar oponentes, mas ele se conteve. Qual era a maneira mais rápida de dar um fim àquilo? Os carregadores não iriam recuar, pois era contra a natureza deles. Sua melhor aposta talvez fosse colocá-los em uma posição defensiva e torcer para que o conflito chegasse a um impasse.

Ele agarrou Charlie.

– Vamos tentar entrar no depósito e fechar os portões. Passe a informação aos homens!

Charlie foi correndo de homem a homem, gritando a plenos pulmões para ser ouvido acima da barulheira do confronto:

– Vão para o depósito e fechem os portões! Não deixem eles entrarem!

Então, para seu horror, Mack ouviu o estampido de um mosquete sendo disparado.

– Que droga é essa? – falou ele, embora ninguém pudesse escutá-lo.

Desde quando carregadores de carvão portavam armas de fogo? Quem eram aquelas pessoas?

Mack viu um bacamarte, um mosquete com um cano serrado, apontado para ele. Antes que pudesse se mover, Charlie agarrou a arma, virou-a para o homem que a segurava e o alvejou à queima-roupa, matando-o.

Mack praguejou: Charlie poderia ir à forca por aquele crime.

Alguém veio correndo para cima dele. Mack se esquivou e desferiu um soco no queixo do adversário, que foi ao chão.

Mack recuou e tentou refletir. Tudo aquilo estava acontecendo bem debaixo da sua janela; só podia ser intencional. Eles tinham descoberto seu endereço de alguma forma. Quem o havia traído?

Os primeiros tiros foram seguidos por uma saraivada irregular de disparos. Lampejos iluminaram a noite e o cheiro de pólvora se misturou ao da poeira de carvão que pairava no ar. Mack protestava aos gritos à medida que vários carregadores desabavam mortos ou feridos; as esposas e viúvas o culpariam com razão: ele havia começado algo que não conseguia controlar.

A maioria dos carregadores foi para o depósito, onde havia carvão de sobra para atirar, e lutaram freneticamente para impedir que os transportadores entrassem. Os muros do depósito lhes ofereciam proteção dos disparos de mosquetes que espocavam de forma intermitente.

Os embates corporais eram mais ferozes à entrada do depósito e Mack percebeu que se pudesse fechar os portões altos de madeira, todo o confronto poderia vir a cessar. Ele brigou para abrir caminho pelo tumulto, parou atrás de uma das grandes portas e começou a empurrá-la. Alguns dos carregadores viram o que Mack tentava fazer e se juntaram a ele. O portão maciço tirou vários homens do caminho e Mack imaginou que eles fossem conseguir fechá-lo em questão de instantes. De súbito, o portão foi bloqueado por uma carroça.

Ofegante, Mack gritou:

– Afastem a carroça, afastem a carroça!

Seu plano já começava a surtir algum efeito, percebeu com um lampejo de esperança. O portão enviesado formava uma barreira parcial. Além do mais, a euforia inicial da batalha havia passado e a disposição dos homens para lutar tinha sido mitigada por lesões e ferimentos e pela visão de alguns dos camaradas caídos, mortos ou feridos. O instinto de autopreservação voltava à tona e eles buscavam maneiras de se retirarem com dignidade.

Mack achou que conseguiria pôr um fim à batalha em breve. Se o confronto pudesse ser estancado antes de alguém chamar as tropas do Exército, tudo poderia ser visto como um embate sem importância e a greve continuaria sendo considerada um protesto majoritariamente pacífico.

Uma dúzia de carregadores começou a arrastar a carroça para fora do depósito enquanto outros empurravam os portões. Alguém cortou os arreios dos cavalos, que, assustados, saíram correndo em pânico, relinchando e dando coices.

– Continuem empurrando, não parem! – ordenou Mack sob uma chuva de pedaços enormes de carvão.

A carroça se arrastava para fora centímetro a centímetro e o portão se fechava com uma lentidão excruciante.

Então, Mack ouviu algo que dizimou todas as suas esperanças com um só golpe: o som de pés em marcha.

～

Os guardas marchavam ao longo da Wapping High Street, seus uniformes vermelhos e brancos reluzindo sob o luar. Jay cavalgava na dianteira da coluna, mantendo o cavalo sob rédeas curtas e a meio-galope. Estava prestes a conseguir o que dizia querer: ação.

Mantinha o rosto inexpressivo, mas seu coração batia forte no peito. Conseguia ouvir o rumor da batalha que Lennox iniciara: homens aos gritos, cavalos relinchando, o estampido dos mosquetes. Jay nunca havia usado uma espada ou arma de fogo em um momento de fúria: aquele seria seu primeiro combate. Ele falava a si mesmo que uma turba de carregadores de carvão ficaria apavorada diante de uma tropa do Exército disciplinada e treinada, mas tinha dificuldade em manter a confiança.

Cranbrough lhe confiara aquela missão, enviando-o sem oficial superior. Normalmente, o coronel teria comandado ele próprio o destacamento, mas sabia que se tratava de uma situação especial, com uma forte interferência política, e não quis se envolver. A princípio, Jay ficara satisfeito, mas agora desejava ter um superior experiente para auxiliá-lo.

O plano de Lennox parecera à prova de falhas, mas, enquanto cavalgava rumo à batalha, Jay percebeu que havia muitos furos. E se McAsh estivesse em outro lugar aquela noite? E se fugisse antes que Jay pudesse prendê-lo?

À medida que se aproximavam do depósito de carvão, o ritmo da marcha pareceu diminuir, até Jay ter a sensação de que avançavam centímetro a centímetro. Ao ver os soldados, muitos manifestantes fugiram e outros buscaram abrigo, mas alguns atiraram pedaços de carvão nas tropas. Sem titubear, elas marcharam até os portões do depósito e, conforme o planejado, assumiram suas posições de tiro.

Eles estavam tão perto do inimigo que não teriam tempo de recarregar, logo haveria apenas uma salva de artilharia.

Jay ergueu a espada. Os carregadores estavam encurralados no depósito; até tinham tentado fechar os portões, mas então desistiram e eles ficaram escancarados. Alguns subiam pelos muros, outros tentavam pateticamente abrigar-se entre os montes de carvão ou atrás das rodas de uma carroça. Era como atirar em galinhas em um viveiro.

De repente, McAsh surgiu no topo do muro, um vulto espadaúdo, o rosto iluminado pelo luar.

– Parem! Não atirem!

Vá para o inferno, pensou Jay.

Ele brandiu a espada para baixo e gritou:

– Fogo!

Os mosquetes trovejaram. Um véu de fumaça se ergueu, ocultando os soldados por alguns instantes. Cerca de uma dúzia de carregadores foi ao chão, gritando de dor ou em silêncio mortal. McAsh saltou do muro e ajoelhou-se ao lado do corpo imóvel e empapado de sangue de um negro. Ergueu a cabeça e cruzou olhares com Jay, que sentiu seu sangue gelar diante da fúria no rosto de Mack.

– Atacar! – ordenou Jay.

Para a surpresa de Jay, os carregadores se lançaram furiosamente contra os guardas. Esperava que eles fossem fugir, mas esquivaram-se das espadas e dos mosquetes para enfrentá-los no corpo a corpo, com paus e pedaços de carvão, desferindo socos e pontapés. Jay ficou apavorado ao ver vários homens seus caírem.

Olhou ao redor em busca de McAsh, mas não conseguia vê-lo.

Jay praguejou. Todo o propósito daquela operação era prender McAsh. Prometera a Sir Philip que atenderia seu desejo. Seria possível que ele houvesse fugido?

Então, de repente, McAsh estava na sua frente.

Em vez de fugir, o homem foi para cima de Jay.

McAsh agarrou o estribo de seu cavalo. Jay ergueu a espada e McAsh se agachou, desviando para o lado esquerdo do oponente. Jay golpeou desajeitadamente e errou. McAsh pulou e puxou-lhe a manga. Jay tentou libertar o braço, mas Mack não o soltava. Em pânico, Jay deslizou para o lado em sua sela e, com um puxão forte, foi arrancado de cima do cavalo.

De repente, Jay temeu pela sua vida.

Ele conseguiu cair de pé. Em um piscar de olhos, as mãos de McAsh estavam em volta do seu pescoço. Jay recuou a espada, mas, antes que pudesse desferir o golpe, McAsh lhe deu uma cabeçada violenta no rosto. Jay ficou cego por alguns instantes e sentiu sangue quente escorrer pelo rosto. Brandiu a espada como um louco e pensou ter atingido McAsh, mas ele continuava estrangulando-o com a mesma força. Jay voltou a enxergar e viu seu olhar de fúria assassina. Sentiu-se aterrorizado e, se tivesse conseguido falar, teria implorado por misericórdia.

Um de seus homens notou que Jay estava em apuros e desferiu uma coronhada com o mosquete na orelha de McAsh. Por um instante, suas mãos soltaram um pouco seu pescoço, então tornaram a apertá-lo mais forte do que nunca. O soldado voltou a brandir a arma, McAsh tentou se agachar, mas não foi rápido o suficiente e o cabo de madeira pesado da arma o acertou com um estalo audível apesar do rumor da batalha. Por uma fração de segundo, o aperto de McAsh se intensificou e Jay lutou para respirar como um homem prestes a se afogar. Os olhos de McAsh se reviraram, suas mãos afrouxaram e ele desabou no chão, inconsciente.

Jay respirou com sofreguidão e apoiou-se em sua espada. Aos poucos, seu pavor diminuiu. O rosto ardia como fogo, provavelmente porque o nariz estava quebrado. Porém, quando olhou para o homem caído no chão aos seus pés, tudo o que sentiu foi satisfação.

CAPÍTULO VINTE E TRÊS

L IZZIE NÃO dormiu naquela noite.

Jay lhe dissera que talvez houvesse problemas e ela ficou sentada no quarto dos dois, à espera dele, com um romance aberto sobre o joelho mas sem lê-lo. Ele voltou para casa de madrugada, todo sujo de sangue e terra e com um curativo no nariz. Lizzie ficou tão feliz em vê-lo que jogou os braços ao seu redor e o abraçou com força, arruinando o roupão de seda branco.

Ela acordou as criadas e pediu uma bacia de água quente. Enquanto Jay lhe contava a história do protesto nos mínimos detalhes, Lizzie o ajudou a tirar o uniforme imundo, lavou seu corpo machucado e pegou um camisolão limpo para ele.

Mais tarde, quando estavam deitados lado a lado na grande cama de quatro colunas, ela se arriscou a perguntar:

– Você acha que McAsh será enforcado?

– Espero muito que sim. – Jay tocou o curativo com cuidado. – Temos testemunhas que comprovam que ele incitou a multidão a se rebelar e atacou oficiais pessoalmente. Não consigo imaginar um juiz lhe dando uma sentença leve na atual conjuntura. Se ele tivesse amigos influentes para defendê-lo, seria outra história.

Ela franziu a testa.

– Nunca pensei nele como um homem especialmente violento. Insubordinado, desobediente, insolente, arrogante, sim... mas não violento.

Jay assumiu uma expressão presunçosa.

– Talvez você tenha razão. Mas as coisas foram arranjadas de tal modo que ele não teve escolha.

– Como assim?

– Sir Philip Armstrong fez uma visita clandestina ao escritório do meu pai para conversar com ele e comigo. Queria ver McAsh preso por incitar um protesto e praticamente nos mandou provocar tudo. Então, Lennox e eu providenciamos uma baderna.

Lizzie ficou chocada. A ideia de que Mack tivesse sido manipulado fez com que ela se sentisse ainda pior.

– E Sir Philip está satisfeito com o que você fez?

– Está. E o coronel Cranbrough ficou impressionado com a maneira como conduzi a operação. Posso pedir exoneração do meu posto e deixar o Exército com uma reputação irrepreensível.

Os dois fizeram amor, mas Lizzie estava angustiada demais para aproveitar as carícias. Normalmente, gostava de fazer farra na cama, rolando-o de costas e montando em cima dele às vezes, mudando de posição, beijando, falando e rindo; naturalmente, o marido notou a diferença. Quando terminaram, ele comentou:

– Você ficou tão quieta...

– Estava com medo de machucar você – mentiu ela.

Jay engoliu a desculpa e logo estava dormindo. Lizzie continuou acordada. Era a segunda vez que tinha ficado chocada com a atitude do marido em relação à justiça – e ambas as ocasiões envolveram Lennox. Jay não era má pessoa, ela estava certa disso, mas poderia ser levado a fazer o mal por terceiros, especialmente por homens tão determinados quanto Lennox. Sentia-se feliz por eles estarem de partida da Inglaterra dali a um mês. Assim que zarpassem, os dois nunca mais tornariam a ver aquele homem.

Mesmo assim, não conseguia dormir. Lizzie sentia um frio na barriga por saber que Mack McAsh seria condenado à morte. O enforcamento de completos estranhos já lhe causara repulsa; a simples ideia de que o mesmo poderia acontecer ao seu amigo de infância era insuportável.

Mack não era problema seu, disse a si mesma. Ele havia fugido, quebrado a lei, iniciado uma greve e participado de um protesto. Tinha feito todo o possível para se envolver em encrencas: não era responsabilidade sua salvá-lo agora. Seu dever era para com o homem com quem se casara.

Tudo aquilo era verdade, mas ainda assim ela não conseguia dormir.

Quando o sol da manhã começou a iluminar o quarto, apesar das cortinas fechadas, ela se levantou. Decidiu fazer as malas para a viagem e, quando as criadas apareceram, Lizzie lhes pediu que enchessem os baús à prova d'água que havia comprado com seus presentes de casamento: o jogo de mesa de linho, os talheres, os artigos de porcelana e vidro, as panelas e as facas de cozinha.

Jay acordou dolorido e mal-humorado. Bebeu uma dose de conhaque à guisa de café da manhã e saiu para encontrar o regimento. Lady Hallim, que ainda vivia na casa dos Jamissons, chamou a filha logo depois que Jay saiu, e as duas foram ao quarto e puseram-se a dobrar as meias-calças, as anáguas e lenços de Lizzie.

– Em que navio vocês irão viajar? – perguntou a mãe.

– No *Rosebud*. É uma embarcação dos Jamissons.

– E, quando chegarem à Virgínia, como irão para a fazenda?

– Navios transatlânticos podem subir o rio Rappahannock até Fredericksburg, que fica a apenas 15 quilômetros de Mockjack Hall. – Lizzie notou que a mãe estava aflita por sua filha estar prestes a fazer uma longa viagem marítima. – Não se preocupe, mamãe, já não existem mais piratas.

– Não se esqueça de levar sua própria água potável e mantenha o barril em sua cabine; nem pense em dividi-la com a tripulação. Farei um cesto de remédios para você, caso venha a adoecer.

– Obrigada, mamãe.

Em um ambiente confinado, com a ameaça de comida estragada e água salobra, era muito mais provável Lizzie morrer de alguma doença a bordo do que ser atacada por piratas.

– Quanto tempo levarão para chegar?

– De seis a sete semanas.

Lizzie sabia que aquele era o mínimo: se os ventos afastassem o navio do curso, a viagem poderia durar até três meses e a probabilidade de doença seria muito maior. Contudo, ela e Jay eram jovens, fortes e saudáveis, logo sobreviveriam. E seria uma aventura!

Ela mal podia esperar para ver a América. Era um novo continente e tudo seria diferente lá: os pássaros, as árvores, a comida, o ar, as pessoas. Ela ficava arrepiada sempre que pensava no assunto.

Vivia em Londres havia quatro meses e, a cada dia que passava, gostava menos da cidade. A sociedade respeitável matava Lizzie de tédio. Ela e Jay sempre jantavam com outros oficiais e suas esposas, mas os homens conversavam sobre jogos de cartas e generais incompetentes e as mulheres interessavam-se apenas por chapéus e criadas. Lizzie achava impossível conversar com elas e, quando falava o que pensava, sempre chocava as outras pessoas.

Uma ou duas vezes por semana, ela e Jay jantavam na Grosvenor Square. Ali pelo menos conversavam sobre coisas reais: negócios, política e a onda de greves que havia tomado conta de Londres naquela primavera. Mas os Jamissons compartilhavam uma visão totalmente unilateral dos fatos. Sir George discursava, indignado, contra os trabalhadores, Robert previa uma catástrofe e Jay propunha uma ofensiva por parte dos militares. Ninguém, nem mesmo Alicia, conseguia enxergar o conflito do ponto de vista do outro lado. Lizzie não concordava com a greve dos trabalhadores, é claro, mas acreditava que eles tinham bons motivos para fazê-la. Aquela possibilidade nunca era admitida à mesa de jantar polida com esmero da casa da Grosvenor Square.

– Imagino que a senhora esteja feliz em voltar para a High Glen House – falou Lizzie para a mãe.

Lady Hallim assentiu.

– Os Jamissons são muito gentis, mas sinto falta da minha casa, por mais humilde que seja.

Lizzie estava guardando seus livros favoritos em um baú: *Robinson Crusoé*, *Tom Jones*, *Roderick Random* – todas histórias de aventuras –, quando um criado bateu à porta e disse que Caspar Gordonson estava no andar de baixo.

Ela pediu para o homem repetir o nome do visitante, pois mal podia acreditar que Gordonson teria a ousadia de visitar qualquer membro da família Jamisson. Ela sabia que deveria se recusar a vê-lo: ele havia encorajado e defendido a greve que estava prejudicando os negócios do sogro. Mas a curiosidade foi mais forte, como sempre, e ela mandou que o criado o conduzisse à sala de estar.

No entanto, não tinha a menor intenção de fazê-lo se sentir bem-vindo.

– O senhor causou muitos problemas – afirmou ela ao entrar na sala.

Para sua surpresa, Gordonson não era o brutamontes agressivo e sabichão que ela havia esperado e, sim, um homem míope e desgrenhado com uma voz aguda e um jeito de professor distraído.

– Posso assegurar que não foi minha intenção. Quer dizer... foi, sim, é claro... mas não à senhorita pessoalmente.

– Por que veio até aqui? Se meu marido estivesse em casa, ele o expulsaria a pontapés.

– Mack McAsh foi acusado sob a Lei Antiprotesto e transferido para a penitenciária Newgate. Será julgado no tribunal de Old Bailey daqui a três semanas. Trata-se de um delito que pode levá-lo à forca.

A lembrança atingiu Lizzie como um murro no estômago, mas ela ocultou os sentimentos.

– Sei disso – disse ela com frieza. – É uma tragédia: um rapaz tão forte, com a vida inteira pela frente...

– A senhorita deve se sentir culpada – falou Gordonson.

– Quanta insolência! – exclamou ela, indignada. – Quem incentivou

McAsh a pensar que era um homem livre? Quem lhe disse que ele tinha direitos? O senhor! Era o senhor quem deveria estar se sentindo culpado!

– E me sinto – admitiu ele em voz baixa.

Lizzie ficou surpresa, pois esperava uma negação veemente. A humildade dele a acalmou e lágrimas vieram-lhe aos olhos, mas ela as conteve.

– Ele deveria ter ficado na Escócia.

– A senhorita sabe que muitas pessoas condenadas por crimes capitais no fim das contas não são enforcadas.

– Sim, eu sei. – Ainda havia esperança, claro. Ela se animou um pouco. – O senhor acha que Mack receberá o perdão real?

– Depende de quem esteja disposto a sair em sua defesa. Amigos influentes são tudo em nosso sistema judiciário. Farei um apelo pela vida de McAsh, mas minhas palavras não contam muito: a maioria dos juízes me odeia. Porém, se a *senhorita* fizesse um apelo por ele...

– Não posso fazer isso! – protestou ela. – Meu marido está promovendo uma ação penal contra McAsh. Seria uma terrível deslealdade da minha parte.

– Poderia salvar a vida dele.

– Jay faria papel de idiota!

– Não acha que ele talvez possa entender...

– Não! Eu sei que ele não iria entender. Que marido entenderia?

– Pense no assunto...

– Não vou pensar! Farei outra coisa. Eu irei... – Ela buscou alguma ideia. – Irei escrever para o Sr. York, o pastor da igreja em Heugh. Pedirei que ele venha a Londres para fazer um apelo pela vida de Mack durante o julgamento.

– O pároco de uma aldeia na Escócia? Não creio que ele terá muita influência. A única maneira de termos certeza é se a senhorita apresentar pessoalmente o apelo.

– Isso está fora de questão.

– Não insistirei mais, pois só deixaria a senhorita ainda mais determinada – falou Gordonson com astúcia e se encaminhou para a porta. – A senhorita pode mudar de ideia a qualquer momento. Peço-lhe apenas que compareça ao tribunal de Old Bailey daqui a três semanas, a contar a partir de amanhã. Lembre que a vida dele pode depender disso.

Ele foi embora e Lizzie se permitiu chorar.

Mack estava em uma das alas comunitárias da penitenciária Newgate.

Não conseguia se lembrar de tudo o que lhe acontecera na noite anterior. Recordava-se de forma nebulosa que fora amarrado, jogado sobre as costas de um cavalo e atravessado a cidade de Londres. Havia um edifício alto repleto de janelas com barras, um pátio com calçamento de paralelepípedos, uma escada e uma porta com tachas de ferro. Ele tinha sido levado para dentro do prédio. Estava escuro lá e ele não conseguiu enxergar muita coisa. Ferido e exausto, acabou por adormecer.

Ao acordar, viu-se em um recinto mais ou menos do tamanho do apartamento de Cora. Fazia frio, pois não havia vidro nas janelas ou fogo na lareira. O lugar fedia. Pelo menos outras trinta pessoas estavam amontoadas com ele: homens, mulheres e crianças, além de um cão e um porco. Todos dormiam no chão e dividiam um único penico grande.

Havia um constante ir e vir de pessoas. Algumas mulheres saíram bem cedo pela manhã e Mack descobriu que não eram prisioneiras, mas esposas dos detentos que subornavam os carcereiros para passarem as noites ali. Os vigias traziam comida, cerveja, gim e jornais para os que podiam pagar seus preços ridiculamente inflacionados. Os presidiários iam visitar amigos em outras alas. Um se encontrou com um clérigo; outro, com um barbeiro. Tudo era permitido, ao que parecia, mas tudo tinha o seu preço.

As pessoas riam das próprias desgraças e faziam piadas com seus crimes. A atmosfera era tão bem-humorada que incomodava Mack. Ele mal havia acordado e alguém já lhe oferecia um gole de uma garrafa de gim e uma tragada em um cachimbo, como se estivessem todos em um casamento.

O corpo inteiro de Mack estava dolorido, mas o pior era a cabeça: na parte de trás, havia um galo encrostado de sangue. Ele se sentia irremediavelmente deprimido. Tinha fracassado de todas as maneiras possíveis. Fugira de Heugh para ser livre e agora estava na cadeia. Lutara pelos direitos dos carregadores de carvão e levara alguns deles à morte. Havia perdido Cora. Seria julgado por traição à pátria, incitação de protestos ou assassinato. E provavelmente morreria enforcado. Muitos à sua volta tinham tantos motivos quanto ele para se lamentar, mas talvez fossem burros demais para compreender o que o destino lhes reservava.

A pobre Esther nunca iria sair da aldeia agora. Ele desejava tê-la trazido consigo. Ela poderia ter se disfarçado de homem, como Lizzie Hallim fazia e enfrentaria o trabalho com mais facilidade do que o próprio Mack, pois era mais ágil. E seu bom senso talvez tivesse impedido Mack de criar problemas.

Esperava que o bebê de Annie fosse um menino. Assim, pelo menos ainda haveria um Mack no mundo. Talvez Mack Lee tivesse mais sorte e uma vida mais longa do que Mack McAsh.

Já se sentia no fundo do poço quando um carcereiro abriu a porta e Cora entrou na cela.

Seu rosto estava sujo e o vestido vermelho, rasgado, mas ela ainda era estonteante e todos se viraram para olhá-la.

Mack se levantou em um salto e foi abraçá-la, o que arrancou vivas dos demais prisioneiros.

– O que aconteceu com você? – perguntou ele.

– Fui detida por roubar carteiras, mas foi tudo por culpa sua.

– Como assim?

– Foi uma armadilha. Ele parecia um ricaço bêbado qualquer, mas era Jay Jamisson. Eles nos pegaram e fomos levadas até o pai dele. Bater carteiras é um crime passível de enforcamento. Mas eles ofereceram perdão a Peg... desde que ela lhes contasse onde você vivia.

Por alguns instantes, Mack ficou furioso com Peg pela traição. Mas ela era apenas uma criança, não podia culpá-la.

– Então foi assim que eles descobriram.

– E o que houve com você?

Mack lhe contou a história do protesto.

– Por Deus, McAsh, conhecer você é garantia de azar.

Era verdade, pensou ele. Todos os seus conhecidos se envolviam em algum tipo de encrenca.

– Charlie Smith morreu – informou ele.

– Você precisa falar com Peg. Ela acha que você a odeia.

– Eu *me* odeio, por tê-la envolvido nisto.

Cora deu de ombros.

– Não foi você quem a mandou ser ladra. Venha.

Cora bateu à porta e um carcereiro a abriu. Ela lhe deu uma moeda e apontou um polegar para Mack.

– Ele está comigo.

O carcereiro assentiu e os deixou sair.

Ela o conduziu ao longo de um corredor até outra porta e eles entraram em uma cela muito parecida com a anterior. Peg estava sentada no chão em um canto. Quando viu Mack, se levantou, parecendo assustada.

– Me desculpe. Eles me obrigaram a fazer isso, me desculpe!

– Não foi culpa sua – replicou ele.

Os olhos dela se encheram de lágrimas.

– Eu decepcionei você – sussurrou ela.

– Não seja boba.

Ele a apanhou nos braços e seu corpo pequenino começou a sacudir ao ritmo de seus soluços.

~

Caspar Gordonson chegou com um banquete: sopa de peixe em uma grande terrina, uma posta de carne assada, pão fresco, várias canecas de cerveja e um pudim de ovos. Pagou aos carcereiros por uma cela individual com mesa e cadeiras e Mack, Cora e Peg foram trazidos. Todos se sentaram para comer.

Mack estava faminto, mas ao mesmo tempo não conseguia comer. Estava preocupado demais. Queria saber a opinião de Gordonson sobre as suas chances no tribunal. Forçou-se a ter paciência e bebeu um pouco de cerveja.

Ao término da refeição, o criado de Gordonson retirou os pratos e trouxe cachimbos e tabaco. O advogado pegou um dos cachimbos, assim como Peg, que já era viciada.

Gordonson começou falando sobre o caso de Peg e Cora:

– Já conversei com o advogado da família Jamisson sobre a acusação de furto. Sir George pedirá que Peg seja perdoada.

– Isso é surpreendente: não é do feitio dos Jamissons manter suas promessas – comentou Mack.

– Ah, bem, eles querem algo em troca – prosseguiu Gordonson. – A questão é a seguinte: será constrangedor para eles se Jay afirmar durante o julgamento que abordou Cora por achar que ela era uma prostituta. Então, querem fingir que ela simplesmente o parou no meio da rua e o entreteve em uma conversa enquanto Peg o roubava.

– E nós devemos confirmar esse conto de fadas para proteger a reputação de Jay – completou Peg com desdém.

– Se quiser que Sir George faça um apelo pela sua vida, sim.

– Não temos escolha – interveio Cora. – É claro que faremos isso.

– Ótimo. – Gordonson se voltou para Mack. – Quem me dera o seu caso fosse tão fácil...

– Mas eu não participei de protesto nenhum!

– Tampouco foi embora depois da leitura da Lei Antiprotesto.

– Pelo amor de Deus, eu tentei fazer todos irem embora, mas os capangas de Lennox me atacaram.

– Vamos analisar o que aconteceu passo a passo.

Mack respirou fundo e conteve a irritação.

– Está bem.

– O promotor dirá simplesmente que a Lei Antiprotesto foi lida e que você não foi embora, então é culpado e deve ser levado à forca.

– Sim, mas todo mundo sabe que não é tão simples assim!

– Pronto, aí está a sua defesa. Basta você dizer que o promotor contou apenas metade da história. Pode chamar alguma testemunha capaz de confirmar que você pediu a todos que se dispersassem?

– Com toda a certeza. Dermot Riley pode conseguir quantos forem necessários para testemunhar. Mas deveríamos perguntar aos Jamissons por que o carvão estava sendo entregue justo àquele depósito e àquela hora da noite!

– Bem...

Mack esmurrou a mesa, perdendo a paciência.

– Todo o protesto foi uma armação, precisamos dizer isso.

– Isso vai ser difícil de provar.

Mack ficou furioso com a atitude evasiva de Gordonson.

– O protesto foi resultado de uma conspiração; não é possível que você vá deixar isso de fora. Se os fatos não forem trazidos à tona no tribunal, então onde serão?

– O senhor irá ao julgamento, Sr. Gordonson? – perguntou Peg.

– Sim, mas talvez o juiz não me permita falar.

– Ora essa, e por que não? – questionou Mack, indignado.

– A teoria é que, se você é inocente, não precisa de auxílio legal para prová-lo. Mas às vezes os juízes abrem exceções.

– Espero que peguemos um juiz compreensivo – disse Mack, ansioso.

– O juiz deve ajudar o acusado. É dever dele garantir que os argumentos da defesa fiquem claros para o júri. Mas não confie nisso. Deposite sua fé na verdade pura e simples. É a única coisa que pode salvá-lo do cadafalso.

CAPÍTULO VINTE E QUATRO

N O DIA DO julgamento, os prisioneiros foram acordados às cinco da manhã.

Dermot Riley chegou poucos minutos depois com um terno para emprestar. Mack ficou tocado ao ver que era a roupa que o amigo havia usado no casamento. Ele também trouxe uma navalha e um pedaço de sabão. Após meia hora, Mack estava com uma aparência respeitável e pronto para se apresentar diante do juiz.

Ao lado de Cora, Peg e outros quinze ou vinte detentos, ele teve as mãos atadas e foi escoltado para fora da prisão, cruzando a Newgate Street, descendo uma rua secundária chamada Old Bailey e por fim subindo um beco até o tribunal onde seriam julgados.

Gordonson o encontrou e explicou-lhe quem era quem. O pátio em frente ao edifício já estava cheio de pessoas: procuradores, testemunhas, jurados, advogados, amigos e parentes, curiosos e, provavelmente, prostitutas e ladrões tentando tirar vantagem da situação. Os prisioneiros foram conduzidos pelo pátio e atravessaram um portão, seguindo até o banco dos réus. Já havia vários outros acusados ali, supostamente vindos de outras penitenciárias, como a Fleet Prison e a Bridewell and Ludgate Prison. Mack podia enxergar todo o imponente tribunal. Degraus de pedra levavam ao primeiro piso, que era aberto de um lado, com exceção de uma fileira de colunas. Em seu interior, sobre uma plataforma elevada, ficava a bancada dos juízes. De ambos os lados, havia espaços delimitados por parapeitos para os jurados, assim como camarotes para oficiais de justiça e espectadores privilegiados.

Aos olhos de Mack, parecia um teatro – mas, daquela vez, ele era o vilão da peça.

Ele ficou observando, com uma fascinação sombria, o tribunal dar início ao seu longo dia de julgamentos. A primeira ré era uma mulher acusada de roubar 13 metros de droguete – um tecido grosseiro feito de uma mistura de algodão e lã – de uma loja. O lojista era o querelante e avaliava o tecido em 15 xelins. A testemunha, um empregado, afirmou sob juramento que a mulher apanhara a peça de tecido e fora em direção à porta, então, ao notar que a observavam, teria largado o material e saído correndo. A mulher afirmou que estava apenas olhando o tecido e que nunca tivera intenção de roubá-lo.

Os jurados puseram-se a discutir entre si. Eles vinham da classe social conhecida como "camada média da sociedade": eram os pequenos comerciantes, os artesãos e lojistas bem-sucedidos. Odiavam desordeiros e ladrões, mas não confiavam no governo e defendiam de forma ciumenta a liberdade – a deles próprios, pelo menos.

Eles a consideraram culpada, mas estimaram o tecido em 4 xelins, muito abaixo do seu valor real. Gordonson explicou a Mack que ela poderia ir à forca por roubar mercadorias acima de 5 xelins. O júri dera aquele veredito para evitar que o juiz sentenciasse a mulher à morte.

Entretanto, ela não foi sentenciada imediatamente: todos os resultados seriam lidos em conjunto ao final do dia.

Todo o processo não levou mais de quinze minutos. Os casos seguintes foram despachados com a mesma rapidez, poucos durando mais de meia hora. Cora e Peg foram julgadas lado a lado no meio da tarde. Mack sabia que o julgamento havia sido combinado com antecedência, era óbvio, mas aquilo não o impediu de cruzar os dedos e torcer para que tudo corresse conforme o planejado.

Jay Jamisson afirmou que Cora o entretera em uma conversa na rua enquanto Peg furtava seus pertences. Ele chamou Sidney Lennox como a testemunha que o alertara. Cora e Peg não contestaram aquela versão.

A recompensa veio com a aparição de Sir George: ele afirmou que ambas tinham ajudado na captura de outro criminoso e pediu ao juiz para condená-las à pena de deportação em vez de enforcamento.

O juiz assentiu, compreensivo, mas a sentença seria pronunciada apenas ao final do dia.

O caso de Mack foi anunciado poucos minutos depois.

~

Tudo em que Lizzie conseguia pensar era no julgamento.

Ela havia almoçado às três da tarde e, como Jay passaria o dia inteiro no tribunal, a mãe veio comer com ela para lhe fazer companhia.

– Você está um tanto gorducha, minha querida – comentou lady Hallim. – Tem comido demais?

– Pelo contrário. Às vezes a comida me embrulha o estômago. Deve ser toda esta ansiedade por conta da viagem à Virgínia, imagino. E agora esse julgamento horroroso.

– Não deve se preocupar com isso – apressou-se a falar a mãe. – Dezenas de pessoas vão à forca todos os anos por crimes muito menos graves. Ele não pode se safar só porque você o conheceu na infância.

– Como a senhora sabe que ele cometeu mesmo um crime?

– Se não tiver cometido, será absolvido. Estou certa de que ele está sendo tratado da mesma forma que qualquer tolo que se envolve em um protesto.

– Mas ele não estava envolvido – protestou Lizzie. – Jay e Sir George provocaram deliberadamente um protesto para prender Mack e dar fim à greve dos carregadores de carvão. O próprio Jay me contou.

– Então estou certa de que tiveram bons motivos para tanto.

Os olhos de Lizzie se encheram de lágrimas.

– Mas, mamãe, a senhora não acha isso *errado*?

– Tenho certeza de que isso não é da minha ou da sua conta, Lizzie – retrucou ela com firmeza.

Visando ocultar da mãe a aflição que sentia, Lizzie comeu um pouco de sobremesa – purê de maçã com açúcar –, mas o doce lhe causou enjoo e ela largou a colher.

– Caspar Gordonson disse que eu poderia salvar a vida de Mack se falasse em sua defesa no tribunal.

– Deus me livre e guarde! – exclamou a mãe, chocada. – Ir contra o próprio marido em um julgamento público! Nem fale uma coisa dessas!

– Mas é a vida de um homem que está em jogo! Pense na pobre irmã dele, em como irá sofrer quando descobrir que ele foi enforcado.

– Minha querida, eles são mineiros, não são como nós. Não dão tanto valor à vida, portanto não sofrem como sofremos. A irmã dele vai simplesmente se embebedar de gim e voltar a descer a mina.

– A senhora não acredita nisso de verdade, mamãe, eu sei que não.

– Talvez eu esteja exagerando. Mas tenho certeza de que não adianta se preocupar com esse tipo de coisa.

– Não consigo evitar. Ele é um jovem corajoso que só queria ser livre e não suporto a ideia de que termine com uma corda no pescoço.

– Você pode rezar por ele.

– É tudo o que faço – disse Lizzie. – É tudo o que faço.

– Ele trabalha com frequência para o governo – sussurrou Gordonson para Mack, referindo-se ao promotor, Augustus Pym. – Deve estar sendo pago por eles para levar este caso a juízo.

Então o governo queria ver Mack enforcado. Aquilo era desanimador.

Gordonson se aproximou da bancada e dirigiu-se ao juiz.

– Sua excelência, como a acusação será feita por um advogado profissional, o senhor permite que eu fale em defesa do Sr. McAsh?

– De forma alguma. Se McAsh não é capaz de convencer o júri sem ajuda externa, como espera ter alguma chance?

A garganta de Mack estava seca e ele conseguia ouvir as batidas do próprio coração. Teria que lutar por sua vida sozinho. Bem, ele lutaria até o último minuto.

– No dia em questão – começou Pym –, uma entrega de carvão estava sendo feita ao depósito do Sr. John Cooper, conhecido como Black Jack, na Wapping High Street.

– Não era dia, era noite – interveio Mack.

– Não faça observações tolas – falou o juiz.

– Não há nada de tolo em minha observação – retrucou Mack. – Quem já ouviu falar em uma entrega de carvão às onze da noite?

– Cale-se. Prossiga, Sr. Pym.

– Os entregadores foram atacados por um grupo de carregadores de carvão em greve e os magistrados de Wapping foram alertados do fato.

– Por quem? – perguntou Mack.

– Pelo dono da taberna Frying Pan, o Sr. Harold Nipper.

– Um empreiteiro.

– E um respeitável comerciante, creio eu – disse o juiz.

– O Sr. Roland MacPherson, juiz de paz – prosseguiu Pym –, chegou ao local e declarou a ocorrência de um protesto. Os carregadores de carvão se recusaram a se dispersar.

– Nós fomos atacados! – protestou Mack.

Eles o ignoraram.

– O Sr. MacPherson convocou as tropas, conforme era seu direito e dever. Um destacamento do Terceiro Regimento de Infantaria da Guarda chegou sob o comando do capitão Jamisson. O prisioneiro foi um dos detidos. A primeira testemunha da Coroa é John Cooper.

Black Jack testemunhou que desceu o rio até Rochester para comprar o carvão que havia sido descarregado ali. Então, providenciou que o carvão fosse levado a Londres em carroças.

– Quem era o dono do navio? – perguntou Mack.

– Não sei. Lidei diretamente com o capitão.

– De onde ele vinha?

– De Edimburgo.

– Poderia pertencer a Sir George Jamisson?

– Não sei dizer.

– Quem lhe sugeriu que poderia comprar carvão em Rochester?

– Sidney Lennox.

– Um amigo dos Jamissons.

– Não sei de nada disso.

A testemunha seguinte da acusação foi Roland MacPherson, que afirmou sob juramento ter lido a Lei Antiprotesto às 23h15 e que a multidão se recusou a se dispersar.

– O senhor chegou ao local muito rápido – comentou Mack.

– Sim.

– Quem foi chamá-lo?

– Harold Nipper.

– O dono da taberna Frying Pan.

– Exato.

– Ele precisou ir muito longe?

– Não entendo o que quer dizer.

– Onde o senhor estava quando ele foi chamá-lo?

– No salão dos fundos da taberna dele.

– Que conveniente! Foi tudo planejado?

– Eu sabia que iria haver uma entrega de carvão e temia que houvesse problemas.

– Quem alertou o senhor?

– Sidney Lennox.

– Rá! – exclamou um dos jurados.

Mack o encarou. Era um homem relativamente jovem, com uma expressão de ceticismo estampada no rosto, e Mack o marcou como um aliado em potencial no júri.

Por fim, Pym convocou Jay Jamisson, que falou com desenvoltura, e o juiz parecia ligeiramente entediado, como se fosse um amigo seu que falasse sobre algo desimportante. A vontade de Mack era gritar "Não fique olhando como se não fosse nada, é minha vida que está em jogo!".

Jay afirmou que na ocasião estava comandando um destacamento da Guarda na Torre de Londres.

O jurado com cara de cético perguntou:

– O que estava fazendo lá?

Pela expressão no rosto de Jay, a pergunta o pegou de surpresa. Ele ficou calado.

– Responda à pergunta – pediu o jurado.

Jay olhou para o juiz, que parecia irritado com o jurado, e disse com clara relutância:

– O senhor deve responder às perguntas do júri, capitão.

– Estávamos ali de prontidão – explicou Jay.

– Por quê? – quis saber o jurado.

– Caso nossa assistência se fizesse necessária para manter a paz na zona leste da cidade.

– É lá que o regimento do senhor costuma ficar acampado? – perguntou o jurado.

– Não.

– Onde fica o acampamento, então?

– Atualmente, no Hyde Park.

– Do outro lado de Londres.

– Sim.

– Quantas noites o regimento do senhor foi especialmente deslocado para a Torre?

– Apenas uma.

– Por que o regimento do senhor estava lá justo naquela noite?

– Suponho que meus oficiais de comando temessem alguma confusão.

– Sidney Lennox os avisou disso, imagino – falou o jurado, provocando algumas risadas.

Pym continuou a interrogar Jay, que afirmou que, quando seus homens chegaram ao depósito de carvão, a manifestação estava no auge, o que era verdade. Jay contou como Mack o havia atacado, o que também era verdade, e como o réu fora nocauteado por outro soldado.

– O que o senhor acha de carregadores de carvão que fazem protestos?

– Eles estão infringindo a lei e devem ser punidos.

– Acredita que a maioria das pessoas concorda com o senhor, de modo geral?

– Sim, acredito.

– Acredita que o protesto irá voltar o povo contra os carregadores?

– Tenho certeza disso.

– Então o protesto permite que as autoridades tomem medidas drásticas para dar fim à greve?

– É o que espero.

Ao lado de Mack, Caspar Gordonson murmurava:

– Brilhante, brilhante, ele caiu na sua armadilha.

– E, quando a greve acabar, os navios carvoeiros da família Jamisson serão descarregados e o senhor poderá voltar a vender seu carvão.

Jay começou a perceber a manipulação de Mack, mas era tarde demais.

– Correto.

– E o fim da greve vale muito dinheiro para o senhor.

– Sim.

– Quer dizer, então, que o senhor sairá lucrando com o protesto dos carregadores.

– Ele pode impedir que minha família continue perdendo dinheiro.

– É por isso que o senhor cooperou com Sidney Lennox para provocar o protesto? – perguntou Mack, dando as costas para Jay.

– Não fiz nada disso! – exclamou Jay.

– Você deveria ser advogado, Mack – comentou Gordonson. – Onde aprendeu a argumentar dessa maneira?

– No salão da Sra. Wheighel.

Gordonson estava pasmo.

Pym não tinha mais testemunhas. O jurado cético indagou:

– Não ouviremos o depoimento desse tal Lennox?

– A Coroa não tem mais testemunhas – repetiu Pym.

– Bem, creio que deveríamos ouvir o que ele tem a dizer. Parece ser quem está por trás disso tudo.

– O júri não pode convocar testemunhas – interveio o juiz.

Mack, no entanto, chamou sua primeira, um carregador de carvão irlandês conhecido como Michael Ruivo, devido à cor de seus cabelos. O homem relatou que Mack estava prestes a convencer os carregadores a irem para casa quando foi atacado.

– E qual é a sua profissão, meu jovem? – perguntou o juiz ao término do depoimento.

– Carregador de carvão, sua excelência.

– O júri levará isso em consideração ao decidir se deve ou não acreditar em você.

Mack ficou abalado: o juiz estava fazendo tudo ao seu alcance para voltar os jurados contra ele. As duas testemunhas seguintes também eram carregadores, porque haviam estado no meio da confusão e visto exatamente o que se passara.

Suas testemunhas tinham sido aniquiladas. Agora, Mack só podia contar consigo mesmo, com seu caráter e eloquência.

– Carregar carvão é um trabalho duro, cruel – começou a falar. – Apenas jovens fortes conseguem fazê-lo. Mas é bem pago; na minha primeira semana, eu ganhei 6 libras. Eu *ganhei* esse dinheiro, mas não o recebi, já que a maior parte dele me foi roubada por um empreiteiro.

– Isso é irrelevante para o caso em questão – interrompeu o juiz. – A acusação se refere ao protesto.

– Não participei de protesto nenhum – rebateu Mack. Ele respirou fundo e organizou os pensamentos. – Simplesmente me recusei a deixar que os empreiteiros roubassem meu salário. Esse é o meu crime. Empreiteiros ficam ricos roubando o dinheiro dos carregadores. Mas, quando os carregadores decidiram ser seus próprios empreiteiros, o que aconteceu? Eles foram boicotados pelos donos dos navios. E quem são os donos dos navios, meus senhores? A família Jamisson, que se encontra tão intrinsecamente envolvida com este julgamento.

– O senhor pode provar que não participou de nenhum protesto? – perguntou o juiz, irritado.

– O conflito foi instigado por terceiros – atalhou o jurado cético.

Mack não se deixou abalar pela interrupção e apenas deu prosseguimento ao que pretendia dizer:

– Senhores do júri, façam algumas perguntas a si mesmos. – Ele se virou para olhar bem nos olhos de Jay. – Quem ordenou que carroças de carvão fossem trazidas à Wapping High Street a uma hora em que as tabernas estão cheias de carregadores? Quem as enviou justo ao depósito de carvão onde eu moro? Quem pagou aos homens que conduziam as carroças? – O juiz tentou interrompê-lo, mas Mack ergueu a voz e seguiu em frente: – Quem lhes deu mosquetes e munição? Quem garantiu que as tropas estivessem de prontidão na vizinhança? Quem orquestrou todo o protesto? – Virou-se rapidamente e fitou o júri. – Os senhores sabem a resposta, não sabem? – Ele os encarou firme por mais um instante, então desviou o olhar.

Estava trêmulo. Tinha dado o seu melhor e agora sua vida se encontrava nas mãos de outras pessoas.

Gordonson se levantou.

– Estamos aguardando uma testemunha de caráter que falará em defesa de McAsh, o reverendo York, pastor da igreja da aldeia de nascença do réu. Mas ele ainda não chegou.

Mack não ficou muito decepcionado com a ausência de York. Assim como Gordonson, não esperava que o testemunho do pastor fosse surtir efeito.

– Se ele chegar, poderá se pronunciar antes da sentença. – Gordonson ergueu as sobrancelhas e o juiz acrescentou: – Isto é, a não ser que o júri considere o réu inocente, pois, nesse caso, como é desnecessário dizer, não será preciso mais testemunhos. Senhores, reflitam sobre o seu veredito.

Mack observou com apreensão os jurados confabularem. Desanimado, achou que eles não se compadeceriam dele. Talvez tivesse exagerado no tom.

– O que você acha? – perguntou a Gordonson.

O advogado balançou a cabeça.

– Eles terão dificuldade em crer que a família Jamisson tenha se envolvido em uma conspiração escusa com Sidney Lennox. Talvez tivesse sido melhor apresentar os carregadores de carvão como bem-intencionados, porém equivocados.

– Eu disse a verdade. Não pude evitar.

Gordonson abriu um sorriso triste.

– Se você não fosse assim, não estaria tão encrencado.

Os jurados continuavam a debater a questão.

– O que eles tanto falam? – indagou Mack. – Quem me dera poder ouvir.

Ele conseguia ver o jurado cético defendendo ferozmente um argumento, balançando o dedo de um lado para outro. Estariam os outros ouvindo com atenção ou unidos contra ele?

– Sinta-se grato – falou Gordonson. – Quanto mais eles conversarem entre si, melhor para você.

– Por quê?

– Se estão discutindo, devem estar em dúvida. E, se houver dúvida, eles são obrigados a declará-lo inocente.

Mack assistia à cena, temeroso. O jurado cético deu de ombros e virou-se de lado; Mack temeu que ele houvesse perdido a discussão. O representante dos jurados disse algo para o homem, que assentiu, e depois se aproximou da bancada.

– Já chegaram a um veredito? – perguntou o juiz.

– Chegamos, sua excelência.

Mack prendeu a respiração.

– E como declaram o réu?

– Nós o declaramos culpado da acusação.

~

– Seus sentimentos por esse mineiro são um tanto estranhos, minha querida – comentou lady Hallim. – Um marido poderia achá-los questionáveis.

– Ora, mamãe, não seja tão ridícula.

Ouviu-se uma batida à porta da sala de jantar e um criado entrou.

– O reverendo York, madame – anunciou ele.

– Que surpresa agradável! – exclamou a mãe, que sempre havia gostado do pastor. Com a voz baixa, ela acrescentou: – Já lhe contei que a esposa dele morreu, Lizzie, deixando-o com três filhos para criar?

– Mas o que ele está fazendo aqui? – indagou Lizzie, ansiosa. – Ele deveria estar no tribunal de Old Bailey. Mande-o entrar, rápido.

O pastor entrou, parecendo ter se vestido às pressas. Antes que Lizzie pudesse lhe perguntar por que ele não estava no julgamento, o Sr. York disse algo que afastou Mack de sua mente por alguns instantes:

– Lady Hallim, Sra. Jamisson, cheguei a Londres poucas horas atrás e vim lhes prestar uma visita o mais cedo que pude para oferecer às duas minhas condolências. Que tragédia pavorosa...

A mãe de Lizzie soltou um "Não!", então cerrou os lábios com força.

– ... que tragédia pavorosa para as senhoras – completou ele.

Lizzie lançou um olhar intrigado para a mãe.

– Do que está falando, Sr. York?

– Do desastre na mina, é claro.

– Não estava sabendo, embora veja que minha mãe, sim...

– Oh, meu Deus, sinto muito por tê-la chocado dessa forma. Houve um desabamento na mina das senhoras e vinte pessoas morreram.

Lizzie arquejou.

– Que horror.

Ela imaginou vinte novas sepulturas no pequeno cemitério da igreja, ao

233

lado da ponte. Haveria muito sofrimento: todos na região estariam de luto por alguém. Mas algo mais a preocupava:

– Por que o senhor falou a mina *das senhoras*?

– Porque é a mina do High Glen.

Lizzie ficou petrificada.

– *Não há minas de carvão no High Glen.*

– Só a recém-escavada, é claro, que foi aberta quando a senhora se casou com o Sr. Jamisson.

Lizzie sentiu o sangue gelar de raiva e se virou para encarar a mãe.

– A senhora sabia disso, não sabia?

Lady Hallim teve a decência de parecer constrangida.

– Minha querida, era a única alternativa. É por isso que Sir George lhes deu a propriedade na Virgínia...

– A senhora me traiu! Fui enganada por todos. Até pelo meu marido. Como pôde? Como pôde mentir para mim?

A mãe começou a chorar.

– Achamos que nunca descobriria, você está indo para a América...

– Vocês acharam que eu nunca descobriria? Mal consigo acreditar nos meus próprios ouvidos!

– Não tome nenhuma atitude drástica, eu imploro.

Lizzie foi invadida por um pensamento terrível e se voltou para o pastor.

– A irmã gêmea de Mack...

– Sinto informar que Esther McAsh está entre os mortos.

– Oh, não.

Mack e Esther eram os primeiros gêmeos que Lizzie havia visto na vida e se lembrava de ter ficado fascinada com eles. Quando crianças, era difícil distingui-los, a não ser que você os conhecesse. Mais tarde, Esther pareceria uma versão feminina de Mack, com os mesmos olhos verdes arrebatadores e o corpo musculoso e atarracado de mineiro. Lizzie lembrou-se da última vez em que os encontrara, poucos meses atrás, parados lado a lado em frente à igreja. Esther tinha mandado Mack fechar a matraca, o que arrancara risadas de Lizzie. Agora, Esther estava morta e Mack, prestes a ser condenado à forca...

Lembrando-se dele, Lizzie exclamou:

– O julgamento é hoje!

– Ah, meu Deus, não sabia que seria tão cedo! – falou York. – Cheguei tarde demais?

– Talvez não, se o senhor sair agora mesmo.

– É o que farei. Fica muito longe daqui?

– Quinze minutos a pé, cinco se pegarmos uma liteira. Eu irei com o senhor.

– Não, por favor... – tentou impedir lady Hallim.

– Não tente me deter, mamãe – retrucou Lizzie rispidamente. – Irei fazer um apelo pela vida de Mack. Nós matamos a irmã, talvez possamos salvar o irmão.

– Eu vou com vocês.

~

O tribunal estava abarrotado de pessoas. Lizzie sentia-se confusa e perdida, e York e a mãe não ajudavam em nada. Ela abriu caminho pela multidão, procurando por Gordonson ou Mack. Chegou a um muro baixo que cercava um pátio interno e finalmente viu os dois através da balaustrada. Ela os chamou e Gordonson atravessou um portão.

Ao mesmo tempo, Sir George e Jay apareceram.

– Lizzie, o que está fazendo aqui? – questionou Jay em tom de censura.

Ela o ignorou e dirigiu-se a Gordonson:

– Este é o reverendo York, da nossa aldeia na Escócia. Ele veio fazer um apelo pela vida de Mack.

– Se o senhor tiver um pingo de bom senso – falou Sir George, apontando um dedo para York –, dará meia-volta agora mesmo e retornará para a Escócia.

– E eu também farei um apelo pela vida dele – completou Lizzie.

– Obrigado – agradeceu Gordonson com fervor. – É a melhor coisa que a senhorita poderia fazer.

– Eu tentei impedi-la, Sir George – alegou lady Hallim.

Jay ficou vermelho de raiva e agarrou Lizzie pelo braço com força.

– Como ousa me humilhar dessa forma? Eu a proíbo de dizer mais uma palavra que seja!

– O senhor está intimidando uma testemunha? – indagou Gordonson.

Jay pareceu amedrontado e a soltou. Um advogado com uma pilha de papéis nos braços passou por entre eles.

– Precisamos mesmo ter esta discussão aqui, diante de todo mundo? – indagou Jay.

– Sim – falou Gordonson. – Não podemos deixar o tribunal.

– O que diabo você pretende com isto, garota? – questionou Sir George. Seu tom arrogante enfureceu Lizzie.

– O senhor sabe muito bem qual é a minha intenção, mas que droga.

Os homens ficaram chocados ao ouvi-la falar daquele jeito e duas ou três pessoas ao redor se viraram para encará-la. Ela ignorou a reação e acrescentou:

– Todos vocês planejaram este protesto para incriminar McAsh. Não ficarei assistindo de braços cruzados ao enforcamento dele.

Sir George se ruborizou de raiva.

– Lembre-se de que é minha nora e...

– Cale a boca, George – interrompeu ela. – Não irei tolerar intimidações. Ele ficou pasmo: ninguém nunca o havia mandado se calar, disso Lizzie tinha certeza.

– Você não pode ir contra o seu próprio marido – interveio Jay. – É deslealdade!

– Deslealdade? – repetiu ela com desprezo. – Quem é você para me falar sobre lealdade? Você jurou para mim que não extrairia carvão das minhas terras e fez exatamente o contrário. Você me traiu no dia do nosso casamento!

Todos ficaram em silêncio e, por um instante, Lizzie pôde ouvir uma testemunha dando seu depoimento em voz alta do outro lado da parede.

– Quer dizer que você já sabe sobre o acidente – falou Jay.

– E vou logo dizendo que Jay e eu levaremos vidas separadas daqui por diante. Seremos casados apenas no papel. Eu voltarei para minha casa na Escócia e nenhum membro da família Jamisson será bem-vindo nela. Quanto ao meu apelo por McAsh, não os ajudarei a enforcarem meu amigo e vocês dois, eu disse os dois, podem ir para o inferno.

Sir George estava estupefato demais para reagir; havia anos ninguém falava com ele daquela forma. Vermelho como um pimentão, com os olhos arregalados, gaguejou, mas não conseguiu pronunciar uma palavra.

Caspar Gordonson dirigiu-se a Jay:

– O senhor me permite que eu lhe dê uma sugestão?

Jay o fitou com um olhar hostil, mas respondeu com rispidez:

– Fale, fale de uma vez.

– A Sra. Jamisson talvez possa ser convencida a não testemunhar, sob uma condição.

– Qual?

– O senhor deve fazer um apelo pela vida de Mack.

– De forma alguma.

– O resultado seria o mesmo. Mas pouparia a família do constrangimento de ter uma esposa colocando-se contra o marido em um julgamento público. – De repente, ele assumiu uma expressão astuta. – O senhor parecerá magnânimo. Poderia dizer que Mack trabalhava nas minas dos Jamissons, portanto a família está disposta a agir com misericórdia.

O coração de Lizzie saltou de esperança. Um pedido de clemência por parte de Jay, o oficial que havia sufocado o protesto, seria muito mais eficaz.

Ela via a hesitação perpassar o rosto de Jay enquanto ele pesava as consequências. Então, a contragosto, seu marido aceitou:

– Parece-me que não tenho escolha senão aceitar.

Antes que Lizzie pudesse se sentir eufórica, Sir George interveio:

– Com uma condição, da qual tenho certeza de que Jay não irá abrir mão.

Lizzie teve um mau pressentimento.

– Você deve esquecer toda essa tolice de levarem vidas separadas – continuou o sogro, encarando-a. – Deverá ser uma esposa fiel a Jay, em todos os sentidos.

– Não! Jay me traiu, como posso confiar nele? Não aceitarei isso.

– Então Jay não pedirá clemência para McAsh.

Gordonson voltou a falar:

– Devo lhe dizer, Lizzie, que o apelo de Jay será muito mais eficaz do que o seu, pois ele é o querelante.

Lizzie sentia-se perplexa. Não era justo: ela estava sendo forçada a escolher entre a própria vida e a de Mack. Como poderia tomar uma decisão daquelas? Doía ser puxada em duas direções ao mesmo tempo.

Todos a encaravam: Jay, Sir George, Gordonson, a mãe e York. Ela sabia que deveria ceder, mas algo dentro dela a impedia.

– Não – falou enfim, desafiadora. – Não trocarei minha vida pela de Mack.

– Pense bem – pediu Gordonson.

Então, foi a vez de a mãe intervir:

– Você precisa fazer isso, filha.

Lizzie a encarou. Era claro que a mãe a instigaria a fazer o mais convencional. Mas ela estava à beira das lágrimas.

– O quê?

Lady Hallim começou a chorar.

– Você deve ser uma esposa fiel a Jay.

– Por quê?

– Porque vai ter um bebê.

– O quê? Do que a senhora está falando?

– Você está grávida.

– Como a senhora pode saber disso?

Lady Hallim respondeu entre soluços:

– Seu busto está maior e você fica enjoada quando vê comida. Está casada há dois meses; não é nenhuma surpresa.

– Ah, meu Deus.

Lizzie estava chocada. Tudo tinha virado de pernas para o ar. Um bebê! Como podia ser? Refletiu e percebeu que não ficava menstruada desde o dia do casamento. Ela era uma prisioneira do próprio corpo. Jay era o pai da criança. E sua mãe tinha percebido que aquela era a única coisa que poderia fazê-la mudar de ideia.

Ela fitou o marido. Em seu rosto, viu uma mistura de raiva e súplica.

– Por que você mentiu para mim?

– Eu não queria, mas não tive escolha.

Ela foi invadida pela amargura. Seu amor por Jay jamais seria o mesmo, disso Lizzie não tinha dúvidas. Mas ele ainda era seu marido.

– Está bem. Eu aceito.

– Então chegamos todos a um acordo – falou Caspar Gordonson.

Para Lizzie, mais parecia uma sentença de prisão perpétua.

~

– Atenção! Atenção! Atenção! – gritou o pregoeiro do tribunal. – Os Excelentíssimos Senhores Juízes do Rei ordenam que todos os presentes mantenham silêncio enquanto a sentença de morte é dada aos prisioneiros no banco dos réus, sob pena de prisão.

O juiz vestiu sua capa negra e levantou-se.

Mack tremia de ódio. Dezenove casos tinham sido julgados no mesmo dia e doze tinham resultado em uma acusação de culpa. Foi invadido por uma onda de pavor. Lizzie havia forçado Jay a pedir clemência para ele, o que significava que sua sentença de morte deveria seria comutada, mas e se o juiz resolvesse desconsiderar o apelo de Jay ou simplesmente cometesse um erro?

Lizzie estava nos fundos do tribunal. Mack cruzou olhares com ela, que parecia pálida e abalada. Não tiveram chance de conversar. Ela tentou lhe dar um sorriso encorajador, mas acabou por fazer uma careta de medo.

O juiz olhou para os doze detentos, parados em fila, e pronunciou-se após uma breve pausa:

– A lei é tal como vos digo: não voltareis mais ao local de onde viestes, e daqui ireis ao vosso Local de Execução, onde sereis enforcados, até vossos corpos estarem mortos! Mortos! Mortos! E que Deus tenha piedade de vossas almas.

Fez-se um silêncio terrível. Cora segurou o braço de Mack, enterrando as unhas em sua carne, tomada pelo mesmo terror abjeto que ele. Os demais prisioneiros nutriam pouquíssimas esperanças de perdão. Ao ouvirem as sentenças de morte, alguns gritaram impropérios, outros choraram e puseram-se a rezar em voz alta.

– Peg Knapp teve a pena comutada para deportação – declarou o juiz. – Cora Higgins teve a pena comutada para deportação. Malachi McAsh teve a pena comutada para deportação. Os restantes deverão ser levados à forca.

Mack envolveu Cora e Peg em seus braços e os três ficaram abraçados uns aos outros. Suas vidas tinham sido poupadas.

Gordonson se juntou ao abraço, então agarrou Mack e disse em um tom de voz grave:

– Preciso lhe dar uma péssima notícia.

Mack tornou a sentir medo: será que a comutação poderia ser de alguma forma revertida?

– Houve um desabamento em uma das minas dos Jamissons – prosseguiu Gordonson, e o coração de Mack parou de bater por um instante. – Vinte pessoas morreram.

– Esther...?

– Sinto muito, Mack. Sua irmã está entre os mortos.

– Mortos?

Era difícil assimilar a notícia. Vida e morte tinham sido distribuídas como cartas de um baralho naquele dia. Esther morta? Como ele podia não ter uma irmã gêmea? Ela sempre estivera do seu lado.

– Eu deveria tê-la deixado vir comigo – falou ele enquanto seus olhos se enchiam de lágrimas. – Por que fui deixá-la para trás?

Peg o fitou com os olhos arregalados. Cora segurou sua mão e disse:

– Uma vida salva e uma vida perdida.

Mack levou as mãos ao rosto e chorou.

CAPÍTULO VINTE E CINCO

O DIA DA PARTIDA não tardou a chegar.

Certa manhã, sem nenhum aviso, todos os prisioneiros que haviam sido sentenciados à deportação receberam ordens para juntar suas coisas e foram conduzidos em bando para o pátio.

Mack não tinha quase nada. Além das roupas do corpo, restava-lhe apenas seu exemplar de *Robinson Crusoé*, o colar de ferro partido que ele havia trazido de Heugh e a capa de pele que Lizzie lhe dera.

No pátio, um ferreiro os prendeu aos pares pelas pernas com grilhões pesados. As algemas fizeram Mack sentir-se humilhado. A sensação do ferro frio contra o tornozelo deixava-o profundamente abatido. Ele lutara por sua liberdade, perdera a batalha e estava mais uma vez acorrentado como um animal. Esperava que o navio afundasse para ele poder se afogar.

Não era permitido que homens e mulheres fossem acorrentados juntos. Mack foi preso a um velho bêbado e imundo chamado Barney Louco. Cora lançou um olhar sedutor para o ferreiro e conseguiu ser acorrentada a Peg.

– Não me parece que Caspar saiba que vamos partir hoje – falou Mack, preocupado. – Talvez eles não precisem notificar ninguém.

Ele correu os olhos por toda a fila de condenados. Havia mais de cem deles ali, calculou; cerca de um quarto era composto de mulheres, com um punhado de crianças com no mínimo 9 anos. Um dos homens era Sidney Lennox.

A derrocada de Lennox fora motivo de muita alegria. Ninguém se atrevia a confiar nele depois da delação a Peg. Os ladrões que costumavam repassar seus artigos roubados na taberna Sun passaram a ir a outros lugares. E, embora a greve dos carregadores tivesse sido derrotada e a maioria dos homens estivesse de volta ao trabalho, ninguém aceitaria trabalhar para Lennox a qualquer preço. O taberneiro havia tentado coagir uma mulher chamada Gwen Seis Pence a roubar para ele, mas ela e mais duas amigas o denunciaram por receber bens furtados, o que lhe rendera uma condenação. Os Jamissons intercederam em seu favor, salvando-o da forca, mas não puderam impedir a deportação.

As grandes portas de madeira da prisão foram escancaradas. Um esquadrão de oito guardas estava a postos do lado de fora para escoltá-los. Um carcereiro empurrou com violência a dupla na frente da fila e aos poucos eles foram saindo para a movimentada rua da cidade.

– Não estamos longe da Fleet Street – disse Mack. – É possível que Caspar fique sabendo.

– Que diferença faz? – perguntou Cora.

– Ele pode subornar o capitão do navio para recebermos tratamento especial.

Mack tinha descoberto algumas coisas a respeito da travessia do Atlântico ao fazer perguntas aos prisioneiros, guardas e visitantes da Newgate. O único fato inquestionável era que muitos morriam na viagem. Quer os passageiros fossem escravos, condenados ou servos por contrato, as condições debaixo dos conveses eram letais de tão insalubres. Donos de navios eram motivados por dinheiro: amontoavam o máximo de passageiros possível nos porões de carga. Mas os capitães também eram mercenários e um prisioneiro com grana suficiente para pagar subornos poderia viajar em uma cabine.

Os londrinos pararam o que quer que estivessem fazendo para assistir aos condenados atravessarem por uma última e vergonhosa vez o coração da cidade. Alguns gritaram condolências, outros zombaram e fizeram piadas e uns poucos atiravam pedras e lixo. Mack pediu a uma mulher de aparência amigável que levasse uma mensagem a Gordonson, mas ela se recusou. Tentou mais duas vezes, porém obteve o mesmo resultado.

Os grilhões retardavam o avanço do grupo e eles levaram mais de uma hora para arrastarem os pés até o rio, que estava repleto de navios, barcaças, balsas e jangadas, pois as greves haviam acabado, esmagadas pelas tropas do Exército. Era uma manhã quente de primavera e a luz do sol refletia na superfície lamacenta do Tâmisa. Um barco os esperava para levá-los ao navio, ancorado no meio do leito. Mack leu o nome da embarcação: "*Rosebud*".

– É um navio dos Jamissons? – indagou Cora.

– Acho que a maioria dos navios de condenados é deles.

Enquanto saía da margem lamacenta, Mack se deu conta de que aquela seria a última vez que pisaria em solo britânico por muitos anos, talvez para sempre. Seus sentimentos eram conflitantes: medo e apreensão misturados a um certo entusiasmo imprudente diante da perspectiva de um novo país e uma nova vida.

Embarcar no navio foi duro, pois eles precisavam subir a escada aos pares, ainda com os grilhões presos aos tornozelos. Peg e Cora não tiveram dificuldade, por serem jovens e ágeis, mas Mack precisou carregar Barney. Uma dupla de homens caiu no rio. Nenhum guarda ou marinheiro tencionou ajudá-los e ambos teriam se afogado se os outros prisioneiros não tivessem se esticado para puxá-los de volta ao barco.

O navio tinha cerca de 13 metros de comprimento e 4,5 metros de largura.

– Já roubei salas de estar maiores do que isso, juro por Deus – comentou Peg.

No convés, havia galinhas em um viveiro, um pequeno chiqueiro e uma cabra amarrada. Do outro lado do navio, um cavalo branco magnífico estava sendo içado de um barco com a ajuda do lais de verga, que fazia as vezes de guindaste. Um gato raquítico rosnou para Mack. Seus sentidos captavam rolos de corda e velas colhidas, aroma de verniz e um movimento balançante debaixo dos pés. Eles atravessaram aos empurrões uma escotilha e desceram uma escada.

Pareciam haver três pavimentos inferiores. No primeiro, quatro marinheiros comiam a refeição do meio-dia, sentados no chão com as pernas cruzadas, cercados de sacas e baús que supostamente continham suprimentos para a viagem. No terceiro e mais fundo de todos, onde a escada terminava, dois homens empilhavam barris, prendendo cunhas entre eles a marteladas para que não se movessem durante a viagem. No nível do convés do meio, destinado aos condenados, um marinheiro puxou bruscamente Mack e Barney da escada e os jogou através de um portal.

Um cheiro de alcatrão e vinagre pairava no ar. Mack correu os olhos pela penumbra ao redor. O teto estava a cerca de 5 centímetros da sua cabeça e tinha duas grades que permitiam a entrada de um pouco de luz e ar, que vinham não de fora, mas do convés fechado acima, que por sua vez era iluminado por escotilhas abertas. Prateleiras de madeira se estendiam ao longo dos dois lados do porão, com 1,80 metro de largura cada, uma à altura da cintura e outra a poucos centímetros do chão.

Mack percebeu, horrorizado, que as prateleiras serviriam de cama para os condenados; eles passariam a viagem inteira naquelas tábuas de madeira nuas.

Todos arrastaram os pés ao longo da estreita passagem entre as prateleiras. Os primeiros catres já estavam ocupados por condenados deitados de costas, ainda acorrentados aos pares. Ninguém falava, em choque pelo que acontecia. Um marinheiro ordenou que Peg e Cora se deitassem ao lado de Mack e Barney, como facas em uma gaveta. Elas ocuparam suas posições e o homem as empurrou com brutalidade, grudando-as uma à outra. Peg conseguia se sentar com as costas eretas, mas os adultos, não, pois não havia altura suficiente. O melhor que Mack podia fazer era apoiar-se em um dos cotovelos.

No fim da série de prateleiras, Mack notou um grande jarro de cerâmica que media cerca de 60 centímetros de altura, em forma de cone com uma base chata e uma borda com uns 20 centímetros de diâmetro. Havia mais três espalhados pelo porão. Eram a única mobília visível e ele percebeu que eram penicos.

– Quanto tempo vai levar a viagem? – perguntou Peg.

– Sete semanas – respondeu ele. – Se tivermos sorte.

~

Lizzie observava seu baú ser carregado para dentro da cabine espaçosa na popa do *Rosebud*. Ela e Jay tinham os próprios aposentos, um quarto e uma sala de estar e havia mais espaço do que ela esperara. Todos falavam sobre os horrores das viagens transatlânticas, mas estava determinada a tirar o máximo de proveito possível da situação e tentar desfrutar daquela nova experiência.

Tirar o máximo de proveito possível das coisas era sua nova filosofia de vida. Ela não conseguia esquecer a traição de Jay – ainda cerrava os punhos e mordia os lábios sempre que pensava na falsa promessa que ele lhe fizera no dia do casamento –, mas sempre se esforçava para enterrá-la bem no fundo da sua mente.

Poucas semanas atrás, ela teria ficado empolgadíssima com aquela viagem. Ir à América era sua grande ambição, um dos motivos que a levara a se casar com Jay. Havia idealizado uma nova vida nas colônias, uma existência mais livre e despreocupada, ao ar livre, sem anáguas ou cartões de visita, onde uma mulher poderia ficar com terra debaixo das unhas e falar o que pensava, como um homem. Mas o sonho tinha perdido um pouco do encanto depois que ela descobrira o acordo que Jay havia feito. Deveriam chamar a fazenda de "Vinte Sepulturas", pensou ela, taciturna.

Lizzie tentou fingir que continuava gostando de Jay tanto quanto antes, mas seu corpo revelava a verdade. Quando ele a tocava à noite, ela já não respondia como antigamente. Beijava-o e acariciava-o, mas os dedos de Jay não queimavam mais sua pele e a língua dele já não parecia chegar ao seu âmago e tocar-lhe a alma. Houve um tempo em que só de vê-lo ela começava a se sentir úmida entre as pernas, mas agora Lizzie se lubrificava às escondidas com creme hidratante antes de ir para a cama, para que o sexo não a machucasse. Ele sempre terminava gemendo e arfando de prazer enquanto chegava ao orgasmo, mas Lizzie nunca alcançava o clímax; o que lhe restava era apenas um sentimento de insatisfação. Mais tarde, quando o ouvia roncar, ela se consolava com os próprios dedos e sua cabeça se enchia de imagens estranhas, de homens lutando e prostitutas com os seios à mostra.

Sua vida, no entanto, era dominada por pensamentos sobre o bebê e a gravidez fazia suas decepções parecerem menos importantes. Ela amaria o filho incondicionalmente. A criança seria sua razão de viver. E ele, ou ela, cresceria como um americano.

No momento em que tirava o chapéu, ouviu alguém bater à porta da cabine. Um homem musculoso com um paletó azul e chapéu de três pontas entrou e fez uma mesura.

– Silas Bone, imediato, às suas ordens, Sra. Jamisson, Sr. Jamisson.

– Bom dia, Bone – falou Jay com rigidez, assumindo a postura decorosa de filho do dono do navio.

– Venho transmitir os cumprimentos do capitão aos dois.

Eles já haviam conhecido o capitão Parridge, um homem circunspecto e reservado que vinha de Rochester, no condado de Kent.

– Nós zarparemos assim que a maré virar – prosseguiu ele, abrindo um sorriso condescendente para Lizzie. – Mas continuaremos no estuário do Tâmisa durante os primeiros dois dias, então a senhora ainda não precisa se preocupar com o mau tempo.

– Meus cavalos estão a bordo? – perguntou Jay.

– Sim, senhor.

– Vamos dar uma olhada nas acomodações deles.

– Sem dúvida. Talvez a Sra. J queira ficar para desfazer as malas.

– Eu irei com vocês – disse Lizzie. – Gostaria de dar uma volta pelo navio.

– Seria melhor que a senhora ficasse o máximo de tempo possível na cabine durante a viagem, Sra. J – insistiu Bone. – Marinheiros costumam ser rudes, porém não mais que o tempo no mar.

Lizzie empinou o nariz.

– Não tenho a menor intenção de passar as próximas sete semanas enfurnada neste quartinho – replicou ela, perdendo a paciência. – Vá na frente, Sr. Bone.

– Certamente, Sra. J, certamente.

Eles saíram da cabine e atravessaram o convés até uma escotilha aberta. O imediato desceu uma escada, ágil como um macaco. Jay foi atrás dele e Lizzie o seguiu. Os três foram até o segundo dos patamares inferiores. A luz do dia incidia da escotilha mais acima e havia uma lâmpada solitária acesa pendurada em um gancho.

Os cavalos preferidos de Jay, os dois pardos, e seu presente de aniversário, Nevasca, estavam acomodados em estábulos estreitos. Cada qual trazia um cinturão debaixo da barriga, que ficava preso à viga superior, para evitar que caíssem caso perdessem o equilíbrio quando o mar ficasse violento. Havia feno em uma manjedoura à altura da cabeça dos animais e o chão debaixo deles estava coberto de areia para proteger seus cascos. Eram valiosos e seria difícil substituí-los na América. Jay os afagou por alguns instantes, para acalmá-los, falando em um tom tranquilizador.

Lizzie ficou impaciente e atravessou o convés até uma porta pesada aberta. Bone foi atrás dela.

– Se eu fosse a senhora, não sairia andando por aí, Sra. J. Pode ver coisas capazes de transtorná-la.

Ela o ignorou e seguiu em frente. Não era nada melindrosa.

– O porão dos condenados fica logo à frente. Não é lugar para uma dama.

Aquelas eram as palavras mágicas que garantiam que ela prosseguiria. Virou-se para trás e o encarou firme.

– Sr. Bone, este navio pertence ao meu sogro e eu irei aonde quiser dentro dele. Fui clara?

– Certamente, Sra. J, certamente.

– E pode me chamar de Sra. Jamisson.

– Certamente, Sra. Jamisson, certamente.

Ela estava ansiosa por ver o porão dos condenados, pois McAsh poderia estar ali: era o primeiro navio a sair de Londres com aqueles passageiros especiais desde o seu julgamento. Lizzie deu alguns passos à frente, se encurvou para passar debaixo de uma viga, abriu uma porta e se viu no porão principal.

Estava quente ali e o cheiro forte e opressivo de seres humanos amontoados pairava no ar. Ela fitou a penumbra. A princípio, não conseguia enxergar ninguém, embora pudesse ouvir um burburinho. Estava em um espaço amplo, repleto do que pareciam prateleiras de depósito para barris. Algo se moveu na prateleira ao seu lado, com um retinir que parecia vir de uma

245

corrente, e ela pulou de susto. Para o seu horror, notou que o que se movera era um pé humano em um grilhão de ferro. Uma pessoa estava deitada na prateleira, notou Lizzie; não, duas pessoas, acorrentadas uma à outra pelos tornozelos. À medida que sua visão se ajustava à escuridão, ela avistou outra dupla deitada ombro a ombro com a primeira, e depois outra, e percebeu que havia dezenas de pessoas ali, amontoadas naquelas prateleiras como arenques na barraca de um peixeiro.

Aquilo só podia ser uma acomodação temporária, pensou, e eles seriam pelo menos transferidos para catres decentes para a viagem, não? Então, Lizzie percebeu como era tola ao pensar assim. Onde poderiam ficar tais catres? Aquele era o porão principal, que ocupava o maior espaço disponível abaixo do convés. Não havia mais nenhum lugar para aqueles pobre coitados. Eles passariam no mínimo sete semanas deitados ali, naquela escuridão sem ar fresco.

– Lizzie Jamisson! – exclamou alguém.

Ela tornou a pular de susto. Reconheceu o sotaque escocês: era Mack.

– Mack, onde está você? – perguntou, tentando enxergar.

– Aqui.

Lizzie deu alguns passos adiante na passagem estreita entre as prateleiras. Um braço se esticou para agarrá-la, cinzento e fantasmagórico à luz do crepúsculo. Ela apertou a mão forte de Mack.

– Isto é terrível – comentou ela. – O que posso fazer para ajudar?

– Por enquanto, nada.

Ela viu Cora e a criança, Peg, deitadas ao seu lado. Pelo menos eles estavam todos juntos. Algo na expressão de Cora fez a mulher largar a mão de Mack.

– Talvez possa garantir que vocês recebam comida e água suficiente.

– Seria muita bondade sua.

Lizzie não conseguia pensar em nada mais para dizer. Ficou parada ali em silêncio por alguns instantes.

– Voltarei aqui embaixo todos os dias, se puder – falou ela por fim.

– Obrigado.

Ela se virou e saiu às pressas.

Refez seus passos com um protesto indignado na ponta da língua, mas, quando cruzou olhares com Silas Bone, a expressão de desdém no rosto do homem era tamanha que ela engoliu as palavras. Os condenados estavam a bordo e o navio estava prestes a zarpar; nada do que ela pudesse dizer iria mudar aquilo. Se protestasse, confirmaria o alerta de Bone de que mulheres não deveriam descer aos porões.

– Os cavalos estão confortáveis – comentou Jay com um ar de satisfação.

Lizzie não conseguiu conter uma réplica mordaz:

– Estão mais bem-acomodados do que os seres humanos!

– Ah, isso me faz lembrar de uma coisa. Bone, há um condenado no porão chamado Sidney Lennox. Livre-o de seus grilhões e coloque-o em uma cabine, por gentileza.

– Certamente, senhor, certamente.

– Por que Lennox está aqui conosco? – perguntou Lizzie, horrorizada.

– Ele foi condenado por receber bens roubados. Mas já ajudou nossa família no passado e não podemos abandoná-lo. Ele pode morrer no porão.

– Oh, Jay! – exclamou Lizzie, desolada. – Ele é um homem terrível!

– Pelo contrário, ele é muito útil.

Lizzie lhe deu as costas. Havia ficado contente por terem deixado Lennox para trás na Inglaterra; era muito azar que ele também estivesse sendo deportado. Jay nunca conseguiria se afastar daquela má influência?

– A maré já começou a virar, Sr. Jamisson. O capitão deve estar ansioso por levantar âncora.

– Transmita meus cumprimentos ao capitão e diga-lhe para seguir em frente.

Todos subiram de volta as escadas.

Alguns minutos depois, Lizzie e Jay estavam na proa observando o navio se deslocar rio abaixo, na direção da maré. Uma brisa noturna fresca açoitava o rosto de Lizzie. Enquanto a cúpula da catedral de Saint Paul desaparecia atrás dos depósitos no horizonte, ela disse:

– Será que um dia voltarei a ver Londres?

PARTE III
Virgínia

CAPÍTULO VINTE E SEIS

MACK ESTAVA deitado no porão do *Rosebud*, tremendo de febre. Ele se sentia como um animal: imundo, quase nu, acorrentado e desamparado. Mal conseguia se manter de pé, mas sua mente estava clara o suficiente. Ele jurou que jamais permitiria que alguém voltasse a prendê-los com grilhões de ferro. Lutaria, tentaria escapar e torceria para que o matassem antes de voltar a sofrer tamanha degradação.

Um grito entusiasmado vindo do convés chegou ao porão:

– A sondagem deu 35 braças, capitão: temos areia e juncos!

A tripulação vibrou.

– O que é uma braça? – perguntou Peg.

– Cerca de 1,80 metro de água – respondeu Mack com uma mistura de alívio e esgotamento. – Significa que estamos nos aproximando da terra firme.

Por muitas vezes, achara que não sairia vivo dali. Vinte e cinco prisioneiros tinham morrido a bordo, mas não de inanição: tudo indicava que Lizzie, que não reaparecera no porão, cumprira a promessa e garantira que eles recebessem comida.

Mas a água que bebiam era salobra e a dieta de carne salgada e pão, prejudicial à saúde e enjoativa; todos os condenados haviam sido gravemente acometidos de febre tifoide. Barney Louco foi a primeira vítima: os velhos eram sempre os primeiros a morrer.

Doenças não eram a única causa de morte. Cinco vidas tinham sido ceifadas por uma tempestade violenta, que jogara os prisioneiros de um lado para outro no porão, fazendo-os se machucarem gravemente com as correntes de ferro.

Peg, que sempre fora magra, agora parecia feita de gravetos. Cora havia envelhecido. Mesmo na penumbra do porão, Mack podia ver seus cabelos caindo, o rosto chupado e o corpo, antes voluptuoso, magro e desfigurado pelas feridas. Mack estava apenas feliz por eles continuarem vivos.

Algum tempo depois, ouviram outro grito:

– Dezoito braças e areia branca.

Na vez seguinte, foram 13 braças e conchas. Então, por fim, ouviu-se:

– Terra à vista!

Apesar da fraqueza, Mack estava ansioso por subir ao convés. Estou na América, pensou ele. Atravessei o mundo de uma ponta a outra e ainda estou vivo; quero poder ver o Novo Mundo.

Naquela noite, o *Rosebud* ancorou em água calmas. O marinheiro que trazia aos prisioneiros as rações de porco salgado e água salobra era um dos mais amigáveis tripulantes da embarcação. Não tinha uma orelha, era totalmente careca e havia um inchaço enorme no pescoço, como um ovo de galinha. Chamava-se Ezekiel Bell, mas era ironicamente conhecido como Bell Belezura. Ele lhes disse que iriam desembarcar em Cape Henry, que ficava próximo da cidade de Hampton, na Virgínia.

No dia seguinte, o navio continuava ancorado. Mack se perguntou, irritado, o que poderia estar prolongando ainda mais a viagem. Alguém devia ter desembarcado, pois, naquela noite, um cheiro de carne fresca assada veio da cozinha do navio, dando-lhe água na boca. O aroma torturava os prisioneiros e fazia o estômago de Mack doer de fome.

– Mack, o que vai acontecer quando chegarmos à Virgínia? – quis saber Peg.

– Seremos vendidos e teremos que trabalhar para quem quer que nos compre.

– Vamos ser vendidos juntos?

Ele sabia que as chances de aquilo acontecer eram mínimas, mas preferiu não falar isso.

– É possível. Vamos torcer para que isso aconteça.

Houve um silêncio enquanto Peg assimilava a informação.

– Quem vai nos comprar? – indagou ela, assustada.

– Fazendeiros, agricultores, donas de casa... qualquer um que queira mão de obra barata.

– Alguém pode querer nós três.

Quem iria querer um mineiro e duas ladras?, pensou Mack.

– Ou talvez sejamos comprados por pessoas que morem perto umas das outras.

– Que tipo de trabalho iremos fazer?

– Qualquer coisa que pedirem, imagino: trabalho rural, limpeza, construção...

– Seremos escravos.

– Mas apenas por sete anos.

– Sete anos... – falou ela, desanimada. – Eu já serei adulta!

– E eu terei quase 30 – acrescentou Mack. Trinta anos lhe parecia já a meia-idade.

– Eles vão nos bater?

Mack sabia que a resposta era sim, mas mentiu:

– Não se trabalharmos duro e ficarmos de boca calada.

– Quem fica com o dinheiro da nossa venda?

– Sir George Jamisson. – A febre esgotara suas forças e ele completou, perdendo a paciência: – Tenho certeza de que você já me fez metade dessas malditas perguntas antes.

Peg lhe deu as costas, magoada.

– Ela está preocupada, Mack – interveio Cora. – É por isso que não para de fazer as mesmas perguntas.

Eu também estou preocupado, pensou Mack com tristeza.

– Não quero ir para a Virgínia – falou Peg. – Quero que esta viagem dure para sempre.

Cora riu com amargura.

– Você gosta de viver assim?

– É como ter uma mãe e um pai.

Cora a abraçou.

Eles levantaram âncora na manhã seguinte e Mack pôde sentir o navio deslizar pelas águas graças ao vento forte e favorável. À noite, descobriram estar próximos da foz do rio Rappahannock. Então, ventos contrários os mantiveram ancorados, fazendo-os desperdiçar dois dias antes de poderem subir o rio.

A febre de Mack diminuiu e ele teve forças o suficiente para subir ao convés e fazer uma das baterias de exercício periódicas; assim, teve seu primeiro vislumbre da América.

Matas cerradas e campos cultivados ladeavam ambas as margens. De tempos em tempos, via-se um píer, um terreno descampado à beira do rio e um gramado que subia até uma casa grande. Aqui e ali, em volta dos píeres, ele via as barricas usadas para transportar tabaco. Já as vira serem descarregadas no porto de Londres e agora lhe parecia extraordinário que todos tivessem sobrevivido à perigosa e violenta viagem transatlântica até lá. A maioria das pessoas nas plantações era negra, notou ele. Os cavalos e cães pareciam iguais a quaisquer outros, mas os pássaros empoleirados na amurada do navio eram diferentes. Havia várias outras embarcações no rio, alguns navios mercantes como o *Rosebud* e diversos barcos menores.

Aquilo foi tudo o que viu até quatro dias depois, mas ele manteve a cena na mente como uma estimada lembrança, deitado no porão: a luz do sol, as pessoas que andavam ao ar livre, as matas e os gramados e as casas. O desejo que sentia de desembarcar e caminhar sob o céu aberto era tão forte que chegava a doer.

Quando enfim ancoraram, Mack descobriu que estavam em Fredericksburg, o destino final. A viagem havia levado oito semanas.

Naquela noite, os condenados receberam comida cozida: um caldo de porco fresco com milho e batatas, uma fatia de pão fresco e um caneco de cerveja. A comida excepcionalmente nutritiva e a cerveja forte deixaram Mack tonto e enjoado a noite inteira.

Na manhã seguinte, eles foram levados ao convés em grupos de dez e viram Fredericksburg pela primeira vez.

Estavam ancorados em um rio lamacento, cujo leito era salpicado de ilhotas. Havia uma faixa de areia estreita, uma passarela de madeira ao longo da orla e uma ladeira curta e íngreme que levava à cidade propriamente dita e se erguia em volta de uma ribanceira. Era possível que umas duzentas pessoas vivessem ali; não era muito maior do que Heugh, a aldeia em que Mack nascera, mas parecia um lugar alegre e próspero, com casas de madeira pintadas de branco e verde. Na margem oposta, um pouco mais adiante rio acima, havia outra cidade, que Mack descobriu ser Falmouth.

O rio estava cheio, com mais dois navios tão grandes quanto o *Rosebud*, algumas chatas, várias embarcações costeiras e uma balsa que fazia a travessia entre as duas cidades. Homens trabalhavam ativamente ao longo da orla, descarregando navios, rolando barris e levando baús para dentro e para fora de depósitos.

Os prisioneiros receberam sabão e foram obrigados a se lavarem. Um homem veio a bordo para barbear os homens e cortar seus cabelos. Os que tinham roupas rasgadas a ponto de serem indecentes receberam novas vestimentas, mas a gratidão não durou muito, pois perceberam que elas haviam sido retiradas dos que morreram na viagem. Após receber o paletó infestado de parasitas de Barney Louco, Mack o pendurou na amurada e o fustigou com uma vara até os piolhos pararem de cair.

O capitão fez uma lista dos prisioneiros sobreviventes e lhes perguntou em que trabalhavam antes. Alguns costumavam viver de bicos, ou, como Cora e Peg, nunca tinham trabalhado honestamente na vida e foram incentivados a exagerar ou inventar algo. Peg foi registrada como aprendiz de costureira e Cora, como servente de taberna. Mack percebeu que tudo não passava de um esforço tardio de torná-las mais atraentes para compradores em potencial.

Eles foram levados de volta ao porão e, naquela mesma tarde, dois homens apareceram para inspecioná-los. Eram uma dupla estranha: um trajava o casaco vermelho que servia de uniforme aos soldados britânicos, além de calças feitas em um tear caseiro; o outro ostentava um colete amarelo antiquado e calças de couro grosseiras. Apesar das roupas esquisitas, eles pareciam bem alimentados e tinham os narizes vermelhos de homens que podiam comprar toda a bebida que quisessem. Bell Belezura sussurrou para Mack que eles eram "cocheiros de almas": compravam grupos de escravos, condenados e servos por contrato e os conduziam ao interior do país como ovelhas, para vendê-los a homens das montanhas e fazendeiros em terras remotas. Mack não gostou da cara deles, mas a dupla foi embora sem comprar nada. No dia seguinte, contou Bell, a aristocracia viria à cidade de toda a parte para assistir às corridas de cavalo e a maioria dos condenados seria vendida. Então, os cocheiros de almas ofereceriam uma miséria pelos que restassem. Mack esperava que Cora e Peg não acabassem nas mãos deles.

Naquela noite, tiveram outra boa refeição. Mack a comeu devagar e dormiu como uma pedra. Na manhã seguinte, todos pareciam um pouco melhor: havia um brilho em seus olhos e eles eram capazes de sorrir. Durante toda a viagem, o jantar tinha sido a única refeição do dia, mas daquela vez eles receberam um café da manhã de mingau e melado e um copo de rum misturado com água.

Assim, apesar do futuro incerto que os aguardava, foi um grupo feliz aquele que subiu as escadas para sair do porão e chegou cambaleante, ainda acorrentado, ao convés. Havia mais atividade na orla naquele dia, com várias embarcações pequenas chegando ao litoral, diversas carroças passando pela rua principal e muitas pessoas vestidas com elegância em passeio, obviamente aproveitando um dia de folga.

Um homem barrigudo com um chapéu de palha subiu a bordo acompanhado de um negro alto e grisalho. Os dois analisaram os condenados, escolhendo alguns e rejeitando outros. Mack logo percebeu que eles optavam apenas pelos mais jovens e fortes e, inevitavelmente, ele acabou entre os catorze ou quinze escolhidos e nenhuma mulher ou criança foi selecionada.

Ao término do processo, o capitão ordenou:

– Muito bem, vocês que foram escolhidos, acompanhem esses homens.

– Para onde vamos? – perguntou Mack, mas eles o ignoraram.

Peg começou a chorar.

Mack a abraçou. Ele sabia que aquilo iria acontecer, mas ainda assim era de cortar o coração. Todos os adultos em que Peg confiara tinham sido tirados dela: a mãe, levada pela doença; o pai, enforcado; e agora Mack, arrancado de sua vida. Ele a enlaçou com mais força e ela se agarrou a ele.

– Me leva com você!

– Tente ficar com Cora, se puder – disse ele, se desvencilhando.

Cora o beijou nos lábios com uma paixão desesperada. Era difícil acreditar que ele talvez nunca mais tornasse a vê-la, que nunca mais se deitaria em uma cama com ela, lhe tocaria o corpo e a deixaria ofegante de prazer. Lágrimas quentes escorreram pelo rosto dela até a boca de Mack.

– Tente nos encontrar, Mack, pelo amor de Deus.

– Farei todo o possível...

– Prometa para mim!

– Eu prometo, irei encontrar vocês.

– Vamos, garanhão – disse o homem barrigudo, puxando-o para longe dela.

Ele olhou por sobre o ombro enquanto era empurrado pela escada do costado em direção ao cais. Cora e Peg ficaram assistindo à cena, abraçadas uma a outra, aos prantos. Mack lembrou-se de quando deixara Esther para trás e jurou que não iria falhar com Cora e Peg como falhara com a irmã. Então, ele as perdeu de vista.

Era uma sensação estranha colocar os pés em terra firme depois de oito meses do movimento incessante do mar. Cambaleando acorrentado pela rua principal de terra batida, ele corria os olhos ao redor, examinando tudo. O centro da cidade tinha uma igreja, um mercado, um pelourinho e um cadafalso. Havia casas de tijolos e madeira esparsas ao longo de ambos os lados da rua. Ovelhas e galinhas pastavam e ciscavam na estrada lamacenta. Algumas construções davam a impressão de serem antigas, mas a maioria tinha um aspecto inacabado e recente.

A cidade estava abarrotada de pessoas, cavalos, carroças e carruagens, grande parte provavelmente vinda das zonas rurais que a cercavam por todos os lados. As mulheres tinham chapéus e fitas novas e os homens calçavam botas recém-engraxadas e luvas limpas. Muitas roupas pareciam feitas em casa, embora os tecidos fossem caros. Mack ouviu várias pessoas conversando sobre corridas e apostas; os habitantes da Virgínia pareciam gostar de jogar.

A população olhava para os condenados com ligeira curiosidade, da maneira como talvez tivessem observado um cavalo passar a meio-galope pela rua: algo que já tinham visto antes, mas que continuava a lhes despertar o interesse.

Após cerca de 800 metros, a cidade começou a ficar para trás. Eles atravessaram a pé o vau de um rio e seguiram ao longo de uma trilha acidentada que cruzava um bosque. Mack se aproximou do negro de meia-idade.

– Meu nome é Malachi McAsh. Sou mais conhecido como Mack.

– Eu sou Kobe – falou ele em um tom amistoso, mas mantendo os olhos à frente. Pronunciou o nome de um jeito que rimava com Toby. – Kobe Tambala.

– O gordo de chapéu de palha... ele é o nosso dono agora?

– Não. Bill Sowerby é apenas o capataz. Ele e eu fomos enviados a bordo do *Rosebud* para apanhar os melhores escravos de lavoura disponíveis.

– Quem nos comprou?

– Vocês não foram exatamente *comprados*.

– Então fomos o quê?

– O Sr. Jay Jamisson decidiu ficar com vocês, para trabalhar na fazenda dele, Mockjack Hall.

– Jamisson!

– Isso mesmo.

Mack era outra vez propriedade da família Jamisson. A ideia o deixou furioso. Para o inferno com eles, vou fugir de novo, jurou. Serei um homem livre.

Kobe perguntou:

– Em que você trabalhava antes?

– Nas minas de carvão.

– Carvão? Já ouvi falar. É uma pedra que queima como a madeira, só que mais quente, não é isso?

– É. O problema é que ela precisa ser buscada debaixo da terra. E você?

– Venho de uma família de agricultores na África. Meu pai era dono de muitas terras, mais do que o Sr. Jamisson.

Mack ficou surpreso, pois nunca tinha pensado que escravos pudessem vir de famílias ricas.

– Que tipo de agricultura?

– Mista: trigo, um pouco de gado, mas não tabaco. Lá no meu país, há uma raiz chamada inhame. Mas nunca a vi por aqui.

– Você fala inglês muito bem.

– Estou aqui há quarenta anos. – Uma expressão amargurada perpassou seu rosto. – Eu era apenas uma criança quando me levaram.

Mack não pôde deixar de pensar em Peg e Cora.

– Havia duas pessoas no navio comigo, uma mulher e uma menina. Você acha que eu conseguirei descobrir quem as comprou?

Kobe riu sem alegria.

– Todos estão procurando alguém que acabou por ser vendido separadamente. É o que as pessoas vivem perguntando umas às outras. Quando escravos se encontram, no meio da estrada ou nas matas, não falam de outra coisa.

– O nome da criança é Peg – insistiu Mack. – Ela só tem 13 anos. Não tem pai nem mãe.

– Depois da compra, ninguém tem pai nem mãe.

Kobe tinha desistido, percebeu Mack. Já havia se acostumado à escravidão e aprendido a viver com ela. Era amargo e abandonara toda e qualquer esperança de liberdade. Eu jamais serei assim, pensou Mack.

Eles caminharam cerca de 15 quilômetros. Avançavam devagar, pois os condenados continuavam acorrentados. Aqueles que já não andavam em dupla porque o outro morrera durante a viagem tinham os dois tornozelos presos para que pudessem andar, mas não correr. Eram incapazes de acelerar o passo e acabariam caindo se tentassem, de tão fracos que estavam após oito semanas deitados. O capataz, Sowerby, ia a cavalo, mas não parecia ter pressa, tomando pequenos goles de alguma bebida alcóolica em um cantil.

O campo ali era mais parecido com a zona rural britânica do que com a escocesa, não tão exótica quanto Mack havia imaginado. A estrada acompanhava um rio pedregoso, que serpeava ao longo de uma floresta verdejante. Mack desejou poder se deitar à sombra daquelas árvores grandes por um tempo.

Ele se perguntou quando veria a extraordinária Lizzie. Sentia-se indignado por voltar a ser propriedade dos Jamissons, mas a presença dela lhe serviria de algum consolo. Ao contrário do sogro, ela não era cruel, embora pudesse ser descuidada. Seu jeito incomum e a personalidade animada encantavam Mack. E Lizzie tinha um senso de justiça que havia salvado a vida dele no passado e talvez tornasse a socorrê-lo no futuro.

Eles chegaram à fazenda dos Jamissons ao meio-dia. Uma trilha seguia através de um pomar onde o gado pastava até um complexo lamacento com cerca de uma dúzia de cabanas. Duas negras idosas cozinhavam em fogueiras e quatro ou cinco crianças nuas brincavam no chão de terra. As casas eram construídas de forma grosseira, com tábuas irregulares, e suas janelas não tinham vidro.

Sowerby trocou algumas palavras com Kobe e desapareceu.

– É aqui que vocês vão morar – avisou Kobe.

– Vamos ter que viver com os pretos? – perguntou um dos prisioneiros.

Mack riu. Depois de oito semanas naquele buraco dos infernos que era o *Rosebud*, era impressionante que ainda pudessem reclamar de suas acomodações.

– Brancos e pretos vivem em cabanas separadas. Não é lei, mas parece funcionar assim. Cada uma acomoda seis pessoas. Antes de descansarmos, temos mais uma coisa a fazer. Me sigam.

Eles percorreram uma trilha de terra que passava pelas plantações de trigo verde, tabaco perfumado e milho indígena alto que cresciam nos outeiros. Homens e mulheres trabalhavam em todas as plantações, arrancando ervas daninhas entre as fileiras e tirando larvas das folhas de tabaco.

O grupo desembocou em um vasto gramado e subiu uma colina em direção a uma casa de ripas de madeira ampla e dilapidada, com a pintura descascada e as persianas fechadas: Mockjack Hall, era de se supor. Ao contornarem a construção, chegaram a um conjunto de anexos nos fundos. Um deles era uma oficina de ferreiro. Um negro que Kobe chamou de Cass trabalhava lá dentro e se pôs a romper as algemas das pernas dos condenados.

Mack observou-os serem desacorrentados um por um. Sentia-se livre, mas ao mesmo tempo sabia que era uma sensação falsa. Tinha recebido aqueles grilhões no presídio de Newgate, do outro lado do mundo, e se ressentira deles por todos os minutos das oito semanas humilhantes que os carregara em volta dos tornozelos.

Da posição elevada em que a casa se erguia, ele podia ver o cintilar do rio Rappahannock, a cerca de 800 metros, serpenteando pela floresta. Quando minhas correntes forem partidas, eu poderia sair correndo até o rio, pensou ele, pular nas suas águas, atravessá-lo a nado e tentar conquistar a liberdade.

Mas ele precisava conter seus impulsos. Ainda estava tão fraco que provavelmente não conseguiria correr aquela distância. Além disso, havia prometido a Peg e Cora que as procuraria, e teria que encontrá-las antes de fugir, pois talvez depois não fosse possível. E precisava planejar tudo com cautela. Não sabia nada sobre a geografia daquela terra. Precisaria saber para onde estava indo e como chegar até lá.

Mesmo assim, quando enfim sentiu as argolas caírem das suas pernas, teve que se esforçar para não sair correndo.

– Agora que foram desacorrentados – disse Kobe –, alguns de vocês já devem estar pensando até onde conseguiriam chegar até o pôr do sol. Mas, antes de fugirem, existe algo importante que deveriam saber, então me ouçam com bastante atenção.

Ele fez uma pausa de efeito e prosseguiu:

– Aqueles que fogem geralmente são apanhados e punidos. Primeiro, são açoitados, mas essa é a parte fácil. Depois, precisam usar o colar de ferro, que alguns consideram degradante. Mas o pior é o seguinte: o tempo de escravidão é estendido. Se você passar uma semana foragido, será obrigado a cumprir mais duas semanas. Há gente aqui que tentou fugir tantas vezes que só será livre aos 100 anos. – Ele correu o olhar à sua volta e fixou-o em Mack. – Se quiserem correr todo esse risco – concluiu ele –, tudo o que posso dizer é: boa sorte.

~

Pela manhã, as velhas prepararam um prato de milho cozido que chamavam de canjica e os condenados e escravos comeram com as mãos em tigelas de madeira.

Eram cerca de quarenta trabalhadores ao todo. Com exceção dos recém-chegados, a maioria era composta de escravos negros. Havia quatro servos por contrato, pessoas que tinham vendido quatro anos de trabalho por antecedência em troca de um bilhete para cruzar o Atlântico. Eles ficavam separados dos demais e, obviamente, consideravam-se superiores. Os empregados assalariados eram apenas três, dois negros livres e uma mulher branca, todos acima dos 50 anos. Alguns negros falavam bem inglês, mas muitos se comunicavam em seus próprios idiomas africanos, dirigindo-se aos brancos em uma espécie de dialeto infantilizado. A princípio, Mack se sentiu inclinado a tratá-los como crianças, então se deu conta de que aqueles homens eram superiores, pois falavam uma língua e meia e ele, uma só.

Eles foram conduzidos pelos vastos campos por alguns poucos quilômetros, até onde o tabaco estava pronto para ser colhido. As plantas erguiam-se em fileiras regulares e paralelas, separadas umas das outras por cerca de 1 metro e estendendo-se ao longo de 400 metros. Eram quase da altura de Mack, cada qual com mais ou menos uma dúzia de folhas verdes largas.

Os trabalhadores foram divididos em três grupos por Bill Sowerby e Kobe. O primeiro recebeu facões afiados, encarregado de cortar as plantas maduras. O segundo foi enviado a uma plantação já colhida no dia anterior. As plantas estavam dispostas no chão, suas folhas grandes murchas após um dia inteiro secando no sol. Aos recém-chegados eram dadas instruções de como partir os caules das plantas cortadas e espetá-las em longas estacas de madeira. Mack ficou no terceiro grupo, cujo trabalho era carregar as estacas cheias ao longo dos campos até o depósito de tabaco, onde elas eram penduradas no teto alto para serem curadas.

Era um dia longo e quente de verão. Os homens do *Rosebud* não conseguiram trabalhar tanto quanto os outros e Mack notou que era ultrapassado constantemente por mulheres e crianças. Ficara enfraquecido pela doença, subnutrição e ociosidade. Sowerby trazia um chicote consigo, mas Mack não o viu usá-lo.

Ao meio-dia, fizeram uma refeição composta de pão de milho, que os escravos chamavam de broa. Enquanto comiam, Mack ficou consternado, mas não de todo surpreso, ao ver Sidney Lennox trajando roupas novas e acompanhado de Sowerby, que lhe mostrava a fazenda. Sem dúvida Jay considerava que Lennox fora útil para ele no passado e talvez pudesse tornar a sê-lo.

Ao pôr do sol, exauridos, deixaram a plantação, porém, em vez de voltarem para suas cabanas, foram levados ao depósito de tabaco, agora iluminado por dezenas de velas. Após uma refeição feita às pressas, eles seguiram trabalhando, arrancando as folhas das plantas já curadas, removendo a haste central grossa e juntando as folhas em maços. À medida que a noite avançava, alguns trabalhadores mais velhos e crianças começaram a pegar no sono em seus postos de trabalho, dando início a um complexo sistema de alerta, em que os mais fortes protegiam os mais fracos, acordando-os sempre que Sowerby se aproximava.

Mack calculou que deveria passar da meia-noite quando por fim as velas foram apagadas e os trabalhadores tiveram permissão para voltarem às cabanas e deitarem-se em seus catres de madeira. Mack adormeceu imediatamente.

Depois do que pareceram apenas segundos, ele estava sendo sacudido para voltar ao trabalho. Exausto, levantou-se e saiu cambaleando. Recostado contra a parede da cabana, comeu uma tigela de canjica. Assim que enfiou o último punhado na boca, eles já estavam sendo levados outra vez.

Ao chegarem à plantação ao raiar do dia, ele avistou Lizzie.

Mack não a via desde o dia em que eles haviam embarcado no *Rosebud*. Ela montava um cavalo branco, atravessando a plantação a ritmo de passeio, com um vestido de linho folgado e um chapéu grande. O sol estava prestes a nascer e uma luz suave, tênue, iluminava o ambiente. Ela parecia bem: descansada, confortável, a dona da casa-grande cavalgando pela propriedade. Havia engordado um pouco, percebeu Mack, enquanto ele definhara de fome. Mas não conseguia sentir raiva dela, pois Lizzie tinha defendido o que era justo, salvando sua vida mais de uma vez.

Lembrou-se da vez em que a abraçara no beco transversal à Tyburn Street, após salvá-la de dois brutamontes. Ele apertara aquele corpo macio e inalara seu aroma feminino; por um instante de devaneio, chegara a pensar que Lizzie, e não Cora, talvez fosse a mulher certa para ele. Logo em seguida, recuperou a sanidade.

Ao analisar seu corpo rotundo, Mack percebeu que Lizzie não estava gorducha, mas grávida. Teria um filho e ele cresceria como um Jamisson, cruel, ganancioso e desalmado, que seria dono daquela fazenda, compraria seres humanos para tratá-los como gado e ficaria rico.

Lizzie cruzou olhares com ele. Mack sentiu-se culpado por pensar em termos tão hostis na criança ainda em seu ventre. Ela o encarou por alguns instantes, como se não conseguisse lembrar quem ele era, então pareceu reconhecê-lo com um susto. Talvez estivesse chocada ao ver o quanto havia mudado graças à viagem.

Ele a encarou por um bom tempo, na esperança de que ela viesse em sua direção, mas Lizzie desviou o olhar sem dizer nada, pôs seu cavalo a trotar com um chute e, em questão de instantes, desapareceu mata adentro.

CAPÍTULO VINTE E SETE

UMA SEMANA depois de chegar a Mockjack Hall, Jay Jamisson observava duas escravas desempacotarem um baú de artigos de cristal. Bell era uma mulher gorda de meia-idade, com seios volumosos e um traseiro imenso, mas Mildred tinha uns 18 anos, com uma pele perfeita, cor de tabaco, e olhos lânguidos. Quando se esticava para alcançar as prateleiras da cristaleira, ele podia ver seus seios se moverem debaixo do vestido caseiro simples que ela usava. Seus olhares faziam as duas mulheres se sentirem desconfortáveis e elas desembrulhavam os cristais delicados com as mãos trêmulas. Se quebrassem uma peça que fosse, seriam castigadas. Jay perguntava a si mesmo se deveria lhes dar uma surra ele mesmo.

A ideia o deixou inquieto, logo ele se levantou e saiu dali. Mockjack Hall era uma casa grande, com uma fachada ampla, um pórtico sustentado por colunas e vista para um gramado íngreme que descia até o lamacento rio Rappahannock. Qualquer residência daquele tamanho na Inglaterra teria sido feita de pedra ou tijolos, mas a estrutura daquela construção era de madeira. Muitos anos atrás, ela fora pintada de branco com persianas verdes, mas agora a pintura descascava e as cores estavam desbotando até um tom pardacento uniforme. Nos fundos e nas laterais, ficava uma série de anexos contendo a cozinha, a lavanderia e os estábulos. A casa principal tinha salas de recepção grandiosas – sala de estar, sala de jantar e até um salão de dança – e quartos espaçosos no andar de cima, mas todo o interior precisava ser redecorado. Havia muita mobília importada já fora de moda, assim como cortinas de seda esmaecidas e tapetes puídos. A atmosfera de esplendor decadente pairava como um cheiro de esgoto.

Apesar de tudo, contemplando a propriedade no pórtico, Jay sentia-se bem. Eram 4 mil metros quadrados de plantações, colinas cobertas de árvores, córregos límpidos e lagoas amplas, com quarenta escravos e três serviçais dentro de casa. As terras e as pessoas que ali trabalhavam pertenciam a ele. Não à família, não ao pai, mas a *ele*. Enfim era um homem que não devia nada a ninguém.

E aquele era só o começo. Planejava conquistar seu espaço na sociedade da Virgínia. Não sabia como exatamente o governo colonial funcionava, mas entendia que eles tinham líderes locais, os membros do chamado conselho paroquial, e que a Assembleia de Williamsburg era composta de deputados, que equivaliam aos membros do Parlamento. Levando em conta seus status, ele imaginava que poderia pular a etapa local e concorrer diretamente à Câmara dos Deputados o quanto antes. Queria que todos soubessem que Jay Jamisson era um homem importante.

Lizzie vinha pelo gramado sobre Nevasca, que havia sobrevivido à viagem sem um arranhão. Ela o montava bem, pensou Jay, quase como um homem – e então ele percebeu, irritado, que a esposa estava cavalgando com uma perna de cada lado. Era muito vulgar que uma mulher subisse e descesse daquele jeito com as pernas abertas. Quando ela freou o cavalo, ele disse:

– Você não deveria montar assim.

Ela pousou uma das mãos em sua cintura arredondada.

– Eu vim bem devagar, andando a passo e a trote.

– Não estava pensando no bebê. Espero que ninguém a tenha visto montada com as pernas abertas.

Lizzie foi pega de surpresa, mas sua resposta foi desafiadora, como sempre:

– Não pretendo cavalgar de lado por aqui.

– Por aqui? – repetiu ele. – Que diferença faz onde estamos?

– Não há ninguém aqui para me ver.

– Eu posso vê-la. As criadas também. E podemos ter visitas. Você por acaso andaria nua "por aqui"?

– Montarei de lado para ir à igreja e se tiver companhia, mas não sozinha.

Era impossível discutir com Lizzie quando ela se encontrava naquele estado de espírito.

– Seja como for, em breve você terá que parar de cavalgar de vez, pelo bem do bebê – replicou ele, emburrado.

– Mas ainda não – disse ela, animada. Estava no quinto mês de gravidez e sua ideia era parar no sexto. Ela mudou de assunto: – Tenho vasculhado os arredores. O terreno está em melhores condições do que a casa. Sowerby é um bêbado, mas manteve a fazenda nos eixos. Deveríamos nos sentir gratos, se pensarmos que ele não recebe salário há quase um ano.

– Ele terá que esperar um pouco mais... O dinheiro está curto.

– Seu pai disse que havia cinquenta trabalhadores, mas na verdade temos metade disso. Ainda bem que trouxemos os quinze condenados do *Rosebud*. – Ela franziu a testa. – McAsh está entre eles?

– Sim, está.

– Achei mesmo que o tinha visto na plantação.

– Pedi para Sowerby escolher os mais jovens e fortes.

Jay não sabia que McAsh estava no navio. Se tivesse pensado no assunto, talvez pudesse ter adivinhado e dito a Sowerby para se certificar de deixar aquele encrenqueiro para trás. Mas, agora que ele estava ali, Jay relutava em mandá-lo embora: não queria parecer intimidado por um reles condenado.

– Imagino que não tenha pagado pelos novos homens – disse Lizzie.

– É claro que não. Por que deveria pagar por algo que pertence à minha família?

– Seu pai acabará descobrindo.

– Disso não tenho dúvidas. O capitão Parridge exigiu um recibo pelos quinze condenados, que eu naturalmente lhe dei. Ele o entregará ao meu pai.

– E então?

Jay deu de ombros.

– Papai deve me enviar uma fatura, que eu pagarei... quando puder.

Ele estava particularmente orgulhoso daquele pequeno negócio. Tinha quinze homens fortes que trabalhariam para ele durante sete anos e não haviam lhe custado nada.

– Como acha que seu pai irá receber a notícia?

Jay sorriu.

– Ele vai ficar furioso, mas o que pode fazer estando tão longe?

– Então imagino que não haja problema – disse Lizzie, não muito convencida.

Jay não gostava quando ela questionava suas decisões.

– É melhor deixar os homens se preocuparem com esses assuntos.

Aquilo a irritou, como sempre, e ela continuou na ofensiva:

– Lamento ver Lennox por aqui. Não entendo seu apego por aquele homem.

Jay tinha sentimentos conflitantes a respeito de Lennox. Ele poderia ser tão útil ali quanto fora em Londres, mas sua presença lhe causava desconforto. No entanto, desde que fora resgatado do porão do *Rosebud*, o homem simplesmente havia presumido que iria viver na fazenda dos Jamissons e Jay nunca conseguira reunir coragem para tocar no assunto com ele.

– Achei que poderia ser útil ter um homem branco sob o meu comando – falou ele com um ar distraído.

– Mas o que ele irá fazer?

– Sowerby precisa de um ajudante.

– Lennox não sabe nada sobre tabaco, exceto fumar.

– Ele pode aprender. Além do mais, é basicamente uma questão de fazer os negros trabalharem.

– Isso ele vai saber fazer bem – comentou Lizzie, mordaz.

Jay não queria falar sobre Lennox e mudou de assunto:

– Estou pensando em entrar para a vida pública aqui. Pretendo ser eleito para a Câmara dos Deputados. Gostaria muito de saber qual é a maneira mais rápida de providenciar isso.

– É melhor se apresentar aos nossos vizinhos e conversar com eles a respeito.

Ele assentiu.

– Daqui a cerca de um mês, quando a casa estiver pronta, daremos uma grande festa e convidaremos todas as pessoas importantes das cercanias de Fredericksburg. Isso me dará uma chance de avaliar a aristocracia local.

– Uma festa? – indagou Lizzie, desconfiada. – Temos dinheiro para isso?

Lá estava ela outra vez, questionando suas decisões.

– Quem cuida das finanças sou eu! – estourou ele. – Estou certo de que poderemos comprar o que precisamos a crédito. Minha família vem fazendo negócios por estas bandas há dez anos, meu nome deve ter bastante valor.

– Não seria melhor nos concentrarmos em administrar a fazenda, pelo menos durante um ano ou dois? Assim você certamente teria uma base sólida para a sua carreira política.

– Não seja tola. Não vim até aqui para virar fazendeiro.

~

O salão de festas era pequeno, mas tinha uma boa pista de dança e um pequeno palco para os músicos. Vinte ou trinta casais dançavam ali, em suas roupas de cetim claras, os homens usando perucas e as mulheres, chapéus com laços. Dois violinistas, um baterista e dois trompistas executavam um minueto. Dezenas de velas iluminavam as paredes recém-pintadas e as decorações com motivos florais. Nos outros cômodos da casa, convidados jogavam cartas, fumavam, bebiam e flertavam.

Jay e Lizzie saíram do salão em direção à sala de jantar, sorrindo e meneando a cabeça para os convidados. Ele vestia um novo terno de seda verde-maçã que havia comprado em Londres antes de partirem; Lizzie usava um vestido roxo, sua cor preferida. Jay pensara que suas roupas talvez ofuscassem as dos convidados, mas, para sua surpresa, descobriu que os habitantes da Virgínia eram tão elegantes quanto os londrinos.

Ele tinha tomado bastante vinho e sentia-se bem. O jantar fora servido mais cedo e agora a mesa estava repleta de bebidas e quitutes: vinho, geleias, cheesecakes, frutas e *syllabub*, que era uma mistura açucarada de leite, vinho e especiarias. A festa custara uma pequena fortuna, mas era um sucesso: todas as pessoas importantes da região tinham vindo.

O único momento desagradável tinha ficado por conta de Sowerby, que escolhera justo aquele dia para cobrar os salários atrasados. Quando Jay lhe disse que só poderia pagá-lo após a venda da primeira colheita de tabaco, o capataz tivera a insolência de perguntar como ele poderia arcar com uma festa para cinquenta convidados. A verdade, no entanto, era que Jay não podia arcar com aquilo – tudo havia sido comprado a crédito –, mas era orgulhoso demais para admitir isso. Sowerby lhe pareceu desapontado e aflito e Jay se perguntou se ele teria algum problema financeiro específico. Contudo, não quis entrar em detalhes.

Na sala de jantar, os vizinhos mais próximos dos Jamissons estavam parados em frente à lareira comendo bolo. Eram três casais: o coronel Thumson e sua esposa; Bill e Suzy Delahaye; e os irmãos Armstead, ambos solteiros. Os Thumsons pertenciam à nata da sociedade, pois o coronel era deputado e membro da Assembleia Legislativa, um homem sério e cheio de si. Após servir com distinção ao Exército britânico e à guarda nacional da Virgínia, reformara-se para cultivar tabaco e ajudar a governar a colônia. Jay enxergava em Thumson um modelo para si mesmo.

Eles falavam sobre política e o coronel explicava:

– O governador da Virgínia morreu em março passado e estamos aguardando a chegada do substituto.

Jay assumiu um ar bem informado, de quem conhecia os bastidores da corte londrina.

– O rei nomeou Norborne Berkeley, o barão de Botetourt.

John Armstead, que estava bêbado, soltou uma risada grosseira.

– Que raio de nome é esse?!

– Se não me engano, o barão pretendia deixar Londres pouco depois da minha partida – falou Jay, fitando Armstead com olhar gélido.

– O presidente do Conselho vem ocupando o cargo como interino – disse Thumson.

Jay estava ansioso por mostrar o quanto sabia sobre as questões locais.

– Suponho que seja por isso que os deputados tiveram a insensatez de apoiarem a Carta de Massachusetts – disse ele.

A carta em questão era um protesto contra as taxas alfandegárias que fora enviada pela Assembleia Legislativa de Massachusetts ao rei George. Então, a Assembleia da Virgínia havia sancionado uma resolução que a aprovava. Jay e a maioria dos conservadores de Londres consideravam tudo aquilo um ato de deslealdade.

– Não creio que os deputados tenham sido insensatos – retrucou o coronel, sisudo.

– Sua Majestade certamente acredita que sim – replicou Jay.

Ele não explicou como sabia a opinião do rei sobre o assunto, mas deixou espaço para que eles imaginassem que o soberano havia lhe contado pessoalmente.

– Bem, lamento ouvir isso – falou Thumson, embora não parecesse lamentar nem um pouco.

Jay sentiu que estava pisando em terreno minado, mas queria impressionar aquelas pessoas com sua perspicácia, logo prosseguiu:

– Estou certo de que o novo governador irá exigir que a sanção seja revogada. – Ele havia obtido a informação antes de partir de Londres.

Bill Delahaye, que era mais jovem do que Thumson, falou com veemência:

– Os deputados se recusarão. – Sua bela esposa, Suzy, pousou a mão em seu braço para acalmá-lo, mas ele estava exaltado. – É dever deles dizer ao rei a verdade, não balbuciar palavras vazias que agradarão aos seus aduladores da ala conservadora.

– Nem todos os conservadores são aduladores, é claro – acrescentou Thumson, diplomaticamente.

– Se os deputados se recusarem a voltar atrás, o governador será obrigado a dissolver a Assembleia.

Roderick Armstead, que estava mais sóbrio do que o irmão, comentou:

– É curioso como isso pouco faz diferença atualmente.

– Como assim? – perguntou Jay, intrigado.

– Parlamentos coloniais são dissolvidos a todo momento por qualquer motivo. Eles simplesmente tornam a se reunir de maneira informal, em uma taberna ou na casa de um dos membros, e retomam suas atividades.

– Mas, nestas circunstâncias, não possuem nenhuma validade legal! – protestou Jay.

– Mesmo assim – rebateu Thumson –, eles têm o consentimento das pessoas que governam e isso parece ser suficiente.

Jay já tinha ouvido coisa parecida de homens que haviam lido filosofia demais. A ideia de que a autoridade dos governos provinha do consentimento da população era uma tolice perigosa e implicava que os reis não tinham o direito de governar. Era o tipo de argumento que John Wilkes vinha usando na Inglaterra. Jay começou a se irritar com Thumson.

– Em Londres, um homem pode parar na cadeia por falar esse tipo de coisa, coronel.

– De fato – concordou Thomson, enigmático.

– A senhora já experimentou nosso *syllabub*, Sra. Thumson? – interveio Lizzie.

– Sim, está muito bom, uma delícia – respondeu a esposa do coronel com um entusiasmo exagerado.

– Fico feliz. É muito fácil errar na receita.

Jay sabia que Lizzie pouco se importava com aquilo e estava tentando afastar a conversa de temas políticos. Mas ele ainda não havia terminado.

– Devo dizer que estou surpreso com algumas de suas atitudes, coronel.

– Ah, lá está o Dr. Finch, preciso dar uma palavra com ele – falou Thumson e foi andando tranquilamente com sua esposa em direção a outro grupo.

– O senhor acabou de chegar, Sr. Jamisson – comentou Bill Delahaye. – Talvez acabe descobrindo que seu ponto de vista pode mudar depois de viver aqui durante um tempo.

Seu tom de voz não era hostil, mas ele estava dizendo que Jay ainda não sabia o suficiente para ter opinião própria.

– Eu acredito, senhor, que a lealdade ao meu soberano permanecerá inabalada, independentemente de onde eu escolha viver.

– Sem dúvida – falou ele, com o semblante carregado, afastando-se e levando a esposa consigo.

– Preciso experimentar esse *syllabub* – afirmou Roderick Armstead e se virou para a mesa, deixando Jay e Lizzie com seu irmão bêbado.

– Política e religião – falou John Armstead. – Nunca se deve falar sobre política e religião numa festa. – Ele se inclinou para trás, fechou os olhos e caiu duro no chão.

~

Jay desceu com dor de cabeça ao meio-dia para tomar café da manhã.

Ainda não vira Lizzie: seus quartos eram contíguos, um luxo pelo qual não tinham condições de arcar em Londres. Encontrou-a comendo pernil grelhado enquanto os escravos domésticos limpavam a sujeira deixada pela festa.

Havia uma carta para ele. Jay sentou-se e abriu-a, mas, antes que pudesse lê-la, Lizzie o encarou com um olhar fulminante e questionou:

– Por que diabo você começou aquele bate-boca ontem à noite?

– Qual bate-boca?

– Com Thumson e Delahaye, oras.

– Não foi um bate-boca, mas um debate.

– Você ofendeu nossos vizinhos mais próximos.

– Então eles se ofendem com muita facilidade.

– Você praticamente chamou o coronel Thumson de traidor!

– A meu ver, ele é isso mesmo.

– Ele é um latifundiário, membro da Câmara dos Deputados e oficial reformado do Exército... Pelo amor de Deus, como pode ser um traidor?

– Você ouviu o ponto de vista dele.

– Que obviamente é bem normal por aqui.

– Bem, nunca vai ser normal na minha casa.

Foi então que Sarah, a cozinheira, chegou, interrompendo a discussão. Jay pediu chá com torradas.

Lizzie teve a última palavra, como sempre:

– Depois de gastar todo aquele dinheiro para conhecer os vizinhos, tudo o que você obteve foi a antipatia deles.

Ela voltou a comer e Jay olhou para a carta, enviada por um advogado de Williamsburg.

Duke of Gloucester Street
Williamsburg
29 de agosto de 1768

Caro Sr. Jamisson, escrevo-lhe esta carta a pedido do seu pai, Sir George. Seja bem-vindo à Virgínia. Espero que possamos ter o prazer de vê-lo aqui na capital da colônia em breve.

Jay ficou surpreso: aquele era um gesto estranhamente atencioso por parte de seu pai. Será que ele começaria a ser benevolente, agora que Jay estava a meio mundo de distância?

Até lá, peço-lhe encarecidamente que entre em contato caso precise de qualquer ajuda. Estou ciente de que o senhor assumiu uma fazenda que se encontra em dificuldades e talvez venha a querer buscar auxílio financeiro. Permita-me oferecer-lhe meus serviços caso necessite obter uma hipoteca. Estou certo de que não teríamos problemas em encontrar credores. Com os melhores cumprimentos,

o seu mais humilde e obediente servo –
Matthew Murchman

Jay sorriu. Era exatamente daquilo que ele precisava. A reforma e a redecoração da casa e a festa suntuosa já o haviam endividado até o pescoço com os comerciantes locais e Sowerby não parava de pedir mantimentos: sementes, novas ferramentas, roupas para os escravos, corda, tinta... A lista era interminável.

– Bem, não precisa se preocupar mais com dinheiro – falou ele a Lizzie, largando a carta.

Ela fez cara de desconfiada.

– Eu vou para Williamsburg – anunciou Jay.

CAPÍTULO VINTE E OITO

ENQUANTO JAY estava em Williamsburg, Lizzie recebeu uma carta da mãe. A primeira coisa que lhe causou estranheza foi o endereço do remetente: Presbitério da igreja de Saint John, Aberdeen.

O que a mãe estava fazendo em um presbitério em Aberdeen? Ela continuou a ler:

15 de agosto de 1768

Tenho tantas coisas para lhe contar, minha querida filha! Mas preciso me lembrar de escrever passo a passo, da maneira como tudo aconteceu.

Logo que voltei ao High Glen, seu cunhado, Robert Jamisson, assumiu o controle administrativo da propriedade. Sir George agora está pagando os juros das minhas hipotecas, portanto não estou em posição de discutir. Robert me pediu para deixar a casa-grande e ir morar no velho alojamento de caça, por uma questão de economia. Confesso que a solução não me agradou muito, mas ele insistiu, e devo lhe dizer que não foi tão agradável ou afetuoso quanto deve ser um familiar.

Lizzie foi invadida por uma raiva impotente. Como Robert pôde ousar expulsar lady Hallim da própria casa? Então, lembrou-se de suas palavras após Lizzie tê-lo rejeitado: "Mesmo que eu não possa tê-la, High Glen ainda será meu." Na época, parecia algo impossível, mas agora era verdade.

Rilhando os dentes, ela continuou a ler.

Então o reverendo York anunciou que iria nos deixar. Ele foi pastor em Heugh por quinze anos e era o meu amigo mais antigo. Era compreensível que, depois da trágica morte prematura da esposa, ele tenha sentido necessidade de sair dali e procurar um novo lugar para viver. Mas você pode imaginar como fiquei transtornada ao saber que ele estava de partida logo quando eu mais precisava de amigos.

Então, aconteceu a coisa mais extraordinária. Minha querida, sinto minhas faces corarem ao lhe dizer que ele me pediu em casamento!! E eu aceitei!!!

– Meu Deus do céu! – exclamou Lizzie.

Nós nos casamos e mudamos para Aberdeen, de onde escrevo agora.

Muitos dirão que eu "desci de nível" com este casamento, por ser viúva de lorde Hallim. Mas eu bem sei que títulos são inúteis e John pouco se importa com o que a alta sociedade pensa ou deixa de pensar. Nossa vida é pacata, eu sou conhecida como Sra. York e nunca me senti tão feliz.

Sua mãe contava mais coisas – sobre os três enteados, os criados no presbitério, o primeiro sermão do Sr. York e as outras mulheres da congregação –, mas Lizzie estava chocada demais para assimilar o que quer que fosse.

Nunca havia pensado na possibilidade de sua mãe tornar a se casar. Nada a impedia de fazer aquilo, é claro, pois tinha apenas 40 anos. Nem era impossível que ela tivesse mais filhos.

O que chocava Lizzie era ter sido deixada à deriva. High Glen sempre tinha sido o seu lar. Embora sua vida agora fosse ali na Virgínia, com o marido e o bebê, nunca havia deixado de pensar na High Glen House como um lugar ao qual sempre poderia retornar caso precisasse de um porto seguro. Mas agora estava tudo nas mãos de Robert.

Lizzie sempre fora o centro da vida da mãe e nunca lhe ocorrera que aquilo pudesse mudar. Mas agora lady Hallim era a esposa de um vigário em Aberdeen, com três enteados para amar e cuidar, e poderia até estar grávida.

Aquilo significava que Lizzie não tinha nenhum lar além de Mockjack Hall, nenhuma família além de Jay.

Bem, ela estava determinada a criar uma boa vida para si mesma ali.

Tinha privilégios que causariam inveja a muitas mulheres: uma casa-grande, uma propriedade de 4 mil metros quadrados, um belo marido e escravos que cumpriam suas ordens. As escravas domésticas haviam se afeiçoado a ela. Além da cozinheira, Sarah, empregavam também a gorda Belle, que fazia a maior parte da limpeza, e Mildred, a criada particular que servia à mesa de vez em quando. Belle tinha um filho de 12 anos, Jimmy, que era ajudante de estrebaria; o marido fora vendido anos antes. Lizzie ainda não conhecia nenhum dos escravos que trabalhavam na lavoura, com exceção de Mack, mas gostava de Kobe, o supervisor, e do ferreiro, Cass, cuja oficina ficava nos fundos da casa.

A casa era espaçosa e imponente, mas tinha um ar vazio, abandonado.

Era grande demais. Seria ideal para uma família com seis filhos e algumas tias e avós, além de um batalhão de escravos para acender lareiras em cada um dos cômodos e servir grandes jantares em família. Para Lizzie e Jay somente, era um mausoléu. Mas a fazenda era linda: bosques cerrados, vastos prados ondulantes e uma centena de pequenos córregos.

Lizzie sabia que Jay não era bem o homem que ela havia imaginado. Não era o espírito livre e ousado que parecera ao levá-la para descer a mina de carvão. E o fato de ter mentido para ela sobre a mineração no High Glen a abalara; depois daquilo, Lizzie nunca mais conseguira sentir o mesmo por ele. Os dois já não rolavam de um lado para outro na cama pelas manhãs. Passavam quase o dia inteiro separados. Almoçavam e jantavam juntos, mas nunca se sentavam diante da lareira de mãos dadas, conversando sobre nada em especial, como costumavam fazer. Mas Jay também poderia estar desapontado. Talvez nutrisse sentimentos semelhantes a respeito dela e achasse que Lizzie não era tão perfeita quanto havia parecido um dia. Mas não fazia sentido alimentar arrependimentos. Eles precisavam se amar como eram agora.

Mesmo assim, ela muitas vezes sentia um impulso vigoroso de fugir. Mas, sempre que o sentia, lembrava-se da criança que crescia em seu ventre. Já não podia pensar apenas em si mesma: o bebê precisava do pai.

Jay não falava muito sobre a criança, parecendo desinteressado. Porém, aquilo mudaria após o nascimento, especialmente se fosse um menino.

Ela guardou a carta em uma gaveta.

Depois de dar as ordens do dia às escravas, vestiu o casaco e saiu.

O ar estava frio. Já haviam se passado dois meses da chegada à América e eram meados de outubro. Lizzie atravessou o gramado e desceu em direção ao rio. Fez o trajeto a pé, pois estava no sexto mês de gravidez e sentia o bebê chutar – às vezes chegava a doer. Temia fazer mal à criança se cavalgasse.

No entanto, não se impedia de caminhar pela propriedade quase todos os dias. Os passeios duravam horas e em geral estava acompanhada de Roy e Rex, dois cães de caça que Jay havia comprado. Lizzie vigiava de perto o trabalho na fazenda, pois o marido não demonstrava nenhum interesse. Supervisionava o processamento do tabaco e fazia a contagem dos fardos; observava os homens cortarem árvores e confeccionarem barris; verificava vacas e cavalos nos pastos e galinhas e gansos no quintal. Aquele dia era domingo, quando os trabalhadores descansavam, o que lhe dava a chance especial de bisbilhotar sem a presença de Sowerby e Lennox. Roy se pôs a segui-la e Rex continuou preguiçosamente na varanda.

A colheita do tabaco tinha terminado. No entanto, ainda havia um longo trabalho de processamento pela frente: era preciso curar o tabaco, remover os talos, separar as folhas deles e prensá-las antes de elas serem acondicionadas nas barricas e enviadas para Londres ou Glasgow. Eles colhiam trigo no terreno que chamavam de Stream Quarter, e cevada, centeio e cravo--da-índia no terreno de Lower Oak. Contudo, haviam chegado ao fim do período de atividade mais intensa, quando labutavam nas plantações desde a aurora até o crepúsculo e depois mesmo à luz de velas nos depósitos de tabaco até meia-noite.

Os trabalhadores deveriam receber alguma recompensa por todo o seu esforço, pensava ela. Até escravos e condenados precisam ser incentivados. Ocorreu-lhe que talvez pudesse lhes oferecer uma festa.

Quanto mais pensava a respeito, mais gostava da ideia. Jay provavelmente seria contra, mas só voltaria para casa dali a duas semanas – Williamsburg ficava a três dias de distância –, então poderia fazer tudo antes do retorno dele.

Ela seguiu andando pela margem do rio Rappahannock, remoendo a ideia. O leito do rio era raso e pedregoso àquela altura, na direção oposta de Fredericksburg, que marcava a linha de desnível, o limite de navegação. Ela contornou um conjunto de arbustos submersos até a metade e parou de repente. Um homem estava parado ali, com água até a cintura, lavando-se com suas costas largas viradas para ela. Era McAsh.

Roy eriçou-se, então reconheceu Mack.

Lizzie já o vira nu em um rio, quase um ano antes. Ela se lembrou de ter secado a pele dele com a anágua. No momento, tinha parecido algo natural, mas agora, pensando melhor, a cena fora um tanto estranha, como um sonho: o luar, o barulho da água, aquele homem forte parecendo tão vulnerável e a maneira como ela o abraçara e o aquecera com o próprio corpo.

Dessa vez, ela se manteve afastada, observando-o sair do rio. Mack estava nu em pelo, como naquela noite.

Ela recordou outro momento do passado. Em certa tarde no High Glen, ela havia surpreendido um jovem cervo bebendo água em um córrego. A cena voltou-lhe à mente como uma pintura. Ao sair do meio das árvores, Lizzie se viu a poucos metros de um veado de 2 ou 3 anos. Ele ergueu a cabeça e olhou para ela. A margem oposta era íngreme, logo o animal foi forçado a vir em sua direção. À medida que saía do riacho, a água reluzia em seus flancos musculosos. Lizzie empunhava o rifle, carregado e armado, mas foi incapaz de disparar: estar tão próxima parecia fazê-la ter uma relação íntima demais com o animal.

Enquanto observava a água escorrer da pele de Mack, ela pensava que, apesar de tudo pelo que havia passado, continuava a ter a graça poderosa de um animal jovem. Assim que ele vestiu as calças, Roy correu em sua direção. Mack ergueu os olhos, viu Lizzie e ficou petrificado, pasmo.

– Vire as costas.

– Vire você as suas! – retrucou ela.

– Eu estava aqui antes.

– Eu sou a dona deste lugar! – exclamou ela, perdendo a paciência.

Era incrível a rapidez com que ele conseguia irritá-la. Obviamente Mack achava-se tão bom quanto Lizzie. Ela era uma dama refinada e ele, um condenado forçado a trabalhar ali, mas para Mack aquilo não era motivo para demonstrar respeito; não passava de um acaso arbitrário do destino e não dava direito nenhum a ela, da mesma forma que não causava vergonha nenhuma a ele. Sua audácia era revoltante, mas pelo menos era honesta. McAsh nunca era ardiloso. Jay, por outro lado, a deixava confusa. Lizzie nunca sabia o que se passava em sua cabeça e, quando ela o questionava, o marido assumia uma postura defensiva, como se estivesse sendo acusado de algo.

Agora, amarrando a corda que prendia sua calça no lugar, Mack parecia achar graça da situação.

– Você também é minha dona – completou ele.

Ela estava olhando para o peito de Mack, que já recuperava os músculos.

– E já vi você nu antes.

De repente, a tensão se dissipou e os dois riam, como na vez em que estavam em frente à igreja e Esther mandou Mack fechar a matraca.

– Vou dar uma festa para os trabalhadores da lavoura – informou ela.

– Que tipo de festa? – indagou após vestir a camisa.

Lizzie se surpreendeu desejando que ele tivesse continuado um pouco mais sem camisa, pois gostava do seu corpo.

– De que tipo você gosta?

Ele assumiu uma expressão pensativa.

– Você poderia fazer uma fogueira no quintal dos fundos. O que os trabalhadores gostariam acima de tudo é de uma boa refeição, com muita carne. Eles nunca recebem comida o suficiente.

– Que tipo de comida eles preferem?

– Humm. – Ele lambeu os beiços. – O cheiro de pernil frito que vem da cozinha é tão bom que chega a doer. Todos adoram aquelas batatas-doces. E pão branco... Os trabalhadores nunca recebem nada que não seja aquele pão de milho seco e duro que chamam de broa.

Ela ficou feliz pela chance de conversar com Mack sobre aquilo e ser útil.

– E o que gostam de beber?

– Rum. Mas alguns homens ficam violentos quando bebem. Se eu fosse você, lhes daria cidra de maçã ou cerveja.

– Boa ideia.

– E que tal um pouco de música? Os negros adoram dançar e cantar.

Lizzie estava adorando aquilo; era divertido planejar uma festa com Mack.

– Está bem, mas quem poderia tocar?

– Tem um negro livre chamado Pepper Jones que toca nas biroscas em Fredericksburg. Você poderia contratá-lo. Ele toca banjo.

Lizzie sabia que as tabernas ali eram chamadas de biroscas, mas nunca tinha ouvido falar naquele instrumento.

– O que é banjo? – perguntou ela.

– Acho que é africano. O som não é tão bonito quanto o de uma rabeca, mas é mais ritmado.

– Como conhece esse homem? Quando esteve em Fredericksburg?

O rosto de Mack ficou subitamente carregado.

– Fui até lá um domingo.

– Para quê?

– Para procurar Cora.

– Conseguiu encontrá-la?

– Não.

– Sinto muito.

Ele deu de ombros.

– Todos aqui perderam alguém.

Ele desviou o rosto, parecendo triste.

Lizzie teve vontade de envolvê-lo em seus braços e consolá-lo, mas se conteve. Por mais que estivesse grávida, não podia ficar abraçando ninguém que não fosse o marido. Ela se obrigou a soar animada novamente.

– Você acha que Pepper Jones viria tocar aqui?

– Não tenho dúvidas. Já o vi tocar para os escravos na fazenda dos Thumsons.

– O que estava fazendo lá? – perguntou Lizzie, intrigada.

– Visitando-o.

– Nunca pensei que escravos fizessem esse tipo de coisa.

– Precisamos ter algo mais em nossas vidas que não seja trabalho.

– E o que costumam fazer?

– Os jovens adoram rinhas de galo; são capazes de andar 15 quilômetros só para verem uma. As mocinhas adoram os rapazes. As mais velhas só querem olhar para os bebês umas das outras e falar sobre os irmãos que perderam. Gostam de cantar também. Os africanos têm umas canções tristes que entoam em harmonia. Não dá para entender as palavras, mas as melodias são de arrepiar.

– Os mineiros costumavam cantar.

Ele ficou calado por alguns instantes.

– Sim, costumávamos fazer isso.

Lizzie notou que o deixara triste.

– Você acha que algum dia voltará ao High Glen?

– Não. E você?

Os olhos de Lizzie ficaram marejados.

– Não. Acho que nunca mais voltaremos para lá.

O bebê chutou dentro da barriga e ela exclamou:

– Ai!

– O que foi? – perguntou Mack.

Ela pousou a mão sobre o próprio ventre intumescido.

– O bebê está chutando. Ele não quer que eu fique me lamentando pelo High Glen. Vai ser americano, afinal. Ui! Lá vai ele outra vez.

– Dói mesmo?

– Dói, sinta só.

Lizzie pegou a mão dele e a colocou em sua barriga. Apesar dos dedos dele serem duros e ásperos, seu toque era suave.

O bebê ficou quieto.

– Para quando é? – perguntou Mack.

– Faltam dez semanas.

– Já escolheu um nome?

– Meu marido quer que seja Jonathan se for menino e Alicia se for menina.

O bebê tornou a chutar.

– Quanta força! – falou Mack, rindo. – Não me surpreende que você se encolha de dor.

Ele tirou a mão da barriga de Lizzie; ela queria que Mack a tivesse deixado ali um pouco mais. Para ocultar seus sentimentos, mudou de assunto:

– É melhor eu falar com Bill Sowerby sobre a festa.

– Ainda não soube?

– Do quê?

– Ah, Bill Sowerby foi embora.

– Como assim foi embora?

– Ele sumiu.

– Quando?

– Duas noites atrás.

Lizzie se deu conta de que não via Sowerby havia dois dias. Não tinha estranhado, já que não o avistava com frequência.

– Ele disse quando iria voltar?

– Até onde sei, não avisou ninguém. Mas eu diria que ele nunca mais vai dar as caras por aqui.

– Por quê?

– Ele deve dinheiro a Sidney Lennox, muito dinheiro, e não pode pagar.

Lizzie ficou indignada.

– E suponho que Lennox tenha assumido a função de capataz desde então.

– Só por um dia, por enquanto... mas, sim, ele passou a ser o capataz.

– Não quero que aquele patife assuma o controle da fazenda! – exclamou ela, destemperada.

– Amém – disse Mack com ardor. – Nem você nem os outros trabalhadores.

Lizzie franziu a testa, desconfiada. Sowerby tinha muitos salários atrasados por receber e Jay prometera lhe pagar após a venda da primeira colheita de tabaco. Por que ele não simplesmente esperara? Poderia ter quitado as dívidas dali a algum tempo. Lennox o ameaçara, assustando-o, daquilo ela não tinha dúvidas. Quanto mais pensava no assunto, mais furiosa ficava.

– Acredito que Lennox tenha forçado Sowerby a partir.

Mack assentiu.

– Não posso afirmar nada, mas também é o meu palpite. Já enfrentei Lennox antes e veja o que aconteceu comigo.

Não havia autocomiseração em seu tom de voz, apenas um pragmatismo amargurado, mas Lizzie se compadeceu dele e tocou seu braço.

– Você deveria se orgulhar. É um homem corajoso e honrado.

– E Lennox é corrupto e cruel, e qual é o resultado? Vai ser tornar o capataz desta fazenda, encontrará uma forma de roubar o suficiente de vocês para abrir uma taberna em Fredericksburg e logo estará vivendo exatamente como em Londres.

– Não se eu puder evitar – falou Lizzie com determinação. – Irei conversar com ele agora mesmo. – Lennox tinha uma pequena casa de dois cômodos nos arredores dos depósitos de tabaco, perto de onde Sowerby havia morado. – Espero que esteja em casa.

– Ele não está lá agora. Domingo ele sempre vai para a Ferry House, uma birosca que fica a 5 ou 7 quilômetros daqui, rio acima. Ficará por lá até tarde da noite.

Lizzie não podia esperar até o dia seguinte; quando estava com algo daquele tipo na cabeça, não tinha a menor paciência.

– Eu irei à Ferry House. Não posso cavalgar, mas nada me impede de ir de charrete.

Mack fechou a cara.

– Não seria melhor enfrentá-lo aqui, onde é você quem manda por ser a dona da propriedade? Ele é um homem violento.

Lizzie sentiu uma pontada de medo. Mack tinha razão: Lennox era perigoso. Mas ela não aguentaria adiar aquele confronto e Mack poderia protegê-la.

– Você iria comigo? – perguntou ela. – Eu me sentiria mais segura se você estivesse presente.

– É claro.

– Você pode conduzir a charrete.

– Isso você teria que me ensinar.

– Não tem mistério algum.

Eles se afastaram do rio e subiram em direção à casa. O cavalariço, Jimmy, estava dando de beber aos cavalos. Mack e ele tiraram a charrete da estrebaria e arrearam um pônei a ela enquanto Lizzie entrava na casa para vestir um chapéu.

Os dois seguiram rumo à estrada ribeirinha e a percorreram até a balsa que fazia a travessia. A Ferry House era uma construção de madeira não muito maior do que as casas de Sowerby e Lennox. Lizzie deixou Mack ajudá-la a descer da charrete e segurar a porta da taberna aberta para que ela entrasse.

O ambiente lá dentro era escuro e esfumaçado e cerca de uma dúzia de pessoas estavam sentadas em bancos e cadeiras de madeira, bebendo em canecas. Alguns jogavam cartas ou dados, outros fumavam cachimbos. O ruído de bolas de bilhar vinha do salão dos fundos.

Não havia mulheres ou negros ali.

Mack a seguiu, mas manteve-se afastado, mais perto da porta, com o rosto ocultado pelas sombras.

Um homem atravessou um portal vindo do salão dos fundos, secando as mãos em um pano.

– O que deseja, senhor... Ah! Uma dama!

– Nada, obrigada – respondeu Lizzie em alto e bom som e o recinto caiu em silêncio.

Ela correu os olhos pelos rostos virados em sua direção. Lennox estava em um canto, debruçado sobre um copo e um par de dados. A pequena mesa à sua frente tinha várias pilhas de moedas. Uma expressão contrariada atravessou seu rosto diante da interrupção.

Ele recolheu cautelosamente as moedas, sem nenhuma pressa, antes de se levantar e retirar o chapéu.

– O que a traz aqui, Sra. Jamisson?

– Não vim jogar dados, obviamente – falou ela com rispidez. – Onde está o Sr. Sowerby?

Lizzie ouviu um ou dois murmúrios de aprovação, como se outros ali também gostassem de saber que fim teria levado Sowerby; viu também um homem de cabelos grisalhos se virar em sua cadeira para encará-la.

– Ele fugiu, ao que parece – respondeu Lennox.

– E por que você não me relatou o ocorrido?

Lennox deu de ombros.

– Porque não há nada que a senhora possa fazer a respeito.

– Mesmo assim, quero ser informada sobre esse tipo de coisa. Que isso não se repita. Fui clara?

Lennox ficou calado.

– Por que Sowerby foi embora?

– Como vou saber?

O homem grisalho intrometeu-se na conversa:

– Ele devia dinheiro.

Lizzie se voltou para ele.

– A quem?

O homem apontou com o polegar.

– A Lennox, ora essa.

Ela tornou a fitar Lennox.

– Isso é verdade?

– Sim.

– Por que motivo?

– Não sei do que está falando.

– Por que ele lhe pediu dinheiro emprestado?

– Não foi exatamente um empréstimo. Ele perdeu o dinheiro para mim.

– No jogo?

– Exato.

– E você o ameaçou?

O homem grisalho soltou uma risada sarcástica.

– Se ele o ameaçou? Essa é boa.

– Eu cobrei o meu dinheiro – disse Lennox com frieza.

– E o expulsou daqui.

– Já lhe disse que não sei por que ele foi embora.

– Acredito que ele tenha ficado com medo de você.

Um sorriso maldoso surgiu no rosto de Lennox.

– Muita gente tem medo de mim – afirmou ele, mal escondendo o tom de ameaça em sua voz.

Lizzie sentiu-se ao mesmo tempo assustada e furiosa.

– Vamos deixar uma coisa bem clara. – Sua voz soou trêmula e ela engoliu em seco para mantê-la sob controle. – Sou a dona daquela fazenda e você fará o que eu mandar. Ficarei encarregada da propriedade até o meu marido voltar. Então ele decidirá como pretende substituir o Sr. Sowerby.

Lennox balançou a cabeça.

– Não, senhora. Sou o ajudante de Sowerby. O Sr. Jamisson me disse muito claramente que eu deveria assumir o controle caso Sowerby adoecesse ou coisa parecida. Além do mais, o que a senhora sabe sobre cultivo de tabaco?

– No mínimo tanto quanto um taberneiro londrino.

– Bem, não é assim que o Sr. Jamisson vê as coisas e é dele que recebo ordens.

Lizzie teve vontade de gritar de frustração. Não podia deixar aquele homem dar as ordens em sua fazenda!

– Estou lhe avisando, Lennox, é melhor me obedecer!

– Senão o quê? – Ele deu um passo à frente, sorrindo, e Lizzie pôde sentir seu cheiro de podridão característico. Foi forçada a recuar um passo e os outros clientes da taberna continuaram petrificados em seus lugares. – O que vai fazer, Sra. Jamisson? – indagou, ainda se aproximando. – Me derrubar com um soco? – continuou ele, erguendo a mão sobre a cabeça, em um gesto que poderia ser tanto uma ilustração do que estava dizendo quanto uma ameaça.

Lizzie soltou um grito de medo e saltou para trás. Suas pernas se chocaram contra o assento de uma cadeira e ela caiu sentada com um baque.

De repente, Mack surgiu e se postou entre Lennox e ela.

– Você ergueu a mão contra uma mulher, Lennox. Agora vamos ver se tem coragem de erguê-la contra um homem.

– Você! – exclamou Lennox. – Não tinha percebido que era você quem estava ali, parado no canto como um preto.

– E agora que sabe, o que vai fazer a respeito?

– Você é um idiota, McAsh. Sempre fica do lado dos perdedores.

– E você acabou de insultar a esposa do homem que é seu dono. Isso não me parece muito inteligente.

– Não vim aqui para discutir e, sim, para jogar dados.

Lennox lhe deu as costas e voltou à sua mesa.

Lizzie continuava tão furiosa e frustrada quanto antes.

– Vamos embora – falou para Mack, levantando-se.

Ele abriu a porta e Lizzie saiu.

~

Ela precisava aprender mais sobre cultivo de tabaco, decidiu Lizzie depois de se acalmar. Lennox tentaria assumir o controle da fazenda e a única maneira de derrotá-lo seria convencer Jay de que era capaz de fazer um trabalho melhor. Tinha uma boa noção de como administrar a fazenda, mas não sabia muito sobre a planta em si.

No dia seguinte, voltou a pegar o pônei e a charrete na estrebaria e foi à propriedade do coronel Thumson, pedindo a Jimmy que conduzisse o veículo.

Nas semanas após a festa, os vizinhos tinham se mostrado frios para com os Jamissons, especialmente Jay. Eles haviam sido convidados para grandes eventos sociais, como um baile e uma festa de casamento pomposa, mas ninguém os chamara para pequenas celebrações ou jantares mais íntimos. No entanto, pareciam saber que Jay tinha ido a Williamsburg, pois desde então a Sra. Thumson lhe fizera uma visita e Suzy Delahaye a convidara para tomar chá. O fato de seus vizinhos preferirem recebê-la sozinha a deixava aflita, mas Jay ofendera todos eles com suas opiniões.

Lizzie ficou impressionada com a aparência próspera da fazenda dos Thumsons. Havia fileiras e fileiras de barricas no píer, os escravos pareciam animados e em boa forma, os barracos estavam pintados e as plantações, bem cuidadas. Viu o coronel do outro lado de uma campina, conversando com um pequeno grupo de trabalhadores, apontando algo para eles – Jay nunca era visto nos campos de cultivo dando instruções.

A Sra. Thumson era uma mulher gorda e bondosa de mais de 50 anos. Os filhos, dois rapazes, já eram adultos e não moravam ali. Enquanto servia uma xícara de chá, ela perguntou sobre a gravidez. Lizzie confessou que às vezes lhe doíam as costas e que sentia uma azia constante e ficou aliviada ao saber que a Sra. Thumson tivera os mesmos sintomas. Contou que havia notado um pequeno sangramento uma ou duas vezes, mas a vizinha franziu a testa e disse que isso não lhe acontecera, ainda que não fosse incomum, e sugeriu que ela repousasse mais.

Porém, Lizzie não tinha ido até ali para falar sobre a gravidez e ficou feliz ao ver o coronel chegar para tomar chá. Ele era um cinquentão, alto e de cabelos brancos, e forte para a sua idade. Apertou a mão dela com formalidade, mas Lizzie o amaciou com um sorriso e um elogio:

– Por que a fazenda do senhor tem um aspecto tão mais impressionante do que todas as outras?

– Bem, é bondade da senhora dizer isso. Eu diria que, em grande parte, é pelo fato de eu estar aqui. Veja bem, Bill Delahaye está sempre nas corridas de cavalo e rinhas de galo. John Armstead prefere beber a trabalhar e seu irmão passa todas as tardes jogando bilhar e dados na Ferry House.

Ele não teceu comentários sobre Mockjack Hall.

– E por que os escravos do senhor parecem tão cheios de energia?

– Ora, tudo depende do que você lhes dá para comer. – Ele estava obviamente gostando de dividir seu conhecimento com aquela jovem tão atraente. – Eles podem viver de canjica e broa de milho, mas trabalharão melhor se você lhes der peixe salgado todos os dias e carne uma vez por semana. Custa caro, mas é pior ter que comprar escravos novos a cada poucos anos.

– Por que tantas fazendas têm ido à falência nos últimos tempos?

– Você precisa entender a planta do tabaco. Ela exaure o solo. Em questão de quatro ou cinco anos, a qualidade deteriora. É preciso plantar trigo ou milho indígena no lugar e encontrar terra nova para o tabaco.

– Mas então o senhor deve ter que liberar terreno constantemente.

– De fato. Todo inverno eu desbasto uma parte da mata e abro novos campos de cultivo.

– Mas o senhor tem sorte; terra é o que não lhe falta.

– Há mata de sobra na propriedade da senhora. E quando ela acabar, o que deve fazer é comprar ou arrendar mais. A única maneira de cultivar tabaco é se mantendo em constante movimento.

– Todos fazem isso?

– Não. Alguns pedem crédito aos comerciantes, na esperança de que o preço do tabaco suba para salvá-los. Dick Richards, o antigo dono da sua fazenda, seguiu esse caminho, por isso que o seu sogro acabou se tornando o dono da propriedade.

Lizzie não lhe disse que Jay tinha ido a Williamsburg pedir dinheiro emprestado, mas disse:

– Poderíamos desbastar Stafford Park para a primavera que vem.

Stafford Park era um terreno baldio afastado da propriedade principal, cerca de 15 quilômetros rio acima. Por conta da distância, estava abandonado e Jay tentara arrendá-lo ou vendê-lo, mas ninguém tinha demonstrado interesse.

– Por que não começam com Pond Copse? – sugeriu o coronel. – Fica perto dos depósitos onde curam tabaco e o solo é adequado. O que me faz lembrar... – Ele consultou o relógio no console da lareira. – Preciso ir aos meus depósitos antes que anoiteça.

Lizzie se levantou.

– E eu devo voltar e falar com o meu capataz.

– Não se canse muito, Sra. Jamisson – interveio a Sra. Thumson. – Lembre-se do seu bebê.

Lizzie sorriu.

– Vou repousar bastante também, eu prometo.

O coronel Thumson beijou sua esposa e saiu com Lizzie. Ele a ajudou a se sentar na charrete e a acompanhou no veículo até os seus depósitos.

– Se me permite um comentário pessoal, a senhora é uma jovem dama extraordinária, Sra. Jamisson.

– Ora, obrigada.

– Espero que possamos vê-la com mais frequência. – Ele sorriu e seus olhos azuis brilharam. Tomou a mão dela e, ao erguê-la para beijá-la, seu braço roçou o seio de Lizzie, como por acidente. – Por favor, não hesite em mandar um de seus homens me buscar se eu puder ajudá-la de *qualquer* maneira.

Lizzie se afastou em sua charrete. Creio que acabo de receber minha primeira proposta de adultério, pensou ela. E estou grávida de seis meses. Que velho safado! Ela deveria estar indignada, mas, na verdade, estava contente. É claro que jamais aceitaria sua oferta. Na verdade, faria questão de evitar o coronel dali para a frente. Mas sentia-se lisonjeada por ser considerada desejável.

– Vá mais rápido, Jimmy, estou louca para jantar.

~

Na manhã seguinte, ela mandou Jimmy chamar Lennox à sua sala de estar. Não havia falado com ele desde o incidente na Ferry House. Como o temia, cogitou mandar que Mack fosse protegê-la. Mas recusava-se a crer que precisava de um guarda-costas em sua própria casa.

Sentou-se em uma grande cadeira entalhada que devia ter sido trazida da Inglaterra um século antes. Lennox chegou duas horas depois, com as botas enlameadas. Lizzie sabia que o atraso era sua maneira de dizer que não era obrigado a vir correndo sempre que ela assobiasse. Se o confrontasse, ele sem dúvida teria alguma desculpa, então Lizzie decidiu agir como se Lennox tivesse vindo imediatamente.

– Nós vamos desbastar o terreno de Pond Copse e prepará-lo para cultivar tabaco na próxima primavera – disse ela. – Quero que comece hoje mesmo.

Pela primeira vez, Lennox foi pego de surpresa.

– Por quê?

– Produtores de tabaco devem liberar novos terrenos para plantio a cada inverno. É a única maneira de continuarmos a obter boas safras. Andei analisando a propriedade e Pond Copse parece ser o terreno mais promissor. O coronel Thumson concorda comigo.

– Bill Sowerby nunca fez isso.

– Bill Sowerby nunca gerou dinheiro nenhum.

– Não há nada de errado com as terras que usamos.

– O plantio de tabaco exaure o solo.

– Ah, sim. Mas nós o adubamos intensamente.

Ela franziu a testa. Thumson não havia falado nada sobre adubação.

– Bem, não sei...

Sua hesitação foi fatal.

– É melhor deixar os homens cuidarem desse tipo de assunto.

– Eu dispenso o seu sermão – retrucou ela, sem paciência. – Fale-me sobre a adubação.

– Nós cercamos o gado nos campos de tabaco durante à noite, para termos o esterco. Ele revitaliza o solo para a próxima estação.

– Não pode ser tão bom quanto terra nova – disse ela, mas não tinha certeza.

– Dá na mesma. Mas, se quiser fazer diferente, vai ter que falar com o Sr. Jamisson.

Ela detestava ser derrotada por Lennox, mesmo que temporariamente, mas teria que esperar o retorno de Jay.

– Pode ir embora – falou, irritada.

Ele abriu um pequeno sorriso vitorioso e saiu em silêncio.

~

Lizzie se forçou a repousar pelo resto do dia, mas na manhã seguinte fez seu passeio habitual pela fazenda.

Nos depósitos, os ramos de tabaco, deixados para secarem, estavam sendo retirados de seus ganchos para as folhas poderem ser separadas dos talos e as fibras pesadas, arrancadas. Em seguida, seriam amarradas em fardos novamente e cobertas com um pano para "suarem".

Alguns trabalhadores estavam na mata, cortando madeira para fazer barris. Outros semeavam trigo no terreno de Stream Quarter. Lizzie viu Mack ali, trabalhando ao lado de uma jovem negra. Eles atravessavam o solo arado em fila, distribuindo as sementes que retiravam de cestos pesados. Lennox os acompanhava, apressando os trabalhadores mais lentos com um pontapé ou uma chibatada. Usava um chicote curto, com um cabo duro e uma correia de no máximo 90 centímetros, feita de um tipo de madeira flexível. Ao notar que Lizzie o observava, começou a brandi-lo de forma indiscriminada, como se a desafiasse a tentar impedi-lo.

Ela lhe deu as costas e fez menção de voltar para a casa. Porém, antes de se afastar muito, escutou um grito e virou-se novamente.

A jovem que trabalhava ao lado de Mack tinha caído. Era Bess, uma adolescente de uns 15 anos, alta e magra; a mãe de Lizzie teria dito que ela havia crescido mais rápido do que podia aguentar.

Lizzie correu em direção à figura estendida no solo, mas Mack estava mais perto. Ele largou seu cesto, ajoelhou-se ao lado de Bess e tocou sua testa e suas mãos.

– Acho que ela só desmaiou.

Lennox se aproximou e chutou a menina nas costelas com sua bota pesada. O impacto sacudiu o corpo de Bess, mas ela não abriu os olhos.

– Pare, não chute a menina! – gritou Lizzie.

– Crioula preguiçosa, vou lhe ensinar uma lição – falou Lennox, recuando o braço que segurava o chicote.

– Nem ouse! – exclamou Lizzie, fúriosa.

Ele fez o chicote descer com força contra as costas da garota inconsciente. Mack levantou-se com um salto.

– Pare! – tornou a berrar Lizzie.

Lennox ergueu o chicote novamente e Mack se colocou entre ele e Bess.

– A sua senhora mandou você parar – disse Mack.

Lennox trocou o chicote de posição e açoitou Mack no rosto.

Mack cambaleou para o lado e levou a mão à face. Um vergão roxo surgiu imediatamente em sua bochecha e sangue escorreu entre os seus lábios.

Lennox voltou a erguer a mão que segurava o chicote, mas não chegou a desferir o golpe pretendido.

Lizzie mal pôde ver o que aconteceu, de tão rápido que foi, mas no instante seguinte Lennox estava estirado no chão, gemendo, e Mack empunhava o chicote. Ele o segurou com as duas mãos e quebrou-o com o joelho, então atirou-o com desprezo em cima de Lennox.

Ela foi invadida por uma sensação de triunfo: o carrasco tinha sido derrotado.

Todos ficaram parados onde estavam, observando a cena por um bom tempo.

Então, Lizzie ordenou:

– Voltem ao trabalho, todos vocês.

Os trabalhadores desviaram os olhares e voltaram a semear o solo. Lennox pôs-se de pé, fitando Mack com uma expressão maldosa.

– Pode carregar Bess para dentro de casa? – perguntou Lizzie para Mack.

– Claro. – Ele a apanhou nos braços.

Eles atravessaram a plantação até a casa e a levaram para a cozinha, que ficava em um anexo nos fundos. Quando Mack a pousou em uma cadeira, Bess já havia recobrado os sentidos.

Lizzie mandou que Sarah, a cozinheira, servisse uma dose do conhaque de Jay. Após tomar um gole, Bess disse que se sentia bem, apesar de as costelas estarem doloridas, e que não entendia por que tinha desmaiado. Lizzie lhe falou para comer algo e descansar até o dia seguinte.

Ao deixar a cozinha, ela notou que Mack parecia taciturno.

– O que houve?

– Eu devo ter ficado maluco.

– Como assim? Lennox desobedeceu uma ordem direta minha!

– Ele é um homem vingativo. Não deveria tê-lo humilhado.

– Como ele pode se vingar de você?

– Isso é fácil: ele é o capataz.

– Não irei permitir – afirmou Lizzie, determinada.

– Você não pode me vigiar o dia inteiro.

– Que inferno. – Ela não permitiria que Mack sofresse pelo que havia feito.

– Eu fugiria se soubesse para onde ir. Você já viu algum mapa da Virgínia?

– Não fuja. – Ela franziu a testa, pensativa, então teve uma ideia. – Já sei o que fazer: você pode trabalhar dentro da casa.

Ele sorriu.

– Eu adoraria. Mas não acho que daria um bom mordomo.

– Não, não como criado. Poderia ficar encarregado dos reparos. Preciso de alguém para pintar e reformar o quarto do bebê.

Ele fez cara de desconfiado.

– Está falando sério?

– É claro que sim!

– Seria... maravilhoso me ver livre de Lennox.

– Então assim será.

– Você nem imagina o quanto esta notícia é boa para mim.

– Para mim também; sinto-me mais segura quando você está por perto. Também tenho medo de Lennox.

– Com razão.

– Precisamos providenciar uma camisa e um colete novos para você e sapatos para dentro de casa. – Ela iria adorar vesti-lo com boas roupas.

– Que luxo – comentou ele, sorrindo.

– Está combinado – falou ela, decidida. – Pode começar agora mesmo.

A princípio, as escravas domésticas ficaram um tanto ressentidas por conta da festa, pois sentiam-se superiores aos peões de lavoura. Sarah ficou especialmente contrariada por ter que cozinhar para aquela "ralé que come canjica e broa de milho". Mas Lizzie zombou do esnobismo delas e as contagiou com seu entusiasmo. No fim das contas, todas entraram no espírito da coisa.

Ao pôr do sol do sábado, as cozinheiras preparavam um banquete. Pepper Jones, o tocador de banjo, havia chegado bêbado ao meio-dia. McAsh o fizera beber litros de chá e o colocara para dormir em um dos anexos e agora ele estava sóbrio novamente. Seu instrumento era composto de quatro cordas de tripa de gato esticadas sobre uma casca de abóbora e o som que produzia ao ser afinado era algo entre um piano e um tambor.

Lizzie andava pelo quintal, empolgada, conferindo as preparações. Estava ansiosa pela celebração. Não participaria dos festejos, é claro: teria que fazer o papel de Dama Generosa, serena e indiferente. Mas iria adorar ver todos os demais aproveitarem a farra.

Ao cair da noite, tudo estava pronto. Um novo barril de cidra já havia sido destampado; vários pernis gordos estavam sendo assados em fogueiras abertas; centenas de batatas-doces cozinhavam em caldeirões de água fervente; e longos filões de pão branco, de quase 2 quilos cada, esperavam ser fatiados.

Impaciente, Lizzie zanzava de um lado para outro, aguardando os escravos chegarem das plantações. Torcia para que eles cantassem. Ela às vezes os ouvia de longe, entoando canções tristes ou músicas de trabalho ritmadas, mas sempre paravam quando um dos senhores se aproximavam.

À medida que a lua se erguia no céu, as mulheres mais velhas chegaram dos barracos com bebês apoiados nas ancas e as crianças maiores vindo atrás. Não sabiam onde estavam os peões, pois lhes davam de comer pela manhã e só voltavam a vê-los ao final do dia.

Os peões sabiam que deveriam vir à casa-grande aquela noite. Lizzie dissera a Kobe para se certificar de que todos fossem informados e sempre podia confiar nele. Passara o dia todo ocupada demais para ir aos campos de cultivo, mas imaginava que eles estivessem trabalhando nas partes mais remotas da fazenda, portanto demorariam a voltar. Esperava que as batatas-doces não cozessem demais a ponto de virarem purê.

O tempo passava e ninguém aparecia. Quando já escurecera, ela admitiu a si mesma que algo havia saído errado. Com a raiva crescendo em seu peito, ela chamou McAsh e disse:

– Traga Lennox até aqui.

Quase uma hora depois, McAsh enfim voltou com Lennox, que obviamente já havia começado a bebedeira da noite. Àquela altura, Lizzie estava furiosa.

– Onde estão os peões? – exigiu saber ela. – Eles deveriam estar aqui!

– Ah, sim – falou Lennox lentamente. – Hoje não foi possível.

Sua insolência a alertava de que ele havia encontrado uma maneira de frustrar seus planos.

– Mas que diabo você quer dizer com "não foi possível"?

– Eles estão cortando madeira para os barris em Stafford Park – O terreno de Stafford Park ficava cerca de 15 quilômetros rio acima. – Isso é trabalho para alguns dias, então montamos um acampamento. Os peões ficarão por lá, com Kobe, até terminarmos.

– Vocês não precisavam cortar madeira logo hoje.

– Não há melhor hora do que o presente.

Ele havia provocado aquilo para desafiá-la. Mas, até Jay voltar à fazenda, não podia fazer nada.

Lennox olhou para a comida disposta sobre as mesas de cavalete.

– É uma pena – disse ele, mal contendo sua alegria, e arrancou um naco de pernil assado com a mão suja.

Sem pensar, Lizzie apanhou um garfo de cabo longo e o fincou nas costas da mão de Lennox.

– Largue isso!

Lennox gritou de dor e deixou cair a carne.

Lizzie arrancou o garfo e ele tornou a urrar de dor.

– Sua vaca louca!

– Saia daqui e não apareça na minha frente até o meu marido voltar!

Por um bom tempo, ele a fitou com um olhar enfurecido, como se estivesse prestes a atacá-la. Então, enfiou a mão sangrenta debaixo do outro braço e foi embora às pressas.

Lizzie sentiu os olhos se encherem de lágrimas. Não queria que os criados a vissem chorar, logo voltou correndo para dentro de casa. Assim que se encontrou sozinha na sala de estar, começou a soluçar de frustração. Sentia-se inútil e sozinha.

Um minuto depois, ouviu a porta se abrir.

– Sinto muito – disse Mack.

Sua compaixão a fez verter novas lágrimas. No instante seguinte, sentiu os braços dele ao seu redor. Era profundamente reconfortante. Pousou a cabeça em seu ombro e chorou sem parar. Ele acariciou seus cabelos e beijou suas lágrimas. Aos poucos, os soluços ficaram mais suaves e a dor abrandou. Lizzie desejou que Mack pudesse abraçá-la daquele jeito a noite inteira.

Então, ela se deu conta do que estava fazendo.

Desvencilhou-se dele, horrorizada. Ela era uma mulher casada, grávida de seis meses, e deixara um criado beijá-la!

– O que deu em mim? – perguntou ela, incrédula.

– Você estava fora de si.

– Mas agora não estou. Saia daqui!

Com o olhar triste, Mack lhe deu as costas e foi embora.

CAPÍTULO VINTE E NOVE

N O DIA SEGUINTE à festa frustrada de Lizzie, Mack recebeu notícias de Cora.

Era domingo e ele vestiu roupas novas para ir a Fredericksburg. Precisava parar de pensar em Lizzie Jamisson, em seus cabelos negros encaracolados, seu rosto macio e suas lágrimas salgadas. Pepper Jones, que tinha passado a noite no alojamento dos escravos, o acompanhava, carregando o banjo.

Pepper era um homem magro e elétrico que devia ter 50 anos. Seu inglês fluente indicava que estava havia muitos anos na América.

– Como conseguiu sua liberdade? – indagou Mack.

– Eu nasci livre. Mamãe era branca, embora não parecesse. Papai era um fugitivo e foi recapturado antes de eu nascer. Nunca o conheci.

– É verdade o que Kobe diz, que todos os fugitivos são apanhados?

Sempre que tinha oportunidade, Mack fazia perguntas sobre a possibilidade de fuga.

Pepper riu.

– Claro que não. A maioria, sim, mas muitos escravos são burros, por isso são capturados, para começo de conversa.

– Então, se você não for burro...?

Ele deu de ombros.

– Não é nada fácil. Assim que você foge, seu senhor coloca um anúncio no jornal, com sua descrição e as roupas que estiver usando.

Roupas custavam tão caro que seria difícil para um fugitivo trocá-las.

– Mas você pode se manter escondido.

– Só que precisa comer. Isso significa que precisa de um emprego, se pretende continuar nas colônias, e qualquer homem capaz de lhe dar trabalho provavelmente vai ter lido a seu respeito no jornal.

– Esses fazendeiros pensaram mesmo em tudo.

– Não é de se espantar. A mão de obra de todas as fazendas é feita de escravos, condenados e servos por contrato. Se não tivessem um sistema para capturar os fugitivos, eles já teriam morrido de fome há muito tempo.

Mack ficou pensativo.

– Mas você falou "se pretende continuar nas colônias". O que quer dizer com isso?

– A oeste daqui ficam as montanhas e, do outro lado, é só mato. Não há jornais por lá. Nem fazendas. Nada de xerifes, juízes ou carrascos.

– Qual é o tamanho do território?

– Não sei. Há quem diga que se estende por centenas de quilômetros até chegar ao mar outra vez, mas nunca conheci ninguém que tenha estado lá.

Mack já havia falado sobre o oeste selvagem com muitas pessoas, mas Pepper era o único que lhe inspirava confiança. Outros relatavam o que eram obviamente histórias fantásticas, e não fatos concretos; Pepper ao menos admitia que não sabia tudo. Como sempre, Mack achava um assunto fascinante.

– Com certeza um homem pode desaparecer além das montanhas e nunca mais ser encontrado!

– Isso é verdade. Também pode ser escalpelado pelos índios e devorado por pumas. O mais provável é que morra de fome.

– Como sabe disso?

– Já falei com pioneiros que voltaram de lá. Eles trabalham como condenados durante alguns anos, transformando um pedaço de terra perfeitamente bom em um lamaçal inútil, então partem.

– Mas alguns são bem-sucedidos?

– Devem ser, imagino, senão não haveria este lugar chamado América.

– A oeste daqui, você diz – matutou Mack. – Qual é a distância até as montanhas?

– Uns 150 quilômetros, pelo que dizem.

– Tão perto!

– É mais longe do que você pensa.

~

Um dos escravos do coronel Thumson, que estava conduzindo uma carroça até a cidade, ofereceu-lhes carona; era algo comum entre escravos e condenados nas estradas da Virgínia.

A cidade estava agitada: domingo era o dia em que os peões das fazendas ao redor iam à igreja, embebedavam-se nos bares ou faziam as duas coisas. Alguns condenados sentiam-se superiores aos escravos, mas Mack não concordava com aquela postura, logo tinha muitos amigos e conhecidos e era cumprimentado a cada esquina.

Eles foram à birosca de Jones Mestiço, chamado assim por conta da sua cor, uma mistura de negro com branco. Ele vendia bebida aos negros, embora fosse contra a lei, e era capaz de conversar tão bem no dialeto falado pela maioria dos escravos quanto no sotaque virginiano. Sua taberna era um recinto de teto baixo que cheirava a fumaça de madeira, sempre cheia de negros e brancos pobres jogando cartas e bebendo. Mack não tinha dinheiro, mas Pepper Jones recebera uma grana de Lizzie e lhe pagou um caneco de cerveja.

Mack saboreou a bebida, um raro privilégio atualmente. Enquanto bebiam, Pepper perguntou:

– Ei, Mestiço, já conheceu alguém que tenha atravessado as montanhas?

– Claro que sim. Um caçador veio aqui uma vez dizendo que nunca viu lugar melhor para caçar na vida. Parece que um monte deles vai para aquelas bandas todos os anos e voltam carregados de peles.

– Ele disse qual rota pegou? – indagou Mack.

– Acho que tem por lá um desfiladeiro chamado Garganta de Cumberland.

– Garganta de Cumberland – repetiu Mack.

– Ei, Mack, você não andava perguntando sobre uma garota branca chamada Cora?

O coração de Mack se acelerou.

– Sim, ouviu alguma coisa sobre ela?

– Eu a vi. Agora sei por que você é louco por ela. – Mestiço revirou os olhos.

– Ela é bonita, Mack? – provocou-o Pepper.

– Mais do que você, Pepper. Desembucha logo, Mestiço, onde você a viu?

– Perto do rio. Ela estava com um casaco verde e um cesto, pegando a balsa para Falmouth.

Mack sorriu. O casaco e o fato de ela estar pegando a balsa em vez de cruzar o vau do rio a pé indicavam que ela havia conseguido se safar outra vez. Devia ter sido vendida para um dono bondoso.

– Como soube que era ela?

– O balseiro a chamou pelo nome.

– Deve estar vivendo do outro lado do rio, em Falmouth, é por isso que não soube dela quando perguntei pela primeira vez em Fredericksburg.

– Bem, agora já sabe.

Mack engoliu o restante da sua cerveja.

– E vou encontrá-la. Mestiço, você é um bom amigo. Pepper, obrigado pela cerveja.

– Boa sorte!

Mack saiu da cidade. Fredericksburg havia sido erguida logo abaixo da linha de desnível no rio Rappahannock. Navios transatlânticos conseguiam ir até lá, mas cerca de 1,5 quilômetro mais adiante o leito tornava-se pedregoso e somente chatas podiam navegá-lo. Mack foi andando até o ponto em que a água era rasa o suficiente para permitir a travessia a pé.

Estava muito entusiasmado. Quem teria comprado Cora? Como ela estaria vivendo? E será que ela sabia que fim teria levado Peg? Se conseguisse localizar as duas e cumprir sua promessa, ele poderia dar início aos planos de fuga. Durante os últimos três meses, reprimira o desejo de liberdade tentando descobrir o paradeiro de Cora e Peg, mas o que Pepper lhe dissera sobre a região selvagem além das montanhas havia trazido tudo à tona novamente e ele ansiava por fugir. Sonhava com o dia em que escaparia da fazenda ao cair da noite e seguiria rumo ao oeste com o fim de nunca mais trabalhar para um capataz com um chicote em punho.

Também estava ávido por reencontrar Cora. Ela provavelmente não estaria trabalhando naquele dia e talvez pudesse sair para passear em um lugar isolado. Porém, Mack sentiu uma pontada de culpa. Havia acordado naquela manhã pensando em beijar Lizzie Jamisson e agora seu alvo se tornara Cora. Mas era tolice sua sentir-se mal por Lizzie: ela era a esposa de outro homem e eles jamais teriam um futuro juntos. Mesmo assim, a excitação que sentia era maculada por uma sensação de desconforto.

Falmouth era uma versão reduzida de Fredericksburg, contando com os mesmos cais, depósitos, tabernas e casas de madeira pintada. Mack poderia bater à porta de todas as residências em um par de horas, mas Cora deveria viver fora da cidade.

Ele foi à primeira taberna que encontrou e falou com o dono:

– Estou procurando uma jovem chamada Cora Higgins.

– Cora? Ela mora na casa branca na próxima esquina; você provavelmente verá três gatos dormindo na varanda.

Aquele era o dia de sorte de Mack.

– Obrigado!

O homem sacou um relógio do bolso do colete e o consultou.

– Ela não está lá a esta hora e, sim, na igreja.

– Sei onde é a igreja. Vou para lá.

Cora não costumava frequentar a igreja, mas talvez seu dono a forçasse a ir, pensou Mack. Ele atravessou a rua e caminhou dois quarteirões até o pequeno templo de madeira.

A missa havia acabado e a congregação estava saindo, todos vestindo suas melhores roupas de domingo, trocando apertos de mãos e conversando.

Mack viu Cora assim que chegou.

Ele abriu um largo sorriso ao reconhecê-la; sem dúvida ela havia tirado a sorte grande. Era como se a mulher suja e faminta que ele deixara no *Rosebud* fosse outra pessoa. Cora voltara a ser como antes: com a pele límpida, o cabelo brilhoso, as formas voluptuosas. Estava mais bem-vestida do que nunca, com um casaco marrom-escuro e uma saia de lã, e calçava botas de qualidade. De repente, Mack sentiu-se feliz por estar com a camisa e o colete novos que Lizzie lhe dera.

Cora falava animadamente com uma senhora de idade que carregava uma bengala, mas interrompeu a conversa ao vê-lo se aproximar.

– Mack! – exclamou, encantada. – É um milagre!

Ele fez menção de abraçá-la, mas Cora limitou-se a estender a mão. Mack imaginou que ela não quisesse fazer um espetáculo em frente à igreja. Tomou a mão dela nas suas e a elogiou:

– Você está linda.

Ela também estava cheirosa: em vez do perfume picante e de aroma silvestre que usava em Londres, exalava uma fragrância mais suave, floral, mais adequada para uma dama.

– O que aconteceu com você? – perguntou ela, recolhendo a mão. – Quem o comprou?

– Estou na fazenda dos Jamissons e Lennox é o capataz.

– Ele bateu no seu rosto?

– Bateu – confirmou Mack, tocando a ferida –, mas eu tirei o chicote das mãos dele e o quebrei em dois.

Ela sorriu.

– Esse é o Mack que eu conheço, sempre criando problemas.

– Pois é. Tem alguma notícia de Peg?

– Ela foi levada pelos cocheiros de almas, Bates e Makepiece.

– Droga – praguejou Mack, arrasado. – Vai ser difícil encontrá-la.

– Sempre pergunto por ela, mas nunca consegui descobrir nada.

– E quem comprou você? Alguém generoso, pelo que vejo!

Ao mesmo tempo que ele falava, um cinquentão gorducho e bem-vestido se aproximou deles.

– Aqui está ele: Alexander Rowley, comerciante de tabaco – apresentou Cora.

– Está na cara que ele trata você muito bem – murmurou Mack.

Rowley trocou um aperto de mão com a senhora de idade e dirigiu-lhe algumas palavras, então voltou-se para Mack.

– Este é Malachi McAsh – prosseguiu Cora –, um velho amigo meu de Londres. Mack, este é o Sr. Rowley, meu marido.

Mack ficou olhando para os dois, sem palavras.

Rowley passou um braço possessivo em volta dos ombros de Cora enquanto apertava a mão de Mack.

– Como vai, McAsh? – perguntou ele e, sem esperar por uma resposta, arrastou Cora para longe.

~

Por que não conseguia aceitar aquilo?, pensou Mack arrastando os pés pela estrada de volta à fazenda dos Jamissons. Cora não tinha como saber se voltaria a vê-lo um dia e, ao ser comprada por Rowley, fizera com que ele se apaixonasse. O casamento de um comerciante com uma mulher condenada devia ter causado um escândalo considerável, mesmo em uma pequena cidade colonial como Falmouth. Contudo, no fim das contas a atração sexual era mais forte do que as regras sociais e Mack facilmente imaginava Cora seduzindo Rowley. Devia ter sido difícil convencer pessoas como a senhora de bengala a aceitá-la como uma esposa respeitável, mas Cora era muita ousada e se saíra bem. Bom para ela. Provavelmente também daria filhos a Rowley.

Porém, por mais que tentasse encontrar desculpas para as atitudes dela, Mack estava desapontado. Em um momento de pânico, Cora o fizera prometer que a procuraria, mas se esquecera dele na primeira oportunidade de uma vida fácil.

Era estranho: ele tivera dois amores, Annie e Cora, e as duas haviam se casado com outro homem. Cora ia para a cama todas as noites com um comerciante de tabaco gordo que tinha o dobro da sua idade e Annie estava grávida do filho de Jimmy Lee. Ele se perguntava se um dia teria uma vida familiar normal, com uma esposa e filhos.

Mas então afastou aqueles devaneios da cabeça. Poderia ter tido aquilo se fosse o que realmente queria. Mas recusara-se a se acomodar e aceitar o que mundo lhe havia oferecido. Ele queria mais.

Ele queria ser livre.

CAPÍTULO TRINTA

J AY FOI A Williamsburg cheio de esperança.

Tinha se decepcionado com as tendências políticas dos vizinhos – eram todos liberais e reformistas, não havia um só conservador entre eles –, mas estava certo de que na capital da colônia encontraria homens leais ao rei, que o receberiam de braços abertos como um aliado valioso e promoveriam sua carreira política.

Williamsburg era pequena, porém imponente. A Duke of Gloucester Street, a avenida principal, se estendia por mais de 1,5 quilômetro e tinha 30 metros de largura. Em uma de suas extremidades ficava o Capitólio e, na outra, o College of William and Mary – tanto a sede da Assembleia Legislativa quanto a universidade eram edifícios de tijolos majestosos, cuja arquitetura em estilo britânico renovava em Jay a confiança no poder da monarquia. Havia um teatro e várias lojas, com artesãos que produziam desde candelabros de prata até mesas de jantar de mogno. Na gráfica Purdie & Dixon, Jay comprou a *Gazeta da Virgínia*, um jornal repleto de anúncios de escravos fugitivos.

Os fazendeiros ricos que compunham a elite governante da colônia residiam em suas respectivas propriedades, mas iam todos a Williamsburg quando a Assembleia Legislativa estava em sessão no Capitólio e, consequentemente, a cidade era cheia de estalagens com quartos para alugar. Jay entrou na Raleigh Tavern, uma construção baixa de tábuas de madeira brancas com aposentos no sótão.

Havia deixado seu cartão e uma mensagem no palácio, mas precisaria esperar três dias para conseguir uma hora marcada com o barão de Botetourt, agora governador. Por fim, recebeu sua convocação, mas não para uma reunião particular, como tinha esperado, e, sim, para uma recepção com outros cinquenta convidados. Claramente o governador ainda não sabia que Jay era um aliado importante em um ambiente político hostil.

O palácio ficava ao final de um longo passeio que se estendia na direção norte a partir do meio da Duke of Gloucester Street. Era mais um edifício de tijolos de estilo britânico, com chaminés altas e trapeiras no telhado, como uma casa de campo. O hall de entrada majestoso era decorado com facas, pistolas e mosquetes dispostos em arranjos elaborados, como se buscassem enfatizar o poderio militar da Coroa.

Infelizmente, Botetourt era o exato oposto do que Jay havia esperado. A Virgínia precisava de um governador rígido, austero, que instilasse medo em colonos sediciosos, mas Botetourt se mostrou um homem gordo e afável, com ares de um próspero comerciante de vinho que dava as boas-vindas aos seus clientes para uma degustação.

Jay o observou receber os convidados no amplo salão de festas. O homem não fazia ideia das conspirações subversivas que poderiam estar surgindo nas mentes dos fazendeiros.

Bill Delahaye estava presente e apertou a mão de Jay.

– O que acha do nosso novo governador?

– Tenho minhas dúvidas de que ele saiba onde está se metendo.

– Ele pode ser mais esperto do que parece.

– Espero que sim.

– Teremos uma grande partida de carteado amanhã à noite, Jamisson. Gostaria que eu o apresentasse ao grupo?

Jay não se permitira uma boa noite de jogo desde que deixara Londres.

– Sem dúvida.

Na sala de jantar que ficava depois do salão de festas, vinho e bolos foram servidos. Delahaye apresentou Jay a vários outros homens. Um cinquentão atarracado de aparência bem abastada, indagou em um tom um pouco hostil:

– Jamisson? Da família Jamisson de Edimburgo?

O rosto do homem lhe era vagamente familiar, embora Jay estivesse seguro de que nunca o vira antes.

– A propriedade da família é o Castelo Jamisson, no condado de Fife – respondeu Jay.

– O castelo que antes era de William McClyde?

– Esse mesmo. – Jay percebeu que o homem lhe trazia Robert à mente: tinha os mesmos olhos claros e a mandíbula proeminente. – Como o senhor se chama mesmo?

– Sou Hamish Drome. Aquele castelo deveria ser meu.

Jay ficou pasmo. Drome era o nome de solteira da mãe de Robert, Olive.

– Então o senhor é o parente que veio para a Virgínia e do qual ninguém mais teve notícias!

– E o senhor deve ser o filho de George e Olive.

– Não, meu meio-irmão Robert que é. Olive morreu e meu pai tornou a se casar. Sou o filho mais novo.

– Ah. Então Robert o empurrou para fora do ninho, assim como a mãe dele fez comigo.

Havia certa insolência nas observações de Drome, mas Jay ficou intrigado com o que homem parecia sugerir. Lembrou-se das revelações de Peter McKay, embriagado, durante o casamento.

– Já ouvi boatos de que Olive forjou o testamento.

– Exato. E também assassinou meu tio William.

– O quê?

– Não há a menor dúvida. William não estava doente. Ele era hipocondríaco, gostava de imaginar que sua saúde era frágil. Deveria ter vivido até uma idade muito avançada. Mas, seis meses depois de Olive chegar, ele mudou o testamento e bateu as botas. Aquela mulher era o diabo.

– Rá.

Jay sentiu uma estranha satisfação. A sacrossanta Olive, cujo retrato ficava pendurado em um lugar de honra no hall do Castelo Jamisson, era uma assassina que deveria ter sido enforcada. Jay sempre se ressentira do fato de todos se referirem a ela com tamanha reverência, portanto foi com alegria que recebeu a notícia de que ela era uma víbora sem coração.

– O senhor não ficou com nada? – perguntou a Drome.

– Nem um tostão. Vim para cá com doze meias de lã de Shetland e agora sou o maior vendedor de artigos de costura da Virgínia. Mas nunca escrevi uma só carta para casa. Temia que Olive encontrasse uma forma de me roubar isso também.

– Mas como ela faria isso?

– Não sei. Talvez tenha sido apenas superstição minha. Folgo em saber que Olive está morta. Mas, pelo que vejo, parece que o filho puxou a ela.

– Sempre o achei mais parecido com o meu pai. Seja como for, ele é de uma ganância insaciável.

– Se eu fosse o senhor, não lhe daria o endereço daqui.

– Ele herdará todos os negócios do meu pai; não acho que também vá querer minha pequena fazenda.

– Não tenha tanta certeza – replicou Drome, mas Jay achou que ele estava sendo dramático demais.

Jay só conseguiu chegar ao governador Botetourt no final da festa, quando os convidados deixavam o palácio pela entrada dos jardins. Agarrou-o pela manga e disse em voz baixa:

– Quero que saiba que sou inteiramente leal ao senhor e à Coroa.

– Esplêndido, esplêndido – falou Botetourt em voz alta. – É muita bondade do senhor dizer isso.

– Acabo de chegar à região e tenho me escandalizado com as atitudes dos homens mais proeminentes da colônia. Estou mesmo escandalizado. No momento em que estiver disposto a sufocar atos de traição e esmagar a oposição desleal à Coroa, estarei do seu lado.

Botetourt o encarou firme, levando-o finalmente à sério, e Jay percebeu que ele era um político astuto apesar da aparência bonachona.

– É muito gentil da sua parte, mas vamos torcer para que não seja preciso sufocar ou esmagar muita coisa. Considero a persuasão e a negociação alternativas muito melhores... Os efeitos são mais duradouros, compreende? Major Wilkinson, até logo! Sra. Wilkinson, foi um prazer revê-la.

Persuasão e negociação, pensou Jay ao atravessar o portal em direção ao jardim. Botetourt havia caído em um ninho de serpentes e queria negociar com elas.

– Eu me pergunto quanto tempo ele levará para entender o que está acontecendo aqui – comentou Jay com Delahaye.

– Creio que ele já entenda muito bem. Apenas não pretende mostrar as presas antes de estar pronto para morder.

No dia seguinte, confirmando aquela hipótese, o amável novo governador dissolveu a Assembleia Legislativa.

~

Matthew Murchman vivia em uma casa de tábuas de madeira pintadas de verde ao lado da livraria da Duke of Gloucester Street. Fazia seus negócios na sala da frente, cercado de livros de direito e papéis. Era um homem pequeno e grisalho, nervoso como um esquilo, que corria de um lado para outro do recinto a fim de apanhar uma folha de papel de uma pilha e escondê-la no meio de outra.

Jay assinou os papeis da hipoteca da fazenda. Ficou desapontado com o valor do empréstimo: apenas 400 libras esterlinas.

– Tive sorte de conseguir tanto – chilreou Murchman. – Com o tabaco tão em baixa no mercado, tenho minhas dúvidas de que a propriedade possa ser vendida por essa quantia.

– Quem é o credor? – perguntou Jay.

– Um sindicato, capitão Jamisson. É assim que essas coisas funcionam hoje em dia. Há algum passivo que o senhor gostaria que eu liquidasse imediatamente?

Jay havia trazido consigo um maço de faturas, todas as dívidas que contraíra desde que chegara à Virgínia quase três meses antes. Entregou-as a Murchman, que correu os olhos por elas.

– Cerca de 100 libras. Antes de o senhor partir, eu lhe darei todos os respectivos recibos. E peço-lhe que me avise se comprar algo enquanto estiver na cidade.

– Provavelmente comprarei. Um certo Sr. Smythe está vendendo uma carruagem com um belo par de cavalos baios. E preciso de dois ou três escravos.

– Farei saber que o senhor tem crédito comigo.

Jay não gostava da ideia de pedir emprestado tanto dinheiro e deixá-lo todo nas mãos do advogado.

– Deixe-me levar 100 libras em ouro. Irei a uma partida de cartas na Raleigh hoje à noite.

– Sem dúvida, capitão Jamisson. O dinheiro é seu!

~

Não restava muito das 400 libras quando Jay retornou à fazenda com sua nova carruagem totalmente equipada. Ele perdera no jogo, comprara quatro jovens escravas e não conseguira pechinchar com o Sr. Smythe o preço da carruagem e dos cavalos.

Porém, havia liquidado todas as suas dívidas. Poderia pedir crédito aos comerciantes locais como fizera antes. Logo após o Natal, poderia vender a primeira colheita de tabaco e pagaria o que estivesse devendo com os lucros.

Estava apreensivo, pois não sabia o que Lizzie iria dizer sobre a carruagem, mas, para seu alívio, ela mal lhe deu atenção. Era óbvio que tinha outra coisa em mente e estava louca para lhe contar o que era.

Como sempre, Lizzie ficava mais atraente durante os momentos de agitação: os olhos escuros faiscavam e a pele brilhava com tons róseos. No entanto, Jay já não se sentia tomado pelo desejo sempre que a via. Depois que ela tinha engravidado, ele passara a ficar reservado. Imaginava que fosse ruim para o bebê se a mãe mantivesse relações sexuais durante a gravidez.

Mas aquele não era o verdadeiro motivo; por alguma razão, o fato de Lizzie tornar-se mãe o desmotivava. Ele não gostava da ideia de que mães pudessem ter desejos sexuais. De todo modo, seria impraticável fazer qualquer coisa, pois a barriga estava ficando grande demais.

Assim que ele a beijou, Lizzie avisou:

– Bill Sowerby foi embora.

– Sério? – Jay ficou surpreso, já que homem tinha partido sem receber. – Ainda bem que temos Lennox para assumir o comando.

– Acredito que tenha sido Lennox quem o expulsou. Ao que parece, Sowerby perdeu muito dinheiro para ele nas cartas.

– Lennox é um ótimo jogador.

Eles estavam parados na varanda da frente quando Lennox apareceu, contornando a lateral da casa. Com sua habitual falta de educação, não deu as boas-vindas a Jay, mas informou:

– Acabamos de receber um carregamento de barris de bacalhau salgado.

– Fui eu quem pedi – disse Lizzie. – É para os peões.

– Por que você quer lhes dar peixe? – perguntou Jay, irritado.

– Segundo o coronel Thumson, faz com que eles rendam mais no trabalho. Ele dá aos escravos peixe salgado todos os dias e carne uma vez por semana.

– O coronel Thumson é mais rico do que eu. Mande tudo de volta, Lennox.

– Eles terão que trabalhar duro este inverno, Jay – protestou Lizzie. – Precisamos desmatar o terreno de Pond Copse e prepará-lo para cultivar tabaco na primavera que vem.

– Isso não é necessário – apressou-se a dizer Lennox. – Os campos de cultivo ainda têm muito para dar, se bem adubados.

– Você não pode adubá-los para sempre – rebateu Lizzie. – O coronel Thumson libera novas terras todo inverno.

Jay percebeu que os dois já haviam tido aquela discussão.

– Não temos mão de obra suficiente – replicou Lennox. – Mesmo com os homens do *Rosebud*, só podemos cultivar o solo já disponível. O coronel Thumson tem mais escravos do que nós.

– Isso porque ele gera mais dinheiro, graças a métodos mais eficazes – falou Lizzie, triunfante.

– Mulheres não entendem desse tipo de assunto – zombou Lennox.

– Deixe-nos a sós, Sr. Lennox, agora mesmo – esbravejou Lizzie.

Lennox pareceu irritado, mas foi embora.

– Você precisa se livrar dele, Jay.

– Não vejo por que...

– Não é só por ele ser violento. A única coisa que ele sabe fazer é amedrontar as pessoas. Não entende de agricultura e não sabe nada de tabaco. E o pior: não está interessado em aprender.

– Ele sabe como fazer os peões trabalharem duro.

– Não faz sentido colocá-los para trabalhar duro se eles estão fazendo o trabalho errado!

– Parece que de repente você se tornou uma especialista em tabaco.

– Jay, eu fui criada em uma grande propriedade e a vi ir à falência, não por preguiça dos camponeses, mas porque meu pai morreu e minha mãe não foi capaz de administrar nossas terras. Agora, vejo você cometer os mesmos erros que todos cometem: passar muito tempo afastado da fazenda, confundir brutalidade com disciplina, deixar terceiros tomarem decisões estratégicas. Você não administraria um regimento dessa forma!

– Você não sabe administrar um regimento.

– E você não sabe administrar uma fazenda!

Jay estava ficando nervoso, mas conteve a raiva.

– Então o que quer que eu faça?

– Demita Lennox.

– Mas quem assumirá a fazenda?

– Podemos geri-la juntos.

– Não quero ser um fazendeiro!

– Deixe que eu assuma o controle.

Jay meneou a cabeça.

– Eu bem imaginava.

– O que quer dizer com isso?

– Tudo isso é para que você tenha a fazenda nas mãos, não é?

Jay achou que Lizzie fosse explodir, mas ela manteve a calma.

– É isso mesmo que você pensa?

– Para ser franco, sim.

– Estou tentando salvá-lo. Você está se encaminhando para uma catástrofe. Minha intenção é evitar que isso aconteça e você acha que eu só quero mandar em todo mundo. Se é isso que pensa de mim, por que diabo se casou comigo?

Jay não gostava que ela praguejasse: era uma atitude masculina demais.

– Naquela época, você era bonita.

Os olhos de Lizzie flamejaram de raiva, mas ela não respondeu. Deu-lhe as costas e foi para dentro de casa.

Jay suspirou aliviado: não era sempre que vencia uma discussão com ela.

Alguns instantes depois, ele também entrou. Surpreendeu-se ao deparar com McAsh no hall, de colete e sapatos próprios para o interior da casa, colocando uma nova vidraça numa janela. O que raios ele estava fazendo ali?

– Lizzie! – chamou Jay, e a encontrou na sala de estar. – Lizzie, acabo de ver McAsh no hall de entrada.

– Eu o encarreguei da manutenção. Ele está pintando o berçário.

– Não quero aquele homem na minha casa.

– Então vai ter que aturá-lo! – explodiu ela, pegando Jay de surpresa.

– Bem...

– Se Lennox continuar na propriedade, eu não ficarei sozinha nesta casa. Recuso-me terminantemente, entendeu?

– Está certo...

– E se McAsh for embora, eu vou também! – arrematou ela, saindo como um furacão da sala.

– Está certo! – gritou ele enquanto Lizzie batia a porta com força.

Não iria travar uma guerra por conta de um maldito condenado. Se ela queria que o homem pintasse o berçário, paciência.

Foi então que Jay notou uma carta fechada sobre o aparador, endereçada a ele. Pegou-a e reconheceu a caligrafia da mãe. Sentou-se perto da janela e abriu-a.

Grosvenor Square, 7
Londres
15 de setembro de 1768

Meu querido filho,
A nova mina de carvão no High Glen já foi restaurada após o acidente e os mineiros estão de volta ao trabalho.

Jay sorriu. Sua mãe podia ser muito prática, se assim quisesse.

Robert passou muitas semanas aqui, unindo as duas propriedades e tomando providências para que elas funcionem como uma só.

Eu disse ao seu pai que você deveria receber royalties sobre o carvão, uma vez que a terra é sua. Ele respondeu que já estava pagando os juros das hipotecas. Contudo, creio que o fator decisivo foi a maneira como você tomou para si os melhores condenados do Rosebud. Seu pai ficou furioso, assim como Robert.

Jay sentiu-se tolo e contrariado; havia achado que poderia ficar com aqueles homens impunemente. Deveria ter lembrado que não podia subestimar o pai.

Continuarei a insistir com seu pai sobre essa questão. Com o tempo, estou certa de que ele irá ceder.

– Deus a abençoe, mamãe – agradeceu Jay.

Ela continuava a trabalhar duro pelo seu bem, embora Jay estivesse tão longe que talvez nunca mais fosse voltar a vê-la.

Após tratar dos assuntos importantes, Alicia passou a escrever sobre si mesma, seus parentes e amigos e sobre a vida social londrina. No final, voltou a falar de negócios:

Robert foi agora para Barbados. Não sei bem o motivo. Meus instintos dizem que ele está tramando algo contra você. Não imagino como possa prejudicá-lo, mas Robert é astuto e implacável. Esteja sempre atento, meu filho.

Sua mãe que o ama,
Alicia Jamisson

Jay largou a carta, pensativo. Tinha o mais profundo respeito pela intuição da mãe, mas ao mesmo tempo achava que seu temor era exagerado. Barbados ficava muito longe dali. E, mesmo que Robert viesse à Virgínia, não poderia fazer nada contra Jay agora – ou poderia?

CAPÍTULO TRINTA E UM

MACK ENCONTROU um mapa no antigo berçário. Ele já tinha reformado dois dos três quartos e agora desocupava a sala de aula. Era fim de tarde e começaria de fato o trabalho no dia seguinte. Em busca de algo que valesse a pena salvar, revirou um baú cheio de livros mofados e frascos de nanquim vazios. Foi então que deparou com o mapa, dobrado com esmero dentro de um estojo de couro. Ele o abriu e pôs-se a analisá-lo.

Era um mapa da Virgínia.

A princípio, sua vontade foi pular de alegria, mas a animação foi sumindo à medida que ele percebia não entender nada do que estava à sua frente.

Ficou intrigado com os nomes até se dar conta de que tinham sido escritos em uma língua estrangeira – francês, imaginava ele. Virgínia se transformara em "Virginie", o território ao noroeste era chamado de "Partie de New Jersey" e tudo a oeste das montanhas recebia o nome de Louisiane, embora aquela parte do mapa estivesse quase vazia.

Aos poucos, Mack começou a compreender melhor os símbolos: linhas finas eram rios, as mais grossas eram as fronteiras das colônias e as mais grossas de todas eram cadeias de montanhas. Ele o analisou detidamente, fascinado e cheio de entusiasmo: aquele era o seu passaporte para a liberdade.

Mack descobriu que o Rappahannock era um dos vários rios que cruzavam a Virgínia desde as montanhas a oeste até a baía de Chesapeake ao leste. Ele encontrou Fredericksburg à margem sul do curso d'água familiar. Não havia como determinar as distâncias, mas Pepper Jones falara que eles estavam a cerca de 150 quilômetros das montanhas. Se o mapa estivesse correto, a distância era a mesma até o outro lado da cordilheira. Mas não existia nenhuma indicação de rota para atravessá-la.

Sentiu uma mistura de euforia e frustração. Sabia onde estava, pelo menos, mas o mapa parecia dizer que não havia escapatória.

Mack analisou a parte em que a cordilheira se estreitava, ao sul, traçando os rios até suas nascentes, buscando uma forma de atravessá-la. No extremo sul, ele deparou com o que parecia ser um desfiladeiro, onde o rio Cumberland se elevava.

Lembrou que Whitey mencionara uma tal Garganta de Cumberland. Ali estava sua rota de fuga.

Era uma longa jornada. Mack calculava que fossem cerca de 650 quilômetros, a mesma distância que separava Londres de Edimburgo, sendo que a outra viagem durava duas semanas mesmo de carruagem. Para atravessar as estradas acidentadas e trilhas de caça da Virgínia, levaria ainda mais tempo.

Mas, do outro lado daquelas montanhas, poderia ser livre.

Mack dobrou o mapa com cuidado, devolveu-o ao seu estojo e voltou a trabalhar. Tornaria a analisá-lo mais tarde.

Se ao menos pudesse encontrar Peg, pensou ele, limpando o recinto. Antes de fugir, precisava ter certeza de que ela estava bem. Se estivesse feliz, Mack a deixaria ficar, mas, se tivesse um dono cruel, ele a levaria consigo.

Mack teve que parar o trabalho porque havia escurecido muito.

Ele saiu do berçário e desceu a escada. Tirou sua velha capa de pele de um gancho ao lado da porta dos fundos e se envolveu com ela, pois estava frio lá fora. No momento em que saía, um grupo aflito de escravos veio em sua direção, entre eles Kobe, que carregava uma mulher: em questão de instantes, Mack reconheceu Bess, a jovem escrava que tinha desmaiado no campo poucas semanas atrás. Seus olhos estavam fechados e havia sangue em seu vestido. A garota era propensa a acidentes.

Mack segurou a porta aberta e voltou a entrar com Kobe. Os Jamissons estariam na sala de jantar, terminando a refeição da tarde.

– Coloque-a na sala de estar enquanto vou chamar a Sra. Jamisson – orientou ele.

– Na sala de estar? – repetiu Kobe, desconfiado.

Era o único aposento em que havia um fogo aceso, com exceção da sala de jantar.

– Confie em mim, é o que a Sra. Jamisson lhe pediria para fazer.

Kobe assentiu.

Mack bateu à porta da sala de jantar e entrou.

Sentados a uma pequena mesa redonda, Lizzie e Jay tinham os rostos iluminados por um candelabro no centro. Lizzie estava rechonchuda e bonita em um vestido decotado, que revelava seus seios inchados e expandia-se como uma tenda na altura do abdômen protuberante. Ela comia uvas-passas enquanto Jay quebrava nozes e Mildred, a jovem criada particular, lhe servia vinho. O fogo ardia na lareira. Era uma cena doméstica serena e, por um instante, Mack se espantou ao lembrar que eles eram marido e mulher.

Então, olhou com mais atenção. Jay estava sentado diagonalmente à mesa, seu corpo virado para longe de Lizzie: ele olhava pela janela, observando o cair da noite sobre o rio. Lizzie estava voltada na direção oposta, fitando Mildred. Nenhum dos dois sorria. Poderiam ser estranhos em uma taberna, obrigados a dividirem uma mesa, mas sem interesse algum um no outro.

Jay viu Mack e perguntou:

– O que diabo você quer?

Mack dirigiu-se a Lizzie:

– Bess sofreu um acidente e Kobe a levou para a sala de estar.

– Irei imediatamente – disse Lizzie, empurrando a cadeira para trás.

– Não a deixe sangrar no estofado de seda amarelo! – exclamou Jay.

Mack segurou a porta aberta e saiu atrás de Lizzie.

Enquanto Kobe acendia as velas da sala de estar, Lizzie inclinou-se sobre a menina ferida. A pele negra de Bess empalidecera e seus lábios estavam exangues. Ainda de olhos fechados, ela respirava fracamente.

– O que aconteceu? – perguntou Lizzie.

– Ela se cortou – respondeu Kobe. Ainda estava ofegante por tê-la carregado até ali. – Estava cortando uma corda com um facão. A lâmina escorregou e rasgou a barriga dela.

Mack se retraiu. Observou Lizzie alargar o rasgo no vestido de Bess e analisar a ferida debaixo dele. Pelo visto, era grave: havia muito sangue e o corte parecia profundo.

– Alguém vá à cozinha e traga-me panos limpos e uma bacia de água quente.

Mack admirou sua firmeza e afirmou:

– Deixe comigo.

Ele foi correndo à cozinha, que ficava em um anexo externo, onde Sarah e Mildred estavam lavando os pratos do jantar.

– Ela está bem? – perguntou a cozinheira.

– Não sei. A Sra. Jamisson precisa de panos limpos e água quente.

– Aqui, pegue um pouco de água do fogo – disse Sarah, lhe entregando uma bacia. – Vou buscar os panos.

Instantes depois, Mack estava de volta à sala de estar e viu que Lizzie havia cortado o vestido de Bess em volta da ferida. Ela mergulhou um pano na água e começou a limpar a pele da garota. Quanto mais visível ficava o corte, mais grave ele parecia e Mack temeu que ela tivesse danificado os órgãos internos.

Lizzie pensava o mesmo:

– Não posso tratar disto. Ela precisa de um médico.

Jay entrou na sala, deu uma olhada na cena e empalideceu.

– Mandarei alguém chamar o Dr. Finch – avisou-lhe Lizzie.

– Como quiser. Estou de saída para a Ferry House: há uma rinha de galos hoje.

Ele saiu. Já vai tarde, pensou Mack com desprezo.

Lizzie olhou para Kobe e Mack.

– Um de vocês precisa ir a Fredericksburg no escuro.

– Mack não sabe montar muito bem – afirmou Kobe. – Eu irei.

– Ele tem razão – admitiu Mack. – Eu poderia ir de charrete, mas demora mais.

– Então está decidido – falou Lizzie. – Tome cuidado, Kobe, mas vá o mais rápido possível: ela corre risco de vida.

~

Fredericksburg ficava a 16 quilômetros de distância, mas Kobe conhecia a estrada, logo estava de volta apenas duas horas depois.

Ao entrar na sala de estar, carregava uma expressão feroz que Mack nunca vira antes.

– Onde está o médico? – perguntou Lizzie.

– Dr. Finch se recusou a sair a esta hora da noite por uma menina negra – respondeu Kobe com a voz trêmula.

– Maldito seja – praguejou Lizzie, furiosa.

Todos olharam para a menina, com a pele salpicada de suor e a respiração irregular. De vez em quando, ela gemia, mas não abria os olhos. O sofá de seda amarela ensopava-se de sangue e Bess estava claramente à beira da morte.

– Não podemos ficar parados aqui, de braços cruzados – falou Lizzie. – Ainda podemos salvá-la!

– Ela não me parece ter muito tempo de vida – opinou Kobe.

– Se o médico se recusa a vir, nós teremos que levá-la até ele. Vamos colocá-la na charrete.

– Seria melhor não movê-la – comentou Mack.

– Se não fizermos isso, ela morrerá de qualquer forma! – gritou Lizzie.

– Está bem, está bem. Vou buscar a charrete.

– Kobe, tire o colchão da minha cama e o coloque na traseira da charrete para que ela possa deitar. E pegue algumas cobertas.

Mack saiu correndo para a estrebaria. Os cavalariços já haviam todos se recolhido para seus alojamentos, mas ele não precisou de muito tempo para arrear Listrado, o pônei. Apanhou uma vela fina da cozinha e acendeu as lamparinas da charrete. Ao dar a volta até a frente da casa, encontrou Kobe à sua espera.

Enquanto Kobe improvisava uma cama para Bess, Mack voltou para dentro de casa. Lizzie estava vestindo o casaco.

– Você vem? – perguntou ele.

– Sim.

– Acha que deve, no seu atual estado?

– Temo que aquele médico desgraçado continue recusando-se a tratá-la se eu não for.

Mack sabia que de nada adiantava discutir com Lizzie. Apanhou Bess com cuidado e carregou-a para fora, deitando-a devagar no colchão; Kobe a cobriu com as mantas. Lizzie subiu no veículo e acomodou-se ao lado de Bess, aninhando a cabeça da menina em seus braços.

Mack sentou-se à frente e pegou as rédeas. O pônei não conseguiria puxar três pessoas de uma vez, logo Kobe precisou empurrar a charrete para colocá-la em movimento. Mack desceu a estrada e fez a curva em direção a Fredericksburg.

Não havia lua no céu, mas a luz das estrelas o permitia ver por onde estava indo. A trilha era pedregosa e vincada e a charrete não parava de sacolejar. Os solavancos faziam Mack temer por Bess, mas Lizzie insistia que ele fosse mais rápido. A estrada sinuosa acompanhava a margem do rio, atravessando bosques acidentados e os limites de fazendas como a dos Jamissons. Não viram uma só alma: ninguém se deslocava após o anoitecer se pudesse evitar.

Chegaram a Fredericksburg por volta da hora do jantar. Havia pessoas nas ruas e as luzes das casas estavam acesas. Mack estacionou a charrete em frente à casa do Dr. Finch. Lizzie foi em direção à porta enquanto ele envolvia Bess nas cobertas e a erguia nos braços com cuidado. A menina estava inconsciente, porém viva.

A porta foi aberta pela Sra. Finch, uma mulher pequenina de cerca de 40 anos que conduziu Lizzie até a sala de estar; Mack a seguiu com Bess.

O médico, um homem corpulento de temperamento hostil, não pôde esconder uma expressão culpada ao perceber que fizera uma mulher grávida viajar à noite para lhe trazer uma paciente. Ele ocultou o constrangimento zanzando de um lado para outro e dando ordens à mulher com rispidez.

Depois de analisar a ferida, pediu que Lizzie se acomodasse na sala ao lado. Mack a acompanhou e a Sra. Finch ficou para ajudar o marido.

Os restos de um jantar ainda estavam sobre a mesa. Lizzie sentou-se com cautela em uma cadeira.

– O que houve? – indagou Mack.

– A viagem me deu uma dor terrível nas costas. Você acha que Bess vai ficar bem?

– Não sei. Ela não é muito forte.

Uma criada apareceu e ofereceu chá e bolo a Lizzie, que aceitou. A criada olhou Mack dos pés à cabeça, notou que ele era um empregado e disse:

– Se quiser chá, pode vir à cozinha.

– Preciso cuidar do cavalo antes.

Ele saiu e conduziu o pônei ao redor da casa até a estrebaria do Dr. Finch, onde lhe deu água e um punhado de grãos, e foi esperar na cozinha. A casa era pequena e Mack conseguia ouvir o médico e sua esposa conversarem enquanto trabalhavam. A criada, uma negra de meia-idade, arrumou a mesa e trouxe uma xícara de chá para Lizzie. Mack achou ridículo ficar na cozinha enquanto Lizzie aguardava na sala de jantar, então foi sentar-se com ela, apesar das caras feias da criada. Lizzie empalidecera e ele decidiu que a levaria de volta para casa o quanto antes.

O Dr. Finch enfim voltou, secando as mãos.

– É um ferimento grave, mas creio que fiz todo o possível. Estanquei a hemorragia, suturei o corte e lhe dei uma bebida. Ela é jovem, vai se recuperar.

– Graças a Deus – falou Lizzie.

O médico assentiu.

– Estou certo de que é uma escrava muito valiosa. Ela não deve viajar longas distâncias hoje à noite. Ficará aqui e dormirá no quarto da minha criada e a senhora pode mandar alguém buscá-la amanhã ou depois. Quando o corte fechar, irei tirar os pontos; até lá, ela não deve fazer trabalho pesado.

– Naturalmente.

– Já jantou, Sra. Jamisson? Posso lhe oferecer algo?

– Não, obrigada, gostaria apenas de ir para casa e me deitar.

– Vou trazer a charrete até a entrada – disse Mack.

Alguns minutos depois, estavam a caminho. Lizzie seguiu à frente enquanto eles estavam na cidade, mas, assim que passaram pela última casa, deitou-se no colchão.

Mack passou a conduzir devagar e não ouviu sons impacientes vindos da traseira. Após cerca de meia hora de viagem, perguntou:

– Está dormindo?

Não houve resposta, então ele supôs que sim.

Às vezes, Mack olhava para trás. Ela estava agitada, trocando de posição e gemendo durante o sono.

Seguiam por um trecho deserto a 3 ou 5 quilômetros da fazenda quando o silêncio da noite foi quebrado por um grito.

Era Lizzie.

– O que foi? O que foi? – perguntou Mack freneticamente, puxando as rédeas. Antes de o pônei parar, ele já subia na traseira do veículo.

– Ai, Mack, como dói!

Mack passou um braço em volta dos ombros dela e a ergueu um pouco.

– Onde? Onde é que dói?

– Ai, meu Deus. Acho que o bebê está nascendo.

– Mas ele não é só para...

– Daqui a dois meses.

Mack não entendia muito de gravidez, mas imaginava que o parto tivesse sido forçado pelo estresse da emergência médica ou pela viagem turbulenta até Fredericksburg ou mesmo pelas duas coisas.

– Quanto tempo temos?

Ela soltou um gemido longo e alto, então respondeu:

– Não muito.

– Achei que demorasse horas.

– Não sei. Acho que a dor nas costas que eu estava sentindo era a dor do parto. Talvez o bebê já estivesse saindo durante todo este tempo.

– Devo seguir em frente? Chegaremos à fazenda em quinze minutos.

– É muito tempo. Fique onde está e me segure firme.

– Por que o colchão está encharcado?

– Acho que minha bolsa estourou. Queria que minha mãe estivesse aqui.

Mack acreditava que era sangue, mas não disse nada.

Lizzie tornou a gemer. Quando a dor passou, ela estremeceu e Mack a cobriu com a capa de pele.

– Pode pegar de volta seu agasalho – disse, arrancando um breve sorriso de Lizzie antes de outro espasmo tomar conta de seu corpo.

– Você precisa agarrar o bebê na hora que ele sair – conseguiu falar Lizzie.

– Está bem – concordou Mack, mas não sabia ao certo o que ela queria dizer com aquilo.

– Ponha-se entre as minhas pernas.

Mack se ajoelhou aos pés dela, levantou-lhe a saia e viu que as anáguas estavam encharcadas. Ele só havia despido duas mulheres na vida, Annie e Cora, e nenhuma delas usava roupas de baixo, então não sabia como desprendê-las, mas conseguiu arrancá-las de qualquer maneira. Lizzie levantou as pernas e apoiou os pés contra os ombros dele para se preparar.

Mack olhou para o monte de pelos negros espessos entre as pernas dela e foi invadido por uma sensação de pânico. Como um bebê conseguiria passar por ali? Disse a si mesmo para manter a calma: aquilo acontecia milhares de vezes por dia em todo o mundo. Ele não precisava entender. O bebê sairia sem a sua ajuda.

– Estou com medo – revelou Lizzie durante um breve momento entre os espasmos.

– Vou cuidar de você – garantiu Mack, acariciando-lhe as pernas, a única parte dela que conseguia alcançar.

O bebê veio muito rápido.

Mack não conseguia enxergar bem à luz das estrelas, mas assim que Lizzie gemeu alto, algo começou a surgir de dentro dela. Mack estendeu as mãos trêmulas até lá embaixo e sentiu algo quente e escorregadio sendo forçado para fora. No instante seguinte, a cabeça do bebê estava em suas mãos. Lizzie pareceu descansar por um tempo, então voltou à carga. Sem largar a cabeça, Mack colocou uma das mãos debaixo dos ombros minúsculos do bebê que vinha ao mundo. O restante do corpo logo deslizou para o exterior.

Mack segurou o bebê e o olhou: os olhos fechados, os cabelos negros, os braços e pernas em miniatura.

– É uma menina.

– Ela precisa chorar! – exclamou Lizzie, desesperada.

Mack já ouvira que era preciso dar um tapa em um recém-nascido para fazê-lo respirar. Era algo difícil de fazer, mas ele sabia não ter escolha. Virou o neném de bruços em sua mão e lhe deu um tapa no bumbum com força.

Nada aconteceu.

De repente, Mack percebeu que havia algo terrivelmente errado: não conseguia sentir as batidas do coração do bebê contra a palma.

Lizzie levantou-se com grande esforço.

– Me dê o bebê!

Mack lhe entregou a criança e ela fitou seu rosto. Levou seus lábios aos da filha como se fosse beijá-la, então soprou dentro da sua boca.

Mack implorou que o bebê aspirasse o ar para dentro dos pulmões e chorasse, mas ele continuava inerte.

– Ela está morta – declarou Lizzie, e colou a filha ao peito, apertando a capa de pele em volta do seu corpo nu. – Minha filhinha está morta.

Mack envolveu as duas em seus braços enquanto Lizzie se entregava às lágrimas, inconsolável.

CAPÍTULO TRINTA E DOIS

DEPOIS QUE A FILHA nasceu morta, Lizzie passou a viver num mundo em tons de cinza, rostos calados, chuva e neblina. Ela deixava os criados fazerem o que quisessem, percebendo vagamente depois de um tempo que Mack havia se encarregado de lhes dar as ordens. Já não patrulhava a fazenda todos os dias e deixara as plantações de tabaco aos cuidados de Lennox. Às vezes, visitava a Sra. Thumson ou Suzy Delahaye, pois elas não se importavam em falar sobre o bebê pelo tempo que Lizzie quisesse, mas não frequentava festas ou bailes. Todos os domingos ia à igreja em Fredericksburg e, depois da missa, passava uma ou duas horas no cemitério, parada diante da lápide pequenina, pensando em como tudo poderia ter sido diferente.

Não tinha dúvidas de que a culpa fora sua. Continuara a cavalgar até o quarto ou quinto mês de gravidez, não repousara tanto quanto as pessoas diziam que devia e viajara 16 quilômetros na charrete, insistindo que Mack fosse cada vez mais rápido, na noite em que a bebê viera natimorta ao mundo.

Estava com raiva de Jay, por ele ter passado aquela noite fora de casa; do Dr. Finch, por ele ter se recusado a vir tratar de uma escrava; e de Mack, por ter feito o que ela pedira e ido rápido demais. Mas, acima de tudo, sentia raiva de si mesma. Odiava-se, desprezava-se por sua negligência, impulsividade, impaciência e incapacidade de ouvir conselhos. *Se eu não fosse assim*, pensava ela, *se fosse uma pessoa normal, sensata, razoável e cautelosa, teria uma filhinha nos braços agora.*

Não conseguia falar com Jay sobre o assunto. A princípio, ele ficara furioso. Brigou com Lizzie, jurou matar a tiros o Dr. Finch e ameaçou mandar Mack ser açoitado. Mas sua ira se dissipou quando foi informado de que a criança era uma menina e agora agia como se Lizzie nunca houvesse estado grávida.

Durante algum tempo, ela conversou com Mack. O parto os havia aproximado bastante: ele a envolvera em sua capa, segurara suas pernas e manuseara com carinho o pobre bebê. No começo, foi um grande consolo para Lizzie, mas após algumas semanas ela notou que ele começava a ficar impaciente; o bebê não era dele e Mack não poderia compartilhar realmente da dor que Lizzie sentia. Ninguém poderia. Então, ela se fechou.

Um dia, três meses depois do nascimento, Lizzie foi ao berçário, com suas paredes recém-pintadas ainda brilhantes, e sentou-se sozinha ali. Imaginou uma menininha em um berço, balbuciando alegremente ou chorando por querer mamar, usando lindos vestidinhos brancos e sapatos de tricô minúsculos, sugando seu mamilo ou tomando banho em uma bacia. A visão era tão intensa que lágrimas vieram-lhe aos olhos e escorreram pelas suas faces, embora seu pranto fosse silencioso.

Mack entrou no cômodo e se ajoelhou diante da lareira para limpar alguns detritos que haviam caído da chaminé durante uma tempestade. Não fez nenhum comentário sobre as lágrimas dela.

– Estou tão infeliz – comentou Lizzie.

– Isso não vai lhe fazer bem – respondeu ele com rispidez, sem parar o que estava fazendo.

– Eu esperava mais compaixão de você – falou ela com tristeza.

– Você não pode passar o resto da vida sentada no berçário aos prantos. Todos morrem mais cedo ou mais tarde. Os que ficam precisam seguir em frente.

– Não tenho vontade de fazer isso. Que motivo tenho para viver?

– Não seja tão patética, Lizzie; não combina com você.

Ela ficou chocada: ninguém a havia tratado daquele jeito desde a morte do bebê. Como podia deixá-la ainda mais infeliz?

– Você não tem o direito de falar comigo dessa maneira.

Para o espanto de Lizzie, Mack se voltou contra ela. Largando sua vassoura, agarrou-a pelos dois braços e a arrancou da cadeira em que ela estava sentada.

– Não me venha falar sobre direitos.

Ele estava tão furioso que Lizzie temeu por sua segurança.

– Me deixe em paz!

– Gente demais já está fazendo isso – retrucou ele, mas largou-a mesmo assim.

– O que espera que eu faça?

– Qualquer coisa. Embarque em um navio de volta para casa e vá viver com sua mãe em Aberdeen. Tenha um caso com o coronel Thumson. Fuja para a fronteira com um zé-ninguém. – Ele fez uma pausa e a encarou firme. – Ou seja uma esposa para Jay e faça outro bebê com ele.

Lizzie ficou surpresa.

– Achei que...

– O que você achou?

– Nada.

Havia algum tempo, Lizzie sabia que Mack era pelo menos um pouco apaixonado por ela. Depois da festa fracassada para os peões, ele a tocara com carinho, afagando-a de maneira amorosa. Beijara as lágrimas quentes em seu rosto. Abraçara-a com algo mais do que piedade.

Da mesma forma, algo na reação de Lizzie ia além da necessidade de compaixão. Ela se agarrara ao seu corpo rijo e saboreara o toque dos lábios de Mack contra a sua pele, e não só porque sentia pena de si mesma.

Mas todos aqueles sentimentos haviam desaparecido desde a morte do bebê. Seu coração estava vazio. Ela já não tinha paixões, apenas arrependimentos.

Sentia-se envergonhada e constrangida por um dia ter nutrido desejos daquele tipo. A esposa libidinosa que tentava seduzir o belo e jovem criado era um clichê de romances.

Mack não era apenas um belo criado, claro. Aos poucos, foi percebendo que ele era o homem mais extraordinário que havia conhecido na vida. Também era arrogante e insolente, ela sabia. A importância que dava a si mesmo era ridiculamente descabida e o levava a criar problemas, mas Lizzie não conseguia deixar de admirar a maneira como ele se opunha à tirania das autoridades, desde uma bacia de mineração na Escócia até as fazendas da Virgínia. E, quando se metia em confusões, era muitas vezes por defender outra pessoa.

Porém, Jay era o seu marido. Era fraco e tolo e mentira para ela, mas fora com ele que Lizzie havia se casado e era a ele que deveria ser fiel.

Mack continuava a encará-la. Lizzie se perguntava o que estaria passando pela sua cabeça. Achava que se referia a si mesmo ao falar "Fuja para a fronteira com um zé-ninguém".

Mack estendeu a mão, titubeante, e acariciou sua face. Lizzie fechou os olhos. Se sua mãe a visse, ela sabia exatamente o que diria: *Você se casou com Jay e prometeu ser fiel a ele. É uma mulher ou uma criança? Uma mulher mantém sua palavra mesmo quando é difícil, e não só quando é fácil. Esse é o verdadeiro sentido de uma promessa.*

E lá estava ela, permitindo que outro homem fizesse carinho em seu rosto. Ela abriu os olhos e fitou Mack por um longo instante. Havia desejo nos olhos verdes dele. Lizzie endureceu o coração, foi tomada por um impulso repentino e lhe deu um tapa na cara com toda a força que conseguiu reunir.

Foi como estapear uma rocha; ele não se moveu. Mas a expressão em seu rosto mudou. Ela não havia ferido seu rosto, mas seu coração. Mack lhe pareceu tão chocado e desapontado que Lizzie sentiu um impulso quase incontrolável de pedir desculpas e abraçá-lo, porém resistiu com todas as suas forças. Com a voz trêmula, exclamou:

– Não ouse me tocar!

Ele ficou calado, seus olhos repletos de horror e decepção. Incapaz de continuar fitando seu rosto magoado, ela se levantou e saiu do berçário.

~

Lizzie passou um dia inteiro com as palavras de Mack na cabeça: "Seja uma esposa para Jay e faça outro bebê com ele." A ideia de receber Jay em sua cama passara a lhe causar repulsa, mas era seu dever como esposa. Caso se recusasse a cumpri-lo, não merecia ter um marido.

Naquela tarde, ela tomou um banho. Era uma tarefa complexa, que envolvia levar uma banheira de latão até o quarto e mobilizar cinco ou seis garotas fortes para correrem escada acima desde a cozinha com jarras de água quente. Em seguida, ela vestiu roupas limpas antes de descer para o jantar.

Era um anoitecer frio de janeiro e o fogo ardia na lareira. Lizzie bebeu uma taça de vinho e tentou conversar animadamente com Jay como costumava fazer antes de eles se casarem. O marido não se mostrou receptivo. Mas aquilo já era de se esperar, pensou Lizzie, pois ela vinha sendo uma péssima companhia havia muito tempo.

Ao término da refeição, comentou:

– Já se passaram três meses desde que perdi o bebê. Estou bem agora.

– O que quer dizer com isso?

– Meu corpo voltou ao normal.

Ela não estava disposta a lhe dar os detalhes. Seus seios tinham parado de vazar leite poucos dias depois do parto. Ela sangrou um pouco todos os dias por muito mais tempo, porém aquilo também havia parado.

– Quero dizer, minha barriga nunca mais será tão lisa quanto antes, mas... em todos os outros aspectos eu já sarei.

– Por que está me dizendo isso?

Tentando ocultar a irritação, ela respondeu:

– Quero dizer que podemos voltar a fazer amor.

Jay resmungou e acendeu o cachimbo.

Não era a reação que mulher nenhuma gostaria de receber.

– Não quer vir ao meu quarto esta noite? – insistiu ela.

Ele pareceu contrariado.

– Cabe ao homem fazer esse tipo de sugestão.

Lizzie se levantou.

– Só quis que você soubesse que estou pronta – disse Lizzie.

Magoada, ela foi para o seu aposento.

Mildred subiu para ajudá-la a despir-se. Enquanto tirava as anáguas, Lizzie perguntou no tom mais casual que conseguiu imprimir à voz:

– O Sr. Jamisson já foi para a cama?

– Acredito que não, senhora.

– Ele ainda está lá embaixo?

– Creio que tenha saído.

Lizzie olhou para o rosto bonito da criada. Algo em sua expressão a deixou intrigada.

– Mildred, você está escondendo algo de mim?

A criada era jovem, devia ter uns 18 anos, e não sabia mentir. Ela desviou o olhar.

– Não, Sra. Jamisson.

Lizzie não teve dúvidas de que ela estava mentindo. Mas por quê?

Mildred começou a escovar os cabelos de Lizzie, que tentou imaginar para onde Jay teria ido. Ele geralmente saía depois do jantar. Às vezes, dizia estar indo a uma partida de cartas ou a uma rinha de galos; às vezes, não lhe dava satisfação. Ela supunha, sem pensar muito no assunto, que ele ia beber rum nas tabernas com outros homens. Mas se fosse aquilo mesmo, Mildred lhe contaria. Agora Lizzie achava que se tratava de algo diferente.

Será que o marido tinha outra mulher?

~

Uma semana depois, ele ainda não viera ao seu quarto.

Lizzie ficou obcecada com a ideia de que ele tinha um caso. A única pessoa em que conseguia pensar era Suzy Delahaye: era jovem e bonita e seu marido estava sempre fora de casa – como muitos dos habitantes da região, era obcecado por corridas de cavalo e capaz de viajar dois dias só para ver uma. Estaria Jay escapando de casa depois do jantar, cavalgando até a propriedade dos Delahayes e indo para a cama com Suzy?

Ela disse a si mesma que estava imaginando coisas, mas não conseguia afastar a ideia da cabeça.

Na sétima noite, ela olhou pela janela do quarto e viu o tremeluzir de uma lamparina atravessando a escuridão do quintal.

Decidiu segui-lo.

Estava frio e escuro, mas ela não demorou a se vestir. Apanhou um xale e o jogou em volta dos ombros enquanto descia correndo a escada.

Ela saiu sorrateiramente da casa. Os dois cães de caça, que dormiam na varanda, levantaram a cabeça e olharam para ela com curiosidade.

– Venha, Roy, venha, Rex!

Lizzie atravessou às pressas o gramado, seguindo o brilho da lamparina, com os cães em seu encalço. Pouco depois, a luz desapareceu no bosque, mas àquela altura ela estava perto o suficiente para perceber que Jay, se é que era ele, havia tomado o caminho que conduzia aos galpões de tabaco e ao alojamento do capataz.

Talvez Lennox tivesse um cavalo selado pronto para Jay cavalgar até a propriedade dos Delahayes. Lennox só podia estar envolvido naquilo de alguma forma, supunha Lizzie: aquele homem sempre estava metido em tudo o que Jay fazia de errado.

Ela não tornou a ver a luz da lamparina, mas não teve dificuldade para encontrar os barracos. Eram dois: Lennox ocupava um deles e o outro, antes usado por Sowerby, agora estava vago.

Mas havia alguém lá dentro.

As janelas estavam fechadas por conta do frio, mas a luz vazava pelas frestas.

Lizzie parou, na esperança de que seu coração desacelerasse, mas era medo, e não o esforço, que o fizera bater tão rápido. Ela receava o que poderia encontrar lá dentro. A ideia de Jay tomando Suzy Delahaye nos braços da maneira que ele costumava abraçar Lizzie e beijando-a com os lábios que Lizzie havia beijado... passava até mal de tanta raiva. Chegou a pensar em voltar atrás. Mas continuar em dúvida seria pior ainda.

Ela testou a porta; não estava trancada. Abriu-a e entrou no barraco.

O interior era composto de dois cômodos. A cozinha, que ficava na frente, se achava vazia, mas ela podia ouvir uma voz baixa vinda do quarto nos fundos. Será que eles já estavam na cama? Ela se aproximou da porta na ponta dos pés, segurou a maçaneta, respirou fundo e a escancarou.

Suzy Delahaye não se encontrava no quarto.

Jay, sim. Ele estava deitado na cama de camisa e calça, descalço e sem colete.

À beira da cama, uma escrava de pé.

Lizzie não sabia o nome da garota, apenas que era uma das quatro que Jay havia comprado em Williamsburg. Tinha mais ou menos a idade de Lizzie, esguia e muito bonita, com olhos castanhos suaves. Totalmente nua, exibia seus seios de mamilos marrons empinados e a massa compacta de pelos negros encaracolados em volta da sua virilha.

A garota a fitou com uma expressão que ela jamais esqueceria: triunfal, arrogante e desdenhosa. Você pode ser a dona da casa, dizia seu olhar, mas é à minha cama que ele vem todas as noites, não à sua.

A voz de Jay alcançou os ouvidos dela como se viesse de muito longe:

– Lizzie... Ai, meu Deus.

Lizzie virou o rosto na direção dele e o viu se encolher sob o seu olhar. Mas seu medo não lhe causou satisfação: já sabia que ele era um fraco.

– Vá para o inferno, Jay – conseguiu falar por fim, baixinho, antes de virar-se e sair.

~

Ela foi para o quarto, apanhou o chaveiro numa gaveta e foi até a sala de armas.

Seus rifles Griffin estavam junto com as armas de Jay, mas ela os deixou ali e apanhou um par de pistolas de bolsa em um estojo de couro. Ao conferir o conteúdo dele, encontrou um polvorinho cheio, muita bucha de linho e algumas pederneiras sobressalentes, mas nenhuma bala. Vasculhou o recinto, mas não havia nenhum projétil, apenas uma pequena pilha de lingotes de chumbo. Ela apanhou um deles e um molde para balas – uma pequena ferramenta que parecia uma pinça – e saiu.

Sarah e Mildred a fitaram com olhos arregalados de pavor quando ela entrou na cozinha carregando o estojo debaixo do braço. Sem falar nada, Lizzie foi ao guarda-louça e pegou uma faca grossa e uma panela de aço pequena e pesada com um bico. Voltou ao quarto e trancou a porta.

Alimentou o fogo na lareira até ele estar tão quente que ela não podia ficar perto por mais do que alguns segundos. Então, colocou o lingote na panela, que por sua vez foi ao fogo.

Lembrou-se de quando Jay voltara de Williamsburg para casa com as quatro escravas. Ao ser perguntado por que não havia comprado homens, ele explicara que mulheres jovens eram mais baratas e obedientes. Na ocasião, Lizzie nem voltara a pensar no assunto, pois estava mais preocupada com a extravagância da nova carruagem. Agora, para sua amargura, entendia perfeitamente.

Ouviu-se uma batida à porta do quarto e a voz de Jay:

– Lizzie?

A maçaneta girou. Ao perceber que ela estava trancada, Jay pediu:

– Lizzie, me deixe entrar.

Ela o ignorou. Por ora, ele sentia-se assustado e culpado. Mais tarde, tentaria encontrar uma forma de convencer a si mesmo que não havia feito nada de errado e, por fim, ficaria nervoso, mas por enquanto era inofensivo.

Jay passou cerca de um minuto batendo à porta e chamando-a, então desistiu e foi embora.

Quando o chumbo derreteu todo, Lizzie retirou a panela do fogo. Movendo-se depressa, derramou um pouco do seu conteúdo no molde através de um bocal, preenchendo uma cavidade esférica na cabeça da ferramenta. Ela mergulhou o molde na bacia de água em seu lavatório para esfriar e endurecer o metal. Ao apertar suas duas hastes uma contra a outra, a cabeça se abriu e uma bala redonda saltou para fora. Ela a apanhou. Era um círculo perfeito, com exceção de um pequeno talo formado pelo resto de chumbo que havia ficado no bocal. Aparou a protuberância com a faca de cozinha.

Continuou a fazer projéteis até o chumbo acabar. Em seguida, carregou ambas as pistolas e colocou-as ao lado da cama. Conferiu a tranca da porta.

Só então foi dormir.

CAPÍTULO TRINTA E TRÊS

Mack ODIAVA Lizzie por conta daquele tapa. Todas as vezes que pensava nele, ficava furioso. Ela lhe dera falsas esperanças apenas para puni-lo quando Mack reagira à altura. Era uma cadela, dizia a si mesmo, uma coquete aristocrata e sem coração que brincava com seus sentimentos.

Mas sabia que aquilo não era verdade e, passado algum tempo, mudou de opinião. Após refletir sobre o assunto, chegou à conclusão de que ela estava à mercê de sentimentos conflitantes. Sentia-se atraída, mas era casada com outro homem. Tinha um profundo senso de dever e se assustava com o fato de ele estar sendo minado. Em desespero, tentara dar um fim ao dilema entrando em conflito com ele.

Ele ansiava por lhe dizer que Jay não merecia sua fidelidade. Havia meses todos os escravos sabiam que ele passava as noites em um dos barracos com Felia, a bela e receptiva garota do Senegal. Por outro lado, não tinha dúvidas de que Lizzie descobriria sozinha mais cedo ou mais tarde, como fizera duas noites atrás. Sua reação fora caracteristicamente radical: ela se trancara no quarto armada com duas pistolas.

Por quanto tempo continuaria assim? Como terminaria aquilo? *Fuja para a fronteira com um zé-ninguém*, falara ele, pensando em si mesmo. Mas Lizzie não havia respondido à sugestão. É claro que nunca lhe passaria pela cabeça passar a vida com Mack. Ele era mais do que um mero serviçal para ela – até fizera o parto do seu bebê – e Lizzie adorava seu abraço. Mas uma coisa bem diferente era deixar o marido e fugir com Mack.

Ele estava irrequieto em sua cama antes do raiar do dia, remoendo tudo isso, quando ouviu um cavalo relinchar baixinho do lado de fora.

Quem poderia ser àquela hora da madrugada? Franzindo a testa, ele saiu da cama e foi à porta do barraco de calças curtas e camisa.

Ao abrir a porta, estremeceu devido ao ar frio do lado de fora. Havia neblina e garoa, mas o dia já começava a raiar e ele pôde ver, à luz prateada, duas mulheres chegando ao complexo, uma delas conduzindo um pônei.

No instante seguinte, notou que a mulher mais alta era Cora. Por que ela teria cavalgado até ali em meio à madrugada? O mais provável era que trouxesse más notícias.

Então, reconheceu a segunda pessoa.

– Peg! – exclamou, extasiado.

A menina o viu e veio correndo em sua direção. Peg tinha crescido: estava alguns centímetros mais alta e seu corpo mudara. Mas o rosto era o mesmo. Ela se jogou nos seus braços.

– Mack! Ah, Mack, eu tive tanto medo.

– Achei que nunca mais voltaria a vê-la. O que aconteceu?

– Ela está correndo perigo – respondeu Cora. – Foi comprada por um fazendeiro chamado Burgo Marler. Ele tentou estuprá-la e Peg o apunhalou com uma faca de cozinha.

– Pobre Peg – lamentou Mack, tornando a abraçá-la. – O homem está morto?

Peg assentiu.

– Publicaram uma matéria na *Gazeta da Virgínia* e agora todos os xerifes da colônia estão atrás dela – informou Cora.

Mack ficou horrorizado. Se Peg fosse capturada, certamente seria enforcada.

Os demais escravos foram acordados pela conversa. Alguns condenados saíram de seus barracos e reconheceram, alegres, Peg e Cora.

– Como você chegou à Fredericksburg? – perguntou Mack a Peg.

– Andando – respondeu ela, lacônica, exibindo um vislumbre de sua antiga personalidade insolente. – Eu sabia que deveria ir na direção leste e encontrar o rio Rappahannock. Viajei no escuro e pedi informações às pessoas que estão pela estrada à noite: escravos, fugitivos, desertores do Exército, índios.

– Eu a escondi em minha casa por alguns dias – completou Cora. – Meu marido está em Williamsburg a negócios. Mas ouvi dizer que o xerife local ia atrás de todos os que estiveram no *Rosebud*.

– Isso significa que ele virá até aqui! – exclamou Mack.

– Sim, e não deve estar muito longe.

– O quê?

– Estou certa de que já está a caminho: ele estava reunindo uma equipe de busca quando saí da cidade.

– Então por que a trouxe para cá?

A expressão de Cora se endureceu.

– Porque ela é problema seu. Tenho um marido rico, uma boa casa para morar e um banco cativo na igreja e não quero que o xerife descubra que tenho uma assassina escondida na minha maldita estrebaria!

Um burburinho de desaprovação se espalhou entre os condenados. Mack a fitou com um olhar desapontado. E pensar que ele um dia imaginara passar a vida com aquela mulher...

– Por Deus, você tem um coração de pedra – falou ele com irritação.

– Eu a salvei, não foi? – retorquiu Cora, indignada. – Agora preciso salvar minha própria pele.

– Obrigada por tudo, Cora – agradeceu Peg. – Você me salvou mesmo.

Mack voltou-se para Kobe, que observava a cena em silêncio.

– Podemos escondê-la na propriedade dos Thumsons.

– Pode dar certo, desde que o xerife não estenda a busca até lá.

– Droga, não tinha pensado nisso. – Onde poderiam escondê-la? – Eles irão revirar cada centímetro dos alojamentos, dos estábulos, dos galpões de tabaco...

– Você já trepou com Lizzie Jamisson? – interrompeu Cora.

Mack ficou chocado.

– Como assim, "já"? É claro que não.

– Não se faça de besta. Aposto que ela não quer outra coisa.

Mack não gostou da atitude grosseira de Cora, mas não podia bancar o inocente.

– E se ela quiser mesmo?

– Ela esconderia Peg por você?

Mack não tinha certeza. Como poderia perguntar uma coisa daquelas a ela? Não seria capaz de amar uma mulher que se recusasse a esconder uma criança na situação de Peg. Ainda assim, não estava totalmente seguro de que Lizzie concordaria em fazê-lo. Por algum motivo, aquilo o fez sentir raiva.

– Ela talvez aceite escondê-la por ter um bom coração – falou ele, incisivo.

– Talvez. Mas desejo egoísta é um motivo mais confiável.

Mack ouviu latidos, que pareciam ser dos cães de caça na varanda da casa-grande. O que os teria deixado agitados? Então, um latido de resposta veio de algum ponto mais distante rio abaixo.

– Cães desconhecidos na região – disse Kobe. – É por isso que Roy e Rex estão inquietos.

– Será que já é a equipe de busca? – indagou Mack, cada vez mais ansioso.

– Deve ser.

– Achava que ia ter mais tempo para bolar um plano!

Cora lhe deu as costas e montou no pônei.

– Vou sair daqui antes que seja vista. – Ela colocou o animal para andar, afastando-se do complexo. – Boa sorte – desejou em voz baixa.

Então, desapareceu em meio ao bosque nevoento como um espírito mensageiro.

Mack voltou-se para Peg.

– Nosso tempo está acabando. Venha comigo para a casa. É a nossa melhor chance.

– Vou fazer tudo o que você mandar – assegurou Peg, apavorada.

– Vou ver quem são os visitantes – avisou Kobe. – Se for uma equipe de busca, tentarei retardá-los.

Peg segurou a mão de Mack enquanto eles atravessavam correndo os campos frios e gramados úmidos sob a luz cinzenta. Os cães desceram aos saltos a varanda e vieram ao encontro dos dois. Roy lambeu a mão de Mack e Rex farejou Peg com curiosidade, mas nenhum deles fez barulho.

Mack fez Peg entrar pela porta dos fundos, que nunca estava trancada, e eles subiram sorrateiramente a escada. Mack olhou pela janela do patamar e viu, sob os tons pretos e brancos da aurora, cinco ou seis homens se aproximando, vindos da direção do rio. O grupo se separou: dois homens seguiram rumo à casa e o restante voltou-se para os alojamentos dos escravos com os cães.

Mack foi até o quarto de Lizzie. Não me decepcione agora, pensou. Tentou abrir a porta.

Estava trancada.

Bateu de leve, por medo de acordar Jay no quarto ao lado.

Não houve resposta.

Ele bateu mais forte.

Ouviu passos leves, depois a voz de Lizzie, com clareza.

– Quem é?

– Fale baixo! Sou eu, Mack! – sussurrou ele.

– O que diabo está fazendo aqui?

– Não é o que você está pensando. Abra a porta!

Houve o barulho de uma chave girando e a porta se abriu. Na penumbra, Mack mal conseguia vê-la. Lizzie recuou para dentro do quarto e ele entrou, arrastando Peg atrás de si. Estava escuro ali.

Ela atravessou o quarto e ergueu uma persiana. Mack pôde vê-la sob a luz pálida, usando uma espécie de camisola, sua aparência deliciosamente desgrenhada.

– Explique-se, e rápido – exigiu ela. – É melhor ter um bom motivo para isto. – Então, ao ver Peg, sua atitude mudou. – Você não está sozinho.

– Peg Knapp – apresentou ele.

– Eu me lembro dela. Como vai, Peggy?

– Estou encrencada outra vez.

Mack explicou a situação:

– Ela foi vendida a um fazendeiro que tentou estuprá-la.

– Ai, meu Deus.

– Ela matou o homem.

– Pobre criança – disse Lizzie, abraçando Peg. – Pobre criança.

– O xerife está atrás dela. Ele está lá fora agora mesmo, vasculhando os alojamentos dos escravos. – Mack olhou para o rosto magro de Peg e visualizou o cadafalso de Fredericksburg. – Temos que escondê-la!

– Deixe o xerife comigo – falou Lizzie.

– Como assim? – questionou Mack, zangando-se ao ver que ela tentava assumir o controle da situação.

– Explicarei a ele que Peg estava se defendendo de um estupro.

Quando Lizzie tinha certeza de algo, costumava imaginar que ninguém poderia discordar dela. Era um defeito irritante. Mack balançou a cabeça, impaciente.

– Não vai adiantar, Lizzie: o xerife dirá que é o tribunal que deve decidir se ela é culpada, não você.

– Então ela pode ficar aqui até o dia do julgamento.

As ideias de Lizzie eram tão fora da realidade que Mack precisou se esforçar para falar de maneira calma e razoável.

– Você não pode impedir um xerife de prender uma pessoa acusada de assassinato, independentemente do que ache que é certo ou errado em relação ao caso.

– Talvez ela devesse simplesmente ir à Justiça. Se for inocente, eles não podem condená-la...

– Lizzie, seja realista! – exclamou Mack, exasperado. – Que tribunal da Virgínia vai inocentar uma escrava que matou o dono? Todos eles morrem de medo que os escravos se unam para atacá-los. Vão enforcá-la mesmo que acreditem na história dela, só para meterem medo nos outros.

Ela pareceu ficar irritada e estava prestes a rebater o argumento de Mack quando Peg começou a chorar, fazendo Lizzie hesitar por alguns instantes. Ela mordeu os lábios e perguntou:

– O que acha que devemos fazer?

Um dos cachorros rosnou lá fora e Mack ouviu um homem tentando acalmá-lo.

– Quero que esconda Peg aqui dentro enquanto eles vasculham a propriedade. Você faria isso?

Ele a encarou firme. Se disser não, pensou, estou apaixonado pela mulher errada.

– É claro que sim. Quem você pensa que eu sou?

Mack abriu um sorriso feliz, tomado de alívio. Amava-a tanto que teve de se esforçar para conter as lágrimas. Engoliu em seco.

– Você é maravilhosa – elogiou ele, com a voz rouca.

Mack escutou um som vindo do outro lado da parede, do quarto de Jay. Tinha muito mais coisas a fazer antes de Peg estar de fato em segurança.

– Preciso sair daqui. Boa sorte!

Mack saiu e desceu a escada correndo a passos leves. Quando chegou ao hall, achou ter ouvido a porta do quarto de Jay se abrir, mas não olhou para trás.

Ficou parado e respirou fundo. Sou um criado aqui e não faço ideia do que o xerife possa querer, disse a si mesmo. Ele estampou um sorriso educado no rosto e abriu a porta.

Dois homens estavam na varanda. Usavam roupas que os identificavam como cidadãos prósperos da Virgínia: botas de montaria, coletes longos e chapéus de três pontas. Ambos carregavam pistolas em coldres de couro com ombreiras e cheiravam a rum – provavelmente tinham se aquecido contra o ar frio da noite.

Mack parou bem debaixo do batente da porta, desencorajando-os a entrar na casa.

– Bom dia, cavalheiros – cumprimentou ele, notando que seu coração batia acelerado e forçando-se a manter a voz relaxada. – Pareço estar diante de uma equipe de busca.

– Sou o xerife do condado de Spotsylvania – apresentou-se o mais alto dos dois – e estou à procura de uma garota chamada Peggy Knapp.

– Eu vi os cães. O senhor os enviou aos alojamentos dos escravos?

– Sim.

– Bem pensado, xerife. Assim o senhor pode pegar os negros ainda dormindo e eles não poderão esconder a fugitiva.

– Fico feliz em ter sua aprovação – disse o xerife com uma ponta de ironia. – Dê-nos licença para entrarmos.

Um condenado não tinha escolha senão obedecer as ordens de um homem livre, logo Mack teve que abrir caminho. Ainda esperava que eles não considerassem necessário fazer uma busca pela casa.

– Por que está acordado a esta hora? – perguntou o xerife com um quê de desconfiança na voz. – Achávamos que iríamos tirar todos da cama.

– Tenho o hábito de acordar cedo.

O homem resmungou algo indecifrável.

– Seu mestre se encontra?

– Sim, senhor.

– Leve-nos até ele.

Mack não queria que eles subissem, pois ficariam perto demais de Peg.

– Creio ter ouvido o Sr. Jamisson se movendo no andar de cima. Devo pedir que ele desça?

– Não, não quero lhe dar o trabalho de ter que se vestir.

Mack praguejou baixinho: era óbvio que o xerife estava determinado a pegar todos de surpresa. Mas não podia contrariá-lo.

– Por aqui, por gentileza – orientou ele, conduzindo-os pelas escadas acima.

Ele bateu à porta de Jay, que a abriu poucos instantes depois com um roupão sobre o pijama.

– Que diabo está acontecendo aqui? – questionou ele, irritadiço.

– Sou o xerife Abraham Barton, Sr. Jamisson. Peço desculpas por perturbá-lo, mas estamos em busca do assassino de Burgo Marler. O nome Peggy Knapp lhe diz alguma coisa?

Jay encarou Mack com um olhar firme.

– Sem dúvida. Aquela garota sempre foi uma ladra, não me surpreende que tenha se tornado uma assassina. O senhor perguntou a McAsh se ele sabe onde ela está?

Barton encarou Mack, surpreso.

– Então você é McAsh! Por que não disse logo?

– O senhor não perguntou – respondeu Mack.

Barton não se deu por satisfeito:

– Estava ciente de que eu viria aqui esta manhã?

– Não.

– Então por que está de pé tão cedo? – perguntou Jay, desconfiado.

– Quando trabalhava na mina de carvão do seu pai, eu costumava começar o trabalho às duas da manhã. Agora, sempre acordo cedo.

– Nunca notei isso.

– O senhor nunca está de pé.

– Chega da sua maldita insolência.

– Qual foi a última vez que viu Peggy Knapp? – indagou Barton.

– No desembarque do *Rosebud*, seis meses atrás.

O xerife voltou-se outra vez para Jay.

– Os negros podem estar escondendo-a. Nós trouxemos cães.

Jay abanou a mão, magnânimo.

– Não os impedirei, façam o que for preciso.

– Também deveríamos vasculhar a casa.

Mack prendeu a respiração; achava que não seria necessário chegarem àquele ponto.

Jay franziu a testa.

– A criança dificilmente estará aqui dentro.

– Mesmo assim, por desencargo de consciência...

Jay hesitou. Mack esperava que ele tomasse uma atitude e mandasse o xerife para o inferno. Após uma pausa, Jay deu de ombros.

– Naturalmente.

Mack sentiu um frio na barriga.

– Onde fica o quarto da Sra. Jamisson? – perguntou Barton a Mack, que engoliu em seco.

– Logo em frente – Ele andou até ao lado e bateu de leve na porta. Com o coração na garganta, chamou: – Sra. Jamisson? Está acordada?

Após certo tempo, Lizzie abriu.

– O que diabo você quer a esta hora? – disparou, fingindo estar sonolenta.

– O xerife está à procura de uma fugitiva.

Lizzie escancarou a porta.

– Bem, não há nenhuma aqui dentro.

Mack olhou para dentro do quarto, perguntando-se onde Peg estaria escondida.

– Podemos entrar um instante? – perguntou Barton.

Um lampejo de medo quase imperceptível atravessou o olhar de Lizzie e Mack imaginou se Barton o teria notado. Ela encolheu os ombros com falsa apatia.

– Façam o favor.

Eles entraram, parecendo constrangidos. Lizzie deixou seu roupão se abrir um pouco, como por acidente. Mack não pôde deixar de observar a maneira como a camisola que ela usava caía sobre os seus seios fartos. Os dois homens fizeram o mesmo e Lizzie encarou firme o xerife, que desviou o olhar, culpado. Ela estava deixando-os desconfortáveis para que fizessem a busca às pressas.

O xerife deitou-se no chão e olhou debaixo da cama enquanto seu assistente abria o guarda-roupas. Lizzie sentou-se na cama e, com um gesto apressado, pegou uma ponta da coberta e a puxou para si. Mack vislumbrou um pé pequeno e sujo por uma fração de segundo, que então tornou a ser escondido.

Peg estava em cima da cama.

Ela era tão magra que mal fazia relevo nas cobertas empilhadas.

O xerife abriu um baú de roupas de cama e o assistente olhou atrás de um biombo. Não havia muitos lugares para conferir. Será que eles tirariam as cobertas de cima da cama?

O mesmo pensamento deve ter passado pela cabeça de Lizzie, pois ela disse:

– Agora, se tiverem terminado, gostaria de voltar a dormir. – E se enfiou debaixo da colcha.

Barton fixou o olhar em Lizzie e na cama. Teria a audácia de exigir que ela tornasse a se levantar? Mas ele não achava realmente que os donos da casa estavam escondendo a assassina: a busca ali era apenas para se convencer de que havia eliminado a possibilidade. Após um instante de hesitação, ele falou:

– Obrigado, Sra. Jamisson. Desculpe-nos por ter perturbado seu descanso. Iremos continuar a busca nos alojamentos dos escravos.

Mack chegou a ficar tonto de alívio. Segurou a porta aberta para os dois, ocultando sua euforia.

– Boa sorte – desejou Lizzie. – E, xerife, quando tiver terminado seu trabalho, traga seus homens para cá e tome café da manhã conosco!

CAPÍTULO TRINTA E QUATRO

L IZZIE CONTINUOU em seu quarto enquanto homens e cães vasculhavam a fazenda. Ficou horrorizada e abalada ao ouvir a história de vida de Peg. Ela era apenas uma menina, magra, bonita e atrevida. Como a garotinha morta de Lizzie.

Elas contaram seus sonhos uma à outra. Lizzie revelou que queria viver ao ar livre, usar roupas masculinas e passar o dia inteiro montada a cavalo com uma arma no ombro. Peg retirou um pedaço de papel dobrado e puído de dentro da blusa. Era um desenho colorido à mão que mostrava um pai, uma mãe e uma criança parados em frente a uma bela cabana no campo.

– Sempre quis ser a garotinha deste desenho. Mas agora às vezes quero ser a mãe.

No horário habitual, Sarah veio ao quarto com o café da manhã de Lizzie em uma bandeja. Peg se escondeu debaixo das cobertas assim que a ouviu bater à porta, mas a mulher afirmou:

– Já sei a respeito de Peggy, então não se preocupe.

Peg tornou a aparecer e Lizzie perguntou, perplexa:

– Quem não sabe?

– O Sr. Jamisson e o Sr. Lennox.

Lizzie dividiu seu café com Peg, que engoliu o presunto grelhado e os ovos mexidos como se não comesse havia um mês.

A equipe de busca foi embora enquanto ela terminava de comer. Pela janela, Lizzie e Peg observaram os homens atravessarem o gramado e seguirem rio abaixo. Eles estavam desapontados e calados, andando com os ombros curvados, e os cães, influenciados por aquele estado de espírito, os acompanhavam obedientes.

As duas ficaram olhando até o grupo sair de vista, então Lizzie suspirou de alívio.

– Você está segura.

Elas se abraçaram com alegria. A magreza de Peg era aflitiva e Lizzie sentiu uma onda de amor materno por aquela pobre criança.

– Estou sempre segura com Mack – disse Peg.

– Você precisa ficar aqui neste quarto até termos certeza de que Jay e Lennox estão fora do caminho.

– Não tem medo de que o Sr. Jamisson possa entrar? – perguntou Peg.

– Não, ele nunca entra aqui.

Peg pareceu intrigada, porém não fez mais perguntas e apenas falou:

– Quando eu for mais velha, vou me casar com Mack.

Lizzie teve a sensação estranha de que ela estava lhe dizendo para não ficar no seu caminho.

~

Mack estava sentado no antigo berçário – onde podia ter certeza de que não seria incomodado – conferindo seu kit de sobrevivência. Havia roubado um rolo de linha e seis ganchos que Cass, o ferreiro, fizera para ele poder pescar. Tinha um copo e um prato de latão do tipo que davam aos escravos e uma panela de ferro. Além disso, furtara um machado e uma faca pesada enquanto os escravos derrubavam árvores e faziam barris.

No fundo do saco, embrulhado em um pedaço de pano, estava a chave do quarto de armas. A última coisa que faria antes de ir embora seria roubar um rifle e munição.

Também levaria o seu exemplar de *Robinson Crusoé* e o colar de ferro que ele trouxera da Escócia. Ele apanhou a peça, lembrando que o partira no ferreiro na noite da fuga de Heugh e que fizera a dança da liberdade sob o luar. Mais de um ano depois, ele ainda não era livre. Mas não havia desistido.

O retorno de Peg tinha removido o último obstáculo que o impedia de partir de Mockjack Hall. Ela fora levada aos alojamentos dos escravos e passara a dormir em um barraco só de garotas solteiras. Eles guardariam segredo, pois sempre protegiam outros na mesma condição. Não era a primeira vez que um fugitivo se escondia ali: qualquer foragido receberia uma tigela de canjica e um catre em qualquer fazenda da Virgínia.

Durante o dia, Peg vagava pela floresta, mantendo-se fora de vista até o cair da noite, voltando ao alojamento para comer com os peões. Mack sabia que aquilo não poderia continuar por muito tempo. Logo o hábito os tornaria descuidados e ela seria apanhada. Mas Peg não precisaria viver daquela forma por tantos dias mais.

Mack sentiu sua pele se arrepiar de ansiedade. Cora se casara, Peg estava a salvo e o mapa lhe mostrara o caminho que deveria seguir. Em seu coração, o desejo de liberdade. Assim que quisessem, ele e Peg poderiam simplesmente sair andando da fazenda ao final de um dia de trabalho. Ao amanhecer, estariam a 50 quilômetros dali. Poderiam se esconder durante o dia e retomarem viagem à noite. Como todos os fugitivos, pediriam comida nos alojamentos de escravos da fazenda mais próxima todas as manhãs e noites.

Ao contrário da maioria dos escravos fugidos, Mack só tentaria arranjar trabalho depois de estar a pelo menos 160 quilômetros da fazenda dos Jamissons. Ele iria mais longe. Seu destino era a região selvagem além das montanhas. Lá, poderia ser livre.

Mas Peg já estava de volta havia uma semana e eles continuavam em Mockjack Hall.

Ele olhou para o mapa, os ganchos de pesca e a caixa com materiais para fazer fogo. Estava a um passo de distância da liberdade, mas não conseguia dá-lo.

Havia se apaixonado por Lizzie e não suportava a ideia de deixá-la.

~

Lizzie estava nua diante do espelho de pé em seu quarto, analisando o próprio corpo.

Ela dissera a Jay que seu corpo voltara a ser como antes da gravidez, mas a verdade era que nunca mais seria a mesma. Seus seios haviam retornado ao tamanho normal, mas já não tão firmes, e pareciam um pouco mais caídos. A pequena saliência e a flacidez da barriga permaneceriam para sempre. Estrias marcavam a pele, agora menos intensas, mas não desaparecidas de todo, e Lizzie tinha a impressão que também não sumiriam. O local por onde o bebê passara já fora tão apertado que ela mal conseguia enfiar um dedo, mas se tornara dilatado.

Ela se perguntava se era por isso que Jay não a queria mais. Ele ainda não tinha visto seu corpo nu depois do parto, mas talvez soubesse como era, ou imaginava, e sentisse repulsa. Felia, a escrava, obviamente nunca tivera um bebê: seu corpo ainda era perfeito. Jay a engravidaria, mais cedo ou mais tarde. Então a rejeitaria e se envolveria com outra mulher. Era assim que ele queria viver sua vida? Seriam todos os homens assim? Lizzie desejava poder perguntar à mãe.

Estava sendo tratada como algo usado, que não tinha mais serventia, como um par de sapatos gastos ou um prato quebrado. Aquilo a enfurecia.

A criança que havia crescido dentro dela, feito sua barriga inchar e dilatado sua vagina era filha de Jay. Ele não tinha o direito de rejeitá-la. Lizzie suspirou. Era inútil irritar-se com ele. A culpa era sua, pois fora uma tola ao escolhê-lo como marido.

Será que alguém ainda acharia seu corpo atraente? Sentia falta das mãos de um homem percorrendo sua carne como se nunca fosse conseguir ter o suficiente dela. Queria que alguém a beijasse com ternura, apertasse seus seios e enfiasse os dedos dentro do seu corpo. Não suportava a ideia de que aquilo talvez nunca voltasse a acontecer.

Respirou fundo, encolhendo a barriga e estufando o peito. Pronto: era quase assim que ela era antes da gravidez. Ela pesou os próprios seios, tocou os pelos entre as pernas e brincou com o botão do desejo.

A porta se abriu.

~

Mack precisava consertar um ladrilho quebrado na lareira do quarto de Lizzie. Ele havia perguntado a Mildred "A Sra. Jamisson já está de pé?" e a criada respondera "Acaba de ir à estrebaria". Ela devia ter escutado "*Sr.* Jamisson".

Tudo aquilo passou pela sua cabeça em uma fração de segundo. Então, a única coisa em que conseguia pensar era em Lizzie.

Ela era tão linda que chegava a doer. Como estava parada diante do espelho, ele conseguia ver seu corpo pelos dois lados. As mãos de Mack ansiavam por acariciar a curva dos seus quadris. Podia olhar o reflexo dos seus seios fartos e seus mamilos rosados e macios. Os pelos em volta da virilha combinavam com os cachos negros e revoltos em sua cabeça.

Mack ficou ali parado, sem fala. Sabia que deveria balbuciar um pedido de desculpas e sair às pressas, mas seus pés pareciam pregados ao chão.

Lizzie se virou para ele angustiada e Mack se perguntou por que ela estaria assim. Nua, ela parecia vulnerável, quase como se tivesse medo.

Por fim, ele conseguiu falar, aos sussurros:

– Como você é linda.

A expressão no rosto de Lizzie mudou e ela pediu:

– Feche a porta.

Ele empurrou a porta atrás de si e atravessou o quarto em três passos. No instante seguinte, ela estava em seus braços. Mack esmagou o corpo nu de

Lizzie contra o seu, sentindo seus seios macios contra o peito. Beijou-lhe os lábios e sua boca se abriu imediatamente. Suas línguas se encontraram e ele se deliciou com o beijo molhado e voraz. À medida que ele se enrijecia, Lizzie puxava os quadris dele e se esfregava em seu corpo.

Mack se afastou, ofegante, temendo ejacular ali mesmo. Lizzie puxava suas roupas, tentando alcançar a pele que se escondia por debaixo. Ele jogou o colete de lado e tirou a camisa pela cabeça. Ela levou a boca ao seu mamilo, dando-lhe um beijo, então o lambeu com a ponta da língua e finalmente o mordeu de leve com seus dentes perfeitos. A dor era gostosa e ele arquejou de prazer.

– Agora faça comigo – pediu ela, arqueando a costas e oferecendo o seio à boca de Mack.

Ele o levantou com a mão e beijou-lhe o mamilo, que estava duro de desejo.

– Não tão de leve – sussurrou ela.

Mack sugou furiosamente, depois mordeu-o. Ele a ouviu inspirar fundo e temeu ferir seu corpo delicado, mas Lizzie suplicou:

– Mais forte. Quero sentir a dor. – Ele fincou os dentes em sua carne. – Isso. Ela puxou sua cabeça, espremendo o próprio seio.

Mack parou, por medo que fosse verter sangue. Quando ele se endireitou, Lizzie puxou o cordão que segurava suas calças e as puxou para baixo. Seu pênis saltou para fora. Ela o tomou nas mãos, esfregando-o contra o rosto e beijando-o. O prazer era tão arrebatador que mais uma vez Mack se desvencilhou dela, não querendo que aquilo acabasse tão rápido.

Mack olhou para a cama.

– Ali não – falou Lizzie. – Aqui. – Ela se deitou de costas no tapete em frente ao espelho.

Ele se ajoelhou entre as pernas dela, devorando-a com os olhos.

– Agora, rápido – exigiu Lizzie.

Mack se deitou em cima dela, apoiando o próprio peso sobre os cotovelos, e Lizzie o conduziu para dentro de si. Ele fitou seu rosto lindo, com as bochechas coradas e a boca entreaberta, revelando lábios úmidos e dentes pequenos. Seus olhos estavam arregalados, fixos nos de Mack, enquanto ele se movia dentro do seu corpo.

– Mack – gemeu ela. – Oh, Mack.

Seu corpo se mexia junto com o dele, os dedos enterrados nos músculos das suas costas.

Mack a beijava e movia-se com cuidado, porém ela queria mais e mordeu seu lábio inferior, sentindo gosto de sangue.

– Mais rápido! – exclamou ela em frenesi. Mack foi contagiado pelo seu desespero e começou a se mover mais depressa, penetrando-a de forma quase brutal. – Isso, assim!

Lizzie fechou os olhos, entregando-se às sensações, até soltar um grito. Ele tapou sua boca com a mão para calá-la e ela mordeu seus dedos com força. Lizzie empurrou seus quadris contra os dele o mais forte que pôde e se retorceu debaixo de Mack, os gritos abafados, os quadris se movendo até ela parar e se esparramar, exausta.

Ele beijou seus olhos, nariz e queixo, ainda se movendo devagar dentro dela. Quando sua respiração desacelerou, ela abriu olhos e pediu:

– Olhe no espelho.

Ele obedeceu e se viu em cima de Lizzie, seus corpos unidos pelos quadris, seu pênis ainda entrando e saindo.

– É tão bonito – sussurrou ela.

Mack a fitou. Como eram escuros os olhos dela, quase negros.

– Você me ama?

– Ah, Mack, como ainda pode me perguntar isso? – Seus olhos se encheram de lágrimas. – É claro que sim. Eu te amo, eu te amo.

Então, enfim, ele gozou.

~

Quando a primeira safra de tabaco estava enfim pronta para a venda, Lennox levou quatro barricas para Fredericksburg em uma chata. Jay aguardava impacientemente seu retorno, ansioso para saber quanto conseguiria pelo tabaco.

Não receberia dinheiro vivo por eles, pois não era assim que funcionava o mercado. Lennox levaria o tabaco para um galpão público, onde o inspetor oficial emitiria um certificado que afirmava que ele era "comercializável". Esses documentos, conhecidos como notas de tabaco, eram usados como moeda corrente em toda a Virgínia. A última pessoa a recebê-la a descontava, entregando-a a um capitão de navio em troca de dinheiro ou, mais provavelmente, produtos importados da Grã-Bretanha. O capitão a levava de volta ao galpão público e a trocava por tabaco.

Nesse meio-tempo, Jay usaria a nota para pagar as dívidas mais prementes. A ferraria estava parada havia um mês porque eles não tinham matéria-prima para produzir ferramentas e ferraduras.

Felizmente, Lizzie não percebera que eles estavam falidos. Depois que o bebê nascera morto, ela passara três meses em uma espécie de transe e, ao apanhá-lo com Felia, fechou-se em um silêncio furioso.

Naquele dia, estava diferente outra vez: parecia mais feliz e soava quase amigável.

– Quais são as novidades? – perguntou ela ao jantar.

– Tumulto em Massachusetts – respondeu Jay. – Um grupo de arruaceiros chamado Filhos da Liberdade teve a audácia de enviar dinheiro para aquele maldito do John Wilkes em Londres.

– Fico surpresa que saibam quem ele é.

– Eles acham que Wilkes representa a liberdade. Os comissários da alfândega estão com medo de pôr os pés em Boston e refugiaram-se a bordo do navio real *Romney*.

– Parece que os colonos estão prestes a se rebelarem.

Jay balançou a cabeça.

– Eles só precisam de uma dose do remédio que demos aos carregadores de carvão: um gostinho de pólvora dos nossos rifles e alguns bons enforcamentos.

Lizzie estremeceu e não fez mais perguntas.

Eles terminaram a refeição em silêncio. Enquanto Jay acendia seu cachimbo, Lennox chegou.

Jay notou que ele havia não só feito negócios como também bebera.

– Correu tudo bem, Lennox?

– Não exatamente – respondeu o capataz em seu tom insolente habitual.

– O que houve? – perguntou Lizzie, sem paciência para aquilo.

– Nosso tabaco foi queimado – explicou, sem olhar para ela.

– Queimado! – espantou-se Jay.

– Como? – indagou Lizzie.

– Pelo inspetor. Como se fosse lixo. Não comercializável.

Jay sentiu um embrulho no estômago e engoliu em seco.

– Não sabia que eles podiam fazer isso.

– O que havia de errado com ele? – perguntou Lizzie.

Lennox ficou calado, constrangido, o que não era do seu feitio.

– Desembuche, homem – falou Lizzie, irritada.

– Eles disseram que é tabaco de curral.

– Eu sabia! – exclamou Lizzie.

Jay não fazia ideia do que eles estavam falando.

– Como assim, "tabaco de curral"? O que quer dizer isso?

Lizzie respondeu com frieza:

– Quer dizer que o solo do tabaco foi feito de curral para o gado. Quando a terra é adubada em excesso, o tabaco adquire um gosto forte e desagradável.

– Quem são esses inspetores para acharem que têm o direito de queimar minha safra? – falou Jay, indignado.

– Eles são nomeados pela Câmara dos Deputados – disse Lizzie.

– Isso é um absurdo!

– Eles precisam assegurar a qualidade do tabaco da Virgínia.

– Irei à Justiça questionar isso.

– Jay, em vez de ir à Justiça, por que não administra melhor sua fazenda? Pode cultivar tabaco da melhor qualidade aqui se tomar os cuidados necessários.

– Não preciso que uma mulher me diga como cuidar dos meus negócios!

– Tampouco precisa de um idiota para fazer isso – retrucou ela, encarando Lennox.

Um pensamento terrível veio à mente de Jay.

– Quanto do nosso tabaco foi cultivado dessa maneira?

Lennox ficou calado.

– O que está esperando? – insistiu Jay.

– Todo ele – respondeu Lizzie.

Foi então que Jay compreendeu que falira de vez.

A fazenda estava hipotecada, ele tinha se endividado até o pescoço e toda a safra de tabaco era invendável.

De repente, sentiu dificuldade de respirar. Sua garganta parecia obstruída. Ele abriu a boca como um peixe, mas não conseguia sorver o ar.

Por fim, conseguiu tomar fôlego, como um homem que se afogava vindo à tona pela última vez.

– Que Deus me ajude – falou ele, enterrando o rosto nas mãos.

~

Naquela noite, Jay bateu à porta do quarto de Lizzie.

Ela estava sentada de camisola diante da lareira, pensando em Mack. Mal conseguia se conter de felicidade. Eles se amavam. Mas o que iriam fazer? Lizzie fitou as chamas. Tentava se fixar em ideias práticas, mas sua mente insistia em evocar a lembrança de como eles haviam feito amor ali, naquele tapete em frente ao espelho. Queria fazer de novo.

Assustou-se ao ouvir as batidas. Levantou-se com um salto da cadeira e olhou para a porta trancada.

A maçaneta foi chacoalhada, mas ela vinha trancando a porta todas as noites dede que flagara Jay com Felia.

– Lizzie, abra a porta – ordenou o marido.

Ela manteve silêncio.

– Vou a Williamsburg amanhã bem cedo para tentar arranjar algum dinheiro emprestado. Quero vê-la antes de ir.

Lizzie continuou calada.

– Sei que está aí dentro, abra a porta! – gritou Jay, soando um pouco embriagado.

No instante seguinte, ouviu um baque, como se ele tivesse jogado seu ombro contra a porta. Lizzie sabia que de nada adiantaria: as dobradiças eram de metal e o trinco era pesado.

Ela ouviu seus passos recuarem, mas imaginou que Jay ainda não tivesse desistido. E tinha razão. Três ou quatro minutos depois, ele voltou e ameaçou:

– Se não abrir a porta, vou derrubá-la.

Algo se chocou contra a porta com um estrondo; Lizzie supôs que fosse um machado. Um segundo golpe rachou a madeira e ela viu a lâmina despontar dentro do quarto.

Lizzie começou a sentir medo. Desejava que Mack estivesse por perto, mas ele estava no alojamento dos escravos, dormindo em um catre duro. Ela precisaria se proteger sozinha.

Trêmula, foi até a mesinha de cabeceira e pegou as pistolas.

Jay continuava o ataque, o machado destruindo a porta com uma série de impactos ensurdecedores, estilhaçando a madeira e fazendo as paredes da casa tremerem. Com a mão vacilante, Lizzie despejou um pouco de pólvora na caçoleta de cada uma das pistolas. Soltou as travas de segurança das pederneiras e armou as duas.

Já não me importa, pensou ela com fatalismo, acontecerá o que tiver de acontecer.

A porta se escancarou e Jay irrompeu no quarto, vermelho e ofegante. Com o machado em punho, foi na direção de Lizzie.

Ela estendeu o braço esquerdo e disparou um tiro acima da cabeça dele.

No recinto pequeno, o estampido foi como o de um canhão. Jay se deteve e ergueu as mãos em um gesto defensivo, parecendo assustado.

– Você sabe como eu atiro bem – disse ela. – Mas só tenho mais uma bala, então a próxima entrará no seu coração.

Lizzie mal podia acreditar que tinha coragem suficiente para proferir palavras tão violentas ao homem que já amara um dia. Sua vontade era chorar, mas ela rilhou os dentes e o encarou firme, sem titubear.

– Sua cadela fria – xingou ele.

Aquela era uma farpa inteligente, pois a frieza era algo de que ela própria se acusava. Lentamente, baixou a pistola. É claro que não atiraria nele.

– O que quer?

Jay largou o machado.

– Possuí-la uma vez antes de partir.

Lizzie se sentiu enojada. A imagem de Mack veio-lhe à mente. Ninguém além dele poderia ir para a cama com ela agora. A ideia de fazer amor com Jay era apavorante.

Ele agarrou as pistolas pelos canos e ela o deixou tirá-las de suas mãos. Desarmou a que Lizzie não havia disparado e largou ambas.

Ela o fitou, horrorizada. Não conseguia acreditar no que estava prestes a acontecer.

Jay se aproximou e lhe deu um murro no estômago.

Lizzie soltou um grito de espanto e dor e dobrou-se para a frente.

– Nunca mais aponte uma arma para mim! – gritou ele.

Jay socou seu rosto, fazendo-a desabar.

Chutou sua cabeça e ela desmaiou.

CAPÍTULO TRINTA E CINCO

L IZZIE PASSOU toda a manhã do dia seguinte na cama, com uma dor de cabeça tão forte que mal conseguia falar.

Sarah veio trazer o café da manhã, parecendo assustada. Lizzie tomou um gole de chá e fechou os olhos novamente.

Quando a cozinheira voltou para apanhar a bandeja, Lizzie perguntou:

– O Sr. Jamisson já saiu?

– Sim, senhora, ele partiu para Williamsburg ao raiar do dia. O Sr. Lennox foi com ele.

Lizzie sentiu-se um pouco melhor.

Alguns minutos depois, Mack irrompeu no quarto. Ele parou ao lado da cama e a fitou, tremendo de raiva. Estendeu a mão e tateou seu rosto com dedos titubeantes. Embora os ferimentos ainda estivessem sensíveis, o toque de Mack foi suave e não a machucou; na verdade, Lizzie o achou reconfortante. Tomou a mão dele na sua e beijou-lhe a palma. Os dois ficaram um bom tempo sentados ali, em silêncio. A dor de Lizzie começou a diminuir e ela acabou por adormecer. Quando acordou, Mack já havia partido.

À tarde, Mildred veio ao quarto e abriu as persianas. Lizzie sentou-se para que a criada penteasse seus cabelos. Então, Mack apareceu com o Dr. Finch.

– Não mandei chamar o senhor – falou Lizzie.

– Eu fui buscá-lo – explicou Mack.

Lizzie sentia vergonha do que lhe acontecera e preferia que Mack não tivesse feito aquilo.

– Por que acha que estou doente?

– Porque passou a manhã inteira na cama.

– Talvez eu esteja apenas com preguiça.

– E talvez eu seja o governador da Virgínia.

Lizzie cedeu, abrindo um sorriso. Mack se importava com ela e aquilo a alegrava.

– Obrigada.

– Disseram que a senhora está com dor de cabeça – falou o médico.

– Mas não estou doente – afirmou ela. Que se dane, pensou, por que não dizer a verdade? – Minha cabeça dói porque meu marido me chutou.

– Hum. – Finch pareceu constrangido. – Como está sua vista, embaçada?

– Não.

Ele pousou as mãos em suas têmporas e as percorreu suavemente com os dedos.

– Sente-se confusa?

– Amor e casamento me confundem, mas não porque levei uma pancada na cabeça. Ai!

– Foi aqui que levou o golpe?

– Foi, droga.

– A senhora tem sorte por ter tanto cabelo e tão encaracolado. Ele amorteceu o impacto. Sente algum enjoo?

– Só quando penso no meu marido. – Ela percebeu que estava sendo antipática. – Mas isso não é problema seu, doutor.

– Vou lhe dar um medicamento para diminuir a dor. Não se apegue muito a ele, é viciante. Mande alguém me buscar novamente se tiver algum problema com a visão.

Depois que ele foi embora, Mack sentou-se na beira da cama e pegou a mão de Lizzie. Passado algum tempo, disse:

– Se não quiser que ele chute sua cabeça, deveria largá-lo.

Lizzie tentou encontrar algum motivo pelo qual devesse ficar. O marido não a amava. Eles não tinham filhos e tudo indicava que jamais teriam. A propriedade que chamavam de lar estava quase perdida. Nada a prendia ali.

– Eu não saberia aonde ir.

– Eu, sim. – O rosto de Mack transparecia uma emoção profunda. – Vou fugir daqui.

O coração de Lizzie parou de bater por um instante; ela não suportaria a ideia de perdê-lo.

– Peg irá comigo – acrescentou ele.

Lizzie o encarou em silêncio.

– Venha conosco – pediu Mack.

Pronto, estava dito. Não era a primeira vez que ele insinuava aquilo; lembrava-se de sua fala: *Fuja para a fronteira com um zé-ninguém*. Só que agora não era uma insinuação. A vontade de Lizzie era exclamar "Sim, sim, hoje, agora!", mas conteve-se. Sentia medo.

– Para onde vocês vão?

Ele retirou um estojo de couro do bolso e desdobrou um mapa.

– Cerca de 160 quilômetros a oeste daqui há uma longa cadeia de montanhas. Ela começa bem ao norte, na Pensilvânia, e desce mais ao sul do que qualquer homem tem conhecimento. Ela é alta também. Mas dizem que lá para baixo existe um desfiladeiro, chamado Garganta de Cumberland, onde o rio Cumberland se eleva. Além das montanhas, o território é selvagem. Parece que não há nem mesmo índios por ali, pois os sioux e os cherokees vêm lutando pela região há gerações e nenhum dos dois lados consegue dominá-lo por tempo o suficiente para se assentar.

Ela começou a se entusiasmar.

– Como vocês chegariam lá?

– Peg e eu caminharíamos. A ideia é seguirmos para o oeste, em direção às colinas. Pepper Jones afirmou que há uma trilha para o sudoeste, mais ou menos paralela à cordilheira. Iríamos por ela até o rio Holston, que está aqui no mapa. Depois, nos embrenharíamos nas montanhas.

– E... se encontrarem alguém?

– Se você vier, podemos levar uma carroça e mais mantimentos: ferramentas, sementes e comida. Eu já não seria um fugitivo. Seria um empregado, viajando com sua dona e a criada dela. Nesse caso, iríamos na direção sul até Richmond e depois para o oeste, até Staunton. O trajeto é mais longo, mas, segundo Pepper, as estradas são melhores. Ele pode estar enganado, mas é a melhor informação que consegui arranjar.

Lizzie sentia uma mistura de medo e entusiasmo.

– E depois que você chegar às montanhas?

Ele sorriu.

– Procuraremos um vale com peixes no rio e cervos na floresta, e talvez um casal de águias aninhado nas árvores mais altas. E vai ser lá que construiremos nossa casa.

~

Lizzie fez uma mala com cobertores, meias de lã, tesouras, agulha e linha. Seus sentimentos oscilavam entre a euforia e o pavor. Diante da perspectiva de fugir com Mack, tinha delírios de felicidade. Imaginava-os cavalgando pelos campos selvagens lado a lado e dormindo juntos debaixo de um cobertor sob as árvores. Então, pensava nas dificuldades que precisariam enfrentar. Eles teriam que matar sua própria comida dia após dia, construir uma casa, plantar milho, prestar cuidados médicos aos cavalos. Os índios poderiam ser hostis. Havia a chance de encontrarem criminosos à solta pela região. E se ficassem presos por uma nevasca? Eles poderiam morrer de fome!

Ao olhar pela janela do quarto, viu a charrete da taberna McLaine de Fredericksburg. Havia bagagem na traseira e uma só pessoa no banco de passageiros. O motorista, um velho bêbado chamado Simmins, tinha claramente vindo à fazenda errada. Ela desceu a escada para orientá-lo.

Mas, quando saiu para a varanda, Lizzie reconheceu a passageira.

Era a mãe de Jay, Alicia. Ela trajava um vestido preto.

– Lady Jamisson! – exclamou Lizzie, horrorizada. – A senhora deveria estar em Londres!

– Olá, Lizzie – cumprimentou a sogra. – Sir George está morto.

~

– Insuficiência cardíaca – explicou ela alguns minutos depois, sentada na sala de estar com uma xícara de chá. – Ele passou mal no trabalho e foi levado à Grosvenor Square, mas faleceu no caminho. – Não havia sofrimento em sua voz, nenhum vestígio de lágrimas nos olhos.

Lizzie lembrava-se da jovem Alicia como uma mulher bonita, mas não deslumbrante, e agora pouco restava do seu encanto juvenil. Era apenas uma mulher de meia-idade que chegara ao fim de um casamento decepcionante. Lizzie sentiu pena. Nunca serei como ela, jurou a si mesma.

– A senhora sente falta dele? – perguntou, hesitante.

Alicia a encarou com um olhar incisivo.

– Casei-me por dinheiro e status social, e foi isso que obtive. Olive foi a única mulher que George amou e ele nunca me deixou esquecer isso. Não peço compaixão! A escolha foi minha e eu arquei com as consequências por 24 anos. Também não me peça para ficar de luto por ele. Sinto que finalmente estou livre.

– Isso é horrível – sussurrou Lizzie.

Um destino semelhante a aguardava, pensou ela, estremecendo de pavor. Mas não iria aceitá-lo; fugiria dali. Contudo, precisava ter cuidado com Alicia.

– Onde está Jay? – perguntou a mãe dele.

– Ele foi a Williamsburg tentar arranjar dinheiro emprestado.

– Suponho que a fazenda não tenha prosperado.

– Nossa safra de tabaco foi rejeitada.

Uma sombra de tristeza atravessou o semblante de Alicia. Lizzie percebeu que Jay era uma decepção para a mãe, assim como era para a esposa, embora Alicia jamais fosse admiti-lo.

– Imagino que esteja se perguntando em que consiste o testamento de Sir George – disse Alicia.

Na verdade, o testamento nem passara pela cabeça de Lizzie.

– Ele tinha muito para deixar? Achei que os negócios estivessem em maus lençóis.

– O carvão extraído do High Glen foi a salvação. Ele morreu muito rico.

Lizzie imaginou se ele teria deixado algo para Alicia. Caso contrário, ela certamente esperaria viver com o filho e a nora.

– Sir George garantiu o bem-estar da senhora?

– Ah, sim, minha parte foi estabelecida antes mesmo de nos casarmos. Para minha sorte.

– E Robert ficou com todo o resto?

– Era o que todos esperávamos. Mas meu marido deixou um quarto de suas riquezas para qualquer neto legítimo que estiver vivo no espaço de um ano após a sua morte. Isso quer dizer que seu bebezinho é rico. Quando irei ver meu neto, ou neta? Você teve um menino ou uma menina?

Alicia obviamente tinha deixado Londres antes de a carta de Jay chegar.

– Uma menininha.

– Que ótimo. Ela será uma mulher rica.

– Ela nasceu morta.

Alicia não demonstrou compaixão alguma.

– Que diabo – praguejou ela. – Trate de fazer outra, e rápido.

~

Mack carregara a carroça com sementes, ferramentas, corda, pregos, farinha de milho e sal. Abrira o quarto de armas com a chave de Lizzie e apanhara todos os rifles e a munição que havia ali. Quando chegassem a seu destino, transformaria a carroça em um arado.

Decidiu colocar quatro éguas nos arreios e levaria ainda dois garanhões para fins de procriação. Jay Jamisson ficaria furioso ao ter seus preciosos cavalos roubados; sofreria mais por aquilo do que por perder Lizzie, Mack tinha certeza.

Enquanto amarrava os mantimentos dentro da carroça, Lizzie apareceu.

– Quem veio nos visitar? – perguntou ele.

– A mãe de Jay, Alicia.

– Deus do céu! Não sabia que ela vinha.

– Nem eu.

Mack franziu a testa. Alicia não representava uma ameaça para os planos, mas seu marido talvez sim.

– Sir George também está vindo?

– Ele morreu.

– Louvado seja Deus. O mundo é um lugar melhor sem ele – falou Mack, aliviado.

– Ainda podemos partir?

– Não vejo por que não. Alicia não pode nos deter.

– E se ela for ao xerife e avisar que nós fugimos, roubando tudo isto? – perguntou Lizzie, apontando a pilha de mantimentos na carroça.

– Lembre-se da nossa história. Você irá visitar um primo que acabou de inaugurar uma fazenda na Carolina do Norte. Está levando presentes.

– Embora estejamos falidos.

– A gente daqui é famosa por ser generosa mesmo sem ter condições.

Lizzie assentiu.

– Vou garantir que o coronel Thumson e Suzy Delahaye saibam dos meus planos.

– Diga a eles que sua sogra não gosta da ideia e talvez tente criar problemas para você.

– Bem pensado. O xerife não vai querer se envolver em uma briga familiar. – Ela se deteve. A expressão em seu rosto fez o coração dele acelerar. Hesitante, Lizzie perguntou: – Quando... quando podemos ir?

Mack sorriu.

– Antes do amanhecer. Levarei a carroça até o alojamento dos escravos hoje à noite, para não fazer muito barulho ao partirmos. Quando Alicia acordar, já estaremos longe daqui.

Ela deu um breve aperto em seu braço e voltou às pressas para dentro de casa.

~

Mack veio à cama de Lizzie naquela noite.

Ela estava acordada, cheia de medo e entusiasmo, pensando na aventura que começaria na manhã seguinte, quando ele entrou no quarto sem fazer barulho. Beijou-lhe os lábios, tirou as próprias roupas e enfiou-se debaixo das cobertas ao seu lado.

Eles fizeram amor, então ficaram conversando deitados sobre o dia seguinte, e por fim tornaram a fazer amor. A aurora se aproximava e Mack cochilou, mas Lizzie continuou acordada, observando seu rosto sob a luz da lareira, pensando na jornada pelo tempo e espaço que os levara desde o vale de High Glen até aquela cama.

Logo ele se mexeu. Deram-se um beijo longo, contente, e se levantaram.

Mack foi à estrebaria enquanto Lizzie se aprontava com o coração batendo a toda velocidade. Ela prendeu os cabelos em um coque e vestiu calças, botas de montaria, uma blusa e um colete. Pôs na mala um vestido, para caso precisasse voltar a ser uma mulher da aristocracia. Por mais que temesse a jornada em que estavam prestes a embarcar, não tinha desconfiança alguma em relação a Mack. Sentia-se tão íntima dele que deixaria a própria vida em suas mãos.

Quando ele veio buscá-la, Lizzie estava sentada perto da janela com um paletó e um chapéu de três pontas. Mack sorriu ao vê-la em suas roupas favoritas. Deram-se as mãos, desceram a escada na ponta dos pés e saíram da casa.

A carroça estava à espera deles mais adiante na estrada, fora de vista. Sentada no banco, Peg enrolava-se em uma manta. Jimmy, o cavalariço, havia arreado quatro éguas e amarrado mais dois machos à traseira. Todos os escravos estavam ali para se despedirem. Lizzie beijou Mildred e Sarah, e Mack apertou as mãos de Kobe e Cass. Bess jogou os braços em volta de Lizzie aos soluços. Todos ficaram parados sob a luz das estrelas, observando os dois subirem na carroça.

Mack estalou as rédeas e exclamou:

– Upa! Andem!

Os cavalos tomaram impulso, a carroça sacolejou e eles partiram.

Na estrada, Mack virou na direção de Fredericksburg. Lizzie olhou para trás. Os peões permaneciam no mais completo silêncio, acenando para eles.

No instante seguinte, sumiram de vista.

Lizzie olhou para a frente. Ao longe, a aurora despontava.

CAPÍTULO TRINTA E SEIS

MATTHEW MURCHMAN estava fora da cidade quando Jay e Lennox chegaram a Williamsburg. Ele deveria voltar no dia seguinte, avisou o criado. Jay escreveu um bilhete dizendo que precisava de mais dinheiro emprestado e que gostaria de ver o advogado assim que possível. Saiu mal-humorado, ansioso para dar um jeito em seus negócios em ruínas.

No dia seguinte, tendo tempo livre de sobra, foi ao edifício de tijolos vermelhos e cinzentos do Capitólio. A Assembleia, dissolvida pelo governador no ano anterior, fora restaurada após uma eleição. A Câmara dos Deputados era um salão modesto e escuro, com fileiras de bancos de ambos os lados e uma espécie de guarita para o orador no meio. Jay e um punhado de pessoas postavam-se no fundo do recinto, atrás de uma balaustrada.

Ele logo percebeu que a situação política da colônia estava turbulenta. A Virgínia, o assentamento britânico mais antigo do continente, parecia pronta para desafiar seu rei legítimo.

Os deputados debatiam a mais recente ameaça vinda de Westminster: o parlamento britânico afirmava que qualquer pessoa acusada de traição poderia ser obrigada a voltar a Londres para julgamento, conforme um estatuto que remontava à época de Henrique VIII.

A Câmara estava em polvorosa. Jay observava, enojado, respeitáveis donos de terras levantarem-se um após o outro para atacar o rei. Ao final da sessão, foi aprovada uma resolução afirmando que o estatuto da traição ia contra o direito de qualquer cidadão britânico de ser julgado por um júri de representantes da sua própria comunidade.

Eles prosseguiram com as queixas habituais de que pagavam impostos, mas não tinham voz no parlamento de Westminster. "Chega de impostos sem representação", era o que repetiam como papagaios. Daquela vez, no entanto, foram mais longe do que o normal, afirmando seu direito de colaborarem com outras assembleias coloniais em oposição às exigências da Corte.

Jay estava certo de que o governador não deixaria aquilo passar, e tinha razão. Logo antes da hora do almoço, quando os deputados debatiam uma questão local de menor importância, o sargento de armas interrompeu a sessão para fazer um anúncio:

– Senhor orador, trago uma mensagem do governador.

Ele entregou uma folha de papel ao meirinho, que a leu e avisou:

– Senhor orador, o governador convoca os membros da Assembleia a comparecerem imediatamente à câmara do Conselho.

Agora eles estão encrencados, pensou Jay, exultante.

Seguiu os deputados que subiam em conjunto as escadas e atravessavam a passagem que separava os dois salões. Os espectadores ficaram no hall em frente à câmara do Conselho, observando através das portas abertas. O governador Botetourt, a verdadeira personificação da mão de ferro envolta em uma luva de veludo, estava sentado à cabeceira de uma mesa oval. Sua mensagem foi muito breve:

– Fui informado de suas resoluções. Os senhores não me deixam escolha senão dissolver a Assembleia. Considerem-se, portanto, devidamente dissolvidos.

Suas palavras foram recebidas com um silêncio estupefato.

– Isso é tudo – completou ele, impaciente.

Jay conteve a alegria enquanto os deputados saíam lentamente em fila. Eles juntaram seus papéis no andar de baixo e seguiram em direção ao pátio.

Ele foi à taberna Raleigh e sentou-se ao balcão. Pediu sua refeição do meio-dia e flertou com uma garçonete que estava se apaixonando por ele. Ficou surpreso ao ver muitos dos deputados passarem, dirigindo-se a uma das salas maiores ao fundo. Será que estariam tramando mais traições?

Quando acabou de comer, foi investigar.

Conforme havia imaginado, os deputados debatiam; nem tentavam ocultar o motim. Estavam cegos de tão convencidos da justiça de sua causa, o que lhes dava uma espécie de autoconfiança delirante. Será possível que não entendem, pensou Jay com seus botões, que estão atiçando a ira de uma das mais poderosas monarquias do mundo? Acreditavam mesmo que sairiam vitoriosos? Não percebem que mais cedo ou mais tarde serão todos devastados pelo poderio do Exército britânico?

Não percebiam nada daquilo e tamanha era a arrogância deles que ninguém sequer protestou quando Jay sentou-se nos fundos do recinto, embora muitos ali soubessem de sua lealdade à Coroa.

Um dos arruaceiros estava falando e Jay reconheceu George Washington, um ex-oficial do Exército que enriquecera com especulação de terras. Não era um grande orador, mas havia nele uma determinação ferrenha que Jay não pôde deixar de notar.

Washington tinha um plano. Nas colônias do Norte, dizia ele, homens em posição de liderança haviam formado associações cujos membros concordavam em não importar produtos britânicos. Se os cidadãos da Virgínia quisessem realmente pressionar a metrópole, deveriam fazer o mesmo.

Se isso não é um discurso de traição, pensou Jay, enfurecido, não sei o que pode ser.

Os negócios de seu pai seriam ainda mais prejudicados se Washington conseguisse o que queria. Além de condenados, os navios de Sir George transportavam carregamentos de chá, mobília, cordas, maquinário e uma série de produtos que os colonos não podiam fabricar por conta própria. O comércio com o Norte já fora reduzido a uma fração do que costumava ser – era por isso que os negócios da família haviam enfrentado uma crise no ano anterior.

Nem todos concordavam com Washington. Alguns deputados apontavam que as colônias nortistas tinham mais indústrias, portanto poderiam fabricar elas próprias diversos artigos essenciais, já o Sul dependia mais das importações. O que eles poderiam fazer sem linha de costura ou tecidos?

Washington afirmou que poderia haver exceções e a Assembleia começou a debater os detalhes. Alguém sugeriu uma proibição do abatimento de carneiros, para que houvesse um aumento na produção de lã na região. Logo em seguida, Washington propôs a criação de um pequeno comitê para discutir os pormenores técnicos, que todos aprovaram, e os membros foram escolhidos.

Jay saiu do recinto horrorizado. Enquanto atravessava o hall, Lennox veio lhe entregar uma mensagem de Murchman. Ele estava de volta à cidade, havia lido o recado do Sr. Jamisson e seria uma honra recebê-lo em seu escritório às nove da manhã do dia seguinte.

~

A crise política havia distraído Jay por algum tempo, mas agora seus problemas pessoais voltavam a afligi-lo e ele passou a noite em claro. Às vezes, culpava o pai por ter lhe dado uma fazenda que não gerava dinheiro. Então, o alvo passava a ser Lennox, pois adubara demais o solo em vez de liberar novas terras para plantio. Perguntava a si mesmo se a safra de tabaco na verdade não estaria perfeitamente aceitável, e o inspetor da Virgínia a teria queimado apenas para puni-lo por conta de sua lealdade ao rei da Inglaterra. Virando-se de um lado para o outro na cama estreita, começou inclusive a pensar se Lizzie não teria causado a morte do bebê só para se vingar dele.

Chegou cedo à casa de Murchman. Aquela era sua única chance. Não importava de quem fosse a culpa: ele havia fracassado em tornar a fazenda rentável. Se não conseguisse pedir mais dinheiro emprestado, os credores executariam a hipoteca e ele não só perderia a propriedade como ficaria sem um tostão.

– Combinei um encontro do credor com o senhor – avisou Murchman, parecendo aflito.

– Credor? O senhor me disse que o dinheiro vinha de um sindicato.

– Ah, sim. Um pequeno engodo, peço que me desculpe. A pessoa em questão preferiu manter o anonimato.

– Então por que decidiu revelar sua identidade justo agora?

– Eu... eu não saberia dizer.

– Bem, suponho que esteja inclinado a me emprestar o dinheiro de que preciso. De outro modo, para que se dar o trabalho de me encontrar?

– Imagino que tenha razão, mas ele não me deu mais informações.

Jay ouviu alguém bater à porta da frente e o rumor de vozes enquanto o visitante era convidado a entrar.

– Quem é ele, afinal?

– Prefiro deixar que o próprio se apresente.

A porta se abriu e quem entrou foi Robert.

Jay se levantou com um salto, estupefato.

– Você! Quando chegou aqui?

– Alguns dias atrás – falou Robert.

Jay estendeu a mão e Robert a apertou brevemente. Fazia quase um ano que o vira pela última vez; o irmão estava ficando cada vez mais parecido com o pai: corpulento, carrancudo e lacônico.

– Então foi você quem me emprestou o dinheiro?

– Foi papai – respondeu Robert.

– Graças a Deus! Eu temia não poder obter mais empréstimos de um estranho.

– Mas papai já não é mais o seu credor: ele morreu.

– Morreu? – Jay tornou a se sentar abruptamente, chocado. Seu pai não tinha nem 50 anos. – Como...?

– Insuficiência cardíaca.

Jay sentiu como se o chão tivesse se aberto debaixo dos seus pés. O pai o tratava mal, mas sempre estivera ali, de forma consistente e aparentemente indestrutível. De uma hora para outra, o mundo se tornara um lugar mais inseguro. Embora já estivesse sentado, Jay sentia necessidade de se apoiar em algo.

Ele tornou a olhar para o irmão. Havia uma expressão vingativa de triunfo no rosto de Robert.

– Isso não é tudo, certo? Por que diabo você parece tão cheio de si?

– Agora eu sou o seu credor – explicou Robert.

Jay percebeu o que estava por vir. Sentia-se como se tivesse levado um murro no estômago.

– Seu verme – sussurrou ele.

– Estou executando a sua hipoteca e a fazenda de tabaco é minha. Fiz o mesmo com High Glen: comprei as dívidas e as liquidei. O vale também pertence a mim agora.

– Você deve ter planejado isso desde o início – disse Jay, lutando com as palavras.

Robert assentiu.

Jay conteve as lágrimas.

– Você e papai...

– Sim.

– Fui arruinado pela minha própria família.

– Você se arruinou sozinho. É preguiçoso, tolo e fraco.

Jay ignorou os insultos. Tudo em que conseguia pensar era que o próprio pai havia arquitetado sua desgraça. Lembrou-se de como a carta de Murchman chegara poucos dias depois de seu desembarque na Virgínia. Sir George devia ter escrito para o advogado com antecedência, ordenando que ele lhe oferecesse a hipoteca. Tinha previsto que a fazenda enfrentaria problemas e planejara tomá-la de volta das mãos de Jay. O pai estava morto, mas isso não o impedira de enviar aquela mensagem de rejeição do além-
-túmulo.

Jay levantou-se devagar, com um esforço doloroso, como um velho. Robert continuava de pé, calado, uma expressão desdenhosa e arrogante em seu rosto. Murchman teve a decência de parecer sentir-se culpado. Com um ar constrangido, foi às pressas até a porta e a segurou aberta para Jay. Lentamente, ele atravessou o hall e saiu para a rua lamacenta.

À hora do almoço, Jay já estava bêbado.

Tão bêbado que até Mandy, a servente apaixonada por ele, pareceu perder o interesse. Naquela noite, Jay desmaiou no bar do Raleigh. Lennox devia tê-lo colocado na cama, pois ele acordou em seu quarto na manhã seguinte.

Jay pensou em se matar. Não lhe restavam motivos para viver: não tinha lar, não tinha família, não tinha filhos. Nunca chegaria a lugar nenhum na Virgínia agora que fora à falência e não suportaria voltar à Grã-Bretanha. A esposa o odiava e agora até Felia pertencia a Robert. A única dúvida que restava era se ele deveria pôr uma bala na cabeça ou beber até a morte.

Estava tomando conhaque outra vez às onze da manhã quando a mãe entrou na taberna.

Jay achou que já estivesse enlouquecendo. Ele se levantou para encará-la, assustado. Como se pudesse ler sua mente, Alicia afirmou:

– Não, não sou um fantasma.

Ela o beijou e sentou-se.

Ao se recompor, Jay perguntou:

– Como conseguiu me encontrar?

– Fui a Fredericksburg e eles me disseram que você estava aqui. Prepare-se para uma notícia chocante: seu pai está morto.

– Eu sei.

– Como? – indagou Alicia, surpresa.

– Robert está aqui.

– Por quê?

Jay lhe contou a história e explicou que Robert era agora dono tanto da fazenda quanto de High Glen.

– Eu bem temia que os dois estivessem planejando coisa parecida – falou ela com amargura.

– Estou arruinado. Estava pensando em me matar.

Os olhos de Alicia se arregalaram.

– Então Robert não lhe disse o que consta no testamento do seu pai.

De repente, Jay vislumbrou um raio de esperança.

– Ele me deixou alguma coisa?

– Não, para você, não. Para o seu filho.

Jay voltou a ficar deprimido.

– A criança nasceu morta.

– Um quarto de todo o espólio pertence a qualquer neto do seu pai nascido no espaço de um ano após a sua morte. Se não houver nenhum neto depois desse tempo, Robert ficará com tudo.

– Um quarto de tudo? Isso é uma fortuna!

– Tudo o que precisa fazer é engravidar Lizzie novamente.

Jay conseguiu abrir um sorriso.

– Bem, pelo menos isso eu sei como fazer.

– Não tenha tanta certeza: ela fugiu com aquele mineiro.

– O quê?

– Ela fugiu com McAsh.

– Meu Deus! Ela me abandonou? E fugiu com um condenado? – Profundamente humilhado, Jay desviou o olhar. – Jamais conseguirei superar isso. Deus do céu.

– Peggy Knapp está com eles. Levaram uma carroça, seis das suas montarias e mantimentos suficientes para iniciar várias fazendas.

– Ladrões malditos! – Ele sentiu uma mistura de indignação e desamparo. – E a senhora não conseguiu detê-los?

– Eu falei com o xerife, mas Lizzie foi esperta, espalhando uma história de que iria levar presentes a um primo na Carolina do Norte. Os vizinhos disseram a ele que eu era apenas uma sogra implicante que estava tentando criar problemas.

– Todos eles me odeiam por eu ser leal ao rei. – Aquele vaivém entre a esperança e o desespero foi demais para Jay, que caiu em letargia. – Não adianta, a providência está contra mim.

– Não desista ainda!

Mandy interrompeu a conversa para perguntar se Alicia gostaria de algo. Ela pediu chá e a servente sorriu de forma provocante para Jay.

– Eu poderia ter um filho com outra mulher – sugeriu ele depois que Mandy se afastou.

Alicia olhou com desprezo para o traseiro balançante da servente.

– Seria inútil. A criança precisa ser legítima.

– Não posso me divorciar de Lizzie?

– Não. Seria preciso um decreto parlamentar e custaria uma fortuna. Além disso, não temos tempo. Enquanto Lizzie estiver viva, terá que ser com ela.

– Nem imagino para onde ela terá ido.

– Mas eu, sim.

Jay encarou a mãe; sua inteligência nunca deixava de surpreendê-lo.

– Como?

– Eu os segui.

Ele balançou a cabeça com uma admiração incrédula.

– Como?

– Não foi difícil. Perguntei às pessoas se elas tinham visto uma carroça puxada por quatro cavalos com um homem, uma mulher e uma criança. O tráfego não é tão intenso a ponto de elas esquecerem.

– Para onde eles foram?

– Foram na direção sul até Richmond. De lá, pegaram uma estrada chamada Three Notch Trail e seguiram para o oeste, rumo às montanhas. Eu virei para o leste e vim para cá. Se você partir esta manhã ainda, estará apenas três dias atrás deles.

Jay refletiu sobre o assunto. Detestava a ideia de sair em busca de uma esposa fugitiva, pois o fazia parecer um idiota. Mas era sua única chance de herdar algo. E um quarto do espólio do pai era uma enorme fortuna.

O que ele faria quando finalmente a alcançasse?

– E se Lizzie se recusar a voltar?

O rosto de Alicia assumiu uma expressão soturna de determinação.

– Há outra possiblidade, é claro. – Ela olhou para Mandy antes de tornar a encarar Jay com frieza. – Você poderia engravidar outra mulher, casar-se com ela e receber a herança... se Lizzie morresse subitamente.

Jay fitou a mãe por um longo instante.

– Eles estão a caminho dos territórios selvagens, além de qualquer lei – prosseguiu ela. – Tudo pode acontecer ali: não há xerifes, tampouco legistas. Mortes súbitas são algo comum e ninguém as questiona.

Jay engoliu em seco e fez menção de apanhar sua bebida. Alicia pousou a mão sobre o copo para impedi-lo.

– Já chega. Você precisa ir andando. – Relutante, ele recolheu a mão. – Leve Lennox consigo. Se o pior acontecer e você não conseguir persuadir ou obrigar Lizzie a voltar, ele saberá como lidar com a situação.

Jay assentiu.

– Muito bem, deixe comigo.

CAPÍTULO TRINTA E SETE

A ANTIGA TRILHA USADA por caçadores de búfalos conhecida como Three Notch Trail seguia na direção oeste ao longo de vários quilômetros, atravessando a paisagem ondulante da Virgínia. Ela se estendia paralelamente ao rio James, conforme Lizzie podia ver no mapa de Mack. A estrada atravessava uma infinidade de montes e vales formados pelas centenas de córregos que escoavam para o sul e desaguavam no rio principal. No começo, eles passaram por várias propriedades tão grandes quanto as que havia ao redor de Fredericksburg, mas à medida que avançavam, as casas e plantações ficavam menores e os trechos de mata virgem, mais extensos.

Lizzie estava feliz. Embora sentisse uma mistura de medo, ansiedade e culpa, não conseguia deixar de sorrir. Estava ao ar livre, montada em um cavalo, ao lado do homem que amava e dando início a uma grande aventura. Sua mente se preocupava com o que poderia acontecer, mas seu coração cantava.

Eles forçavam os cavalos a darem o máximo de si, pois temiam estar sendo seguidos. Alicia Jamisson não ficaria de braços cruzados em Fredericksburg esperando Jay voltar para casa. Sem dúvida enviaria uma mensagem a Williamsburg ou iria até lá pessoalmente para alertá-lo sobre o ocorrido. Se não fosse pela notícia que Alicia trouxera sobre o testamento de Sir George, Jay teria dado de ombros e os deixado partir. Mas agora ele precisava que a esposa lhe desse o neto exigido. Era quase certo que sairia em busca de Lizzie.

Tinham alguns dias de vantagem, mas Jay viajaria mais rápido, pois não precisaria trazer consigo uma carroça cheia de mantimentos. Como poderia seguir o rastro dos fugitivos? Ele teria que perguntar pelas casas e tabernas do caminho, na esperança de que as pessoas notassem quem houvesse passado por ali. Havia poucos viajantes na estrada e a carroça poderia muito bem chamar atenção.

No terceiro dia, o terreno ficou mais montanhoso. Terras cultivadas deram lugar a pastagens e uma cordilheira azulada despontou no horizonte nebuloso. À medida que os quilômetros se somavam, os cavalos começavam a revelar fadiga, tropeçando ao longo da estrada acidentada e teimando em desacelerar. Nos trechos mais íngremes, Mack, Lizzie e Peg desciam da carroça e seguiam a pé para diminuir o peso, mas não era suficiente. Os animais pendiam a cabeça, indo em um ritmo ainda mais lento, e se mostravam indiferentes ao chicote.

– O que há de errado com eles? – perguntou Mack, aflito.

– Temos que alimentá-los melhor – respondeu Lizzie. – Eles estão tirando suas energias do que conseguem pastar à noite. Para um trabalho como este, de puxar uma carroça o dia inteiro, cavalos precisam de aveia.

– Eu deveria ter trazido – falou Mack, arrependido. – Nem pensei nisso; não entendo muito de cavalos.

À tarde eles chegaram a Charlottesville, um novo assentamento erguido no ponto em que a Three Notch Trail cruzava com a Seminole Trail, uma antiga rota indígena que seguia de norte a sul. A cidade consistia em ruas paralelas que subiam colina acima a partir da estrada, mas a maior parte dos lotes ainda não fora desenvolvida e havia apenas cerca de meia dúzia de casas. Lizzie viu um tribunal com um pelourinho em frente e uma taberna identificada por uma placa com a pintura grosseira de um cisne.

– Poderíamos comprar aveia aqui – sugeriu ela.

– Não devemos parar – replicou Mack. – Não quero que as pessoas se lembrem de nós.

Lizzie entendia seu raciocínio. As encruzilhadas seriam um problema para Jay, que deveria descobrir se os fugitivos tinham ido para o sul ou continuado a seguir para o oeste. Se chamassem atenção, facilitariam o trabalho dele; os cavalos teriam que sofrer um pouco mais.

Alguns quilômetros além de Charlottesville, eles se detiveram num ponto em que a estrada era cruzada por uma trilha quase imperceptível. Existiam peixes nos rios e cervos na floresta, mas os fugitivos não tinham tempo para caçar e pescar. Mack fez uma fogueira e Peg preparou canjica. Para Lizzie, aquilo não tinha gosto nenhum e a textura viscosa era repugnante. Ela se forçou a comer alguma colheradas, mas ficou enjoada e jogou o resto fora. Sentiu vergonha pelo fato de os peões na sua fazenda comerem aquilo todos os dias.

Enquanto Mack lavava as tigelas em um córrego, Lizzie prendia os cavalos para que eles pudessem pastar à noite, mas não fugir. Os três se enrolaram em cobertas e deitaram-se lado a lado debaixo da carroça. Lizzie se encolheu ao deitar e Mack perguntou:

– O que houve?

– Minhas costas doem.

– Você está acostumada a um colchão de penas.

– Prefiro deitar no chão frio ao seu lado a dormir sozinha em um colchão de penas.

Eles não fizeram amor com Peg ao lado, mas, quando acharam que a menina já estava dormindo, começaram a conversar, sussurrando o mais baixo possível, sobre tudo pelo que haviam passado juntos.

– Você lembra que eu o tirei daquele rio e sequei seu corpo com minha anágua?

– Claro. Como poderia esquecer?

– Eu sequei suas costas e, quando você se virou... – Ela hesitou, tímida de repente. – Você estava... excitado.

– Muito. Estava tão exausto que mal conseguia ficar de pé, mas ainda assim queria fazer amor com você naquela hora.

– Nunca tinha visto um homem daquele jeito antes. Achei tão excitante... Sonhei com isso depois. Fico envergonhada por ter gostado tanto do que aconteceu.

– Você mudou muito. Costumava ser muito arrogante.

Lizzie riu baixinho.

– Penso o mesmo a seu respeito.

– Eu era arrogante?

– Mas é claro! Levantando-se na igreja e lendo uma carta para o dono das terras!

– Acho que você tem razão.

– Talvez nós dois tenhamos mudado.

– Fico feliz por isso. – Mack afagou seu rosto. – Acho que foi naquele dia que me apaixonei por você, em frente à igreja, depois de você me passar uma descompostura.

– Eu o amei durante muito tempo sem saber. Ainda me lembro da luta de boxe. Cada golpe que você levava me causava dor. Odiei ver seu corpo lindo sendo machucado daquele jeito. Quando você ainda estava desmaiado, eu o acariciei. Toquei seu peito. Devo ter desejado você mesmo naquela época, antes de me casar. Mas não admitia para mim mesma.

– A primeira vez que eu a desejei foi no fundo da mina. Você caiu nos meus braços e eu apalpei sem querer seus seios e percebi quem você era.

Lizzie riu.

– Você me segurou um pouco mais do que deveria?

Ele pareceu acanhado sob a luz da fogueira.

– Não. Mas depois me arrependi.

– Agora pode me segurar o quanto quiser.

– Eu sei.

Mack passou os braços ao redor dela e a puxou para si. Eles ficaram deitados em silêncio por um bom tempo e foi naquela posição que adormeceram.

~

No dia seguinte, atravessaram um desfiladeiro e chegaram à planície que havia do outro lado da cordilheira. Lizzie e Peg desciam costa abaixo na carroça enquanto Mack seguia à frente em um dos cavalos sobressalentes. Lizzie sentia-se dolorida por conta da noite dormida no chão e começava a sentir falta de boa comida. Mas teria que se habituar àquilo, pois ainda tinham muito caminho pela frente. Ela cerrou os dentes e pensou no futuro.

Notava que Peg estava perturbada com algo. Lizzie gostava dela. Sempre que a olhava, lembrava-se do bebê que havia morrido. Peg também fora um pequeno bebê um dia, amado pela mãe, e Lizzie também a amaria e cuidaria dela.

– O que houve, Peg?

– Essas fazendas nas colinas me fazem lembrar da propriedade de Burgo Marler.

Deve ser terrível ter assassinado alguém, pensou Lizzie. Mas ela achava que havia algo além disso e Peg logo confirmou suas suspeitas.

– Por que você decidiu fugir conosco? – indagou a menina.

Era difícil encontrar uma resposta simples para aquela pergunta. Lizzie refletiu sobre o assunto e, alguns instantes depois, respondeu:

– Acho que, sobretudo, porque meu marido não me ama mais. – Algo no rosto de Peg a fez acrescentar: – Parece que você preferiria que eu tivesse continuado na fazenda.

– Bem, você não suporta nossa comida e não gosta de dormir no chão e, se não estivesse aqui, não teríamos trazido a carroça e poderíamos ir mais rápido.

– Eu vou me acostumar. E os mantimentos na carroça tornarão muito mais fácil nos instalarmos nesta região inóspita.

Peg continuava emburrada e Lizzie imaginou que havia mais. Conforme o previsto, após um breve silêncio a menina questionou:

– Você está apaixonada por Mack, não está?

– É claro!

– Mas você acabou de largar seu marido... Não acha que é muito cedo?

Lizzie se retraiu. Ela própria pensava naquilo em seus momentos de insegurança, mas era irritante ouvir tal crítica de uma criança.

– Meu marido passou seis meses sem encostar um dedo em mim. Por quanto tempo acha que eu deveria esperar?

– Mack me ama.

Aquela conversa estava ficando complicada.

– Ele ama nós duas – afirmou Lizzie. – Mas de maneiras diferentes.

Peg balançou a cabeça.

– Ele me ama. Eu sei disso.

– Ele tem sido como um pai para você. E eu tentarei ser como uma mãe, se você me permitir.

– Não! – exclamou Peg com raiva. – Não é assim que vai ser!

Lizzie não sabia o que mais poderia dizer a ela. Ao olhar para a frente, viu um rio raso com uma construção de madeira baixa ao lado. A estrada atravessava o curso d'água por um vau que havia bem ali e a cabana era uma taberna utilizada por viajantes. Mack estava amarrando seu cavalo a uma árvore em frente ao estabelecimento.

Lizzie parou a carroça. Um homem saiu da taberna – sem camisa, usando uma calça de couro de gamo e um chapéu de três pontas surrado.

– Precisamos comprar aveia para os nossos cavalos – disse-lhe Mack.

– Por que não descansam aqui um pouco e tomam um trago?

De repente, um caneco de cerveja pareceu a Lizzie a coisa mais desejável do mundo. Ela havia trazido dinheiro de Mockjack Hall; não muito, mas o suficiente para comprar o básico para a jornada.

– Claro – respondeu ela, decidida, e desceu da carroça.

– Sou Barney Tobold, mas todos me chamam de Baz – apresentou-se o taberneiro, lançando um olhar intrigado para Lizzie.

Ela usava roupas de homem, mas não havia completado o disfarce e seu rosto era obviamente feminino. No entanto, Baz não fez nenhum comentário a respeito, limitando-se a conduzi-los para o interior.

Quando os olhos de Lizzie se habituaram à penumbra, ela viu que a taberna não passava de um recinto com chão de terra, dois bancos e um balcão e alguns canecos de madeira em uma prateleira. Baz estendeu a mão para um barril de rum, mas Lizzie o deteve:

– Rum não, apenas cerveja, por favor.

– Eu aceito o rum – falou Peg com avidez.

– Não enquanto eu estiver pagando – retrucou Lizzie. – Cerveja para ela também, Baz, por gentileza.

Ele serviu a bebida de uma barrica em três canecos de madeira. Mack entrou com o mapa na mão e perguntou:

– Que rio é este?

– Nós o chamamos de South River.

– Depois dele, para onde a estrada leva?

– Uma cidade chamada Staunton, a cerca de 30 quilômetros daqui. Além dela, não há muita coisa: algumas trilhas, alguns fortes para defender as fronteiras, então as montanhas de verdade, que ninguém nunca atravessou. Para onde vocês estão indo, afinal?

Mack hesitou, mas Lizzie se encarregou de responder:

– Estou indo visitar um primo.

– Em Staunton?

Lizzie ficou desconcertada com a pergunta.

– Ahn... perto de lá.

– Ah, sim? Como ele se chama?

Lizzie falou o primeiro nome que lhe veio à cabeça.

– Angus... Angus James.

Baz franziu a testa.

– Que engraçado, achei que conhecesse todo mundo em Staunton, mas nunca ouvir falar nesse nome.

Lizzie improvisou.

– Pode ser que a fazenda dele fique bem afastada da cidade; eu mesma nunca estive lá.

O som de cascos de cavalo veio lá de fora e Lizzie pensou em Jay. Será que ele poderia tê-los alcançado tão rápido? O ruído também deixou Mack apreensivo.

– Se quisermos chegar a Staunton antes do anoitecer...

– Não podemos nos demorar muito – concluiu Lizzie, que esvaziou seu caneco.

– Vocês mal molharam as gargantas – replicou Baz. – Bebam mais um caneco.

– Não – recusou-se Lizzie, resoluta, e sacou a carteira. – Deixe-me pagar ao senhor.

Dois homens entraram, piscando para se acostumar à penumbra. Eles pareciam ser da região: ambos usavam calças de couro de gamo e botas de fabricação caseira. Com o canto do olho, Lizzie viu Peg levar um susto e dar as costas aos recém-chegados, como se não quisesse que eles vissem seu rosto.

– Olá, forasteiros! – cumprimentou alegremente um deles, um homem feio com o nariz quebrado e um olho permanentemente fechado. – Sou Chris Dobbs, mais conhecido como Dobbo Olho Morto. É um prazer conhecê-los. Que novidades trazem do leste? Aqueles deputados continuam gastando o dinheiro dos nossos impostos em novos palácios e jantares chiques? Deixe--me pagar uma bebida para vocês. Rum para todos, Baz, faça o favor.

– Estamos de saída – falou Lizzie. – Mas obrigada assim mesmo.

Dobbo a analisou com mais atenção e exclamou:

– Uma mulher vestindo calças!

Ela o ignorou e se despediu:

– Até logo, Baz, e obrigada pela informação.

Mack saiu e Lizzie e Peg se encaminharam para a porta. Dobbs olhou para Peg e pareceu surpreso.

– Eu conheço você. Já a vi com Burgo Marler, que Deus o tenha.

– Nunca ouvi falar nele – rebateu Peg com audácia, deixando-o para trás.

No instante seguinte, o homem caiu em si:

– Jesus Cristo, você deve ser aquela desgraçada que o matou!

– Espere um instante – replicou Lizzie, desejando que Mack não tivesse saído tão depressa. – Não sei que tipo de ideia louca está passando pela sua cabeça, Sr. Dobbs, mas Jenny é uma criada da minha família desde os 10 anos e nunca conheceu ninguém chamado Burgo Marler, muito menos matou alguém com esse nome.

Dobbs não estava disposto a desistir tão fácil:

– O nome dela não é Jenny, mas algo parecido: Betty, Milly ou Peggy. Isso! Ela se chama Peggy Knapp.

Lizzie sentiu o estômago embrulhar.

Dobbs voltou-se para o companheiro em busca de apoio.

– É ela, não é?

O outro homem deu de ombros.

– Só vi aquela menina uma ou duas vezes e essas garotinhas são todas iguais – respondeu ele, em dúvida.

– Se bem que ela se encaixa na descrição da *Gazeta da Virgínia* – comentou Baz, estendendo a mão para debaixo do balcão e retirando um mosquete.

O medo de Lizzie transformou-se em raiva.

– Espero que não esteja pensando em me ameaçar, Barney Tobold – disse ela, surpreendendo-se com a coragem em sua própria voz.

– Talvez vocês devessem todos ficar por aqui enquanto eu envio um recado para o xerife de Staunton. Ele está bastante incomodado por não ter apanhado a assassina de Burgo. Estou certo de que irá querer confirmar a história de vocês.

– Não vou esperar aqui até vocês descobrirem que estão enganados.

Baz apontou a arma para ela.

– Acho que a senhora não tem escolha.

– Deixe-me lhe explicar uma coisa: vou sair daqui com esta criança e tudo o que o senhor precisa saber é que, se disparar contra a esposa de um homem rico da Virgínia, não haverá desculpa que o impedirá de ser enforcado.

Lizzie pousou as mãos nos ombros de Peg, colocou-se entre ela e a arma, e a empurrou para a frente.

Baz armou a pederneira de seu rifle com um clique ensurdecedor.

Peg se encolheu sob as mãos de Lizzie, que a apertou mais firme, pressentindo que a menina queria sair correndo dali.

Três metros as separavam da porta, mas elas pareceram levar uma hora para chegar até lá.

Não se ouviu nenhum estampido.

Lizzie sentiu a luz do sol em seu rosto.

Já não pôde se conter: empurrando Peg para a frente, ela começou a correr.

Mack já estava montado em seu cavalo. Peg saltou no banco da carroça, seguida por Lizzie.

– O que aconteceu? – perguntou Mack. – Parece que vocês viram um fantasma.

– Vamos sair daqui! – exclamou Lizzie, estalando as rédeas. – O caolho reconheceu Peg!

Ela virou na direção leste. Se fossem para Staunton, teriam primeiro que atravessar o vau do rio, o que levaria muito tempo, e ainda iriam para os braços do xerife. Precisavam voltar pelo mesmo caminho que tinham vindo.

Olhando por sobre o ombro, Lizzie viu os três homens diante da porta da taberna; Baz ainda empunhava seu mosquete. Ela chicoteou os cavalos, colocando-os para trotar.

Baz não disparou.

Após alguns segundos, eles estavam fora de alcance.

– Por Deus – falou Lizzie. – Que momento terrível.

A estrada fez uma curva e entrou na floresta; já não era possível vê-los da taberna. Pouco depois, Lizzie desacelerou os cavalos e Mack emparelhou sua montaria à carroça.

– Esquecemos de comprar a aveia.

~

Mack estava aliviado por terem escapado, mas lamentava a decisão de Lizzie de voltar por onde tinham vindo. Eles deveriam ter atravessado o vau e seguido em frente. A fazenda de Burgo Marler ficava em Staunton, mas eles poderiam encontrar uma trilha que contornasse a cidade ou passar direto por ela na calada da noite. Contudo, Mack não a criticou, pois Lizzie fora forçada a tomar uma decisão apressada.

Pararam onde haviam acampado na noite anterior, no local em que a Three Notch Trail cruzava com uma trilha transversal. Tiraram a carroça da estrada principal e a esconderam na mata, já que haviam se tornado foragidos da Justiça.

Mack consultou o mapa e decidiu que eles teriam de voltar a Charlottesville e apanhar a Seminole Trail na direção sul. Poderiam dobrar para oeste novamente depois de um ou dois dias, assim passariam a no mínimo 80 quilômetros de distância de Staunton.

No entanto, pela manhã ocorreu a Mack que Dobbs talvez estivesse a caminho de Charlottesville. Poderia ter passado pelo acampamento escondido após o anoitecer e chegado à cidade antes deles. Mack falou com Lizzie sobre sua preocupação e ofereceu-se para cavalgar sozinho até Charlottesville a fim de conferir se não havia perigo. Ela concordou.

Ele foi a toda velocidade e alcançou a cidade antes do amanhecer. Ao se aproximar da primeira casa, desacelerou o cavalo até um ritmo de passeio. O silêncio reinava ao seu redor: nada se movia além de um cachorro velho que se coçava no meio da estrada. A porta da taberna Swan estava aberta e saía fumaça da chaminé. Mack desmontou e amarrou a montaria a um arbusto, então aproximou-se com cautela do estabelecimento.

Não havia ninguém no bar.

Talvez Dobbs e seu colega estivessem seguindo na direção oposta, para Staunton.

Um cheiro de dar água na boca vinha de alguma parte. Ele deu a volta até os fundos e viu uma mulher de meia-idade fritando bacon.

– Preciso comprar aveia – informou-lhe.

Sem erguer os olhos do que fazia, ela falou:

– Há uma loja em frente ao tribunal.

– Obrigado. Dobbo Olho Morto passou por aqui?

– Quem diabo é esse sujeito?

– Deixa pra lá.

– Não quer tomar café da manhã antes de ir?

– Não, obrigado; quem me dera ter tempo para isso.

Deixando o cavalo ali, seguiu colina acima até o edifício de madeira que abrigava o tribunal. Do outro lado da praça, ficava uma construção menor com uma placa pintada grosseiramente: "Vendedor de Grãos". A porta da frente estava fechada, mas em um anexo nos fundos ele encontrou um homem seminu fazendo a barba.

– Preciso comprar aveia – repetiu Mack.

– E eu preciso me barbear.

– Não posso esperar. Me venda duas sacas de aveia agora ou eu vou apanhá-la no vau do South River.

Resmungando, o homem secou o rosto e levou Mack até a loja.

– Algum forasteiro na cidade?

– Você – respondeu o homem.

Parecia que Dobbs não tinha ido até lá na noite passada.

Mack pagou com o dinheiro de Lizzie e saiu carregando as duas sacas grandes nas costas. Uma vez lá fora, ouviu o barulho de cascos de cavalo e, erguendo a cabeça, deparou com três cavaleiros vindo acelerados da direção leste.

Seu coração parou de bater por um instante.

– Amigos seus? – indagou o comerciante.

– Não.

Ele desceu às pressas a colina e os cavaleiros pararam diante da Swan. Mack foi diminuindo o passo à medida que se aproximava e puxou o chapéu para baixo sobre os olhos. Enquanto os homens desmontavam, ele analisou seus rostos.

Um deles era Jay Jamisson.

Mack praguejou em voz baixa; Jay quase os alcançara graças ao contratempo do dia anterior.

Por sorte Mack tinha sido cauteloso. Agora, precisava chegar ao cavalo e escapar dali sem ser visto.

De repente, ele se deu conta de que o "seu" cavalo era propriedade de Jay e estava amarrado a um arbusto a menos de 3 metros do antigo dono.

Jay adorava seus cavalos. Se lançasse um só olhar para ele, o identificaria. E saberia no mesmo instante que os fugitivos não estavam longe.

Mack passou por cima de uma cerca quebrada ao redor de um terreno baldio e ficou observando escondido atrás dos arbustos. Lennox estava com Jay, assim como um terceiro homem desconhecido. O capataz amarrou sua montaria ao lado da de Mack, ocultando em parte o animal roubado do campo de visão de Jay. Lennox não tinha nenhum apego aos cavalos, logo jamais o reconheceria. *Entrem, entrem!*, gritou Mack em sua cabeça, mas Jay virou-se e falou algo para Lennox, que respondeu, e o terceiro homem soltou uma risada grosseira. Uma gota de suor escorreu pela testa de Mack e entrou em seu olho e ele piscou para se livrar dela. Quando sua vista clareou, os três entravam na Swan.

Mack suspirou de alívio. Mas a situação ainda não estava resolvida.

Ele saiu do meio dos arbustos, ainda encurvado devido às duas sacas de aveia. Atravessou rapidamente a estrada em direção à taberna e transferiu o peso para o cavalo.

Então, ouviu algo atrás de si.

Mack não ousou olhar para trás. No momento em que colocou o pé no estribo, alguém exclamou:

– Ei, você!

Mack virou-se devagar. O dono da voz era o estranho. Ele respirou fundo e indagou:

– O que foi?

– Queremos tomar café da manhã.

– Fale com a mulher nos fundos.

Mack montou no cavalo.

– Ei.

– O que foi agora?

– Passou alguma carroça de quatro cavalos por aqui com uma mulher, uma menina e um homem?

Mack fingiu pensar na pergunta.

– Recentemente, não.

Ele chutou sua montaria e saiu cavalgando.

Não teve coragem de olhar para trás.

Um minuto depois, havia deixado a cidade.

Estava ansioso por voltar para junto de Lizzie e Peg, mas foi forçado a seguir mais devagar por conta do peso da aveia e do sol mais quente. Saiu da estrada e desceu a trilha transversal até o acampamento escondido.

– Jay está em Charlottesville – informou ele ao ver Lizzie.

Ela empalideceu.

– Tão perto!

– Ele provavelmente pegará a Three Notch Trail para atravessar as montanhas hoje mais tarde. Mas assim que chegar ao vau do South River descobrirá que voltamos. Isso o deixará apenas um dia e meio atrás de nós. Teremos que abandonar a carroça.

– E todos os nossos mantimentos!

– A maior parte deles, sim. Mas temos três cavalos sobrando: podemos levar tudo o que eles puderem carregar. – Mack olhou ao longo de uma trilha estreita. – Em vez de voltarmos para Charlottesville, podemos tentar pegar este caminho para o sul. Ele provavelmente faz uma curva em algum momento para se encontrar com a Seminole Trail a alguns quilômetros da cidade. E parece transitável para cavalos.

Lamentar-se não era do feitio de Lizzie. Sua boca fixou-se em uma linha firme, obstinada.

– Está bem – concordou ela, sisuda. – Vamos começar a descarregá-la.

Teriam que deixar a relha de arado, o baú de Lizzie repleto de roupas de baixo quentes e parte da farinha de milho, mas conseguiriam levar as armas, as ferramentas e as sementes. Amarraram os cavalos de carga juntos e subiram nas montarias.

Por volta do meio da manhã, já tinham partido.

CAPÍTULO TRINTA E OITO

URANTE TRÊS DIAS, eles seguiram a ancestral Seminole Trail para o sudoeste, atravessando uma série majestosa de vales e desfiladeiros que serpeavam por entre as montanhas cobertas de florestas. Passaram por fazendas isoladas, mas viram poucas pessoas e nenhuma cidade. Os três iam lado a lado e os cavalos de carga os seguiam em fila. A sela já começava a ferir Mack, mas aquilo não o impedia de sentir-se eufórico. As montanhas eram magníficas, o sol brilhava e ele era um homem livre.

Na manhã do quarto dia, chegaram ao topo de uma colina e viram no vale mais abaixo um rio de leito amplo e águas amarronzadas, pontuado por uma série de ilhotas. Na margem oposta, havia um conjunto de construções de madeira e uma balsa de fundo chato estava amarrada a um píer.

Mack puxou as rédeas de sua montaria.

– Imagino que este seja o rio James e que o povoado seja um lugar chamado Lynch's Ferry.

Lizzie adivinhou o que ele tinha em mente.

– Você quer voltar para o oeste.

Ele assentiu.

– Há três dias não vemos quase ninguém e será difícil para Jay encontrar nosso rastro. Mas se cruzarmos o rio naquela balsa, vamos ter que falar com o balseiro. Além disso, talvez seja difícil evitar o dono da taberna, o comerciante local e todos os bisbilhoteiros da região.

– Bem pensado. Se sairmos da estrada, ele não conseguirá descobrir para onde fomos.

Mack consultou o mapa.

– O vale sobe para o noroeste até um desfiladeiro. Depois de atravessar, devemos poder pegar a trilha que vai para o sudoeste a partir de Staunton.

– Ótimo.

Mack sorriu para Peg, que estava calada e indiferente.

– Concorda, Peg? – perguntou ele, tentando envolvê-la na decisão.

– O que você achar melhor.

Ela parecia infeliz e Mack supôs que fosse por medo de ser apanhada. Também devia estar cansada: às vezes ele se esquecia de que Peg ainda era pequena.

– Ânimo, estamos escapando!

Peg desviou o olhar. Mack encarou Lizzie, que deu de ombros.

Eles saíram da trilha pela diagonal e desceram por uma mata íngreme, pretendendo alcançar o rio cerca de 800 metros mais à frente do povoado. Mack não achava que tivessem sido avistados.

Uma trilha plana seguia para o oeste ao longo da margem por vários quilômetros e fazia uma curva para longe do rio, contornando uma cadeia de colinas. O terreno era acidentado e eles muitas vezes tiveram que desmontar e conduzir os cavalos a pé por subidas pedregosas, mas em nenhum momento Mack perdeu a sensação de liberdade.

Ao fim do dia, chegaram à beira de um riacho que cortava as montanhas. Lizzie abateu a tiros um pequeno cervo que veio beber água numa poça em meio às rochas. Mack cortou a carne e providenciou um espeto para assar uma anca. Mandou Peg vigiar o fogo e foi lavar as mãos sujas de sangue.

Desceu o riacho até onde uma pequena cachoeira desaguava em uma piscina natural profunda. Ajoelhou-se na saliência de uma rocha e limpou as mãos na água que caía. Então decidiu banhar-se e se despiu. Assim que retirou as calças, ergueu os olhos e deparou com Lizzie.

– Todas as vezes que tiro as roupas para mergulhar em um rio...

– Você me encontra olhando!

Os dois riram.

– Venha tomar banho comigo.

O coração de Mack acelerou enquanto ela se despia. Ele fitou seu corpo com um olhar cheio de amor. Lizzie parou nua à sua frente com uma expressão que parecia dizer "que se dane". Eles se abraçaram e se beijaram.

Quando pararam para respirar, uma ideia tola veio à mente de Mack. Ele olhou a piscina profunda 3 metros abaixo e sugeriu:

– Vamos pular.

– Não! – exclamou Lizzie, mas depois acrescentou: – Vamos!

Os dois deram as mãos, se detiveram à beira da pedra e saltaram, sem conseguir parar de rir. Mack mergulhou fundo e largou Lizzie. Ao vir à tona, viu que ela estava a alguns metros de distância, bufando, cuspindo água e rindo ao mesmo tempo. Juntos eles nadaram em direção à margem até sentirem o fundo do rio sob os pés, então resolveram descansar.

Mack a puxou para si. Com um arrepio de excitação, sentiu o contato das coxas nuas dela contra as suas. Não queria beijá-la naquele momento, desejava fitar seu rosto. Ele acariciou seu quadril. A mão de Lizzie se fechou em volta do seu pênis ereto e ela olhou dentro dos seus olhos com um sorriso de alegria. Mack se sentia a ponto de explodir.

Lizzie enlaçou seu pescoço e levantou as pernas para envolver a cintura dele com as coxas. Mack fincou os pés no leito do rio e sustentou o peso dela. Lizzie se remexeu um pouco e acomodou-se em cima dele. Mack deslizou para dentro dela com tanta facilidade que era como se os dois tivessem anos de prática.

Depois do banho de água fria, a carne de Lizzie era como óleo quente contra a pele dele. De repente, ele sentia-se como se estivesse em um sonho. Estava fazendo amor com a filha de lady Hallim em uma cachoeira na Virgínia: como poderia ser real?

Eles se deram um beijo de língua e ela riu, então seu rosto tornou a ficar sério, assumindo um ar de concentração. Lizzie puxou o pescoço dele, içando o próprio corpo, e deixou-o cair novamente, repetindo o processo várias vezes. Soltou um gemido gutural, os olhos quase fechados. Mack observava seu rosto, fascinado.

Com o canto do olho, ele viu algo se mover na margem. Virou a cabeça e vislumbrou um lampejo de cor que desapareceu logo em seguida. Alguém os estava observando. Peg os teria encontrado ali por acidente ou seria o vulto de um estranho? Mack sabia que deveria se preocupar com aquilo, mas Lizzie gemeu mais alto e ele se distraiu. Ela começou a gritar, apertando-o com as coxas a um ritmo cada vez mais rápido, espremeu o corpo contra o dele e soltou um urro enquanto ele a abraçava com força e tremia com sofreguidão até esvaziar-se dentro dela.

~

Ao voltarem ao acampamento, não encontraram Peg.

Mack teve um mau pressentimento.

– Achei ter visto alguém lá na piscina, quando estávamos fazendo amor. Foi só um vislumbre, não consegui nem saber se era um homem, uma mulher ou uma criança.

– Sem dúvida era Peg – falou Lizzie. – Acho que ela fugiu.

Mack estreitou os olhos.

– O que faz você ter tanta certeza?

– Ela tem ciúmes de mim porque você me ama.

– O quê?

– Ela está apaixonada, Mack. Disse para mim que iria se casar com você. Claro que é só uma fantasia infantil, mas ela não sabe disso. Peg está emburrada há dias, deve ter nos visto fazendo amor e fugiu.

Mack teve a terrível sensação de que aquilo era verdade. Ficou angustiado ao pensar em como Peg deveria estar se sentindo. Agora, a menina estava vagando sozinha pelas montanhas à noite.

– Ai, meu Deus, o que vamos fazer?

– Procurá-la.

– Sim. – Mack se recompôs. – Pelo menos ela não levou nenhum dos cavalos. Não pode ter ido longe. Devemos ir atrás dela juntos. Vamos fazer tochas. Ela deve ter voltado pelo mesmo caminho por onde viemos. Aposto que vamos encontrá-lo dormindo atrás de um arbusto.

～

Eles a procuraram a noite inteira.

Refizeram os próprios passos por horas e horas, iluminando a mata dos dois lados da trilha sinuosa. Então voltaram ao acampamento, fizeram novas tochas e seguiram o rio pela encosta da montanha acima, escalando as rochas. Não havia sinal dela.

Ao amanhecer, comeram um pouco da anca do cervo, carregaram os cavalos com os mantimentos e retomaram viagem.

Era possível que Peg tivesse seguido para o oeste e Mack esperava que pudessem topar com ela ao longo do trajeto, mas caminharam por toda aquela manhã sem encontrá-la.

Ao meio-dia, chegaram a outra trilha. Era apenas uma estrada de terra, porém mais larga do que uma carroça e com marcas de cascos na lama. Ela seguia do nordeste para o sudoeste e, ao longe, eles podiam avistar uma cadeia de montanhas majestosas que se erguiam contra o céu azul.

Aquela era a estrada que vinham buscando, o caminho para a Garganta de Cumberland.

Com os corações pesados, voltaram-se para o sudoeste e seguiram em frente.

CAPÍTULO TRINTA E NOVE

N A MANHÃ DO DIA SEGUINTE, Jay conduziu seu cavalo colina abaixo até o rio James e olhou para a margem oposta em direção a Lynch's Ferry.

Jay estava exausto, dolorido e desanimado. Odiava com todas as forças Binns, o capanga que Lennox havia contratado em Williamsburg. Estava cansado da comida ruim, das roupas imundas, do longo tempo cavalgando e das noites curtas no chão duro. Durante os últimos dias, suas esperanças tinham oscilado como as intermináveis trilhas que subiam e desciam aquelas colinas.

Ele ficara tremendamente entusiasmado no vau do South River ao descobrir que Lizzie e seus comparsas tinham sido forçados a dar meia-volta. No entanto, não conseguia entender como haviam passado despercebidos por ele na estrada.

– Eles abandonaram a trilha em algum momento – falara Dobbo Olho Morto, seguro de si, quando eles se sentaram na taberna à beira do rio.

Dobbs vira os três fugitivos no dia anterior e reconhecera Peg Knapp.

Jay supunha que ele tivesse razão.

– Mas eles foram para o norte ou para o sul? – perguntou, apreensivo.

– Se você quer fugir da Justiça, é para o sul que vai: para longe de xerifes, tribunais e magistrados.

Jay não tinha tanta certeza. Poderia haver vários lugares nas treze colônias onde um grupo familiar aparentemente respeitável – marido, mulher e criada – conseguiria se instalar de forma discreta para nunca mais ser encontrado. Mas o palpite de Dobbs parecia mais provável.

Ele falou a Dobbs, como já vinha fazendo a todos que encontrava, que pagaria 50 libras a qualquer um que capturasse os fugitivos. O dinheiro, suficiente para comprar uma pequena fazenda por ali, tinha vindo de sua mãe. Quando eles se separaram, Dobbs cruzou o vau e foi para o oeste, em direção a Staunton; Jay esperava que ele fosse espalhar a notícia sobre a recompensa. Ainda que os fugitivos conseguissem despistar Jay, poderiam ser pegos por outros.

Jay voltou a Charlottesville, na esperança de descobrir que Lizzie passara pela cidade e rumara para o sul. Entretanto, a carroça não voltara a ser vista. De alguma forma eles tinham contornado Charlottesville e encontrado outra maneira de chegar à Seminole Trail, que seguia na direção sul. Apostando naquela hipótese, conduziu seu bando por ali. Porém, a zona rural começava a ficar desabitada e Jay não encontrou ninguém que se lembrasse de ter visto um homem, uma mulher e uma menina na estrada.

Contudo, ele tinha grandes esperanças de obter alguma informação ali em Lynch's Ferry.

Chegaram à margem e gritaram para o outro lado do rio que corria veloz. Uma figura saiu de dentro de uma cabana e embarcou em uma balsa. Uma corda foi estendida de uma margem à outra e o homem prendeu a embarcação a ela de maneira engenhosa, para que a própria correnteza a fizesse atravessá-lo. Depois que Jay e os companheiros embarcaram os cavalos, o balseiro ajustou as cordas e eles começaram a fazer o caminho de volta.

O homem usava roupas pretas e tinha o ar grave de um quacre. Jay lhe pagou e pôs-se a interrogá-lo durante a travessia.

– Estamos procurando um grupo de três pessoas: uma jovem, um escocês mais ou menos da mesma idade que ela e uma garota de 14 anos. Você os viu por aqui?

O homem balançou a cabeça.

Jay ficou abalado, perguntando a si mesmo se não teriam errado completamente de rota.

– Alguém poderia ter atravessado para o outro lado sem que você os visse?

O balseiro refletiu e respondeu após algum tempo:

– Qualquer um que fizesse isso teria que ser um ótimo nadador.

– E se eles tivessem atravessado o rio em alguma outra parte?

Depois de outra pausa, o homem falou:

– Então não teriam passado por aqui.

Binns deu uma risadinha e Lennox o silenciou com um olhar fulminante.

Jay olhou para além do rio e praguejou em voz baixa. Lizzie não era vista havia seis dias. Ela o despistara de alguma forma e poderia estar em qualquer lugar. Poderia estar na Pensilvânia. Poderia ter voltado para o leste e estar em um navio a caminho de Londres. Ele a perdera. Lizzie tinha sido mais esperta e privado Jay de sua herança. Se um dia eu voltar a vê-la, pensou, juro por Deus que vou meter uma bala em sua cabeça.

Na verdade, não sabia o que faria se a capturasse. Remoía tal questão constantemente enquanto cavalgava pelas trilhas acidentadas. Sabia que

Lizzie não voltaria com ele por vontade própria e teria que levá-la para casa com as mãos e os pés amarrados. Mesmo depois disso, Lizzie talvez não cedesse e Jay precisaria estuprá-la. A ideia lhe causava uma estranha excitação. Durante a viagem, ele vinha sendo perturbado por lembranças voluptuosas: os dois se acariciando no sótão da casa vazia na Chapel Street com suas mães por perto; Lizzie quicando na cama deles, nua e desinibida, e por cima enquanto faziam amor, retorcendo-se e gemendo. Mas e durante a gravidez, como ele a obrigaria a ficar? Poderia trancá-la em algum lugar até ela dar à luz?

Tudo seria muito mais simples se ela morresse. Não era uma possibilidade remota: ela e McAsh certamente ofereceriam resistência. Jay não achava que seria capaz de matar a própria esposa a sangue-frio, mas ela bem podia ser morta em uma briga. Então ele poderia se casar com uma servente de taberna saudável, engravidá-la e zarpar para Londres a fim de reivindicar a herança.

Mas aquilo era apenas um sonho feliz. A realidade era que, quando finalmente estivesse diante dela, Jay teria que tomar uma decisão: ou a levava viva para casa, dando-lhe ampla oportunidade para frustrar seus planos, ou a mataria.

Como poderia fazer aquilo? Nunca tinha matado ninguém e só uma vez usara sua espada para ferir uma pessoa – no tumulto no depósito de carvão em que capturara McAsh. Mesmo em seu momento de maior ódio por Lizzie, não conseguia se imaginar enfiando uma espada em alguém com quem já fizera amor. Ele já apontara o rifle contra o irmão e apertado o gatilho. Se tivesse que matar Lizzie, talvez o melhor fosse alvejá-la a distância, como se fosse uma corça. Porém, nem mesmo aquilo ele estava certo de que conseguiria fazer.

A balsa alcançou a margem oposta. Várias casas bem construídas estendiam-se de forma organizada pela colina íngreme que se erguia a partir do rio. O lugar parecia uma pequena e próspera comunidade de comerciantes. Enquanto desembarcavam, o balseiro disse em tom casual:

– Há alguém esperando por vocês na taberna.

– Esperando por nós? – indagou Jay, pasmo. – Como alguém poderia saber que estávamos vindo para cá?

– Um caolho com cara de poucos amigos.

– Dobbs! Como ele chegou aqui antes de nós?

– E por quê? – acrescentou Lennox.

A notícia renovou os ânimos de Jay, ansioso por desvendar o enigma.

– Cuidem dos cavalos – ordenou ele aos dois homens. – Vou falar com Dobbs.

A taberna era um edifício de madeira com dois andares e um sótão à beira do cais. Jay entrou e viu Dobbs sentado a uma mesa, comendo uma tigela de cozido.

– Dobbs, o que diabo está fazendo aqui?

O homem ergueu o olhar e falou com a boca cheia:

– Vim reivindicar minha recompensa, capitão Jamisson.

– Do que está falando?

– Olhe para lá. – Ele meneou a cabeça para o canto do recinto.

Ali, amarrada a uma cadeira, estava Peg Knapp. Havia tirado a sorte grande!

– De onde ela saiu?

– Eu a encontrei na estrada ao sul de Staunton.

Jay franziu a testa.

– Em que direção ela estava seguindo?

– Para o norte, em direção à cidade. Eu estava saindo dela, a caminho do Miller's Mill.

– Como será que ela chegou até ali?

– Eu lhe perguntei, mas ela não quer falar.

Jay olhou para a garota e notou os hematomas em seu rosto: Dobbs não tinha pegado leve com ela.

– Vou lhe dizer o que eu acho – continuou Dobbs. – Eles vieram quase até aqui, mas não atravessaram o rio. Em vez disso, seguiram para o oeste. Devem ter abandonado a carroça em algum lugar. Cavalgaram pelo vale do rio acima até a estrada de Staunton.

– Mas você encontrou Peg sozinha.

– Isso.

– Então a capturou.

– Só que não foi fácil – protestou Dobbs. – Ela correu como o vento e, todas as vezes que conseguia agarrá-la, ela dava um jeito de escapulir. Mas eu estava a cavalo e, por fim, ela cansou.

Uma mulher quacre apareceu e perguntou se Jay queria algo para comer. Ele a dispensou com um gesto impaciente, pois estava ansioso por interrogar Dobbs.

– Mas como você chegou aqui antes de nós?

Ele sorriu.

– Desci o rio numa jangada.

– Eles devem ter se desentendido – opinou Jay, empolgado. – Esta vadiazinha assassina se separou dos dois e seguiu para o norte. Então os outros devem ter ido rumo ao sul. – Ele tornou a franzir a testa. – Para onde imagina que estejam indo?

– A estrada leva ao forte Chiswell. Para além dele, quase não há mais assentamentos. Mais ao sul existe um lugar chamado Wolf Hills, depois é tudo território cheroqui. Eles não vão virar cheroquis, logo meu palpite é que vão seguir para o oeste após Wolf Hills até as montanhas. Os caçadores falam sobre um desfiladeiro chamado Garganta de Cumberland que atravessa a cordilheira, mas eu nunca fui até lá.

– O que há do outro lado?

– Território selvagem, pelo que dizem. Excelente para caçar. Uma espécie de terra de ninguém entre os cheroquis e os sioux.

Agora Jay entendia: Lizzie planejava começar uma vida nova em um território inexplorado. Mas fracassaria, pensou, cheio de entusiasmo. Ele a apanharia e a traria de volta – viva ou morta.

– A criança não vale muito sozinha – falou ele para Dobbs. – Você precisa me ajudar a apanhar os outros dois se quiser suas 50 libras.

– Quer que eu seja o seu guia?

– Sim.

– Eles estão com uns dois dias de vantagem agora e podem viajar rápido sem a carroça. O senhor vai levar uma semana para alcançá-los ou mais.

– Você receberá as 50 libras na íntegra se tivermos sucesso.

– Espero que possamos compensar o tempo perdido antes de eles abandonarem a trilha e partirem para território selvagem.

– Amém – disse Jay.

CAPÍTULO QUARENTA

DEZ DIAS DEPOIS que Peg fugiu, Mack e Lizzie atravessaram uma ampla planície e chegaram ao pujante rio Holston.

Mack estava exultante. Eles tinham cruzado vários córregos e riachos, mas não lhe restava a menor dúvida de que era aquele que vinham buscando, pois era muito mais vasto do que os outros, com uma ilha extensa no meio do seu leito.

Por muito tempo, haviam se sentido quase sozinhos no mundo. No dia anterior, viram um homem branco – um caçador de peles – e três índios numa colina distante; naquele dia, nenhum homem branco e vários grupos de índios, que não eram nem amistosos nem hostis, mas apenas mantinham-se afastados.

Havia muito tempo Mack e Lizzie não passavam por solo cultivado. À medida que as fazendas rareavam, o número de animais selvagens crescia: bisões, cervos, lebres e milhares de pássaros comestíveis, como perus, patos, galinholas e codornas. Lizzie abateu mais daquelas aves do que eles conseguiriam comer.

O clima tinha sido favorável. Pegaram chuva, que os obrigara a marchar penosamente pela lama o dia inteiro e os deixara tremendo de frio, encharcados, por toda a noite. Mas no dia seguinte o sol tornara a secá-los. Estavam exaustos e feridos pelas selas, mas os cavalos permaneciam firmes, fortalecidos pela grama viçosa e pela aveia que Mack comprara em Charlottesville.

Não havia sinal de Jay, mas aquilo não significava muita coisa e Mack precisava partir do princípio de que ele ainda os estava seguindo.

Deixaram os cavalos beberem água no Holston e sentaram-se para descansar à margem rochosa. A trilha desaparecera pouco a pouco à medida que eles cruzavam a planície e, além do rio, não restava vestígio algum dela. Para o norte, o terreno subia de forma gradativa e constante. Ao longe, a cerca de 15 quilômetros, uma cordilheira escarpada erguia-se proibitivamente rumo ao céu. Aquele era o destino deles.

– Deveria haver um desfiladeiro em algum lugar.

– Não o vejo – falou Lizzie.

– Nem eu.

– Se não estiver lá...

– Nós procuraremos por outro – arrematou ele, resoluto.

Mack demonstrou confiança, mas em seu coração sentia medo. Estavam prestes a entrar em território inexplorado e poderiam ser atacados por pumas ou ursos selvagens. Os índios poderiam se tornar hostis. Ainda havia comida suficiente para qualquer um com uma espingarda, mas e quando chegasse o inverno?

Mack consultou o mapa, embora ele se mostrasse cada vez mais impreciso.

– Quem me dera tivéssemos encontrado alguém que soubesse o caminho – lamentou-se Lizzie.

– Encontramos várias.

– E cada uma delas contou uma história diferente.

– Mas, em linhas gerais, todas disseram o mesmo – insistiu Mack. – Os vales ribeirinhos sobem do nordeste para o sudoeste, como mostra o mapa, e devemos ir para o noroeste, perpendicularmente aos rios, através de uma série de montes altos.

– O problema vai ser encontrar os desfiladeiros que cruzam as cadeias de montanhas.

– Teremos que avançar em ziguezague. Sempre que virmos um desfiladeiro que possa nos levar para o norte, iremos por ele. Se chegarmos a uma encosta que pareça incontornável, viramos para o oeste e seguimos o vale, em busca da nossa próxima chance de voltar a rumar para o norte.

– Bem, agora só nos resta tentar.

– Se tivermos algum contratempo, precisaremos apenas refazer nossos passos e tentar uma rota diferente.

Ela sorriu.

– Prefiro isso a fazer visitas sociais na Berkeley Square.

Ele retribuiu o sorriso; Mack adorava o fato de Lizzie estar sempre pronta para tudo.

– Também é melhor do que extrair carvão.

O rosto de Lizzie voltou a ficar sério.

– Queria que Peg estivesse aqui.

Mack desejava o mesmo. Não haviam visto nenhum sinal de Peg depois da fuga. Tinham esperado encontrá-la pelo caminho naquele primeiro dia, mas não deram sorte.

Lizzie passara aquela noite inteira aos prantos, como se tivesse perdido novamente a filha. Não faziam ideia de onde ela pudesse estar ou mesmo se estava viva. Tinham feito todo o possível para encontrá-la, mas ainda assim sentiam-se inconsoláveis. Mack e Peg haviam passados juntos por tanta coisa e, no fim, ele a perdera. Seus olhos se enchiam de lágrimas sempre que pensava nela.

Mas agora Mack e Lizzie podiam fazer amor todas as noites debaixo das estrelas. Era primavera, portanto o clima estava ameno. Em breve construiriam sua casa e fariam amor entre quatro paredes. Depois, teriam que armazenar carne salgada e peixe defumado para o inverno. No meio-tempo, ele podia desbastar um terreno e plantar as sementes trazidas...

Mack se pôs de pé.

– Foi um descanso bem curto – comentou Lizzie, se levantando.

– Ficarei mais satisfeito quando estivermos longe deste rio. Jay pode adivinhar nosso trajeto até o momento, mas é aqui que iremos despistá-lo.

Pensativos, ambos olharam para o caminho pelo qual tinham vindo. Não havia ninguém à vista. Porém, Jay estava em alguma parte daquela estrada.

Então, ele percebeu que estavam sendo vigiados.

Mack notara um movimento com o canto do olho e tornou a vê-lo naquele momento. Tenso, virou a cabeça devagar.

Dois índios se postavam a poucos metros deles.

Aquele era o extremo norte do território cheroqui e, havia três dias, observavam nativos a distância, mas nenhum deles se aproximara ainda.

Os dois que estavam ali pareciam ter 17 anos. Tinham cabelos lisos e pretos e uma pele avermelhada típica dos americanos nativos e usavam a túnica e as calças de couro de gamo que os novos imigrantes haviam imitado.

O mais alto estendeu um peixe grande, parecido com um salmão.

– Quero uma faca.

Mack imaginou que os dois tivessem pescado naquele rio.

– Quer fazer uma troca?

O rapaz sorriu.

– Quero uma faca.

– Não precisamos de um peixe – falou Lizzie –, mas um guia viria a calhar. Aposto que ele sabe onde fica o desfiladeiro.

Aquela era uma boa ideia; seria um enorme alívio saber aonde estavam indo.

– Pode ser nosso guia? – perguntou Mack com entusiasmo.

O rapaz sorriu, mas obviamente não tinha entendido. Seu colega continuou calado, sem mover um músculo.

Mack tentou outra vez:

– Você pode ser nosso guia?

O rapaz fez cara de confuso.

– Não troca hoje? – indagou ele, intrigado.

Mack suspirou, frustrado.

– Ele é um rapaz esperto que aprendeu algumas frases em inglês, mas não sabe falar a língua – comentou para Lizzie.

Eles não se conformavam em ficar perdidos ali só porque não conseguiam se comunicar com os nativos.

– Deixe-me tentar – disse Lizzie.

Ela foi até um dos cavalos de carga, abriu uma bolsa de couro e retirou uma faca de lâmina longa. Tinha sido forjada na fazenda, a letra "J" de Jamisson gravada a fogo no cabo de madeira. Era grosseira em comparação às que poderiam ser compradas em Londres, mas sem dúvida superior a qualquer coisa que os cheroquis seriam capazes de fazer. Ela a mostrou para o rapaz, que abriu um largo sorriso.

– Eu compro isso – afirmou ele, estendendo a mão para apanhar a faca.

Lizzie a afastou.

O rapaz ofereceu o peixe, mas ela o recusou. Ele tornou a parecer confuso.

– Olhe. – Lizzie se agachou sobre uma pedra grande, de superfície lisa. Usando a ponta da faca, começou a riscar um desenho. Primeiro, fez uma linha irregular. Apontou primeiro para as montanhas ao longe, depois para a linha. – Esta é a cordilheira.

Mack não sabia se o rapaz havia entendido.

Abaixo da cordilheira, ela desenhou dois bonecos de pauzinhos, então apontou para si mesma e para Mack.

– Estes somos nós dois. Agora, preste atenção. – Lizzie desenhou uma segunda cordilheira e um V profundo que unia as duas. – Este é o desfiladeiro. – Por fim, adicionou um boneco dentro do V. – Precisamos encontrar o desfiladeiro.

Ela fitou o rapaz com um olhar esperançoso.

Mack prendeu a respiração.

– Eu compro isso – repetiu o rapaz, oferecendo o peixe a Lizzie.

Mack resmungou.

– Não se desespere – ralhou Lizzie, e voltou a se dirigir ao índio: – Esta é a cordilheira. Estes aqui somos nós. Este é o desfiladeiro. Precisamos encontrar o desfiladeiro. – Ela apontou para o rapaz. – Você nos leva ao desfiladeiro e a faca é sua.

Ele olhou primeiro para as montanhas, depois para o desenho e por fim para Lizzie.

– Desfiladeiro – falou o rapaz.

Lizzie indicou as montanhas.

Ele desenhou um V no ar e estendeu o braço através dele.

– Desfiladeiro – repetiu.

– Eu compro isso – disse Lizzie.

O rapaz abriu outro largo sorriso e assentiu com entusiasmo.

– Acha que ele captou a mensagem? – indagou Mack.

– Não sei. – Lizzie hesitou, então agarrou as rédeas do seu cavalo e começou a andar. – Vamos? – perguntou ao rapaz enquanto o chamava com um gesto.

Ele se pôs a acompanhá-la.

– Aleluia! – exclamou Mack.

O outro índio fez o mesmo.

Seguiram juntos pela margem de um córrego. Os cavalos marchavam em um ritmo constante que os fez cruzar 800 quilômetros em 22 dias. Pouco a pouco a cordilheira distante parecia cada vez maior, mas Mack não via sinal do desfiladeiro.

O terreno subia sem trégua, mas o solo parecia menos acidentado e os cavalos andavam um pouco mais rápido. Mack percebeu que os rapazes seguiam uma trilha que só eles conseguiam ver. Deixando os índios conduzirem o grupo, continuaram rumando direto para a cordilheira.

Assim foram até o pé da montanha, onde viraram subitamente para oeste. Foi então que, para o imenso alívio de Mack, eles viram o desfiladeiro.

– Muito bem, Menino do Peixe! – rejubilou ele, cheio de alegria.

Atravessaram o vau de um rio e contornaram a montanha, saindo do outro lado da cordilheira. Ao pôr do sol, viram-se em um vale estreito com um córrego veloz de cerca de 7 metros de largura, que corria para o nordeste. Diante deles, erguia-se outra cadeia de montanhas.

– Vamos acampar aqui – anunciou Mack. – Pela manhã subiremos o vale e procuraremos outro desfiladeiro.

Mack estava otimista, pois não tinham seguido nenhuma trilha óbvia e não se podia ver o desfiladeiro da margem do rio. Jay nunca conseguiria encontrá-los. Ele começou a acreditar que haviam finalmente escapado.

Lizzie entregou a faca ao rapaz mais alto.

– Obrigada, Menino do Peixe.

Mack esperava que os índios permanecessem com eles. Poderiam ter todas as facas que quisessem se conduzissem Mack e Lizzie através das montanhas. Mas eles lhes deram as costas e voltaram pelo mesmo caminho por onde tinham vindo, o mais alto ainda carregando o peixe.

Em questão de instantes, desapareceram em meio ao crepúsculo.

CAPÍTULO QUARENTA E UM

JAY ESTAVA CONVENCIDO de que eles capturariam Lizzie naquele dia. Manteve um ritmo acelerado, forçando os cavalos a darem o máximo de si.

– Eles não podem estar longe – repetia o tempo todo.

No entanto, ainda não havia sinal dos fugitivos quando ele chegou ao rio Holston ao cair da noite.

– Não podemos continuar no escuro – falou, furioso, enquanto seus homens davam de beber aos cavalos. – Achei que já os teríamos alcançado a esta altura.

– Não estamos muito longe, acalme-se – pediu Lennox com petulância. Quanto mais o grupo se afastava da civilização, mais insolente ele se tornava.

– Mas não temos como saber para onde eles foram a partir daqui – atalhou Dobbs. – Não há nenhuma trilha que cruze as montanhas. Qualquer louco que pretenda atravessá-las precisa fazer seu próprio caminho.

Prenderam os cavalos e amarraram Peg a uma árvore enquanto Lennox preparava canjica. Havia quatro dias não viam uma taberna e Jay não aguentava mais comer a papa que dava aos seus escravos, mas a escuridão impedia a caça.

Estavam todos com os pés cheios de bolhas e exaustos. Binns os abandonara no forte Chiswell e agora Dobbs perdia o ânimo.

– Eu deveria desistir e voltar; ficar perdido nas montanhas e morrer não vale 50 libras.

Jay não queria que Dobbs fosse embora, pois era o único que tinha algum conhecimento da região.

– Mas nós ainda não alcançamos minha esposa – replicou Jay.

– Pouco me importa a sua esposa.

– Só mais um dia. Todos dizem que o caminho para atravessar as montanhas fica ao norte daqui. Vamos ver se conseguimos encontrar o desfiladeiro. Talvez possamos capturá-la amanhã mesmo.

– Também pode ser uma maldita perda de tempo.

Lennox serviu colheradas da papa grumosa em tigelas. Dobbs desatou as mãos de Peg o suficiente para ela poder comer, então tornou a amarrá-la e jogou uma manta sobre o seu corpo. Ninguém se importava muito com seu bem-estar, mas Dobbs queria levá-la de volta para o xerife de Staunton, talvez pensando que seria admirado por tê-la capturado.

Lennox apanhou uma garrafa de rum. Eles se enrolaram em cobertores, puseram-se a passar a bebida um ao outro e jogaram conversa fora. As horas passaram e a lua se ergueu no céu. Jay cochilava intermitentemente. Em determinado momento, abriu os olhos e viu um rosto estranho à beira do círculo de luz produzido pela fogueira.

Ficou tão apavorado que não conseguiu emitir nenhum som. Era um rosto peculiar, jovem porém exótico, e passados alguns instantes ele percebeu estar diante de um índio.

Seguiu o olhar do estranho e viu que ele sorria para Peg, que fazia caretas para o índio. Jay se deu conta de que a menina estava tentando convencê-lo a desamarrá-la.

Permaneceu imóvel, observando.

Percebeu que havia dois índios, ambos rapazes.

Um deles adentrou silenciosamente o círculo de luz, carregando um peixe grande. Largou-o com cuidado no chão, sacou uma faca e debruçou-se sobre Peg.

Lennox foi rápido como uma serpente; Jay mal conseguiu ver o que aconteceu. Notou um borrão de movimento, e então o capataz já havia prendido o rapaz em uma chave de braço. A faca caiu no chão. Peg gritou, decepcionada.

O segundo índio desapareceu.

Jay se levantou.

– O que temos aqui?

Dobbs esfregou os olhos e analisou a cena.

– É só um garoto indígena tentando nos roubar. Devíamos enforcá-lo para servir de lição aos outros.

– Ainda não – falou Lennox. – Ele pode ter visto as pessoas que estamos procurando.

A ideia renovou as esperanças de Jay. Ele parou diante do rapaz.

– Pode ir falando, selvagem.

Lennox torceu o braço do índio com mais força. Ele gritou e protestou em sua própria língua.

– Fale inglês! – vociferou Lennox.

– Ouça bem! – gritou Jay. – Você viu duas pessoas, um homem e uma mulher, nesta estrada?

– Não troca hoje – respondeu o garoto.

– Ele fala inglês! – exclamou Dobbs.

– Mas duvido que consiga nos dizer alguma coisa – falou Jay, desanimado.

– Ah, consegue, sim – afirmou Lennox. – Segure-o para mim, Dobbo. – Dobbs o substituiu e Lennox apanhou a faca que o índio deixara cair. – Olhem só isto. É uma das nossas: tem um "J" gravado no cabo.

Era verdade. A faca tinha sido forjada na sua fazenda!

– Ora, então ele deve ter se encontrado com Lizzie! – exclamou Jay.

– Exatamente – concordou Lennox.

O capataz segurou a faca diante dos olhos do índio e perguntou:

– Em que direção eles foram, rapaz?

Ele se debateu, mas Dobbs o segurou firme.

– Não troca hoje – repetiu, aterrorizado.

Lennox pegou a mão esquerda do garoto e enfiou a ponta da faca debaixo da unha do seu indicador.

– Em que direção? – insistiu, e arrancou a unha.

O menino e Peg gritaram ao mesmo tempo.

– Pare! – berrou Peg. – Deixe ele em paz!

Lennox descolou outra unha da carne e o rapaz começou a soluçar.

– Qual é o caminho para o desfiladeiro? – indagou Lennox.

– Desfiladeiro – repetiu o menino, apontando para o norte com a mão que sangrava.

Jay suspirou de satisfação.

– Você pode nos levar até lá.

CAPÍTULO QUARENTA E DOIS

MACK SONHOU QUE estava atravessando o vau de um rio em direção a um lugar chamado Liberdade. A água era fria, o leito, irregular, e havia uma correnteza forte. Ele continuava seguindo em frente, porém a margem nunca ficava mais perto e o rio parecia mais profundo a cada passo. Ainda assim, ele sabia que se insistisse chegaria lá. No entanto, acabou engolido pelas águas.

Lutando para respirar, acordou.

Ouviu um dos cavalos relinchar.

– Algo os perturbou – disse ele, mas não teve resposta.

Ao se virar, viu que Lizzie não estava ao seu lado.

Ela poderia ter ido fazer suas necessidades atrás de um arbusto, porém ele teve um mau pressentimento. Saiu rapidamente de debaixo das cobertas e levantou-se.

O céu estava rajado de cinza e ele pôde ver as quatro éguas e os dois garanhões, todos parados, como se tivessem ouvido outros cavalos ao longe. Alguém estava vindo.

– Lizzie! – chamou ele.

Foi então que Jay saiu de trás de uma árvore com um rifle apontado para o coração de Mack e ele estacou na mesma hora.

No instante seguinte, Lennox apareceu com uma pistola em cada mão.

Mack ficou parado onde estava, impotente. O desespero o engoliu como o rio em seu sonho. No fim das contas, não havia escapado.

Mas onde estava Lizzie?

Dobbo Olho Morto, o caolho que eles tinham encontrado no vau do South River, chegou a cavalo também empunhando um rifle; Peg vinha em outra montaria ao lado dele, com os pés amarrados juntos debaixo da barriga do animal para que não pudesse fugir. Não parecia estar ferida e, sim, profundamente deprimida, como se culpasse a si mesma por tudo aquilo. O Menino do Peixe caminhava ao lado do cavalo de Dobbs, amarrado por uma corda longa à sela. Ele devia tê-los levado até ali. Suas mãos estavam cobertas de sangue. Por um instante, Mack ficou intrigado: o rapaz não dera nenhum sinal de estar ferido antes. Então se deu conta de que ele fora torturado e passou a odiar Jay e Lennox ainda mais.

Jay olhava para os cobertores no chão, um sinal claro de que Mack e Lizzie vinham dormindo juntos.

– Seu verme imundo – xingou ele, o rosto retorcido de fúria. – Onde está minha esposa? – Ele deu uma coronhada violenta no lado da cabeça de Mack, que cambaleou e caiu. – Onde está ela, seu catador de carvão, onde está minha esposa?

– Não sei – respondeu Mack, sentindo gosto de sangue.

– Já que não sabe, talvez eu possa ter a satisfação de lhe dar um tiro na cabeça!

Mack percebeu que Jay estava falando sério e ficou empapado de suor. Ele teve vontade de implorar pela própria vida, mas trincou os dentes para se conter.

– Não! Não atire, por favor! – gritou Peg.

– Isto é por todas as vezes que você me desafiou! – berrou Jay com uma voz aguda, histérica.

Mack encarou Jay e viu uma ira homicida em seus olhos.

~

Lizzie estava deitada de bruços sobre um monte de grama atrás de uma rocha, com o rifle em punho, esperando.

Havia escolhido o local na noite anterior, após inspecionar a margem do rio e ver pegadas e fezes de cervo. Ela permanecia observando enquanto o dia clareava, sem mover um músculo, aguardando os animais virem beber água.

Sua habilidade como atiradora iria mantê-los vivos, calculava Lizzie. Mack poderia construir uma casa, desbastar o terreno e semeá-lo, mas eles teriam que esperar no mínimo um ano antes de poderem cultivar alimentos o suficiente para sustentá-los durante todo um inverno. No entanto, havia três sacas grandes de sal entre os mantimentos. Lizzie costumava sentar-se à cozinha da High Glen House e observar Jeannie, a cozinheira, salgar pernis e ancas de veado em barris grandes. Também sabia como defumar peixe. Eles precisariam de muita comida, pois, como faziam amor todo dia, em menos de um ano teriam mais uma boca para alimentar. Ela sorriu, feliz.

Algo se moveu em meio às árvores. Logo em seguida, um cervo jovem saiu da mata e aproximou-se graciosamente da margem do rio. Baixando a cabeça, começou a beber a água.

Lizzie armou a pederneira de seu rifle sem fazer barulho.

Antes que ela pudesse mirar, outro cervo surgiu e, em questão de instantes, havia doze ou quinze deles. Se toda a região for assim, pensou Lizzie, vamos ficar gordos!

Lizzie não queria um cervo grande, pois os cavalos estavam sobrecarregados e não poderiam carregar o que sobrasse; além disso, a carne dos animais jovens era mais tenra. Ela escolheu seu alvo e mirou, apontando o rifle na direção do ombro do animal, logo acima do coração. Controlou a respiração e ficou imóvel, como havia aprendido ainda na Escócia.

Como sempre, sentiu uma pontada de remorso pelo belo animal que estava prestes a aniquilar.

Então, apertou o gatilho.

~

O disparo veio de um ponto mais afastado do vale, a 200 ou 300 metros de distância dali.

Jay congelou, sua arma ainda apontada para Mack.

Os cavalos se agitaram, mas o tiro fora muito distante para assustá-los de verdade.

Dobbs controlou sua montaria e disse com uma voz arrastada:

– Se você atirar agora, Jamisson, vai alertá-la e lhe dar a chance de fugir.

Jay hesitou, então baixou devagar a arma.

Mack se curvou, aliviado.

– Eu irei atrás dela – avisou Jay. – Fiquem aqui.

Mack se deu conta de que, se pudesse avisar Lizzie, ela talvez ainda conseguisse escapar. Quase desejou que Jay tivesse dado o tiro; poderia ter sido a salvação dela.

Jay se afastou da clareira e seguiu rio acima empunhando o rifle armado.

Preciso fazer um deles disparar, pensou Mack.

Havia uma maneira fácil de fazer aquilo: sair correndo.

Mas e se eu for atingido?

Não me importa, prefiro morrer a ser recapturado.

Antes que a cautela pudesse minar sua determinação, ele saiu em disparada.

Fez-se um momento de silêncio aturdido antes que alguém percebesse o que estava acontecendo.

Então Peg gritou.

Mack correu em direção às árvores, esperando sentir o baque de uma bala penetrando suas costas.

Ouviu-se um estampido, seguido por outro.

Ele não sentiu nada. Os disparos não o tinham atingido.

Antes que houvesse mais tiros, ele parou de correr e ergueu as mãos em um sinal de rendição.

Dera o alerta de que Lizzie precisava.

Virou-se devagar, mantendo os braços levantados. *Agora é com você, Lizzie. Boa sorte, meu amor.*

~

Jay parou ao ouvir os disparos; tinham vindo de trás dele. Os tiros não haviam partido de Lizzie, mas de alguém na clareira. Ele aguardou, porém não houve mais estampidos.

O que poderia ter acontecido? McAsh dificilmente teria conseguido apanhar uma arma e carregá-la. Além disso, era um mineiro e não sabia nada sobre armas. Jay supôs que Lennox ou Dobbs tivessem atirado nele.

Fosse como fosse, a única coisa que de fato importava era capturar Lizzie.

Infelizmente, o tiroteio a alertara.

Ele conhecia sua esposa. O que Lizzie faria em seguida?

Ela desconhecia paciência e cautela. Raramente hesitava. Reagia de forma rápida e decidida. Àquela altura, já estaria correndo em direção à clareira, quase de volta antes mesmo de pensar em ir mais devagar, analisar a situação e bolar um plano.

Jay buscou um local que lhe permitisse ver com clareza 30 ou 40 metros à frente ao longo da margem do riacho e escondeu-se entre os arbustos. Então armou a pederneira.

A indecisão o invadiu como uma dor repentina. O que ele faria quando Lizzie surgisse em seu campo de visão? Se a abatesse, todos os seus problemas estariam solucionados. Tentou fingir que estava caçando cervos. Miraria o coração, logo abaixo do ombro, para uma morte rápida e limpa.

Ela apareceu.

Vinha meio andando, meio correndo, tropeçando ao longo do terreno acidentado da margem do rio. Usava roupas masculinas novamente, mas ele pôde ver seu busto subindo e descendo. Trazia dois rifles debaixo do braço.

Ele mirou o coração, mas então a visualizou nua, montada em cima dele na cama da casa da Chapel Street, os seios balançando enquanto faziam amor, e não foi capaz de disparar.

Quando ela estava a 10 metros, Jay saiu de trás da vegetação.

Lizzie parou no mesmo instante e soltou um grito de horror.

– Olá, querida – cumprimentou ele.

– Por que não pôde simplesmente me deixar partir? – questionou ela, com um olhar cheio de ódio. – Você não me ama!

– Não amo, mas preciso gerar um neto.

Ela assumiu uma expressão de desprezo.

– Prefiro morrer.

– Esta é a alternativa.

~

Houve alguns instantes de caos depois que Lennox disparou suas pistolas.

Os cavalos ficaram assustados ao ouvirem tiros tão perto. Ainda amarrada e sobre o cavalo, Peg puxou as rédeas, mas não conseguiu deter o animal e os dois desapareceram em meio às árvores. A montaria de Dobbs estava dando pinote e ele teve que lutar para controlá-lo. Lennox pôs-se a recarregar as pistolas às pressas.

Foi então que o Menino do Peixe entrou em ação.

Ele disparou em direção ao cavalo de Dobbs, saltou atrás dele e o derrubou da sela.

Com uma explosão de euforia, Mack percebeu que ainda não tinha sido derrotado.

Lennox largou as pistolas e foi resgatar seu parceiro.

Mack esticou um pé e fez Lennox tropeçar.

Dobbs caiu do cavalo, mas um de seus tornozelos ficou preso à corda que prendia o Menino do Peixe à sela. O animal, agora apavorado, disparou e o indígena agarrou-se ao seu pescoço, tentando salvar a própria vida. O cavalo saiu correndo até sumir de vista, arrastando Dobbs pelo chão.

Com uma alegria selvagem, Mack virou-se para encarar Lennox. Restavam apenas os dois na clareira. Enfim chegara a hora de resolver aquilo com os punhos. Eu vou matar este homem, pensou Mack.

Lennox rolou no chão e levantou-se com uma faca em punho.

Ele saltou para cima de Mack, que se esquivou, então chutou a rótula de Lennox e recuou para fora do seu alcance.

Mancando, Lennox aproximou-se, fingiu dar um golpe com a faca, deixando Mack se esquivar para a direção errada, e tornou a atacar. Mack sentiu uma dor lancinante no lado esquerdo do corpo. Deu um soco impactante no lado da cabeça de Lennox, que piscou, atordoado, e ergueu a faca.

Mack recuou. Ele era mais jovem e mais forte do que Lennox, mas o capataz provavelmente tinha muito mais experiência em brigas de faca. Com um pânico repentino, percebeu que uma luta corpo a corpo não era a maneira de se derrotar um homem armado com uma faca. Precisava mudar de tática.

Mack deu meia-volta e correu por alguns metros, procurando uma arma. Avistou uma pedra mais ou menos do tamanho do seu punho, apanhou-a do chão e virou-se.

Lennox veio correndo para cima dele.

Mack atirou a pedra, que atingiu Lennox bem no meio da testa. Soltou um grito de triunfo. O homem cambaleou. Mack precisava aproveitar aquela vantagem. Aquele era o momento de desarmar Lennox. Desferiu um chute no cotovelo direito do capataz.

Lennox largou a faca e gritou de pavor.

Mack o tinha na palma da mão.

Atingiu Lennox no queixo com toda a força. O golpe machucou sua mão, mas lhe deu uma satisfação profunda. Lennox retrocedeu, com o olhar amedrontado, mas Mack o alcançou em um instante. Esmurrou Lennox na barriga, então acertou cada lado da sua cabeça. Zonzo e aterrorizado, o capataz vacilava. Já estava acabado, mas Mack não conseguia parar: queria matá-lo. Agarrou Lennox pelos cabelos, puxou sua cabeça para baixo e lhe deu uma joelhada no rosto. O homem gritou e sangue jorrou de seu nariz. Ele caiu de joelhos, tossiu e vomitou. Mack estava prestes a golpeá-lo outra vez quando ouviu a voz de Jay:

– Pare ou eu vou matá-la.

Lizzie adentrou a clareira sob a mira da arma de Jay.

Mack olhou para os dois, petrificado, vendo que o rifle estava armado. Se ele sequer tropeçasse, a arma explodiria a cabeça de Lizzie. Afastou-se de Lennox e foi em direção a Jay, ainda possuído pela ira selvagem.

– Você só tem um tiro – rosnou ele para Jay. – Se atirar em Lizzie, eu o matarei em seguida.

– Então talvez eu devesse atirar em você.

– Sim – falou Mack, alucinado, aproximando-se dele. – Atire em mim.

Jay girou o rifle.

Mack sentiu uma alegria ensandecida porque a arma já não estava apontada para Lizzie. Sem diminuir o passo, ele continuava a avançar.

Jay mirou com cuidado.

Ouviu-se um som estranho e, de repente, um cilindro de madeira fino despontou do rosto de Jay.

Ele gritou de dor e largou o rifle, que disparou com um estrondo; a bala passou raspando a cabeça de Mack.

Jay tinha sido atingindo no rosto por uma flecha.

Mack sentiu os joelhos fraquejarem.

O mesmo barulho se fez ouvir novamente e uma segunda flecha atravessou o pescoço de Jay.

Ele desabou.

Foi então que chegaram à clareira o Menino do Peixe, seu amigo e Peg, seguidos por cinco ou seis indígenas, todos empunhando arcos.

Mack começou a tremer de alívio. Ele supôs que, após a captura do Menino do Peixe, o outro índio tivesse ido buscar ajuda. O grupo de resgate provavelmente havia deparado com os cavalos em fuga. Ele não sabia que fim tinha levado Dobbs, mas um dos índios usava suas botas.

Lizzie estava parada diante de Jay, encarando-o com a mão sobre a boca. Mack se aproximou e a abraçou. Ao baixar os olhos para o homem moribundo, viu que escorria sangue da sua boca: a flecha havia perfurado uma veia em seu pescoço.

– Ele está morrendo – falou Lizzie, trêmula.

Mack assentiu.

O Menino do Peixe apontou para Lennox, que continuava ajoelhado. Os outros índios o apanharam, estenderam-no no chão e o seguraram firme. O Menino do Peixe e o mais velho do grupo trocaram algumas palavras. O jovem mostrava sem parar os próprios dedos; parecia que suas unhas tinham sido arrancadas.

O índio mais velho retirou uma machadinha do cinto. Com um movimento ágil e forte, cortou fora a mão direita de Lennox à altura do punho.

– Por Deus! – exclamou Mack.

Sangue jorrou do coto e Lennox desmaiou.

O homem apanhou a mão amputada do chão e, com um ar de formalidade, entregou-a ao Menino do Peixe.

Ele a aceitou solenemente, virou-se para o outro lado e atirou-a longe. A mão voou por cima das árvores e foi cair em alguma parte da mata. Um burburinho de aprovação se espalhou entre os índios.

– Olho por olho, dente por dente – falou Mack em voz baixa.

– Deus tenha piedade dele – disse Lizzie.

Mas os índios ainda não haviam terminado. Eles apanharam Lennox, que se esvaía em sangue, e o colocaram debaixo de uma árvore. Amarraram uma corda em volta do seu tornozelo, amarraram-na em um dos galhos e o içaram até ele estar pendurado de cabeça para baixo. O sangue continuava a escorrer do punho cortado e empoçava-se no chão. Os índios ficaram parados ao redor, assistindo àquela cena terrível. Pareciam dispostos a ver Lennox morrer. Mack lembrou-se da multidão reunida para o enforcamento em Londres.

Peg veio até eles e opinou:

– Devemos fazer alguma coisa a respeito dos dedos do menino índio.

Lizzie desviou o olhar de seu marido moribundo.

– Você tem algo para enfaixar a mão dele? – perguntou Peg.

Lizzie pestanejou e assentiu.

– Tenho um pouco de unguento e um lenço que podemos usar como atadura. Eu cuido disso.

– Não – negou Peg com firmeza. – Deixe comigo.

– Como quiser.

Lizzie encontrou os itens e os entregou a Peg.

A garota afastou o Menino do Peixe do grupo. Embora não falasse sua língua, parecia conseguir se comunicar com ele. Levou-o até a beira do rio e pôs-se a lavar suas feridas.

– Mack – chamou Lizzie.

Ele a encarou e viu que ela chorava.

– Jay está morto – avisou Lizzie.

Mack olhou para Jay, que estava branco como um lençol. A hemorragia havia parado e ele não se mexia. Mack se agachou e tentou sentir algum batimento cardíaco. Em vão.

– Eu o amei um dia – falou Lizzie.

– Eu sei.

– Quero enterrá-lo.

Enquanto os índios assistiam a Lennox sangrar até a morte, Mack pegou uma pá entre as ferramentas que haviam trazido e cavou uma cova rasa.

Com a ajuda de Lizzie, ergueu o corpo de Jay e o depositou no buraco. Ela se agachou e retirou com delicadeza as flechas do cadáver. Ele cobriu o corpo com terra e Lizzie pôs-se a colocar pedras sobre a sepultura.

De repente, Mack teve vontade de ir para longe daquele banho de sangue.

Reuniu os cavalos, agora em dez: os seis da fazenda mais os quatro que Jay e seu bando haviam trazido. Mack teve a ideia extravagante de que se tornara um homem rico e começou a carregar os animais de mantimentos.

Lennox devia ter morrido, pois os índios já se moviam. Afastaram-se da árvore e foram até Mack. O mais velho falou com ele. Mack não entendeu uma palavra, mas o tom era formal. Imaginava que o homem estivesse dizendo que a justiça tinha sido feita.

Eles estavam prontos para partir.

O Menino do Peixe e Peg voltaram juntos da beira do rio e Mack viu que a garota fizera bem o curativo.

O índio disse algo, gerando uma discussão acalorada entre os seus companheiros, que, no fim das contas, foram embora, deixando o Menino do Peixe.

– Ele vai ficar conosco? – perguntou Mack a Peg.

Ela deu de ombros.

Os demais índios seguiram para o leste, ao longo do vale do rio, em direção ao sol poente, e logo desapareceram mata adentro.

Mack montou em seu cavalo. O Menino do Peixe desamarrou um dos animais sobressalentes e fez o mesmo, indo na frente. Peg pôs-se a cavalgar do seu lado. Mack e Lizzie os acompanharam.

– Acha que o Menino do Peixe vai nos guiar? – indagou Mack a Lizzie.

– É o que parece.

– Mas ele não pediu nada em troca.

– Não.

– O que será que ele quer?

Lizzie olhou para os dois jovens.

– Não consegue adivinhar?

– Ah! Você acha que ele está apaixonado por Peg?

– Acho que ele quer passar um pouco mais de tempo com ela.

– Ora, ora. – Mack ficou pensativo.

Enquanto seguiam para o oeste, acompanhando o vale ribeirinho, o sol se erguia atrás deles, projetando suas sombras no solo mais à frente.

~

Era um vale extenso, que ficava além da cordilheira mais alta, mas ainda em meio às montanhas. Havia um córrego veloz de água pura e fresca que borbulhava pelo fundo do vale afora, repleto de peixes. As encostas eram cobertas de matas cerradas, cheias de animais de caça. No pico mais elevado, um casal de águias-reais ia e vinha, levando comida para o ninho que abrigava seus filhotes.

– Este lugar me faz lembrar de casa – comentou Lizzie.

– Então vamos chamá-lo de High Glen – declarou Mack.

Descarregaram os cavalos na parte mais plana do fundo do vale, onde construiriam uma casa e desbastariam um terreno. Acamparam em um gramado seco debaixo de uma árvore de copa larga.

Peg e o Menino do Peixe reviravam um saco em busca de um serrote quando ela encontrou o colar de ferro partido. Retirou-o do saco e o olhou, intrigada. Analisou as letras sem compreendê-las, pois nunca tinha aprendido a ler.

– Por que você trouxe isto?

Mack trocou olhares com Lizzie. Ambos se recordavam da cena à beira do rio no antigo High Glen, ainda na Escócia, do momento em que Lizzie também questionara Mack.

Ele lhe deu a mesma resposta, mas daquela vez sem amargura na voz, apenas esperança:

– Para nunca me esquecer – explicou Mack com um sorriso. – Nunca.

AGRADECIMENTOS

GOSTARIA DE AGRADECER às seguintes pessoas por sua ajuda inestimável neste livro:

Às minhas editoras, Suzanne Baboneau e Ann Patty.

Aos pesquisadores Nicholas Courtney e Daniel Starer.

Aos historiadores Anne Goldgar e Thad Tate.

A Ramsey Dow e John Brown-Wright, do complexo de mineração Longannet Colliery.

A Lawrence Lambert, do Scottish Mining Museum.

A Gordon e Dorothy Grant, do vale de Glen Lyon.

Aos membros do parlamento escocês Gordon Brown, Martin O'Neill e o falecido John Smith.

A Ann Duncombe.

A Colin Tett.

A Barbara Follett, Emanuelle Follett, Katya Follett e Kim Turner.

E, como sempre, a Al Zuckerman.

CONHEÇA OUTRO LIVRO DO AUTOR

Coluna de fogo

Em 1558, as pedras ancestrais da Catedral de Kingsbridge testemunham o conflito religioso que dilacera a cidade. Enquanto católicos e protestantes lutam pelo poder, a única coisa que Ned Willard deseja é se casar com Margery Fitzgerald. No entanto, quando os dois se veem em lados opostos do conflito, Ned escolhe servir à princesa Elizabeth da Inglaterra.

Assim que Elizabeth ascende ao trono, a Europa inteira se volta contra a Inglaterra e se multiplicam complôs de assassinato, planos de rebelião e tentativas de invasão. Astuta e decidida, a jovem soberana monta o primeiro serviço secreto do país, para descobrir as ameaças com a maior antecedência possível.

Ao longo das turbulentas décadas seguintes, o amor de Ned e Margery não arrefece, mas parece cada vez mais fadado ao fracasso. Enquanto isso, o extremismo religioso cresce, gerando uma onda de violência que se alastra de Edimburgo a Genebra. Protegida por um pequeno e dedicado grupo de talentosos espiões e corajosos agentes secretos, Elizabeth tenta se manter no trono e continuar fiel a seus princípios.

Coluna de fogo é um dos livros mais emocionantes e ambiciosos de Ken Follett, uma história de espiões ambientada no século XVI que vai encantar seus fãs de longa data e servir como o ponto de partida perfeito para quem ainda não conhece seu trabalho.

CONHEÇA OS LIVROS DE KEN FOLLETT

Os pilares da Terra (e-book)
Mundo sem fim
Coluna de fogo
Um lugar chamado liberdade
As espiãs do Dia D
Noite sobre as águas
O homem de São Petersburgo
A chave de Rebecca
O voo da vespa
Contagem regressiva
O buraco da agulha
Tripla espionagem
Uma fortuna perigosa
Notre-Dame

O SÉCULO
Queda de gigantes
Inverno do mundo
Eternidade por um fio

Para saber mais sobre os títulos e autores da Editora Arqueiro, visite o nosso site. Além de informações sobre os próximos lançamentos, você terá acesso a conteúdos exclusivos e poderá participar de promoções e sorteios.

editoraarqueiro.com.br